MARTHA SOPHIE MARCUS

Das Gold der Mühle

GOLDMANN
Lesen erleben

Buch

Lüneburg 1372: Der junge Ritter Ulrich, ein Gefolgsmann von Herzog Magnus, wird während der Gefechte der blutigen Sankt-Ursula-Nacht verletzt, kann die Stadt aber verlassen. Doch auf der Flucht wird er von seinem eigenen Onkel niedergeschlagen, ausgeplündert und am Wegesrand zurückgelassen. Der Tod wäre ihm sicher, wenn er nicht zufällig von der 36-jährigen Witwe Brida gefunden würde. Brida nimmt den Verletzten mit in ihre Mühle, die sie mit ihrem Bruder und ihren Kindern bewohnt, und pflegt ihn dort gesund. Als der junge Mann aufbricht, um Rache an seinem Onkel zu nehmen, schließt sich ihm Bridas 16-jährige Tochter Ann Durt heimlich an, die sich unsterblich in den Ritter verliebt hat. Sobald Brida ihr Verschwinden bemerkt, macht sie sich aus Sorge um ihre Tochter auf die Suche nach dem nicht standesgemäßen Paar. Sie folgt den jungen Leuten durch die Wirren des Krieges, der das Braunschweigisch-Lüneburgische Land beutelt, doch Ulrich und Ann Durt bleiben ihr immer einen Schritt voraus. Dann trifft Brida den faszinierenden Abenteurer Brose und verliebt sich in ihn. Dadurch gerät sie jedoch in einen schweren Gewissenskonflikt: Darf sie bei Brose bleiben? Und was wird dann aus ihrer Tochter, die mittlerweile von Ulrich schwanger ist?

Informationen zu Martha Sophie Marcus
sowie zu lieferbaren Titeln der Autorin
finden Sie am Ende des Buches.

Martha Sophie Marcus

Das Gold der Mühle

Historischer Roman

GOLDMANN

Dieses Buch ist auch als E-Book erhältlich.

MIX
Papier aus verantwortungsvollen Quellen
FSC® C014496

Verlagsgruppe Random House FSC® N001967
Das FSC®-zertifizierte Papier *München Super* für dieses Buch
liefert Arctic Paper Mochenwangen GmbH.

1. Auflage
Originalausgabe Februar 2014

Die Veröffentlichung dieses Werkes erfolgt auf Vermittlung
der Autoren- und Verlagsagentur Peter Molden, Köln.
Gestaltung des Umschlags: UNO Werbeagentur München
Umschlagfoto: © Irene Lamprakou/Trevillion Images;
Travellers on a Path in an extensive Rhineland Landscape (oil on panel),
Koekkoek, Barend Cornelis (1803–62)/Private Collection/
Photo © Bonhams, London, UK/The Bridgeman Art Library
Redaktion: Eva Wagner
BH · Herstellung: Str.
Satz: Buch-Werkstatt GmbH, Bad Aibling
Druck und Einband: GGP Media GmbH, Pößneck
Printed in Germany
ISBN: 978-3-442-47487-5
www.goldmann-verlag.de

Besuchen Sie den Goldmann Verlag im Netz:

Brida kauerte auf dem Heuboden des Stalls, spähte durch einen Bretterspalt hinab auf den Hof der Mühle und musste sich Mühe geben, das Kitzeln des Staubs in ihrer Nase nicht zu beachten. Wenn sie nieste, würden die Männer sie entdecken, die da draußen zusammenstanden. Und dann gab es kein Entkommen mehr.

Es hatte Zeiten gegeben, da hätte sie nicht gedacht, dass sie sich einmal vor einem Mann verstecken würde. Die meisten Männer im Dorf hatten Respekt vor ihr.

Ihr nächster Nachbar Walther jedoch, der vor dem Stall herumtrödelte, anstatt sein Korn einfach in der Mühle abzugeben und wieder zu verschwinden, war zu stur, um sich von scharfen Worten abschrecken zu lassen. Und er war zu wütend auf Brida. Sie staunte immer noch, dass der gutmütige Knabe zu einem so reizbaren und boshaften Mann herangewachsen war. Sie seufzte lautlos. Würde er doch endlich gehen! Was konnten die Männer wieder so lange zu kakeln haben? Wer den Weibern Geschwätzigkeit nachsagte, konnte noch nie einen Tag bei der Thomasburger Mühle verbracht haben. Hier waren es immer die Kerle, die sich nicht losreißen konnten und tratschten, bis es dunkel wurde.

Der Ochsentreiberbauer mit seinem ausladenden Schnauzbart, der neben Walther stand, warf sich ordentlich in die Brust beim Reden. Er hatte wohl irgendwo etwas aufgeschnappt, was die anderen noch nicht wussten.

»Sollen sich nicht so wichtigmachen, die Stadtbürger«, sagte er. »Herzog Magnus ist unser rechtmäßiger Herr. Nicht dieser Sachse. Hätten sie sich nicht irre machen lassen, müssten sie jetzt nicht die Rache der Welfen fürchten. Das haben sie davon!«

Brida drehte den Kopf und legte ihr Ohr an den Bretterspalt. Wenn es um die Uneinigkeit zwischen der Stadt Lüneburg und Herzog Magnus ging, dann hörte man lieber gut zu. Die Auswirkungen betrafen das ganze Lüneburgische Land, aber die Umgebung der Stadt war von der Fehde besonders betroffen. Brida hoffte und betete jeden Tag, dass keine der Kriegsparteien sich in den Kopf setzte, die Mühle zu zerstören, so wie man es allenthalben aus anderen Orten hörte. Einmal, in Bridas Kindheit, hatte ihr Vater die vornehmen Ritter gerade noch überzeugen können, dass die Mühle Oldenburger Klosterbesitz war und Gott ihnen zürnen würde, wenn sie das Eigentum seiner Diener beschädigten.

Brida schnaubte leise. Ihr Vater war ein wortgewandter Mann gewesen. Wenn ihr Bruder Thomas, der nun der Müller war, dasselbe versuchen würde, würden die Ritter ihn vermutlich auslachen. Er war ein guter Kerl, aber schweigsam.

»Der Kaiser stand nie auf der Seite des Herzogs, sondern immer auf der von dem Sachsen. Da ist es doch kein Wunder, wenn die Lüneburger Angst hatten und nicht wussten, wem sie huldigen und gehorchen müssen.« Das war die Stimme eines Knechts aus Ellringen.

Und auch der letzte Mann, der als einziger außer Walther noch nicht zu Wort gekommen war, hatte eine Meinung zu der Sache: Er stieß einen abfälligen Laut aus. »Nee. Angst haben die nicht. Die suchen bloß ihren Vorteil. Darauf verstehen sich die reichen Lüneburger Ratsherren und Pfeffersäcke. Und nun lass uns gehen, Hans. Sonst tobt der Alte.«

Brida wechselte die Haltung, um die Knechte durch den Spalt sehen zu können. Hastig zog sie den Kopf zurück. Walther blickte genau zu ihr. Hatte er sie doch von Weitem schon beobachtet, als sie in die Scheune gegangen war? Verflixt! Wenn es so war, dann würde er sich nicht vom Hof rühren, bis sie wieder herauskam.

Zu allem Übel kamen nun noch die Kinder aus der Mühle. Stina, ihre Jüngste, flitzte unter den alten Kastanienbaum, der mit seiner mächtigen Krone den Hof beherrschte. Sie stampfte mit ihren Holzpantinen ein paar der reifen braunen Früchte aus ihren Stachelhüllen, hob sie auf und warf sie auf Nickel, der ihr aus der Tür gefolgt war.

Nickel war nicht Bridas leiblicher Sohn, sondern ein Findelkind, aber einen großen Unterschied machte das nicht. Stina und er ähnelten sich trotzdem. So duckte Nickel sich nicht, sondern versuchte, die Kastanien zu fangen und zurückzuwerfen. Doch Stina bot ihm kein leichtes Ziel, sondern rannte schon weiter zu den Weiden am Mühlweiher. Und weiter zum Mühlrad – auch wenn es den Kindern verboten war –, das wollte Brida wetten.

Sie hätte sie in dieser Lage dennoch gewähren lassen, wenn Walther sich nicht auf einmal von seinen Gesprächspartnern abgewandt hätte und den Kindern gefolgt wäre.

Brida stieß sich von der Wand ab, stakste durch das Heu und stieg die Leiter hinab.

Mit einem flüchtigen Nicken grüßte sie im Vorübergehen die beiden Männer, die noch auf dem Hof standen. Als sie zur Rückseite des Mühlengebäudes kam, hatte Walther Stina und Nickel schon zwischen Hauswand, Fluss und Mühlrad in die Enge getrieben.

Mit beiden Daumen in seinem Gürtel stand er da und versperrte ihnen den Weg. Er sprach laut, um das Rauschen des Mühlenwehrs und das rhythmische Stampfen und

Klappern der Mühle zu übertönen. »Aus euch Bälgern kann ja nichts werden. Kein Vater und eine Mutter, die sich immer falsch entscheidet. Hat euch nie einer gesagt, dass Kinder am Mühlrad nichts verloren haben, ihr kleinen Holzköpfe? Rechts und links braucht ihr welche hinter die Ohren.«

Stina sah ihn trotzig an, wich aber vorsorglich zurück. Gleich darauf, als sie Brida bemerkte, hellte sich ihre Miene erleichtert auf.

»Geht und sammelt die Kastanien ein. Ich will sie für Sofias Sau mitnehmen«, befahl Brida den Kindern.

»Aber wir haben schon den ganzen Tag gearbeitet. Ann Durt hat gesagt, wir dürfen spielen«, beschwerte Stina sich.

»Dann hätte Ann Durt dazusagen sollen, dass ihr hingehen müsst, wo Spielen erlaubt ist. Nehmt die Kiepe aus dem Lütten Hus für die Kastanien.« Brida schickte sich an zu gehen und beachtete Walther nicht.

Stina und Nickel kamen an ihre Seite gehuscht. Bei allem Gemaule waren sie froh, dass sie Walther entkamen, das wusste Brida.

»Aus denen wird nichts, wenn du sie weiter allein aufziehst«, sagte Walther.

Das sagte er nicht zum ersten Mal zu ihr. Zu ihrem Bedauern hatte es noch immer eine Wirkung auf sie. »Zu meinem Glück bin ich ja nicht allein. Und wäre ich es, dann würde ich mir schon einen guten Mann suchen, da mach dir keine Sorgen.«

»Einen besseren als mich, meinst du, ja? Wo fändest du so einen? Denkst du, dich würde jeder nehmen mit deinen Gören? Jung bist du auch nicht mehr. Und dein Ruf ist nicht der beste, wie du wohl weißt.« Er grinste zwar nicht, dennoch verrieten seine Lippen Genugtuung.

Sie schniefte und stemmte die Hände in die Hüften. »Dass dich die Druse ankomme, Schafswalther. Glaub nicht, ich wüsste nicht, wem ich meinen schlechten Ruf zu verdanken habe, du alter Mistwerfer. Und sei bloß froh, dass mir meine Seele zu schade ist, um es dir mit gleicher Münze heimzuzahlen.«

Walther schnaubte und spuckte aus. »Ich habe nichts als die Wahrheit über dich gesagt.«

»Mag sein. Aber von dem Fliegenschiss Wahrheit, den du über mich weißt, hast du nur die Hälfte erzählt, darauf würde ich wetten.« Mit einem abfälligen Schulterzucken wandte sie sich ab und ging.

»Du wirst schon noch zur Vernunft kommen und mich nehmen, Brigida Müllerstochter!«

Wenn die Esel Reigen tanzen lernen. Vorher werde ich dich nicht zum Mann nehmen, dachte Brida.

Ann Durt, ihre ältere Tochter, stand in der Tür zum Wohn- und Wirtschaftsraum, trocknete sich die Hände und blickte erwartungsvoll zu ihr herüber. Das erinnerte Brida daran, warum sie eigentlich in die Scheune gegangen war. Sie hatte den getrockneten Hopfen holen wollen, der ihnen zum Bieransetzen fehlte.

»Ich komme gleich«, rief sie Ann Durt zu.

Ihre hübsche Große lächelte und winkte zur Antwort. Der Mensch musste noch des Weges kommen, dem es gelänge, ein böses Wort aus dem Mädchen hervorzulocken. Zum Glück war ihr Durtchen nicht so dumm, wie sie sanft war.

Zurück in der Mühle, deren vertrautes Rumpeln das ganze Gebäude beben ließ und sie beruhigend umfing, sah Brida sich nach ihren Söhnen um. Nachdem vor einigen Wochen der Mühlknecht gestorben war, mussten beide wie erwachsene Männer arbeiten. Trotzdem gelang es Konni, dem jüngeren, immer wieder, sich für eine Weile zwischen die auf ihr Mehl wartenden Leute zu mischen und dem neuesten Tratsch zu lauschen.

Und richtig, da hockte er in der Gaststube bei den zwei einzigen Gästen. Als er seine Mutter eintreten sah, erhob er sich eilig, um zurück zu der Arbeit zu flüchten, die sein Onkel ihm gewiss aufgetragen hatte.

»Halt, mein Sohn. Ich will mit dir reden«, bremste Brida ihn.

Der alte Maier, der Stammgast in der Mühle war, weil es ihm auf der Ofenbank bei seiner Tochter zu eng und zu langweilig war, grinste zahnlos. »Was habe ich dir gesagt, min Jung? Lass din Mudder nich sehn, dass du schon wieder hier deinen Hintern plattsitzt, sonst färbt sie dich blau unter all deiner weißen Tünche.«

Verlegen wischte Konni sich mit der Hand übers mehlbestaubte Gesicht und folgte Brida nach nebenan in den Wohnraum.

»Sollst dich was schämen, Faulpelz! Aber sag mal, was gibt es Neues über Herzog Magnus und die Lüneburger? Es hat mir draußen so geklungen, als wäre etwas geschehen.«

Konni, der aussah, als schäme er sich tatsächlich, aber nicht, als fürchte er, dass seine Mutter ihn je schlüge, nickte. »Kaiser Karl hat den Reichsbann über Magnus und seine Verbündeten ausgesprochen. Warum hat er das getan, Mutter?«

Brida schüttelte den Kopf. »Sehe ich aus, als könnte ich einen Kaiser verstehen? Ich verstehe schon weit geringere Männer nicht. Aber eines kann ich dir sagen: Ich fahre im Holzschuh über den Mühlenweiher, wenn Magnus sich dadurch bekümmern lässt, was der Kaiser in seinen fernen Landen verkündet. Eher wird es ihn anstacheln. Würden wir uns nicht ohnehin schon hüten, würde ich sagen, dass wir uns in Acht nehmen müssen.«

»Ich finde, du hütest dich nicht besonders gut. Du solltest nicht allein zu Jobst und Sofia gehen. Nimm mich mit.«

»Und was würdest du tun, wenn man uns überfiele? Da könntest du mir am Ende doch bloß beim Schreien helfen. Und wenn dir bei der Sache etwas zustieße, dann wäre ich unglücklicher, als wenn es mir selbst geschähe.«

»Ich bin schon vierzehn, Mutter. Und Ohm Thomas sagt, ich habe viel Kraft für mein Alter. Einen Knüppel schwingen könnte ich ganz gut.«

»Das kann ich auch selbst, Konni. Mach dir keine Sorgen, ich würde mich schon meiner Haut wehren. Thomas braucht dich hier.«

»Er hat doch Willem.«

»Du weißt genau, dass es für euch beide genug Arbeit gibt. Und da scherst du dich nun auch wieder hin. Was solltest du denn machen?«

»Den Roggen aus Ellringen wässern. Aber der wird heute bestimmt nicht mehr gemahlen. Die Knechte kommen erst morgen zum Abholen wieder.«

»Wenn Ohm Thomas gesagt hat, du sollst ihn wässern, dann tust du es. So viel selbst nachzudenken, ist Vergeudung. Heb dir das für die Zeiten auf, in denen dir kein Älterer Weisung gibt.«

Konni lachte, weil er wusste, dass sie es nur halb ernst meinte. Sie rieb ihm liebevoll mit der Hand das Mehl von der Wange und freute sich wieder einmal, dass er zumindest in seiner Umgänglichkeit nach seinem Vater kam. Er mochte gelegentlich bockig sein, aber verstockt war er nicht. Und recht hatte er damit, dass sie unterwegs vorsichtig sein musste.

Wenn sie noch bei Tageslicht bei ihren Freunden sein wollte, dann musste sie sich bald auf den Weg machen. Der Oktober ging seinem Ende zu, es wurde schon früh dunkel.

Der Weg nach Barendorf, wo Jobst Hufschmied war und mit seiner Frau Sofia lebte, führte Brida an den paar Bauernkaten vorüber, die das Dorf Reinstorf ausmachten. Eine von diesen Katen hatte sie sieben Jahre zuvor noch selbst bewohnt. Dann hatte sie aufgeben müssen. Die meisten Leute hatten sich gewundert, dass sie es überhaupt versucht hatte, den Hof nach dem Tod ihres Mannes zu halten.

Es quälte sie noch immer, dass sie ihnen schließlich hatte recht geben müssen. Mit fünf Kindern, die alle noch zu jung für schwere Arbeit waren, hatte es nur einen Fieberausbruch zur Erntezeit gebraucht, um ihr klarzumachen, dass sie allein zu schwach war, um das Nötigste zum Überleben zusammenzubringen, auch wenn sie jede dazu notwendige Arbeit im Grunde beherrschte. Es war ein unschätzbarer Segen, dass ihr Bruder sie gern und ohne Herablassung beherbergte. »Du gehörst mit deinen Kindern nicht weniger in die Mühle als ich«, hatte Thomas gesagt, und damit war es beschlossene Sache gewesen.

Brida dachte nicht mehr oft an das, was sie verloren hatte, doch an diesem Tag bemerkte sie im Vorüberwandern, dass ihr ehemaliges Haus leerstand. Mehrfach hatten über die Jahre die Bewohner gewechselt, seit sie die Pacht verloren hatte. Der Lüneburger Kaufmann, dem alles gehörte, ließ sein alt und krank gewordenes Gesinde dort leben. Für schwere Arbeit taugten die Alten nicht mehr, aber sie waren noch rüstig genug gewesen, um die Kate in Ordnung zu halten. Nun waren sie fort, und sogleich setzte der Verfall ein.

Niemand hatte den alljährlichen Kampf gegen das Laub geführt, sodass der Wind es an der Eingangstür hatte anhäufen können. Wenn sich weiterhin niemand um die Kate kümmerte, würde der Wind es im Winter mit dem Schnee ebenso treiben und die Tür ganz versperren, wusste Brida.

Der Gatterzaun um den Gemüseflecken hinter dem Haus

hing schief an einem umgebrochenen morschen Pfahl. Ein Schwein hatte sich unter dem Zaun hindurchgewühlt.

Es gab Brida einen Stich, den Schaden zu sehen. Wie stolz sie damals als frischgebackene Braut auf ihr eigenes Haus und ihren eigenen Garten gewesen war! Wie sorgsam sie alles gehütet hatte, und wie zufrieden Lütke und sie für einige Jahre mit sich und ihrer kleinen Welt gewesen waren.

Brida hatte die Eselstute schon angehalten und war dabei, ihre Ärmel hochzuschieben, um den Zaun wieder aufzurichten, als sie sich zur Vernunft rief. *Vorbei,* dachte sie, *den Kampf hast du verloren. Vorbei ist vorbei, und tot ist tot. Kümmere dich um die Lebenden.*

Sie gab der Eselin einen Klaps und setzte ihren Weg fort.

Jobst und Sofia waren glücklich, dass sie zum Helfen kam. Sofia brauchte ständig beide Hände, um sie in ihr schmerzendes Kreuz zu drücken, das den hochschwangeren Leib tragen musste. Ihre Stimmung hätte kaum schlechter sein können. Sie litt unter geschwollenen Gliedern und Schwindelanfällen und glaubte sich dem Tode nahe.

Brida fegte aus, putzte, wusch und ging Sofia beim Windelnsäumen zur Hand.

Am nächsten Vormittag half sie Jobst und seinem zwölfjährigen Sohn Klas dabei, einen Teil des Daches neu zu decken. Sie stand eben auf der Leiter, um Jobst ein Strohbündel hinaufzureichen, da machte ein heimkehrender Nachbar bei ihnen Halt.

»Ihr werdet nicht glauben, was ich heute Morgen in Wendisch Evern gehört habe. Herzog Magnus hat letzte Nacht Lüneburg überfallen. In den Straßen wurde gekämpft, mit viel Blutvergießen und vielen Toten. Und stellt euch vor, die Lüneburger sollen gesiegt und etliche edle Ritter in Gefangenschaft genommen haben.«

Jobst kam auf dem Dach ins Wanken, als er sich erstaunt zu seinem Nachbarn umwandte. »Glaubst du das? Wie kann das sein? Da müssen sich die Bürger ja wacker geschlagen haben.«

»Ein Bäcker soll allein etliche Feinde niedergemacht haben. Es muss ein Gräuel gewesen sein.«

Brida, die den Arm ausgestreckt hatte, um Jobst zu stützen, damit er nicht vom Dach fiel, überlief ein Schauder. »Was ist mit dem Herzog selbst? Lebt er? Ist er gefangen?«

Der Nachbar zuckte mit den Schultern. »So viel wussten die Leute auch nicht. Aber wir werden es wohl bald genug erfahren.«

»Da hast du recht«, erwiderte sie, doch sie glaubte es nicht. »Bald genug« konnte zu spät sein, wenn Herzog Magnus frei war und darauf sann, wie er am wirkungsvollsten Rache an den Lüneburgern nehmen konnte.

Am frühen Nachmittag verabschiedete sie sich zeitig, weil sie auf dem Rückweg zur Mühle nicht wieder über Reinstorf und an ihrem alten Haus vorbeiwollte. Der zweite Weg, der infrage kam, war länger.

Die Eselin musste keine Last mehr tragen, sodass Brida reiten konnte. Nachdem sie Barendorf hinter sich gelassen hatte, das letzte Schweinequieken, die letzten Axtschläge und der letzte Hahnenschrei des Dorflebens verklungen waren, wurde sie der Stille bald überdrüssig. Aus alter Gewohnheit unterhielt sie sich eine Weile mit der Eselstute, dann begann sie zu singen.

Schön sang sie nicht, aber laut und von Herzen. So hätte sie sicher überhört, dass sich hinter ihr auf dem Waldweg Reiter näherten, wenn die Eselin sie nicht mit dem Spiel ihrer langen Ohren darauf aufmerksam gemacht hätte. Sofort führte sie das Tier vom Weg zwischen die Bäume und Sträucher des Unterholzes, legte ihm beruhigend eine Hand auf die Nüstern und umfasste mit der anderen ihren Wanderstab fester.

Das dumpfe Hufgeklapper wurde lauter, das Ohrenspiel der Eselin aufgeregter. Brida hielt die Luft an, bis drei schwer bewaffnete Reiter auf dem Abschnitt des Weges erschienen, den sie überblickte. Die Rösser trabten flott, und die Männer schauten nicht nach rechts und links. Sie waren so beschäftigt mit ihrer Eile, dass sie das Schnauben der Eselin nicht hörten. Brida atmete auf. *Wenn du dich jemals vor anderen Menschen verstecken willst, dann nimm auf keinen Fall ein Tier mit,* dachte sie und legte sich die Hand auf die Brust, in der ihr Herz so wild hämmerte, dass sie davon außer Atem war. Erst als sie sich wieder beruhigt hatte, wagte sie es, auf den Weg zurückzukehren.

Nun war sie froh über die Stille, die es ihr ermöglichte, nach weiteren Reisenden zu lauschen.

Wenn sie nicht so aufmerksam zu Fuß weitergeschlichen wäre, wäre ihr wohl das leise Seufzen entgangen, das aus dem dichten Brombeergestrüpp drang. Sie erstarrte so plötzlich in ihrer Bewegung, dass die Eselin sie zuerst anrempelte, bevor sie ebenfalls mit geweiteten Nüstern ins Gebüsch blickte.

Brida musterte die undurchdringlich wirkende Pflanzendecke und bemerkte geknickte Zweige und niedergetretenes Gras. Die kühle Stimme ihrer Vernunft gab ihr sofort einen Rat: *Sieh zu, dass du wegkommst. Was da stöhnt, hatte vielleicht einen Feind, den du nicht auch haben möchtest.*

Mit einem schicksalsergebenen Schniefen wandte Brida sich an ihre Eselin. »Aber wann hätte ich je an Schwierigkeiten vorübergehen können, was, Olle? Also bleib schön stehen. Ich wate mal in die Brommeln.«

Was sie nach kurzem Herumstochern im dornigen Gestrüpp fand, entsprach ihren Befürchtungen. Auf dem Waldboden lag ein übel zugerichteter Mensch. Seine Rüstung wies ihn als adligen Kriegsmann aus, das dichte, helle Haar und der schlanke Wuchs verrieten seine Jugend. Seinem Gesicht war nicht viel zu entnehmen, denn wo es nicht rotblau und geschwollen war, da war es von den Stacheln und Zweigen des Gestrüpps zerkratzt und blutig. Blut bedeckte auch seine Beinröhren und Handschuhe und das Laubbett, in dem er ruhte.

Brida musste ihn nicht lange betrachten, um zu wissen, dass jeder seiner Seufzer sein letzter sein konnte.

Lauf weg, solange du noch kannst, sagte die Stimme in ihrem Hinterkopf. Es lag auf der Hand, dass dieser junge Kämpe etwas mit der Schlacht um Lüneburg zu tun hatte.

Doch auch diese Mahnung ihrer Vernunft verhallte. Brida dachte an ihren eigenen ältesten Sohn, der ebenso blond war wie der junge Ritter vor ihr. Und auch dieser hatte vermutlich eine Mutter, die lange weinen würde, wenn sie ihn verlor.

»Ich grüße Euch, mein Herr«, sagte sie laut, beugte sich zu ihm hinab und berührte ihn zaghaft an dem einen Arm, der unverletzt wirkte. »Könnt Ihr mich hören?«

Seine Augen waren so zugeschwollen, dass er sie nicht öffnen konnte, aber Brida sah, dass er es versuchte.

»Wirst du mir helfen?«, fragte er. Undeutlich und leise kam es zwischen seinen zerschlagenen Lippen hervor, aber auch seine Stimme klang jung.

Bridas Herz floss vor Mitleid über. »Ich werde Euch helfen, junger Herr, aber Ihr müsst Euch gedulden. Bleibt still liegen, bis ich mit einem Karren wiederkehre.«

Seine Hand zuckte. »Nicht nach Lüneburg.«

»Nein, keine Sorge. Ich kann mir schon denken, dass Ihr dort nicht gut aufgehoben wäret.«

»Mir ist so kalt.«

Wortlos nahm Brida ihren Wollumhang ab und deckte ihn damit zu.

Jobst beschnitt gerade dem Zugochsen eines Bauern die verwachsenen Klauen, als Brida auf ihrer Eselin bei seinem Haus ankam. Ihr klapperten die Zähne von dem flinken Trab, zu dem sie das Tier angetrieben hatte. Trotz ihrer Eile wartete sie, bis der Bauer seinen Ochsen davonführte, bevor sie ihrem Freund erzählte, warum sie umgekehrt war.

Er schüttelte den Kopf. »Ich kann ihn nicht bei uns aufnehmen, Brida. Du weißt, dass ich Sofia nicht noch eine Last aufbürden darf. Und dazu die Angst, dass es sich rächen könnte, wenn wir ihn beherbergen … Ich würde ja gern meine Christenpflicht tun, aber es geht nicht.«

Brida tätschelte ihm den Arm. Drei unzertrennliche Freunde waren sie gewesen: Jobst, ihr Bruder Thomas und ihr Liebster Lütke. Und Jobst war bei all seiner überragenden Körperkraft schon immer der Zaghafteste von ihnen gewesen.

»Das wollte ich gar nicht von dir verlangen. Leih mir nur den Karren und hilf mir, den Mann aufzuladen. Dann bringe ich ihn in die Mühle.«

»Damit tust du Thomas auch keinen Gefallen. Lass mich Klas zum Kloster Lüne schicken, damit die Kirche sich des Mannes annimmt.«

Brida hatte das »Wirst du mir helfen?« des jungen Ritters noch zu deutlich im Ohr, um Jobsts Angebot ernsthaft in Erwägung zu ziehen. Es würde zu viel Zeit vergehen, bis die Klosterknechte dem Verletzten zu Hilfe kamen. Und wer wusste, ob sich die ehrwürdigen Schwestern nicht der Stadt Lüneburg verpflichtet fühlten und den Jungen auslieferten.

So bestand sie darauf, ihn selbst mitzunehmen, lud ihn

gemeinsam mit Jobst auf den Karren und bedeckte ihn mit ihrem Umhang und alten Säcken, damit nicht jeder Reisende ihn gleich sah. Er sprach nicht mehr, sondern stöhnte nur, als sie ihn bewegten.

Brida schwitzte auch ohne ihren Umhang Rinnsale, als sie eine Weile später unterwegs war und sich erneut Bewaffnete auf Pferden näherten. Doch die Reiter preschten vorüber, ohne sie zu beachten.

Am liebsten hätte sie die Eselin zum Galopp angetrieben, doch der zweirädrige Karren holperte schon bei maßvoller Geschwindigkeit mit so harten Stößen über die schlechte Straße, dass es ihr selbst wehtat, obwohl sie nicht verletzt war.

Daher war es bereits dunkel, als sie die vertraute dunkle Silhouette des Mühlengebäudes erblickte. Ihr Bruder und ihre Kinder standen auf dem Hof. Ann Durt zündete eben die Fackeln an, die Thomas und Konni trugen.

»Da ist sie ja«, schrie Stina und kam Brida entgegengerannt, noch ganz Kind mit ihren elf Jahren.

Thomas gab Ann Durt die Fackel zurück und folgte Stina mit langen Schritten. »Warum kommst du mit dem Karren? Hat dich das so lange aufgehalten? Hast du gehört, was in Lüneburg geschehen ist?«

Brida ließ die Eselin anhalten und blickte sich nach ihrer Fracht um. Unter den Säcken rührte sich nichts, es sah aus, als hätte sie nur Rüben und alte Lumpen geladen. Mit einem Seufzer kletterte sie vom Karren und wandte sich ihrem Bruder zu. »Sind wir heute Nacht unter uns, oder haben wir Gäste? Ich habe etwas mitgebracht, das kein Fremder sehen darf.«

Sofort dämpfte Thomas seine Stimme. »Du machst mir Angst. Wir haben drei bewaffnete Reiter aus Lüneburg hier. Sie sitzen in der Gaststube und wollen übernachten. Wenn du ein Geheimnis auf dem Karren hast, dann bring es nicht ins Haus und nicht in den Pferdestall.«

Nun waren auch die Kinder herangekommen. Bevor Brida ihn davon abhalten konnte, hatte Konni seine Fackel über die Ladefläche gehoben und einen der leeren Säcke gelüpft.

»Heiliges Mühlrad, was ist das denn? Mutter, bist du verrückt? Das ist ein Ritter«, entfuhr es ihm.

Wie aus einem Munde zischten Brida und ihr Bruder ihn gleichzeitig an, leise zu sein.

»Haltet nur ja alle den Mund. Ihr habt nichts gesehen!«, befahl Thomas den Kindern.

Brida drückte ihm dankbar den Arm. »Ich bringe ihn in den Gänsestall. Konni, hilf mir. Du wirst deine Neugier ohnehin nicht bezwingen können.«

Ann Durt hob ebenfalls ihre Fackel und spähte über den Karrenrand. »In den Gänsestall? Da wird ihm Hören und Sehen vergehen.«

Brida zuckte mit den Schultern. »Das ist ihm schon vergangen. Vielleicht für immer, ich weiß es nicht. Geh und bring mir Wasser und ein Tuch in den Stall. Aber so, dass die Gäste es nicht bemerken.«

»Und wir? Was sollen wir tun?«, fragte Stina.

»Ihr setzt euch ans Feuer und spielt ein Fadenspiel oder was euch sonst einfällt. Ich erzähle euch später alles. Habt Geduld und schweigt.«

Widerwillig ließen sich die Kinder von ihrem Onkel und ihrer großen Schwester ins Haus scheuchen.

Willem nahm kopfschüttelnd Konni die Fackel aus der Hand. »Warum kannst du nicht ein Mal an Schwierigkeiten vorübergehen, Mutter? Ich lösche die Fackel, ihr habt genug Mondlicht beim Stall. Es wäre besser, ihr brächtet den Mann außer Sicht, bevor einer von den Reitern herauskommt, um in den Fluss zu pissen. Es sind Lüneburger. Wenn sie sehen, dass du ihren Feind versteckst, zerschlagen sie uns wenigstens den Hausrat, wenn nicht Schlimmeres.«

Energisch griff Brida der Eselin in den Zaum und führte sie in Richtung Fluss und Gänsestall. »Dann geh und sorge dafür, dass sie beschäftigt sind. Würfelt, lass sie auf unsere Kosten trinken. Der Junge hier auf dem Wagen ist vielleicht achtzehn Jahre alt, nicht älter als du. Der Teufel sollte den holen, der dich am Wegesrand fände und dort verrecken ließe.«

Willem legte ihr flüchtig die Hand auf die Schulter. »Verzeih, Mutter. Aber … Ach, was hilft es. Ich werde mein Bestes tun.«

Konni schob den Karren an, damit die Eselin das von den Gänsen und Schweinen zerwühlte Flussufer leichter überwinden konnte. »Willem ist immer so verflixt vorsichtig und vernünftig. War Vater auch so?«, wollte er wissen.

»Ob du es glaubst oder nicht, das kommt auch von meiner Seite. Willem spricht nur aus, was meine Vernunft mir im Stillen sagt.«

Konni lachte. »Das kann ich nicht glauben. Oder jedenfalls glaube ich, dass du nicht oft auf sie hörst.«

Er sprang zum Zaun des Gänseauslaufs und öffnete die Pforte. Die Wächtergans schlug Alarm, und binnen kürzester Zeit krakeelte und trompetete das ganze Gänsevolk.

»Ihr kommt alle auf den Bratspieß«, drohte Brida den Vögeln.

Konni kam wieder zu ihr geflitzt. »Wir müssen uns beeilen. Was ist schwerer, Schultern oder Beine?«

Es bereitete ihnen keine große Mühe, ihre menschliche Bürde vom Karren zwischen den aufgestörten Tieren hindurch in den Stall zu bringen. Sie waren beide stark und hatten schon andere Lasten zusammen getragen.

Gleich nachdem sie ein Plätzchen für ihren reglosen, aber noch atmenden Schützling gefunden und ihn abgelegt hatten, schickte Brida Konni fort, damit er die Eselin versorgte. Die Gänse beruhigten sich bereits, sie hatten die Frau erkannt, aus deren Händen sie täglich ihr Futter empfingen.

Der Mond hatte sie draußen ausreichend mit Licht versorgt, doch im Inneren des Gänsestalls versagte er seinen Dienst. Brida sah kaum die Hand vor Augen. Außerdem fand sie es für einen kranken Menschen zu kalt. Trotz allem begann sie, ihn mit tastenden Fingern von seiner Rüstung zu befreien. Der drückende Plattenrock und das Kettenhemd mussten eine Qual sein.

Der junge Mann war so still gewesen, seit sie ihn gefunden hatte, dass sie erleichtert war, als er nun stöhnte.

»Mutter Maria. Mir ist übel.«

Er hatte es kaum ausgesprochen, als er sich auch schon halb aufrichtete und sich übergab.

Brida half ihm, so gut es in der Dunkelheit ging. »Nun, zumindest lebt Ihr, mein Junge«, sagte sie und rieb ihm tröstend den von der Rüstung erlösten Rücken.

»Mir tut alles weh«, flüsterte er und ließ sich wieder ins Stroh sinken.

»Wart Ihr letzte Nacht in Lüneburg? Habt Ihr dort in der Schlacht so gelitten?«, fragte sie leise.

»Ja. Aber ich wäre davongekommen. Wenn nicht …« Das Sprechen fiel ihm schwer, von Wort zu Wort klang er undeutlicher, bis er verstummte.

Brida nahm ihm vorsichtig seine Beinschienen ab. Er ließ es sich gefallen, stöhnte aber und schrie auf, als sie seine Knie beugte. Erschrocken hielt sie inne. »Schscht. Außer meinem Bruder und meinen Kindern darf niemand wissen, dass Ihr hier seid. Ihr müsst die Zähne zusammenbeißen.«

Sie lauschte, hörte jedoch nur das Schnattern der beunruhigten Gänse. Nicht nur der Aufschrei des Verletzten hatte die Vögel erneut aufgestört. Ann Durt kam in den Stall, und sie brachte nicht nur ein Tuch und warmes Wasser, sondern auch einen brennenden Kienspan und einen kleinen Krug Bier.

»Danke, Engel. Ich konnte unserem Gast hier im Dunkeln kaum helfen.«

Die flackernde kleine Flamme in Ann Durts Hand beleuchtete ihr Gesicht so wohlwollend, dass sie noch hübscher und sanfter wirkte als bei Tag. Ihr Anblick brachte Brida zum Lächeln, obwohl ihr sonst alles andere als heiter zumute war.

Zögernd näherte sich ihre Tochter. »Ist der Herr wach?«

Der Verletzte atmete hörbar ein. »Engel? Ist sie ein Engel? Wird sie mich retten?«

»Nun, meine Tochter ist nur ein irdischer Engel, aber sie wird uns beistehen.«

Eilig sorgte Brida mit Ann Durts Hilfe dafür, dass der Verletzte einigermaßen sauber und weich lag. Sie gaben ihm zu trinken und überließen ihn dann sich selbst, um die Gäste, die in der Mühle auf Bewirtung warteten, nicht unruhig werden zu lassen.

Als Brida den Lüneburgern Bier einschenkte, erkannte sie, dass ihre Vorsicht angebracht war. Aufgewühlt und reizbar waren die drei Männer von ihren Kampferlebnissen in der Stadt. Einer von ihnen hatte im Gefecht einen Ritter getötet und wurde es nicht müde, die Erzählung von seiner Heldentat zu wiederholen. Immer neue Schmähworte fanden die drei für die Gefolgschaft von Herzog Magnus, der selbst nicht an der Schlacht teilgenommen hatte.

Jedes Mal, wenn im Laufe des langen Abends einer von den dreien zum Wasserlassen hinaustorkelte, schlug Brida das Herz bis zum Hals. Unauffällig spähte sie den zunehmend Betrunkenen durch die Tür nach draußen nach, um sicherzugehen, dass keiner von ihnen sich zum Gänsestall verlief.

Selten war sie so froh darüber gewesen, dass Gäste sich endlich auf ihren Strohsäcken zur Ruhe legten.

Thomas, ihre Söhne und die zwei Kleinen – Stina und Nickel – lagen schon in den Butzen und schliefen. Ann Durt saß noch in der Wohnstube auf der Bank beim Feuer, war jedoch auch eingenickt. Ihr Kopftuch war verrutscht, und haselbraune Haarsträhnen umspielten ihr Gesicht, sodass Brida nicht nur das Engelhafte in ihr sehen konnte, sondern auch das kleine Mädchen, das sie noch vor wenigen Jahren gewesen war. Beide Mädchen hatten die gleiche Haarfarbe wie Brida, während die Jungen Lütkes Blond geerbt hatten.

Sanft rüttelte sie ihre Tochter wach. »Zeit, zu Bett zu gehen, Kind.«

Mit der Anmut eines Schwans, der seine Flügel ausbreitet, reckte Ann Durt sich, rieb sich die Augen und stand dann so federnd auf, als würde sie taufrisch den neuen Tag beginnen wollen. »Warst du noch einmal bei dem Kranken?«

Brida schüttelte den Kopf und griff nach einer zerlumpten Decke, um sie sich anstelle ihres Umhangs umzulegen, der dem jungen Ritter im Stall Wärme spendete. »Ich gehe jetzt. Hoffentlich wecken die Gänse unsere Gäste nicht wieder auf.«

Ann Durt überholte sie auf dem Weg zur Tür. »Lass mich gehen. Falls einer von denen aufwacht, kannst du ihn besser beruhigen.«

1

Kunzmann von Alten fror, er hatte Sodbrennen, und seine Schmerzen ließen ihn keinen Schlaf finden. Burg Rethem an der Aller war immer ein Eiskeller, jetzt im Oktober wäre der Aufenthalt nur mit einem großen, lodernden Feuer zu ertragen gewesen. Für ein solches Feuer war der Burgvogt jedoch zu geizig. Er ging lieber davon aus, dass seine kampferprobten Gäste abgehärtet genug waren, um die Kälte zu ertragen.

Gespart hatte er auch beim Essen. So wie er sich fühlte, hätte Kunzmann darauf geschworen, dass das Schweinefleisch vom Abendessen mehr als nur ein wenig verdorben gewesen war. Er hatte es zu seinem Bedauern nicht rechtzeitig bemerkt, weil der Koch das Geschnetzelte geschickt gewürzt und in saurer Soße ersäuft hatte.

Kälte und Sodbrennen waren unverschuldet und ärgerlich. Der Schmerz hingegen hatte eine frohe Seite, denn den hatte er sinnvoll erworben. Ihm war ein böses Elfengeschoss in den Rücken gefahren, als er seinen toten Neffen ins Gestrüpp geworfen hatte. Wenn dieser brennende Rückenschmerz eine Strafe für die Tat sein sollte, dann wollte er sie gern annehmen. Brachte sie ihm doch vermutlich einen gehörigen Zugewinn an Vermögen und Macht ein. Endlich musste er sich nicht mehr fragen, wie viel sein Vater dem jungen Ulrich vermachen würde.

Wäre sein Bruder, der Vater des Jungen, noch am Leben

gewesen, hätte Kunzmann nicht damit gehadert, das Erbe teilen zu müssen. Sein Bruder Karl war ein verdienter, gestandener Mann gewesen, und sie hatten gegenseitig auf die Unterstützung durch den anderen bauen können. Der kleine Ulrich hingegen war ein dummer Knabe gewesen, ein Klotz am Bein, der nichts wert war und keinen Anteil am Erbe verdiente. Ihn zu beseitigen, war ein Dienst am Stamme derer von Alten gewesen.

So hatte die peinliche Schmach, die sie als des Herzogs Gefolgschaft in Lüneburg erlebt hatten, wenigstens ein Gutes gehabt. Kunzmann hätte sich von Herzen darüber freuen können, wäre ihm nicht so kalt gewesen und so übel.

Ulrich von Alten fühlte sich, als würde er einen nicht enden wollenden Alptraum durchleben. Ende Januar hatte er von Herzog Magnus seinen ersten Auftrag bekommen. Stolz und siegesgewiss war er losgeritten, um die herzögliche Besatzung der Lüneburger Burg vor dem kommenden Treuebruch der Lüneburger zu warnen. Doch als er bei dem verfluchten Kalkberg ankam, auf dem die Burg stand, war sie bereits durch eine tückische List von den Stadtbürgern eingenommen worden. Als Weiber verkleidet, waren die wehrhaften Bürger in die Burg gekommen, und die Besatzer hatten es erst durchschaut, als es zu spät war. Schmählich hatte Ulrich mit dieser Nachricht zu Magnus zurückkehren müssen.

Seither war er von den Männern der Gefolgschaft nicht mehr für voll genommen worden. Bei Magnus' Rachefeldzug gegen die Stadt hatte Ulrich alles daransetzen wollen, sich zu beweisen und die Schmach auszumerzen. Stattdessen hatte er sich im Verlaufe einer entsetzlichen Niederlage von einem einfachen Zimmermann so am Bein verletzen lassen, dass er sich kaum noch hatte bewegen können.

Es gemahnte an ein Wunder, dass es seinem Onkel gelungen war, ihn noch aus der Stadt zu schaffen, als der Ausgang der Schlacht bereits deutlich zu erkennen war. Man hätte es Glück nennen können, wenn sein Onkel anschließend nicht etwas Grauenhaftes getan hätte. Ulrich durfte nicht darüber nachdenken, was vorgefallen war, sonst wurde ihm wieder so übel, dass er seine Erschütterung herauswürgen musste. Jedenfalls konnte es nur noch die Erschütterung sein, die da zum Vorschein kam, denn sein Magen war gänzlich leer.

Hunger hatte er nicht, dazu war sein anderes Elend zu groß. Er litt grauenhafte Schmerzen an Leib und Seele, konnte sich vor Erschöpfung nicht regen und fand sich in einem schmutzigen Stall abgelegt wieder, als wäre er ein betrunkener Schweinehirt. Warum hatte das Weib ihn überhaupt mitgenommen, wenn sie nicht vorhatte, sich weiter um ihn zu kümmern? Er wäre lieber im Eichenlaub gestorben als im Gänsemist.

Wenn doch nur sein Knie nicht so hundsgemein geschmerzt hätte, dann wäre er vielleicht in der Lage gewesen, sich aufzurappeln und eine angemessene Unterkunft aufzusuchen. An Schlaf war nicht mehr zu denken. So wie sein Kopf pochte, musste sein mörderischer Onkel ihn mit einem harten Ding niedergeschlagen haben. Er musste Gott danken, dass er noch bei klarem Verstand war.

Die Gänse, die sich mit seiner Anwesenheit abgefunden hatten und um ihn herumhockten, wurden wieder unruhig, zogen die Köpfe aus dem Gefieder und gaben leise Warnlaute von sich. Die Stalltür wurde von außen geöffnet. Im schwachen Gegenlicht erkannte er, dass es das engelhafte Mädchen war, das zu ihm kam. Dieses Mal trug sie zu seinem Bedauern kein Licht.

»Seid Ihr wach, mein Herr?«, flüsterte sie.

»Ja.« Er wollte mit fester Stimme sprechen und ihr deutlich sagen, was er von der Art hielt, mit der er behandelt wurde. Doch heraus kam nur ein jämmerliches Krächzen.

»Meine Mutter lässt Euch ausrichten, dass wir besser für Euch sorgen werden, wenn die Lüneburger Reiter aus dem Haus sind. Bei Tagesanbruch werden sie aufbrechen.«

Süß und sanft klang ihre Stimme. Wenn ihre Hände ebenso sanft waren, wollte er sich von diesem Mädchen gern pflegen lassen.

Also würde er seine Beschwerden für sich behalten und sich in Geduld üben. Wenn nur nicht alles so scheußlich gewesen wäre. Vielleicht konnte sie ihm wenigstens noch eine Decke bringen. »Mir ist kalt«, krächzte er.

Mit leichten Schritten, die kaum das Stroh rascheln ließen, kam sie zu ihm, hockte sich an seine Seite, nahm seine Hand und befühlte mit ihren Fingerspitzen seine Stirn.

»Fieber scheint Ihr nicht zu haben. Eure Haut ist eisig. Da wird kein Stroh und keine Decke helfen. Ich sage Mutter, sie soll Konni schicken, damit er bei Euch schläft und Euch wärmt.«

Er hätte freiwillig noch eine weitere Nacht zwischen den Gänsen verbracht, wenn sie selbst bei ihm geschlafen hätte statt dieses »Konni«.

»Warum bleibst du nicht, Engel?«, flüsterte er.

Damit überraschte er sie. Sie hielt inne und zögerte mit ihrer Antwort. »Es wäre Mutter und Ohm Thomas nicht recht. Wir kennen Euch nicht.«

Auf einmal beeilte sie sich, ihn zu verlassen. Er hatte sie mit seiner Dummheit verscheucht. »Verzeih, ich meinte nichts Unziemliches damit«, versuchte er, ihr nachzurufen. Heraus kam wieder nur Krächzen, und er war nicht sicher, ob sie ihn verstanden hatte.

Brida liebte die Morgenstunden bei der Mühle, wenn Thomas das Mühlenwehr öffnete und das Wasserrad sich knarrend und stockend in Bewegung setzte. Zum allmählich gleichmäßig werdenden Rumpeln des Mahlwerks erwachten von den Kindern bis zu den Hühnern alle, die im Haus und den Ställen der Mühle lebten.

Ein Reiher erhob sich vom Ufer des Mühlenweihers, wo er die bisherige Ruhe genutzt hatte, um zwischen dem auf der glatten Wasseroberfläche schwimmenden Herbstlaub hindurch nach einer schuppigen Frühmahlzeit Ausschau zu halten. Thomas verscheuchte die großen Vögel oder schoss mit dem Bogen auf sie, wenn er sie sah, damit sie ihm seine Fische nicht abjagten. Doch Brida mochte ihren Anblick und ließ sie heimlich gewähren.

An diesem Morgen hatte sie keine Zeit, den langsamen Anbruch des Tages zu genießen. Zwei der Lüneburger waren wider Erwarten vor ihr erwacht und hatten die Gaststube bereits verlassen. Rasch hatte sie sich einen Umhang übergeworfen und war auf den Hof hinausgetreten. Konni war nachts nicht aus dem Gänsestall zurückgekehrt, musste also tatsächlich dort geschlafen haben.

Die beiden Lüneburger standen ausgerechnet am Zaun vom Gänseauslauf, beugten sich hinüber und begutachteten das Geflügel, als hätten sie noch nie eine Gans gesehen. Ihr Atem stand ihnen in der Morgenfrische als weißer Hauch vor den Gesichtern.

»Einen gesegneten Morgen wünsche ich euch. Habt ihr schlecht geschlafen, oder warum hat es euch so früh unter den warmen Decken hervorgetrieben?«, fragte sie.

Der eine von beiden, der am Vorabend so damit angegeben hatte, wie gnadenlos er mit dem Ritter umgesprungen war, schnaufte abfällig. »Wenn du deine Decken warm nennst, Müllerin, dann will ich nicht wissen, was du kalt nennst. Ich habe mir halb den Arsch abgefroren, nachdem das Feuer verloschen war. Was machst du mit diesen Gänsen? Musst du sie alle zu Martini abliefern?«

Brida fluchte innerlich. Wie konnte sie die Kerle schnell und unauffällig vom Gänsestall vertreiben?

»Nein. Nur die Hälfte von ihnen gehört dem Kloster und muss zu Martini in die Stadt. Einen anderen Teil nudeln wir und verkaufen sie selbst. Der Rest bleibt für die Zucht.«

Der zweite Mann nickte. »Mühlengänse sind immer besonders fett. Man weiß ja, woher das kommt.« Er feixte frech.

Brida fühlte den Drang, ihm einen Tritt gegen das Schienbein zu versetzen. Sie hatte Leute wie ihn satt. Taten so, als scherzten sie, und meinten es doch ernst. Die meisten Schandmäuler waren überzeugt davon, dass Mühlengeflügel fett war, weil alle Müller betrogen und absichtlich beim Umfüllen der Säcke fremdes Korn in den Schmutz fallen ließen.

»Nun ärgere unsere Müllerin nicht. Mir ist es gleich, warum die Gänse so gut im Futter stehen. Ich möchte gern einen deiner Prachtvögel kaufen und meiner Mutter als Geschenk mitbringen. Geh mit mir in den Stall, und wir suchen den schönsten aus, gutes Weib. Ich bin kein Knauser, und schließlich gibt es Grund zum Feiern. Meine alten Eltern werden sich mit mir darüber freuen, wie wir Magnus' Ungeziefer zum Tanz aufgespielt haben.«

Jetzt nur kein Blick zur Stalltür, mahnte Bridas Vernunft. Sie musste sich anstrengen, um dem Rat zu folgen. Wenn Konni nicht zuhörte und schnell begriff, dass der Zeitpunkt ungünstig war, würde er gewiss gleich herauskommen. Sie wollte ungern erklären müssen, was ihr Sohn nachts im Stall gemacht hatte.

»Es wird deinem Mantel und deinen Stiefeln besser bekommen, wenn du nicht zwischen meinen Gänsen herumstapfst. Außerdem regen sie sich auf, wenn Fremde in den Stall kommen. Und dann werden sie nicht richtig fett.«

»Na gut. Aber ich will eine Auswahl haben. Nicht, dass du mir das leichteste Vögelchen herausgreifst.«

Brida winkte ab. »Ach wo. Du bekommst schon einen üppigen Braten. Ist doch für dein Mütterchen.«

Sie schritt im selben Augenblick durch die Pforte des Gänseauslaufs, als Konni verschlafen aus dem Stall schlurfte. Er nestelte seine Bruch auf und wandte sich zum Wasserlassen der Stallecke zu, ohne die Gäste am Zaun zu bemerken.

Brida stieß einen leisen Laut des Unmuts aus. Sie ging so eilig auf ihn zu, dass die Gänse, die nun der Pforte zustrebten, um auf den Weiher gelassen zu werden, ihr schnell aus dem Weg watschelten. »Guten Morgen, Konni. Gab es Zeichen vom Fuchs?«

Überrascht sah ihr Sohn sich zu ihr um. »Fuchs? Warum meinst du denn, dass ein Fuchs …« Dann entdeckte er die Männer am Zaun, die ihn ihrerseits verwundert betrachteten. »Ach so, der Fuchs«, murmelte er. »Nein, der hat sich nicht blicken lassen. Zu seinem Glück. Ich hätte ihm das Fell über die Ohren gezogen. Das wäre ja noch schöner, wenn da einfach so ein Fuchs daherkommen könnte und …«

Brida drohte ihm mit erhobener Hand. »Sei nicht blöd, Grützkopf. Ich will für unseren Gast eine Gans aussuchen. Lass mich sehen, wie viele noch im Stall sind.«

Als sie an Konni vorüberging, neigte er sich ihr zu. »Meinetwegen können sie den jungen Herrn verdreschen und mitnehmen. Er mault oder schnarcht in einem fort.«

»Schäm dich«, flüsterte Brida ihm zu, bevor sie den Stall betrat.

Im Halbdunkel hielt sie gleichzeitig nach dem Schlaflager ihres Schützlings und nach einer Gans zum Verkauf Ausschau. Sie erhob die Hand zu ihren Lippen, um den Jungen zum Schweigen zu ermahnen, entdeckte ihn jedoch nicht auf seinem Platz.

Hinter ihr schnatterten die Gänse, Schritte waren zu hören, und der Gänsekäufer kam zu ihr herein.

Bridas Herz sackte ihr bis in die Kniekehlen vor Schreck. Wo war der angeschlagene junge Ritter? Nur ihr Umhang und eine Wolldecke lagen dort, wo die beiden Jungen geschlafen hatten.

»So leicht erregbar scheinen mir deine Gänse nicht zu sein. Da wollte ich sie mir doch lieber selbst ansehen. Schläft dein Sohn immer bei ihnen im Stall?«

Brida hoffte, dass er im schlechten Licht nicht sah, wie heiß ihre Wangen wurden. »Nur wenn wir glauben, dass Raubzeug herumschleicht.«

Energisch ergriff sie eine der letzten Gänse, die sich noch im Stall aufhielten, bei den Flügeln. »Lasst uns diese hier draußen bei Licht betrachten.«

»Nein. Lasst uns lieber nachsehen, ob sich hier drinnen nicht noch eine feistere, schönere versteckt. Am besten suchen wir da drüben bei dem weichen Ruhelager. Welche Gans würde sich da nicht niederlassen wollen?«

Sein Tonfall hatte Brida längst verraten, dass es ihm nicht um die Gänse ging. Das Tier in ihren Händen schnatterte ängstlich, weil sie es in ihrer Aufregung zu fest drückte. Wütend klemmte Brida sich die Gans unter den Arm. »Ich denke, du nimmst diese hier und machst jetzt, dass du aus meinem Stall kommst!«

Obwohl sie darauf gefasst war, dass er ihre Worte missachten würde, überrumpelte er sie. Er sprang zu ihr, umarmte sie samt Gans und presste ihr einen unerwünschten Kuss auf die Lippen. Ohne zu zögern, stieß sie ihr Knie in Richtung seines Gemächts. Zu ihrem Bedauern war er darauf gefasst und wich aus, doch immerhin gab er ihr Bewegungsspielraum, sodass sie ihm die Gans an den Kopf werfen konnte. Der verängstigte Vogel nutzte flatternd und zappelnd das Gesicht des Mannes, um sich für einen Flugversuch abzustoßen, und schiss ihm dabei auf sein Wams.

Für Genugtuung ließ Brida sich keine Zeit. Der Lüneburger war gerade lange genug abgelenkt. Sie ergriff die zweizinkige Mistforke, die neben der Tür stand, und schlug ihm deren knorrigen Stiel so hart ins Gesicht, dass er aufschrie.

»Oh, verzeih, da bin ich aber böse ausgerutscht. Und verzeih mir gleich noch einmal, denn eben merke ich, dass ich doch keine Gans für dich übrig habe.«

Sie war bereit, noch einmal zuzuschlagen und ihn das volle Maß ihrer Wut spüren zu lassen, doch ein Angriff hatte genügt.

»Widerliche Vettel«, jaulte der Kerl, presste die Hand gegen sein Jochbein und taumelte aus dem Stall. Er ließ die Pforte vom Gänseauslauf hinter sich offen, als er ging.

Binnen kürzester Zeit waren sämtliche Gänse hinausgewatschelt und schwammen auf dem Teich, wie sie es gewohnt waren. Brida blieb eine Weile stehen und beobachtete sie, um ihrem rasenden Herzen die Gelegenheit zu geben, sich zu beruhigen. So empört sie war, so erleichtert war sie auch. Sie hatte schon geglaubt, dass der grobe Lüneburger ihren heimlichen Gast erahnte.

Mit einem Blick versicherte sie sich, dass die Männer gegangen waren. Konni war schon dabei, dem Esel Heu zu bringen. Er schien ihre Sorge um den adligen Kranken nicht besonders ernst zu nehmen und hatte von dem Geschehen im Gänsestall anscheinend nichts mitbekommen. Was gut war, stellte Brida fest, denn sonst hätte er zur Ehrenrettung seiner Mutter womöglich Streit mit den Männern angefangen.

Kurz war sie unschlüssig, ob sie dringender den Lüneburgern folgen und darauf achten sollte, dass sie ohne weiteren Ärger aufbrachen, oder herausfinden, wohin sich der junge Ritter verkrochen hatte. Ein halb unterdrückter Schmerzenslaut, der aus dem Stall zu ihr drang, bestimmte ihre Entscheidung. In der hintersten Ecke fand sie den Kranken. Er saß mit ausgestrecktem Bein und an die Wand gelehnt da, hatte sich im Stroh eingegraben und hielt einen Stapel Nistkörbe vor sich. Tatsächlich hätte ihn auf diese Art nur jemand entdeckt, der nach ihm suchte.

Als Brida ihm in sein zerschundenes Gesicht sah, wurde sie wieder von Mitgefühl überwältigt, denn ihm liefen Tränen über die Wangen.

»Armer Junge. Wartet ab, in zwei Tagen wird niemand mehr danach fragen, auf welcher Seite Ihr gestanden habt. Dann könnt Ihr Euch wieder sicher fühlen. Wie habt Ihr es denn in diese Ecke geschafft?«

Er schloss seine geschwollenen Augen. »Durch den Mist gekrochen wie schmutziges Gewürm. Ich bitte dich inständig, gutes Weib, gib mir eine bessere Unterkunft.«

Brida nickte. »Sobald die drei Lüneburger vom Hof sind, schaffen wir Euch auf den Heuboden. Da ist es sauber und hell.«

Zu Bridas Freude verließen die Lüneburger die Mühle nach kargen Abschiedsworten hastig. Keine Gans verkauft zu haben, empfand sie als kleinen Preis für ihr schnelles Verschwinden.

Rasch brachten sie den jungen Ritter in den Stall, der in früheren Zeiten einmal das Wohnhaus von Bridas Vorfahren gewesen war und liebevoll »Lüttes Hus« genannt wurde. Mit Hilfe eines großen Kornsacks und eines Seilzugs zogen sie ihren Gast auf den Heuboden. Sie holten warmes

Wasser zum Säubern seiner Schrammen und Wunden, bereiteten ihm ein Lager, mit dem sie auch selbst zufrieden gewesen wären, und versorgten ihn mit einer Mahlzeit.

Er blieb wach, solange sie um ihn herum waren, stellte sich ihnen als Ulrich vor und widersprach nicht, wenn sie ihn »Herr Ritter« nannten. Zu Ann Durt und den Kindern war er am freundlichsten, den Erwachsenen gegenüber verhielt er sich respektvoll, sodass die zusätzliche Arbeit niemanden reute.

Nur Konni hätte auf den adligen Gast gern verzichtet. »So etwas darf sich Ritter nennen!«, beschwerte er sich abends in der Stube. »Wehleidig ist er. Und hat so viel Mitgefühl mit sich selbst wie andere mit der ganzen Christenheit. Soll dankbar sein, dass er noch lebt, und nicht jammern, als würden verdrehte Knie ihm den Tod bringen.«

Nickel hatte mit beiden Händen eine Schale voll Brühe zum Mund geführt und setzte sie nun ab. Die Fettspuren zogen sich über beide Wangen. »Seine Knie sind dick wie Kürbisse. Die Waden sehen dagegen dürr aus. Ich fände das auch schlimm.«

Konni gab ihm einen zärtlichen Klaps gegen den Hinterkopf. »Blödsinn, Nickelchen. Du würdest es genießen, wenn wir alle deine Kugelknie bestaunten. Wahrscheinlich würdest du einen Heller von jedem nehmen, der deine Knie sehen will.«

Stina lachte. »Auf so etwas kommst nur du, Konni!«

Brida hatte versucht, von Ulrich zu erfahren, woher er stammte, und ob sie eine Nachricht an seine Angehörigen schicken sollte. Doch ihn zu fragen, ob es jemanden gab, der sich um ihn sorgte, brachte ihn zum Verstummen. Seine Augen blickten dann ins Nichts, als würde er sich an schreckliche Dinge erinnern. Brida vermutete, dass er elternlos war, und schloss ihn noch mehr ins Herz.

Nach einer Woche bekam er Fieber und litt erneut so sehr unter Schmerzen, dass Brida die Frau des Schulzen aus dem Dorf holte, die sich mit Krankheiten am besten auskannte. Weil ihr nichts anderes übrigblieb, erklärte sie der als gutherzig bekannten Frau alles. Mit einem Teil des Geldes, das sie aus dem Erlös der Geflügelzucht für die Mitgift der Mädchen zusammensparte, entlohnte sie die Heilkundige für ihre Dienste, ihre Salben und Kräuteraufgüsse, und hoffte, dass sie damit auch ihrer Bitte um Verschwiegenheit Nachdruck verlieh.

Gerade als es dem Kranken besser ging und er sich endgültig auf dem Wege der Heilung zu befinden schien, kam Jobsts Sohn Klas zur Mühle und rief Brida zu seiner Mutter. Sofia hatte sich zu Bett legen müssen, weil zu ihren angeschwollenen Gliedmaßen nun auch noch häufige, aber wirkungslose Wehen gekommen waren.

So belud Brida die Eselin mit dem, was sie für einige Tage Abwesenheit benötigte, und vertraute Ulrichs Pflege Ann Durt und den beiden Kindern an.

Ann Durt hätte einen Auftrag ihrer Mutter niemals abgelehnt, doch sich um Ulrich zu kümmern, übernahm sie mit gemischten Gefühlen. Obwohl sie Brüder hatte, fiel es ihr nicht leicht, mit jungen Männern umzugehen, und dieser junge Mann verwirrte sie besonders. Er sagte nicht »Danke, Mädchen« oder »Lütte« oder »Durtchen«, sondern: »Hab Dank, Jungfer Ann« oder »holder Engel«, wenn sie ihm etwas brachte. Hin und wieder berührte er auf eine kaum wahrnehmbare, doch bedeutungsvoll scheinende Weise ihre

Hand, wenn er ihr seine Suppenschale oder einen Becher abnahm. Ihr lief dabei ein Schauder über den Rücken, von dem sie nicht wusste, ob sie ihn angenehm oder unangenehm fand. Sie fühlte sich wohler, wenn sie nicht mit ihm allein war.

Nun, da ihre Mutter fort war, würde ihr allerdings nichts anderes übrigbleiben. Sie konnte ja nicht drei oder vier Mal am Tag Stina oder Nickel überreden, dass sie mitkamen, wenn sie nach dem Kranken sah. Da hätte sie ihnen schon erklären müssen, warum sie nicht allein gehen wollte. Und davor scheute sie zurück. Einzugestehen, dass zwischen Ulrich und ihr möglicherweise nicht alles ganz gewöhnlich und harmlos ablief, hätte alles nur schlimmer gemacht. Gewiss hätten die Kinder es der Mutter erzählt, und die würde sich aufregen und in Zukunft wieder alles selbst machen, obwohl sie doch schon viel zu viel zu tun hatte. Nein, lieber hielt Ann Durt ihre Befangenheit aus.

Mit klopfendem Herzen stieg sie am Abend nach dem Aufbruch ihrer Mutter die Leiter zum Heuboden hinauf. In einer Hand trug sie eine Schale mit Suppe, mit der anderen hielt sie sich fest. Sie bemühte sich, ihrer Stimme einen gewöhnlichen, ruhigen Klang zu verleihen, dennoch hörte man ihrem »Guten Abend« an, wie zaghaft sie sich fühlte.

»Mein Engel naht«, hörte sie ihn leise sagen, woraufhin sie prompt errötete.

»Sagt das doch nicht immer.« Vorsichtig stapfte sie im Halbdunkel durch das Heu bis zu seinem Lager nahe der Wand zum Hof.

»Aber es ist die Wahrheit«, flüsterte er. »Meine Stunden hier sind vor Eintönigkeit, Schmerz und Kummer kaum zu ertragen. Das Einzige, was mich bei Verstand hält, ist die Freude auf deine Besuche. Deine Mutter ist auch ein freundliches Weib, und ich bin ihr dankbar, doch ihre Anwesenheit tröstet mich nicht halb so sehr wie deine. Sie sagte mir, dass sie für einige Tage fortmuss, und ich habe durch die Ritzen in der Wand gesehen, wie sie auf dem Esel vom Hof geritten ist. Sag, ist das nun nicht sehr schwer für dich, wenn du all die Arbeit allein schaffen musst?«

»Es sind ja nur ein paar Tage. Und die Kleinen helfen mir.«

»Ich bewundere euren Fleiß. Mir scheint, es mangelt hier an Knechten und Mägden.«

»Einen Knecht gab es vor einer Weile noch. Er ist gestorben. Der Geselle, den mein Onkel früher hatte, ist am Ende von Willems Lehrzeit auf die Wanderschaft gegangen und nicht zurückgekehrt. Und Mägde, die in der Mühle arbeiten wollen, sind schwer zu finden.«

»Warum das?«

Ann Durt sah ihm flüchtig in die Augen. Wollte er sie auf den Arm nehmen? Ihre Mutter und ihr Onkel hatten ihr von klein auf erklärt, dass alle Leute schlecht über Müller und deren Hausstände sprachen. Und dass sie nicht hinhören sollte. Daran hatte sie sich gehalten, und deshalb wusste sie tatsächlich selbst nicht ganz genau, was die Leute eigentlich gegen Müllergesinde hatten. Es hatte auch etwas mit dem Ausschank zu tun, so viel war ihr klar. Viele Leute, die Korn brachten und sich in der Mühle die Zeit vertrieben, bis ihr Mehl gemahlen war, blieben gern länger als nötig, um gesellig ihr Bier zu trinken. Und das ärgerte die anderen, die zu Hause auf sie warteten.

Sie zuckte mit den Schultern. »Viele Leute glauben, es ginge in den Mühlen nicht christlich zu. Aber das ist nicht wahr. Wir sind gottesfürchtig und gehen oft in die Kirche. Nur Ohm Thomas kann das manchmal nicht, wenn die Mühle wegen Trockenheit oder Eisgang für längere Zeit stillsteht und das Mahlgut sich angesammelt hat. Das ärgert die Leute auch, dass er am heiligen Sonntag arbeitet. Dabei muss er es doch. Schließlich wollen sie alle ihr Brot essen.«

»Du hast recht, die Leute sind unverständig. Ich kann hier jedenfalls nichts Unchristliches entdecken.«

Unwillkürlich lächelte sie ihm zu. Sein Wohlwollen machte sie glücklicher, als sie es sich erklären konnte.

Er lächelte zurück. Sein Gesicht war noch zerschunden, doch Ann Durt konnte schon erahnen, dass es ebenmäßige Züge trug, die ihr gefallen würden.

»Wenn du so strahlst, siehst du noch mehr aus wie ein Engel«, sagte er.

Sie lachte darüber, dass er beharrlich bei dem »Engel« blieb, und reichte ihm seine Suppe. »Hier. Das ist keine Himmelsspeise, sondern aus Rüben und Kohl gekocht wie üblich.«

»Esst ihr immer so wenig Fleisch? Mir kommt es vor, als wäre jeder Tag ein Fastentag.«

»Aber nein! Als Ohm Thomas und Willem vor vier Wochen unser Schwein geschlachtet haben, da hatten wir tagelang Fleisch. Und zu Weihnachten werden wir wieder Fleisch essen. In der Suppe hier schwimmen auch ein paar Bissen Huhn zwischen den Rüben. Mutter sagte, ich soll sie Euch unbedingt auftun, weil man davon schneller gesund wird.«

Dieses Mal strich er über ihre Hand, obgleich er die Schale schon festhielt und keinen Grund mehr dazu hatte. Ganz langsam tat er es, als würde er gar nicht damit aufhören wollen.

»Deine gute Absicht ist es, die mich schnell gesund machen wird«, sagte er mit sanfter Stimme.

Ann Durt schauderte so stark, dass es sichtbar sein musste. Hastig stand sie auf und stapfte zur Luke. »Ich komme morgen früh wieder. Dann müssen wir nach Euren Verletzungen sehen, hat Mutter gesagt.«

Er seufzte. »Wie schade, dass du nicht noch bleibst. Ich wünsche dir eine sanfte Nachtruhe. Und komm morgen nicht so spät. Lass mich nicht auch noch an Sehnsucht leiden.«

Beinah verfehlte sie eine Leitersprosse, so eilig hatte sie es, von ihm weg und aus der Scheune zu gelangen. Was fiel ihm bloß ein? Sehnsucht? Nach ihr? Was hatte sie ihm zu bieten außer Speis und Trank oder Salbe für seine Wunden? Er musste sich wohl schrecklich einsam fühlen.

Obwohl sie von der zusätzlichen Arbeit besonders müde war, fand sie in der folgenden Nacht wenig Ruhe. Früher als sonst schlug sie die Augen auf und fühlte sich hellwach.

Es war noch dunkel, und alle anderen schliefen fest. Wie üblich konnte sie es nicht länger aushalten, liegen zu bleiben. Sie spürte dann jeden Strohhalm und jeden harten Klumpen in der Spreu ihres Schlaflagers, störte sich an jedem kleinen Schnarchen. Mit einem Seufzer rückte sie behutsam von Stina ab, die sich an ihre Seite geschmiegt hatte, schob die Butzentür etwas weiter auf und stieg hinaus.

Für Ende Oktober war es zwar noch warm, doch kalt genug, um im ungeheizten Haus von Zittern und Zähneklappern befallen zu werden, wenn sie sich nicht bewegte. Zu ihrem Glück fand sie sich auch im Stockfinstern in der Stube gut genug zurecht, um ihr wollenes Überkleid, Schal und Umhang anlegen zu können, ohne jemanden zu wecken.

Kurze Zeit später stand sie auf dem Hof und bewunderte die Sterne, die gelegentlich von vorüberziehenden kleinen Wolkenschleiern verhüllt wurden. Sich weit von der Mühle zu entfernen, wagte sie in der Dunkelheit nicht, dazu fürchtete sie sich zu sehr vor dem, was im nahen Wald leben mochte. Doch eine Stelle gab es, die sie bei Gelegenheiten wie dieser aufsuchte. Ein kleines Stück flussaufwärts gab es eine erhöht gelegene, trockene Wiese am Ufer. Im Sommer verbrachte die Müllerfamilie dort häufig ihre raren arbeitsfreien Stunden. Im Laufe vieler Jahre waren aus Feldsteinen grobe Bänke und Tische und aus Moos Betten errichtet worden, sodass eine Art Stube unter freiem Himmel entstanden war. Ann Durt liebte diesen heiteren, ruhigen Ort. Auch wenn ihre Mutter und ihre Brüder es nicht müde wurden zu erzählen, dass gerade hier, wo die Neetze sich zum aufgestauten Mühlteich weitete, über die Jahrhunderte immer wieder ein ruppiger Wassermann gesehen worden war, fürchtete sie sich nicht. Sie hatte oft dösend in der Sommerhitze auf ihrem Lieblingsstein am Ufer gesessen, sich am Glucksen des Wassers und dem glitzernden Spiel des sich spiegelnden Lichts gefreut und gespürt, dass es an dieser Stelle nur gute Geister gab. Obwohl ein Dach fehlte, gab es keinen geborgeneren Ort.

Ein weiterer Vorteil war, dass sie ihn in Stunden wie diesen erreichen konnte, ohne nah an den Ställen vorbeigehen und die Tiere aufscheuchen zu müssen.

Sie konnte nicht anders, als zum Giebel vom Lütten Hus hinaufzublicken, hinter dem Ulrich lag. Ob er schlief? Prompt wurden ihre Wangen heiß, als sie sich vorstellte, wie sie später zu ihm gehen würde. Sicher würde er wieder solchen Unsinn reden, der sie durcheinanderbrachte. Andererseits, wenn sie ganz ehrlich mit sich war, dann gefielen ihr seine Worte auch ein wenig. Sie bekam nicht viel Lob zu hören. Und wenn der Ohm oder ihre Mutter etwas Freundliches zu ihr sagten, fühlte es sich ganz anders an.

Im Grunde freute sie sich trotz ihrer Furcht auf die Begegnungen mit Ulrich.

Ulrich von Alten beobachtete durch die Ritzen in der Wand, wie Ann Durt im Mondlicht über den Hof ging. Es war nicht mehr von ihr zu sehen als ihre dunkle Silhouette, doch er hätte sie jederzeit an ihrer Art zu gehen erkannt. Sie besaß die scheue Anmut eines Rehs – außergewöhnlich für eine Bauerntochter. Sie musste sie von ihrem Vater haben, denn ihre Mutter war ein Weib, bei dem jede Bewegung davon kündete, dass sie fest mit beiden Füßen im Leben stand. Brida war nicht fett, aber kräftig gebaut. Man sah ihr an, dass sie schwere Arbeit gewöhnt war. Hässlich war sie nicht, aber zu derb für seinen Geschmack. Jungfer Ann hingegen war ein zartes, schlankes Geschöpf, und ihre Haut leuchtete förmlich, so klar und rein war sie.

Er fragte sich, wo sie zu dieser frühen Stunde hinwollte. Wären seine verfluchten Knie und seine Fieberschwäche nicht gewesen, wäre er ihr aus Neugier gefolgt. Aus Neugier und in der Hoffnung, sie allein in besinnlicher Stimmung anzutreffen und ein wenig Zeit mit ihr zu verbringen. In der quälenden Untätigkeit, zu der seine Verletzungen ihn an diesem öden Ort zwangen, war sie das Einzige, was ihn genügend interessierte, um die Last der Langeweile zu lindern.

Vierzehn Tage lang blieb Brida bei Jobst und Sofia – länger, als sie geplant hatte. Zum großen Kummer aller ihr Nahestehenden erlitt Sofia am dritten Tag von Bridas Anwesenheit eine Totgeburt. Sie hatte sich noch nicht davon erholt, als Brida Barendorf wieder verließ, doch Jobst bestand darauf, dass sie ging. Er wusste gut, wie sie sich danach sehnte, zu ihren Kindern zurückzukehren.

»So traurig, wie es ist, aber nun müssen Klas und ich ja nur Sofia pflegen und kein Kleines. Und das werden wir beiden Männer schon bewerkstelligen. Ist ja nun draußen nicht mehr so viel zu tun. Und unsere Sau schlachten wir erst in zwei Wochen.«

Brida machte sich in Erinnerung an das vorherige Mal mit einem unguten Gefühl auf den Heimweg, doch bis kurz vor Thomasburg begegneten ihr dieses Mal nur zwei halbwüchsige Knaben mit leeren Kiepen auf den Rücken. Sie hatte schon erleichtert aufgeatmet, weil sie für den Rest des Weges mit keiner unangenehmen Begegnung mehr rechnete, da wurde sie aus dem Wald heraus angerufen.

»Heda, Brida Müllerin. Wart einmal!«

Sie erkannte einen der Knechte vom Ochsentreiberbauern, der in einiger Entfernung einem Ochsengespann vorausging. Die Ochsen zogen schwer an einer Holzlast, die sie zum Verladen aus dem Wald an den Wegesrand rücken mussten. Doch als wären die Stämme allein nicht schwer genug, saß darauf ein Mann, auf dessen Anblick Brida gern verzichtet hätte.

»Grüß dich. Was hast du denn?«, rief sie dem Knecht zu.

»Ich nischt. Aber der Schafswalther hat sich den Fuß vertreten und kann nicht mehr laufen. Wenn du ihn auf deinem Esel nach Hause brächtest, dann könnten wir weitermachen. Ist ja noch hell.«

»Vermaledeites Pech«, entfuhr es ihr leise. Warum war sie nicht ein Viertelstündchen früher oder später an dieser Stelle vorbeigekommen? Sie konnte unmöglich ablehnen. Aber Walther ins Dorf zu seinem Haus zu bringen, war eine schlimmere Aufgabe, als drei Fuder Holz allein aus dem Wald zu rücken – ohne Ochsen. Mit einem Stoßseufzer stieg sie von der Eselin ab und wartete schicksalsergeben, bis die Männer mit dem Gespann auf dem Weg angekommen waren.

»Brida. Was für ein Glück«, begrüßte Walther sie. Wie

beißend sein Tonfall war, bemerkte möglicherweise nur sie.

»Guten Tag, Walther. Was ist dir passiert? Hast du dir einen Baumstamm auf den Fuß fallen lassen?«

»In ein Fuchsloch getreten ist er«, nahm der Ochsentreiberbauer, der mit dem Gespann zusammen ebenfalls herangekommen war, Walther die Antwort ab. Er klang spöttisch.

Walther hatte sich stöhnend von der Holzfuhre erhoben und warf ihm einen bösen Blick zu. »Kann ja wohl jedem passieren.«

Der Bauer lachte. »Ja. Aber nicht jeder hat das Glück, dass gleich die schöne Müllerin bereitsteht und ihm hilft.«

Walther zog seinen Mund zu einem schmalen Strich. »Ach. Ich glaube, sie hilft jedermann gern. Sie ist ja nicht wählerisch, nicht wahr?«

Wieder war es sein Tonfall, der keinen Zweifel daran ließ, dass die Worte als Anzüglichkeit gemeint waren. Die Unverschämtheit, mit der er sie vor anderen beleidigte, traf Brida wie ein Schlag.

Sie konnte einen Laut der Entrüstung nur halb unterdrücken. »Du hältst mich für einen besseren Menschen, als ich bin, Schafswalther. Denn gerade fällt mir ein, dass ich überhaupt keine Zeit und Lust habe, dir zu helfen. Es tut mir leid, Ochsentreiberbauer. Aber an eurer Stelle würde ich mir keine Gedanken machen. Lasst ihn einfach nach Hause hinken. So weit ist es ja nicht.«

Sie nickte dem Bauern und seinen Knechten zu, ruckte der Eselin am Zaumzeug und marschierte los.

»Da soll mich doch ... Was machst du denn, du Rindvieh? Warum vergraulst du sie? Ich dachte, du könntest sie leiden?«, hörte Brida den Ochsentreiberbauern zu Walther sagen.

»Das war einmal. Ich hätte sie gefreit, nachdem Lütke tot war. Aber ihr liegt nichts daran, ein ehrliches Eheweib zu sein. Und was soll man davon schon halten?«, gab Walther zurück.

Einen tiefen Atemzug lang überlegte Brida umzukehren, ihn zu ohrfeigen und sich sein übles Geschwätz zu verbitten. Doch sie wusste, dass ihn das auch in Zukunft nicht davon abhalten würde. Sie würde nicht immer dabei sein, um ihm den Mund zu verbieten, also konnte sie es nur den Leuten überlassen, ob sie ihm Glauben schenkten und sich auf seine Seite stellten oder nicht.

Wie oft sie schon gewünscht hatte, dass sie ihm nie Mut gemacht hätte! In den ersten Jahren nach Lütkes Tod hatte sie sich einsam gefühlt und auf Trost und Freude in den Armen eines anderen Mannes gehofft. Walther war ihr so aufmerksam und freundlich erschienen, dass sie sein Werben eine Weile genossen hatte, bevor ihr klar wurde, dass sie mit ihm nicht einen Bruchteil des Glücks erleben würde, das sie mit Lütke gehabt hatte. So hatte sie ihren Irrweg beendet und sich damit abgefunden, bis zu ihrem Ende nur noch das brave und keusche Leben einer Witwe zu führen. Denn in der Thomasburger Umgebung wuchsen gute Männer nicht auf Bäumen.

Ulrich streichelte sie mit der Rückseite seiner gebeugten Finger, ließ die Hand von ihrer Wange ihren Hals herabgleiten und den Weg über das Houbetloch ihres Kleides zur Wölbung ihrer Brust finden. Halb aufrecht ins aufgeschüttete Heu gelehnt saß er und fesselte sie allein durch seinen Blick und die federleichten Berührungen. Ann Durt hielt den Atem an. Sie sah ihm gebannt in seine blauen Augen, die ihr mehr Zärtlichkeit versprachen, als sie je zuvor erfahren hatte. Zwei Wochen lang hatte sie ihn gepflegt, und jedes Mal, wenn sie zu ihm gekommen war, hatte er sie ein wenig länger zurückgehalten, war er ihr ein wenig nähergekommen. Er hatte ihr erzählt, dass er schon viele adlige Frauen gesehen hätte, deren Schönheit neben ihrer verblassen würde. Einerseits vermutete sie, dass er es nur sagte, um ihr zu schmeicheln. Andererseits verrieten seine Augen und seine Stimme ihr, dass zumindest etwas Wahrheit in seinen Worten lag. Jedenfalls gefiel sie ihm, das glaubte sie.

Seine Finger streiften ihre Brustknospe, und nun musste sie doch Luft holen, weil sich ihr Leib auf einmal anfühlte, als wolle er zerfließen. Er hob die Hand und strich mit der Kuppe seines Zeigefingers über ihre Lippen. »Ich wünsche mir einen Kuss von dir«, flüsterte er.

Das brachte sie zu sich. Eilig wollte sie von ihm zurückweichen, doch er war schneller, umfasste ihr Handgelenk und hielt sie fest. Seine Kraft verriet, wie gut es mit seiner Genesung vorangegangen war. Hätte er mehr getan, als sie festzuhalten, hätte sie sich gegen ihn gewehrt. Doch er suchte nur ihren Blick und sagte: »Verzeih.«

Ihr Herz öffnete sich ihm wieder, und sie versuchte nicht länger, ihm zu entkommen. Alles würde sie ihm verzeihen, wenn er sie auf diese Art darum bat.

Sobald er spürte, wie sie sich entspannte, ließ er sie los. Mit einem Streicheln baten seine Finger auch ihr Handgelenk um Verzeihung für seinen Übergriff.

Und auf einmal wünschte sie sich, ihn zu küssen. Sie beugte sich zu ihm und streifte seine Lippen hastig mit den ihren. Das hatte alles sein sollen – nur dieser eine Kuss. Sie hatte nicht geahnt, dass die flüchtige Berührung ihrer Lippen ein Funke sein würde, der den Zunder zum Aufflammen brachte.

Ulrich legte seinen Arm um sie, und sie ließ es geschehen, dass er sie an sich zog. Dieses Mal war nichts Hastiges daran. Er zeigte ihr, welcher Genuss in einem Kuss lag, und mit jedem Moment schwanden ihre Bedenken und wuchs die Sehnsucht nach seinen Berührungen.

Sie hätte das Trappeln der Eselhufe durch das Klappern der Mühle und die laut geführten Gespräche der Mühlenkunden auf dem Hof hindurch nicht wahrgenommen. Doch die Begrüßungsschreie ihrer kleinen Geschwister waren nicht zu überhören. Mit rasendem Herzen machte sie sich von Ulrich los und hastete ohne Abschied zur Leiter. Auf dem Weg aus dem Lütten Hus zupfte sie ihr Kleid zurecht, dann rannte sie und stürzte sich ihrer Mutter in die Arme, als sei die ein Jahr fort gewesen statt zwei Wochen.

Ihre Mutter lachte und drückte sie an sich wie die beiden Kleinen kurz zuvor. »Na, was ist denn, meine Große? Ich war doch nur in Barendorf und nicht im Pfefferland.«

Wortlos gab Ann Durt ihrer Mutter einen Kuss, nahm ihr die Eselin ab und führte sie in den Stall. Jeder Gedanke an Ulrich, der über ihr im Heu lag, ließ ihre Wangen brennen und verursachte ihr vor Aufregung Übelkeit. Nicht einmal die Leiter konnte sie ansehen, ohne dass ihr schlechtes Gewissen ihr beinah den Atem raubte. Mit ungeschickten Bewegungen sattelte sie die Eselin ab und versorgte sie mit Futter.

Wie hatte sie sich so vergessen können? Sie schämte sich so sehr, dass sie sich nicht vorstellen konnte, Ulrich je wieder aufzusuchen.

Brida dankte dem Himmel für ihre fleißige Tochter. Ann Durt hatte vorbildlich dafür gesorgt, dass keine Arbeit liegen blieb, solange ihre Mutter nicht im Hause war. Auch den Kranken hatte sie gut gepflegt, es ging ihm viel besser. Seine Verletzungen heilten nun gut, und er zeigte sich außergewöhnlich gesprächig, als Brida ihn nach ihrer Rückkehr zum ersten Mal besuchte.

»Was glaubst du, wie lange es dauert, bis ich aufstehen kann? Hat die Heilkundige aus dem Dorf etwas zu dir gesagt? Werden meine Knie wieder gesund?«

Brida schüttelte den Kopf. »Das wusste sie nicht. Was sie uns geraten hat, habt Ihr selbst gehört. Ihr sollt liegen, bis Eure Knie nicht mehr geschwollen sind, und sie nicht belasten.«

»Aber muss ich wirklich so lange hier oben bleiben? Hast du etwas darüber gehört, was Herzog Magnus und die Lüneburger tun?«

»Der Kaiser hat Städte geächtet, die Magnus anhängen. Celle, Dannenberg und Bleckede. Und viele mehr, die ich mir nicht merken konnte. Außerdem war in Barendorf die Rede davon, wer alles in der Sankt-Ursula-Nacht den Tod gefunden hat. Sie nannten Sivert von Saldern und seinen Sohn Johann. Henning von Bodendike und Boldewin von Meding. Drei Tage lang lagen die Leichen in den Gassen. Johann dem Wilden, der Magnus' Schildknappe war, wurde ein Arm abgeschlagen. Ich weiß nicht, ob er noch lebt.«

Ulrich war bleich geworden, als sie die Namen der Toten nannte. »Was wurde mit den Gefangenen?«

»Die meisten hat man hingerichtet.«

»Also bin ich dem sicheren Tod entgangen.«

»Und das um Haaresbreite, junger Herr. Wenn es nach mir geht, wollen wir nun Euer Leben umso besser hüten und Euch zumindest noch so lange hier oben lassen, bis man Eurem Gesicht und Euren Armen nicht mehr ansieht, wie zerschunden Ihr wart.«

Seine Erschütterung war ihm deutlich anzumerken. Er nickte. »Das sehe ich ein. Weißt du denn nichts über Herzog Magnus? Was wird er tun?«

Sie zuckte mit den Schultern. »Wenn er in der Nähe wäre, hätten wir wohl von ihm gehört.«

2

Brose warf lachend den Sack mit seiner Beute auf den Waldboden, setzte sich an einen Baumstamm und zog sich einen Bienenstachel aus dem Handrücken.

»Würde die Hälfte aller Ritter mit dem gleichen Mut kämpfen wie ihr kleinen Biester – was gäbe das für Schlachten.« Ein Lied summend, suchte er einen Tiegel mit Salbe aus seinem Bündel, die er sich gegen das Brennen der Stiche hatte anfertigen lassen. Salbei, Zwiebeln und Knoblauch waren darin, das wusste er sicher, denn der Geruch war durchdringend und begleitete ihn, wohin er auch ging. Aber die Schmiere half, zumindest glaubte er daran, und das war ja schon die halbe Heilung. So hatte selbst sein alter Vater es ihm schon erklärt. Manche Wunder geschahen allein dadurch, dass die Lüüd daran glaubten. Der Glaube versetzte Berge. Wenn zum Beispiel ein Herzog glaubte, dass ein Land ihm gehörte, und ein anderer glaubte das auch, dann entstanden plötzlich Täler, wo Berge, Land, wo Flüsse, und verbrannte Erde, wo fruchtbare Felder gewesen waren. Ja, eine mächtige Sache war der Glaube.

Er lachte wieder, seufzte laut und griff zu dem zweiten Mittel, das immer half: einer Lederflasche voll scharfem Branntwein.

Drei Bienenvölker hatte er ausgeplündert. Gerade im November sammelte er gern Honig. Das Bienenvolk schloss sich bei der Kälte zu einer Traube zusammen und war damit beschäftigt, sich zu wärmen. Es ließ sich leichter überrumpeln als im Sommer, hatte aber seinen Wintervorrat noch lange nicht verbraucht. Was er erbeutet hatte, reichte für ihn zum Naschen und gab ein kleines Zubrot, wenn er die Waben bis in die nächste Stadt mitnahm. Welche auch immer das sein mochte – er war sich nicht sicher. In Herzog Magnus Torquatus' Auftrag sollte er sich nach Lüchow durchschleichen, und aus Bleckede kam er. Der nächste Ort mochte Hitzacker sein, doch vielleicht war er daran schon vorübergewandert und näher an Dannenberg.

Die Stimmung des einfachen Volks und der geringeren Waffenfähigen sollte er einfangen und zu Magnus' Gunsten wenden. Um sie einzufangen, hätte er nicht so weit wandern müssen. Wenn sie eine Wahl hatten, wollten die Menschen hier lieber Magnus und damit dem Welfenhaus zujubeln statt einem Herrscher aus Sachsen, das war kein Geheimnis. Doch wenn es unbequem wurde und gar der Kaiser ein Geschütz wie die Reichsacht auffuhr, dann wurden sie des Welfenjubels müde. Da galt es, ein wenig mit der Wahrheit zu spielen und den Leuten zu erklären, welch haarsträubendes Leid die Sachsen und ihre Verbündeten über das Land brachten. Wer von den Ansässigen kam schon so weit herum, dass er wusste, ob in der Nähe von Celle die Sachsen oder die Welfen Dörfer verwüstet und wahllos Bauern gehenkt hatten?

Er selbst war dem Welfen treu. Nicht, dass er ihn unbedingt für einen besseren Herrscher hielt. Aber der wilde Magnus sorgte immer für Abwechslung und Kurzweil. Und was wollte ein Mann mehr?

Er nahm lächelnd noch einen Schluck aus der Flasche. Mit einem göttlichen Kribbeln rann das Gesöff ihm durch die Kehle. Blieb zu hoffen, dass er eine ebenso gute Quelle zum Nachfüllen finden würde.

Abrupt nahm er die Flasche von den Lippen und lauschte. Dem Geklirr und Geklapper nach näherten sich berittene Waffenträger auf dem Weg, den er wohlweislich mied. Nun wünschte er, dass er sich näher am Wege niedergelassen hätte. Zu gern hätte er beobachtet, wer da unterwegs war und mit welchem Ziel.

Leise erhob er sich, nahm seine Sachen auf und pirschte schräg in Richtung des Weges. Er musste schmunzeln, als er in einem Gebüsch unweit des Wegesrands einen schlaksigen jungen Mann mit einer Rückenkiepe kauern sah. Offenbar waren in diesen Tagen die meisten Wanderer wenig erpicht darauf, berittenen Mitreisenden zu begegnen. Der Junge wandte sich zu ihm um, als er ihn näher kommen hörte.

Brose beruhigte ihn mit einer Geste und hockte sich neben ihn. »Holla, junger Freund. Wer bist du und wohin unterwegs?«, flüsterte er.

Seine neue Bekanntschaft wich seinem Blick aus und sah wieder zum Weg. Unter der schmuddligen grauen Wollkappe drängten sich ein paar aschblonde Haarsträhnen hervor, von denen eine in seinen spärlichen Bartstoppeln festhing. Brose verzog belustigt den Mundwinkel und strich sich über seine eigene, dichte Stoppelbürste. Viel älter als sechzehn Jahre konnte dieser Krämer nicht sein.

»Valentin heiße ich. Brauchst du etwas? Spiegel, Schellen, Kämme, Nadeln, Nesteln, Pfeifen, Gewürze oder Branntwein? Ich habe es dabei und verkaufe es dir zum kleinen Preis. Gehe dahin, wohin der Weg mich führt«, flüsterte der Knabe.

Er rappelte seinen Vers so schnell herunter, dass Brose ihn kaum verstand. Blieb zu hoffen, dass der junge Krämer seine Ware unter gewöhnlichen Umständen gewandter anpries, sonst würde er verhungern. Was Brose betraf, so hatte er zumindest das Wichtigste aufgeschnappt.

Er stieß Valentin mit dem Ellbogen an. »Lass ihn mich mal kosten, deinen Branntwein.«

Valentin sah ihn mit großen Augen an und zeigte zum Weg, wo nun die Reiter vorüberkamen. »Sei doch still«, formte er lautlos mit den Lippen.

Brose grinste und klopfte ihm väterlich auf die Schulter. »Keine Sorge, die hören uns nicht durch ihr Geschepper. Da ist es wahrscheinlicher, dass sie den Branntwein riechen. Aber hol ihn schon heraus. Wir öffnen den Stopfen eben erst, wenn sie vorüber sind.«

Beinah musste er laut über den Gesichtsausdruck des jungen Krämers lachen. Doch trotz seiner offensichtlichen Furcht, entdeckt zu werden, ließ Valentin sich darauf ein, einen Tonkrug aus seiner Kiepe hervorzukramen. Brose nahm das Gefäß, schnupperte an seinem Hals und verdrehte wonnevoll die Augen. Ohne an seine vorangegangenen Worte zu denken, zog er mit Hilfe seines Messers den wachsversiegelten Stopfen heraus und trank einen Schluck.

Der Branntwein war noch nicht in seinem Magen angekommen, da zuckte Valentin zusammen. Drei der Reiter hatten ihre Schwerter gezückt, die Pferde vom Weg getrieben und kamen auf sie zu. Nur wenige Atemzüge später starrte Brose an den langen Beinen der Rösser empor und drei Lüneburger Waffenknechten in ihre von Nasenhelmen und Brünnen halb verdeckten Visagen. Da bekam er wieder einmal, was er gewünscht hatte: Nun wusste er, wer da unterwegs war.

»Was macht ihr hier?«, fuhr der eine ihn an. Seine dicke Wampe wölbte das Kettenhemd und passte kaum zwischen ihn und das Sattelhorn.

Brose zuckte mit den Schultern. »Wir verstecken uns vor euch. Hätte ja sein können, dass ihr Männer von Herzog Magnus seid. Kann man von Weitem nicht erkennen.«

»Lass sie hocken. Die sind harmlos«, meinte der zweite zum ersten und wendete sein Pferd.

»Warte mal«, sagte der letzte, ein langer Laban. »Wollen sehen, was da im Krug ist. Gib ihn her!«

Brose grinste und stand auf. Mit einer Hand reichte er dem Reiter den Branntweinkrug, mit der anderen klopfte er den Hals seines Pferdes. »Gerade noch sagte ich zu meinem Begleiter hier: Die Kerle werden uns schon nicht sehen, aber diesen feinen Tropfen hier, den werden sie vielleicht riechen.«

»Die Pferde haben euch bemerkt. Da haben wir gedacht, wir gehen lieber sicher, dass hier keine Wegelagerer lauern oder ein paar von Magnus' Galgenstricken. Die rotten wir aus, wo wir sie zu fassen kriegen.« Der Mann trank einen großen Schluck, ließ einen tiefen Seufzer des Wohlgefallens hören und gab Brose den Krug zurück.

»Gibt es denn noch viele von Magnus' Gefolgschaft hier in der Gegend?«, fragte Brose. Mit seiner freundlichsten Miene ging er zum nächsten der Reiter und bot ihm ebenfalls Branntwein an. Aus dem Augenwinkel sah er, wie der junge Valentin sich stumm und starr vor Angst ans Gebüsch schmiegte, als könne ihn das unsichtbar machen.

»Zu viele für unseren Geschmack. Magnus lässt überall Männer sammeln und kaufen. Er will nicht wahrhaben, dass er unterlegen ist. Sicher wird er wieder versuchen, Lüneburg anzugreifen. Aber wir sind vorbereitet. Auch der nächste Streich wird ihm misslingen«, sagte der Dicke.

»Tja, die wehrhaften und listigen Lüneburger«, sagte Brose und bot den Krug auch dem dritten Reiter an, der jedoch ablehnte.

»Das will ich meinen. Woher kommt ihr denn?«, fragte der Lange. Er liebäugelte sichtlich mit dem Krug in Broses Händen.

»Ach, das ist eine lange Geschichte. Ich bin Ochsentreiber und gehe zurück in den Norden, um da wieder Arbeit zu finden. Und er hier …« Brose wies auf Valentin und wollte auch für ihn eine unverfängliche Herkunft zurechtspinnen, damit die Reiter ihn in Ruhe ließen.

Doch Valentin durchkreuzte sein Vorhaben. Mit einem Ruck richtete er sich auf. »Aus Braunschweig. Das heißt, ich stamme aus … Aber ich war schon lange nicht mehr dort.«

Der Lüneburger, der den Branntwein ausgeschlagen hatte, blickte sich immer wieder zum Weg um, wo die letzten der anderen zehn bis fünfzehn Reiter inzwischen nur noch von hinten zu sehen waren. Er wäre offensichtlich gern zu ihnen zurückgekehrt. Doch das Interesse des ersten war geweckt.

Brose fluchte stumm auf Valentins Unbedarftheit. Warum ausgerechnet Braunschweig?

Da kam es auch schon: »Aus Braunschweig, ja? Da stammst du ja aus einer von Magnus' Hochburgen. Nicht grundlos hat der Kaiser dein feines Braunschweig geächtet. Bist du sicher, dass du es jetzt mit unserer Seite hältst?«

Valentin zog die Schultern hoch und krampfte die Hände um die Riemen seiner Kiepe. »Ich bin doch nur ein Krämer, Herr. Was sollte ich für einen Nutzen für eine Seite haben?«

»Gerade die hinterlistigsten Schnüffler und Boten verstehen es, sich den unschuldigsten Anschein zu geben. He, Otto, wir wollen absteigen und untersuchen, was der Braunschweiger Knabe alles in seiner Kiepe hat. Nicht, dass sie am Ende halb voll mit Briefen und Siegeln ist, die er für Magnus schmuggelt, und wir haben ihn einfach laufen lassen.«

Brose seufzte stumm. So hatte die Sache nicht ablaufen sollen. Er riss in gespieltem Entsetzen die Augen auf. »Jesus Maria, darauf wäre ich nie gekommen. Glaubt ihr wirklich, dass er … Ist er nicht zu jung dafür und zu … zu schwächlich? Aber ihr habt recht, das wirkt besonders unschuldig.

Andererseits ...« Er nahm gedankenverloren einen Schluck Branntwein. »Andererseits würde ich es mir zweimal überlegen, ob ich so einem grünen Knaben meine Geheimnisse anvertrauen täte.«

Valentin verzog ängstlich das Gesicht. »Ich weiß nicht, wovon ihr sprecht. Hier, seht doch. Da sind keine Geheimnisse in meiner Kiepe. Nur Nadeln, Bänder, Gewürze.« Er holte einige seiner Waren hervor und zeigte sie.

Brose nickte. »Das hat er alles, das stimmt. Und hier diesen köstlichen Tropfen. Wie viele Krüge hast du davon eigentlich dabei, mein Junge? Kann ich noch einen davon haben?«

Wie ein aufgeregtes Huhn sah Valentin zwischen ihm und den Lüneburgern hin und her, während er aus der Tiefe seines Korbes zwei Krüge hervorzog.

»Die kaufe ich dir mit meinen letzten Hellern ab. Oder wollt ihr auch davon, meine Herren? Wartet, dann sehe ich mal nach, ob der Kleine noch mehr davon hat«, sagte Brose, nahm die Kiepe an sich, wühlte darin und zog einen weiteren Krug heraus. »Habe ich es doch gewusst. Den wolltest du wohl für dich behalten, was? Aber keine Sorge, ihr Guten, Briefe hat er nicht da drin.«

Er reichte flink jedem der Reiter einen Krug. »Das wird euch die Zeit verkürzen, bis ihr eure Gefährten wieder eingeholt habt. Wohin reitet ihr denn eigentlich?«

Der Dicke schnaubte, war aber durch Broses Geschenk besänftigt. »Bist ja anständig gastfrei, mein Freund. Wir reiten nach Wustrow und helfen, die Festung zu bemannen. Wenn du noch Arbeit suchst auf deinem Weg zurück zu den Ochsen, dann komm auch dahin. Kräftige Hände werden dort gebraucht.«

»Danke dir, aber ich hoffe, es bis zu meiner Verwandtschaft im Norden zu schaffen, bevor der Winter mir zu kalt zum Wandern wird. Würde mich auch gern wieder auf die Strümpfe machen, wenn es euch recht ist, um vor der Dunkelheit noch ein Dach über dem Kopf zu finden.«

Valentin hatte klugerweise im Fortgang des Geschehens keinen Piep mehr von sich gegeben, sodass die Männer das Interesse an ihm verloren hatten. Sie wendeten mit einem kurzen Abschiedsgruß ihre Pferde und trieben sie zurück auf den Weg.

Nur ein Mal noch wandte der Dicke sich zu ihnen um. »Nehmt euch nur weiterhin so gut in Acht. Magnus' Spießgesellen würden euch nicht so freundlich behandeln.«

Brose nickte und winkte den Reitern lächelnd nach, bis sie außer Hörweite waren. »Alle Wetter, und wie wir uns in Acht nehmen werden! Wir werden ihnen einfach sagen, dass wir aus Braunschweig kommen. Dann schließen sie uns gewiss in die Arme wie Brüder! Valentin, o Valentin, wie lange bist du schon auf den Straßen dieses Landes unterwegs? Weißt du nicht, wie wichtig es ist, im rechten Augenblick aus der richtigen Stadt zu stammen?«

Doch so eingeschüchtert, wie Valentin eben noch gewirkt hatte, war er bereits nicht mehr. »Ich habe mich schon oft versteckt. Wärst du mir nicht dazwischengekommen, hätten sie mich auch dieses Mal nicht entdeckt, und alles wäre gutgegangen. Ich hätte mir keine Lüge ausdenken müssen. Darauf verstehe ich mich nun einmal nicht.«

»Und ich hätte gedacht, dass alle Krämer sich aufs Schwindeln verstehen müssen. Oder glaubt tatsächlich jeder von euch daran, dass seine Nesteln und Kämme die wohlfeilsten und besten sind?« Brose verschloss den mittlerweile leeren Branntweinkrug und warf ihn Valentin zu, bevor er sein Bündel und seinen Honigsack schulterte.

Valentin starrte ihn mürrisch an. »Wo ich hinkomme, da ist mein Zeug meistens das beste, was zurzeit zu haben ist.

Was mich daran erinnert, dass du mir die Bezahlung für vier Krüge Branntwein schuldest.«

»Bezahlung? Ich soll dir Geld dafür geben, dass ich dir den Hintern gerettet habe? Hast du nicht begriffen, dass der Branntwein dich freigekauft hat?«

»Ach was! Die Kerle hätten ruhig nachsehen können, ob ich ein Briefbote bin. Sie hätten mich laufen lassen.«

»Du hättest dankbar sein müssen, wenn sie nur deine Kiepe geleert und dich blau geprügelt hätten. Das weißt du so gut wie ich, sonst hättest du ja nicht da hinter dem Busch gekauert, sondern wärst munter auf dem Weg gewandert. Und nun leb wohl, du halb garer Krämer. Ich will wirklich heute Nacht nicht unter freiem Himmel schlafen, wenn es mich auch sonst nicht stört. Aber es ist schon ein wenig kühl.«

Eilig schwang Valentin seine Kiepe auf den Rücken und holte ihn ein. »Weißt du denn, wo wir eine Herberge finden?«

Brose blieb stehen. »Heißt das, du weißt nicht einmal, wo du eine Herberge suchen musst? Mal ehrlich, Bursche: Wie lange gehörst du schon zum fahrenden Volk? Mir scheint, du bist nicht mit der Kiepe auf dem Rücken aufgewachsen.«

Valentin mied seinen Blick und musterte den durchwurzelten Waldboden, als könnte er sogar dann noch stolpern, wenn er stillstand. »Auch ein Krämer darf doch wohl nach dem Weg fragen.«

»Glaube mir, ich bin schon mit mehr als einem zusammen gereist, und an dir stimmt so einiges nicht. Gib es ruhig zu. Ich will dir ja nichts Böses.«

»Du bist auch anders als die Ochsentreiber, denen ich bisher begegnet bin. Stelle ich dir deshalb so viele Fragen?«

Brose schmunzelte und setzte sich wieder in Bewegung. Blauäugig mochte der Junge sein, aber ganz dumm war er nicht. Er würde für ein Stück des Weges einen kurzweiligen

Begleiter abgeben. »Was redest du da? Das Ochsentreiben ist mein liebster Zeitvertreib. Ich könnte gar nicht leben, ohne allerweil wenigstens in Gedanken einen Ochsen oder ein Kühlein vor mir herzutreiben. Was gibt es Schöneres, als den ganzen Tag lang Rindviecher von hinten zu sehen?«

Valentin lachte nicht. Er musste sich sichtlich mühen, um auf dem unebenen Boden mit Brose Schritt zu halten. »Weit schöner ist es, sie nur aus der Ferne zu sehen, wenn es nach mir geht.«

Brose grinste. »Es sei denn, sie stecken am Spieß und drehen sich über dem Feuer. Da steht doch ein jeder gern ganz nah bei ihnen, nicht wahr?«

»Rede nicht davon. Allein der Gedanke an den Duft ... Es ist lange her, dass ich ein Stück Fleisch gegessen habe.«

»Siehst auch ein bisschen verhungert aus, Kleiner. Wollen mal sehen, ob wir das heute Abend beheben können.«

»Wo willst du denn eine Herberge finden?«

»Sieh dir meine Nase an! Sie ist groß und nicht besonders schön. Aber eines kann sie: Sie riecht immer die nächste Mühle. Und sie hat noch keine Mühle gerochen, in der kein Unterschlupf für eine Nacht zu finden war.«

Valentin zuckte mit den Schultern. »Gegen klingende Münze?«

»Oder gegen ein paar Honigwaben.«

Mit dem Christmond war der Frost eingekehrt und hatte innerhalb einiger Tage den Mühlteich vom Rand her mit Eis bedeckt. Nur dort, wo das Wasser am schnellsten strömte, war die Eisfläche noch nicht geschlossen. Kurz vor Weihnachten hatte Thomas den Mühlbetrieb eingestellt, weil das Eis, das auf den Schaufeln des Mühlrads gewachsen war, sich mit jeder Stunde schwieriger entfernen ließ. Bei einem leichten Frost half noch die Radstube, das Rad von Eis frei zu halten, doch wenn der Winter ernst machte, musste der Müller klein beigeben.

Nun stand also das Rad still, und es war ruhig in der Mühle. Untätigkeit bedeutete das allerdings nicht. Kaum hatte das Mahlwerk aufgehört zu poltern, hatte Thomas Willem und Konni für das Schärfen der Mühlsteine und andere nötige Reparaturen eingespannt. Beim Anheben des gewaltigen Läufersteins musste auch Brida mit anfassen.

Stina und Nickel mussten all die Winkel der Mühle fegen und putzen, die schlecht zugänglich waren, wenn das Mahlwerk lief. Das neue Jahr sollte mit einer sauberen Mühle beginnen, die wohlgerüstet dafür war, ihre Arbeit wieder aufzunehmen.

Dann kam das Weihnachtsfest. Sie schmückten die Wohnstube und alle Türen mit immergrünen Zweigen, badeten und erfreuten sich am Krippenspiel in der Dorfkirche, das nur Ulrich nicht zu sehen bekam, weil er es vorzog, nicht unter Leute zu gehen. Am Heiligen Abend setzten sie sich bei Fisch, Bohnen, Linsen und Äpfeln zu Tisch, doch am Tag nach der geweihten Nacht brachen sie genussvoll das Fasten mit Honiggebäck sowie Fleisch und Wurst ihres Wochen zuvor geschlachteten Schweins. Nichts konnte Brida glücklicher machen, als mit all ihren Kindern zusammenzusitzen und zu sehen, wie sie sich gesund und zufrieden die vollen Bäuche rieben.

Noch vor Neujahr war es an Brida und Ann Durt, die Hinterlassenschaften des Festes aufzuräumen. Man sagte zwar, dass zwischen Weihnachten und Neujahr nicht gearbeitet werden sollte, aber es war Brida seit jeher ein Rätsel gewesen, wie das bewerkstelligt werden sollte. Daher reinigte sie also die Gaststube, während Ann Durt das Geschirr wusch.

Gesellschaft leistete Ann Durt dabei Ulrich, der schon mit Beginn der großen Kälte den Dachboden verlassen hatte und nun das Bett mit Konni und Nickel teilte. Laufen konnte er noch immer nicht gut, doch mit Hilfe einer Krücke, die Konni ihm auf Bridas Anweisung hin geschnitten hatte, kam er täglich besser in der Stube herum und vor die Tür, um sich zu erleichtern.

Brida war sich bewusst, dass Ann Durt sich in Ulrichs Gegenwart befangen fühlte. Doch der junge Ritter verhielt sich ihr gegenüber so tadellos freundlich und respektvoll, dass Brida die beiden gerade deshalb zusammenarbeiten ließ, damit Ann Durt ihre Schüchternheit zu überwinden lernte. Und dem Lachen ihrer Tochter nach, das durch die geschlossene Tür zu ihr in die Gaststube herüberdrang, hatte sie mit ihrem Plan Erfolg. Sie lächelte und fegte langsamer. Mehr Fröhlichkeit würde ihrer Großen guttun. Es war ein Jammer, dass sie niemanden mehr kannten, der musizieren und zu Neujahr in der Mühle zum Tanz aufspielen konnte.

In ihrer eigenen Jugend war der Tanz in der Mühle zu dieser Zeit ein fester Brauch gewesen. Musik, Gesang, Gelächter und das Gepolter der Tanzenden in der Gaststube waren oft so laut gewesen, als liefe das Mahlwerk.

Bei einem solchen Tanz war sie sich mit Lütke und ihren Eltern über ihre Heirat einig geworden. Schwierig war das allerdings nicht mehr gewesen, denn sie hatten beinah schon in Kindertagen gewusst, dass sie nicht ohne einander leben konnten und wollten. Zudem hatten Bridas Eltern ihr eine anständige Brautausstattung mitgeben können.

Ann Durt würde es schwerer haben, denn sie hatte wenig mit der Dorfjugend zu tun und nur eine lächerlich kleine Mitgift zu erwarten.

Ulrich begann ein Lied zu singen. Brida hielt mit dem Fegen inne und lauschte. Er war kein schlechter Sänger, wusste die Töne wohl zu treffen, aber seine Stimme war nichts Besonderes. Sie war nicht so warm und voll wie die von ihrem Lütke, sondern ein wenig flach, als würde sein Gesang nicht seinem Herzen entspringen.

Aber es war ja erstaunlich, dass er überhaupt sang, obwohl ihn die Sorgen drücken mussten. Noch immer war es für seinesgleichen gefährlich in der Lüneburger Gegend, sodass er die winterliche Reise ohne Pferd und mit seinen kranken Beinen nicht wagen durfte. Zu oft hätte er Menschen, die ihm unterwegs halfen, seine Herkunft erklären müssen. Es blieb ihm nichts anderes übrig, als zu bleiben – ein junger Recke von hohem Stand unter den einfachen Leuten in einer alten Mühle, in der die Türstürze für ihn zu niedrig waren. Er musste sich ducken, um sich nicht das langhaarige Haupt zu stoßen. Brida stellte sich vor, wie schwer das für ihn zu ertragen sein musste. Sie rechnete ihm hoch an, dass er seine Dankbarkeit über seinen Standesstolz stellte und sich freundlich verhielt.

Sie fegte ihr Kehrichthäuflein auf die Schaufel und öffnete die Tür, um es zum Mist zu tragen. Draußen hörte sie deutlich, was sie zuvor zwar wahrgenommen, aber nicht beachtet hatte: Die Gänse warnten mit lautem Trompetenton vor Fremden. Die Wanderer folgten nicht dem Thomasburger Weg, sondern kamen von der anderen Seite des Mühlteiches über die Wiese. Ein stämmiger Kerl mit einem breitkrempigen Schäferhut schritt über die dünne Schneeschicht durch die Bülten des überwinternden Grases, als hätte er es nicht nötig, Hindernisse auch nur zu beachten. Sein jüngerer, schlaksiger Begleiter tat sich nicht so leicht, sondern stolperte häufig und wirkte erschöpft. Was daran liegen mochte, dass die beiden ihre Last ungerecht verteilt hatten: Während der Stämmige einen Sack trug, der ihm leichtgewichtig auf der Schulter wippte, schleppte der Schmächtige eine übergroße Kiepe und ein Bündel noch dazu.

Brida sah aus der Ferne, wie sie sich beim Laufen unterhielten und wie vor ihren Mündern weißer Atemhauch aufstieg. Die Winterluft roch nach Schneefall, Brida konnte die Flocken schon förmlich auf ihren Handrücken zergehen fühlen.

Beim Anblick des jüngeren, schwer beladenen Mannes fröstelte sie mitfühlend. Er trug keinen Mantel, höchstens einen zweiten Kittel über dem ersten, das war nicht genau zu erkennen. Zwischen den schlecht befestigten Beinlingen und dem Kittelsaum sah sie die nackte Haut seiner Beine schimmern, und zum Schutz gegen die Kälte hatte er außer seiner Wollhaube auf dem Haupt nur einen Lappen um den Hals gebunden.

Der andere Mann war gut eingepackt. Sein weiter Mantel wirkte warm, und der Zipfel der braunen Gugel, die er unter dem Hut trug, war so lang, dass er ihn als Halstuch verwenden konnte. Sogar Fäustlinge trug er.

Aus der Ferne wirkten die zwei nicht bedrohlich, doch die Tatsache, dass sie aus dem Wald und über die Wiese kamen statt den Weg entlang, mahnte zur Vorsicht. Andererseits hielt sich in diesen Tagen so mancher Reisende lieber abseits der Wege. Sie dankte dem Himmel, dass sie nicht reisen und derartige Entscheidungen treffen musste.

Ohne die Fremden aus den Augen zu lassen, die inzwischen die Neetze-Brücke beim Mühlwehr überquerten, ging Brida zur offenen Mühlentür und rief ihren Bruder. Er kam gemeinsam mit Willem aus dem oberen Stockwerk herunter, wo sie mit dem Ausbessern der Mühlsteine beschäftigt waren, wie man am Steinstaub auf ihren Ärmeln erkannte. Jeder von beiden nahm einen der Knüppel in die Hand, die für solche Gelegenheiten bereitstanden.

»Gefährlich sehen die nicht aus«, sagte Thomas, während die fremden Männer auf den Hof zustrebten. Gelassen stellte er den Knüppel wieder hinter die Tür.

»Der eine schon. Was, wenn er Waffen unter seinem Mantel verbirgt?«, widersprach Willem.

Thomas zuckte mit den Schultern. »Hätt ich welche, trüge ich sie auch unter dem Mantel. Trotzdem würde ich nicht friedliche Müllersleute angreifen. Die beiden sehen verfroren aus, aber nicht verschlagen.«

Brida gab ihm innerlich recht und fand ihn dennoch ein wenig leichtfertig.

Zielstrebig überquerten die Ankömmlinge den Hof und standen ihnen bald gegenüber. Der Ältere hatte ausdrucksvolle dunkle Augen mit langen Wimpern, dunkles Haar, dessen widerspenstige Locken sich unter der Kapuze seiner Gugel hervordrängten, und einen dichten Bart von der wildwüchsigen Sorte, die entstand, wenn ein Mann eben nicht dazu kam, sich seinen Gesichtspelz abzuscheren.

»Gottes Segen über euch und eure Mühle. Wir suchen Unterkunft für eine Nacht und können auch bezahlen. Habt ihr ein warmes Plätzchen für uns unter eurem Dach?«

Brida, die noch die Kehrichtschaufel hielt, stemmte die freie Hand in die Hüfte. »Gottes Segen auch für euch. Einen warmen Platz habt ihr nötig, das sieht man. Darf ich fragen, woher ihr kommt, so querfeldein? Hattet ihr den Weg verloren?«

Der Ältere verbeugte sich spielerisch vor ihr. »Holde Müllerin, wenn du gestattest: Mein Name ist Ambrosius. Freunde nennen mich plump, aber wirkungsvoll Brose. Mein Freund hier und ich kommen von Bleckede her. Und weil sich auf den Straßen heuer so viele Bewaffnete die Zeit vertreiben, die mitunter nicht recht bei Sinnen sind, haben wir uns unseren eigenen Weg gebahnt. Immer meiner Nase nach – und auf meine Nase ist Verlass. Nicht wahr, Valentin?«

Sein junger Begleiter nickte nur. Brida vermutete, dass der arme Valentin seine blau gefrorenen Lippen gar nicht mehr bewegen konnte. Sie wechselte einen Blick mit ihrem Bruder. Der winkte einmal sanft mit der geöffneten Hand, was bei ihm so viel bedeutete wie: »Ich habe es dir doch gleich gesagt«. Er sagte »Willkommen« und wandte sich wieder dem Mühleninneren zu.

Willem, der den Knüppel noch in der Hand hielt, zögerte. »Willst du in der Gaststube anheizen? Brauchst du Hilfe? Soll ich Holz holen?«, fragte er Brida.

Brose trat mit ausgestreckten Händen einen Schritt vor. »Es ist wohl das Mindeste, dass ich das übernehme. Es wäre mir ein Graus, wenn sich die gute Seele des Hauses um unseretwillen mühen müsste. Wenn du mir zeigst, wo ich Holz finde, braves Weib, dann geh ruhig schon mit Valentin hinein und zeig ihm, wo er seine Kiepe abstellen kann. Wer weiß, vielleicht verlockt dich ja auch das ergötzliche Angebot seiner feinen Waren, deine Arbeit für eine kurze Weile ruhen zu lassen. Du wärest nicht die Erste, der das widerfährt.«

Brida schnaubte belustigt. »Mein Lieber, du redest so süß wie der Schulze, wenn der Pfarrer aufgetragen hat, Geld für die neue Kanzel zu sammeln. Wenn du so arbeiten wie reden kannst, dann werden die Holzscheite ja zur Tür hereingeschwebt sein, bevor ich mich ein Mal um mich selbst drehen kann.«

»Ich gestehe, dass ich lieber rede als arbeite. In dieser Sache bin ich von Adel. Allerdings friere ich nicht so gern wie die hohen Herren, die sich mit Vorliebe kalte, zugige Burgen errichten. Deshalb bin ich mir nicht zu schade, ein paar Scheite in eine behagliche Mühlenstube zu tragen.«

Willem seufzte und stellte schließlich seinen Knüppel weg. »Ich gehe wieder nach oben. Ruf, wenn du mich brauchst, Mutter.«

Brida nickte und setzte sich in Bewegung, um dem redegewandten Gast den Weg zum Brennholz zu weisen.

Er blickte mit aufgerissenen Augen Willem nach. »Dein Sohn? Es ist doch nicht möglich, dass ein so junges Weib wie du schon einen erwachsenen Sohn hat. Das ist wohl dein Stiefsohn, Müllerin?«

Brida wusste wohl, dass er ihr augenzwinkernd schmeichelte. Dennoch taten ihr seine Worte wohl, und sie lächelte. »Alter Mann, wenn ich bitten darf: Da ist das Holz. Deinen Sack kannst du mir geben. Ich will deinen Freund ins Warme bringen, bevor er sich gar nicht mehr bewegen kann.«

Am Ende waren es Stina und Nickel, die Valentins Kiepe als Erste eroberten, nachdem Brida ihn in die Gaststube geführt hatte. Anfangs nahm er seine Waren noch selbst aus dem Korb, um sie zu zeigen, doch seine Hände waren von der Kälte so steif, und seine Sehnsucht, in der Wohnstube vor dem Feuer zu sitzen, so groß, dass er nach kurzem Zögern den Kindern das Auspacken überließ.

Mit Feuereifer breiteten sie alles auf einer der beiden Tafeln in der Gaststube aus, während der schüchterne junge Krämer sich dankbar von Brida einen Schemel vor dem Herd zuweisen ließ und seine Hände und Füße der Wärme entgegenstreckte.

»Durtchen, gib unserem Gast einen Becher heißen Holundersud, damit er sich nicht erkältet. Er ist ganz durchgefroren.«

Brida wartete, bis Ann Durt sich von der Bank erhob, wo sie mit Ulrichs Hilfe Garn von ihrer Spindel abwickelte. Dann begab sie sich zurück in die Gaststube, um dort ein Feuer zu entfachen. Denn bei aller Gastfreundlichkeit wollte sie ungern Übernachtungsgäste in der Wohnstube unterbringen, wo ohnehin Gedränge herrschte.

In Zeiten, in denen die Mühle mehr dauerhafte Bewohner gehabt hatte, war auch das obere Geschoss zum Schlafen genutzt worden, doch da der Fußboden morsch war und das Dach immer wieder undichte Stellen hatte, wohnten dort schon seit langer Zeit nur noch Spinnen und streunende Katzen, die die Mäuse kurzhielten. Nicht einmal die Leiter war noch im Haus, die man brauchte, um die Luke zu erreichen.

Brida hatte gerade das Kleinholz kunstvoll auf dem Herd der Gaststube aufgeschichtet und wollte Glut aus dem Nebenraum holen, als Brose mit den Holzscheiten eintraf. Er hatte sie in seinen Armen so hoch aufgetürmt, dass er kaum noch daran vorbeiblicken konnte.

»Wie hast du das denn allein geschafft?«, fragte sie.

»Ich bin ein ungeheuerlich geschickter Mensch«, sagte er, stieß jedoch im selben Augenblick gegen die Tafel, auf der Stina und Nickel gerade Valentins bunte Bänder in einer hübschen Reihenfolge sortierten. Einige Säckchen mit leise klirrendem Inhalt fielen zu Boden. Als Nickel ihnen nachtauchte, stieß er die angelehnte Kiepe um, die vor Broses Füßen aufschlug und ihn zum Stolpern brachte.

Nur durch eine wirklich ungeheuerlich geschickte akrobatische Drehung konnte Brose die Herrschaft über seine Holzscheite bewahren. Erst neben dem Herd, wo es gefragt war, polterte das Holz zu Boden.

»Da hättest du sie auch gleich zur Tür hereinwerfen können«, sagte Brida.

Er klopfte sich die Ärmel ab und sah sie an. »So werde ich es mit dem nächsten Stapel machen.«

Die Art, wie er ihr geradewegs in die Augen blickte, raubte ihr für einen Moment den Atem. Er schien auf eine Weise von sich selbst überzeugt und mit seinem Leben zufrieden zu sein, die ihr gut gefiel. Seit langer Zeit war sie keinem Mann begegnet, von dem sie sich so angezogen fühlte. Und das, obwohl sie ihn nicht kannte. Nun lächelte er, und sein Lächeln sagte, dass er erriet, wie er auf sie wirkte.

Aber sie war schon lange kein junges Mädchen mehr, das sich von einem frechen Lächeln aus der Ruhe bringen ließ. Ungerührt erwiderte sie seinen Blick gerade so lange, dass ihm klar werden musste, wie wenig sie sich von seiner Ausstrahlung zur Unbesonnenheit verleiten ließ.

Sein Lächeln wurde nur umso breiter, und er deutete eine scherzhafte kleine Verbeugung vor ihr an. Beim Hinausgehen fuhr er mit einer Hand Nickel durchs zerzauste Haar, der die Kiepe versehentlich auf den Kopf gestellt hatte. Alles, was noch darin gewesen war, lag nun in einem Haufen auf dem gestampften Lehmboden, den Brida zu ihrer Erleichterung gerade kurz zuvor sauber gefegt und noch nicht wieder mit Spreu bestreut hatte. Kopfschüttelnd ging sie die Glut für das neue Feuer holen.

Valentins Wangen hatten bereits eine rosigere Färbung angenommen als bei seiner Ankunft. Bridas Einschätzung nach konnte das allerdings ebenso viel mit der Wärme wie mit den verstohlenen Blicken zu tun haben, die er Ann Durt zuwarf.

Ihre Tochter hatte ihm eben einen Becher Holundersud in die Hände gedrückt und setzte sich nun wieder Ulrich gegenüber, der auf der Bank auf sie wartete. Schmunzelnd verließ Brida den Raum. Sicher hatte der junge Ritter noch nicht oft seine Hände zum Garnaufwickeln benutzt.

Gleichzeitig mit ihr kehrte Brose in die Gaststube zurück und brachte einen weiteren Arm voll Scheite herein. Dieses Mal stolperte er nicht, sondern lud seine Fracht behutsam ab. »Ja, da staunst du, was? Nicht nur geschickt, sondern auch schnell kann ich sein. Und wenn dein Mann und dein Sohn in der Mühle Hilfe brauchen, dann sag es nur. Mir knurrt zwar schon gewaltig der Magen, aber wenn ich noch weiter von Nutzen sein kann, bin ich es gern.«

»Du kannst meinen Bruder selbst fragen, ob er etwas für dich zu tun hat. Ich werde gleich nachsehen, womit ich den Tisch heute für uns decken kann, damit dein knurrender Magen Ruhe findet.«

»Das ist wahrhaft gütig von dir. Ich vertraue ganz auf deine Gastfreundlichkeit.« Fröhlich grinsend machte er sich auf den Weg zur Tür, drehte sich jedoch nach wenigen Schritten um und ging rückwärts weiter. »Dein Bruder, ja?«

Nun musste sie doch lachen. Umso mehr, da er prompt wieder gegen die Kiepe stieß, die noch im Weg lag, und beinah auf Stina und Nickel fiel, die auf dem Boden hockten und in dem Häuflein Zeug kramten, das sie noch nicht wieder aufgehoben hatten.

Brose fing sich, ergriff die Kiepe und schüttelte sie in gespieltem Zorn. Gleich darauf jedoch veränderte sich sein Gesichtsausdruck. Ernst blickte er in den leeren Korb und befühlte dessen sackleinenes Futter. »Da soll mich doch die Pestilenz ankommen«, murmelte er.

Brida näherte sich ihm. »Was ist denn? Haben die Kinder einen Schaden angerichtet?«

Er schüttelte den Kopf. »Nein, nein. Das war ich selbst. Ich will mir eben draußen bei Licht betrachten, wie arg es ist.«

Einen Augenblick lang kam es ihr merkwürdig vor, dass ihn ein kleiner Schaden an dem Korb beunruhigte. Doch mochte er gewissenhafter sein, als er aussah. Und wenn er sich seinem Freund auch in einer solchen Kleinigkeit verpflichtet fühlte, dann gefiel er ihr umso besser.

Später saßen sie alle gemeinsam in der Gaststube beim Essen. Brida hatte reichlich auftragen können, da die Festtage Wurst- und Bratenreste hinterlassen hatten, die noch nicht ganz aufgezehrt waren.

Der für einen Krämer erstaunlich stille Valentin schwelgte mit einem Ausdruck seliger Dankbarkeit in den Speisen. Brida schloss ihn in ihr mütterliches Herz und hielt ihm die Schüssel mit den Resten vom Sauerbraten ein Mal mehr vor die Nase als den anderen Männern.

Dass Brose sich als unterhaltsamer Erzähler entpuppte, wunderte sie nicht. Er hatte auf seinen rastlosen Wanderungen als Korbflechter, Waldläufer, Honigsammler, Wolfsjäger, Bote und Mausefallenkrämer viel erlebt und untermalte seine abwechslungsreichen Geschichten mit Trommelkunststücken und passenden Geräuschen. Auch ernste Geschehnisse wusste er so darzustellen, dass sie die Zuhörer wenigstens ein Mal zum Lachen brachten. Das hieß, alle Zuhörer – bis auf Ulrich.

Ulrichs Blick hing an Broses Lippen, ihm entging sicher kein Wort. Doch seine Miene blieb angespannt und finster. Endlich rang er sich dazu durch, den Mund aufzumachen. Und Brida begriff, was ihn die ganze Zeit beschäftigte.

»Du kommst so viel im Land herum, dass du gut wissen musst, wo die sächsischen oder die welfischen Gefolgsleute an der Macht sind. In Bleckede sitzen die Welfen, das ist kein Geheimnis. Aber welche Männer sind das? Kannst du mir Namen nennen?«

Der Blick, mit dem Brose den jungen Mann mit den auffällig langen blonden Haaren betrachtete, wurde plötzlich scharf. »Hast du Bekannte unter der welfischen Dienerschaft, dass du es so genau wissen willst?«, fragte er.

Am liebsten hätte Brida Ulrich unter dem Tisch gegen eines seiner kranken Knie getreten, doch sie saß zu weit weg.

Hastig kam sie ihm mit der Antwort zuvor. »So ist es. Wir wüssten gern, wohin es unsere Bekannten verschlagen hat.«

Brose nickte. »Dann wäre es doch einfacher, mich nach den Namen ihrer Herren zu fragen, und ich überlege, ob ich von ihnen gehört habe.«

Aufgeregt beugte Ulrich sich vor, stützte seine Ellbogen auf den Tisch und nannte nacheinander vier Namen, zu denen er unterschiedliche Auskunft bekam. Brida krampfte die Hand in ihren Rock, weil sie fürchtete, dass Ulrich sich leichtfertig verriet. Sie sah, dass es Ann Durt und ihren Söhnen ähnlich ging. Nur Thomas blieb gelassen.

Ulrich nahm alles, was er erfuhr, aufmerksam, aber ohne sichtliche Gefühlsregung auf. Dann fragte er nach einem Kunzmann von Alten, und die Stimmung änderte sich mit der Geschwindigkeit eines Wimpernschlags.

Brose stutzte, sah Ulrich in die Augen und lächelte. »Kann es sein, dass wir uns schon einmal begegnet sind – du und ich? Dein Gesicht kommt mir bekannt vor. Oder hast du vielleicht unter Kunzmann von Altens Dienerschaft gar einen Verwandten, der dir ähnlich sieht? Du musst wissen, dass ich längere Zeit auf Burg Rethem weilte, wo Kunzmann nach der Niederlage in Lüneburg Zuflucht fand. Er war in Trauer, denn er hat seinen schwer verletzten Neffen im letzten Augenblick aus der Stadt bringen können, nur um ihn auf der Flucht doch noch an den Tod zu verlieren. Zu seinem Kummer hat er sogar den Leichnam des jungen Mannes am Wege zurücklassen müssen. Man hat ihn nicht wiedergefunden, obgleich Kunzmann nachforschen ließ. Wahrscheinlich waren die Wölfe schneller oder wilde Hunde und Schweine.«

Bridas Herz übersprang einen Schlag. Sie konnte deutlich in Broses Miene lesen, was er sich fragte. War Ulrich dieses Kunzmanns totgeglaubter Neffe? Für Brida war es schon so gut wie Gewissheit, als ihr der Gedanke kam. Aber warum verleugnete er seine Herkunft? Würde sein Onkel über seinen Irrtum nicht glücklich sein und ihn willkommen heißen?

Ulrich sah aus, als wäre ihm übel. »Und weilt Kunzmann noch auf Burg Rethem?«

»Nun, das kann ich nicht wissen, da ich vor sechs oder sieben Wochen dort aufbrach. Allerdings war die Rede davon, dass Magnus' Söhne den Winter auf Rethem verbringen sollten. Daher wird sich dort wohl eine angenehme Gesellschaft von adliger Herkunft zusammengefunden haben. Sicher hätte Kunzmann nichts dagegen gehabt, zu ihr zu gehören. Ich werde es bald feststellen, denn nach Rethem zurückzukehren, ist mein Ziel.«

Es kam Brida so vor, als würde Brose nur noch zu Ulrich sprechen und als würde sich hinter seiner Maske des lustigen, redegewandten Herumtreibers ein ernsthafterer Mensch offenbaren. Er schlug sie in Bann.

Auch Ulrich schien nun alle anderen Anwesenden zu vergessen. »Wo hält Magnus sich auf?«

»Wüsste ich es, würde ich es möglicherweise nicht jedermann erzählen. Oft ist es gesünder, über Dinge zu schweigen, die uns nichts angehen, nicht wahr?«

»Herzog Magnus hat nie ein Geheimnis daraus gemacht, wo er sich aufhält. Wie könnte er auch? Sein Gefolge ist nicht zu übersehen. Erfahre ich nicht von dir, wo er sich aufhält, erfahre ich es vom nächstbesten Viehtreiber.«

»Warum willst du es denn so dringend wissen, wo er ist? Hast du so viele Bekannte und Verwandte, die alle welfischen Herren hörig sind?«

Brida hielt die wachsende Spannung nicht mehr aus. Entschlossen stand sie auf und begann, den Tisch abzuräumen. »Kinder, geht nach nebenan, ihr dürft spielen. Du auch, Ann

Durt. Setz dich drüben zum Herd und spinn! Und ihr Männer wartet kurz und rückt dann näher zusammen, bevor ihr weiter um den heißen Brei herumredet.«

Valentin stand auf und ging ihr dabei zur Hand, die Schalen, Löffel und Bretter zusammenzuräumen. »Ich kann zu dem Gespräch nichts beisteuern. Wenn es euch recht ist, setze ich mich zum Herd und stricke. Ich habe warme Strümpfe nötig. Schon lange.«

Schon lange, sagte er, als wolle er unterstreichen, dass das Stricken nicht nur eine Ausrede war, um nicht am Gespräch teilnehmen zu müssen.

Brose schlug spielerisch, doch nachdrücklich genug mit der flachen Hand auf den Tisch. »Nichts da, mein Lieber. Du bist zu bescheiden. Gerade heute Abend will ich deine Meinung zu einer Angelegenheit hören, die sehr viel mit unserem Gespräch zu tun hat. Also lass deinen Hintern wieder auf dem Platz nieder, den er schon angewärmt hat. Bist du bis hierher ohne warme Strümpfe gekommen, so kommst du auch noch ein Stückchen weiter. Der halbe Winter ist ja schon vergangen.«

Broses Worte waren scherzhaft, auch lächelte er, doch sein Tonfall duldete keinen Widerspruch. Valentin zögerte kurz, setzte sich dann aber, ohne auch nur einen Seufzer zu wagen.

Als Brida gleich darauf Speisen und Geschirr weggeräumt hatte und mit zwei Krügen Bier in die Gaststube zurückkehrte, steckten die sechs Männer tatsächlich ihre Köpfe zusammen.

»... im Frühjahr die Flüsse unschiffbar machen«, hörte sie Brose leise sagen.

»Und wird er die Stadt wieder angreifen?«, fragte Ulrich.

Brose zuckte mit den Schultern. »Das würde wohl niemanden wundern. Die Stadt hat ihn um sein Recht betrogen. Und dem Land würde es besser gehen, wenn die überheblichen Lüneburger und ihre siegestaumelnden sächsischen Freunde in die Schranken gewiesen würden. Ihr glaubt ja nicht, was für Scheußlichkeiten ich auf meinen Wanderungen gesehen habe. Verbrannte Dörfer und Felder, ermordete Bauern, vergiftete Brunnen. Um wie viel besser würde es der Welt gehen, wenn ein jeder seinen Platz kennte und dort bliebe. Der Sachse in seinem Sachsenland und die Lüneburger Städter hinter ihren Mauern und ihrem rechtmäßigen Herrn untertan.«

Brida fragte sich, wie jemand so reden konnte, der selbst keinen rechten Platz und keine ehrliche Stellung in der Welt zu besitzen und diesen Umstand zu genießen schien.

3

Zu Bridas Bedauern brachen Brose und Valentin schon am nächsten Morgen nach ihrer Ankunft wieder auf. Sie hätte dem schüchternen jungen Krämer gern in einem Tauschhandel ein Paar warme Strümpfe überlassen, doch ihrer eigenen Familie war keines entbehrlich. Mit den wenigen überzähligen Kleidungsstücken hatte sie schon Ulrich ausgestattet. Daher blieb ihr nur, die beiden Männer ein wenig mitleidig zu verabschieden. Brose gab ihr bei der Gelegenheit unverfroren einen Kuss. Sie hätte sich über seine Frechheit ärgern müssen, doch sie konnte ihm nicht böse sein. Sein Kuss brachte sie zum Lachen und trieb ihr die Hitze in die Wangen. Ihr war, als würde sie diesen Mann schon gut kennen.

Dabei hatte sie sich abends der Männerrunde nicht mehr angeschlossen, sondern nur einige Male einen frischen Krug Bier in die Gaststube getragen, wenn Thomas danach rief. In der übrigen Zeit hatte sie in der Wohnstube gesessen, einen kleinen Korb geflochten und Märchen erzählt, während Ann Durt Stina und Nickel die Haare kämmte und nach Läusen durchsah.

Wegen Valentins dürftiger Bekleidung fiel ihr der Besuch der zwei Vaganten eine Woche später an einem Morgen wieder ein, der windstill und dennoch eisig war. Die Kälte durchdrang sie so, dass sie glaubte, ihr Herz müsse gefrieren, wenn sie sich zu langsam bewegte. Die eben aufgehende Wintersonne spendete blasses Licht, aber keine Wärme.

Im Laufschritt eilte sie über den Hof in den Stall, um dem Esel sein Heu und den Hühnern ihr Korn vorzuwerfen. Ihre Füße hinterließen im sauberen Weiß der frischen Schneedecke die ersten Spuren des Tages.

Obgleich es im Stall noch düster war, sah sie die Hühner auf ihren Stangen und Nestern hocken. Ihre Eselin jedoch stand nicht an ihrem Platz. Da es nicht das erste Mal gewesen wäre, dass sie sich aus ihrem Pferch befreite, sah Brida sich im Rest des alten Hauses nach ihr um.

Sie spürte den Schreck bis in die Zehenspitzen, als sie feststellte, dass auch Zaumzeug und Sattel nicht an ihrem Platz hingen. So lange hatte sie mit Thomas darüber gesprochen, ob sie sich einen neuen Wachhund leisten wollten, der nachts den Stall hütete. Nun war es zu spät. Einem Dieb musste es gelungen sein, die Eselin aus dem Stall zu führen, ohne die Gänse zu wecken. Wie lange konnte das her sein? Die Spuren waren vom Schnee bedeckt, und geschneit hatte es nicht mehr, seit sie auf war. Der Dieb musste mitten in der Nacht gekommen sein.

Sie lief zur Mühle zurück und rief laut nach ihrem Bruder. Thomas schaffte es nicht zur Tür, bevor sie in die Wohnstube stürmte. »Jemand hat den Esel gestohlen. Rasch, zieh dich an. Willem, du auch! Wir müssen sie suchen. Es gibt keine Spuren. Durtchen, komm, wir …«

Ihr Bruder nestelte gereizt an seiner Bruche. »Verflucht nochmal. Wenn man ein Mal denkt, man hätte ein paar ruhige Tage! Bist du sicher, dass das Vieh nicht einfach nur ausgekommen ist?«, fiel er ihr ins Wort.

Konni gesellte sich als Erster zu ihnen, ebenso fahrig an seiner eilig übergeworfenen Kleidung fummelnd wie sein Oheim. »Wo sind Durtchen und Ulrich? Suchen sie schon?«

Brida schüttelte den Kopf. »Ich habe sie nicht gesehen.«

Innerhalb kürzester Zeit war das ganze Müllerhaus auf den Beinen und auf der Suche nach den Verschwundenen. Seltsamerweise waren es nur die Kinder, die vorschlugen, Hilfe bei den Dorfleuten zu holen. Kein Erwachsener ging darauf ein.

Ihnen wurde rasch klar, dass die Suche hoffnungslos war. Spuren gab es keine, und wer auch immer den Esel entführt hatte, konnte etliche Stunden Vorsprung haben. Als sie um die Mittagszeit in die kalte Wohnstube der Mühle zurückkehrten, die sie am Morgen verlassen hatten, ohne auch nur das Feuer zu schüren, kamen Brida die Tränen. Die winzige Hoffnung, Ann Durt wieder in der Mühle vorzufinden, erlosch.

Im Nachhinein gestand sie sich ein, dass sie schon gewusst hatte, was geschehen war, als sie bemerkt hatte, dass Ann Durt und Ulrich fehlten. Doch in jenem Augenblick hatte ihr Herz jeden anderen noch so unwahrscheinlichen Grund für ihre Abwesenheit vorgezogen. Nun aber hatte es keinen Sinn mehr, der Wahrheit auszuweichen: Ulrich und ihre Tochter hatten sich trotz Dunkelheit und Schneefall mit der Eselstute auf den Weg gemacht. Wohin und aus welchen Gründen, konnte sie nur vermuten. Gewiss war allerdings, dass sie den größten Teil von Bridas erspartem Geld mitgenommen hatten. Brida weigerte sich, das Schlimmste anzunehmen, doch auch die unschuldigste Erklärung änderte nichts daran, dass ihr zartes Mädchen unter dem dürftigen Schutz eines halb lahmen, möglicherweise von seinen Feinden verfolgten Junkers bei gefährlich bitterer Kälte auf unsicheren Straßen unterwegs war. Der Gedanke, wie rasch Ann Durt etwas zustoßen konnte, ließ in Brida keine andere Entscheidung zu, als den beiden jungen Leuten zu folgen. Sie musste sie finden und ihre Tochter heil zur Mühle zurückbringen.

Allerdings würde sie es allein tun. Sobald der Frost nachließ, würde die Mühle nach der langen Pause mahlen müssen, was das Werk aushielt. Es war schlimm genug, wenn Thomas dann ohne ihre Hilfe dastand. Willem und Konni mussten unbedingt bleiben, auch um für die Kleinen zu sorgen.

»Nun wein doch nicht. Es wird sich aufklären«, sagte Thomas.

Ihre Söhne sahen es weniger gelassen. Sie hatten denselben Schluss gezogen wie Brida, als sie noch durch den Schnee gestapft waren und nach Eselspuren gesucht hatten.

»Der verdammte Mistkerl. So zeigen sie ihre Dankbarkeit, die von hohem Stande. Ich habe es ja gleich gewusst«, sagte Konni.

»Ich hatte ihn für ehrbarer gehalten«, meinte Willem.

Wütend warf Konni Holzscheite auf den Herd. »Ich hatte unsere Schwester für ehrbarer gehalten.«

Brida rieb sich mit einem Handtuch die Tränen aus dem Gesicht und machte sich mit zusammengekniffenen Lippen daran, eine Mahlzeit vorzubereiten. Hätte sie kurz zuvor noch ihrer Familie ihren Plan mitgeteilt, hatten die Worte ihrer Söhne sie nun zur Vernunft gebracht. Niemals würden die Männer sie allein ziehen lassen. Sie würde so heimlich aufbrechen müssen wie Ulrich und Ann Durt.

Zwei Tage und eine Nacht harrte Brida noch in der Mühle aus, in der Hoffnung, dass ihre Tochter von allein zurückkäme. Doch in der zweiten Nacht hielt es sie nicht länger.

Sie hatte nicht dasselbe Glück wie die Verschwundenen: Kein Schnee bedeckte ihre Spuren. Doch war die Schneedecke des Wegs so zertreten, dass die Abdrücke ihrer Füße nicht leicht zu erkennen sein würden. Gern hätte sie eine

Nachricht hinterlassen, doch ihr war nicht eingefallen, wie sie das bewerkstelligen sollte. So hatte sie ihren Kindern nur Geschenke in ihre Schuhe gesteckt. Eines ihrer Kopftücher für Stina, ein Halstuch für Nickel, das Silberkreuz ihrer Mutter für Willem, die Kette dazu für Konni. So wusste ihre Familie wenigstens, dass sie freiwillig gegangen war. Vielleicht verstanden sie auch, dass es ihr Wunsch war, allein zu gehen.

Sie hatte die zwei Tage Wartezeit genutzt, um zu überlegen, welches Ziel Ann Durt und Ulrich hatten, und sie war zu einem Ergebnis gekommen. Allerdings war ihr bewusst, dass sie sich irren konnte. Größere Angst hatte sie nie gehabt als in der Stunde, als sie mit ihrem Bündel auf dem Rücken aus der gewohnten Stube in die Nacht hinaustrat und sich auf eine Reise mit unbekanntem Ziel machte. Sie war dankbar, dass die Kälte sie dazu zwang, weit auszuschreiten und sich warm zu laufen, statt in den Schatten am Wegesrand nach den Dämonen, Gespenstern und Raubtieren der Nacht zu suchen.

Vier Stunden strebte sie voran und sah in Gedanken noch einmal jedes ihrer Kinder vom Säuglingsalter an heranwachsen. Sie liebte sie alle, doch bei Ann Durt hatte sie vom ersten Tage an das Gefühl gehabt, dass sie etwas Besonderes war. Sanft, verständig und engelsgleich hübsch. Ihr Vater hatte sie vergöttert. Brida grauste es bei dem Gedanken daran, was Lütke von ihrem Versagen als Mutter gehalten hätte. Er hätte es gewiss nicht so weit kommen lassen. Sie schalt sich eine blinde Närrin, weil sie nicht rechtzeitig Verdacht geschöpft und Ann Durt von Ulrich getrennt hatte. Alles musste sie daransetzen, diesen Fehler wiedergutzumachen.

Es galt, ihr Engelchen zu finden und vor dem Schicksal zu bewahren, das sie erwartete. Denn es mochte zwar sein, dass Ulrich vernarrt genug in Ann Durt war, um sie eine Weile als sein Liebchen bei sich zu behalten. Doch früher oder später würde er sie fallen lassen und sich seinem eigenen Stande zuwenden. Das war der Lauf der Welt. Ann Durt würde mit gebrochenem Herzen im Elend enden.

Als Brida von Kälte und Anstrengung so erschöpft war, dass sie eine Rast brauchte, kam sie zu einer kleinen Hofstelle aus drei Häuschen, die zum Rittergut Barnstedt gehörten. Über einem der Dächer zog bereits Rauch, obgleich der Sonnenaufgang noch fern war. Als sie sich der Haustür näherte, schlug ein Hund an, blieb jedoch unsichtbar. Sie fühlte eine kleine Welle von Zuversicht. Möglicherweise hatten Ann Durt und Ulrich in der Nacht ihrer Flucht das gleiche Bild gesehen: die drei abseits von der Straße kauernden Hütten und eine Rauchfahne, die einen Ort zum Ausruhen und Aufwärmen versprachen. Als sie an die Tür klopfte, die sogar noch niedriger war als die Wohnstubentür der Mühle, bereute sie es dennoch, keinen Knüppel oder festen Wanderstab mitgenommen zu haben. Andererseits waren ihre Hände auch schon kalt genug, ohne dass sie ein Stück Holz getragen hatte.

Ein altes Weib öffnete ihr, sicher noch zehn Jahre älter als sie und um zwanzig Jahre gebeugter. Sie hielt eine hölzerne Heugabel mit zwei spitzen Zinken in der freien Hand und äugte wachsam über Bridas Schulter hinweg nach draußen. »Allein?«, fragte sie.

Brida nickte. »Allein, halb erfroren und müde. Lässt du mich ein?«

Die Alte öffnete ihr und ließ sie eintreten. An ihren Blicken war ihr Misstrauen zu erkennen. »Was treibt dich nachts vor die Tür, Tochter?«

Brida trat nah an das kümmerliche, stinkende Feuer aus Kuhfladen und Reisig und seufzte. »Ich suche ein junges Paar mit einer Eselstute. Hast du sie gesehen?«

Das Weib musterte sie, als überlege sie, ob die Frage ein

Scherz war. Dann hustete sie und zog an den Zipfeln ihres Kopftuches. »Und trägst du auch Myrrhe und Weihrauch bei dir für das neugeborene Kind?«

Brida schüttelte den Kopf. »Wenn es nach mir geht, bekommen die beiden nicht Weihrauch und Myrrhe, sondern Maulschellen. Und das besser, bevor das Mädchen ein Kind unter der Schürze trägt.«

Die Alte hustete und nickte. »Dumm wie Stroh, die Jugend. Dumm wie Stroh. Setz dich zum Herd und ruh dich aus. Einholen wirst du sie so bald nicht, denn sie waren zwei Tage vor dir da. Was hast du so lange gewartet, ihnen nachzulaufen?«

»Du hast sie gesehen?«

»Freilich. Haben zur gleichen Nachtzeit an unsere Tür geklopft wie du.«

Was die Erschöpfung nicht ausgerichtet hatte, tat nun die Erleichterung: Bridas Knie wurden weich, und sie musste sich setzen. Sie war auf dem richtigen Weg! Wie sie vermutet hatte, war Ann Durt zunächst einmal nach Barnstedt gewandert, denn dorthin hatte sie ihre bisher längste Reise gemacht. Brida nahm an, dass ihre Tochter sich an den Weg auch in der Dunkelheit leicht erinnert hatte. Nun blieb herauszufinden, ob auch der Rest ihrer Vermutung stimmte. Waren die beiden unterwegs nach Burg Rethem, wo Ulrich vielleicht seinen Onkel aufsuchen wollte?

»Und weißt du, wohin sie wollten? Haben sie etwas erzählt?«

»In die Stadt. Der Junge hat es gesagt.« Wieder das seltsame Husten oder Lachen.

Die Stadt, das bedeutete in dieser Gegend Lüneburg. Und wenn Brida sich in einer Sache sicher war, dann darin, dass Ulrich nicht nach Lüneburg zog. »Was lachst du da?«, fragte sie die Alte.

»Hoffärtiger Kauz, der Junge. Denkt, er wär was Besseres.«

Der letzte Hauch von Bridas Erleichterung verflog. Ulrich war in der Tat etwas Besseres. Hatte sie zuvor für freundlich gehalten, dass er ihrer Familie gegenüber seinen Standesstolz im Zaum hielt, so wünschte sie jetzt, er hätte mehr Dünkel gezeigt und Ann Durt nicht beachtet.

Die Spur, die Brida bei den Bauern von Gut Barnstedt von Ulrich und Ann Durt gefunden hatte, blieb bis zum nächsten Abend die einzige. Dabei musste sie sich von nun an den Weg Stück für Stück erfragen und versäumte es nie, sich nach den Gesuchten zu erkundigen. Hatte sie zu Anfang noch ein ungutes Gefühl gehabt, wenn sie Fremden begegnete, fühlte sie schon am Ende des ersten Tages keine Hemmungen mehr, jedermann anzusprechen.

Allein schon ihre Erschöpfung ließ kein Zaudern zu. Sie war in der noch immer durchdringenden Kälte, die das Rasten am Wegesrand unmöglich machte, darauf angewiesen, Herbergen zu finden. Bis nach Steinbeck in der Nähe von Soltau schaffte sie es an diesem Tag, bevor sie für die Nacht einkehren musste. Die jungen Leute, die sie suchte, hätte man dort nicht gesehen, sagte ihr der Wirt. Aber sie solle in Soltau bei der Burg fragen. Dort würde so viel Handwerk und Kaufhandel betrieben, dass wohl kaum ein Reisender sich den Besuch entgehen ließe.

Bei aller Sorge und Müdigkeit versetzte der Gedanke, die Burg zu besuchen, Brida in frohe Stimmung. Sie glaubte, dass auch Ulrich keinen Bogen um Soltau geschlagen hatte. Wenn sie fleißig fragte, hatte sie Aussichten, einen Hinweis zu finden. Und wenn sie nebenbei noch etwas von den Wundern des Burglebens zu sehen bekam, dann sollte ihr das recht sein.

Was ihr allerdings zu schaffen machte, waren ihre schmerzenden Füße. Die Schichten von Wollstrümpfen, die sie in ihren Holzschuhen trug, waren anfangs ein ausreichendes Polster gewesen, inzwischen halfen sie nicht mehr gegen das Scheuern des harten Holzes. Zum Wandern musste es tauglicheres Schuhwerk geben. Doch darüber nachzudenken, war sinnlos. Sie konnte sich glücklich schätzen, wenn ihr Geld für das Nötigste ausreichte, bis sie mit Ann Durt wieder in der Mühle war.

Das preisgünstigste Schlaflager der Herberge war ein mit Stroh gefüllter breiter, hüfthoher Bretterverschlag im Obergeschoss, der für mindestens sechs Schläfer vorgesehen war. Neben dem Verschlag war in der Kammer nur Platz für eine Schüssel zum Waschen, eine kleine Sammlung unterschiedlicher Nachttöpfe und ein paar Haken an der Wand. An diesen Haken hätten die Herbergsgäste ihre Mäntel und Taschen aufhängen können, doch Brida bemerkte, dass die meisten es vorzogen, ihre schmale Habe mit ins Bett zu nehmen, und hielt es ebenso. Ihr Bündel bestand ohnehin aus wenig mehr als zwei Wolldecken, auf die sie gern ihr Haupt bettete, da die Unterbetten und Pfühle im Herbergsbett fleckig waren und nach Wanzen rochen. Auch ihre Kleidung kam mit ins Bett, denn um sich auszukleiden, war es zu kalt.

Am Abend war sie froh, dass sie nicht allein in die große Bettkiste steigen musste, sondern sie mit vier anderen Reisenden teilte. Nachts jedoch, als sie trotz ihrer bleischweren Müdigkeit davon aufwachte, dass einer der Männer über seinen vielleicht zehnjährigen schlafenden Sohn hinweg ihre Brüste betatschte und es auch nicht ließ, nachdem sie seine Hände mehrfach weggeschoben hatte, hätte sie die Mitreisenden gern gegen ein paar angewärmte Steine eingetauscht. Sie musste dem Kerl grob in den Handrücken kneifen, bevor sie endlich Ruhe bekam.

Am nächsten Morgen warf er ihr in der Gaststube einen finsteren Blick zu und spuckte dabei in die trockenen Binsen, mit denen der Fußboden belegt war.

Brida richtete sich auf und stemmte die Hände in die Seiten. »Pass auf, dass ich nicht dein Weib besuche und ihr sage, welchen Grund *sie* hätte, vor *dir* auszuspucken, Bauer! Würde es dir gefallen, wenn ein anderer deine Schwester oder deine Mutter im Gasthaus nach deinem Beispiel behandelte?«

»Was hat ein Weib allein im Gasthaus zu suchen?«, murmelte er. Seine Zähne standen so schief zueinander wie Holzscheite auf einem Haufen.

»Glaubst du, ich hätte mir das ausgesucht? Manchmal geht es eben nicht anders.« Brüsk wandte sie sich ab und ließ sich von der Wirtin einen Becher heißen Würzwein geben, in den sie ihr hartes Roggenbrot einstippen konnte. Bis sie die Soltauer Burg erreichte, mochte es das einzige Warme bleiben, was sie in den Bauch bekam, daher wollte sie es genießen.

Sie war überrascht, als der Bauer ihr folgte, sich neben sie auf die Bank setzte und ihr eine kleine geschälte Zwiebel hinhielt. »Bist du verheiratet?«, fragte er.

Sie musterte ihn von der Seite. Er schien ganz damit beschäftigt, etwas aus seinem Becher zu fischen, das er nicht darin haben wollte.

»Mein Mann ist tot«, sagte sie.

»Mein Weib auch«, gab er zurück. Eine Weile kaute er schweigend an einer zweiten Zwiebel, und Brida beeilte sich, ihr eigenes Mahl zu beenden.

»Wohin musst du denn gehen?«, fragte er schließlich.

Zum ersten Mal verspürte Brida eine Hemmung davor, einen Menschen in ihre Suche einzuweihen. Dem Bauern tat seine frühere Unverschämtheit offenbar leid. Wenn er jedoch hörte, dass ihre Tochter ausgerissen war, wäre es wohl gleich wieder vorbei gewesen mit seinem Respekt.

»Eine Verwandte in Rethem ist in Not. Ich muss ihr zu Hilfe eilen.«

Der Bauer schnaufte entsetzt. »Rethem? Das ist noch weit. Und vor der Burg soll ein Lager von Waffenknechten sein. Da möchte ein Weib nicht allein hindurchwandern. Schon gar nicht so ein schmuckes wie du. Solche Not kann deine Verwandte gar nicht haben.«

Brida schluckte den letzten Wein und einen kleinen Bissen von der geschenkten Zwiebel hinunter und erhob sich. »Ich muss gehen. Wie ich mit den Waffenknechten zurechtkomme, überlege ich, wenn ich dort bin.«

Auch der Bauer stand auf. »Kannst ein Stück mit uns gehen. Mein Dorf liegt hinter Soltau. Über die Burg müssen wir nicht. Ich kenne einen besseren Weg.«

Brida machte flink ein paar Schritte in Richtung Tür. »Oh nein, nicht nötig. Danke für deine Freundlichkeit, aber lass mich ruhig über die Burg gehen. Ich will sie mir gern einmal ansehen.«

»Ach, Schweineschiet. Sünde und Halsabschneider gibt es bei der Burg, sonst nichts. Du gehst mit uns, und ich gebe acht auf dich!«

Zu Bridas Verdruss hatten Wirt, Wirtin und ein weiterer Reisender ihr Gespräch verfolgt. Sie pflichteten dem Bauern so nachdrücklich bei, dass sie sich schließlich gegen ihren Willen in dessen Begleitung auf der Straße nach Soltau wiederfand, die er bald verlassen wollte, um die Burg zu umgehen. Vor ihnen wanderten ein Schäfer ohne Schafe, aber mit seinem Weib, und ein Bürsten- und Besenbinder, hinter ihnen trottete der maulig schweigende Sohn von Otto, dem Zwiebelbauern. Brida schalt sich dümmer als ihre Eselin dafür, dass sie es in ihrem inzwischen recht langen Leben noch immer nicht gelernt hatte, wie leichtsinnig es war zu lügen. Und das, obwohl sie es ihren Kindern stets predigte. Nun musste sie sehen, wie sie aus der Sache wieder herauskam.

Otto, der von schlichtem Gemüt war, redete nicht viel, musterte sie aber umso häufiger. Wahrscheinlich hätte er schon nach der ersten Meile ihr Gewicht und die Zahl ihrer gesunden Zähne hersagen können und ihre Tauglichkeit, einen Pflug zu ziehen, falls der Ochse krank wurde. Brida ahnte, dass er ihr nur ein oder zwei Meilen weiter einen Heiratsantrag machen würde. Fieberhaft überlegte sie, wie sie sich von der unerwünschten Reisegesellschaft losmachen konnte. Doch etwas Besseres, als sich zum Wasserlassen hinter dichte Büsche zu hocken und von dort aus zu flüchten, fiel ihr nicht ein. Und das erschien ihr dann doch übertrieben.

Der Weg führte durch die weitläufigen Eisflächen überschwemmter Auwiesen. Schon aus der Ferne sahen sie, dass die trügerische Ebene einem Fuhrwerk zum Verhängnis geworden war. Weit vom Weg abgekommen, war der beladene Reisewagen samt zweier Zugpferde und seiner Fahrgäste ins Eis eingebrochen und steckte zur Hälfte im Wasser. Auch Hilfeschreie, das aufgeregte Schimpfen der beteiligten Männer, Pferdewiehern und Frauengekreisch scholl weithin.

»Der Herrgott sei uns gnädig«, sagte Otto.

Brida schwieg, begann aber zu laufen, und sogleich fielen auch die anderen in einen schnelleren Schritt. Sie war die Erste, die die Stelle erreichte, wo die Spuren des Fuhrwerks vom Weg auf das Eis führten. Ohne zu zögern, lief sie weiter, während die anderen auf dem festen Land stehen blieben.

Die unglücklichen Reisenden hatten sich auf das Dach des Wagens geflüchtet. Zwei hohe Geistliche und eine kostbar und würdevoll gekleidete Frau mit ihrer Zofe drängten sich dort aneinander, klagten und riefen um Hilfe. Die beiden Fuhrknechte dagegen standen bis zu den Hüften im eisigen Wasser und versuchten, die Pferde dazu zu bewegen, sich und ihre Fracht doch noch aus der Notlage zu befreien. So tief, wie das Gespann eingesunken war, hielt Brida es für unwahrscheinlich, dass das gelingen würde. Je länger Menschen und Pferde sich mühten, umso gefährlicher würde ihnen die Kälte werden. Erst als sie den Bereich des brüchigen Eises erreichte, hielt sie inne, überlegte, wie sie von Nutzen sein konnte, und drehte sich nach ihren Begleitern um.

Otto, sein Sohn und der Schäfer kamen ihr langsam nach, die Frau des Schäfers wartete mit bang zum Gebet gefalteten Händen auf dem Weg, und der Besenbinder machte sich aus dem Staub, so schnell seine Beine ihn und seine Bürstenlast trugen.

»Die Menschen und Pferde müssen auf sicheren Boden gebracht werden, bevor sie erfrieren«, rief sie Otto und dem Schäfer zu.

Unsicher blieben die Männer in einiger Entfernung von ihr stehen.

An der schlichten Mitra, seinem Stab und dem pelzbesetzten Mantel erkannte Brida in dem höheren Geistlichen einen Bischof. Während seine Mitreisenden zu seinen Füßen knieten und sich am Wagen festhielten, stand er als Einziger aufrecht. Sein Gesicht war gerötet, und seine Bewegungen verrieten seine Wut, als er sich Brida zuwandte.

»Was steht ihr und haltet Maulaffen feil? Hinein mit euch ins Wasser, und helft ziehen! Soll ich euch Beine machen?«

»Sollen wir nicht abspannen?«, fragte der Schäfer mit zaghafter Stimme.

»Habe ich dich nach deiner Meinung gefragt, du hässlicher Tuffel? Wagst du mir zu widersprechen? Zu welchem Herrn gehörst du?«

Der Schäfer hob Vergebung heischend die Hände und näherte sich hastig der Bruchkante des Eises, das unheildrohend knackte. Otto folgte ihm, und sein Sohn war drauf und dran, sich ihm anzuschließen. Brida hielt den Knaben am Arm zurück. »Mein Herr, gewiss wollt Ihr doch zuerst Euch und Eure Besitztümer aus dem Wagen retten, für den Fall, dass er beim Herausziehen umkippt. Ich habe schon einmal gesehen, wie so etwas geschehen ist.«

Kurz sah der Bischof aus, als wolle er auch sie rügen und ihr drohen, dann besann er sich. »Nun gut. Dann kommt her und tragt uns auf sicheren Boden. Zuerst mich und die edle Frau.«

Otto und der Schäfer warfen Brida fragende Blicke zu. Sie zuckte mit den Achseln. »Na ja, ins Wasser wolltet ihr ja ohnehin gerade. Einen Mann herauszutragen, ist leichter als einen Wagen.«

Unter Stöhnen und Zähneklappern trugen Otto und der Schäfer erst die Menschen, dann die Reisetruhen auf das feste Eis, von wo aus Brida und Ottos Sohn alles außer den schwersten Stücken zum Weg brachten. Brida hatte sich schon zurechtgelegt, wie sie den hohen Herrn davon überzeugen wollte, den Wagen zurückzulassen, damit die Pferde und Knechte wenigstens sein Gepäck weitertragen konnten, da erschien auf dem Weg ein weiterer Wanderer mit einem breitkrempigen Hut, der Brida schon von Weitem bekannt vorkam.

Er erreichte die Gruppe der Gestrandeten gerade, als Brida der Zofe die nasse Wolldecke in die Hände gab, die als Letztes geborgen worden war. Tief verbeugte der Ankömmling sich vor dem Bischof, der eben noch zwischen seinen Gepäckstücken herumgelaufen war, um die entstandenen Schäden zu begutachten. »Mein Herr, darf ich Euch in Eurer Notlage behilflich sein?«, fragte er.

Brida hätte vor Freude beinah gejubelt, als sich bestätigte, wem sie hier so unverhofft wiederbegegnete. Es war der überaus geschickte und flinke Brose.

»Du kannst mir den Wagen dort herausschaffen«, schnauzte der Bischof ihn an. Er wrang erbost den Saum seines kostbaren Mantels aus, der im Wasser gehangen hatte.

»Mein Herr, für so etwas bin ich genau der Richtige. Das werden wir gleich haben«, erwiderte Brose, verneigte sich erneut und machte sich auf den Weg über das Eis.

»Ich werde dir zur Hand gehen«, rief Brida und beeilte sich, zu ihm aufzuschließen.

Überrascht wandte er sich ihr zu und lächelte dann strahlend. »Das gibt es doch nicht! So klein ist die Welt, dass ich in diesem verschissenen Wintersumpf meine holde Müllerin wiedertreffe. Was verschlägt dich hierher? Oder nein, erzähl es mir später und sag mir lieber, was im dumpfen Schädel dieses reichen Pfaffen vorgeht, dass er seine Männer und Pferde da im Eis erfrieren lässt.«

»Er hatte wohl selbst noch nie im Winter nasse Füße. Wenn die Knechte nicht jetzt gleich da herauskommen, werden sie sich den Tod geholt haben. Aber der Herr will den Wagen nicht aufgeben.«

Brose nickte. »Das verstehe ich. Dann hätte er ja auch gewiss nicht mehr vier Wagen, sondern nur noch drei. Nicht auszudenken!«

Vor seiner Respektlosigkeit gruselte Brida ein wenig, doch sie schwieg, denn auch sie konnte sich das Verhalten des Bischofs nur mit Habsucht erklären.

In Hörweite der Knechte stieß Brose sie sanft in die Seite. »Nun sieh dir das an: Da sind Rad und Deichsel gebrochen. Kein Wunder, dass die Pferde nichts mehr ausrichten können. Spannt sie aus, ihr guten Männer, und dann heraus da, solange ihr euch noch regen könnt!«

»Aber der Herr Bischof wird uns …«, wandte der kleinere von beiden ein. Seine Stimme verriet, dass er weinte und am Ende seiner Kräfte war.

»Der Herr hat nicht bemerkt, dass Rad und Deichsel gebrochen sind«, fiel Brose ihm ins Wort.

»Aber …«, schluchzte der Mann.

Der Zweite hatte schneller begriffen und begann, die Pferde auszuspannen, konnte sich aber sichtlich vor Kälte kaum noch bewegen.

Ehe Brida es sichs versah, hatte Brose all seine Kleidung abgelegt und ihr in die Arme gedrückt. Dann ließ er sich unter lautem Jauchzen und Fluchen ins Wasser und half dabei, die erschöpften Pferde zu befreien.

Als die Tiere sich strampelnd und das Eis zerbrechend aus dem tiefen Wasser herauskämpften, gelang es Brida gerade noch, Broses Sachen über ihren Kopf in die Höhe zu reißen, bevor die Eisdecke unter ihr nachgab und sie ebenfalls bis über die Knie im Wasser landete. Sie schrie auf und fluchte so derb wie Brose zuvor.

Der lachte und gab dem weinenden Knecht einen behutsamen Schubs in ihre Richtung. »Wo du nun auch nass bist, hake den Kerl hier unter, er kann kaum noch stehen.«

Unter Geplantsche, Eiskrachen und viel gutem Zureden brachten sie die zitternden Pferde und Männer zum Weg. Dort angekommen, hüpfte Brose von einem Bein aufs andere, als hätte ihn die Tanzwut befallen, und ließ sich von Brida ein Kleidungsstück nach dem anderen zuwerfen. Zu ihrem Glück hatten Otto und die Schäfersleute sich weiter nützlich gemacht, Holz gesammelt und ein kleines Feuer entfacht.

Als Brose sich wieder angezogen hatte, riss Brida sich die eigenen nassen Schuhe und Strümpfe herunter und hielt ihre nackten Füße mit hochgehobenem Rock abwechselnd ans Feuer.

Brose blieb ihr gegenüber stehen und schlug lachend die Hände vor die Augen. »Müllerin, du machst mich schwindlig. Deine strammen Waden sind eine Pracht.«

Sie lachte mit. »Eisbeine sind meine Waden heute. Herr im Himmel, ist das kalt.«

Im Handumdrehen war er bei ihr, überrumpelte sie mit einem Kuss, kniete sich vor ihr hin und begann, ihre Füße zu reiben. »Hast du trockene Strümpfe dabei?«, fragte er.

Sie schüttelte den Kopf. »Ich hatte alle an den Füßen, die ich besitze.«

Er hatte noch nichts darauf erwidert, als ein Pferdefuhrwerk auf ihr kleines Lager zurollte. Ohne viel Federlesens beschlagnahmte der Bischof es und transportierte seine Begleiter, sein Gepäck, die Pferde und die halb toten Knechte ab. Der einzige Dank, den die Gesellschaft zurückließ, war ein Paar fein gestrickter, dünner Wollstrümpfe, die die freundliche Zofe Brida schenkte.

Otto, sein Sohn und die Schäfersleute waren bereits eilig weitergezogen, um sich zu Hause aufzuwärmen, nur Brose und Brida verweilten an der Unglücksstelle.

»Und nun pass mal auf. Du bleibst hier noch einen Augenblick am Feuer hocken und hältst wieder mein Gewand fest. Ich bin gleich zurück«, sagte Brose und entkleidete sich erneut.

Wie ein Wettläufer rannte er splitternackt übers Eis, plantschte durchs Wasser und kletterte in den eingesunkenen Wagen. Kurz darauf kam er zurück, warf vor Brida hin, was er erbeutet hatte, und führte erneut einen wilden Tanz auf. Sie konnte sich kaum entscheiden, was sie lieber betrachtete: seinen wohlgenährten, muskulösen Leib oder seine Beute.

Eine zerrissene Halskette mit einem großen Anhänger daran, einen Kamm aus Walknochen, einen halb mit Wein gefüllten Lederschlauch, eine Reitpeitsche mit geflochtenem Knauf und einen durchnässten Handwärmer aus Marderfell hatte er im Wagen gefunden.

»Wusste doch, dass der Pfaffe großzügiger ist, als er denkt. Pack unsere Belohnung schnell ein! Und dann komm. Ich nehme dich mit in meine Herberge im Soltauer Dorf, zu Valentin. Da erzählst du uns, warum du auf Wanderschaft gegangen bist, meine Gute.«

Brida fror so, dass sie sich auch vom Teufel selbst hätte an die Hand nehmen lassen, wenn er ihr eine warme Herberge in der Nähe versprochen hätte. Die Gesellschaft eines Diebes kam ihr dagegen harmlos vor. Zumal der Dieb ihr gut gefiel.

Sie gingen Arm in Arm, um sich zu wärmen, und ihre Schritte fielen so schön in Einklang, ihre Stimmung war trotz Bibbern und Magenknurren so heiter, dass sie den Weg ins Dorf Soltau wie im Fluge hinter sich brachten.

Brida teilte den Tisch, eine Mahlzeit, viel Wein, ihre Geschichte und später am Abend das Bett mit Valentin und Brose. Nach den vielen fremden Gesichtern, zwischen denen sie sich an den vorangegangenen Tagen hatte zurechtfinden müssen, fühlte sie sich bei den beiden geradezu geborgen wie im Kreis ihrer Familie. Und als in der Nacht Brose seinen Arm um sie legte, sich so an sie schmiegte, dass sie seine Erregung spüren konnte, und ihr »Willst du?« ins Ohr flüsterte, da hätte sie gern nachgegeben. Doch so leicht hingeben durfte und wollte sie sich nicht. Wer wusste, welcher Ärger darauf gefolgt wäre. Und Ärger hatte sie schließlich schon reichlich. Allem voran ihre wundgescheuerten Füße, denen das Eiswasser und das Laufen in den dünnen Strümpfen der Zofe übel zugesetzt hatten.

»Ich bin ein rechtschaffenes Weib«, flüsterte sie zurück.

Er antwortete mit einem Seufzer des Bedauerns. Sie rechnete damit, dass er ihr »Nein« nicht gelten lassen würde, doch er legte nur seine Hand unter der Decke in ihren Schoß und schlief an ihrer Seite ein. Es war ihm nicht bewusst, doch er hätte kaum etwas Wirkungsvolleres tun können, um sie ihre Standhaftigkeit bereuen zu lassen.

4

Kunzmann von Alten genoss den Winter auf Burg Rethem. Den Söhnen des Herzogs zuliebe wurde mit dem Feuerholz weniger gegeizt als zuvor, das üppige Essen war unverdorben und die Jagd vorzüglich.

Man hatte ihn angemessen für den tragischen Tod seines Neffen bedauert und für den Zugewinn an Reichtum beglückwünscht, den er seinen eigenen, noch jungen Söhnen später vererben konnte. Es war ihm vergönnt, in den vertrautesten Kreis der herzöglichen Nachkommen vorzurücken und sie bei ihren winterlichen Vergnügungen zu begleiten. Was wollte er mehr? War dies doch ein vielversprechender Weg, Magnus' Aufmerksamkeit und hoffentlich auch seine Gunst zu gewinnen. Alles in allem musste er wirklich dankbar für die Niederlage in Lüneburg sein, die ihn zur rechten Zeit an den rechten Ort geführt hatte.

Gerade am Vortag war er mit den Herzogssöhnen auf Vogeljagd geritten. Friedrich und Bernhard waren mit ihren siebzehn und fünfzehn Jahren schon junge Männer, doch der dreizehnjährige Heinrich brauchte oft Hilfe. Er schien allerdings nicht nur durch seine Jugend ungeschickt, sondern allgemein aus der Art geschlagen und seinem Vater unähnlich. Wenn Magnus vernünftig war, würde er für seinen jüngsten Spross eine andere Laufbahn aussuchen als das Waffenhandwerk. Aber darauf musste der Herzog selbst kommen, denn es ihm zu raten, würde niemand wagen.

Kunzmann gab sich stattdessen Mühe, Heinrich auf eine Art beizuspringen, die es dem Knaben ermöglichte, sein Gesicht zu wahren. So löste er ihm bei der Beizjagd ganz unauffällig die verstrickte Leine seines Falken von der Hand oder hob ihm die herabgefallene Lanze auf. Schon bald würde Heinrich ihn als einen seiner besten Freunde betrachten, da war Kunzmann sicher. Das Gleiche würde ihm auch bei Friedrich und Bernhard gelingen. Und wenn dann seine eigenen Söhne das richtige Alter erreichten, würde es ein Leichtes sein, sie im herzoglichen Hause an bevorzugter Stelle unterzubringen.

Der Schnee auf dem Anwesen des Gasthauses war so zertreten und schmutzig, dass er den trüben Wintertag nicht mehr aufzuhellen vermochte. Düster lagen die Herberge und die Werkstätten der zugehörigen Schmiede und der Stellmacherei da. Auch zu hören war nichts Heiteres. Nur das helle »Ting, Ting« des Schmieds, der einen Wagenbeschlag ausbesserte, durchbrach die Stille.

Ann Durt konnte Kälte, Hunger und Erschöpfung ertragen. Für ihre Liebe zu Ulrich würde sie noch größeres Leid erdulden können, das wusste sie.

Was sie dagegen nur schlecht aushielt, war, dass Ulrich sie in Herbergen führte und nach Speise und Unterkunft für sich und »sein Weib« verlangte und mit Geld zahlte, das sie ihrer Mutter gestohlen hatte. Sie sagte sich, dass es nur geliehen sei und sie es zurückzahlen würde, ebenso, wie sie die Eselin zurückgeben würde. Dennoch ballte sich ihr schlechtes Gewissen in der Magengrube zu einem drückenden Klumpen zusammen, wenn sie Ulrichs Lügen hörte. Unvermeidlich mochte die Schwindelei sein, doch wie oft hatte ihre Mutter sie davor gewarnt, dass eine Lüge die nächste nach sich zog, bis das kleine Ungemach zum großen Unheil angewachsen war?

Das schlechte Gefühl verflog, sobald Ulrich ihr wieder die Hand reichte und ihr in die Augen sah. Er liebte sie aus ganzem Herzen, das hatte er ihr mehr als ein Mal versichert. Schön fand er sie – schöner als alle hohen Frauen, denen er begegnet war. Sein Leben würde er für sie geben. Sein Engel war sie, den er brauchte wie die Luft zum Atmen und das Licht der Sonne. Und so brauchte auch sie ihn – nötiger als Nahrung und Wärme. Nichts, was sie zuvor erlebt hatte, war so köstlich wie die Nähe zu ihm, wenn er sie nachts in seine Arme nahm, als wäre sie schon sein Eheweib.

Heimlich hatten sie diese Wonne entdeckt, und es war schwierig gewesen, ihr Glück zu verbergen. Lange würde die Heimlichkeit nicht mehr andauern müssen, wenn sie erst Burg Rethem erreichten, Ulrich wieder unter Freunden war und sein Vermögen zurückerlangte. Das hatte er ihr versprochen.

Lächelnd nahm sie seine Hand und ließ sich von ihm zur Bank führen. Einen Tag und eine Nacht rasten wollten sie hier bei der Soltauer Burg, auch das hatte er ihr versprochen. Dabei ging es ihr mehr um ihn, denn er bestand darauf, dass sie sich unterwegs mit dem Reiten abwechselten. Und sie sah, wie schwer ihm das Gehen fiel. Sie gab oft vor, beim Reiten zu sehr zu frieren, weil sie wollte, dass er sich wieder in den Sattel setzte.

Liebevoll faltete er seinen Mantel zu einem Kissen und legte ihn auf die Bank, damit sie weich saß. Dann setzte er sich neben sie, legte den Arm um ihre Schultern und neigte sich zu ihrem Ohr. »Morgen zeige ich dir die Burg. Wir sehen uns die Waren an, die auf dem Markt feilgeboten werden, und ich kaufe dir etwas Schönes. Hier bekommst du wahrhaft feine Sachen zu sehen, keinen schäbigen Krämertand.«

»Aber das Geld, Ulrich ...«, flüsterte sie.

Er schüttelte unwillig den Kopf. »Sorg dich nicht. Bald werden wir uns darum keine Gedanken mehr machen müssen.«

Nickel saß still mit Stina in ihrer Bettbutze und hörte den Männern zu. Jede Lust zu spielen war ihnen vergangen, und das lag nicht daran, dass die zusätzliche Arbeit, die sie nun tun mussten, sie müde machte.

Die Mühle war ein trauriger Ort geworden, seit die Mutter und Ann Durt fort waren. Die Mutter fehlte ihnen allen, und sie machten sich Sorgen um sie und Ann Durt. Zuerst hatte Nickel sich keine Gedanken gemacht. Wenn Mutter losgegangen war, um Ann Durt zurück nach Hause zu holen, dann würde gewiss bald alles wieder in Ordnung kommen. So hatte er geglaubt. Doch nach und nach hatte er erfahren, wie Ohm Thomas und seine Brüder darüber dachten, und nun hatte er Angst. Stina ging es ebenso, das spürte er, obwohl sie nicht darüber sprachen.

»Ich weiß nicht einmal, wie weit es nach Burg Rethem ist.« Ohm Thomas klang wie ein verzagter alter Mann, als er das sagte.

»Vielleicht wird Mutter sie vorher einholen«, sagte Willem.

Konni schnaubte verächtlich. »Als gäbe es nicht schon auf einem kurzen Weg hundert Möglichkeiten, sich zu verfehlen. Wenn Ulrich sich verbergen will, dann wird Mutter die beiden nicht finden, und wenn sie den Weg zu dieser Burg zehnmal geht. Außerdem wissen wir doch gar nicht, ob sie wirklich allesamt dorthin reisen.«

»Ich bin sicher, dass Rethem Ulrichs Ziel ist. Es passte alles auffällig gut, was er mit diesem Brose geredet hat. Ich glaube, dass er Kunzmann von Altens Neffe ist«, sagte Willem.

Ohm Thomas stützte seinen Kopf in die Hände. »Ich hätte eure Schwester nie für so dumm gehalten.«

»Das kannst du laut sagen. Dabei hat der verfluchte lahme Swienpans sie wohl nur mitgenommen, weil er Hilfe mit dem Esel brauchte. Wenn ich daran denke, weiß ich nicht, warum wir hier herumsitzen und nicht selbst hinter ihm her sind. Mir ist danach zumute, ihn beim Sack zu packen und ihn so zu zwirbeln, dass ihn sein Lebtag nicht mehr die Lust auf ein Weib überkommt«, sagte Konni.

»Ich will nicht sagen, dass ich gutheiße, was eure Mutter tut. Aber sie ist allein aufgebrochen, weil sie nicht wollte, dass einer von uns die Mühle verlässt. Und damit hat sie recht. Ich fühle in meinen Fingern und Zehen, dass das Tauwetter kommt. Wir müssen bleiben und unsere Arbeit tun, sonst haben wir bald alle kein Heim mehr«, erwiderte Ohm Thomas.

Auch Konni sackte nun ein wenig in sich zusammen und stützte sich auf. »Wenn Mutter nicht zurückkommt, werden wir die Arbeit nicht schaffen.«

Willem, der mehr auf der Bank lag als saß, seufzte zustimmend. »Wir brauchen wieder einen Knecht, Ohm. Und besser auch eine Magd.«

»Eine anständige Magd finden wir in der Gegend nicht. Die Frauenarbeit muss Stina übernehmen. Alt genug ist sie ja mit ihren zwölf Jahren. Nach einem Knecht werden wir die Augen offen halten.«

Sogar Nickel, der Stina besser kannte als sonst jemand, war überrascht, als sie vom Bett aufsprang. »Aber Mutter kommt doch wieder. Bald kommt sie. Alle beide kommen sie bald wieder. Wie könnt ihr nur so reden?«

Sie brach in Tränen aus und rannte aus der Stube nach

draußen, ohne die Tür hinter sich zu schließen. Rasch folgte Nickel ihr, schloss die Tür und lief ihr nach zum Ufer des Mühlweihers.

Dort stand sie, hatte die Arme um sich geschlungen und schluchzte laut.

»Stina, sie meinen es nicht so«, versuchte er sie zu trösten.

Sie fuhr herum und funkelte ihn durch ihre Tränen hindurch wütend an. »Ach nein? Und ich glaube, sie meinen es so. Hauptsache, die Mühle mahlt! Aber ich sage dir was, Nickel: Wenn Mutter und Durtchen in einer Woche nicht zurück sind, dann werde ich sie suchen gehen!«

Nickel lief ein Schauder über den Rücken, der mehr von ihren Worten herrührte als vom schneidenden Wind. »Du bist verrückt. Das darfst du nicht. Weißt du nicht, wie gefährlich das ist?«

Stina ballte die Fäuste. »Ich bin kein Kind mehr, das hast du doch gehört. Mutter ist allein und braucht meine Hilfe dringender als ihr hier in der Mühle.«

Widerworte halfen nicht, wenn sie so aufgeregt war, da kannte Nickel seine Milchschwester gut. »Vielleicht hast du recht. Aber falls du gehst, dann komme ich mit. Versprich mir bei der heiligen Verena, dass du mich mitnimmst, du sture Gans, sonst spreche ich nie wieder im Leben ein einziges Wort mit dir!«

Stina schnaufte wie ein wütender Bulle, doch sie nickte. »Aber wenn du mich verrätst, du Slappsteert, dann spreche *ich* kein Wort mehr mit *dir*. Und ich streue dir jeden Tag trockene Disteln ins Hemd und fülle Katzendreck in deine Schuhe.«

Wider Willen musste er lachen. »Woher willst du so viel Katzendreck nehmen?«

»Das wirst du schon sehen!«

Die Soltauer Burg war kleiner, als Brida sie sich vorgestellt hatte. Die Festungsmauern umschlossen eine Hand voll Gebäude und einen mit einem Blick überschaubaren Platz. Das Leben innerhalb dieser Mauern war beengt.

Brida war schon einige Male in der Stadt Lüneburg gewesen und hatte sich gewundert, wie die Menschen freiwillig an einem Ort wohnen konnten, wo man die Häuser so dicht zusammenbauen musste, dass kaum Raum für Garten, Stall und Misthaufen blieb. Im Vergleich zur Burg allerdings waren die Platzverhältnisse in Lüneburg weitläufig. Hier in der Feste wurde jeder Winkel genutzt. Es gab Ställe, zwei Schmieden, etliche Rüstkammern und verschlossene Gelasse, aus denen es nach Pech und Schwefel stank, sowie verschiedene kleine Werkstätten. Auf dem Platz zwischen den Gebäuden warfen ein Pranger und eine Richtstätte ihre Schatten auf das Markttreiben.

Brida hatte sogleich beginnen wollen, sich nach den Gesuchten zu erkundigen, doch Brose, der sich ungefragt zu ihrem Begleiter ernannt hatte, ließ das nicht zu.

»Zuerst wollen wir dafür sorgen, dass du nicht den ganzen Rückweg humpeln musst, wenn du deine Tochter gefunden hast«, sagte er.

»Ich habe kein Geld für andere Schuhe«, widersprach sie.

Er lächelte und ließ ihr Herz schneller schlagen, indem er ihr wieder einmal einen Kuss stahl, als wären sie enge Vertraute. »Dann machen wir das Beste aus denen, die du besitzt«, sagte er.

Der Schuster, zu dem er sie führte, hatte seine Bude am Rande des Marktes, angelehnt an die Burgmauer.

Auch Valentin hatte sich ein Plätzchen zwischen den anderen Markthändlern ergattert. Er stand zwischen dem durch einen kahlgeschorenen Mann belegten Pranger und dem Burgbrunnen und bot auf halbherzige Art seine Waren an. Brida war ebenso fasziniert davon, wie schlecht er sich auf sein Geschäft verstand, wie sie es von dem seine Strafe erleidenden Rechtsbrecher war. Wohin ihr Blick auch fiel, traf er auf etwas Erstaunliches: die bunten Wappenschilde, die über der Tür des Palas aufgehängt waren, der vor einem Lagerraum angebundene riesige graue Wolfshund und die beeindruckend dicken Ketten, die dazu dienten, das Falltor zu bewegen. Der Duft von heißem Gewürzwein mischte sich mit dem nach frischem Brot, Fisch, muffiger Winterkleidung, verschmortem Horn und Misthaufen. So abgelenkt war Brida von all den neuen Eindrücken, dass sie es ganz Brose überließ, sich um ihre Schuhe zu kümmern.

Mit einem Paar vom Schuster geliehener Holzlatschen an den Füßen schlenderte sie über das Feldsteinpflaster. Neugierig wandte sie sich an ein Weib, das eisgefischte Saiblinge verkaufte, und zeigte auf den Mann am Pranger. »Was hat er getan?«

»Er hat dem Bischof übel nachgeredet. Man sagt, er hätte Glück gehabt, dass sie ihn nicht der Gotteslästerung angeklagt haben. Was für ein Dummkopf, dass er nicht weiß, wann er den Mund halten muss.«

Brida hörte Broses vergnügtes »Aha« hinter sich. »Willst du etwa Fisch essen? Und ich dachte, dir würde der Sinn eher nach dieser Köstlichkeit stehen«, sagte er und hielt ihr einen in Öl gebackenen Kringel hin, der von Honig troff.

»Wenn sie ihn nicht nimmt, ich nehme ihn gern. Tausche auch einen Saibling dafür«, sagte das Fischweib.

Brida lachte und griff schnell zu. »Nicht für einen ganzen See voll Fische.«

Obwohl sie stolz darauf war, dass sie zuvor allein zurechtgekommen war, genoss sie es nun, Brose zur Seite zu haben. Es machte ihr so viel Freude, gemeinsam mit ihm das Warenangebot, die Menschen und Gebäude der Burg mit dem zu vergleichen, was sie kannte, dass sie ihr Anliegen vorübergehend vergaß. Die ganze Zeit hielt Brose sie am Ellbogen fest, damit sie auf dem vom Schneematsch rutschigen Pflaster nicht ausglitt und fiel. Einige Male rettete er sie mit seinem festen Griff vor einem Sturz.

Sie wollten gerade ihren Rundgang über den Markt abschließen und zum Schuster zurückkehren, als er seine Hand im falschen Moment von ihrem Arm nahm. Da sie sich auf ihn verlassen hatte, verlor sie bei einem unsicheren Schritt prompt das Gleichgewicht und fand sich auf dem Hintern im Dreck sitzend wieder. Auch ohne das Gelächter der Umstehenden wäre der Sturz schmerzhaft genug gewesen. Ärgerlich wollte sie Brose dafür ausschelten, doch der hatte nicht auf sie geachtet, sondern sie einfach sitzen lassen. Er drängte sich zwischen dem Marktvolk hindurch zum Pranger.

Brida rappelte sich auf und rieb sich das angeschlagene Steißbein. Gespannt auf den Grund für Broses plötzliche Eile, folgte sie ihm mit vorsichtigen Schritten.

Bald bemerkte sie, dass es ihm nicht um den Pranger ging, sondern um Valentin. Vor dem jungen Krämer stand ein drahtiger kleiner Mann, seiner Kleidung und den Lederstreifen in seiner Hand nach ein Riemenschneider, und beschimpfte ihn.

»Dass einer wie du sich traut, einen wie mich anzuglotzen! So ein Hungerleider! Gesindel! Willst du mir krummkommen? Warte, ich zeig dir's gleich!«

Valentin, der den Riemenschneider bis dahin noch verdutzt angesehen hatte, senkte den Blick und hob abwehrend die Hände. »Ich habe nicht geglotzt.«

»Geglotzt hast du. Ich will dir sagen, wie du geglotzt hast: wie ein Dieb! Jawohl! Das kann jeder sehen, dass du nicht ehrlich bist. Trägst deine Kiepe da voll Sachen, die gestohlen sind. Das weiß doch jeder. Und dann glotzt du mich frech an.«

Der wütende Riemenschneider hatte einen roten Kopf, schwankte ein wenig und zeigte mit dem Finger so angriffslustig auf Valentin, dass viele andere ihm schon allein dafür einen Fausthieb unter das Kinn verpasst hätten. Valentin dagegen wandte sich halb ab, zog die schmalen Schultern hoch und packte hastig seine über den Rand und im Deckel der Kiepe ausgebreiteten Waren ein.

Brida hätte ihm sagen können, dass er damit die Sache nicht besser machte.

Der Riemenschneider trat einen Schritt näher und schlug ungezielt mit den Lederstreifen in seine Richtung. »Du feiger Hund. Sieh mich gefälligst an, wenn ich mit dir rede. Gibst du zu, dass alles gestohlen ist? Na los, gib es zu!« Noch einmal schlug er nach Valentin, dieses Mal gezielter.

Immer mehr Leute blieben stehen und bildeten einen Kreis von Zuschauern. Brida hatte gedacht, dass Brose eingreifen würde, um seinem Freund zu helfen, doch er verharrte hinter einem Bauernpaar und beobachtete das Geschehen bloß.

»Der ist doch betrunken«, sagte Brida, als sie sich zu ihm durchgedrängt hatte. Brose schenkte ihr keine Beachtung, sondern stellte sich auf die Zehenspitzen, um Valentin und dessen Gegner besser sehen zu können.

»Willst du nichts tun?«, fragte sie.

Nun warf er ihr doch einen flüchtigen Blick zu. »Ich bin nicht Valentins Amme. Und außerdem …«

Der Riemenschneider holte wieder aus, und dieses Mal traf er. Valentin schrie nicht, aber Brida sah, wie er zusammenzuckte.

»Hurensohn, ich mach dir Beine, dass du von hier verschwindest und dich nie wieder blicken lässt!«

Valentin war schon auf dem Rückzug, drauf und dran, der Aufforderung des Wüterichs Folge zu leisten, da bahnte sich ein großer, kräftiger Knecht den Weg zu den beiden und legte dem Riemenschneider seine Hand auf die Schulter. »Na, Riemhans, hat dich wieder einer schief angeguckt? Lass das Kerlchen laufen. Sieh doch mal, sein Schafsblick! Der weiß gar nicht, wie ihm geschieht.«

»Aus der Burg jagen werde ich den diebischen Lumpen! Alles Diebe und Mistböcke, die Fahrenden. Fass mich nicht an, du! Was fällt dir ein? Steckst du mit dem unter einer Decke?« Außer sich schlug er dem Knecht seine Lederstreifen ins Gesicht, woraufhin der ihn so heftig von sich stieß, dass er in die Reihen der Zuschauer stolperte. Der fluchtbereite Valentin wurde inzwischen von einer Gruppe von Leuten festgehalten, die Riemhans' Anschuldigungen nur zu gern glauben wollten.

So weit konnte Brida das Geschehen verfolgen, dann überschlugen sich die Ereignisse. Innerhalb weniger Atemzüge entwickelte sich ein allgemeines Schubsen, Schimpfen und Raufen, in das der größte Teil der Umstehenden mit hineingezogen wurde. Sogar Brida musste sich handgreiflich ihrer Haut wehren, als eine Frau und ein Knabe versuchten, das Getümmel auszunutzen, um ihr Bündel zu stehlen. Zu ihrem Glück war sie stärker als die beiden ausgezehrten Gestalten und vertrieb sie. Anschließend drängte und rempelte sie sich zur Bude des Schusters durch. Der hatte sich vor der Schlägerei in Sicherheit gebracht, hockte hinter der Wand seines Verkaufstisches auf dem Fußboden und flickte ein paar Schnabelschuhe, wie sie die edlen und wohlhabenden Herren trugen.

»Hallo da, Schuster! Lässt du mich zu dir herein?«

Er blickte auf und öffnete ihr dann von innen die Tür, ohne sich aus seiner geduckten Haltung aufzurichten. »Zieh den Kopf ein. Wenn uns die Streithammel sehen, werden sie einen Grund finden, auch uns zu prügeln«, sagte er.

Dankbar für seine Gastlichkeit, hockte Brida sich neben ihn. »Bei mir zu Hause in Thomasburg geht es zur Karkmess manchmal auch so zu. Ist es hier oft so?«

Der Schuster nickte, ohne mit der Arbeit innezuhalten. »Gibt hier auf der Burg ein paar Männer, die ein bisschen irre sind, so wie der Riemhans. Man muss wissen, dass man dem nicht in die Augen sehen darf.«

»Ach so.« Zu wissen, dass Valentin sich nichts hatte zuschulden kommen lassen, außer dem falschen Mann in die Augen zu blicken, weckte Bridas Mitgefühl mit dem jungen Pechvogel. Sinnend betrachtete sie das Innere der Schusterbude, die nur in nächster Nähe zum Feuer ein wenig Wärme bot, wo der Schuster gewöhnlich auf einem Schemel saß und werkte. Dort standen auch ihre Holzschuhe.

»Hast du meine Schuhe fertig?«

Der Schuster blieb mit dem Schnabelschuh beschäftigt. Er klemmte eine dicke Schweineborste zwischen die Lippen, an der er vorbeisprechen musste. »Freilich. Führe eine fnelle Nadel. Hab fie dir mit dem Marderfell aufgeflagen wie abgemacht.« Er nahm die Borste aus dem Mund und verzwirbelte sie als Ersatz für eine Nadel mit den Fäden eines Pechdrahtes, mit dem er anschließend zu nähen begann. »Hoffe, dein Mann gibt in der Keilerei gut auf das Geld acht, mit dem er mich bezahlen will.«

»Da mach dir keine Sorgen. Der weiß sich zu wehren.« Sie fragte sich, warum sie so überzeugt davon war, dass das stimmte. Sie hatte Brose stets nur friedlich erlebt. Doch es lag etwas in seinen Bewegungen und in seinem Blick, das ihn als kampferprobten Mann wirken ließ.

Verspätet merkte sie, dass sie abermals eine Unwahrheit zugelassen hatte. Sie hätte dem Schuster widersprechen sollen, als er Brose ihren Mann nannte. Nachholen mochte sie das allerdings nicht.

Auf allen vieren kroch sie zu ihren Schuhen und probierte sie, auf dem Boden sitzend, an.

»Oh, himmlisch. Weich und warm«, seufzte sie.

»Ein paar gewachste sackleinerne Lumpen zum Darüberbinden gebe ich dir obendrein, damit du nicht wieder ausgleitest und auf deinem Steert landest.« Er kicherte in sich hinein, ohne aufzublicken.

»Oh. Das hat wohl jeder gesehen, was?« Bei der Erinnerung an ihren Sturz schmerzte ihr Hinterteil gleich doppelt so sehr.

Zur Antwort kicherte der Schuster weiter. Brida wäre gern gegangen, um endlich mit der Suche nach ihrer Tochter zu beginnen, doch nun hielt sie der fehlende Lohn für den Schuster zurück. Brose hatte den Mann aus dem Erlös ihrer »gemeinsamen Belohnung« bezahlen wollen. Dabei hatte er die Sachen aus dem Wagen des Bischofs bisher noch gar nicht verkauft.

Auf einmal kam ihr der Gedanke, dass er und Valentin nicht zum Schuster zurückkehren würden. Sie würden sich nicht mit ihr, ihren Sorgen und ihren Schuhen abgeben, sondern zusehen, dass sie aus dem Getümmel entkamen, und sich davonmachen.

Schwungvoll stand sie auf und ging zur Tür. »Ich werde meinen Mann lieber suchen.«

Der Schuster nickte. »Aber die Schuhe bleiben hier, solange sie nicht bezahlt sind.«

Die Herberge, in der Ulrich und Ann Durt Unterkunft gefunden hatten, lag außerhalb der Burgmauern von Soltau. Sie stand dort, wo der Burggraf sich angeblich in Zukunft das ganze Dorf Soltau wünschte, das ihm am gegenwärtigen Ort zu weit entfernt vom Schutz der Feste lag. Ulrich hatte es bewerkstelligt, dass sie ein Butzenbett für sich allein bekamen, und seine Wärme hatte in der Nacht ausgereicht, damit Ann Durt unter dem Federbett nicht fror.

Als sie am Morgen die Augen aufschlug, hatte sie das Gefühl, noch niemals zuvor so behaglich geschlafen zu haben. Ulrich allerdings war nicht mehr bei ihr.

Weder in der Schlafkammer noch in der Gaststube fand sie ihn. Da sie vor der Peinlichkeit zurückschreckte, die Wirtin nach dem Verbleib »ihres Ehemannes« zu fragen, tat sie, als sei sie es gewohnt, dass er sie allein ließ. Ohne innezuhalten, ging sie durch die Gaststube nach draußen, um ihre Notdurft zu verrichten. Mit zunehmender Sorge sah sie sich zwischen den Gebäuden um, entdeckte Ulrich jedoch nicht. Die Eselstute war ebenfalls fort. Angestrengt versuchte sie, das eine mit dem anderen in Verbindung zu bringen. Endlich fiel ihr ein, dass Ulrich davon gesprochen hatte, der Eselin die Hufe beschneiden zu lassen. Gewiss hatte er das Tier zum Hufschmied in die Burg geführt.

Erleichtert, diese Erklärung gefunden zu haben, ging sie zurück in die Herberge, um ihr karges Bündel zu schnüren. Auch wenn sie noch eine weitere Nacht dort verbringen würden, erschien es ihr klüger, ihre Besitztümer mitzunehmen.

An einem warmen Frühlingstag hätte sie sich anschließend auf die Bank neben der Tür gesetzt, den Tauben, Hühnern, Schweinen, Hunden und ankommenden Reisenden zugesehen und geduldig gewartet. Doch es war weiterhin kalter Winter, wenn auch der Frost nachgelassen hatte. Deshalb blieb sie in der dunklen Gaststube auf der Bank neben dem Ofen und langweilte sich. Trotz der Nähe zur Burg war wenig Betrieb in der Schenke, kaum mehr als in der Thomasburger Mühle an gewöhnlichen Arbeitstagen.

Um ein Gespräch mit der Wirtin oder anderen Gästen zu beginnen, war sie zu schüchtern. Sie hoffte sogar, dass niemand sie beachtete. Lieber wollte sie sich langweilen, auch wenn das Gefühl sie zunehmend quälte. Als sich ein Mädchen mit seinem Spinnzeug neben sie setzte, wollte Ann Durt aufspringen und nach draußen fliehen, doch das Mädchen sprach sie gleich an.

»Kannst du gut spinnen? Mir reißt der Faden immer. Mutter sagt, eine tugendhafte Maid muss spinnen können, und ich soll üben, aber ich habe zwei linke Pfoten.« Sie packte Rocken und Spindel aus, warf ihre beiden dünnen blonden Zöpfe über die Schulter nach hinten und trat den Beweis für ihre Worte an, ohne auf Ann Durts Antwort zu warten.

Eine Weile sah Ann Durt zu, dann räusperte sie sich. »Soll ich dir zeigen, wie ich es mache? Vielleicht hilft dir das.«

Glücklich lächelnd drückte das Mädchen ihr die Gerätschaften in die Hände. »Wenn der Rocken abgesponnen ist, darf ich für heute aufhören.«

Ann Durt schüttelte den Kopf. »Aber du sollst es doch lernen, nicht ich.«

Die vielleicht Vierzehnjährige lachte. »Ach, aus mir wird nie eine Spinnerin.«

Als Spinnerin hatte Ann Durt sich nie betrachtet. In allen Häusern, die sie kannte, spannen die Frauen, sobald die wichtigeren Arbeiten erledigt waren. Dass sie es gut konnte, wusste sie, denn dafür hatte ihre Mutter sie schon oft gelobt.

Den Gedanken an ihre Mutter konnte sie kaum ertragen, ohne dass ihr die Tränen kamen. Rasch wandte sie ihre ganze Aufmerksamkeit dem Flachs auf dem Spinnrocken zu.

Viel zu schnell für ihren Geschmack hatte sie den Rocken abgesponnen. So vertieft war sie in die kleine Aufgabe gewesen, dass sie ihre Umgebung vergessen hatte. Das Mädchen saß nicht mehr neben ihr, sondern schwatzte bei der Tür mit ein paar Kindern, die gerade eingetreten waren.

»Es taut, das Eis hält nicht mehr«, sagte ein Junge und klang enttäuscht.

Behutsam legte Ann Durt die Spindel mit dem fein gesponnenen Faden ins Körbchen. Noch einige Tage zuvor hatte sie Stina und Nickel vom zugefrorenen Mühlenweiher gescheucht, als sie dort spielten. Auch diese Erinnerung versetzte ihr einen schmerzhaften Stich.

Als sie wieder aufblickte, bemerkte sie, dass einer der anderen Gäste sie beobachtete. Eilig ergriff sie die Flucht und ging mit ihrem Bündel nach draußen. Nicht nur, dass es sie in Verlegenheit brachte, so begafft zu werden – der Fremde wirkte auch unheimlich. Verfilzte dunkle Haare hatte er, buschige Augenbrauen und einen struppigen langen Bart im dunkelhäutigen Gesicht. Eine roh gefertigte, dunkle Schaffellweste tat das ihrige, den finsteren Eindruck zu verstärken.

Immer wieder warf sie ängstliche Blicke zur Tür und begann, auf dem Hof herumzugehen. Der schmelzende Schneematsch und der Schlamm brachten sie bald wieder davon ab. Vor Kälte zitternd, lehnte sie sich schließlich an einer windgeschützten Stelle gegen die Stallwand. Wenn doch bloß Ulrich endlich kommen und sie abholen würde! Sie sehnte sich so sehr danach, seine hochgewachsene Gestalt auf den Hof kommen zu sehen, seine Umarmung zu fühlen und seine zärtliche Stimme zu hören, dass sie glaubte, er müsse es spüren, wo immer er auch war.

Als Brida aus der Schusterwerkstatt kam, waren die ersten Teilnehmer der Schlägerei schon dabei, den angerichteten Schaden aufzuräumen, während die letzten sich noch verdroschen.

Aus dem Palas kam eine Gruppe gerüsteter Ritter, die schlecht gelaunt und gefährlich wirkten. Sie schritten über den Platz auf die Stelle zu, wo noch Raufbolde am Boden rangen. Hastig machten die Umstehenden den edlen Waffenträgern Platz. Auch Brida presste sich unwillkürlich mit dem Rücken gegen die Wand der Schusterbude, obwohl sie gar nicht im Weg stand. Sich reckend, versuchte sie zu erkennen, ob Brose und Valentin zu denen gehörten, die gleich eine Maßregelung durch die Ritter erfahren würden. Von Brose entdeckte sie keine Spur. Valentin allerdings war Teil des Knäuels von Männern, die nun wahrnahmen, welches Unheil sich näherte. Schnell endete die Zwietracht unter ihnen, und sie rappelten sich auf. Einem der jüngeren, der schnell handelte, gelang die Flucht. Geduckt schlüpfte er zwischen den Burgbewohnern hindurch und brachte sich außer Sicht.

Valentin hingegen verharrte wie ein vor Schreck starres Kaninchen und blickte den Rittern mit großen Augen entgegen.

Einer der Betroffenen ließ sich gleich vor den Herren auf die Knie fallen und hob ihnen die flehend gefalteten Hände entgegen. Der vorangehende Ritter holte aus und versetzte ihm eine Ohrfeige, die ihn aus dem Gleichgewicht brachte. »Mach, dass du in den Stall kommst«, herrschte er ihn an.

Sichtlich erleichtert stolperte der Mann davon.

»Wer hat den Händel angestiftet?«, verlangte der Herr nun zu wissen. Er war kleiner als Brida, doch sein Auftreten verriet, dass alle Anwesenden im Rang unter ihm standen.

Bridas Haut kribbelte in böser Erwartung, als sie den Riemenschneider bemerkte, der aus der Menge der Schaulustigen nach vorn trat und auf Valentin zeigte. Noch einmal blickte sie sich nach Brose um. Wollte er seinem Freund auch in dieser Not nicht helfen, oder hatte er das Weite gesucht und nicht bemerkt, welches Unglück sich zusammenbraute?

So oder so – er blieb unsichtbar. Was Brida statt seiner entdeckte, raubte ihr für einen Augenblick den Atem: Abseits der Menschenmenge zog ein Bauer einen widerstrebenden Esel hinter sich her. Sie hätte schwören können, dass es sich bei dem Tier um ihre Stute handelte. Alles in ihr drängte sie danach, dem Bauern nachzulaufen. Doch sie konnte Valentin nicht im Stich lassen.

»… diebisches Geschmeiß!«, schrie der Riemenschneider eben, und schon traten zwei aus dem Gefolge des wortführenden Ritters vor, um den jungen Krämer festzuhalten.

»Nein, das ist er nicht!«, rief Brida, bevor sie darüber nachdenken konnte, dass sie Valentin nicht gut genug kannte, um zu wissen, ob er ein Dieb war oder nicht.

»Und wer bist du, Weib? Kennst du ihn?«, fragte der Ritter, den Brida seinem Auftreten nach inzwischen für den Burgherrn hielt.

Sie schwankte ein wenig vor Furcht, als ihr klar wurde, was sie sich aufgehalst hatte. Dennoch ging sie pflichtbewusst ihren Weg durch die Reihen, bis sie neben Valentin stand. Respektvoll knickste sie vor den Rittern. »Ich bin Brida, Witwe aus Thomasburg. Diesen Mann kenne ich, weil er bei uns zu Gast war. Er ist der Krämer Valentin, und ich habe ihn nur ehrlich erlebt, nicht als Dieb. Hier auf dem Marktplatz hat er seine Waren feilgeboten, bis der Riemenschneider ihn auf einmal beschimpfte. Deshalb kam es zu der Rauferei. Aber Valentin hat sie nicht angefangen.« Bei diesen Worten berührte sie den jungen Krämer flüchtig an der Schulter, um ihm Mut zu machen.

Als hätte sie ihn damit aufgeweckt, riss er erst jetzt seine Wollkappe vom Kopf und kniete eilig nieder. »So ist es, Herr. Ich wollte die Ordnung gewiss nicht stören.«

Der Ritter ließ ein abfälliges Brummen hören. »Wo auch immer fahrendes Volk erscheint, wird die Ordnung gestört. Ich halte nicht viel von euch Gesindel. Welcher wandernde Krämer hat nicht noch ein Nebengewerbe, das er nur hinter vorgehaltener Hand anpreist? Was ist es bei dir? Finger von Gehenkten? Falsche Reliquien, Heilmittel, die Kranken törichte Hoffnungen machen, Gift oder verräterische Botendienste?«

Mit weit aufgerissenen Augen blickte Valentin zu ihm auf. »Nichts davon, Herr. Nur Bänder, Nadeln, Riemen.«

»Verdammter Dieb«, rief der Riemenschneider dazwischen.

Der Burgvogt wog das Haupt. »Aha. Meint er, du hättest ihm seine Riemen gestohlen? Dann zeig uns doch mal deine Kiepe, damit wir nachsehen können, wer die Wahrheit spricht.«

Beflissen erhob sich Valentin und sah sich nach seiner Kiepe um. Auch Brida hielt Ausschau danach, konnte sie jedoch so wenig entdecken wie er.

Bald halfen die Zuschauer bei der Suche, bis der Burgvogt ungeduldig Einhalt gebot. »Genug. Wenn du ein Dieb bist, Krämer Valentin, dann bist du nun ein bestohlener Dieb. Als Strafe für das Ungemach, das dein Besuch auf Burg Soltau mir bereitet hat, soll es mir gleichgültig sein, wer deine Kiepe genommen hat. Und zudem will ich dich hier nicht mehr sehen. Mach, dass du weiterkommst!« Damit drehte er sich um und schritt, gefolgt von seinen vornehmen Begleitern, zurück zu den Wohngemächern.

Als hätten sie darauf gewartet, dass Valentin davongejagt wurde, waren einige Kinder sofort mit Klumpen von Matsch und Kehricht bei der Hand und warfen sie auf ihn. Die Erwachsenen lachten und stachelten sie noch an.

Brida ergriff Valentins Arm. »Komm, wir müssen gehen,

sonst gibt es noch mehr Ärger. Sei froh, dass du glimpflich davongekommen bist. Wo ist denn bloß Brose, der Taugenichts?«

Eilig gingen sie zum Burgtor, wobei Valentin sich immer wieder umsah, als könne seine Kiepe plötzlich doch noch auftauchen. »Brose ist klüger als ich. Warum gerate ich dauernd in Schwierigkeiten? Jetzt ist auch noch die Kiepe fort. Wenn Brose das erfährt, dreht er mir den Hals um«, murmelte er.

»Warum das? Es ist doch dein Unglück und nicht seins. Was für eine Gaunerei! Nun glaube ich auch, dass die Burg kein Ort für ehrliche Menschen ist. Was machen wir nur? Deine Kiepe … Und mein Esel! Ach herrje – und meine Schuhe!« Am liebsten wäre sie umgekehrt, als sie an den Esel dachte und daran, dass sie nicht einmal begonnen hatte, sich nach Ann Durt zu erkundigen, während sie ihr vielleicht ganz nah gewesen war. Doch sich wieder unter die angriffslustigen Burgbewohner zu mischen, erschien ihr nicht ratsam.

»Was ist mit deinem Esel?«, fragte Valentin.

»Ich glaube, dass ich ihn gesehen habe. Ein fremder Bauer führte ihn. Aber dann erschien der Burgherr, und ich konnte nicht verfolgen, wohin der Bauer ging.«

Valentin schlug sich beide Hände gegen die Stirn. »Nun bin ich auch noch schuld daran, dass du die Spur zu deiner Tochter verloren hast. Hätte ich doch bloß nicht versucht, in der Burg etwas zu verkaufen!«

»Red keinen Unsinn. Lass uns zurück zu unserer Herberge gehen und meine Sachen holen. Dann überlege ich mir, wie ich die Spur wiederfinde.«

Kurz bevor sie ihre Herberge im Soltauer Dorf erreichten, hörten sie hinter sich Broses Stimme. »Heda, du hirnloser Witzbold von einem Krämer! Soll dich die Pestilenz ankommen!«

Als sie sich umwandten, sahen sie ihn wutentbrannt hinter ihnen dreinstapfen, seine Schritte dreimal so lang wie ihre. Brida blieb stehen und verschränkte die Arme. »Geh zum Teufel, Ambrosius! Warum bist du uns nicht vorhin zu Hilfe gekommen, statt jetzt zu maulen? Valentin kann nichts dafür, dass in der Burg nur Verrückte und Diebe leben.«

Mit gerötetem Gesicht und schwer atmend kam er bei ihr an. »Verrückte? Meinst du den Riemenschneider? Dann lass dir sagen, dass der vielleicht genau wusste, was er tat. Wer weiß, ob er nicht mit dem Dieb, der die Kiepe genommen hat, unter einer Decke steckte? Valentin, du bist dümmer als ein Kuhfladen. Wie konntest du nicht auf sie achtgeben? Auf dein Ein und Alles, deinen ganzen Besitz? Nun haben wir die Nesseljauche! Wir müssen uns beeilen. Ich bin dem Dieb gefolgt und weiß, in welcher Richtung er unterwegs ist. Er und seine Freunde reisen auf einem Ochsenkarren. Wir können sie einholen. Hier sind übrigens deine Schuhe, Weib!«

Brida seufzte erleichtert. »Ich danke dir. Aber begleiten kann ich euch nicht länger. Ich muss mich jetzt nach meiner Tochter umhören.«

»Nein, das musst du nicht, denn ich habe es schon getan. Sie ist mit ihrem Liebsten in dieselbe Richtung gezogen, in die wir gehen werden. Unsere Eile ist also auch in deinem Sinne. Lasst uns rasch unsere Bündel holen.«

Brose legte eine Geschwindigkeit vor, von der Brida Seitenstechen bekam. Der Schmerz war eine unangenehme Dreingabe zu der Qual, die das Gehen auf den angetauten, matschigen Wegen mit ihren wunden Füßen bedeutete, das änderte auch das neue Polster in ihren Schuhen nicht. Hätte das Tauwetter wenigstens fühlbare Wärme mit sich gebracht. Doch der Wind blies weiterhin kalt.

Ob sie der richtigen Spur folgte, wollte sie sich lieber gar nicht fragen. Sie musste auf das vertrauen, was Brose gehört hatte. Dabei entfernten sie sich in südöstlicher Richtung von Soltau, während sie sich südwestlich hätten halten müssen, um nach Burg Rethem zu gelangen.

Bridas Reisebegleiter waren ungewohnt schweigsam, Brose wirkte noch angespannter als Valentin. Es schien tatsächlich so, als läge ihm mehr daran, dass der junge Krämer seine Kiepe wiederbekam, als diesem selbst.

Nach etwa zwei Stunden blieb Brida nichts anderes übrig, als um eine Rast zu bitten. Außer Atem lehnte sie sich an einen Baum. »Was tun wir eigentlich, wenn wir den Ochsenwagen eingeholt haben?«, fragte sie.

»Wir fordern die Kiepe zurück«, sagte Valentin.

Brose warf ihm einen Blick zu, als wäre er eine Ameise auf dem Löffel, den er gerade zum Mund führen wollte. »Das machst du ohne mich, du Narr. Wahrlich, wir müssen dir eine Zaddelgugel mit Schellen besorgen und einen Narrenstab, damit jeder deinen Stand erkennt. Ein Ochsenkarren voll Halsabschneider, und du gehst hin und verlangst von ihnen, dass sie dir ihr Diebesgut herausgeben? Mein Freund, sie werden nichts lieber tun als das! Bitte sie doch auch noch um ein Plätzchen auf ihrem Wagen. Und wenn du schon dabei bist …«

»Hör auf, dich über Valentin lustig zu machen. Erklär uns lieber, wie du die Sache angehen willst«, schnitt Brida ihm das Wort ab.

Er stieß die Luft aus. »Nun, wir schleichen ihnen nach, geben acht, dass sie uns nicht erkennen, und in der Nacht stehlen wir die Kiepe zurück.«

Tief seufzend lockerte Brida ihr Halstuch. »Du hast recht, das klingt so viel einfacher, als die Kiepe zurückzuverlangen! Was ist, wenn sie uns erwischen? Falls sie uns nicht gleich umbringen, könnten sie uns als Diebe bezichtigen. Dem ist Valentin gerade mit knapper Not entronnen. Der

Burgvogt von Soltau ist nicht gut auf fahrendes Volk zu sprechen. Und auch wenn wir noch ein Stückchen laufen, fallen wir wohl unter seine Gerichtsbarkeit.«

Brose lächelte. »Du bist ganz entzückend, mein Mühlenröschen. Deine blauen Augen leuchten so schön, wenn du dich aufregst, und dein Busen hebt sich, als lebte er ein eigenes Leben. Komm, gib mir einen Kuss und vertrau mir. Der jämmerliche Galgenstrick muss erst noch geboren werden, der Ambrosius beim Stehlen erwischt.«

Brida konnte nicht leugnen, dass sie seine Schmeichelei genoss, doch nach Küssen war ihr deshalb noch lange nicht zumute. »War denn eigentlich in der Kiepe noch so viel von Wert, dass es sich lohnt, wenn wir uns dafür in Gefahr bringen?«

»Allerdings«, nahm Brose Valentin die Antwort ab.

Eine nähere Erklärung folgte nicht, und nun glaubte Brida endgültig, dass an oder in der Kiepe mehr war, als die beiden Männer ihr offenbarten. Was auch immer es war – es schien für Brose ausgesprochen wichtig zu sein. Ihn danach zu fragen, verschob sie, denn nun reichte er ihr die Hand und zog sie wieder auf den Weg, um weiterzugehen.

Valentin rieb sich den Nacken und trottete ihnen nach. »Hätte ich das geahnt ... Ich wäre bei meinen Leisten geblieben«, murmelte er müde.

Erstaunt sah Brida sich zu ihm um. »Du hast ein Handwerk gelernt? Was war das denn?«

»Nadel und Faden waren meine Leisten. Und ich Holzkopf glaubte, es könne nicht schwieriger sein, sie zu verkaufen, als sie zu benutzen.«

»Ein Schneider bist du? Warum hast du das aufgegeben?«, fragte sie.

Brose warf Valentin einen scharfen Blick zu. »Spart eure Puste zum Laufen. Wenn wir trödeln, holen wir sie nie ein.

Ich bete schon seit Soltau, dass dieser Weg keine Gabelung hat, an der wir nicht erkennen können, wohin sie gefahren sind. Dann müssten wir uns trennen. Und ich zweifle, ob ihr beide euch geschickt genug anstellen würdet, wenn ihr auf die Kerle stoßt.«

Brida stieß ihm mit dem Ellbogen in die Seite. »Du bist derjenige, der sich die Puste sparen sollte. Kommen ohnehin nur Frechheiten heraus, wenn du den Mund auftust.«

5

Ann Durt wartete so lange auf dem Hof des Schmiedegasthauses, wie sie gebraucht hätte, um einen großen Kessel Grütze mit Rüben und Speck zu kochen. Sie stellte sich vor, wie sie das tat, während ihr Hunger wuchs, und ihre Zähne klapperten. Ihre Nase begann zu laufen, sie nieste, und ihre Finger waren taub vor Kälte. Außerdem sorgte sie sich inzwischen, ob Ulrich etwas Schlimmes zugestoßen war. Sie wusste, dass sie überlegen musste, was nun zu tun war, doch ihr Verstand war wie gelähmt. Nicht einmal den Weg nach Hause würde sie allein finden.

Auch daran lag es wohl, dass sie still stehen blieb, als ausgerechnet der finster aussehende Kerl aus der Gaststube kam, vor dem sie sich zuvor gefürchtet hatte.

Mit beiden Daumen in seinen Gürtel geklemmt, baute er sich vor ihr auf. »Nu hast du lang genug da inner Kälte gestanden. Komm rein ans Feuer. Ich kauf dir Suppe und warmen Wein.«

Mit einem Kopfnicken wies er sie an voranzugehen, und wider jede Vernunft fühlte sie sich dankbar für die einfache Anweisung. Er führte sie zur Ofenbank und setzte sich auf einen Schemel ihr gegenüber. Dabei rückte er etwas näher an sie heran, als ihr lieb war, doch sie konnte nicht zurückweichen und wagte es nicht, sich zu beschweren. Wenn er es tatsächlich gut mit ihr meinte, wollte sie ihn nicht kränken.

Ein Wink zur Wirtin genügte für ihn, damit die eine Schale Suppe und zwei Krüge mit heißem Würzwein brachte.

»Vergelt's Gott«, flüsterte sie, als sie die Schale in die eine Hand nahm und mit der anderen ihren Löffel vom Gürtel löste.

Er zuckte mit den Schultern. »Gotfred heiß ich. Und übers Vergelten reden wir jetzt nicht. Was macht so ein junges, niedliches Weib wie du allein hier? Willst du dich verdingen und weißt nicht, wo?«

Ann Durt schüttelte den Kopf und spürte, wie sie rot wurde. »Mein Mann ist in die Burg gegangen, um etwas zu besorgen. Ich warte hier auf ihn.«

Gotfred lehnte sich zurück und sah ihr spöttisch ins Gesicht. »Dein Mann? Weiß der's nicht besser, als dich hier allein zu lassen? Ich tät es nicht, wenn du mein Eheweib wärst.«

Sie musste erst einen Löffel Suppe hinunterschlucken, bevor sie sprechen konnte. »Er wollte, dass ich mich ausruhe.«

»Warum tust du's dann nicht, sondern stellst dich in die Kälte?«

Da sie schlecht sagen konnte, wie unheimlich er ihr gewesen war, wusste sie nicht, was sie antworten sollte. Für ihren Geschmack hatte sie sowieso schon zu viel gelogen, deshalb schwieg sie und senkte den Blick.

Er faltete die Hände und ließ seine Fingerknöchel knacken. Der Ekel, den Ann Durt bei dem Geräusch verspürte, ließ sie gewahr werden, dass Verwesungsgeruch von ihm ausging.

Nun rochen zwar die wenigsten Menschen im Winter gut, wenn kaum jemals gebadet und nur selten die Kleidung gewechselt wurde, aber darum noch lange nicht so nach Aas, als würden in der warmen Zeit die Fliegen um sie kreisen. Unwillkürlich wollte sie auf der Bank zur Seite rücken, um Abstand von dem unangenehmen Geruch zu gewinnen, doch dazu hätte sie seine Knie berühren müssen.

Als wolle er ein nervöses Pferd beruhigen, klopfte er ihr mit einer Pranke voll schwarzgeränderter Fingernägel auf den Oberschenkel. »Ich will dir was sagen: Der hat dich sitzenlassen! Beleidigen will ich dich nicht, aber die Wirtin glaubt, dass ihr nicht verheiratet seid. Und nun fiel deinem Buhlen wohl ein, dass er doch lieber ein freier Mann bleiben will. Bist nicht die Erste, der so was passiert.«

Ann Durt verschüttete einen Löffel voll Suppe. »Das ist nicht wahr. Er wird mich ...« Ihr war, als legte sich eine eisige Hand auf ihr Herz, denn auf einmal zweifelte sie, ob Gotfred nicht recht hatte. Doch dann kehrte die Erinnerung an Ulrichs Liebesbeteuerungen, seine seelenvollen Blicke, seine zärtlich streichelnden Finger zurück.

»Er wird mich bald abholen«, sagte sie leise, stellte die Suppe neben sich auf die Bank und stand auf.

Langsam wie eine entspannte Katze erhob auch Gotfred sich, um ihr Platz zu machen. Ihr wurde bewusst, dass er einen Kopf größer war als sie und doppelt so breite Schultern hatte.

»Da bin ich gespannt. Wenn er nicht kommt, kann ich dir helfen. Du musst es nur sagen.«

Drei Weggabelungen ließen Brida, Brose und Valentin hinter sich, bevor sie endlich in der Ferne vor sich etwas erspähten, was der Ochsenkarren sein konnte. Bei jeder Abzweigung bekam Brida Herzklopfen, auch wenn Brose nie zweifelte, welchen Weg der Karren genommen hatte. Sie musste daran denken, dass Ulrich und ihre Tochter einen der anderen Wege gegangen sein konnten. Wer wusste, vielleicht waren sie gar nicht weit voraus, vielleicht hätte sie sie schon eingeholt, wenn sie die richtige Abzweigung gewählt hätte?

»Gelangt man denn wirklich auch auf diesem Wege nach Rethem?«, fragte sie Brose.

Der zuckte mit den Schultern. »Alle Wege können dahin führen, wohin man will, wenn man nur lange genug weitergeht.«

Sie schüttelte den Kopf. »Was für ein dummes Zeug, Brose. Wenn ich in dieser Richtung weiterlaufe, dann komme ich ganz gewiss nicht wieder zu Hause bei der Mühle an, ganz gleich, wie sehr ich das will.«

»Willst du es denn so dringend? Dünkte mich doch, dass du es auch zu genießen weißt, etwas von der weiten Welt zu sehen. Tagaus, tagein so eine kleine Mühle, das ist doch nichts!«

»Die Mühle bedeutet Brot und Sicherheit. Wie könnte ich das geringschätzen? Jeder ist ein wenig neugierig auf die weite Welt. Aber wo kämen wir hin, wenn alle so wären wie du und nur herumzögen?«

Er zog kummervoll die Brauen zusammen. »Nun, wir kämen an viele Orte. Aber sag: Missfalle ich dir so sehr?«

Ihre Blicke trafen sich, und für ein paar Atemzüge dachte Brida nicht mehr daran, warum sie an diesem nasskalten Januartag fern von ihrem Heim durch den Schlamm hetzte. Ihrer beider Schritte wurden langsamer, bis sie stillstanden.

»Das habe ich nicht gesagt«, sagte sie.

»Du hast aber auch nicht das Gegenteil gesagt. Ich wünschte, du würdest es tun.«

»Was hätten wir beide davon? Ich gehe mit meiner Tochter heim, und du ziehst weiter.«

Er streichelte ihr behutsam den Arm. »Ach Brida. Wir sind nicht mehr jung. Wer weiß, wie viel Zeit uns noch bleibt? Wir sollten das Glück beim Schopf packen und es genießen, wo immer wir es finden, und sei es auch ein kurzes Glück. Ich gestehe es frei: Ich bin vernarrt in dich. Ein Weib wie du ist mir zuvor noch nie begegnet. So drall, so frisch, so mutig!«

Überrascht versuchte Brida in seinen Augen die Wahrheit zu lesen. Schmeichelte er ihr nur, damit sie ihn nachts nicht wieder abwies? Er sah nicht aus, als ob er log. »Du gefällst mir schon, aber …«

Sie hatte es kaum ausgesprochen, da umarmte er sie fest und doch so sanft, wie sie es nicht von ihm erwartet hätte.

Als gäbe es ihr eiliges Vorhaben nicht, als gäbe es nicht Winterkälte, Sorgen aller Art und Valentin, der, ratlos und verlegen an seinen Kittelnesteln spielend, hinter ihr stand, legte Brose seine Hände um ihr Gesicht und küsste sie.

Ausgemalt hatte sie es sich schon, ihn zu küssen, dennoch war es überwältigend, seine Lippen zu spüren. Da war es nun, das innige, wollüstige Gefühl für einen Mann, von dem sie geglaubt hatte, dass es ihr nie wieder vergönnt sein würde.

Auch Brose schien überrascht. Sie konnte sehen, wie heftig sein Herz schlug, und bemerkte seine wachsende Erregung. Nur widerwillig lösten sie sich voneinander.

»Komm, weiter. Je schneller wir die Kiepe wiederhaben, desto eher kann ich dich unter ein warmes Federbett ziehen«, sagte er heiser.

»Und meine Tochter? Ich kann nicht darüber nachdenken, ob ich mit dir unter ein Federbett kriechen will, bevor ich die nächste Spur von ihr gefunden habe. Wer weiß, ob wir auf dem richtigen Wege sind?«

Er schüttelte seufzend den Kopf. »Du denkst viel zu viel.«

Sie setzten sich wieder in Bewegung und kehrten rasch zu ihrer alten Eile zurück.

»Wenn sie nach Burg Rethem gehen, werden wir sie dort

antreffen. Hör auf, dir Sorgen zu machen. Da vorne ist der Ochsenkarren. Erst die Kiepe, dann sehen wir weiter«, sagte er.

Ann Durt hasste die mitleidigen Blicke der Wirtin. Außerdem schmerzte ihr Rücken von der verkrampften Haltung, mit der sie auf der Ofenbank saß, seit Gotfred sie endlich in Ruhe gelassen und sich seinen eigenen Angelegenheiten außerhalb der Wirtsstube gewidmet hatte. »Vielleicht komme ich wieder«, hatte er in mildem Tonfall gesagt. Seitdem betete sie dafür, dass er es nicht tun würde.

Das Tageslicht verging allmählich, und sie war von dem qualvollen Nichtstun so erschöpft, als hätte sie den ganzen Tag gearbeitet. Mit jedem Blick der Wirtin, den sie mit hocherhobenem Haupt nicht zu bemerken vorgab, verlor sie ein wenig mehr den Glauben daran, dass Ulrich zurückkehren würde. In Gedanken machte sie sich bereits allein auf den mühevollen Rückweg zur Mühle.

Als sie schließlich aufstehen musste, um noch einmal den Abtritt im Hof aufzusuchen, trat die Wirtin ihr in den Weg.

»Ich sehe schon, dass du dich darauf vorbereitest abzureisen. Aber lass dir gesagt sein, dass du nicht gehen kannst, bevor die Zeche gezahlt ist.«

Nun hasste Ann Durt nicht nur die Blicke der Wirtin, sondern verabscheute das ganze Weib. »Was kann ich tun, um die Zeche zu zahlen? Ich habe kein Geld«, sagte sie und versuchte, dabei stolz zu klingen.

»Tun? Mit deinen Diensten kann ich nichts anfangen. Ich will das Geld. Sonst würde mir bald jeder kommen und denken, er findet Unterkunft, Speis und Trank dafür, dass er mir die Stube fegt oder ein Knäuel Garn spinnt.«

»Ich würde dir zehn Knäuel Garn spinnen, wenn du mich

noch einmal übernachten lässt. Du könntest es verkaufen«, gab Ann Durt zurück.

Die Wirtin sah erst aus, als wolle sie widersprechen, doch dann besann sie sich. »Na, warum eigentlich nicht? Du wirkst ja nicht wie eine, die das herumerzählen wird. Und dass du einen feinen Faden spinnst, habe ich vorhin gesehen. Warte, ich hole dir Flachs.«

Es war Abend geworden, als sich die Tür der Gaststube öffnete und Ulrich hereinkam. Er schwankte, und sein blondes Haar war zerzaust, die Kappe trug er in der Hand. Als er Ann Durt mit dem Spinnzeug beim Ofen sitzen sah, lächelte er und hinkte auf sie zu.

Früher am Tag wäre sie ihm entgegengelaufen und um den Hals gefallen – nun allerdings war sie eher überrascht, dass er überhaupt noch kam. So blieb sie still sitzen und erwartete ihn an ihrem Platz. Gerade das schien ihm zu gefallen.

»Mein Engel, wie wunderschön du aussiehst, wenn du da sitzt. Im Feuerschein schimmert dein Faden, als würdest du Gold spinnen. Kein Weib auf der Welt besitzt mehr Anmut als du.«

Dass er tat, als wäre nichts Außergewöhnliches vorgefallen, als hätte er sie nicht dem Glauben preisgegeben, dass er sie verlassen hatte, machte sie sprachlos.

Er setzte sich neben sie, legte ihr seinen Arm um die Schultern, küsste ihre Halsbeuge und sprach leise in ihr Ohr. »Was bist du so still, mein Herz? Freust du dich nicht, mich zu sehen? Dabei habe ich den ganzen Tag daran gedacht, wie gut es sein würde, zu dir zurückzukehren und noch eine Nacht in dem weichen Bett zu verbringen. Ich möchte noch einmal all die Stellen an dir küssen, die ich gestern fand. Möchte noch einmal hören, wie du meinen Namen sagst, wenn ich mich auf dich lege. Doch vorher wollen wir uns noch etwas Köstliches zubereiten lassen, was meinst du?«

Ann Durt war machtlos gegen die Wirkung seiner Nähe, seiner Berührung, seiner Worte. Sie roch, dass er viel Bier und Branntwein getrunken hatte, doch auch das änderte nichts. Der Ärger, den sie über ihn verspürt hatte, schmolz dahin. Ganz verschweigen konnte sie ihren Kummer allerdings nicht.

»Ich glaubte, du hättest mich verlassen«, sagte sie.

Verdutzt rückte er von ihr ab. »Verlassen? Wie kannst du das glauben, mein Engel? Niemals werde ich dich verlassen. Ich habe Erkundigungen eingeholt und Abmachungen für unsere Weiterreise getroffen. Das dauerte alles seine Zeit. Aber ich war außerordentlich erfolgreich. Wir werden Rethem nun viel schneller erreichen. Der Pferdehändler Kohlhaas treibt morgen seine Herde dorthin, und er lässt uns auf zwei der Tiere aufsitzen. Weil er es eilig hat, werden wir schnell reiten und schon am Abend auf der Burg sein.« Er strahlte sie an, als hätte nichts Besseres geschehen können.

»Ich kann nicht gut reiten. Und was ist mit der Eselin? Kann sie mit den Pferden Schritt halten?«

»Du musst nicht gut reiten können, solange du nur im Sattel bleibst. Ich werde dein Pferd führen, sorg dich nicht. Und den Esel habe ich verkauft. Er hätte uns nur aufgehalten, und Kohlhaas erwartet, für seine Gefälligkeit entlohnt zu werden.«

Die Spindel entglitt Ann Durts Hand, rollte über den Boden und spulte ihren Faden dabei ab. »Du hast die Eselin verkauft? Aber sie gehörte Mutter.«

Er zuckte mit den Schultern. »Ach Engelchen, ich habe es dir doch schon so oft erklärt: Deine Mutter erhält alles zurück, was wir geliehen haben. Natürlich werde ich ihr den Esel bezahlen.«

Ann Durt schüttelte betroffen den Kopf. »Mutter hing an der Eselin.«

Mit sanftem Blick streichelte er ihre Wange. »Aber es ist doch aberwitzig, sich an so ein Tier zu hängen. Ein Esel lebt nicht lange. Deine Mutter kann sich freuen, wenn wir ihr das Geld für ein junges, kräftiges Tier schicken. Oder vielleicht sogar für zwei. Und für einen neuen Sattel obendrein. Was meinst du?«

Ann Durt seufzte. Wenn man es so betrachtete, hatte er recht. Ihre Mutter war so vernünftig, dass sie einen jungen Esel und Geld für einen zweiten der alten Stute gewiss vorzog. Ulrich küsste sie auf die besondere Art, die sich rasch von sanft zu verlangend wandelte, und wie stets öffnete sie ihre Lippen für ihn, als seine Zunge es forderte.

Dann ließ er von ihr ab. »Na, siehst du. Nun ist alles wieder gut, nicht wahr?«

Noch fühlte es sich für sie nicht so an. Doch als die Tür der Wirtsstube erneut aufschwang und sie für einen Augenblick fürchtete, dass der stinkende Gotfred eintreten würde, durchströmte sie endlich die verzögerte Erleichterung. Eng schmiegte sie sich an Ulrich.

»Müssen wir essen? Ich habe gar keinen Hunger. Wir könnten doch auch gleich zu Bett gehen«, flüsterte sie Ulrich ins Ohr.

Er lachte. »Es gefällt mir, wenn du das sagst. Aber fürs Bett ist es noch ein wenig zu früh, meinst du nicht? Was soll die Wirtin denken? Und wolltest du nicht spinnen? Bis unser Tisch gedeckt ist, werde ich in die Schmiede gehen und mich mit den Männern unterhalten. Der Meister kann vielleicht meine Rüstung in Ordnung bringen.«

Den letzten Satz flüsterte er Ann Durt zu, als wüsste sie, worum es dabei ging. Dabei hatte er die Rüstung nur ein Mal erwähnt, als es darum gegangen war, dass sie sie aus der Mühle mitnehmen mussten. Aber was hatte sie erwartet? Dass er in dem abgelegten Müllergewand ihres Oheims vor die edlen Herren auf Burg Rethem trat?

Schon war er aufgestanden und halb bei der Tür, als ihr auffiel, dass er den alten Kittel ihres Oheims gar nicht mehr trug. Die Schecke unter seinem Mantel prangte in Blau und Rot und war aus feinerem Gewebe gefertigt.

So hatte er sich auf die Wiederbegegnung mit seinem Stand schon vorbereitet, während er nicht bei ihr gewesen war. Ein seltsames Gefühl hinterließ das bei ihr. Hatte sie doch bis zum vorigen Abend noch geglaubt, dass er alles mit ihr besprach, was er zu tun gedachte. Aber was war das auch für ein törichter Irrtum! Er war so viel klüger und gelehrter als sie. Es wäre ja nur eine Vergeudung von Zeit, wenn er ihr alles mitteilte, was er plante.

Wehmütig über ihre Dummheit, schüttelte sie den Kopf und bückte sich nach der Spindel, die noch da im Staub lag, wo sie hingerollt war. Ob die Wirtin für das gesponnene Garn auch jetzt noch Nachlass auf die Zeche gewähren würde, wo Ulrich mit dem Geld zurück war? Oder war ihre Arbeit so überflüssig gewesen wie ihre Sorge? Als sie sich wieder aufrichtete, bemerkte sie, dass die Wirtin sie anstarrte. Ihre Blicke trafen sich, und das Gesicht des feisten Weibes verzog sich zu einem spöttischen Lächeln, das Ann Durt bis ins Mark traf. Es war, als hätte die Wirtin ihre Gedanken verfolgt und hielte sie für noch dümmer, als sie selbst es tat.

Brose hatte Brida und Valentin noch ein wenig näher an das Fuhrwerk herangeführt, dann aber einen Abstand einhalten lassen, der ihnen gerade noch erlaubte, es im Auge zu behalten. Bald wurde das Licht so schlecht, dass sie näher heranrücken mussten.

»Bald wird es dunkel. Wo bleiben wir heute Nacht?«, fragte Valentin.

»Genau dort, wo auch diese Halunken rasten. Das ist doch gerade das Gute«, sagte Brose.

Brida war inzwischen so müde von der anstrengenden Jagd, dass sie über ihre eigenen Füße stolperte. Sehnlichst wünschte sie, dass der Karren doch endlich anhalten möge – ganz gleich, was dann geschähe.

Doch als die Ochsen in einen Nebenweg abbogen und Brose ein zufriedenes »Aha« murmelte, bekam sie Angst und wünschte, es wäre noch nicht so weit.

Brose winkte Valentin und sie zu sich. »Wir bitten um Unterkunft für die Nacht. Ihr zeigt eure Gesichter möglichst wenig und legt euch gleich zur Ruhe, aber ihr dürft nicht schlafen. Wenn ich es euch sage, müsst ihr leise aufstehen, damit wir uns davonstehlen können.«

Es war stockdunkel, als sie an ein Gehöft kamen, das von Wald umschlossen war. Die ringsherum angelegten Holzstapel nahmen weit mehr Fläche ein als das Gebäude, in dem Mensch und Tier unter demselben Dach lebten. Die Ochsen waren bereits hineingeführt, den Karren schoben zwei Männer gerade in einen offenen Schuppen. Sogar in der Dunkelheit konnte Brida erkennen, dass Valentins Kiepe noch nicht abgeladen war. Sie stieß Brose den Ellbogen in die Rippen, um ihn darauf aufmerksam zu machen, doch er ließ sich nicht ablenken. Stattdessen ging er weiter auf einen bärtigen Mann zu, der einen ähnlichen Filzhut trug wie er selbst und ihnen ausdruckslos entgegenblickte.

»Einen gesegneten Abend. Wir haben uns verirrt und suchen ein Obdach für die Nacht. Ein geschütztes Plätzchen zwischen den Tieren auf eurer Diele würde uns reichen. Brot und Käse haben wir selbst.«

Der Mann erwiderte nichts, sondern starrte sie bloß weiter an. Ein leichter Aasgeruch ging von ihm aus, als hätte er das Schaffell, aus dem seine Weste war, schlecht haltbar gemacht.

Brida schlug ihren freundlichsten Tonfall an. »Bitte. Nur einen Schlafplatz. Meine Beine tragen mich kaum noch. Seid barmherzig.«

Woraufhin der Mann mit den Schultern zuckte und ihnen voraus durch das Dielentor ins Haus ging. Rechts und links war mit Holzgittern eine Reihe Ställe abgeteilt, auf der dem Tor gegenüberliegenden Seite des Hauses befand sich der Wohnraum. In der Mitte dieses Raumes brannte auf einem flach gemauerten Herd ein qualmendes Feuer. Der Rauch stieg zu den Dachbalken über dem Herd empor, wo Schinken und Würste zum Räuchern hingen, die Brida das Wasser im Mund zusammenlaufen ließen. Darüber hinaus war das Haus wenig appetitlich. Die Fußböden sahen aus, als würden Kehricht und Kot allenfalls ein Mal im Jahr hinausgefegt.

Um das Feuer herum saßen fünf Männer, die aßen, tranken und sich wärmten, und auf den breiten Lehmbänken an den Wänden lagen noch etliche unter Decken und schliefen zum Teil schon. Weiber schien es hier nicht zu geben.

Von denen, die am Feuer saßen, wurden sie misstrauisch beäugt. »Wo kommt ihr her?«, fragte einer, dessen geschlitztes Ohrläppchen ihn als einen aus der Zunft ausgestoßenen Handwerker auswies.

»Wir kommen aus Salzhausen und wollen nach Celle«, sagte Brose.

Die Antwort schien den Fragenden kaum zu interessieren. »Und was gibt es Neues?«, fragte er weiter.

Nun war Brose in seinem Element, das hatte Brida mittlerweile über ihn gelernt. Neuigkeiten zu berichten oder zu erfinden – daraus allein hätte er einen Broterwerb machen können. Im Handumdrehen saß er mit den Männern am Feuer und erzählte, während Brida und Valentin sich auf einer der Bänke niederlegten.

Obwohl sie nur vorgeben sollten zu schlafen, schnarchte Valentin, kaum dass er lag, und Brida musste schwer gegen den Schlaf ankämpfen. Dass sie den Kampf verloren hatte, merkte sie erst, als Brose sie an der Schulter rüttelte. Valentin saß bereits und rieb sich benommen die Stirn.

So flink wie möglich schlichen sie zum Dielentor, dessen hölzerne Riegel nicht vorgeschoben waren. Als Brose es öffnete, meckerte eine der Ziegen in ihrem Verschlag. Mit angehaltenem Atem hielten sie inne, doch die schlafenden Bewohner des Hauses ließen sich durch das Tier nicht stören.

Leise schloss Brose das Tor wieder, nachdem sie hinausgegangen waren, und Brida zog ihre Holzschuhe an.

»Hast du die Kiepe?«, fragte Valentin.

Brose legte den Finger auf die Lippen und zeigte auf die Kiepe, die an der Hauswand lehnte. Er wartete, bis Valentin sie geschultert hatte, und scheuchte ihn und Brida dann mit seiner freien Hand vor sich her, als wären sie Gänse. Dankbar für das matte Mondlicht, eilten sie zu dem Weg zurück, der sie zum Gehöft geführt hatte.

Sie hatten ihn noch nicht erreicht, als zwischen den hohen Holzstapeln, die entlang des Hofes lagerten, der Bärtige mit der stinkenden Schaffellweste hervortrat. In der rechten Hand hielt er eine große Hippe, wie sie die Holzarbeiter zum Abschlagen von Rinde und kleinen Ästen benutzten, in der linken einen Dolch.

Er sprach laut, doch mit so heiserer Stimme, dass Brida sich unwillkürlich räuspern musste. »Wo wollen sie hin, unsere Gäste, so spät in der Nacht? Behagt es ihnen nicht an unserem Feuer?«, fragte er. Seine Augen waren zu Schlitzen verengt, bösartig sah er so aus, aber auch listig.

Brose zog seinen Mantel enger zusammen, als würde er frieren. »Ihr seid großzügige Gastgeber. Was sollte uns da nicht behagen? Es ist nur so, dass ich unterwegs etwas verloren habe. Und ich würde es gern wiederfinden, bevor jemand anders es tut.«

»Du bist ein schwätzender Lügner und ein Dieb, so wie der da.« Der Heisere zeigte auf Valentin.

Der umklammerte mit beiden Händen die Schulterriemen seiner Kiepe. »Es ist meine Kiepe. Ihr habt sie gestohlen, nicht ich«, sagte er mit schwacher Stimme.

Höhnisch grinsend wandte der Mann sich ihm zu. Brida zuckte zusammen, als Brose ihn im selben Moment ansprang.

Was sich dann abspielte, geschah blitzschnell. Brida wusste nicht einmal, wo Brose den Dolch hergenommen hatte, mit dem er den einen Ärmel des Heiseren an die gestapelten Baumstämme heftete. Einen Wimpernschlag später hatte er sich den rechten Arm seines Gegners über die Schulter gezogen und gab dem Handgelenk einen Ruck. Das darauf folgende Knirschen klang übelkeiterregend. Der Mann ließ nicht nur seine Hippe fallen, sondern schrie lauter als ein Weib in den letzten Wehen. Brose stopfte ihm blitzschnell den Zipfel seines Halstuchs zwischen die Zähne, hob die Hippe und den Dolch des Mannes vom Boden auf und stieß Brida an.

»Lauft! Zieh die Schuhe aus, wenn du dann schneller bist. Wirf die Kiepe weg, Junge!«

Valentin zögerte, doch da wurde der Heisere seinen Knebel los und stieß einen rauen, unheimlich klingenden Schrei aus. Im Handumdrehen warf Valentin seine Kiepe ab, und dann rannten sie, so schnell sie konnten. Brida hörte noch, wie hinter ihnen auf dem Hof Tumult ausbrach. So fest, dass sie einen der ihren nicht schreien hörten, hatten die Gauner offenbar doch nicht geschlafen.

»Schneller«, feuerte Brose sie an, und Brida widmete ihre ganze Aufmerksamkeit dem in der Dunkelheit schwer zu erkennenden Weg. Zweige und Steinchen zersprangen und krachten unter ihren Holzschuhen, und ihre wunden Füße waren für den Augenblick vergessen.

Erst als ihre Lunge brannte und ihre Seite so stach, dass sie glaubte, sie würde gleich stürzen, ließ Brose sie in einen langsameren Schritt fallen. Sie hätte ihm selbst an die Gurgel gehen können, so wütend war sie.

»Meine Hochachtung, du Meisterdieb«, keuchte sie.

»Nun haben wir die Kiepe doch nicht«, stieß Valentin nicht minder atemlos hervor.

»Ich habe das, worauf es ankommt, du Hühnerhirn«, sagte Brose.

Womit er bestätigte, was Brida geahnt hatte. Nicht um die Krämerkiepe war es ihm gegangen. »Und worauf kommt es an?«, fragte sie.

Doch Brose schüttelte den Kopf. »Wir reden, wenn wir in Sicherheit sind.«

Und wieder scheuchte er Valentin mit seiner freien Hand, während er Brida mit der flachen Seite der Hippe, die er noch immer bei sich trug, einen Klaps auf ihr Hinterteil versetzte.

Prompt blieb sie stehen und stemmte die Hände in die Seiten. »Nun reicht's! Sicherheit hin oder her: Wenn ich wegen einer Gaunerei von euch beiden in der kalten Nacht mit meinen wunden Füßen durch den Wald renne, dass ich fast an Atemnot verrecke, dann wirst du mich nicht auch noch mit dem Stecken antreiben, als wäre ich eine alte Milchkuh!«

Brose schlug sich die Hand vor die Augen, was entweder hieß, dass er über ihren Ausbruch spottete oder dass er sich schämte oder beides. »Verzeih, mein Augäpfelchen. Du hast natürlich recht. Aber ich bitte dich von Herzen: Lauf jetzt weiter, damit deinem süßen Hinterteil nicht noch viel ärgere Dinge zustoßen.«

»Na gut. Aber warte, bis wir rasten. Dann kannst du was erleben.«

Er bog sich mit beiden Händen seine Hutkrempe zurecht und lachte. »Darauf freue ich mich, seit wir uns zum ersten Mal begegnet sind.«

6

Nicht nur die Jagd und das Essen waren auf Burg Rethem im Kreis der Herzogssöhne eine Freude – auch die abendlichen Lustbarkeiten ließen nichts zu wünschen übrig. Die jungen Herren waren sowohl verwöhnt als auch großzügig in ihren Zuwendungen, wenn eine Darbietung ihnen gefiel. In den Kreisen der Fahrenden war dies wohlbekannt, und so zog die Burg immer neue Könner unter den Sängern und Gauklern an.

Besonders angetan hatten es Kunzmann die Akrobatinnen in ihren kurzen Kleidern. Ihre Keckheit und ihre Beweglichkeit reizten seine Gelüste. Über die Winterwochen hinweg hatte es an die zwanzig solcher Weiber gegeben, die ihre Kunststücke vorgeführt hatten. Jeder einzelnen von ihnen hatte er durch den Pagen, der ihm seit Kurzem unterstellt war, antragen lassen, das Bett mit ihm zu teilen. Die Hälfte war seinem Wunsch nachgekommen. Nicht alle von ihnen hatten sich darauf verstanden, ihre Beweglichkeit einzusetzen, um seine Lust zu steigern, doch immerhin einige. Sie hatten es nicht bereut, denn auch er konnte großzügig sein. Verhalf ihm eine zu einem gelungenen Vollzug, dann sollte sie ihre Belohnung haben. Ebenso konnte sich eine, die ihn auslachte, ihrer Strafe gewiss sein. Er nahm es einem Weib nicht übel, wenn es ihn nicht genug erregte. Doch sich über den Mangel an Stehvermögen lustig zu machen, der ihn seit einigen Jahren plagte, durfte keine wagen. Es war ihm schon unterlaufen, dass er eine Dirne deshalb grün und blau geschlagen hatte. Doch das war lange her und nicht auf Rethem gewesen.

Zu seinem Glück hatte er bei seiner Gemahlin nie Schwierigkeiten gehabt. Zwar war sie keine Akrobatin, aber ein dralles Weib, und sie wusste, wie sie ihn reizen konnte. Leider weilte sie mit ihren Kindern auf dem Lehnsbesitz nahe Braunschweig und würde ihm noch geraume Zeit nicht zur Verfügung stehen.

Es sei denn, die umlaufenden Gerüchte, dass Magnus seine getreuen Männer zwischen Celle und Braunschweig sammelte und bald auch seine älteren Söhne zu sich rufen würde, enthielten mehr als ein Körnchen Wahrheit.

Die Gaukler, die gerade ihren Auftritt in der Halle hatten, jonglierten zu zweit mit brennenden Fackeln, während ein Mädchen zwischen ihnen tanzte. Sie war zu jung und zu flachbrüstig, um für Kunzmanns Bett infrage zu kommen. Dennoch hätte die Darbietung unterhaltsam sein können – fragte er sich doch ständig, wann wohl eine der Fackeln die zarte, großzügig entblößte Haut des Mädchens treffen und sie versengen würde. Wich sie den Flammen aus, oder warfen die Jongleure so geschickt, dass die Kleine nur auf die Figuren ihres Tanzes achtgeben musste?

In der Tat, es wäre unterhaltsam gewesen, wenn die Kunstfertigkeit der Musikanten hätte mithalten können. Doch der Rhythmus des Trommlers hinkte, die Schalmei quäkte oft misstönend, und der Lautenspieler beherrschte sein Handwerk bloß mittelmäßig. Kunzmann dachte flüchtig daran, dass sogar sein glücklicherweise toter Neffe es besser gekonnt hätte. Sein Gesicht verzog sich in Abscheu vor den falschen Tönen, und er griff nach einem in Fett gebackenen Käsebällchen, um sein Gemüt zu besänftigen. Magnus' siebzehnjähriger Sohn Friedrich, neben dem er saß, füllte ihm seinen Becher mit Wein nach – eine Geste von solcher Großmut, dass Kunzmann vor Wonne ein Schauder über den Rücken lief – und beugte sich zu seinem Ohr.

»Schauderhafte Musik, nicht wahr?«, sagte der Junker.

Kunzmann nickte voller Überzeugung, während er sein Käsebällchen mit einem Schluck Wein hinunterspülte. »Wie zehn Kater im Lenz. Den Bläser sollte man dafür bestrafen, dass er sich in diese Halle gewagt hat.«

In Friedrichs Augen blitzte es. »Ich dachte, das wäre zu hart. Aber wenn Ihr es auch findet ...«

Ehe Kunzmann sichs versah, hatte Friedrich seinen Leibwächter zu sich herangewinkt, damit der ihn leichter verstehen konnte. »Lass den Bläser und den Trommler prügeln und für fünf Tage in den Kerker werfen. Und dann ruf bessere Musikanten herbei.«

Der grobschlächtige Mann nahm den Befehl entgegen, ohne mit der Wimper zu zucken, und marschierte mit zwei Knechten auf die Musizierenden zu.

In dem Moment, in dem sie ihnen ihre Instrumente abnahmen und zertraten, geschah das, worauf zuvor alle gewartet hatten: Eine Fackel traf das Mädchen.

Es wäre vielleicht nichts Schlimmeres passiert, wenn sie zurückgewichen wäre und die Fackel einfach hätte zu Boden fallen lassen. Stattdessen fing das Mädchen sie auf, bekam sie jedoch so schlecht zu fassen, dass sie sich die Flammen sogar noch gegen die Brust drückte. Ihr kindlicher Schrei, der selbst ins hartgesottenste Herz dringen musste, steigerte sich noch, als ihr jungfräulich ungebundenes Haar Feuer fing.

Mit einem Satz schnellte Kunzmann über die Tafel, riss sich im Laufen seine Schecke vom Leib und warf sich damit auf das Mädchen. Bevor einer der Umstehenden auch nur einen Schritt näher gekommen war, hatte Kunzmann die Flammen erstickt. Zu seiner Verlegenheit klammerte die Kleine sich mit angstvoll aufgerissenen Augen an ihn. Grob machte er ihre Hände von seinem feinen Leinenhemd los und schob sie von sich, woraufhin einer der Jongleure zu dem Mädchen eilte und sie weinend in die Arme schloss.

Als wäre dies das Zeichen für die erstarrte Gesellschaft im Saal gewesen, erhoben sich auf einmal alle, sahen Kunzmann an und spendeten ihm Beifall. Noch zu sehr von sich selbst überrascht, um nicht zu erröten, winkte er ab und wollte sich auf seinen Platz zurückbegeben.

In diesem Augenblick öffnete sich die Außentür des Saals, die Knechte führten die unglücklichen Musikanten hinaus, und eine Gruppe von offensichtlich soeben eingetroffenen Reisenden trat ein. Stets gierig nach Abwechslung und Neuigkeiten, wandten die Anwesenden ihre Aufmerksamkeit von Kunzmann ab. Da er nicht weniger neugierig war als sie, tat er es ihnen gleich.

Hinter einem Mann, der eine Kappe und eine Weste aus braunem Pferdefell trug, trat eine überaus anmutige junge Magd ein. Ihre Kleidung starrte vor Reiseschmutz. Sauberer war der junge Ritter, der hinter ihr hereinkam. Seine Rüstung glänzte, als wäre sie frisch geputzt und gerade vor der Tür erst angelegt.

Kunzmann erkannte ihn sofort. Ihm brach der Schweiß aus, und er musste um Luft ringen, als würde ihn jemand würgen. Gedämpft wie durch eine dicke Schicht Wolle hindurch hörte er den ältesten Herzogssohn die Ankömmlinge näher bitten, sah aus dem Augenwinkel den Mann im Pferdefell und die hübsche Magd mit allen Zeichen von tiefer Untergebenheit weiter in den Saal treten. Doch gefesselt war sein Blick von seinem totgeglaubten Neffen. Ulrich hatte ihn seinerseits ebenfalls entdeckt und schien nicht überrascht zu sein. Hasserfüllt funkelte sein Blick, und Kunzmann konnte es ihm nicht verdenken. War es wirklich der lebendige junge Mann, oder war es sein Geist? Und wie dem auch sei: Erinnerte er sich? Wusste er alles? Ganz gleich, es galt schnell zu sein, schneller als Ulrich. Kunzmann litt noch immer so unter Atemnot und Schwäche in den Gliedmaßen, dass er sich keine Mühe geben musste, überzeugend auf die Knie niederzufallen und Stirn und Hände auf den Boden zu legen, als hätte ihn das Bedürfnis danach überwältigt.

»Allmächtiger Herr, ich danke dir«, sagte er, laut genug für alle Anwesenden im Saal. Er wiederholte es, als sei er vorübergehend von Sinnen, was ihm Zeit gab, seine Gedanken zu ordnen.

Ann Durt verbarg sich verlegen hinter dem Rücken des Pferdehändlers Kohlhaas vor den Blicken der edlen Gesellschaft, die im Burgsaal von Rethem versammelt war. Ihr Herz schlug heftig vor Angst und Aufregung. Zum ersten Mal sah sie etwas so Prunkvolles wie diesen Saal. Noch schöner war er als die Lüneburger Johanniskirche, in die sie ihre Mutter einmal begleitet hatte. Die Wände waren über und über behängt mit bestickten Teppichen, deren bunte Bilder sie tagelang hätte betrachten mögen. Auf den gedeckten Tafeln glänzten und glitzerten von Kerzenflammen beschienenes Silbergeschirr und Glas, und die Farben- und Formenpracht der Gewänder war so betörend, dass Ann Durt unwillkürlich die Luft anhielt. Weil all die ungewohnte Herrlichkeit sie verwirrte, bemerkte sie erst spät den Herrn, der in der Mitte des Saals auf den Knien lag.

Ulrich hingegen hatte ihn bereits gesehen und kannte ihn offenbar, denn er ging auf ihn zu. Nur wenig vor den in die schmutzigen Binsen gepressten Händen des Herrn blieb er stehen. »Guten Tag, verehrter Bruder meines Vaters. Welche Überraschung, dich wohlauf anzutreffen. Ich hätte gedacht …«

Der Herr sprang auf, drückte Ulrich in einer heftigen Umarmung an seine Brust und schnitt ihm das Wort ab. »Mein Neffe! Welche Gnade des Himmels schickt mir dieses Wunder?«

Mit allen Zeichen tiefer Ergriffenheit legte er Ulrich den Arm um die Schultern und drehte sich mit ihm zur höchsten und vornehmsten der Tafeln um. »Edle Herren, dies ist mein Neffe Ulrich von Alten, den ich tot wähnte und seinen Leichnam verloren. Unser gnadenreicher Herrgott muss ein Einsehen mit meinem Kummer gehabt haben und sandte mir Ulrich zurück. Ich kann es nicht fassen, und doch halte ich ihn hier im Arm und spüre, dass es kein Geist ist, der diese Halle heimsucht, sondern der leibhaftige, vielversprechende junge Ritter, den ich mit so großer Hoffnung heranwachsen sah und mit so großem Schmerz betrauerte. Ich bitte Euch, ihm heute einen Platz in unserer Mitte einzuräumen, auf dass er uns von seinen gewiss wundersamen Abenteuern berichten möge.«

Ann Durt stand vor Staunen ein wenig der Mund offen. Dieser Empfang durch Ulrichs Onkel hatte nichts mit dem zu tun, was Ulrich sich ausgemalt hatte. Seinen Klagen nach hätte sie eher damit gerechnet, dass Kunzmann von Alten nach seinem Schwert rufen würde, um gleich in der Halle bis auf den Tod die Klinge mit seinem Neffen zu kreuzen. War es möglich, dass ihr Liebster sich in dieser Sache furchtbar geirrt hatte und sein Onkel in Wahrheit unschuldig war? Den gerührten und betroffenen Mienen der Gesellschaft im Saal nach zweifelte niemand Kunzmanns Worte an.

Einer der edlen Junker, seinem Platz nach vielleicht der vornehmste der Anwesenden, breitete seine Arme aus, als wolle er Kunzmann und Ulrich darin einschließen. »Mein Herr von Alten, ich glaube, unsere hochwohlgeborenen Freunde werden mir sämtlich zustimmen, wenn ich sage, dass dies ein wahres Wunder ist. Der Himmel gab Euch Euren Neffen zurück als Lohn dafür, dass Ihr heute etwas vollbrachtet, das an die Taten eines Heiligen gemahnt, indem Ihr die Jungfrau den Flammen entrisset. Hättet Ihr nicht ohnehin bereits an meiner Seite gesessen, so würde ich Euch nun bitten, in allen Ehren dort Platz zu nehmen. Selbstverständlich gilt das auch für Euren Neffen. Wenn er auch nur halb so ein Edelmann ist wie Ihr, dann sei er uns in unserer Runde von Herzen willkommen.«

Die prächtigen Herrschaften, aber auch die Knappen, Pagen, Knechte und Mägde klatschten in die Hände, klopften auf die Tafeln und riefen »Hört, hört!« oder »So sei es!« und »Wie wahr!«.

Ann Durt erahnte Ulrichs widerstreitende Gefühle, obwohl ihr sein Gesicht verborgen war. Mit allem musste er eher gerechnet haben als mit dieser Wendung seines Geschicks. Unter den herrschenden Umständen konnte er unmöglich Kunzmann der Untat bezichtigen, derer er ihn schuldig glaubte. Ob es nun der Wahrheit entsprach oder nicht: Die Gesellschaft in diesem Saal würde nichts davon hören wollen, dass ihr Held versucht hatte, seinen Neffen zu ermorden. Doch wenn Ulrich jetzt schwieg – wann würde er dann später noch davon sprechen dürfen?

Ann Durt spürte sein Zaudern, als wäre es ihr eigenes. Bis zum Hals schlug ihr Herz, und ihre Hände krampften sich ineinander, während sie abwartete, wie er sich entscheiden würde.

Endlich verbeugte er sich vor den hohen jungen Herren und räusperte sich. »Es ehrt mich unermesslich, an Eurer Tafel weilen zu dürfen. Solltet Ihr Verwendung für mich finden, gelobe ich, Euch nach bestem Vermögen getreulich zu dienen.«

Die drei jungen Herren lächelten entzückt und nickten.

»Wacker gesprochen. Doch setz dich nun und nimm dir an Speis und Trank, was du begehrst, damit dich beim Erzählen nicht die Kräfte verlassen«, sagte der älteste von ihnen.

Gehorsam folgten Kunzmann und Ulrich seinem Wunsch, sodass Ann Durt nun beiden Männern gleichzeitig ins Gesicht sehen konnte, wenn auch nur aus der Entfernung. Die Ähnlichkeit zwischen ihnen war deutlich, sie hätten ihre Verwandtschaft kaum leugnen können.

Ulrich bekam von einem der in zartes Grün gekleideten Diener einen Kelch vor sich hingestellt. Ohne Umschweife ergriff er ihn und hob ihn in Richtung der hohen jungen Herren, an deren Seite er so unverhofft sitzen durfte. »Auf das Wohl Herzog Magnus' und das seiner Nachkommen«, sagte er mit wohltönender Stimme.

Die Selbstverständlichkeit, mit der er seine Rolle als Gast einnahm und wusste, was zu tun war, erhöhte Ann Durts Achtung vor ihm. Allein durch seine höfische Erziehung passte er an die Tafel, obwohl sein Gewand an Pracht nicht mithalten konnte. Sie selbst dagegen fühlte sich in der Halle so fehl am Platz, dass sie sich gern weiter hinter dem Pferdehändler versteckt hätte.

Doch Kohlhaas sah nun den Moment gekommen, die Aufmerksamkeit seiner Auftraggeber auf sich zu lenken. Er hielt einen Diener an dessen blassgrünem Ärmel fest und sprach ein paar Worte mit ihm. Wenig später hatte der Diener ihn bei den Herren angemeldet, und Ann Durt fühlte auf einmal all die Blicke auf sich ruhen, denen sie sich so gerne entzogen hätte. Von da an kam es ihr vor, als gälte ihr jedes Tuscheln und Flüstern der vornehmen Gesellschaft, und ihr wurde so heiß, als trüge sie noch ihren warmen Mantel. Dabei hatte Ulrich sie belehrt, dass es in den Sälen vieler Adelshäuser nur den höchsten Herrschaften gestattet war, Umhänge und Mäntel zu tragen. Er hatte sie schon in den

Ställen gebeten, die dicke Winterkleidung abzulegen. Die edlen Junker und einige ältere Herren, die mit der Pferdezucht vertraut waren, unterhielten sich einen Moment lang mit Kohlhaas über die Tiere, die er mitgebracht hatte. Dazu trat der Pferdehändler vor die Tafel, sodass Ann Durt allein dastand. Verlegen neigte sie den Kopf, konnte sich aber nicht verkneifen, unter gesenkten Lidern hervor Ulrich zu beobachten.

Trotz seines selbstsicheren Auftretens konnte sie in seiner Miene Ratlosigkeit erkennen. Er sah nicht in ihre Richtung, sondern folgte dem Gespräch zwischen den Herren und Kohlhaas. Als Kohlhaas sich dankend verabschiedete, war Ann Durt der Aufenthalt im Saal so peinlich geworden, dass sie kurz davor war, ihn gemeinsam mit dem Pferdehändler zu verlassen und an einem anderen Ort auf Ulrich zu warten. Doch es erwies sich, dass der jüngste der jungen Herren sie die ganze Zeit über im Auge behalten hatte. Als sie sich Kohlhaas anschließen wollte, zeigte der Herzogssohn mit dem Finger auf sie.

»Wartet! Wer ist das? Die Jungfer mit dem hübschen Antlitz? Kohlhaas, ist das deine Tochter, dein Weib oder deine Magd?«

Die Frage rüttelte Ulrich endlich auf. »Sie gehört zu mir, mein Herr. Sie ist mein guter Engel, meine Heilerin. Ohne sie hätte ich es nicht lebend bis hierher geschafft.«

Der junge Herr, der dem Knabenalter noch nicht ganz entwachsen war, lächelte freudig. »Warum soll sie dann nicht eine Weile bei uns sitzen? Gute Engel schickt man doch nicht fort! Komm heran!« Er winkte Ann Durt näher, bevor ein anderer dazu Stellung nehmen konnte.

Ulrich erhob sich trotz seiner noch immer etwas steifen Knie so hastig, dass er seinen Stuhl und die Tafel anstieß und zum Beben brachte. Seine Wangen waren gerötet, und er wirkte beinah so verwirrt, wie Ann Durt sich fühlte. Sie knickste und ging folgsam zur Tafel, wusste aber, dass sie kein Wort herausbringen würde. Und Ulrich stand nur da und gab ihr keinen Hinweis, was sie tun sollte.

Sein Onkel, der sich im Stuhl zurückgelehnt hatte, zwischen ihr und Ulrich hin- und herblickte und lächelte, als würde er einem Puppenspiel zusehen, stand plötzlich ebenfalls auf. Er meisterte es eleganter als Ulrich und stieß nirgends an. Höflich, als wäre sie eine Frau von Adel, wies er sie mit einer Geste an, um die Tafel herum zu ihm zu kommen. »Nimm mit meinem Platz fürlieb, holder Engel. Meines Neffen Freunde sind auch meine Freunde. Ich werde stehen und euch beiden Speise und Trank reichen. Nein, widersprecht nicht, es ist mein Wunsch. Demut soll dem Himmel meine Dankbarkeit für Ulrichs Rückkehr beweisen.«

Sobald Ann Durt mit vor Aufregung zitternden Händen in seinem Sessel Platz genommen hatte und auch Ulrich wieder saß, winkte Kunzmann von Alten eine Magd zu sich. »Schaff mir für diese liebenswürdige Jungfer schöne Gewänder herbei und lege sie bereit. Sie wird nach dem Mahl gewiss wünschen, sich vom Reiseschmutz zu befreien und umzukleiden. Kosten musst du nicht scheuen, denn die werde ich begleichen.«

Seine Freude und Dankbarkeit wirkten so wahrhaftig auf Ann Durt, dass sie an den Mordanschlag, den Ulrich ihm unterstellte, immer weniger glauben konnte. Ulrich jedoch war weiterhin überzeugt davon, wie sich nun zeigte. Er sah seinem Onkel in die Augen und lächelte auf eine Art, dass es Ann Durt eiskalt den Rücken herunterlief. Nur sie und Kunzmann selbst konnten verstehen, was Ulrich tonlos zu ihm sagte.

»Gottverfluchter Bastard.«

Obgleich es nach Ann Durts Ansicht wohl keine schlimmere Beschimpfung für einen adligen Mann geben konnte, blieb Kunzmanns Miene mild. Er legte sanft seine Hand auf Ann Durts Schulter, während er leise antwortete: »Vergib deinen Schuldigern.«

7

Brose führte Brida und Valentin weiter in die Richtung, in die sie der Gaunerbande mit dem Ochsenkarren gefolgt waren, bevor sie zu ihrem Haus abbog. Solange es noch dunkle Nacht blieb, hielten sie sich an den Weg, dann wanderten sie querfeldein.

Brida gab es nach kurzer Zeit auf, über die Richtung nachzudenken, die sie eingeschlagen hatten. Wolken zogen auf und ließen gerade noch so viel Mondlicht durch, dass die Wanderer nicht im Stockfinstern gegen Bäume liefen oder in Löcher stürzten. Sich nach den Sternen zu orientieren, machte die Wolkendecke jedoch unmöglich. Sie mussten darauf vertrauen, dass Brose wusste, was er tat. Zielstrebig, wie er sich voranbewegte, schien zumindest er keine Zweifel zu hegen.

Der Sonnenaufgang ließ sich schon erahnen, als sie auf einen Bachlauf stießen und dem fließenden Wasser folgten. Bei Tagesanbruch hatte der Bach sie zu einer Wassermühle geführt, wo ein Hofhund anschlug, bevor sie auch nur in die Nähe des Mühlenhauses gekommen waren.

Brose zögerte kurz und strebte dann nicht weiter der Mühle zu, sondern ging zu einem Heuschober, der etwas abseits des Weges stand.

Valentin seufzte. »Warum klopfen wir nicht bei der Mühle an? Bisher haben wir auf die Art noch immer ein Dach über dem Kopf gefunden.«

Brose schüttelte den Kopf. »Wir können uns da drin nicht in Ruhe besprechen. Außerdem könnten diese Holzfäller uns auf den Fersen sein, und in der Mühle würden sie uns zuerst suchen.«

Brida war es vorerst gleichgültig, ob Mühle oder Heuschober – sie wollte das, was weniger Schritte kosten würde. Gleich dort niederzusinken, wo sie sich gerade befanden, wäre ihr auch recht gewesen. Broses Begründung für seine Wahl beunruhigte sie allerdings. »Du glaubst, dass die Männer uns verfolgen, weil wir versucht haben, unsere Habe zurückzuholen? Obwohl wir damit sogar gescheitert sind? Ich kann mir nicht vorstellen, dass ihnen das wichtig ist.«

Brose blieb vor dem Heuberg in dem noch halb vollen Schober stehen und bedeutete Valentin, ins Heu zu kriechen. »Ich habe dem heiseren Kerl mit dem Hut seinen Ellbogen gebrochen. Es mag sein, dass er oder die anderen sich dafür rächen wollen. Oft können es solche Lumpen aber auch nicht ausstehen, wenn jemand versucht, schlauer zu sein als sie. Allein deshalb wollen sie uns vielleicht eins auswischen. Möglicherweise haben sie aber auch entdeckt, dass ich einen Beutel Münzen mitgenommen habe – als kleine Entschädigung für unsere Unannehmlichkeiten.«

Fassungslos wandte Brida sich ihm zu. »Du hast ihnen Geld gestohlen?«

»Nun kriech schon ins Heu! Reden können wir dann immer noch.«

Er schob sie auf das Heu zu, und da sie sich für Widerworte zu erschöpft fühlte, krabbelte sie auf dem klammen Futterberg dorthin, wo Valentin ihnen inzwischen eine Art Nest gebaut hatte, das sie vor Blicken von außen und vor der stärksten Zugluft schützte. Kaum hatte Brida ihr Bündel abgelegt und sich hingesetzt, fiel Brose neben ihr ins Heu, zog sie in seine Arme und lachte.

»Da haben wir es doch recht behaglich. Süße Müllerin, was dachtest du denn? Dass ich einen prallen Beutel in einem solchen Räuberhaus liegen lasse, wenn die Galgenstricke ihn obenauf in die Truhe legen, als wollten sie ihn gern loswerden?«

Brida stöhnte und hielt sich die Augen zu. »Schon damit sie uns nicht deshalb verfolgen, wäre das klug gewesen. Das denke ich in der Tat. Es scheint mir, als wärest du der größte Gauner von allen, Ambrosius, und ich weiß langsam nicht mehr, ob ich mich nicht schnellstens von euch lossagen und allein weiterreisen sollte.«

Er lachte weiter in sich hinein und blieb dabei mit seinen Lippen nah an ihrem Ohr. Sie konnte das Beben seines Brustkorbs spüren, und sein Bart kitzelte ihre empfindliche Halsbeuge. Wider Willen musste sie lächeln, obwohl es ihr mit ihren Vorwürfen durchaus ernst war.

Das Kitzeln wurde noch kräftiger, als er ihr ins Ohr sprach. »Du reizende Trüffeltaube, allein um dich so aufgebracht zu erleben, hätte ich das Geld schon gestohlen. Du machst mich ganz wirr im Kopf.«

Er wühlte sein Gesicht in ihre Halsbeuge, sodass sie nun auch laut auflachen musste. »Glaub nicht, dass du mich damit dein Versprechen vergessen machst. Erzähl, was du Geheimnisvolles aus der Kiepe genommen hast.«

Ein tiefes Seufzen entrang sich seiner Kehle. »Erbarmungsloses Weib.«

Doch er setzte sich auf und holte aus dem Halsausschnitt seines Hemdes zwei schlanke Röhren, jede kaum länger als eine Handspanne. Sie waren mit einem Siegel versehen und offenbar verschlossen gewesen. Doch jemand hatte die Siegel so geschickt gelöst, dass sie nicht zerbrochen waren.

Brose zog einen beschriebenen Bogen Pergament aus der

einen Röhre, entrollte ihn so, dass Brida einen Blick darauf werfen konnte, und steckte ihn gleich wieder zurück.

»Briefe von Herzog Magnus' Schwägerin Margarete, der Stiefschwester seiner Gemahlin Katharina, an ihren ehemaligen geistlichen Vertrauten Bruder Matthäus. Bei aller Achtung für die hochwohlgeborene Frau muss ich doch sagen, dass der Inhalt dieser Briefe allerleichtsinnigst zu nennen ist und im schlimmsten Fall als Verrat an ihrem Schwager betrachtet werden könnte. In keinem Fall dürfen diese Schriftstücke in fremde Hände geraten.«

Mindestens eben so erstaunt wie über diese verblüffende Eröffnung war Brida über etwas anderes. »Soll das bedeuten, du hast sie selbst gelesen? Du kannst lesen? Und gar schreiben?«

Er hob in gespielter Bescheidenheit die Hände. »Lernte ich beidselbiges schon im Kindesalter, denn man bestimmte mich doch zur frömmsten und gelehrtesten aller Laufbahnen. Aber genug von mir. Zurück zu diesen Briefen. Ihr könntet nun sagen – und Valentin beliebte das bereits zu tun –, dass sie am besten zu vernichten wären. Ich erklärte daraufhin, dass ich sie möglicherweise noch brauche, falls ich es für nötig befinde, Magnus oder seine Gemahlin von der Leichtfertigkeit ihrer Verwandten zu überzeugen.«

»Das bedeutet, du willst Herzog Magnus aufsuchen? Woher stammen denn diese Briefe überhaupt? Solltest du sie zu dem Geistlichen tragen, Valentin?«, fragte Brida.

Valentin lag mit geschlossenen Augen im Heu, als wäre er bereits dabei einzuschlafen. »Nein, ich …«, murmelte er.

Wie so oft schnitt Brose ihm das Wort ab. »Valentin hat keine Ahnung, wie die Briefe in die Kiepe kamen. Nur durch einen Zufall haben wir sie darin gefunden.«

Brida erinnerte sich an den Abend in der Mühle, als die Kinder Valentins Kiepe ausgepackt hatten. Sie kam zu dem

Schluss, dass er sie ihnen wohl kaum so bereitwillig überlassen hätte, wenn er von den Briefen darin gewusst hätte.

»Waren es die Briefe, die du damals in Thomasburg im Futter der Kiepe entdeckt hast?«

Brose steckte das Pergament zurück in die Röhre, verbarg beide in seinem Hemd und zog Brida wieder an sich. »Ich dachte mir schon, dass du dir das gemerkt hattest. Ja, an dem Abend wurde uns das Geheimnis der Kiepe offenbar.«

»Aber wer sollte so gefährliche Schriftstücke einfach in einer fremden Kiepe verbergen? Das ergibt keinen Sinn«, sagte Brida. Sie spürte, wie ihre Gliedmaßen und ihre Lider schwer wurden und ihr Verstand nicht mehr arbeiten wollte.

Valentin wandte ihr schlaftrunken sein Gesicht zu, sah ihr in die Augen und seufzte. »Die Kiepe ist …«

Brose schmiegte sich an Brida und drückte ihr einen Kuss aufs Ohr. »Die Kiepe ist fort und braucht uns nicht mehr zu kümmern. Und nun schlaf, Valentin! Wer weiß, wie lange uns Ruhe vergönnt ist.«

Von Valentin kam keine Antwort mehr. Seinen tiefen Atemzügen nach hatte er Broses Aufforderung nicht abgewartet.

Brose stützte sich auf einen Ellbogen, so gut es im nachgiebigen Heu ging, und wollte Brida küssen, doch sie legte rasch ihre Finger auf seine Lippen. »Ich mag es nicht, wenn man mich belügt, Ambrosius. Ihr beide erzählt mir nur die halbe Wahrheit, und du fährst Valentin jedes Mal über den Mund, wenn du befürchtest, er könne mehr verraten, als du für richtig hältst. Stimmt das nicht?«

Er küsste ihre Finger, bevor er mit seiner freien Hand die ihre umfing. »Unschuld und Unwissenheit hätten Adam und Eva im Paradies belassen, denke daran. Wozu willst du mehr über die Briefe wissen? Es gibt Menschen, die über Leichen gehen würden, um sie an sich zu bringen. Es ist sicherer für alle, wenn du sagen kannst, dass du nichts über die Angelegenheit weißt.«

»Ich will ja gar nicht alles wissen. Du sollst nur nicht glauben, ich wäre zu dumm, um zu bemerken, wie du um die Wahrheit herumredest. Und wenn ich weiter mit euch gehe, habe ich zumindest ein Recht darauf zu wissen, mit wem ich es zu tun habe. Besteht die Gefahr, dass man euch ergreift, um euch wegen einer Spitzbüberei aufzuhängen? Dann werde ich lieber meiner eigenen Wege gehen.«

Er legte seine Stirn an ihre und streichelte ihren Nacken. »Bitte, tu das jetzt noch nicht. Niemand außer uns dreien weiß, dass wir die Briefe haben, das ist ja das Gute. Und soweit ich mich erinnere, habe ich nichts getan, wofür man mich so mir nichts, dir nichts aufhängen dürfte.«

»Was ist mit dem, der die Briefe in die Kiepe steckte? Der weiß doch davon.«

Sie mochte Brose keinen Widerstand mehr leisten, daher küsste er sie nun, bevor er antwortete, und ihr Herz flatterte wie ein gefangener Sperling, als sie seine Lippen spürte. Sie legte ihm ihre Hand in den starken Nacken und hätte wohl auf die Antwort ganz verzichtet, doch er löste sich von ihren Lippen.

»Er lebt nicht mehr«, sagte er, bevor er sie weiterküsste und seine Hände Mittel und Wege fanden, ihren müden Leib wieder aufzuwecken.

Für immer würde sie den modrigen Geruch des alten Heus und die seltsame Mischung aus der Hitze ihrer Lust und den durch eisige Windstöße verschuldeten Kälteschauern mit dieser ersten Liebesstunde verbinden, die sie mit Brose erlebte.

Im Einschlafen hörte sie, wie das monotone Bellen des Hofhundes aussetzte, als die Mühle und ihre Bewohner erwachten. Das Geräusch des Wasserrades und des anlaufenden Mahlwerks klang dem der Thomasburger Mühle so ähnlich, dass eine Welle von Heimweh sie in den Schlaf begleitete und sie mit großer Klarheit von ihren Kindern träumte. Im Traum wuchs ihr schlechtes Gewissen darüber, dass sie ihrem Vergnügen nachgegangen war, statt sich um ihre Aufgabe zu kümmern, so stark an, dass sie sich durch und durch elend fühlte, als sie die Augen wieder aufschlug.

Die beiden Männer schliefen noch – Brose in ihren Armen –, und sie fragte sich, was sie geweckt hatte, bis sie an Broses Haupt vorbeispähte und sah, dass über ihnen der Müller und sein Knecht standen. Sie mussten sich etwas beugen, weil das Dach über ihren Köpfen niedrig war, und hielten spitze Heuforken auf Broses Rücken und Valentins Bauch gerichtet.

Brida stieß einen Schreckenslaut aus. »Ach du lieber Himmel! Tut uns nichts, wir brauchten nur Schlaf und wollten euch nachts nicht stören.«

Im fetten Gesicht des Müllers ließ die Spannung nach, doch seine Forke senkte er noch nicht. »Woher kommt ihr, und wohin wollt ihr?«

Brose setzte sich trotz der drohenden Forke auf und rieb sich mit beiden Händen das Gesicht. »Guten Morgen, Müller. Nimm uns nicht übel, dass wir hier untergekrochen sind. Wenn du uns in deine Stube einlädtst, damit wir uns an deinem Feuer aufwärmen können, und uns eine Schale Grütze überlässt, dann werden wir dich gern dafür entschädigen.«

Der Müller stülpte verächtlich seine dicken Lippen nach außen. »Ich lasse keinen in meine Stube, den ich nicht kenne. Wie soll ich wissen, ob euch zu trauen ist? Wer seid ihr?«

Auch Brida setzte sich nun vorsichtig auf und zupfte ihr Kleid zurecht, um ein wenig anständiger zu wirken. Was ihr Haar betraf, das ihr wild und unbedeckt ums Gesicht fiel, so ließ sie es in Ruhe. Ohne Kamm oder Bürste war jeder Versuch, es zu bändigen, vergebliche Liebesmüh. Sie versuchte, wenigstens ihre Haube im Heu wiederzufinden, doch nicht einmal das gelang ihr. Sie dankte dem Himmel, dass sie nicht auch noch mit Brose umschlungen nackt dagelegen hatte. Wäre es nicht so kalt gewesen, hätte auch das geschehen können.

Wahrscheinlich machte sie sich allerdings zu viele Gedanken, denn der Müller und sein Knecht beachteten sie gar nicht. Der Knecht starrte Valentin an, der wie so oft schreckensstarr zu sein schien. Der Müller hatte all seine Aufmerksamkeit auf Brose gerichtet.

Der verbeugte sich sitzend gegen ihn. »Wer könnte deine Vorsicht nicht verstehen? Hat doch gerade die Bosheit eines Mannes, den wir für ehrenhaft und gut hielten, uns in unsere derzeitige unglückliche Lage gebracht. Ein Waffenknecht in Diensten der Lüneburger war es, der meiner verwitweten Schwägerin hier ihren Esel gestohlen hat und meinem Neffen Valentin sein Erspartes. Wir wollten ihm folgen, um ihn zur Rede zu stellen und das Diebesgut zurückzufordern. Doch wir verloren seine Spur und verirrten uns zudem. Nun sind wir in deinem Heu gelandet. Mein Name ist Ambrosius, und das brave Weib hier heißt man Brida.«

Der Müller wirkte weniger überzeugt von Broses Worten als überwältigt von ihrer schieren Anzahl. »So ist das«, sagte er und nahm endlich die Forke mit den Zinken nach oben in die Hand.

Brose nickte. »Ja, so ist das. Aber wir verstehen, wenn du uns deine Gastfreundschaft nicht anbieten willst. Dann werden wir eben unseren Weg fortsetzen und auf Gottes Beistand hoffen.« Er sagte es in schicksalsergebenem Tonfall und zog sich seinen Reisesack auf den Schoß.

»Nee, nee. Wenn das so ist, dann könnt ihr eine Schale Grütze von mir kaufen und eine Weile am Herd sitzen.«

Wenig später saßen Brida, Brose und Valentin in der Wohnstube des Müllers, da das Mühlenhaus keine Gaststube zu bieten hatte. Übernachtungsgäste hatte der Müller dennoch gehabt: Drei Bauern ließen sich gerade ebenfalls von der erwachsenen Tochter des Müllers und zwei Mägden eine frühe Mahlzeit reichen. Der Müller selbst war mit seinen Knechten bereits an die Arbeit gegangen.

Zwei der Bauern schwiegen mürrisch, nur der dritte ließ sich auf ein Gespräch mit Brose ein, welches aber über die Wetteraussichten der kommenden Wochen kaum hinausging. Es auf die Dinge hinzulenken, die Brose interessierten, gelang ihm dieses Mal nicht. Sowohl die Bauern als auch die Weiber in der Mühle schienen sich nicht mit dem befassen zu wollen, was adlige Herren und Stadtoberhäupter im Lüneburgischen trieben.

Einer nach dem anderen verließen die Bauern die Stube und machten sich auf ihre Heimwege. Bereits beim ersten, den Brida zufällig mit seinem mageren Maultier davonwandern sah, weil sie gerade beim Abtritt gewesen war, wunderte sie sich ein wenig. Beim zweiten schon mehr, und beim dritten wandte sie sich an Brose und teilte ihm leise mit, was ihr aufgefallen war. »Mein Lieber, wenn bei uns die Bauern in der Mühle übernachtet haben, nehmen sie am nächsten Tag gewöhnlich volle Mehlsäcke mit nach Hause. Das scheint hier nicht üblich zu sein, denn die drei gingen mit leeren Händen.«

»Du meinst, sie haben ihr Getreide dem Müller überlassen? Was wohl dahintersteckt?«

Broses Augen leuchteten auf, so wie immer, wenn etwas seine Neugier weckte. Brida liebte es, wie lebhaft er an allem Anteil nahm und Dingen auf den Grund ging, die ihn wunderten. Er war darin ganz anders als die Männer, die sie bis dahin gekannt hatte. Was sie an ihm nicht liebte, war die Geschmeidigkeit, mit der er log. Sie wusste nicht, was sie ihm glauben durfte. Darüber würde sie mit ihm noch ein ernstes Wort reden müssen.

Da niemandem in der Mühle daran gelegen schien, sie schnell loszuwerden, nutzten sie die Zeit, um sich so gut wie möglich wieder ordentlich herzurichten, Schäden an ihrer Kleidung und ihrem Gepäck auszubessern und sich vor allem durchwärmen zu lassen.

Erst um die Mittagsstunde, nachdem sie eine weitere Mahlzeit zu sich genommen hatten, beschlossen sie aufzubrechen.

Als sie sich vom Müller verabschiedeten und ihm eine stattliche Zeche zahlten, ließen sie sich von ihm den Weg weisen. Er erklärte ihnen, wo es nach Bergen und Hermannsburg ging und wo nach Soltau, was Brida freilich nicht weiterhalf, da sie damit den Weg nach Rethem immer noch nicht kannte. Direkt danach zu fragen, hatte Brose ihr jedoch verboten. Er hielt es weiterhin für möglich, dass sie verfolgt wurden, und wollte ihr Ziel nicht preisgeben.

Sie hatten den Hof der Mühle noch nicht verlassen, als sie auf dem Weg, der nach Hermannsburg führte, Reiter kommen hörten. Das Schnauben und Hufetrappeln der Pferde trug weit durch die stille Landschaft, doch lange nicht weit genug, wie sich herausstellen sollte.

Der dicke Müller wurde unter der weißen Mehlschicht auf seinem Gesicht noch bleicher. »Gnade uns Gott! Lauft weg!«, rief er und lief los, dem Wald hinter der Mühle zu.

Schon nach den ersten Schritten überholte sein Knecht ihn, der auf dem Hof Korn gesiebt hatte. Im Laufen rief er laut nach seinen Gefährten, die noch in der Mühle sein mussten. Schneller als die kamen die Mägde und die

Müllerstochter aus dem Haus. Statt wegzulaufen, blieben sie jedoch stehen und blickten verwirrt um sich.

Brose ergriff Bridas Hand und zog sie auf die Furt des Mühlenbachs zu. Unterwegs riss er eine Axt aus einem Hauklotz, an dem sie vorbeikamen, und drückte sie ihr in die freie Hand.

Spritzend und platschend rannten sie zu dritt durch das stechend kalte Wasser. Kaum hatten sie das Bachbett durchquert, zerrte Brose sie vom Weg herunter ins Gebüsch und dort auf den Boden. Auch Valentin packte er am Kittel und brachte ihn dazu, sich hinzulegen. »Köpfe runter und rührt euch nicht.«

Brida hob ihren Kopf gerade weit genug, um durch das Buschwerk hindurch noch erspähen zu können, was bei der Mühle vor sich ging. Zu ihrem Ärger behinderte nicht nur Geäst ihren Blick, sondern auch einige Wäschestücke des Müllerhaushalts, die auf einer Leine am anderen Bachufer hingen. Dennoch sah sie als letzte der Weiber eine der Mägde die Leiter hinaufklettern, die zur Dachluke in der Stirnwand des seitlich angebauten Stalls führte, als die Reiter schon vor dem Mühlenhaus ankamen und von ihren Pferden stiegen.

Die Magd war langsam und tat sich schwer damit, die Leiter hinaufzusteigen. Sie trug einen langen Rock und Holzschuhe, die lose an ihren Füßen schlappten. Brida blieb in ihrem Versteck vor Aufregung fast das Herz stehen. Das junge Weib mühte sich und rutschte mit einem Fuß von der Leitersprosse ab, während die zehn gerüsteten Männer vor der Mühle ihre Pferde einem der ihren überließen, dann die Schwerter zogen und sich dem Mühlenhaus zuwandten.

Die Magd hatte die oberste Sprosse erreicht und versuchte, durch die Luke auf den Dachboden des Stalls zu klettern. Der Abstand zwischen Leiter und Luke war groß, und auch hier mangelte es ihr an Geschick, sodass sie schließlich mit dem Oberkörper in der Luke hing und mit den Beinen strampelte, um sich emporzuhieven.

Die Reiter schwärmten derweil aus und verschwanden zum größten Teil aus Bridas Blickfeld. Ein männlicher Schmerzensschrei, der aus der Mühle kam, ließ sie zusammenzucken. Brose verstärkte seinen Griff um ihr Handgelenk.

»Du bewegst dich nicht vom Fleck, ganz gleich, was da geschieht«, flüsterte er.

Sie antwortete nicht, denn sie war davon gebannt, dass zwei der Reiter um das Mühlenhaus herumgingen und jeden Augenblick die Magd entdecken mussten, deren Rockzipfel eben durch die Luke verschwand. Brida atmete auf, doch da fiel ein Holzschuh aus der Luke, schlug auf eine Leitersprosse auf und plumpste zu Boden.

Wie durch ein Wunder wandten sich die beiden Reiter gerade in diesem Augenblick ab, lauschten dem Geschrei, das aus der Mühle drang, und bemerkten den verräterischen Schuh nicht.

Brida schmeckte Blut und tastete mit der Zunge nach der Stelle, wo sie sich vor Schreck auf die Lippe gebissen hatte.

Die beiden Reiter sprachen in barschem Tonfall miteinander, ohne dass zu verstehen war, was sie sagten. Einer von ihnen zeigte auf die Dachbodenluke, der andere zuckte mit den Achseln. Es schien, als wären sie sich einig, dass einer von ihnen hinaufsteigen sollte, aber keiner von beiden war erpicht darauf.

Schließlich schubste der Kleinere den Größeren in Richtung Leiter, und der stieg nach oben. Er war noch nicht lange auf dem Dachboden, da kam ein weiterer Mann ums Mühlenhaus herum – in jeder Hand eine Fackel.

Auf einmal hatte Brida klar vor ihrem inneren Auge, was

geschehen würde, und beinah hätte sie aufgeschrien, wenn sich Broses Hand nicht blitzschnell auf ihre Lippe gelegt hätte.

»Wir können nichts tun«, zischte er.

Sie glaubte, dass er recht hatte, und konnte doch kaum noch stillhalten. Eine Frau schrie, vielleicht war es die Magd vom Dachboden, doch Brida fühlte sich nun ihrer Sinne nicht mehr mächtig und erkannte es nicht. Ihr Herz hämmerte, und sie hätte nicht sagen können, ob ihr schwarz vor Augen wurde, weil sie vor Entsetzen zu schnell geatmet hatte oder weil sie vergessen hatte, überhaupt zu atmen. Deutlich hörte sie die Stimme ihres Vaters, die schon seit so vielen Jahren verstummt war. »Lauft in den Wald und kommt nicht zurück, bevor ich euch hole«, sagte er.

An der Hand ihrer Mutter war sie über das Stauwehr und die Wiese gelaufen, so schnell ihre kurzen Beine sie trugen. Ihren kleinen Bruder trug die Mutter auf dem Arm, bis Brida auf der Wiese stolperte. Da nahm die Mutter sie hoch, trug auch sie und lief immer noch weiter.

An dieser Stelle erlosch die Erinnerung. Was an jenem Tag geschehen war, wusste Brida aus Erzählungen, doch erinnert hatte sie sich zuvor niemals daran. Durch einen Schleier von Tränen und Verwirrung sah sie, wie der Reiter vom Dachboden vorsichtig von oben die Leiter betrat. Bevor er herabsteigen konnte, reichte ihm der andere eine Fackel hinauf. Ohne zu zögern, nahm er sie und warf sie durch die Luke.

Die zweite Fackel drehte sich im Flug, landete auf dem Dach der Mühle, rollte ein Stück herab, zog eine Spur aus Funken, hing fest und rutschte noch ein wenig, bevor ihr Feuer begann, an der Schilfbedeckung des Daches zu fressen.

Aus der Vordertür der Mühle drang bereits dichter, dunkler Rauch, und auch aus der Dachluke des Stalls zogen die ersten Schwaden. Dumpfes Esel- und Ziegengeschrei drang zu ihnen.

Brida wimmerte. »Die Mädchen …«, sagte sie.

»Sind tot«, sagte Brose, legte ihr seine Hand über die Augen und zog sie an sich.

Seit ihrem ersten Abend auf Burg Rethem fühlte Ann Durt sich, als würde sie in einem merkwürdigen Traum leben. Sie wurde in Gewänder gehüllt, die feiner waren als alle, die sie bis dahin gesehen hatte. Die jungen Herren Heinz, Bernd und Friedrich hatten Zuneigung zu ihr gefasst und luden sie täglich mit Ulrich zusammen an ihre Tafel ein, obwohl sie sich dort weiterhin beklommen fühlte und fast nie ein Wort sprach. Dabei war es unüblich, dass Frauen gemeinsam mit den Männern den Abend in der Halle verbrachten.

Ulrich hingegen sprach bei Tisch viel und meistens über Dinge, von denen Ann Durt nichts verstand. Überhaupt verwunderte es sie, wie man so viel Zeit damit zubringen konnte, Gespräche zu führen, zu speisen und sich Lustbarkeiten hinzugeben. Kein Angehöriger der Gesellschaft um die Herzogssöhne schien jemals das Bedürfnis zu haben, etwas Nützliches zu tun.

Doch auch sie begann, das süße Nichtstun zu genießen, und besonders die höfliche Art, mit der die Herren sie behandelten. Sie überboten sich allabendlich mit Schmeicheleien, lobten ihre Anmut und ihre Schüchternheit, die sie für die Tugend der Bescheidenheit und sittsamen Zurückhaltung hielten.

Über ihr Verhältnis zu Ulrich schwiegen sich nach seiner ersten Erklärung alle aus. Auch wenn Ulrich und sie sich unauffällig verhielten, konnte dennoch niemandem entgehen, dass sie nachts das Lager teilten. Während der größte Teil des kleinen Hofstaats im Saal auf dem Fußboden schlief, zog Ulrich es vor, mit ihr in der Unterkunft der Knappen bei den Ställen zu nächtigen. Und eben dorthin folgte Kunzmann von Alten ihnen eines Abends, nachdem im Saal aufregende Neuigkeiten besprochen worden waren. Bei aller Liebenswürdigkeit, die er Ulrich und ihr gegenüber bewiesen hatte, war er Ann Durt fremd geblieben. Nur vor den anderen Herren richtete er je das Wort an sie, beobachtete sie aber oft und mit einem Ausdruck, der sie an einen Bauern erinnerte, der sein grün sprießendes Kornfeld betrachtet und versucht, die Ernte zu berechnen.

Von den sechs Knappen, mit denen sie den Schlafplatz teilten, waren erst zwei anwesend. Kunzmann bat sie zu gehen, damit er einen Augenblick unter vier Augen mit seinem Neffen reden könne. Mit einer Verbeugung, die ein wenig spöttisch wirkte, forderte er auch Ann Durt dazu auf, doch Ulrich hielt sie am Arm zurück.

Kunzmann schnaubte verächtlich. »Für klug halte ich es nicht, wenn du deine Gespielin alles hören und sehen lässt. Aber Klugheit ist ja nicht deine Stärke, nicht wahr? Was auch immer sonst deine Stärke sein mag, liebster Neffe.«

Ulrichs Blick loderte mörderisch auf, doch er beherrschte sich weiterhin, wie er es seit ihrer Ankunft auf Rethem getan hatte. »Lass Anna Dorothea ruhig hören, was du zu sagen hast. Ihre Meinung von dir ist noch viel zu gut. Dem wirst du gewiss gleich abhelfen«, sagte er.

Sein Onkel baute sich breitbeinig und mit verschränkten Armen vor ihm auf. »Was soll auf einmal diese Frechheit? Bisher wusstest du doch, dich gut zu benehmen. Werde jetzt nicht undankbar, sonst werde ich es mir anders überlegen und dir nicht helfen, so wie ich es gerade vorhatte.«

Ulrich lachte bitter auf. »Du wolltest mir helfen? So wie

beim letzten Mal, als ein Knüppel oder anderes hartes Ding im Spiel war?«

In Kunzmanns Miene änderte sich nichts. »Ich weiß nicht, wovon du sprichst. Es sei denn, du meinst die wohlverdienten Prügel, die du als Knabe gelegentlich von mir erhalten hast. Du hättest sie auch jetzt wieder verdient. Wie konntest du dich so vorlaut in Magnus' Dienste verpflichten? Weit ältere und für ihren Mut bekannte Ritter hielten sich zurück, denn jeder weiß, dass auch Abwägen eine Tugend ist. Du dagegen hast unüberlegt versprochen, was du nicht halten kannst. Wie willst du in Ehren mit den anderen nach Bodendike reiten, vielleicht für Wochen auf dem Heereslagerplatz ausharren, und dann noch von Nutzen sein? Du besitzt kein Zelt, keine Vorräte, keinen Diener. Ja, du nennst kein Schwert und kein Ross dein Eigen. Was sage ich? Nicht einmal ein jämmerlicher Gaul gehört dir. Nur deine hübsche Buhle hast du, die geliehene Kleider trägt. Was hat dich verleitet, als Erster aufzustehen, als Magnus' Bote seinen Aufruf verlas?«

An Ulrichs fassungslosem Blick konnte Ann Durt erkennen, dass Kunzmann ihn erneut überrascht hatte. Sogar sein Mund stand ihm ein wenig offen, was ihm gar nicht ähnlich sah. »Was soll das heißen: ›Ich besitze nichts‹? Mein Vater war kein armer Mann, und ich bin sein einziger Erbe. Solltest du dich auch weigern, mir die bisherigen Erträge meiner Güter auszuzahlen, so wird es mir doch ein Leichtes sein, die zukünftigen zu beleihen. Auch werden die Händler bereit sein zu warten, bis ich wieder in meine Rechte eingesetzt bin. Mag es dir nun schmecken oder nicht. Ich lebe noch, und du wirst dich von den Besitzungen, die du dir angeeignet hast, trennen müssen.«

Kunzmann lächelte und wirkte wie ein siegessicherer Kater, der mit einer Pfote eine zappelnde Maus niederhielt.

»Wie lächerlich du dich machen wirst, wenn du auf deine Rechte pochst. Ich werde vortreten und beteuern, dass du alles zurückerhältst, sobald der Advokatus die Urkunden berichtigt hat, und dass ich selbstverständlich deinem Wunsch nachgeben werde, dir nach all den Jahren die Verwaltung deines Eigentums zu überlassen, liebster Neffe. Und dann werde ich dich neu einsetzen lassen in das Recht, über dein baufälliges Landgut und deine Hand voll hungerleidender Bauern zu herrschen. Dann wirst du deiner kleinen Freundin das geliehene Hemd ausziehen, um mit ihm die Schulden zu bezahlen, die dein Vater machte, um deine Schwertleite zu bezahlen, und die dein Vogt machen musste, um das Scheunendach zu flicken. Ein Bettler bist du, Ulrich! Nicht mehr als das.«

Nun war es vorbei mit Ulrichs Beherrschung. Er schnellte vor und gab Kunzmann mit beiden Händen einen Stoß gegen die Brust, dass der nach hinten taumelte. »Du Lügner! Du wirst mir nicht vorenthalten können, was mir gehört! Ich werde Großvater erklären, dass du mich bestiehlst. Im Gedenken an meinen Vater wird er dafür sorgen, dass wieder Gerechtigkeit einkehrt.«

Kunzmann war rot im Gesicht geworden, nahm Ulrichs Stoß aber erstaunlich ruhig hin. »Dein Großvater ist zufällig auch mein Vater, und ich kenne ihn weit besser als du. Er war schon immer ein misstrauischer, sturer Kerl und ist es nun im Alter und in seiner Blindheit umso mehr. Mein Brief hat nicht ausgereicht, ihn von deinem Tod zu überzeugen. Er hat in Lüneburg angefragt, ob man dich dort als Geisel hält, bevor er mich zu deinem und vor allem seinem alleinigen Erben ernannte. Damit er glaubt, dass du doch noch lebst und kein Betrüger bist, wirst du ihn aufsuchen müssen. Und wie du weißt, verlässt er Burg Vilebeke nicht mehr. Da wünsche ich dir eine gute Reise – ohne Ross und in deinen ausgetretenen alten Stiefeln. Wenn du allerdings deinen sinnlosen Groll gegen mich ablegen und mir den als deinem älteren Verwandten und langjährigem Unterstützer ohnehin gebührenden Gehorsam schwören würdest, will ich nicht so sein. Dann bezahle ich dir ein Ross, ein Schwert und was du sonst brauchst. Sogar deine Maid Tausendschön kannst du mitnehmen, wenn es sein muss.«

Er lächelte kalt und betrachtete Ulrich mit einer Ruhe, die von seiner grenzenlosen Selbstsicherheit zeugte.

Ann Durt fragte sich, wie sie auch nur einen Moment lang hatte glauben können, dass Ulrich seinen Onkel in zu dunklen Farben malte. Kunzmanns Worte über sie schmerzten so, dass ihr Tränen in die Augen stiegen. Sie ballte unwillkürlich die Fäuste und hoffte, dass Ulrich ihm entgegentreten würde.

Auch Ulrichs Fäuste waren eben noch geballt und zum Zuschlagen bereit gewesen. Doch nun ließ er sie sinken. »Was für eine Art Gehorsam verlangst du? Hoffst du darauf, dass ich mich von dir zum Leibeigenen machen lasse? Ich würde dir niemals dienen.«

Kunzmann lockerte seine Schultern und stieß den Atem aus, als hielte er die Gefahr einer Schlägerei für vergangen. »Bevor du dich da festlegst, solltest du wissen, dass meine Stellung bei den Herzogssöhnen ausgezeichnet ist. Ich werde Friedrich als Anführer seiner persönlichen Armee zur Seite stehen. Solltest du ihr beitreten wollen, wozu ich dir rate, weil ich dich dort mit Leichtigkeit einführen und dir Vorteile verschaffen kann, wirst du mir gehorsam dienen müssen wie jeder andere junge Ritter auch. Darüber hinaus verlange ich jedoch nur den Gehorsam, den ein tugendhafter Mann den Älteren seiner Verwandtschaft entgegenzubringen hat. Die Art Gehorsam, die es ermöglicht, gemeinsam für Ehre und Ansehen des Namens einzustehen und das Wohl des

Hauses zu mehren. Kämpfe an meiner Seite, dann werde ich dich als Verbündeten behandeln. Kämpfe gegen mich, und ich werde dich vernichten. So einfach ist das.«

Ulrich verschränkte die Arme. »Und um mir das zu sagen, bist du gekommen, nicht wahr? Du hättest dir viele Worte sparen können, wenn du es gleich so gesagt hättest.«

»Nun, du bist jung und stur und hättest vielleicht nicht verstanden, worum es mir geht. Hättest vielleicht geglaubt, es gäbe einen anderen Weg für dich. Aber es gibt keinen. Mach dir nicht die Mühe, darüber nachzudenken. Ich bin lange genug auf der Welt, um dir jeden Ausweg versperren zu können. Vergiss nie, dass ich alles habe, was dir fehlt, und dass ich dich teilhaben lasse, solange du deinen Stolz und deine Abneigung brav beherrschst.«

Ann Durt war unwillkürlich an die seitliche Wand der Kammer zurückgewichen, als Ulrich Kunzmann angegriffen hatte. Sie sah Ulrichs Gesicht daher im Profil, so wie sie seinen Anblick besonders liebte. Seine Nase und sein Kinn waren scharf geschnitten, die Züge ebenmäßig, die Augen klar. So sehr bewunderte sie seine Schönheit, dass sie es häufig nicht fassen konnte, seine Liebe gewonnen zu haben.

Doch was er gerade tat, konnte sie nicht bewundern. Sie war es gewohnt, ihrer Mutter, ihrem Oheim und anderen älteren guten Bekannten zu gehorchen und ihnen Respekt entgegenzubringen, und sie fand es gut und richtig so. Doch hatte sich nie einer von ihnen so abstoßend verhalten wie Kunzmann. Wie konnte Ulrich es über sich bringen, ihm nachzugeben? Sie hätte ihn gern davon abgehalten, wagte aber nicht, ihre Meinung vor Kunzmann auszusprechen. Mit zitternden Händen wartete sie darauf, dass er endlich ging. Dieses Mal musste sie Ulrich unbedingt sagen, was sie bewegte. Doch allein die Vorstellung, dass er ungehalten darüber sein und ihr womöglich dafür zürnen würde, ließ ihr Herz rasen. Der Gedanke, seine Liebe zu verlieren, weil er sie am Ende doch für dumm oder ihre Hingabe für nicht ausreichend befinden würde, machte ihr unerträgliche Angst. Wenn er sie verließ, würde ihr Leben enden, das fühlte sie.

»Und du kommst für meine Ausgaben auf? Für all meine Ausgaben, sodass ich in Anstand und Würde auftreten kann und den Vergleich nicht scheuen muss?«, fragte er.

Kunzmann nickte. »Unserem Namen zu Ehren.«

Ulrich holte tief Luft. »So sei es denn. Unserem Namen zu Ruhm und Ehren sind wir Verbündete.«

Gleich nachdem Kunzmann gegangen war, kamen die Knappen zurück in die Kammer. Ann Durt hätte Ulrich gern gebeten, mit ihr hinauszugehen, um zu besprechen, was zwischen ihm und seinem Onkel geschehen war und was ihr durch den Sinn ging. Doch er wich ihrem Blick aus und legte sich mit finsterer Miene zu Bett, ohne ein Wort an sie zu richten. Mit schwerem Herzen entkleidete sie sich bis auf ihr Hemd und schlüpfte zu ihm unter das Federbett. Gewöhnlich hätte er sie an sich gezogen, doch dieses Mal rührte er sich nicht, sondern kehrte ihr den Rücken zu. Behutsam legte sie ihm ihre Hand auf die Schulter. Alles, was sie zu ihm hatte sagen wollen, schoss ihr durch den Sinn, doch nichts davon wollte sie aussprechen, solange es fremde Zuhörer gab.

»Es tut mir leid«, flüsterte sie schließlich.

Er zuckte mit den Schultern, als wolle er ihre Hand abschütteln. »Als ich dich mitgenommen habe, wusste ich, dass es dadurch schwieriger werden würde. Schlaf jetzt«, sagte er.

Ann Durt zog ihre Hand zurück, als hätte sie sich verbrannt. Mit vielem hatte sie gerechnet, aber nicht damit, dass er sie als Bürde empfand. Im Gegenteil: Er hatte von Anfang an weniger Bedenken gehabt als sie, was ihre gemeinsame Reise betraf. Es hatte bei ihm immer so geklungen, als würde alles ganz leicht sein, sobald er nur erst wieder unter seinesgleichen wäre. *Deine hübsche Buhle, die geliehene Kleider trägt,* hatte Kunzmann gesagt. Das musste Ulrich getroffen haben.

»Ich brauche doch die prachtvollen Gewänder nicht. Wir können sie zurückgeben«, flüsterte sie.

Er stieß gereizt die Luft aus. »Willst du wieder in Lumpen gehen? Ich will heute Nacht nicht mehr darüber sprechen. Schlaf!«

Sie scheute davor zurück, seine Geduld weiter zu beanspruchen, und schwieg. Doch einschlafen konnte sie nicht. Auch er lag wach, das spürte sie an der Art, wie er reglos dalag. Sie hörte seinen flachen, unregelmäßigen Atem. Die Knappen schliefen und schnarchten längst, während sie auf Ulrich lauschte und ihren kummervollen Gedanken nachhing.

Schließlich seufzte er, drehte sich um und schob seine Hand unter ihr Hemd und zwischen ihre Schenkel. »Du bist noch wach?«, flüsterte er.

Zu ahnen, dass sie nickte, genügte ihm als Antwort. Er legte sich über sie, küsste ihre Lippen und ließ sie spüren, dass es ihn nach ihr verlangte. Seine Erregung entfachte ihre Lust, ohne dass er mehr tun musste, als die Säume ihres Hemds nach oben zu ziehen, sodass sein aufgerichtetes Geschlecht nackt in ihrem Schoß lag. »Verzeih mir, mein Engel. Ich liebe dich über alles«, wisperte er.

Nur diese Worte brauchte es, damit sie sich ihm öffnete und ihm alles vergab. Es war nur ein kurzer Akt der Lust, den sie erlebten, doch Ulrichs Atem danach ruhig werden zu hören, seine Entspannung zu spüren, während sie ihn im Arm hielt, bedeutete Ann Durt mehr als ein genussvoll ausgedehntes Liebesspiel.

Zärtlich strich sie ihm übers Haar. »Schlaf süß, mein Liebster.«

»Morgen«, murmelte er, »morgen sprechen wir über alles.«

8

Zu Nickels Kummer war Stina tatsächlich nicht aufzuhalten gewesen, als eine Woche vergangen war und sie kein Zeichen von ihrer Mutter erhalten hatten. In der Nacht waren sie beide aus der Mühle davongeschlichen und hatten sich auf einen Weg begeben, den sie für den nach Burg Rethem hielten. Sie hatten vor Kälte zitternd ein paar Stunden in einer Scheune verbracht und erfolglos versucht zu schlafen, bis sie es schließlich aufgaben und weitergingen.

Zu müde, um auf der Hut zu sein, waren sie einmal zu lange auf der Straße geblieben, als sie sich besser hätten verstecken sollen. Ein wandernder Haufen von rund sechzig abgerissen wirkenden Waffenknechten war dahergekommen. Einer der Männer hatte sie entdeckt und festgehalten. Da sie nichts besaßen, was zu rauben sich lohnte, hatten die Kerle sie kurzerhand in ihren zerlumpten Tross gesteckt. Nicht ohne vorher jedem von ihnen eine Tracht Prügel zu verabreichen – als Warnung vor dem, was ihnen blühen würde, wenn sie zu fliehen versuchten. Obgleich sie Stina ebenso hart schlugen wie ihn, hatte sie nicht geschrien und gejammert, sodass auch Nickel die Zähne zusammenbiss.

Inzwischen betete er jeden Tag dafür, dass den Kerlen nichts Schlimmeres einfiel, als sie nur arbeiten zu lassen und sie gelegentlich zu prügeln, denn sie waren roher als alle Menschen, denen er bisher begegnet war.

Nickel gab sich Mühe herauszufinden, wohin sie unterwegs waren, doch die Männer sprachen höchstens hinter vorgehaltener Hand darüber, und im Tross schien es niemand zu wissen.

Stina dachte ständig an Flucht, obwohl sich in der Woche, die sie mit dem Heerhaufen reisten, keine einzige Gelegenheit geboten hatte. Insgeheim war Nickel erleichtert darüber. Er zeigte es nicht, aber er wusste, dass er nicht so mutig war wie Stina. Der Gedanke, von den brutalen Kriegsknechten und ihren kaum weniger groben Weibern beim Weglaufen erwischt zu werden, machte ihm noch mehr Angst, als bei ihnen zu bleiben und für sie zu arbeiten. Immerhin fand sich im Lager immer ein Feuer zum Aufwärmen, ein brauchbarer Schlafplatz, Essen und Trinken – mehr, als sie gehabt hätten, wenn sie allein weitergezogen wären.

Als er versuchte, Stina damit zu trösten, fuhr sie ihn wütend an: »Du bist ein solcher Blödkopf. Was hilft mir das, wenn wir dafür in die falsche Richtung ziehen? Ich würde lieber auf das Feuer und den Hirsebrei verzichten, wenn ich Mutter dafür schneller fände.«

»Du wusstest doch gar nicht, ob wir vorher in die richtige Richtung gegangen sind.«

Ungehalten pustete sie sich eine lose, braune Haarsträhne aus dem Gesicht. »Aber da konnten wir selbst bestimmen, in welche falsche Richtung wir gehen, Trottel!«

Das Letzte hatte sie zu laut gesagt, sodass eins von den Lumpenweibern es hörte, die sie als Pelz-Liese kannten, obgleich sie nichts mit Pelzen zu tun zu haben schien. Im Nu hatte sie Stina mit einer Hand an der Gugel gepackt und mit der anderen geohrfeigt. »Quassel nicht. Nehmt die Eimer und tränkt die Ochsen. Dann putzt ihr Rüben. Nutzlose Bälger!« Sie gab Stina einen Stoß und widmete sich wieder ihrer eigenen Beschäftigung, die darin bestand, einer Wahrsagerin auf die Finger zu schauen.

Mit hochrotem Gesicht hob Stina zwei der ledernen Eimer auf, die an Pelz-Lieses Wagen standen, und Nickel beeilte sich, es ihr gleichzutun. Als Stina sich ihm außer Hörweite der Weiber zuwandte, sah Nickel auf ihrer Wange den Abdruck von Pelz-Lieses Fingern.

»Das werde ich der Vettel heimzahlen, darauf kannst du wetten«, zischte seine Milchschwester.

Was keinesfalls geeignet war, ihn zu beruhigen. Denn Pelz-Liese trug in ihrem Wadenwickel ein Messer versteckt, das sie ihm bereits einmal unter die Nase gehalten hatte.

Die Reiter blieben noch, während das Feuer sich in der Mühle ausbreitete. Um der Hitze auszuweichen, zogen sich einige von ihnen bis ans Ufer des Baches zurück und standen damit so nah an der Stelle, wo Brida, Brose und Valentin versteckt lagen, dass die es weiterhin nicht wagten, sich von der Stelle zu rühren. Mehrere Male blickten die Kerle sich in ihre Richtung um, bemerkten sie jedoch nicht. Brida spürte den Schrecken über die Morde wie einen stummen Schrei in ihrer Kehle drücken, doch die Furcht vor den Männern wurde inzwischen von einer noch größeren überdeckt. Sie hielt sich fest beide Ohren zu, so wie auch Brose und Valentin es auf ihre Weisung hin taten, starrte die brennende Mühle an und fühlte die Kälte, ihre nassen Füße und die Nässe, die vom Erdboden in ihre Kleider kroch.

Die wehenden Rauchschwaden trugen den Gestank schmorenden Horns und Haars mit sich. Ein Kratzen in Bridas Hals und ihrer Brust machte sich bemerkbar und wurde stärker, und obgleich sie ihr Möglichstes versuchte, musste sie husten. Es gelang ihr gerade noch, einen Augenblick dazu abzuwarten, in dem der Lärm des Feuers besonders anschwoll, weil ein Teil des Stalldachs einstürzte.

Die Reiter lachten und zeigten auf die tobenden Flammen. Brida konnte die Dummheit der Kerle nicht fassen. Hätte sie gekonnt, wäre sie weit weggelaufen, statt so nahe bei der Mühle zu bleiben. Gerade war es ihr gelungen, ihren Husten wieder zu unterdrücken, da geschah, was sie befürchtet hatte. Sie drückte ihr Gesicht ins Moos, als die Mühle mit einem Knall explodierte, von dem sie taub hätte werden können, wenn sie ihre Ohren nicht geschützt hätte. Eine Welle von Gluthitze, Funken und blendendem Licht fegte über sie hinweg. Um nicht zu schreien, biss sie die Zähne so fest zusammen, dass sie schmerzten.

Erst nach langer Zeit wagte sie es, den Kopf wieder zu heben. Die Explosion hatte die Reiter am Bachufer zu Boden geworfen, ihnen die Kleider und Haare versengt, sie aber nicht umgebracht. Stöhnend und schimpfend krochen sie umher und versuchten, auf die Beine zu kommen.

Benommen wechselte Brida einen Blick mit Brose, der betroffen, aber unversehrt wirkte, und sah sich dann zu Valentin um. Der schien zu ihrem Erstaunen eher andächtig als erschüttert zu sein.

»Das war die Strafe des Himmels«, flüsterte er mit leuchtenden Augen.

»Das war der Mehlstaub«, flüsterte sie verärgert zurück. Jedes Müllerkind wuchs mit der ständigen Warnung vor Feuer und Funken in der Mühle auf, jeder Müller kannte Geschichten von Staubexplosionen. Bridas Vater hatte einmal Mehl in ein Lagerfeuer geblasen, um seine Kinder zu lehren, wovor sie sich hüten sollten. Und die Warnung vor einer Explosion hatte einst ihrem Vater geholfen, die plündernden Kriegsknechte davon abzuhalten, die Thomasburger Mühle in Brand zu setzen, als Brida mit ihrer Mutter in den Wald geflohen war.

Sie wünschte den Brandstiftern von Herzen die strafende Hand Gottes, aber in der Explosion mochte sie nichts Göttliches sehen.

Was hatte diese Männer zu ihrem Verbrechen getrieben?

Die fünf vom Bachufer waren inzwischen aufgestanden, taumelten, hielten sich die Köpfe, schafften es aber, an den Trümmern der Mühle vorbei und durch den dichten Rauch zu dem Wegstück zu gelangen, wo außer Sichtweite ihre Genossen mit den Pferden warteten. Am langsam verklingenden Stimmengewirr erkannte Brida, dass die Bande sich entfernte. Sie setzte sich auf und bewegte stöhnend ihre schmerzenden Gliedmaßen. Brose und Valentin taten es ihr gleich.

»Hättest du uns nicht gewarnt, hätte es meine Ohren erwischt. Von solchen Höllenbränden hatte ich schon gehört, es aber vergessen. Ich danke dir«, sagte Brose und umarmte sie.

Sie fürchtete, in Tränen auszubrechen, wenn sie sich in seine Umarmung lehnte, und schob ihn daher von sich. »Wir hatten Glück, dass wir uns nicht näher an der Mühle versteckt hatten, sonst hätte auch uns die Lohe versengt. Was für dumme, widerwärtige Teufel waren das? Warum haben sie das getan?«

Brose zuckte mit den Schultern. »Wir werden es wohl nicht herausfinden. Oder willst du sie fragen?«

Valentin sog erschrocken die Luft ein. »Mach nicht solche Scherze. Die würden uns umbringen. Lasst uns lieber endlich das Weite suchen. Und wenn du mich fragst, Brose: Ich würde von nun an lieber nicht mehr in Mühlen übernachten.«

»Ich frage dich aber nicht, mein Lieber. Denn täte ich das, kämen wir niemals irgendwo an. Aber das Weite werden wir jetzt suchen – da stimme ich dir zu.«

Brida stand auf, streckte sich behutsam und nahm die Axt

wieder an sich, die sie neben sich gelegt hatte. »Das könnt ihr tun. Ich werde hinübergehen und nachsehen, ob wirklich niemand mehr lebt. Das schulde ich meinem Seelenfrieden.«

Seufzend hielt Brose ihr die Hand hin, damit sie ihm aufhalf. »Dass es sinnlos ist, weißt du, oder?«

»Manchmal geschehen auch Wunder«, gab sie zurück.

Die Trümmer brannten und schwelten noch, sodass sie keins der Gebäude betreten konnten. Doch was sie sahen, genügte, um sicher sein zu können, dass nichts und niemand in Mühle und Stall den Brand überlebt hatte.

Sie betrachteten die rauchenden Überreste des Stalls, als Valentin zusammenzuckte und den Weg entlangzeigte, auf dem die Brandstifter gekommen waren. Der Hufschlag galoppierender Pferde war zu hören.

»Lauft«, sagte Brose.

Weder Brida noch Valentin brauchten seine Aufforderung. Sie rannten zu ihrem alten Versteck, so schnell sie konnten. Valentin stolperte und fiel auf die Knie, als er aus dem Bach ans Ufer springen wollte, doch auch ohne dieses Missgeschick wäre es ihnen nicht gelungen, schneller zu sein als die Reiter. Der erste von ihnen bemerkte sie, sobald er in Sichtweite kam, und preschte ihnen nach.

Brose zog Brida am Arm vom Weg ins Gebüsch, während Valentin die letzten Schritte dorthin fehlten.

Sein Verfolger ritt ihn nicht nieder, gab ihm aber einen Stoß mit seiner eisengepanzerten Hand, dass er der Länge nach stürzte. »Bleibt stehen, sonst bringe ich euren Kumpan um«, herrschte der Ritter Brida und Brose an, die bereits stehen geblieben waren.

Brida spürte, wie es schon nach dieser kurzen erneuten Anstrengung in ihrer Seite stach und in der Lunge brannte. Sie wusste, dass es auch ohne die Drohung aussichtslos gewesen wäre, vor den Rittern wegzulaufen oder sich gegen sie zu wehren. Dennoch umfasste sie den Stiel der Axt fester. Der Rest des Reitertrupps durchquerte den Bach in gemächlichem Tempo und gesellte sich zu dem Ritter, der sie gestellt hatte. Es waren nicht die Brandstifter, soweit Brida es beurteilen konnte, doch wer wusste, ob sich unter den Rüstungen dieser acht nicht dieselben Männer verbargen?

Der Ritter mit der prächtigsten und höchsten Helmzier kratzte sich durchs offene Visier an der Nase. »Was haben wir denn da gefangen? Habt ihr drei etwa die Mühle angezündet?«, fragte er in leichtem Tonfall.

Zu Bridas Unbehagen lachten seine Begleiter, als hätte er einen gelungenen Scherz gemacht.

»Nein, mein Herr Graf«, sagte Brose, ließ sich auf die Knie nieder und beugte das Haupt.

Verwirrt blickte Brida von ihm zu dem Ritter, der nun seufzte. »Wie schwer sie immer von Begriff sind, die Bauernweiber! Dein Gefährte hat es dir doch vorgemacht. Knie nieder und zolle mir Respekt, Weib. Ich bin Graf Rymer von Hermannsburg.«

Wieder lachten die Ritter, und Brida fühlte, wie sie rot wurde. Beinah hätten ihre Erschöpfung und das noch längst nicht überwundene Entsetzen über das Erlebte sie dazu gebracht, dem Grafen eine erboste Antwort zu erteilen. Doch sie wusste zu gut, was der Anstand gebot, um sich hinreißen zu lassen, daher kniete sie nieder und beugte vor ihm das Haupt, wie er es wünschte.

»Woher kommt ihr?«, fragte Graf Rymer.

»Aus Bleckede, mein Herr Graf«, antwortete Brose und erstaunte Brida damit wieder einmal. Sie wünschte, dass sie gewusst hätte, was in Broses Kopf vorging. Warum Bleckede?

Graf Rymer gab ihr die Antwort. »Bleckede ist Herzog Magnus treu. So wie ich. Was hat euch von dort fortgeführt?«

»Botendienste, mein Herr. Doch eins kam zum anderen, und bald lenkten verschiedene Aufgaben unsere Schritte.«

»Brandstiftung?«, fragte Graf Rymer mit dröhnender Stimme, lachte aber gleich selbst darüber.

Sein Lachen machte Brida so wütend, dass sie nun doch nicht länger an sich halten konnte. Sie hob den Kopf und sah dem Grafen in die Augen. »Niemals würden wir so etwas Abscheuliches tun«, sagte sie. Und erst nach einem tiefen Atemzug fügte sie hinzu: »Mein Herr Graf.«

Die Miene des Grafen wurde ernst, und an Broses Seufzen erkannte sie, dass sie den Mund hätte halten sollen. »Abscheulich? Ich werde dir sagen, was abscheulich ist, Bleckeder Weib. Wenn ein diebischer Müller, dessen Vorfahren schon Diebe waren und seit hundert Jahren ehrliche Leute betrogen, auf einmal mit dem Bauernpack gemeinsame Sache macht und Korn unterschlägt und versteckt, das sein Herr als Abgabe verlangt hat. Wenn solche Lumpen, die nichts von höheren Zielen verstehen, glauben, sie wüssten es besser, und in dummer Habgier für sich behalten, was Zwecken dienen soll, die weit über ihr jämmerliches Bauernleben erhaben sind. So ein Müller und seine Handlanger sind abscheulich, und zu brennen, ist gerade das Richtige für sie. Möge jener verkohlte Scheiterhaufen als Mahnmal für alle Narren dienen, denen ähnliche anmaßende Gedanken in den Sinn kommen. Wir haben mehr als die eine Mühle.«

»Eure Hochwohlgeboren mögen verzeihen. Mein Weib wollte Euch nur versichern, dass wir niemals die Art Brandstifterei begehen könnten, die auch Ihr als Verbrechen bezeichnen würdet. Im Gegensatz zu dem, was hier als gerechte Ahndung geschehen sein mag«, sagte Brose.

»Geschehen sein mag? Zweifelst du an meinen Worten?«

Brose schüttelte den Kopf. »Eher sollte mir die Zunge im Mund verfaulen. Mein Zweifel betraf allein die Frage, ob

Euer Hochwohlgeboren von dieser Mühle sprachen oder sie nur zum Exempel nahmen. Denn zu beurteilen, was hier geschah, liegt gänzlich außerhalb meiner Fähigkeiten. Wir hörten einen lauten Donnerschall und stießen wenig später auf jene rauchenden Trümmer. Das ist alles, was wir wissen.«

»Und wohin sollte eure Wanderung euch führen?«

Brose setzte sich auf seine Fersen und stützte die Hände auf seine Oberschenkel. »So weit in Herzog Magnus' Nähe wie möglich. Denn er ist es, für den ich Nachrichten habe. Ich hatte vor, nach Rethem zu gehen, wo seine Söhne den Winter verbringen, weil ihn von dort aus Botschaften gewiss schnell erreichen.«

Graf Rymer schwieg einen Moment und musterte ihn scharf. »Was für Nachrichten hast du für ihn?«

»Vertraulicher Art«, sagte Brose, ohne eine Miene zu verziehen.

»Kannst du das beweisen?«

»Ich trage ein Siegel von ihm bei mir. Doch würde ich es Euch lieber nicht hier zeigen, wenn Ihr mir diese Vorsicht vergeben wollt.«

Brida schalt sich eine dumme Gans dafür, dass sie sich auf einen Mann eingelassen hatte, von dem sie wusste, dass er ein geschmeidiger Lügner war. Sie hatte nicht die geringste Ahnung, ob Brose wahrhaftig ein Siegel von Herzog Magnus besaß und Nachrichten für ihn überbrachte, die über die gefährlichen Briefe seiner Schwägerin hinausgingen, oder ob er es nur darauf anlegte, Zeit zu schinden. Würden sie gleich unter dem Schutz des offenbar welfentreuen Grafen Rymer stehen, oder mussten sie dessen Zorn fürchten, wenn er Brose auf die Schliche kam? Wäre sie doch nur allein weitergezogen, um Ann Durt zu finden! Ganz gleich, was ihr nun bevorstand, sie sah die Aussicht schwinden, ihre Tochter bald einzuholen.

Graf Rymer stieß einen ungläubig klingenden Laut aus. »Wir werden sehen. Aber wisse, dass es sinnlos ist, nach Rethem zu gehen. Magnus hat seine Ritter zusammengerufen, und auch seine älteren Söhne werden dem Ruf folgen. Würde mich nicht wundern, wenn die alte Burg schon leersteht. Welcher junge Kämpe würde lange zögern, wenn sein Lehnsherr oder gar sein Vater einen guten Kampf verspricht?«

Brida ertrug die Gesellschaft von Graf Rymers Männern am Abend nach dem Mühlenbrand nicht. Sie vermutete die Brandstifter und Mörder unter ihnen und verstand nicht, wie Brose es fertigbrachte, sich im Burgsaal mit ihnen zu unterhalten, als wüsste er nicht, was sie verbrochen hatten. Sie fragte sich, ob es Valentin, der schweigend neben ihr saß, ähnlich ging, mochte ihn aber in Hörweite der zunehmend betrunkenen Ritter nicht darauf ansprechen. Daher stand sie trotz ihrer Müdigkeit vom Tisch auf, noch bevor sie richtig satt war, ging auf den Burghof hinaus und suchte sich einen ruhigen Platz, an dem sie zur Besinnung kommen konnte.

Die Hermannsburg war keine steinerne Festung, sondern nur ein befestigter Hof mit mehreren hölzernen Gebäuden, inmitten von palisadengekrönten Wällen. Durch Scharten konnte man hinaus und über das flache Land sehen, über die feuchten, winterlich kahlen Flussauen der Örtze, deren Furt die Burg bewachte.

Brida trug in ihrem Gürtel noch die Axt des Müllers bei sich. Es war ein wertvolles, eisernes Werkzeug mit einer scharfen Schneide und einem durch langen Gebrauch polierten Stiel, der gut in der Hand lag. Sogar unter den besonderen Umständen fühlte sie sich als Diebin, weil sie sie mitgenommen hatte. Was, wenn der Müller noch lebte? Dann gehörte auch sie zu denen, die ihm etwas entrissen hatten. Am liebsten wäre sie umgekehrt, hätte die Axt wieder in ihren Hauklotz geschlagen und den Müller um Verzeihung gebeten. Dafür, dass sie sie mitgenommen hatte. Nein, dafür, dass sie Zeugin gewesen war, als man seine Mühle niederbrannte und seine Angehörigen ermordete. Dafür, dass sie tatenlos zugesehen hatte. Sie wischte sich mit dem Handrücken ihre nassen Wangen ab. Die Müllerstochter war jung gewesen, so jung wie ihre eigenen Kinder, die ihr Leben noch vor sich hatten.

Brida hörte Schritte über den gestampften, an einigen Stellen eisglatten Burghof kommen und griff den Axtstiel fester, bevor sie sich umwandte.

Doch es war nur Valentin, der sich zu ihr gesellte und wortlos durch die Zaunscharte auf das nächtliche Land blickte, dessen Wintermantel hier und da im Mondlicht glitzerte.

Brida lehnte sich neben ihm an das raue Holz der Palisade. »Hast du gewusst, dass Brose Nachrichten für Herzog Magnus überbringt?«

Valentin schüttelte langsam den Kopf. »Dass er in Diensten der Welfen steht, wusste ich. Er kannte sich gleich so gut mit den Briefen aus, die er in meiner Kiepe gefunden hat. Und dass er sie lesen konnte …«

»Wie kamen die Briefe in die Kiepe? Wer hat sie hineingesteckt?«

Mit einem tiefen Seufzer legte Valentin seinen Kopf gegen die Palisade. »Ich weiß es nicht, denn ich habe die Kiepe gefunden. Sie gehörte einem Toten, der am Wegesrand lag, als ich vorüberkam. Weit und breit war keine Menschenseele zu sehen, und der tote Krämer brauchte sie nicht mehr, dachte ich. Wogegen ich lebte und großen Hunger hatte. Ich weiß, es war nicht recht von mir, aber damals hielt ich die Kiepe für ein Geschenk und ein Zeichen des Himmels.«

Er ließ schuldbewusst den Kopf hängen, und Brida erinnerte sich daran, wie schlecht sie sich noch einen Moment zuvor wegen der Axt gefühlt hatte. Hätte ihr Gewissen sie so gequält wie Valentin das seine, wenn sie gewusst hätte, dass der Müller tot war?

»Ich weiß nicht, ob es recht von dir war, aber ich verstehe, dass es dich bedrückt. Umso mehr, weil es dich in eine schwierige Geschichte verwickelt hat.«

»Oh, in schwierige Geschichten habe ich mich schon mein Leben lang verwickelt, so scheint mir. Wurde ich doch schon mit meiner Nabelschnur um den Hals geboren und hatte bloß Glück, dass eine kundige Hebamme meiner Mutter beistand. Aber seit ich diese Kiepe an mich nahm, hat mein Glück mich ganz verlassen. Eine Misshelligkeit jagt die nächste. Mir ist, als säße mir der wütende Geist des toten Krämers im Nacken. Findest du das närrisch?«

Brida schauderte es bei der Vorstellung. Sie kannte genug Geschichten über ruhelose Tote, um Valentins Gefühl nicht närrisch zu nennen. »Was hast du mit der Leiche gemacht?«, fragte sie.

»Ich habe ihr die Hände gefaltet, ein Gebet gesprochen und sie am Wegesrand liegen lassen. Ich hatte doch keinen Karren, was sollte ich tun? Im nächsten Dorf, durch das ich ging, erzählte ich einem alten Mann, dass ich einen Toten gesehen hatte, der geholt und begraben werden müsse. Aber er war so taub, dass ich nicht weiß, ob er mich verstanden hat. Und es noch mehr Leuten zu sagen, wagte ich nicht, weil sich nicht so viele an mein Gesicht erinnern sollten.«

Brida fragte sich, ob er noch mehr Gründe dafür hatte, das nicht zu wünschen, als den Diebstahl der Kiepe. Doch das herauszufinden, würde warten müssen, denn ihr schlechtes

Gewissen hatte sie zu einem Entschluss gedrängt, der sie selbst überraschte.

»Ich gehe noch einmal zurück zur Mühle«, sagte sie.

»Was? Jetzt?« Valentin sah sie ungläubig an.

Sie nickte und wandte sich zum Gehen. Lieber wollte sie den knapp halbstündigen Marsch zur Mühlenruine zwei weitere Male auf sich nehmen, als die Axt behalten, die sich in ihrer Hand immer unerträglicher anfühlte.

Valentin stieß sich von der Wand ab und heftete sich an ihre Fersen. »Warum willst du das tun? Da war doch nichts mehr.«

»Ich werde diese Axt zurückbringen, damit mich die Geister der Toten nicht verfolgen«, sagte sie.

Er hielt sie am Mantel fest. »Du solltest nicht allein gehen. Es ist dunkel. Hat es nicht Zeit bis morgen? Lass uns mit Brose beraten.«

»Bis du bei ihm ein offenes Ohr gefunden hättest, bin ich wieder hier. Ich werde die Axt in ihren Hauklotz schlagen und sogleich umkehren. Die Burgwache wird mich wieder einlassen, wenn ich sie darum bitte.«

»Ich habe ein schlechtes Gefühl dabei. Kann ich dich wenigstens begleiten?«

Brida wusste, dass Valentin sich vielleicht am meisten von ihnen nach einer ruhigen Nacht sehnte, und hätte allein um seinetwillen gern abgelehnt. Seinem entschlossenen Gesichtsausdruck nach hätte er dann jedoch zumindest Brose verständigt. »Also gut. Je weniger wir jetzt reden, desto schneller sind wir zurück.«

Zum ersten Mal, seit sie gemeinsam unterwegs waren, verbrachte Brida längere Zeit allein mit Valentin, und sie nutzte die Wegstrecke, um ihn nach seinem früheren Leben auszufragen. Er zierte sich und gab nur Nebensächliches preis, doch manchmal trugen ihn die Erinnerungen davon.

»Die Schneiderin hatte ein halb zahmes Rotkehlchen, das sie auf dem Hof fütterte. Manchmal kam es ins Haus. Zum ersten Mal erschien es, kurz nachdem ihre Tochter gestorben war Marie. Marie war ein liebes, kleines Ding. Ich sollte sie heiraten, aber sie ist nicht älter geworden als neun Jahre. Jedenfalls ... Das Rotkehlchen begann, der Schneiderin und mir zu folgen. Wenn ich im Sommer durch Celle ging, dann flog es oft neben mir von Dach zu Dach und ließ sein Zirpen und Trillern hören.«

»Durch Celle?«

Valentin schwieg einen Augenblick und seufzte dann. »Ja. In Celle bin ich geboren. Dort lebten und starben meine Eltern.«

»Warum hast du die Stadt verlassen? Hast du dort als Schneider kein Auskommen gefunden?«

Er zuckte mit den Schultern. »So könnte man es nennen. Sag, was glaubst du, wie alt so ein Rotkehlchen werden kann?«

Brida hätte vielleicht weiter nach seinem Geheimnis geforscht, wenn sie nicht vorher die nähere Umgebung der Mühle erreicht hätten. In der mondhellen Nacht lag die Brandruine als Feld schwarzer Schatten vor ihnen. Unwillkürlich verstummten sie, als sie dem Unglücksort nahe kamen, und Brida fühlte, wie ihr die Kehle eng wurde, als sie sich an die Gesichter der Ermordeten erinnerte. Zwischen welchen der verkohlten Balken und rußigen Steine mochten ihre Überreste liegen? Auf einmal schämte sie sich noch tiefer dafür, so unvorbereitet zurückgekehrt zu sein, als dafür, das Verbrechen tatenlos mit angesehen zu haben. Wer würde die Gebeine der Verbrannten bergen und bestatten? Was, wenn alle zu sehr Graf Rymer fürchteten, um den Opfern seiner Vergeltung öffentlich Mitgefühl und Anstand zu bezeigen? Fand sich niemand, so wäre die Ruine für alle Zeit ein verfluchter Ort. Sie hätte den Grafen selbst darum bitten sollen, den Toten wenigstens die Gnade der christlichen Bestattung zu gewähren. Es schauderte sie, als sie mit eiligen Schritten an Valentins Seite über den ehemaligen Hof auf den Hauklotz zuging.

Ihr Herz überschlug sich, als Valentin zusammenzuckte, stehen blieb und auf die Trümmer des Mühlengebäudes zeigte. »Da hat sich etwas bewegt.«

Brida musste nicht lange suchen, um es auch zu sehen. Eine graue Gestalt wandelte gekrümmt durch den schwarzen Trümmerhaufen.

Bevor das Grauen sich in ihr breitmachen konnte, griff Brida die Axt mit beiden Händen und ging einen Schritt in Richtung der Erscheinung. »Hallo da! Wer bist du?«

Anstatt zu antworten, wimmerte die Gestalt und schlich weiter durch Asche und Schutt.

Valentin packte Brida am Arm. »Ein Geist! Lass uns gehen«, flüsterte er.

Einen Augenblick früher hätte Brida ihm zugestimmt, doch inzwischen kam die Art, wie die gruslige Gestalt sich bewegte, ihr bekannt vor. »Ich glaube, das ist der Müller, Valentin«, sagte sie.

Valentin ließ ihren Arm nicht los, auch nicht, als sie bereits vor dem Müller in seinem rußverschmutzten, ehemals weißen Kittel standen und es keinen Zweifel mehr gab, dass es sich bei ihm nicht um einen Geist handelte. Jedenfalls schloss Brida das aus der Ungeschicklichkeit, mit der der beleibte Mann herumstolperte, und aus dem Schweißgeruch, der von ihm ausging. Sein Verhalten hingegen blieb geisterhaft. Obwohl er Valentin und sie wahrzunehmen schien, gab er kein Zeichen des Erkennens. In den Händen hielt er eine hölzerne Backschaufel, mit der er offensichtlich in den Trümmern gewühlt hatte.

»Ich kann sie nicht finden«, sagte er mit einem schrillen Unterton, ohne ein Wort der Begrüßung, bevor er weiter mit der Backschaufel stocherte.

Brida stiegen Tränen in die Augen. Gewiss suchte der Müller nach seinen Angehörigen und vor allem nach seiner Tochter, die mit den anderen Mädchen im Stall verbrannt war. Nichtswürdig fühlte sie sich, weil sie selbst noch lebte und seine Familie nicht.

»Ich kann sie nicht finden«, klagte er wieder.

»Sie ist nicht hier, Müller«, sagte Brida leise.

»Sie ist hier. Ich muss sie finden.«

Brida fühlte, wie ihr die Tränen über die Wangen liefen, und schüttelte den Kopf. »Nicht mehr. Sie ist nicht mehr hier.«

Gerade wollte sie ihn fragen, ob er Verwandte oder gute Bekannte im Dorf hatte, die sich um ihn kümmern und ihm helfen konnten, da starrte er sie mit irren Augen an.

»Woher weißt du das? Hast du sie genommen? Hast du sie mir gestohlen? Du hast gesehen, dass ich sie im Herd versteckt hatte, nicht wahr? Wo hast du sie? Gib sie mir zurück!«

Ohne eine Antwort abzuwarten, hob der Müller die Backschaufel zum Schlag und stürmte auf Brida los. Sie riss die Axt hoch, wehrte die Schaufel ab und zerschlug sie dabei. Wütend heulte der Müller auf, stürzte sich mit bloßen Händen auf sie und begann sie zu würgen. Um ihn nicht zu verletzen, ließ sie die Axt fallen und versuchte, sich aus seinem Griff zu befreien, bereute ihre Gutmütigkeit aber im selben Augenblick, denn der dicke Müller war stärker als sie. Schlagartig kehrte ihr Lebenswille zurück.

»Valentin, hilf mir«, keuchte sie.

Er tat sein Möglichstes, um den Müller von ihr wegzuzerren, bewirkte aber nur, dass der noch fester zudrückte.

Jäh wurde ihr schwarz vor Augen, und das Geschehen entrückte ihr.

Als sie wieder erwachte, lag der Müller ein kleines Stück von ihr entfernt in der Asche. Valentin, den sie in der Dunkelheit nur noch als schwarze Form wahrnahm, hockte in einem anderen Winkel dessen, was die Wohnstube gewesen sein musste. Er betrachtete etwas, das vor ihm auf dem Boden lag, und stocherte mit seinem Messer darin herum, als wäre es heiß.

»Valentin?«, krächzte sie.

Sofort sprang er auf und kam zu ihr. »Gesegnet sei die heilige Mutter Maria. Ich hatte Angst, dass du nicht wieder erwachen würdest.«

»Was ist mit dem Müller?«

»Er hat dich losgelassen, als du ohnmächtig wurdest, und wollte dann mir an die Kehle gehen. Wir haben gerungen, er ist gestürzt und mit dem Kopf aufgeschlagen. Er atmet nicht mehr, aber es ist mir gleichgültig. Hast du nicht auch gedacht, er hätte nach seiner Tochter gesucht oder nach den anderen Leuten? Aber ich glaube, er sprach von der Kiste, die ich gefunden habe. Warte, ich zeige sie dir.«

Brida setzte sich mühsam auf. Ihr Hals schmerzte, in ihrem Schädel summte es, und in der Dunkelheit vor ihren Augen flimmerten vielfarbige Punkte. Sie hasste sich für ihren Einfall, die Mühle erneut aufzusuchen, und wollte am liebsten ohne Verzögerung zur Hermannsburg zurückkehren.

Valentin ging, um sein Fundstück zu holen. Er nahm seinen Mantel zu Hilfe, um die unterarmlange Schatulle zu greifen und zu Brida zu tragen. Sie musterte die Kiste, ohne sie zu berühren. An einigen Stellen hatte Valentin die Rußschicht abgewischt, dort schimmerte poliertes Holz hindurch. Ungeduldig öffnete er nun den Deckel für Brida und zeigte ihr den Inhalt. Von der Gluthitze unberührt, lagen dicht an dicht und bis zum Rand Münzen und Schmuckstücke darin. Einen Schatz aus glänzendem Metall hatte der Müller also in der Ruine gesucht und nicht sein Kind.

Solchen Reichtum häufte ein Müller tatsächlich nicht auf rechtschaffene Art an, dazu kannte Brida das Mühlenleben gut genug. An diesem Tun wollte sie keinen Anteil haben.

»Lass ihn liegen«, sagte sie und meinte sowohl den Schatz als auch den Müller. Die Axt jedoch hob sie auf, um sie wieder mitzunehmen. Das Werkzeug sollte sie in Zukunft zur Vorsicht mahnen, wenn sie einem ihrer Gefühle folgte.

»Den Schatz hierlassen, obgleich der Müller uns umbringen wollte? Für wen? Das ist ein Vermögen, Brida! Hätte ich die Hälfte davon gehabt, als ich noch zu Hause in Celle lebte, dann …«

»Es gehört uns nicht. Wer weiß, woher es stammt.«

»Der Nächste, der vorüberkommt, wird es mitnehmen.«

»Vielleicht wird das jemand sein, der mehr Recht darauf hat als wir. Wenn wir es nehmen, sind wir Diebe, Valentin. Falls du bleiben möchtest, um das Gold zu bewachen, dann bleib. Ich werde jetzt gehen.«

Valentin blieb mit unentschlossener Miene bei der Mühle zurück, kam ihr nach einer Weile dann aber doch eiligen Schrittes nach.

Obwohl Brida von ihrer Ohnmacht benommen und so müde war, dass es ihr schwerfiel, die Füße zu heben, kam ihr der Rückweg zur Burg kürzer vor als der Hinweg. Bei ihrer Ankunft im Saal der Hermannsburg saß Brose noch immer bei den Herren, war jedoch sichtlich erleichtert, als er sie entdeckte, und bat seine Gesprächspartner sogleich darum, sich für die Nacht zurückziehen zu dürfen.

»Wo seid ihr denn gewesen? Ich glaubte, ihr wolltet allein weiterziehen, als die Wachen mir sagten, ihr hättet die Burg verlassen«, sagte er, als er Brida in die Arme schloss.

»Wir sind zur Mühle gegangen, haben einen Goldschatz gefunden und ihn dort liegen lassen«, sagte Valentin mit einem tiefen Seufzer. »Ich wünsche euch, wohl zu ruhen. Mir ist so elend von diesem Tag, dass ich eine Ohnmacht begrüßen würde, um tief schlafen und alles vergessen zu können.« Damit wandte er sich von ihnen ab und ging zu den Räumen voraus, in denen man ihnen ihre Schlafplätze zugewiesen hatte.

Sie folgten ihm, und Brida genoss es, sich bei Brose anlehnen zu können. Seine Umarmung war ihr wie eine warme Wohnstube, in die sie aus dem kalten Sturm heimkehrte.

»Was redet Valentin denn da? Träumt er schon im Wachen?«, fragte er.

Trotz ihres Ärgers über all die Lügen und Geheimnisse zwischen ihnen widerstrebte es Brida, ihm die Wahrheit zu erzählen. Wie würde er es aufnehmen, dass sie Gold und Silber in der Asche hatte liegen lassen? So etwas entsprach nicht seiner Art. Womöglich würde er sich trotz der Dunkelheit auf den Weg zur Mühle machen, um den Schatz zu holen, bevor sie ausgeredet hätte.

»Ich bin zu müde, dir davon zu berichten. Sag mir lieber, was sich für dich im Gespräch mit den Herren ergeben hat. Werden sie dir deine Botschaften für Herzog Magnus abnehmen, oder wirst du sie selbst zu ihm bringen?«

»Graf Rymer gehört zu den Männern, denen ich sie übergeben darf. Und da er bald nach Bodendike reitet, wohin Magnus ihn gerufen hat, werde ich es tun. So kommen sie schnell an, und ich kann dich nach Rethem begleiten, um deine Tochter zu finden und heimzubringen. Was hältst du davon?«

Immer von Neuem überraschte er sie. Brida fühlte eine warme Woge von Dankbarkeit für seine Worte. Sie räusperte sich und blieb dennoch heiser, als sie sprach. »Darüber würde ich mich freuen.«

Er lächelte und drückte sie an sich. »Dann machen wir es so. Und jetzt legen wir uns zur Ruhe und stehen nicht wieder auf, bis die Mägde uns morgen Mittag mit dem Besen hinausfegen.«

9

Am letzten Tag des Januars trafen die Ritter aus Burg Rethem auf dem Sammelplatz bei der Feste derer von Bodendike ein.

Der winterliche Heereslagerplatz war durch große Mengen Brennholz gekennzeichnet, die von allen Seiten herbeigeschafft und zwischen den Zelten gestapelt wurden. Noch mehr Raum nahm das Heu ein, das man für Rösser, Maultiere und Zugochsen ebenso benötigte wie für das Fleischvieh, das als wandelnder Vorrat mitgeführt wurde.

Das fünfeckige Zelt, welches Ulrich in Rethem einem alten Ritter abgekauft hatte, der sich nicht mehr gesund genug fühlte, um in Schlachten zu ziehen, war auch in der Winterkälte verblüffend behaglich. Zumal zwei Diener für den ordentlichen Auf- und Abbau sorgten und die ganze Nacht über die Glut eines kleinen Feuers am Leben erhielten. Ulrich und Ann Durt bewohnten es zusammen mit den zwei kräftigen Knechten und dem Laufjungen, die Ulrich in seine Dienste genommen hatte.

Da Ann Durt den Männern bei ihren Arbeiten nicht helfen durfte und Ulrich, statt selbst zu kochen, ihre Mahlzeiten bei einer der im Tross mitziehenden Feldküchen kaufen ließ, fühlte sie sich recht nutzlos. Außer ihrem Recken, der sich erst wieder an das Gewicht seiner Rüstung gewöhnen musste, die Schultern zu reiben und mitfühlend seinen Klagen über seine noch immer schmerzenden Knie zu lauschen, konnte sie wenig tun. Sie war dankbar für die Abwechslung, wenn Ulrich sie abends zu einer der kurzweiligen Vergnügungen mitnahm, die auf dem Lagerplatz dargeboten wurden. Oft kam das freilich nicht vor, weil der größte Teil dieser Vergnügungen kein Zeitvertreib für ein sittsames junges Weib sei, wie Ulrich fand. Mit den anderen Kämpen trinken, würfeln, bei Tierkämpfen zusehen und wetten tat er lieber allein, wofür sie Verständnis hatte. Auf solche Zerstreuungen hatte er lange verzichten müssen.

Ohnehin ging sie gern früh schlafen, denn das Reisen hatte sie erschöpft. Manchmal fielen ihr sogar tagsüber die Augen zu, wenn sie auf den Schaffellen des Feldbetts saß und spann oder sich in der Kunst des Stickens übte. Seit sie selbst schöne Gewänder trug und häufig zumindest aus einiger Entfernung noch weit größere Pracht an den Rittern und den edlen Frauen sah, die ihre Gatten begleiteten, fesselte sie der Gedanke, schönen Gewandschmuck selbst anfertigen zu können. Bis es so weit war, würde noch einige Zeit vergehen, denn einfach fand sie es nicht. Allerdings sah alles danach aus, dass sie die Zeit haben würde. Herzog Magnus wollte noch den ganzen Februar bei Bodendike verbringen und abwarten, wie viele Getreue seinem Ruf folgen würden. Dann erst würde er beschließen, wie und wann er erneut die Stadt Lüneburg angreifen wollte. Schon jetzt war jedoch die Rede davon, wie furchtbar er die Stadt für ihren Verrat bestrafen würde, wenn er sie eingenommen hatte.

Ann Durt überlief es kalt bei dem Gedanken. Als Ulrichs Gefährtin zu leben, bedeutete etwas ganz anderes, als sie geglaubt hatte. Als sie Ulrich wegen seines Nachgebens seinem Onkel gegenüber zaghaft getadelt hatte, war er zum ersten Mal wütend auf sie geworden. Er hatte sie bei den Schultern genommen und geschüttelt.

Sie solle aus ihrem blütenreichen Traum aufwachen, hatte

er gesagt. Die Umstände würden es eben verlangen, dass sie beide für eine Weile die Zähne zusammenbissen und nicht heikel in der Wahl ihrer Mittel seien. Es galt, Kunzmann und anderen Zwängen gegenüber den längeren Atem zu beweisen, damit er, Ulrich, am Ende zu seinem Recht käme und über seinen Onkel triumphieren könne. Sie solle Vertrauen zu ihm haben und ihn nach Kräften unterstützen, statt ihn durch ihre Zweifel zu schwächen.

Er hatte sie nur sanft geschüttelt und sie anschließend in die Arme genommen, doch es hatte ausgereicht, um sie wachzurütteln. Sie gestand sich ein, dass ihre Vorstellung von der Zukunft mit ihm in der Tat eine versponnene Mädchenträumerei gewesen und er mit seinem Ärger im Recht war. Wenn sie ihn liebte und das Beste für ihn wollte, würde sie unerschütterlich zu ihm stehen müssen, welche Entscheidungen er auch traf. Sie würde sein Bündnis mit Kunzmann hinnehmen, so wie sie ihn ermutigen würde, wenn er in die Schlacht zog. Ihr Grauen vor dem Blutvergießen und dem Leid des Krieges und ihren Wunsch, dem fernzubleiben, musste sie für sich behalten.

Dabei genügten schon einige der Geschichten, die sich die kriegserfahrenen Recken erzählten, um ihre Übelkeit zu erregen. Da lobten sie die Qualität eines scharfen Schwertes, indem sie die Leichtigkeit beschrieben, mit der es Fleisch und Knochen eines Arms durchhieb, oder sie prahlten damit, dass auch ein eiserner Helm Schädel nicht davor schützte, von einer guten Streitaxt gespalten zu werden. Sie berichteten von Männern, die mit einem roten Loch im Gesicht statt einer Nase weiterleben mussten, nachdem ein Streitkolben sie getroffen hatte, oder die deshalb keinen einzigen Zahn mehr besaßen. Hässliche, wulstige Narben konnte fast jeder der älteren Männer vorweisen und ihre Geschichte zum Besten geben. Niemals handelten diese Geschichten von eigener Schwäche oder mangelndem Geschick, sondern stets von bösartigen Gegnern, die so überragend kämpften, dass sie ihre Seele dem Teufel verkauft haben mussten, damit er ihnen die Hand führte.

Ann Durt schlug das Herz vor Angst schneller, wenn sie sich vorstellte, dass man Ulrich eines Tages mit Verletzungen zu ihr bringen könnte, die noch schlimmer waren als die, von denen er in der Thomasburger Mühle so langsam und unter Qualen genesen war. Seine Gründe, sich wieder in den Kampf zu begeben, mussten wirklich gut und wichtig sein, wenn er diese Gefahr trotz seiner schlimmen Erfahrungen auf sich nahm. Wer war sie schon, dass sie seine Entscheidung hätte anzweifeln dürfen?

Auf diese Art hatte sie sich gerade damit abgefunden, Ulrich in die Schlacht zu begleiten, die er und die anderen Ritter voraussagten, als sich ihr Schicksal erneut wendete. Sie stand nach einer Nacht, in der Ulrich sie stürmisch und ein wenig betrunken geliebt hatte, neben dem Zelt und hängte die Decken zum Lüften auf. Ihr Hals, ihr Gesicht, ihre Brüste und Schenkel glühten noch, wo Ulrichs Bartstoppeln an ihrer Haut gerieben hatten. Ein leises Lächeln lag auf ihren Lippen, das ihre Erinnerungen an seine Liebesworte und ihre gemeinsame Lust widerspiegelte. Sie fuhr mit den Händen glättend über die aufgehängten Decken, dann unwillkürlich über ihren Unterleib.

»Wen haben wir denn hier?«, fragte eine weibliche Stimme hinter ihr.

Ann Durt erschrak, als hätte man sie bei etwas Verbotenem ertappt. Hastig drehte sie sich zu der Fragenden um, und ihr Herz überschlug sich ein weiteres Mal. Vor ihr stand eine der ranghöchsten Frauen des Heerlagerplatzes mit einem fünfköpfigen Gefolge. Unter ihrem geöffneten pelzverbrämten Mantel sah man ihren rehfarbenen Surcot, den sie über einem rostroten und zarttaubenblauen Kleid trug. Der Surcot wäre mit seiner fahlen Farbe hinter der bunten Kleiderpracht des Gefolges zurückgeblieben, wenn nicht sein Besatz alles übertroffen hätte, was Ann Durt jemals gesehen hatte. Mit glänzendem Faden aufgenähte blaue und rote Edelsteine und Perlen verschiedener Größe bedeckten das Vorderteil des Kleides in einem raffinierten Muster und wurden durch das bescheidene Rehbraun seines Stoffes bestens zur Geltung gebracht.

Mehr aus Hilflosigkeit, als dass sie sicher war, wie man es machte, beugte Ann Durt vor der so beeindruckend ausgestatteten Frau das Haupt und knickste tief, ohne sich wieder zu erheben.

»Reizend, ganz reizend«, sagte die Frau. »Erheb dich, Kind. Wie kommt es, dass Wir dir bisher nicht begegnet sind? Verbirgt dein Gatte dich vor Unserer Gesellschaft? Dabei ist es den meisten das eiligste Anliegen, ihre jungen Gemahlinnen in Unseren Kreis einzuführen. Nun sei nicht scheu. Erheb dich und sprich. Wer bist du? Wessen Zelt ist das? Wir sind Margarete, Gräfin von Schele. Unsere Stiefschwester Katharina hatte das große Glück, Herzog Magnus zu ehelichen. Wird dein Gatte etwas dagegen haben, wenn Wir dich in unser Gefolge aufnehmen? Es trifft sich, dass Uns eine Zofe fehlt.«

Wie so oft drohte Ann Durt die Stimme zu versagen, als sie sich aufgerichtet hatte und der edlen Frau ins Angesicht sah. Margarete war kleiner als sie, ihr Scheitel reichte Ann Durt nur bis zur Nase. Auch war sie alles andere als hübsch, was nicht an dem grauen Haar lag, das unter ihrem Gebende zu erkennen war. Obwohl sie noch nicht uralt zu sein schien, sah ihre Haut fleckig, trocken und schlaff aus und bildete ein Doppelkinn unter ihrem breiten Gesicht. Ihre Nase war knotig, die Stirn wulstig, doch ihre braunen Augen waren schön und wirkten sowohl klug als auch freundlich. Diese Augen waren es, die Ann Durt den Mut verliehen zu sprechen.

»Das Zelt gehört Ulrich von Alten, Euer Hochwohlgeboren. Ich bin seine Gefährtin, aber noch nicht seine …«

Gräfin Margarete hob die Hand und brachte sie mit einer Geste zum Schweigen. »Husch, husch, wer wird denn gleich mehr antworten, als gefragt war? Reizend, ganz reizend, Kind. Ich bestehe darauf, dass du dich Unserem Gefolge anschließt. Ulrich von Alten wird sich Unserem Wunsch gewiss fügen, der brave Junge. Heute Abend wirst du an Unserer Tafel speisen. Leg dein schönstes Gewand an und lass dich von Herrn Ulrich begleiten, damit er nicht in Sorge gerät, weil er dich Unserer Gesellschaft anvertraut.« Ihr helles, leises Lachen passte zu ihren Augen, deshalb wagte Ann Durt es, ebenfalls zu lächeln.

»Ich danke Euch vielmals, Euer Hochwohlgeboren. Er wird über Eure Großzügigkeit gewiss so erfreut sein wie ich.«

»Sag ruhig ›Gräfin Margarete‹. Wir schätzen den Anstand, aber nicht die Umständlichkeit. Das ›Hochwohlgeboren‹ spare dir für Unsere Schwester und ihren Gemahl auf. Wie anmutig deine feinen Brauen geschwungen sind, Kind! Ganz reizend. Wir sehen dich zum abendlichen Mahl an Unserer Tafel.«

Damit ging sie, und ihr bis dahin schweigendes Gefolge schloss sich ihr an. Kaum waren die Frauen aus Ann Durts Hörweite, neigten sie einander die Köpfe zu und begannen zu schwatzen und zu lachen. Eine von ihnen sah sich noch einmal nach Ann Durt um, bemerkte, dass sie der Gruppe nachblickte, und nickte ihr huldvoll zu.

Ann Durts Herz schlug ihr bis zum Hals. Womit hatte sie diese plötzliche Aufmerksamkeit verdient? Oder würde es sich mehr als Strafe denn als Gunst herausstellen?

Nachdenklich senkte sie den Blick dorthin, wo die edlen Frauen gestanden hatten, und entdeckte drei glänzende kleine Perlen an einem Stück Goldfaden, die sich von Gräfin Margaretes Kleid gelöst hatten. Sie hob sie auf und überlegte, was mit solch kostbaren Gewändern geschah, wenn die edlen Frauen sie ablegten. Saß der Lehrling des Schatzmeisters da, trennte den Besatz Stück für Stück ab und legte ihn zurück in die Schmuckschatulle? Bewahrte man die Juwelen fein nach Farben und Formen geordnet auf, bis das nächste Gewand geschmückt werden sollte? Oder wurde alles jedes Mal neu erworben? Ann Durt schwirrte der Kopf von dem Gedanken, dass der Besatz eines einzigen solchen Kleides mehr wert war als alles, was ihre eigene Familie besaß. Wie lange hätte ihre Mutter Gänsekiele, Enten und Eier verkaufen müssen, um den Gegenwert allein der drei Perlen zusammenzusparen, die jetzt in Ann Durts Handfläche schimmerten? Auf dem Meeresgrund wuchsen sie, hatte Ulrich ihr erklärt. Sie hätte gern einmal eine von den Muscheln gesehen, die so ein Wunder vollbringen konnten, denn Ulrich hatte sie ihr nicht so recht beschreiben können. Von einer harten Schale hatte er gesprochen und gesagt, man sähe ihnen von außen nicht an, ob sie einen Schatz hüteten. Sorgsam brachte sie die Perlen in dem Beutel unter, der an ihrem Gürtel hing. Sie würde sie der Gräfin am Abend zurückgeben.

Burg Rethem war bereits wieder zu dem unbehaglichen, schlecht beheizten und spärlich ausgestatteten Ort geworden, der sie vor der Ankunft der Herzogssöhne gewesen war, als Brose, Brida und Valentin eintrafen.

Gerade in dieser ungastlichen Burg, nach der entsetzlichen Enttäuschung, Ann Durt und Ulrich erneut verfehlt zu haben, unterlag Brida den Anstrengungen der langen Winterreise und wurde krank. Auch Brose und Valentin bekamen Schnupfen und begannen zu husten, doch Brida war die Einzige, die fieberte und sich für einige Tage zu schwach fühlte, um mehr zu tun, als nur zu ruhen. Lebensbedrohlich war ihre Erkältung nicht, und so wäre sie, schon kurz nachdem das Fieber abgeklungen war, wieder reisefähig gewesen. Doch wie es das Schicksal wollte, starben gerade in den Tagen von Bridas Krankheit in zwei Häusern des Dorfes vor der Burg zwei Menschen an einer fiebrigen Krankheit. Der alte Burgzimmermann, der die Toten besuchte, um zu sehen, wie groß er die Särge machen musste, stammte ursprünglich aus einem Ort, den bei der Pestwelle rund zwanzig Jahre zuvor die Seuche so grauenvoll heimgesucht hatte, dass nur drei Menschen am Leben geblieben waren. Obwohl er zu jener Zeit nicht mehr in seinem Dorf gelebt und nur von dem Unglück gehört hatte, schlief er seitdem schlecht und neigte dazu, die Zeichen der Pest in jedem glasigen Blick, jedem eitrigen Pickel seines Gegenübers zu entdecken. Man hätte ihn vielleicht nicht ernst genommen, als er zitternd dem Burgvogt verkündete, dass die Toten an der Pest gestorben seien, wenn nicht die Familien der Dahingeschiedenen ebenfalls erkrankt wären. Es ging ihnen über die Trauer um ihre Verstorbenen hinaus nicht auffallend schlecht, doch sie alle wiesen Pusteln auf, die genügten, auch die ihnen zur Seite stehenden Dörflerinnen, den Burgvogt und schließlich die ganze Einwohnerschaft von Rethem in Angst zu versetzen.

Brida und ihre Gefährten, die ihre Unterkunft im Gastraum der Burgschmiede gefunden hatten, wurden auf Pusteln gar nicht mehr untersucht, bevor man sie mit den anderen Kranken auf zwei Karren verlud und ins Kloster bringen ließ, wo sie, in einer abgeschiedenen Kammer eingesperrt, den Verlauf ihrer Krankheit abwarten mussten.

Brose, der die große Seuche erlebt und echte Pestkranke zumindest aus der Entfernung gesehen hatte, konnte zwar ihre Bewacher nicht von der Harmlosigkeit ihrer Krankheit überzeugen, aber zumindest die Kranken beruhigen. Geduldig fügten sie sich daraufhin in ihr Schicksal und sprachen ein Dankgebet dafür, dass der Herrgott ihnen durch das Kloster zu ihrer Genesung eine beheizte Stube, Betten, Speis und Trank schenkte.

Da sie alle bald stärker unter Langeweile litten als unter ihrer Krankheit, vertrieben sie sich die Zeit mit Erzählen, worin Brose seine Meisterschaft bewies. Brida liebte es, ihm zuzuhören, liebte seine Stimme und die Art, wie er jede Geschichte ausmalte und seine Zuhörer mit Trommelwirbeln seiner Finger und Hände in Bann schlug. Und sie liebte es, wie er sie jeden Abend unter der Decke in seine Arme zog, sein bärtiges Gesicht in ihre Halsbeuge wühlte und ihr versicherte, dass sie das allerleckerste Festmahl sei, welches er je gerochen und geschmeckt hätte, der allerköstlichste, pralle, gesüßte Bratapfel. Wärmender als die behaglichste Schecke, die er je getragen hatte, labender als der Trunk, der nach dem allergrößten Durst seines Lebens durch seine Kehle geflossen war.

Solchen zärtlichen Unfug flüsterte er ihr ins Ohr, dass sie oft lachen musste. Daraufhin kitzelte er sie, weil er von ihrem Lachen angeblich nicht genug bekommen konnte. Seine Zunge würde er dafür geben, dass sie immer bei ihm bliebe, sagte er.

Wenn er das sagte, nannte sie ihn einen Lügner, und dann musste er selbst lachen. »Du hast recht. Denn gerade wenn du bei mir bliebest, bräuchte ich doch meine Zunge. Wie sollte ich sonst gegen dich bestehen?«

»Führen wir denn einen Kampf?«, flüsterte sie zurück.

»Nur unsere Zungen«, sagte er und küsste sie so, dass sie vom Spiel ihrer Zungen außer Atem geriet und ihn bat, noch eine andere Verwendung für seine Zunge zu finden. Was er tat.

Wäre der Gedanke an ihre Kinder nicht gewesen, hätten es glückliche Tage für Brida sein können. Doch sie war erleichtert, als man sie gut zwei Wochen nach ihrer Ankunft auf Burg Rethem wieder ziehen ließ. Schnellstens machten sie sich auf den Weg nach Bodendike.

»Du kannst mich doch nicht fortschicken!« Ann Durts Stimme klang ungewohnt hoch und dünn vor Entsetzen.

Ulrich schloss sie in die Arme und streichelte ihren Rücken. »Ich mache das nicht gern, mein Engel. Aber es muss sein. Sieh doch ein, dass es das Beste für uns ist. Gräfin Margarete hat dich ins Herz geschlossen. Wenn es dir gelingt, ihre Gunst ganz für dich zu gewinnen, kannst du viel für uns erreichen. Margarete gilt als großzügig ihren Freunden gegenüber, und sie steht der Herzogin nahe. Solche Verbindungen sind von hohem Wert, man darf sie nicht ausschlagen. Du hast das vielleicht noch nicht so recht begriffen, aber so nützlich, wie Margaretes Gunst sein könnte, so gefährlich wäre ihre Ungnade. Ich habe also gar keine andere Wahl, als zuzustimmen, wenn sie verlangt, dich mitzunehmen. Zudem halte ich es für klug. Sieh dir das gottverfluchte … Verzeih! Sieh dir das Wetter an. Jeden Tag Regen, dann wieder Schnee. Alles ist mit Schlamm und Kot beschmiert – kaum dass man noch einen sauberen Lappen findet, um den Löffel zum Essen abzuwischen. Du wirst es in Celle in Margaretes Kemenate weit besser haben.«

Ann Durt schluchzte leise. »Aber ich möchte nichts anderes, als bei dir zu sein. Ich kann das schlechte Wetter aushalten, das weißt du doch. Was soll ich allein am Celler Hof tun?«

»Du wirst in Gesellschaft von edlen Frauen und Jungfern bester Herkunft leben und von ihnen lernen. Das kannst du nicht ›allein‹ nennen. Du musst verstehen, was für Möglichkeiten sich dir bieten. Es mag sein, dass du so eine Gelegenheit nie wieder erhältst. Margarete erhebt dich über deinen Stand. Mach dir die Frauen zu Freundinnen, damit sie dich in ihre Kreise aufnehmen. Dann werden wir umso glücklicher zusammen sein können, wenn ich nach diesem Feldzug zu dir zurückkehre.«

Ann Durt presste ihr nasses Gesicht an seine Brust. »Und wenn du nicht zurückkehrst?«

Er schob sie von sich, um ihr in die Augen zu sehen. »Was für eine unsinnige Sorge! Magnus hat keine Kosten gescheut, um ein hervorragendes Heer gegen die Sachsen aufzustellen. Wahrscheinlich ergreifen Albrecht und seine sächsischen Freunde die Flucht, wenn sie uns nur heranziehen sehen. Stell dir vor: Sechzig Burgen hat Magnus verpfändet, um seine Gefolgschaft zu entlohnen, Waffen und die Ausrüstung zu bezahlen. Von weit her ziehen noch immer Horden von Recken und Kriegsknechten herbei. Wir werden nicht unterliegen.«

Unsinnig nannte er ihre Sorge, doch Ann Durt fragte sich, ob er sich nicht selbst belog. Sie hatte nicht nur Zuversichtliches über Magnus' Kriegsvorhaben gehört. Zaghaft legte sie Ulrich ihre Hand auf die Brust. »Einige von den Frauen sagten, ihre Gatten wären nicht glücklich über den neuen Feldzug. Sie hielten die Kosten für zu hoch und fragten sich, ob es nicht eine andere Möglichkeit gäbe, den Streit zwischen Welfen und Sachsen zu schlichten.«

Ulrich ließ sie los, trat einen Schritt zurück und zog finster die Stirn in Falten. »Diese Frauen sollten froh und dankbar sein, wenn Magnus nichts von der Gesinnung ihrer Gatten erfährt. Klein beizugeben ist nicht seine Art, und sein Recht steht ihm schließlich zu. Nach alten Verträgen des Welfenhauses ist Magnus der Erbe Wilhelm von Lüneburgs, nicht diese Sachsen, die durch schmutzige Ränke den Kaiser auf ihre Seite gebracht haben. Hüte dich also, den verräterischen Stimmen der Kleinmütigen beizupflichten.«

Nun sah er sie wieder so streng an, behandelte sie so kühl, dass sie ängstlich ihre Tränen trocknete, ihren Kummer wieder in ihrem Herzen verschloss und ihm recht gab. Natürlich würde sie mit Gräfin Margarete nach Celle ziehen und dort auf ihn warten, wenn er es so wünschte. Er verstand sich auf die Menschen seines Standes tausendmal besser als sie. Gewiss traf er die richtige Entscheidung.

Stina fand sich in der dritten Woche ihrer Gefangenschaft bei den Kriegsknechten damit ab, dass eine Flucht nicht so bald möglich sein würde. Weil die Nächte schrecklich kalt waren, ließ Pelz-Liese Nickel und sie mit auf ihrem Karren schlafen. Dort froren sie nicht, doch es war so eng, dass niemand sich unbemerkt erheben konnte. Nicht nur, dass es auf diese Art kein Entkommen gab, sondern sie mussten auch noch Pelz-Lieses unmittelbare Nähe ertragen, ihren Biergestank, ihre gurgelnden Atemgeräusche, ihr Furzen.

Warum sie Pelz-Liese hieß, hatte Stina inzwischen auch herausgefunden. Die Alte war ungeheuerlich behaart. Beine, Arme und sogar ihr Rücken waren mit dunklen Haaren so bedeckt wie bei manchem Mann nicht der Kopf. Nun wäre das nicht sonderlich schlimm gewesen, doch zu Stinas Ärger und Leid waren Pelz-Lieses Haare von einer Heerschar von Läusen bewohnt. Es dauerte nicht lange, bis auch Nickel und sie verlaust waren und sich Tag und Nacht unter Kappe und Haube am Kopf kratzen mussten. Von den Flohbissen an ihren Waden und Knöcheln ganz zu schweigen, die sich zu ihren blauen Flecken gesellten. Solange die Kinder in Reichweite von Pelz-Liese waren, unterstrich die jede Anordnung mit einem Hieb. Zuzuschlagen war für sie so selbstverständlich wie das Sprechen.

Sie hatte zwei erwachsene Töchter, die ebenfalls im Tross mitzogen und sich gelegentlich gegenseitig ankeiften, sie aber genug fürchteten, um ihre Nähe zu meiden. Beide nahmen jeden Mann mit in ihr Bett, der ihnen etwas dafür gab. Manchmal gingen sie auch gar nicht erst ins Bett, sondern lehnten sich im abendlichen oder morgendlichen Halbdunkel nur gegen den Karren und schürzten ihre Röcke.

Feuerrote Ohren hatten Stina und Nickel in den ersten Tagen bekommen, wenn sie Zeugen so einer Szene wurden. Zu Hause war so etwas nicht vorgekommen, jedenfalls nicht so, dass sie es je bemerkt hätten.

Die drei kleinen Kinder der beiden jungen Weiber, die gerade aus dem Wickelkindalter heraus waren und nur mühsam jeden Tag überlebten, den sie auf dem Lagerplatz zwischen Zugtieren, Feuern, Hunden, Wagenrädern und groben Erwachsenen herumstolperten, würden gewiss nie erfahren, wer ihre Väter waren. Doch damit waren sie in diesem Tross nicht die Einzigen. Bei näherer Betrachtung kam Stina zu dem Schluss, dass nur wenige der Weiber sich an einen einzigen Mann banden. Einen Mann mit in ihr Bett zu nehmen, war neben dem Kochen, Waschen, Nähen oder der vorübergehenden Krankenpflege einfach einer von vielen Diensten, die sie anboten. Auch Pelz-Liese hatte zwei ältere Männer, die auf diese Art gelegentlich bei ihr einkehrten, doch über Nacht blieben sie nie.

Eine der wenigen, die ihren Leib nicht auf selbige Art feilboten, war die Wahrsagerin Elßbeth, von der Pelz-Liese sich an manchen Tagen sogar zweimal beraten ließ. Elßbeth las nicht nur gute Ratschläge aus ihren kleinen, mit eingebrannten Zeichen versehenen Holzscheibchen, sondern half auch bei der Anfertigung von Amuletten und kleinen Zaubern, die sowohl bei den Weibern als auch bei den Männern begehrt waren. Freundlich war sie bei alldem nicht. Niemals sah Stina sie mit jemandem fröhlich sein. Hatte Elßbeth keine Kunden, blieb sie für sich allein und jagte alle aus der Nähe ihres Karrens fort. Nur ihre schwarz-weiße, struppige Hündin liebte sie. Knieptang nannte sie das Tier. Unterwegs ging Knieptang oft im Geschirr und half den Karren zu ziehen, doch im Lager durfte sie bei Elßbeth schlafen und halb auf ihrem Schoß liegen, wenn sie dasaß und ihre Erbsen verlas oder den Rock flickte. Sicherheitshalber gingen die Kinder nicht so nah an die Hündin heran, dass sie hätten herausfinden können, ob sie den Namen zu Recht trug. Immerhin knurrte sie oft und wich außer ihrer Herrin jedem Menschen aus.

Nickel hatte sich mittlerweile so oft an die Männer herangeschlichen und sie belauscht, wenn sie abends beim Feuerschein würfelten und tranken, dass er einige Hinweise auf ihr Ziel gehört hatte. Die Männer glaubten, dass eine Schlacht zwischen Welfen und Sachsen bevorstand, in der ihre Dienste begehrt sein würden. Welcher Seite sie sich anschließen wollten, wussten sie allerdings noch nicht. Die Aussichten auf Sieg und gute Bezahlung wurden täglich abgewägt, darüber hinaus war die Entscheidung für sie keine Herzenssache. Die lautesten Wortführer neigten zu Magnus, weil sie an seinen Sieg glaubten, doch es gab auch etliche gewichtige Stimmen, die sich für die Seite der Sachsen aussprachen.

»Jedenfalls werden wir sie das Fürchten lehren«, brüllte eines der Großmäuler, als es mal wieder eine Weile zwischen Welfen- und Sachsenfürsprechern hin- und hergegangen und schon eine große Menge Bier und Branntwein geflossen war.

»Jawoll!«, brüllten alle zurück und hoben ihre Tonhumpen und Holzbecher, ohne dass es noch jemanden interessiert hätte, wer denn nun das Fürchten lernen würde.

Nickel wollte sich gerade zurückziehen, als er am Kragen gepackt wurde. »Bleib mal hier, Kerlchen! Du bist doch bald ein Mann. Du wirst mit uns in die Schlacht ziehen! Aber dazu musst du auch beizeiten das Saufen lernen. Wir wollen den Kleinen nicht im Trockenen sitzen lassen, was, Brüder?«

Ehe er sich's versah, hatte Nickel einen Holzbecher mit Branntwein in den Händen, aus dem er trinken musste, obwohl er von dem scharfen Zeug würgte und hustete. Die Männer hielten sich die Bäuche vor Lachen über ihn, schenkten ihm nach, zwangen ihn weiterzutrinken, zu tanzen und zu singen, obwohl er bald lallte, sich kaum noch auf den Beinen halten konnte und seine Übelkeit zunahm, bis er sich erbrach. Danach wollte er darum flehen, nicht weitertrinken zu müssen, doch über seine Lippen kam wohl nichts Verständliches mehr. Er lag am Boden, und ihm war so schwindlig, dass er glaubte, nicht einmal mehr kriechen zu können. Das Einzige, was ihm übrigblieb, war, die Augen zu schließen und sich schlafend zu stellen. Bis er tatsächlich einschlief.

Stina hatte zuerst nicht mitbekommen, was ihm geschah, weil sie für Pelz-Liese und ein paar andere das Korn für den Morgenbrei schroten musste. Als sie Nickels Not bemerkte, war es zu spät, ihn aus dem Kreis der Männer zu befreien. Ihr blieb nur abzuwarten und ihn aufzuwecken und zum Karren zurückzuschleppen, nachdem die Männer sich zur Ruhe gelegt hatten.

»Kleiner Dreckskerl«, sagte Pelz-Liese und gab Stinas halb ohnmächtigem Freund zu allem noch eine Ohrfeige, die ihn zum Weinen brachte.

»Er kann doch nichts dafür«, fauchte Stina. Woraufhin

auch sie ihre Maulschelle bekam. In ihrem Hals pochte es vor Wut, doch sie verkniff sich jedes weitere Wort. Eines Tages würde sie sich an Pelz-Liese rächen, so viel war sicher. Und der Tag war hoffentlich nicht mehr fern.

Ann Durt hatte sich fest vorgenommen, dass sie tapfer sein und sich Gräfin Margaretes Gunst würdig erweisen würde. Auf keinen Fall wollte sie Ulrich beschämen, während sie mit den edlen Frauen in Celle weilte. Tatsächlich erwiesen sich die Frauen auf der kurzen Reise in die Stadt ihr gegenüber als wohlwollend. Sie durfte im Wagen von Margaretes ständigen Begleiterinnen mitfahren und deren Seufzen und Klagen über die harten Stöße, die Schmerzen im Rücken und die kalten Füße teilen, so wie sie ihre Pelzdecken teilte und die wohlschmeckende Reiseverpflegung. Die fünf jungen Edelfrauen waren glücklich, dem schlechten Wetter in die beheizten Räume einer Burg zu entkommen, und plauderten angeregt. Ann Durt erschien es später, als hätte auf der zehnstündigen Fahrt nicht einen einzigen Augenblick lang Stille geherrscht. Zu ihrem Erstaunen hatte es dabei sogar Gesprächsstoff gegeben, bei dem sie einige Sätze mitreden konnte. Mit den Eigenheiten von Säuglingen und kleinen Kindern, den Schritten der Woll- und Flachsverarbeitung und der Schwierigkeit, häusliche Räume sauber zu halten, kannte sie sich schließlich besser aus als ihre Mitreisenden, wenn sie sich auch bemühte, es nicht so wirken zu lassen.

Nach der angenehmen Geselligkeit im Reisewagen war sie umso überraschter, als man sie nach der Ankunft in Celle unbeachtet in der Halle stehen ließ. Auf ihre zaghaften Fragen hin, wo sie sich einrichten solle, zuckten alle nur mit den Achseln und suchten ihre eigenen Gemächer auf. Ann Durt musste all ihren Mut zusammennehmen, um eigenmächtig ein Talglicht aus einer der Wandhalterungen zu nehmen und auf die Suche nach der Kemenate zu gehen, in die Gräfin Margarete sich zurückgezogen hatte.

Auf dem Gang, der an der dem Burghof zugewandten Seite mit Tierblasen verschlossene Fensterscharten besaß, reihten sich die Türen zu den Frauengemächern aneinander. Dieses Reich der Weiblichkeit durfte von Männern nur unter bestimmten Bedingungen betreten werden.

Dennoch kam einige Schritte vor Ann Durt aus einer der offen stehenden Türen ein Mann und wandte sich ihr zu. Wenn man ihn denn einen Mann nennen wollte und nicht ein Männchen, dachte sie. Er war kleiner als sie und schief gewachsen. Sein Gesicht war nicht hässlich, seine Züge und sein Blick jedoch kalt und überheblich.

Er hob seine Laterne und musterte Ann Durt aufdringlich. Schließlich schnaubte er: »Das neue Spielzeug der gnädigen Frau Gräfin? Dann mal hinein zu ihr. In ihrem Hundekorb ist gewiss noch Platz.«

Ann Durt straffte ihren Rücken und beschloss, die Gemeinheit des offenbar missgelaunten kleinen Mannes zu überhören. »Man vergaß, mir meinen Schlafplatz anzuweisen. Ich wollte mich nur danach erkundigen.«

»Man vergaß? Ich sehe in deinen Augen, dass du das wirklich glaubst. Man vergaß! Ich bin nicht leicht zu rühren, aber du rührst mich. Deshalb will ich dir sagen, dass einzig Gräfin Margarete dich vergaß. Alle anderen hüten sich bloß, dich ihr ins Gedächtnis zu rufen, weil es mehr Kurzweil verspricht zu beobachten, was das Bauerngänschen tun wird, wenn es von niemandem an die Hand genommen wird. Wie lächerlich wird es sich machen? Auf welche Art? Die edlen Frauen warten gespannt auf die Antwort.«

Obgleich sie sich gerade noch vorgenommen hatte, seinen gemeinen Worten keine Beachtung zu schenken, glaubte

Ann Durt ihm sofort. Hatte sie es doch im Grunde die ganze Zeit über nicht glauben können, dass die edlen Frauen den Standesunterschied so bereitwillig vergaßen, um sie in ihrer Mitte willkommen zu heißen. Was sollte sie nun tun? Ihr wilder Herzschlag riet ihr zu fliehen und das Spiel der Frauen zu beenden, bevor es begonnen hatte. Doch durfte sie Ulrichs große Hoffnungen enttäuschen?

Tief atmete sie ein, um genug Kraft für ihre Stimme zu schöpfen. »Habt Dank für Euren Hinweis. Mögt Ihr in Eurer Güte einen Ratschlag folgen lassen? Was würdet Ihr an meiner Stelle tun?«

Der kleine Mann hatte sich bereits angeschickt, seines Weges zu gehen, blieb nun aber stehen und warf ihr einen Blick zu, aus dem sie Erstaunen las. »Du willst einen Ratschlag? Einen Ratschlag von Rumpoldt? Du bist ja klüger, als ich dachte. Nun, dann sag mir erstens: Bist du insgeheim reich und könntest dir kaufen, was du nicht von Geburt und Standes wegen besitzt? Und zweitens: Wie gut kannst du so tun, als wärest du etwas, was du nicht bist? Gewitzt zum Beispiel oder untadelig?«

Ann Durts Wangen begannen zu glühen. »Reich bin ich nicht. Und ob ich so tun kann, als wäre ich eine andere, das weiß ich nicht.«

»Ahnte ich es doch. Fragst du mich also, was du tun sollst, könntest du mich ebenso gut fragen, wie man aus Stroh Gold macht.«

Auf einmal fühlte sie sich so erschöpft, dass sie sich kaum noch auf den Beinen halten konnte. Und gerade aus der Erschöpfung erwuchs ihr eine eigenartige Mischung aus leisem Zorn und Mut. »Ich habe Euch nicht darum gebeten, ein Wunder zu wirken. Vielmehr wollte ich wissen, wo ich mich heute Nacht zur Ruhe legen kann, ohne jemanden zu stören. Ich bin wirklich sehr müde.«

Rumpoldt verzog seine Lippen zu einem schiefen, spöttischen Grinsen. »Kein Wunder wirken? Aber es mag sein, dass mir so ein Wunder Vergnügen bereiten würde. Ohne jemanden zu stören? Eine Frau von Adel denkt nicht zuerst darüber nach, wen sie stören könnte, sondern darüber, wer sie stört. Du bist müde? Behalte deine Schwächen für dich. Rechne nicht damit, hier ein weiches Herz zu finden, das sich um deine Müdigkeit schert. Wenn du Ratschläge von mir willst, finde dich damit ab, dass sie schmerzen.«

Ann Durt setzte an, ihm zu sagen, dass sie auf seine Ratschläge doch lieber verzichten wollte, da erschien die mollige Edwina von Ahlsen hinter ihm im Türrahmen – Gräfin Margaretes engste Vertraute.

»Du bist ja noch immer hier, Rumpoldt. Wir hatten erwartet, dass du gleich mit Margaretes Schlaftrunk zurückkehren würdest«, sagte sie mit ihrer piepsigen Stimme.

Er verneigte sich gegen sie und lief dann los, ohne Ann Durt noch weiter zu beachten. »Den Schlummertrunk! Jawohl, ich eile.«

»Und was ist mit dir, Anna Dorothea? Hat man vergessen, dir einen Schlafplatz zuzuweisen? Komm mit mir!«

Man konnte nicht sagen, dass sie sich von Ann Durt abwandte, da sie sich ihr gar nicht zugewandt hatte, als sie mit ihr sprach. Doch die ungeduldige Art, mit der sie vorausging, sagte klar aus, dass Edwina keine Antwort oder Erklärung von ihr hören wollte. Also ließ Ann Durt sich schweigend von ihr in ein kleines Gemach zwei Türen weiter geleiten, wo zwei Butzenbetten und zwei Himmelbetten von acht Schläferinnen geteilt wurden. Edwina hieß zwei Jungfern in ihrem Himmelbett beiseiterücken, die noch jünger waren als Ann Durt.

Wie weithin üblich, lagen die jungen Edelfrauen, nicht anders als die meisten Krämer- oder Müllerstöchter, nackt unter ihren warmen Bettdecken. Ann Durt dachte nicht darüber nach, als sie ihre Gewänder abstreifte und sich zu ihnen legte. Sie hatte seit jeher das Bett mit ihrer Mutter und ihren kleinen Geschwistern geteilt. Doch schnell stellte sie fest, dass es ihrer Bettnachbarin offenbar anders ging. Sie rückte mit angewiderter Miene von Ann Durt ab. »So recht es mir ist, wenn es wärmer im Bett wird, aber mach dich bloß nicht breit. Und wehe, du strampelst herum oder furzt, Gänschen. Du bist hier nicht im Stall.«

Einen Augenblick wunderte Ann Durt sich noch, dass es sich so schnell hatte herumsprechen können, wer und was sie war, dann forderte ihr Leib nach den Anstrengungen der Reise sein Recht, und sie schlief ein.

Schon innerhalb der ersten Tage in Celle begriff Ann Durt, dass es für die edlen Frauen vor allem darum ging, sich immer von Neuem ihren Rang zu beweisen und ihren Platz in der Rangfolge gegeneinander zu behaupten oder zu verbessern. Es war im Grunde dasselbe Spiel wie in einer Hühnerschar oder einer Herde von Ziegen, in der gebissen, gehackt und gedrängelt wurde. Möglicherweise kam das auch nur daher, dass dieses Verhalten von oben nach unten ansteckend war und alle sich ein Beispiel an den höchsten anwesenden Edelfrauen nahmen: Herzogin Katharina, Gräfin Margarete und zwei weiteren Gräfinnen von ähnlichem Rang wie dem ihren. Margarete stand ihrer Stiefschwester Katharina zwar zurzeit noch am nächsten, doch ihr Verhältnis war nicht warm, und jeden Tag rangen die Frauen auf verschiedenen Gebieten darum, wer das höhere Ansehen genoss. Das jeweilige Gefolge der hohen Frauen war Teil dieses Kampfes. Fügte eine der Edelfrauen ihrem Gefolge eine Jungfer oder einen anderen Gast hinzu, so geschah es mit Bedacht und sollte meist dazu dienen, ihre Macht in dem großen Spiel zu mehren.

Was Ann Durt nicht verstand, war ihre eigene Rolle in diesem Spiel, und das brachte sie dazu, den größeren Teil ihrer Tage mit vor Anspannung angehaltenem Atem zu verbringen. Was hatte Margarete sich davon versprochen, sie in ihr Gefolge aufzunehmen? Sie selbst danach zu fragen, war ausgeschlossen, denn das hätte geheißen, den Anschein reiner Umgänglichkeit und christlicher Freundlichkeit zu stören, den Margarete sich gab.

Nach zehn Tagen jedoch wurde Ann Durt die Ungewissheit so unerträglich, dass sie beschloss, den Einzigen zu fragen, der bisher ihr gegenüber keinen Hehl daraus gemacht hatte, dass unter der prächtigen und heiteren Oberfläche der Frauengesellschaft in den Kemenaten List und Tücke brodelten. Rumpoldt, ein Liebling Margaretes, beobachtete sie jeden Tag, das war ihr bewusst, auch wenn er das Gespräch mit ihr nicht wieder gesucht hatte.

Es kostete sie einige Mühe, einen Moment abzupassen, in dem sie ihn allein auf einem Gang antreffen und sprechen konnte. Als sie ihm stockend dargelegt hatte, was sie beschäftigte, sah er sie mit seinem schiefen, spöttischen Grinsen an.

»Was Margarete mit dir will? Das sollte sich mancher fragen, aber alle geben sich mit dem zufrieden, was ihre Augen sehen. Was gibst du mir, wenn ich dir helfe, mehr zu sehen? Bestickst du mir einen Kragen dafür?«

Verwundert zögerte sie, nickte jedoch dann. Was war schon dabei? Mussten doch die vielen Mußestunden ohnehin gefüllt werden. Warum nicht damit, einen Kragen für ihn zu besticken?

»Ein Kragen, bestickt mit Disteln und Wein – der würde mir gefallen. Willst du gleich meine Halsweite messen? Komm ruhig her und leg deine Bauernhändchen um meine Kehle. Bezahlen kannst du feines farbiges Garn und Seide doch wohl?«

Ann Durt hatte keine Anstalten gemacht, sich ihm zu nähern. Wenn es sich vermeiden ließ, würde sie ihn nicht berühren. Seine Frage nach der Bezahlung rief ihr allerdings eine weitere Ungewissheit in Erinnerung, unter der sie litt.

»Ich kann es wohl noch bezahlen, Euch einen schönen Kragen zu machen. Aber etwas anderes bedrückt mich. Es wird vom Gefolge der edlen Frauen erwartet, häufig in neuen, feinen Gewändern zu erscheinen. Könnt Ihr mir sagen, wer dafür zahlt? Immerfort gehen Gewandschneider, Putzmacher, Goldschmiede und Händler ein und aus, und selten scheint jemand ihnen Geld zu geben.«

Rumpoldt lachte. »Was bist du für ein reizendes Gänschen. Sei dir gewiss, dass diese Männer ihren Lohn bekommen. Sind sie doch unverzichtbar! Wenn du es nicht siehst, liegt es daran, dass nicht die Frauen zahlen, sondern ihre Gatten, Väter, Brüder oder anderen Vormünder, die mit den werten Unentbehrlichen Vereinbarungen darüber getroffen haben, wie die Kosten für das Erworbene zuerst gebündelt und später beglichen werden. Wenn dein … Gatte Ulrich keine solche Vereinbarung für dich getroffen hat, dann wird es höchste Zeit. Aber das lässt sich arrangieren, ich kann dir behilflich sein. Denn du hast vortrefflich erkannt: Ohne neues Gewand wirst du mich bald nicht mehr fragen müssen, welche Rolle du spielst. Ach, es gibt viel für dich zu lernen, kleines Strohbündelchen!«

Er rieb sich die Hände, als genösse er die Aussicht, sie von ihrer Unwissenheit zu befreien.

»Wollt Ihr mir denn nun erklären …«, setzte sie an.

Er winkte ab. »Nicht hier. Ich habe ein Haus in der Stadt. Dorthin kommst du morgen zur Marktzeit. Du nimmst eine Magd mit, die ich dir schicke, und gibst vor, dir ansehen zu wollen, was der Markt zu bieten hat.«

Obgleich ihr nicht wohl dabei war, willigte sie ein und

knickste respektvoll gegen Rumpoldt, bevor sie sich trennten.

Bei ihrer Rückkehr in den Saal tat es ihr gut zu sehen, wie Gräfin Margaretes Blick sich aufhellte, als er auf sie fiel. Was für Berechnungen auch immer dahintersteckten, dass die Gräfin sie eingeladen hatte, änderte nichts an Ann Durts Zuneigung zu der edlen Frau mit den freundlichen Augen. Und Margarete schien diese Zuneigung zumindest ein wenig zu erwidern.

Ann Durts kurzer Augenblick des Glücks wurde ausgelöscht, als Herzogin Katharina zu Margarete trat. Auch die Herzogin blickte ihr entgegen, doch mit zusammengekniffenen Augen.

»Die anmutige Anna Dorothea. Besitzt sie nur zwei Gewänder?«, fragte sie. Ihr Tonfall hätte nicht harmloser sein können, und doch mussten alle Anwesenden eine bevorstehende Demütigung heraushören. Eine leichte Röte zeigte sich auf Margaretes Wangen. Sie holte Atem, um etwas zu sagen, doch ausnahmsweise wusste Ann Durt genau, was sie tun musste.

Rasch knickste sie tief vor den Edelfrauen und wandte sich an die Herzogin. »Eure Besorgnis ist zu gütig und ehrt mich, Euer Hochwohlgeboren. Ich möchte mir neue Gewänder anfertigen lassen, doch es fiel mir bisher schwer, mich zu entscheiden. Ich beobachtete zuvor, woran ich mir ein Beispiel nehmen sollte.«

Herzogin Katharina nickte. »Vor allem solltest du dich gut darüber beraten lassen, was dir zusteht. Soviel ich weiß, sind deine Schutzherrin und die Gewandschneider stets im Disput darüber, welche Grenzen für Anstand und Schicklichkeit einzuhalten sind. Biberpelz zum Beispiel ist …«

Margarete fiel ihr ins Wort. »Biberpelz ist ein großmütiges Zugeständnis des Herzogs an alle hohen Edelfrauen, die längere Zeit in dieser Residenz verweilen. Ich bin sicher, Anna Dorothea hat an kostbare Pelze noch nicht einmal gedacht. Sie besitzt einen entzückenden Mantel aus Kaninchenfell.«

Katharina lachte. »Nun, das ist angemessen.«

Es war an diesem Nachmittag das erste von vielen Gesprächen, die Ann Durt zwischen der Herzogin und den anderen hochedlen Frauen mit anhörte. Nur selten begriff sie die Feinheiten dieser Auseinandersetzungen, aber dass es welche waren, das erkannte sie. Und dass Margarete damit zufrieden war, wie sie bei ihrem kurzen Auftritt ihre Rolle gespielt hatte, erfuhr sie später am Abend, als die Gräfin zu Bett ging und sich von ihr beim Entkleiden helfen ließ – eine Ehre, die ihr zum ersten Mal zufiel.

»Es wird eine vergnügliche Kurzweil werden, dir deine neuen Kleider auszusuchen. Ich habe da schon ein paar wunderbare Einfälle für dich. Du wirst nicht weniger glänzen, nur weil du auf Biberpelz und Seide verzichtest«, sagte Margarete.

»Ein Rotgoldton würde ihr prächtig stehen«, piepste Edwina.

Margarete nickte begeistert. »Oh ja. Und ein grünes Jagdgöttinnengewand, bestickt mit Smaragden und kleinen Laubblättern. Über Smaragde hat Magnus noch nie etwas gesagt. Katharina wird Augen machen, wenn sie dich darin sieht. Und die anderen werden sich vor Neid winden. Du bist ein braves Kind, Anna Dorothea. Ich bin stolz auf dich.«

10

An einem der sonnigeren Februartage zog das kleine Heer der käuflichen Kriegsknechte mit seinem Tross an einer Wassermühle vorüber, die sich gerade im Bau befand. Die Grundmauern waren errichtet, ein Teil der Hölzer für das Mahlwerk herangeschafft, der Mühlteich aufgestaut und sein Ufer zur Mühle hin befestigt.

Menschen waren auf der Baustelle jedoch nicht zu sehen, was Stina und Nickel nur halb bedauerten. Zwar würden sie hier niemanden um Hilfe bitten können, doch sie würden auch nicht mit ansehen müssen, wie der Müller oder Mitglieder seines Hauses durch die rohen Kerle und Weiber ihrer Reisegesellschaft zu Schaden kamen. Es genügte schließlich, dass die Bande einen Teil der kostbaren Bauhölzer stahl und als Brennholz mitnahm.

Pelz-Liese schickte Stina und Nickel zum Wasserholen an den Mühlweiher, weil nicht sicher war, ob sie am Abend in der Nähe eines sauberen Gewässers lagern würden. Wehmütig hockten sie sich mit den Eimern zur Seite ans Teichufer, betrachteten die Stelle, wo sich bald ein Mühlrad drehen würde, und dachten an ihr Zuhause.

»Wären wir doch besser nicht gegangen«, seufzte Nickel und warf halbherzig Hölzchen nach zwei Teichhühnern, die sich dadurch nicht stören ließen.

»Ich muss Mutter aber suchen«, sagte Stina mit entschlossener Stimme.

»Was Ann Durt jetzt wohl macht?«, fragte er.

Stina zuckte mit den Achseln. »Sie sitzt in einem feinen Seidengewand auf einem goldenen Sessel und sieht Rittern bei ihren Spielen zu. Sicher hat Ulrich sie geheiratet.«

Nun klang sie nicht mehr überzeugt, sondern leise und sehnsuchtsvoll, und Nickel wusste, dass sie selbst nicht an das glaubte, was sie sagte. Er rubbelte ihr tröstend mit dem Handrücken über den Arm und erhob sich, um seinen Eimer zu füllen. Hinter ihnen setzten die Wagen sich schon wieder in Bewegung. Da kam Elßbeths Hündin angestürmt, lief kurz am Ufer hin und her, sprang dann ins Wasser und schwamm jiepernd auf die Teichhühner zu. Waren die Vögel durch die Kinder nicht zu stören gewesen, brachte sie dieser Angriff doch dazu unterzutauchen und erst ein gutes Stück weiter wieder an die Oberfläche zu kommen.

Die enttäuschte Hündin wollte ans Ufer zurückkehren, fand jedoch die Stelle nicht wieder, wo sie durch das trockene Schilf gesprungen war, und paddelte auf das Mühlenwehr zu. Die Kinder beobachteten unbedarft, wie die Strömung das Tier ergriff. Erst als Knieptang an mehreren Stellen versuchte, an Land zu klettern, und scheiterte, gerieten sie in Sorge, ließen ihre Eimer im Stich und liefen zum Mühlenwehr.

Verzweifelt kratzte die schwimmende Hündin mit den Vorderpfoten an der hölzernen Befestigung des steilen Ufers, von der sie immer wieder abglitt, sodass sie sogar mit dem Kopf unter Wasser geriet.

»Oh nein«, schrie Stina, warf sich auf den Bauch und streckte beide Arme nach Knieptang aus, bevor Nickel sie daran erinnern konnte, dass die Hündin wahrscheinlich bissig war. Ihm blieb nichts anderes übrig, als sich auf die Beine seiner Milchschwester zu setzen und sie gut festzuhalten, während sie versuchte, das strampelnde Tier zu fassen zu bekommen.

Mit beiden Händen packte Stina Knieptang im Fell und zog sie heran. Aufjaulend schnappte die Hündin zu und erwischte Stinas Oberarm.

»Aua, Mistvieh«, rief Stina aus, ließ Knieptang aber nicht los. Stattdessen fuhr sie Nickel an: »Nun hilf mir doch!«

Kopfschüttelnd, doch gehorsam kniete er sich neben sie und beugte sich so weit vor, dass er um ein Haar selbst ins Wasser fiel.

»Du Nichtsnutz! Pack sie doch!«, keuchte Stina.

Also gab er sich mehr Mühe und erwischte endlich ein Hinterbein, sodass Stina umgreifen konnte. Sie ergriff Vorderbein und Nackenfell so, dass Knieptang sie nicht noch einmal so leicht beißen konnte, und zog. Der einzige Erfolg war, dass die Hündin erneut aufjaulte und damit schließlich einen der Männer vom Weg herbeilockte.

»Was macht ihr da?«, fragte er im Näherkommen.

»Wir retten den dummen Hund vorm Ersaufen«, stieß Stina hervor. Eben so wie Nickel war sie mittlerweile vom Kopf bis zum Bauch nass und begann schon mit den Zähnen zu klappern.

»Blöde Töle«, sagte der Mann, kam aber dennoch heran und beugte sich über die Kinder. Mit seiner großen Hand packte er Knieptang im Genick und hob sie aus dem Wasser, als wöge sie nicht mehr als ein Rindenschiffchen. Ungehalten warf er sie mehr ans Ufer, als dass er sie absetzte, bevor er wortlos davonstapfte. Knieptang kniff den Schwanz ein, schüttelte sich angewidert und raste dann davon, dem Karren ihrer Herrin nach, die längst ein gutes Stück weitergezogen war.

»Das nennt man Dankbarkeit«, sagte Stina, rappelte sich auf und wollte sich dem Wagenzug wieder anschließen.

»Du bist verrückt, Stina! Eines Tages wird man dich in einen Narrenkäfig stecken. Wir müssen die Eimer mitnehmen, sonst schlägt uns die dreckige Filzliese tot«, sagte Nickel.

Inzwischen waren schon die Nachzügler des Trosses auf ihrer Höhe, und prompt scherten zwei der zu Fuß marschierenden Weiber aus, um die Kinder zurück in die Herde zu treiben. In aller Eile mussten sie die Eimer füllen und im Laufschritt zum Weg zurückkehren.

Man befahl ihnen, sich zu sputen und Pelz-Lieses Wagen einzuholen, doch trotz aller Anstrengung gelang es ihnen nicht, mit einem vollen Wassereimer in der Hand schnell genug zu gehen. Stina schnaufte so, dass sie einen roten Kopf bekam.

»Hat keinen Sinn. Lass uns das Wasser ausgießen«, sagte Nickel.

Stina schüttelte den Kopf. »Das wird ihr nicht gefallen.«

Also schleppten sie sich noch eine Weile weiter, versuchten schließlich erfolglos, eine der anderen Karrenbesitzerinnen in ihrer Nähe zu überreden, die Wassereimer für sie zu befördern, und wollten gerade aufgeben, als der ganze Heereszug anhielt. Noch einmal alle Kräfte aufbietend, liefen sie an den Wartenden vorbei nach vorn zu Pelz-Liese.

»Faules Pack. Wo habt ihr herumgetrödelt?«, fragte die, als sie ihnen die Eimer einen nach dem anderen abnahm und den Inhalt in ihr Wasserfass umfüllte. Zur Erleichterung der Kinder wurde Pelz-Liese gleich darauf genug von ihnen abgelenkt, um sie dieses Mal ohne Hiebe davonkommen zu lassen, denn sie musste ihr klappriges Maultier wieder in Bewegung setzen. Aufatmend ließen sich die beiden ein wenig zurückfallen, um hinter dem Karren herzutrotten.

Erst jetzt bemerkten sie, dass Elßbeth schräg vor Pelz-Liese fuhr. Knieptang lief neben ihrem Wagen, die Rute noch immer eingeklemmt, und hinkte etwas.

»Geschieht ihr recht. Nächstes Mal lassen wir sie ersaufen«, murmelte Stina.

Doch Nickel hätte seine linke Hand dafür verwettet, dass Stina sich beim nächsten Mal wieder genauso schnell auf den Bauch in den Schlamm werfen würde, um das Tier zu retten.

Als sie an diesem Abend endlich das Lager aufgeschlagen hatten, waren Stina und Nickel noch erschöpfter als an anderen Tagen. Am liebsten wären sie beide gleich in Pelz-Lieses Karren unter die Decken gekrochen, doch ausgerechnet an diesem Abend hatte ihre ungeliebte Wirtin einen Mann zu Gast und befahl ihnen, draußen zu warten.

An ein Wagenrad gelehnt und unter ihren Umhängen aneinandergekuschelt, saßen sie auf dem Boden und dösten, bis Stina aufschreckte, weil sie sich von einem Holzschuh angestoßen fühlte. Seufzend öffnete sie die Augen und sah zuerst Knieptang mit angelegten Ohren und aufgestelltem Nackenhaar. Die Hündin war halb hinter Elßbeths Röcken verborgen und musterte Nickel und sie von diesem vermeintlich sicheren Platz aus so ängstlich, als hätten sie ihr etwas Böses getan.

Misstrauisch hob Stina den Blick und sah Elßbeth in die Augen.

»Der Karl meint, ihr hättet meinem Hund geholfen«, sagte die Wahrsagerin.

Stina schnaubte. »Dein Hund scheint das nicht zu glauben.«

Elßbeth wandte sich zu Knieptang um und kraulte ihr flüchtig den Rücken. »Da ihr niemand außer mir jemals etwas Gutes getan hat, kann sie das nicht verstehen. Ich habe heute etwas mehr gekocht. Willst du mit deinem Freund eine Schale von meinem Mus teilen? Etwas anderes kann ich euch zum Dank nicht geben.«

Obwohl es bei Pelz-Liese wenig zu essen gab und ihr Mus meist schmeckte, als sei mehr Sägemehl als Korn darin, fühlte Stina sich an diesem Abend gesättigt. Nickel allerdings hatte immer Hunger, das wusste sie. Also nickte sie und stupste ihren Bruder mit dem Ellbogen an.

Wenig später hockten sie an Elßbeths Feuer, und Nickel löffelte mit Begeisterung eine Schale von ihrem Mus, in dem ebenso wie in dem von Pelz-Liese zerkochte Rüben, Kohl, Erbsen und Roggenschrot zusammengemengt waren, das seinem Schmatzen nach aber dennoch besser mundete. Die Wahrsagerin hockte ihnen auf der anderen Seite des kleinen Feuers gegenüber und wärmte ihre Hände an den Flammen, während Knieptang hinter ihr lag und sie weiterhin wachsam beobachtete.

Auch Stina streckte ihre kalten Finger dem Feuerchen entgegen, betrachtete müde die knackende Glut und genoss die Wärme auf ihrem Gesicht.

»Dein Freund hat die Schale gleich leergegessen. Willst du nichts?«, sagte Elßbeth nach langem Schweigen. Nickel hörte erschrocken auf zu essen und hielt Stina die Schale hin, doch sie schüttelte den Kopf.

Elßbeth legte ein wenig Kleinholz ins Feuer, räusperte sich und spuckte aus. »Hm. Schade. Ich dachte, damit wären wir quitt.«

»Nicht so wichtig«, murmelte Stina. Sie wollte sich nur noch niederlegen und schlafen.

»Für mich ist es wichtig. Ich mag keinem etwas schuldig bleiben. Zwar könnte ich dich morgen füttern, aber wenn das die Stinkeliese spitzkriegt, dann gibt sie dir kein Essen mehr, und du hättest nichts gewonnen. Soll ich dir meine Hölzchen werfen? Wäre das Dank genug?«

Trotz aller Erschöpfung machten ihre Worte Stina wieder munter. *Stinkeliese*. Da mochte also Elßbeth Pelz-Liese ebenso wenig wie sie? Sie spürte, wie in ihr ein guter Einfall keimte, wenn sie auch noch nicht genau wusste, wozu er sich entwickeln würde.

Aufgeregt richtete sie sich auf. »Wenn du mir einen Gefallen tun möchtest, dann hätte ich einen Wunsch«, sagte sie.

»Was wäre das?«, fragte Elßbeth und musterte sie mit vorsichtig prüfendem Blick.

»Kannst du mich lehren, wie du es mit dem Hölzchenwerfen machst? Das würde ich gern können. Lieber als alles andere. Ich würde dir auch gewiss nicht deine Geschäfte stören.«

Elßbeth lachte trocken. »Als ob du das könntest, du Naseweis! Wollte schon mancher das Geheimnis der Hölzchen von mir erfahren. Warum sollte ich ausgerechnet dich einweihen? Am Ende plauderst du es der Liese aus und stiehlst mir damit die beste Kundin.«

»Gerade der werde ich bestimmt nichts verraten. Ich hätte lieber heute als morgen nichts mehr mit ihr zu tun.«

»Wenn du sagen willst, dass ich dich und den Knaben aufnehmen soll, bittest du vergebens. Das kann ich nicht. Was ich habe, reicht nur für mich und den Hund.«

»Darum bitte ich nicht. Zeig mir nur, wie du die Hölzchen wirfst und wie man aus ihnen lesen kann.«

»Und wenn du dich dafür auf Zauberei einlassen müsstest? Hast du davor keine Angst?«

Stina zögerte verblüfft. Sie war fest davon ausgegangen, dass das Hölzchenwerfen mit Zauberei zu tun hatte. Immerhin mussten die richtigen Bildchen zur richtigen Zeit erscheinen, um etwas über das Schicksal des Ratsuchenden aussagen zu können. Sie hatte allerdings geglaubt, dass dieser Zauber den Hölzchen innewohnte und Elßbeth nichts dazu tun musste. Eilig sann sie nach, was sie über Zauberei wusste. Die Mutter sprach Schutzzauber über die Gänse und legte ihnen Quendel unter die Eier, damit sie besser brüteten. Mit Ohm Thomas zusammen fertigte sie Zauber für den Schutz der Mühle und für die Fruchtbarkeit des Gartens und der Heuwiesen an. Manchmal war es ein Strauß aus bestimmten Kräutern, manchmal ein Kreuz aus geweihtem Wachs. Vor solchen Zaubern fürchtete sie sich nicht. Böse Zauber hingegen kannte sie nur aus den dummen Schauergeschichten, die abends am Feuer erzählt wurden.

»Wenn ich dafür nichts Böses tun müsste, hätte ich keine Angst«, sagte sie.

Elßbeth sah eine Weile gedankenversunken ins Feuer und nickte dann. »Wüssten wir doch nur immer, was gut oder böse ist. Bete dafür, dass der Herr dich rechtzeitig erkennen lässt, ob du etwas Böses tust.«

Nickel, der die ganze Zeit geschwiegen hatte, obwohl er mit dem Muslöffeln längst fertig war, räusperte sich lautstark. »Uns hier gefangen zu halten, ist böse.«

Verwundert sah Elßbeth ihn an. »Ihr seid noch Kinder und könnt euch glücklich schätzen, dass euch jemand aufgenommen hat. Essen, ein warmer Schlafplatz – es gibt viele Waisen, die gern mit euch tauschen würden. Allein wärt ihr wohl schon in der Kälte verreckt. Oder man hätte euch irgendwo geschnappt und als leibeigenes Gesinde verkauft. Da würde es euch schlechter gehen, das könnt ihr mir glauben.«

»Aber wir sind keine Waisenkinder«, entrüstete Stina sich, obgleich das für Nickel strenggenommen nicht stimmte.

»Also seid ihr euren Eltern davongelaufen?«, fragte Elßbeth mit deutlicher Missbilligung.

Trotzig verschränkte Stina die Arme. »Nein. Wir suchen unsere Mutter.«

»Und wieso ist eure Mutter nicht bei euch?«

»Sie ist fortgegangen, um unsere Schwester zu suchen.«

Elßbeth erhob sich, schüttelte ihren Rock aus und streckte Nickel die Hand entgegen, um ihm die leere Schale abzunehmen. »Ich werde nicht weiterfragen, denn eigentlich will ich die Antworten nicht wissen. Es zählt nur, dass ihr hier seid und froh darüber sein könnt, dass ihr es nicht schlimmer getroffen habt. Ich bin müde. Verschwindet jetzt. Oder bleibt noch und löscht das Feuer, wenn ihr geht. Aber nicht, dass ihr von meinem Holz nehmt, um nachzulegen!«

Stina erhob sich ebenfalls. »Und was ist nun mit dem Hölzchenwerfen?«

»Nicht mehr heute. Wenn ich morgen Abend keine Kunden habe und du nicht arbeiten musst, dann kannst du kommen.«

»Danke! Das ist wunderbar!«

Glücklich hockte Stina sich wieder neben Nickel, während die Wahrsagerin sich mit ihrer Hündin auf den Fersen zurückzog.

Nickel, der mit einem spitzen Stöckchen in der Glut gestochert hatte, wandte ihr das Gesicht zu. »Was hast du denn auf einmal mit den Wurfhölzchen? Willst du damit Ann Durt und Mutter finden?«

Sie schüttelte den Kopf. »Ich glaube, es ist nützlich, sich mit solchen Dingen auszukennen.« Flüsternd fuhr sie fort: »Und ich weiß auch schon genau, welche Zukunft ich Pelz-Liese weissagen werde, wenn sie erst einmal glaubt, dass ich es kann.«

Sie kicherte leise, und Nickel konnte wieder einmal nur fassungslos den Kopf schütteln. »Du bist ja närrisch.«

Nachdem Brida mit Brose und Valentin den halben Weg von Burg Rethem nach Bodendike hinter sich gebracht hatte, war sie so an das Wandern im unbeständigen Winterwetter gewöhnt, dass sie glaubte, in dieser Hinsicht durch nichts mehr zu erschüttern zu sein. Zweimal waren die Falten ihrer feuchten Rocksäume am Morgen so steifgefroren, dass sie wirkten, als könnten sie zerbrechen. Die Haut ihrer Beine und Arme brannte von der ständigen Kälte, ihr Gesicht war rot und ihre Lippen voller Risse. Doch sie hatte ihre Zuversicht wiedergewonnen, war überzeugt davon, Ann Durt in Bodendike endlich vorzufinden, und fühlte sich nach ihrer in Ruhe auskurierten Krankheit gesünder und frohgemuter denn je. Anders war es mit Brose, der zunehmend in sich gekehrt wirkte, je weiter sie vorankamen.

»Warum bist du so still?«, fragte sie schließlich und gab ihm im Gehen einen schmatzenden Kuss auf die Wange.

Er lächelte flüchtig. »Bin ich das?«

»Aber ja. Was geht dir durch den Sinn? Es kann nichts Gutes sein.«

Er hakte sie unter und fiel mit ihr in Gleichschritt. »Da hast du recht. Und es wird wohl Zeit, dass ich es euch erkläre. Wie ihr wisst, stehe ich in Herzog Magnus' Diensten. Trete ich ihm oder seinen Vertrauten jetzt unter die Augen, werden sie sogleich einen neuen Auftrag für mich haben, den ich nicht ausschlagen darf, da mein Kopf mir lieb ist. Besser für uns wäre, wenn ich ihm nicht so bald begegne.«

Brida sah ihn erschrocken an. »Warum begleitest du mich dann? Das müsstest du nicht.«

Er lachte auf eine traurig klingende Art. »Ich war in meinen bald achtunddreißig Jahren oft genug ein Taugenichts. Aber so tumb oder herzlos hätte ich nie sein können, dass ich ein Weib, das ich so liebe wie dich, unter Umständen wie diesen allein gehen ließe. Du bist mutig und weißt dir in mancher Lage zu helfen, aber so recht wehren könntest du dich nicht, wenn dir einer ans Leder wollte.«

»Warum sollte ich das nicht können?« Unwillkürlich ließ

sie ihn los, zog das Beil aus ihrem Gürtel und schwang es mit beiden Händen, als wolle sie jemanden bedrohen, der vor ihr stand. Valentin machte erschrocken einen Satz zur Seite.

Bevor sie wusste, wie ihr geschah, stellte Brose ihr ein Bein. Sie stolperte, und er riss ihr das Beil aus den Händen.

»Die meisten Männer, denen du auf der Straße begegnest, und ganz gewiss alle, die dich angreifen würden, sind geübter im Kampf als du. Dich zu wehren, würde dich nur in größere Gefahr bringen.«

»Das glaube ich nicht. Du hast mich bloß überrumpelt, weil ich von dir nichts Böses erwartet habe. Ich bin nicht schwach, und manch ein Kerl lässt sich gewiss schon abschrecken, wenn er merkt, dass ich bereit bin zuzuschlagen.«

»Bist du das denn wirklich? Könntest du einem Mann so kaltblütig mit dem Beil nach seinem Hals zielen, wie du einer von deinen Gänsen den Kopf abschlägst?«

»Wenn es um mein Leben ginge – gewiss!«

Er schwieg und blickte nachdenklich vor sich auf den Boden, während sie weiterwanderte. Die Stille nutzte Valentin, um sich zu Wort zu melden. Sanft berührte er Bridas Schulter. »Den Müller hast du nicht geschlagen. Du hast das Beil fallen lassen, und er hätte dich fast erwürgt«, sagte er.

»Der Müller war nicht bei sich, er wusste nicht, was er tat. Ich glaubte, ich könne ihn beruhigen, deshalb habe ich gezögert, ihn zu verletzen.« Als sie es ausgesprochen hatte, wurde ihr deutlich, dass Brose mit seiner Warnung doch recht hatte. Mitgefühl würde sie sich nicht erlauben dürfen, wenn jemand sie angriff.

Brose, der von ihrer Begegnung mit dem Müller inzwischen wusste, wenn auch nicht von dem Schatz, schien ihren Gedankengang verfolgt zu haben, denn er warf ihr einen spöttischen Blick zu.

Sie drohte ihm mit dem Zeigefinger. »Mach dich nicht über mich lustig. Sonst wirst du gleich sehen, wie gut ich mich wehren kann.«

»Aber ich habe dein Beil. Willst du es dir wiederholen?«

Es lag eine so klare Herausforderung in seinem Blick und seiner Stimme, dass sie nicht zögerte. Sie sprang ihn so an, dass sie ihm ein Knie in den Rücken stemmen und ihm ihren Arm um die Kehle legen konnte. Im Kampf mit einem Fremden hätte sie nun zugedrückt, so fest sie konnte, doch Brose wollte sie nicht wehtun, deshalb wandte sie nur so viel Kraft auf, dass sie ihn im Griff behielt.

Zumindest glaubte sie für einen Moment, dass sie ihn auf diese Art im Griff behalten könnte. Einen Augenblick später lag sie auf dem Boden und spürte die Schneide ihrer Axt unter dem Kinn. Seufzend entspannte sie sich. »Du hast wohl recht.«

Mit einem zufriedenen Nicken hob er die Axt von ihrem Hals. Schnell klemmte sie seine Wade zwischen ihren Beinen fest und drehte sich, sodass er das Gleichgewicht verlor und neben sie fiel. Wobei er nicht halb so plump gelandet wäre, hätte er nicht im Fallen versucht, sie vor seinem Gewicht und der Schneide des Beils zu schützen.

»Potz Totenbaum. Bist du toll geworden, Weib? Ich hätte dich verletzen können.«

Brida wälzte sich herum und setzte sich auf ihn. »Verzeih mir. Aber gib zu: Hätte ich dich so überrumpeln können, wenn du mich für einen Feind gehalten hättest? Du hast bei mir ebenso gezaudert, wie ich es bei dem Müller und bei dir tat.«

Brose schob ihr seine Hände unter den Rock und legte sie auf ihr nacktes Gesäß. »Mag sein. Aber was soll das? Du wirst mich doch nicht davon überzeugen, dass du meinen Schutz nicht brauchst.«

Valentin, der mit verschränkten Armen und ausdruckslosem Gesicht neben ihnen stand und auf sie herabblickte, seufzte. »Warum lehrst du sie nicht, sich selbst zu schützen? So eine Lehrstunde könnte ich auch gebrauchen. Wollt ihr jetzt nicht aufstehen? Ihr holt euch noch den Tod auf dem kalten Erdboden.«

Tatsächlich ließ Brose sich darauf ein, Brida und Valentin an den folgenden Tagen einige Lektionen in Wehrhaftigkeit zu erteilen. Was er sie lehrte, ließ Brida in Zukunft jeden Menschen, dem sie begegnete, unter anderen Gesichtspunkten betrachten. Sie übte stets einzuschätzen, mit welcher Art Gegner sie es zu tun bekäme, sollte es zum Kampf kommen. Sie lernte, dass Brose es schon sein Leben lang so hielt, sich nicht zu fragen, ob jemand feindselig wirkte, sondern sogleich zu überlegen, auf welche Weise ihm der oder die andere gefährlich werden konnte und wie er sich verhalten musste, um dem zuvorzukommen.

»Was hast du bei mir gedacht, als wir uns zum ersten Mal begegnet sind?«, fragte Brida ihn.

Er lachte. »Oh, ich dachte: Wenn mir dieses Weib doch bloß gefährlich würde, was wäre das herrlich! Sie schnieft immer so vergnüglich. Ich würde sie küssen und herzen, bis sie ohnmächtig umfiele.«

Fünf Tage nach ihrem Aufbruch aus Rethem erreichten sie den Lagerplatz von Herzog Magnus' Armee. Brose hatte sich entschieden, möglichst wenig sein Gesicht zu zeigen und sich weiterhin als Bridas Ehegatte auszugeben, solange es kein Nachteil für sie zu werden versprach.

Der Lagerplatz war schlammig und so weitläufig, dass sie seine Ränder nicht ausmachen konnten. Während sie zwischen Karren, Zelten, Zäunen und Vieh hindurchstapften, überkam Brida die Unsicherheit, ob sie am Ende wirklich den Gesuchten gegenüberstehen würde, wenn sie nach Ulrich und Ann Durt fragte. Auf Burg Rethem hatte ihnen der Verwalter auf ihre Frage hin nur geantwortet, dass »all die jungen Herren« nach Bodendike geritten seien, und, ja, einer von ihnen hätte so ein hübsches, junges Weib gehabt, wie sie es beschrieben. Doch was blieb ihr anderes übrig, als ihre Hoffnung darauf zu setzen?

Sie begannen, nach Ulrich und Ann Durt zu fragen und nach den Söhnen des Herzogs, um es den Befragten ein wenig einfacher zu machen. Niemand kannte Ulrich von Alten, aber zu seinem Onkel Kunzmann, der unter Magnus' Söhnen Hauptmann geworden war, wies man sie schnell.

Das Zelt mit der beschriebenen rot-blauen Flagge und dem Schwertarm darauf zu finden, dauerte dann allerdings etwas länger, zumal sie auch noch den Stechplatz umgehen mussten. Eine Horde von Rittern übte hier die Kontrolle über ihre Pferde.

Kunzmann von Alten bereitete sich sorgfältig darauf vor, Magnus nach all den Monaten persönlich wiederzubegegnen. Das Wichtigste erledigte er lange vor der angekündigten Ankunft des Herzogs im Heerlager: Er schickte seinen Neffen mit einem Trupp junger Tatendurstiger auf eine Mission. Sie bekamen die Aufgabe, die Wasserstraßen unschiffbar zu machen, auf denen die Stadt Lüneburg Waren ein- und ausführte.

Ulrich verstand den Auftrag als eine weitere Gelegenheit, sich zu bewähren. Kunzmann verstand ihn als ausgezeichnete Möglichkeit, seinen Neffen von Magnus fernzuhalten. Es war ihm sehr daran gelegen, dem Herzog die Geschichte von Ulrichs wundersamer Auferstehung zu erzählen, ohne dass der Junker selbst dabei zu viel Aufmerksamkeit erhielt. Nichts war weniger erstrebenswert, als ihn in eine Position zu versetzen, in der er womöglich Magnus' vorübergehendes Interesse für ihn zu einer Günstlingsrolle ausbauen konnte. Zwar ging Kunzmann nicht davon aus, dass Ulrich geschickt genug gewesen wäre, doch seit Kurzem sah er gelegentlich im Verhalten seines Neffen etwas aufflackern, was ihn daran erinnerte, dass sie in jeder Hinsicht verwandt waren. Deshalb traute er dem Knaben mehr Gewitztheit zu, als er bisher bewiesen hatte.

Kunzmann gab seinem Pagen den Befehl, zwei Krüge mit dem besten Bier bereitzustellen, das er in der Umgebung von Bodendike hatte ausfindig machen können. Wenn etwas Magnus mild zu stimmen vermochte, dann waren es Aufmerksamkeiten solcher Art.

Lächelnd setzte Kunzmann sich in seinem Lehnstuhl an das kleine Zeltfeuer, nahm sein Rasiermesser zur Hand und begann, mit höchster Genauigkeit seine Fingernägel zu kürzen. Acht hatte er bewältigt, da störte ihn eine Stimme vor seinem Zelt.

»Kunzmann von Alten, hier verlangt jemand nach Euch.«

Es klang abschätzig, so als hätte der Rufende keine hohe Meinung von dem Besucher. Kunzmann machte sich daher nicht die Mühe, sich zu erheben. »Er möge eintreten.«

Der Mann, der ins Zelt kam, hätte vom Bettler bis zu einem durch die Reise äußerlich heruntergekommenen Kaufmann alles sein können, nichts verriet eindeutig seinen Stand. Das Weib hinter ihm jedoch war gekleidet wie eine Bäuerin. Beide verneigten sich vor ihm.

Was auch immer sie wollten, er hatte keine Lust, sich damit abzugeben. »Was wollt ihr?«, knurrte er und widmete sich seinen letzten beiden Fingernägeln.

»Ambrosius und Brida aus Thomasburg, hoher Herr. Wir

sind auf der Suche nach Eurem Neffen Ulrich«, sagte der Mann, der einen breitkrempigen Hut in der Hand hielt.

Das Messer, mit dem Kunzmann bis dahin so meisterhaft umgegangen war, kam vom Weg ab und schnitt seine Fingerkuppe gerade so weit ein, dass ein Blutstropfen hervorquoll. »Bocksschädel! Was wollt ihr von ihm?«

»Wir möchten uns nicht anmaßen, Euch mit unserem Anliegen zu behelligen. Wenn Ihr nur so gnädig sein könntet, uns zu sagen, wo wir ihn finden.«

Es irritierte Kunzmann, den Mann nicht einordnen zu können. Für einen Bauern oder Knecht waren sein Auftreten und seine Sprache ungewöhnlich selbstsicher und gewandt.

»Die Angelegenheiten meines Neffen sind auch meine. Sprich also«, beharrte er.

Der Mann musterte ihn auf eine Art, die mancher Edelmann als Grund genommen hätte, ihn zu ohrfeigen. Kunzmann war allerdings zu neugierig darauf, was diese Leute mit Ulrich verband. Daher übersah er die Frechheit großmütig.

»Nun, um es genauer zu sagen, suchen wir eigentlich jemanden, der sich in Begleitung Eures Neffen befinden könnte. Wir hoffen, sie gemeinsam anzutreffen oder Euren Neffen um Auskunft nach dem Verbleib desjenigen bitten zu …«

Mit einem Seufzer, aus dem sowohl Ungeduld als auch Erschöpfung sprachen, trat das Weib vor. »Ich suche meine Tochter. Sie ist vielleicht bei Eurem Neffen. Der Herrgott wird es Euch lohnen, wenn Ihr mir sagt, ob Ihr sie gesehen habt und wo ich sie finden kann.«

Kunzmann lehnte sich zurück, das Rasiermesser in der Hand, den letzten Fingernagel noch immer ungeschnitten. Seine Gedanken rasten. Ulrichs kleine Gespielin wurde also vermisst. Wäre sie noch im Lager gewesen, zu nichts weiter gut, als ihm auf der Tasche zu liegen, hätte er sie gern mit ihrer Mutter vereint und beiden noch Reisegeld gegeben, damit sie schnell verschwanden. Doch da es der mächtigen Margarete eingefallen war, das ehrlose Ding als Spielzeug zu beanspruchen, war es undenkbar, die Bäuerin zu ihr zu weisen. Weder Margarete noch Herzogin Katharina hätten den Aufruhr und das Geschwätz geschätzt, das dadurch entstanden wäre. Zu leicht konnten durch eine solche Unannehmlichkeit Nachteile für das Haus von Alten entstehen.

Er lächelte und legte das Messer aus der Hand. »Aber ja. Die holde Maid Anna Dorothea. Sie hängt voll inniger Zuneigung an Ulrich. Aber ich muss dich enttäuschen, so ungern ich das einer besorgten Mutter antue. Hier im Lager werdet ihr die beiden nicht finden. Ulrich ist in Diensten Herzog Magnus' in Richtung Lüneburg weitergezogen, um einen wichtigen Auftrag zu erledigen.«

Das Weib sank sichtlich in sich zusammen. Ambrosius legte seine Hand um ihren Oberarm, um sie zu stützen. »Könnt Ihr uns sagen, wohin genau sie gegangen sind?«, fragte er.

Kunzmann wog sein Haupt, als müsse er darüber nachdenken, was er preisgeben wollte. »Wie du gewiss begreifen wirst, kann ich nicht jedermann die herzöglichen Pläne offenlegen. Ihr seid einfache Leute, und ich will euch nicht unterstellen, dass ihr Verrat üben wollt, aber sicherer ist, wenn ihr nicht wisst, wohin Ulrichs Mission ihn führt. Was eure Sorge um das Mädchen angeht, kann ich euch beruhigen. Sie war gesund, als ich sie das letzte Mal sah. Gewiss wäre es das Beste, wenn ihr nach Thomasburg zurückkehrt, damit sie euch dort antrifft, sollte es ihr in den Sinn kommen, euch zu besuchen.«

Er zwang seine Miene in das milde Lächeln eines gütigen Wohltäters und ließ seine Worte bewusst so klingen, als hätte er Grund zu der Annahme, dass Ulrich und seine Dirne in absehbarer Zeit nach Thomasburg reisen würden. Im Grunde tat er dem Weib ja einen Gefallen damit. Sie durfte beruhigt heimkehren und sich eine ganze Weile an einer tröstlichen Hoffnung erfreuen.

»Hat sie gesagt, dass sie heimkehren wird?«, fragte die Bäuerin.

»So hat sie sich nicht ausgedrückt. Aber an deiner Stelle würde ich es erwarten. Und nun geht. Ich habe wichtigere Dinge zu tun.«

Das Weib sah aus, als wolle es widersprechen, doch Ambrosius nahm ihr Handgelenk und brachte sie dazu, sich mit ihm zu verneigen, dann verließen sie sein Zelt.

Kunzmann wartete gerade so lange, bis sich die beiden in seiner Vorstellung zehn Schritte entfernt hatten, bevor er durch seinen Pagen einen zuverlässigen Mann rufen ließ, der unbemerkt herausfinden sollte, was sie als Nächstes tun würden. Er hatte ihnen die Gelegenheit angeboten, unbeschadet aus seiner Umgebung zu verschwinden. Sollten sie sich nun dafür entscheiden, ihm stattdessen unbequem zu werden, würde er nicht zögern, sie sich auf anderem Weg vom Hals zu schaffen. Schlimm genug, dass Ulrichs Bauernmädchen ins Spiel geraten war. Er konnte nicht auch noch ihre Sippe gebrauchen.

Brida setzte Fuß vor Fuß, ohne zu bemerken, wohin sie ging. Brose folgte ihr und schwieg dabei ausnahmsweise. In ihre Enttäuschung und ihren Kummer mischten sich zum ersten Mal Zweifel. War ihre Sorge um ihre Tochter am Ende unbegründet? Wenn sogar Ulrichs Onkel mit solcher Selbstverständlichkeit von Ann Durt sprach und nichts gegen das Verhältnis der beiden einwendete: Konnte es dann doch möglich sein, dass sie trotz des großen Standesunterschieds ein Paar sein durften? War ein solches Wunder möglich?

»Was soll ich tun, Brose? Soll ich nach Thomasburg zurückkehren und warten, bis ich etwas von ihr höre?«

Sie blieb stehen, um ihm in die Augen zu sehen.

Er legte seine Hände zärtlich um ihr Gesicht. »Vor allem solltest du Kunzmann von Alten nicht trauen. Glaub mir, kein Edelmann heißt es gut, wenn sein Verwandter eine Verbindung mit einem Weib weit unter seinem Stand eingeht. Wenn Kunzmann so tut, als ob dem doch so wäre, dann hat er ganz sicher einen Grund dafür, der nicht freundlich ist. Wir sollten deine Tochter weiter suchen.«

»Aber nun gibt es auch noch ein Geheimnis darum, wohin sie gegangen sind. Wird es nicht unmöglich sein, sie aufzuspüren?«

»So, wie Kunzmann davon sprach, handelt es sich um einen geheimen Auftrag von der Art, über die jeder alles weiß. Der Unterschied zu einem nicht geheimen Auftrag ist bloß, dass man hinter vorgehaltener Hand darüber spricht. Lass mich nur machen, dann können wir morgen schon weiterreisen.«

»Es war dir wichtig, von Herzog Magnus und seinen Vertrauten hier nicht erkannt zu werden. Denkst du daran gar nicht mehr?«

»Sei's drum. Magnus ist noch nicht hier, und deine Tochter ist wichtiger. Wie der räudige Wolf über sie gesprochen hat, macht mir Sorgen. Er wollte, dass du beruhigt bist. Als wolle er uns von ihr fernhalten. Wer weiß, was er mit ihr vorhat.«

Brida ließ sich das Gespräch mit Kunzmann von Alten noch einmal durch den Sinn gehen und schüttelte den Kopf. Um solche Feinheiten und Falschheiten entdecken zu können, war sie zu aufgeregt und zu eingeschüchtert gewesen.

Doch wenn sie sich zurückerinnerte, wie seltsam Ulrichs Verhalten gewesen war, was seinen Onkel betraf, hatte sie allen Grund, dem Edelmann zu misstrauen.

»Also gut, dann suchen wir weiter«, beschloss sie.

Brose legte ihr die Hand in den Nacken und zog sie zu einem Kuss heran. »Warte bei Valentin. Ich höre mich um und komme dann zu euch.«

Wieder einmal war Brida dankbar dafür, dass sie ihm begegnet war. Allein hätte sie vielleicht ihre Ratlosigkeit nicht überwunden und aufgegeben.

Überwältigt von ihrem Gefühl für ihn, hielt sie ihn fest und gab ihm einen weiteren Kuss, bevor er gehen konnte. Ihr lag auf der Zunge, ihm zu sagen, dass sie ihn liebte, doch zum letzten Mal hatte sie diese Worte zu ihrem sterbenden Mann gesagt. Danach war sie überzeugt gewesen, dass sie sie nie wieder aussprechen würde. Sie hatte geglaubt, dass man solche überschwänglichen Gefühle nur entwickelte, wenn man jung und unerfahren war. Und vielleicht war das die Wahrheit, und sie war bloß absonderlich. Jedenfalls konnte sie gerade Brose, der mit seinem ungebundenen Leben so zufrieden war, nicht ihre Liebe bekennen.

Immerhin tat es ihr gut, dass sie sich selbst eingestanden hatte, was sie empfand. Beschwingt wanderte sie zurück zu dem Feuer am Rande des Lagers, wo sie Valentin zurückgelassen hatten. Die Feuerstelle war ein Treffpunkt der Knechte und Mägde, und Brida fand sich bald ins Gespräch verwickelt.

Auf diese gesellige Weise wurde es Nacht, und als Brida sich auf dem Schlafplatz zur Ruhe begab, den sie in einem der Gesindezelte gefunden hatten, war Brose noch nicht wieder da. Erst nachdem sie noch eine ganze Weile wachgelegen hatte, sah sie durch die durchscheinende Zeltwand das flackernde Licht einer Fackel, die draußen vor dem Eingang zischend ausgelöscht wurde. Sie erkannte Brose an seinem leisen Gesang. Er hatte so viel getrunken, dass er schwankte, fand aber den Weg zu ihr zielstrebig und ohne über andere Schläfer zu stolpern. Als er neben ihr niederkniete, setzte sie sich auf.

Er schloss sie in die Arme. »Alles wird gut. Ich habe herausgefunden, was wir wissen müssen, mein Goldschatz.«

Sie hatte nicht daran gezweifelt, dass ihm das gelingen würde. »Danke. Bist du jetzt müde?«, flüsterte sie und suchte genüsslich mit der Hand unter seiner Schecke, bis sie durch den Stoff der Bruche seine warmen Hoden fühlen und in der Hand wiegen konnte.

Er unterdrückte ein Lachen. »Es gab schon Zeiten in meinem recht langen Leben, da war ich müde genug, um einzuschlafen, obwohl ein Weib zwischen meinen Lenden den Kopfstand versuchte. Doch ich war noch nie so wild auf ein Weib wie auf dich. Deshalb werde ich wohl nie zu müde sein, wenn du dein Händchen um meine Juwelen legst.«

Sie half ihm dabei, seine Schecke zu öffnen und die Bruche beiseitezuschieben. Dann führte sie seine Hand zwischen ihre Schenkel. Er stöhnte und lachte gleichzeitig. »Nie wieder werde ich müde sein, solange du bei mir bist.«

Brida erwachte früh und wie stets ein wenig steif von der kalten, klammen Nacht, aber mit einem wohligen Nachhall der Lust, die sie erlebt hatte. Etwas hatte sie geweckt, doch sie wusste nicht, was. Um sie herum schliefen alle, und sie nahm an, dass bis zum Sonnenaufgang noch Stunden vergehen würden. Sie ahnte in der Dunkelheit Valentins tief atmende Gestalt. Brose allerdings lag nicht mehr bei ihr. Zuerst wunderte sie sich nicht. Er musste zu viel getrunken haben, um durchschlafen zu können. Doch als sie eine Weile wach dagelegen hatte und er noch immer nicht zurückkehrte, kroch die Angst in ihr hoch. Gewiss liebte sie ihn, doch das machte sie nicht blind für seine Unarten. Er trieb vieles, was sie nicht durchschaute, und die meisten seiner Unternehmungen schienen nicht ungefährlich zu sein. Sie lag erneut lange wach und wartete, doch er kehrte erst zurück, nachdem sie wieder eingeschlafen war und der Tag graute.

Sein Gesicht war vor Müdigkeit blasser als sonst, seine Falten tiefer, als er zu ihr unter die Decke schlüpfte und sich an sie schmiegte. Sie hatte darüber nachgedacht, wie viel sie mit seinen Geheimnissen zu tun haben wollte, und war zu dem Schluss gekommen, dass es besser war, ihn nicht danach zu fragen. Doch wie so oft hielt ihre Vernunft ihrer Neugier nur wenige Atemzüge lang stand. »Wo warst du?«

Er seufzte tief. »Warum habe ich geahnt, dass du fragen würdest?«

»Ich weiß, wie du darüber denkst. Und halb gebe ich dir recht. Auf der anderen Seite wäre es abscheulicher als abscheulich, wenn man dich oder uns beide anklagte oder gar umbrächte, und ich wüsste nicht, wofür. Und vielleicht gibt es auch Dinge, vor denen ich mich besser hüten könnte, wenn ich Bescheid wüsste.«

Er küsste ihren Hals dicht unterhalb des Ohrs, knabberte an ihrem Ohrläppchen und ließ seine Hand über ihren Bauch nach unten wandern. »Du weißt doch, worin ich meine Finger am liebsten habe.«

Sie hielt seine Hand fest. »Deshalb wäre es ja auch so ein Jammer, wenn man sie dir abschnitte, nicht wahr?«

Er stützte sich auf den Ellbogen auf und blickte ihr in die Augen. »Ich bin doch kein Dieb.«

»Ach nein? Du bist gewiss nicht nur ein Dieb. Aber soweit ich es beobachten konnte …«

Er piekste sie mit dem Finger in den Bauch, sodass sie einen leisen Quiekser ausstieß. »Du kränkst mich. Damit du Ruhe gibst, will ich dir trotzdem sagen, dass ich schon entschieden habe, dir zu verraten, was mich in der Nacht von deiner warmen Seite getrieben hat. Es war dein Schnarchen. Ich habe mir ein ruhigeres Schlaflager gesucht. Im Pferch zwischen den Säuen war noch ein Plätzchen frei.«

Er piekste sie wieder, und sie packte seine Hand fester. »Wie sollte ich darauf auch kommen? Am Geruch merkt man es ja nicht, du Herumtreiber.«

»Nun auch noch ein Herumtreiber? Sag mir, holde Müllerin, warum gibst du dich mit einem wie mir ab?«

Brida seufzte. »Weil die Liebe sich nicht vorsieht, sondern hinfällt, wo es ihr in den Sinn kommt. Wirst du mir nun noch eine Antwort geben? Wenn du es nicht vorhast, werde ich lieber aufstehen und mir etwas zu essen suchen. Mein Magen knurrt.«

»Nicht nur dein Magen ist knurrig, sondern das ganze Weib, scheint mir. Aber warte, ich meinte es ernst und werde dir erzählen, was ich gestern und in der Nacht erlebt habe. Du musst nur verstehen, dass du darüber mit niemandem sprechen darfst. Kannst du mir das schwören?«

Brida nickte und schmiegte sich nun ihrerseits an ihn, um ihm dabei zuzuhören, wie er ihr leise berichtete, was er am Vorabend erlebt hatte, als er sich nach Ulrich umhörte.

Er hatte es nicht vermeiden können, erkannt zu werden, und den Befehl erhalten, vor Herzog Magnus zu erscheinen, sobald der einträfe. Noch in der Nacht musste er daher dessen Zelt aufsuchen. Zu seiner und auch Bridas großer Erleichterung schloss sein neuer Auftrag jedoch nicht aus, dass sie gemeinsam die Suche nach Ann Durt fortsetzten.

Brose war nicht der einzige Mann, der in Diensten des Herzogs durchs Land zog, um herauszufinden, wie es um seine Verbündeten stand. Doch seine Auskünfte waren die besten gewesen. Die Bewohner von Dannenberg, Bleckede, Lauenburg und etlichen Städtchen und Burgen in der Lüneburger Umgebung standen fest auf Magnus' Seite und wollten die Welfen im Braunschweig-Lüneburgischen Herzogtum an der Macht und die alten Verträge erfüllt sehen. Die Ächtung durch den Kaiser hielt sie davon nicht ab. Allerdings gab es aus anderen Quellen unerfreulichere Nachrichten. Da war davon die Rede, dass der Adel des Landes kriegsmüde wäre und es lieber sähe, wenn Magnus und seine sächsischen Gegner sich einem Schiedsspruch des Kaisers beugen würden.

»Nun ist so ein Ansinnen zwar im Grunde nicht unehrenhaft. Aber was hätte Magnus von einem Kaiser zu erwarten, der sich eingemischt und schon die Acht gegen ihn ausgesprochen hat, obgleich er das Lüneburger Land noch nie mit eigenen Augen gesehen hat und sich vielleicht auch niemals bequemen wird, es zu besuchen? Soll das Urteil dieses Mannes zählen, wenn es um das ureigene Recht der Welfen geht? Müsste man es Magnus nicht eher vorwerfen, wenn er sich darauf einließe, die Ansprüche seiner Kinder und Kindeskinder in einem Spiel mit so schlechten Aussichten zu vertun? Ist es nicht mannhafter, wenn er den Kampf vorzieht?«, fragte Brose.

Er sprach so fesselnd und eindringlich, dass Brida das Gefühl bekam, sie müsse auch auf Seiten der Welfen stehen, obwohl es ihr bis dahin gleichgültig gewesen war, ob Welfen oder Sachsen die Macht gewannen – solange sie nur aufhörten, Dörfer zu verwüsten und die einfachen Leute auszuplündern. Aber hatte Brose nicht recht? Würde etwa sie selbst sich dem Schiedsspruch eines unwissenden Richters beugen wollen, wenn Leben und Recht ihrer Angehörigen in Gefahr waren? Andererseits sagten manche, dass auch der Kaiser, so wie der Papst, von Gott eingesetzt war.

Bevor sie sich weiter in ihren Überlegungen verstricken konnte, stieß Brose sie an.

Er schmunzelte. »Da habe ich dich gefangen, was? Die meisten fängt man auf diese Weise besonders leicht, wenn sie eigene Kinder haben. In Wahrheit kämpft Magnus Torquatus vor allem, weil er ein sturer, stolzer Bock ist und seine Feinde lieber in ihrem Blut liegen sieht, als mit ihnen zu reden. Als sein Vater ihm vor Jahren drohte, ihn aufzuhängen, wenn er sich in seinen Händeln nicht mäßigt, spottete Magnus darüber und sagte, ihn dürfe man nur seinem Stand gemäß an einer silbernen Kette aufhängen. Seitdem trägt er eine silberne Kette und den Beinamen Torquatus. Daran kannst du sehen, wie viel er auf seine eigene Ehre und wie wenig er auf das Urteil anderer Herren gibt. Mit Männern, die ihn einmal beleidigt haben, kennt er keine Gnade. Und der Kaiser ist ihm gleichgültig, solange er nicht mit einem eigenen Heer dahergezogen kommt. Aber das sage ich nur dir, und du solltest es für dich behalten.«

Brida sah ihn staunend an. »Was für ein Gauner du bist. Wie kannst du Menschen zu einer Sache verführen, an die du selbst nicht glaubst?«

Er lachte. »Man bezahlt mich gut dafür. Doch täusch dich nicht. Auch wenn ich nicht an ehrenwerte Gründe glaube, stehe ich auf Magnus' Seite. Ich würde jederzeit lieber einen Sachsen erschlagen als einen Welfen.«

»Ich hoffe, du musst niemanden erschlagen.«

»Wenn es in die Schlacht geht, dann bin ich dabei. Und wenn mir da ein Sachse begegnet, werde ich ihn zusammenhauen und einen Kopf kürzer machen. Einmal wieder ordentlich dreinzuschlagen, wäre eine Wohltat.«

Auch wenn sein Tonfall scherzhaft klang, glaubte sie, dass er es durchaus so meinte. Und wenn sie ehrlich zu sich war, hätte sie es vielleicht ebenso gesehen, wenn sie als Mann auf die Welt gekommen und in der Waffenkunst geübt gewesen wäre. Sie hätte es vorgezogen, in der Schlacht zu kämpfen, als sorgenvoll abzuwarten, welche Seite die Oberhand gewann und sich die Rechte des Siegers nehmen würde.

Da war sie anders als Ann Durt, die vor jeder Grobheit zurückschreckte und zu mitfühlend war, um jemandem ein Haar zu krümmen. Falls sie tatsächlich noch bei Ulrich war, wenn er in die Schlacht zog, würde es eine Qual für sie werden. Sie würde es kaum ertragen, die blutigen Kämpfe mitzuerleben. Das war ein Grund mehr, sie zu suchen und heimzubringen. Doch zum ersten Mal zögerte Brida bei dem Gedanken. Als Kunzmann angedeutet hatte, dass Ann Durt von sich aus nach Thomasburg zurückkehren würde, hatte sie es hoffnungsfroh geglaubt. Nun, da Brose sie davon überzeugt hatte, dass Kunzmann wahrscheinlich gelogen hatte, fragte sie sich auf einmal, warum sie all die Zeit so sicher gewesen war, dass Ann Durt heimkehren wollte. Sie selbst mochte nicht daran denken, sich von Brose zu trennen – wie würde es dann ihrer Tochter gehen, falls sie Ulrich wirklich von Herzen liebte? Was, wenn Ann Durt sich weigerte, mit ihr nach Thomasburg zurückzugehen? Brida schüttelte seufzend den Kopf. Erst einmal musste sie die beiden finden, dann würde man weitersehen.

»Warum bist du auf einmal so nachdenklich? Stört es dich, wenn ich in die Schlacht ziehe?«, fragte Brose.

Sie zuckte mit den Schultern. »Nein. Geh ruhig und lass dich totschlagen. Was sollte mich daran stören?«

»Pfui, wie grässlich von dir. Wie kannst du glauben, dass ich so ungeschickt wäre, mich totschlagen zu lassen?«

»Oh, verzeih. Für einen Augenblick vergaß ich, was für ein geschickter Mann du bist.«

Sie schmunzelten beide, doch Brida war allzu bewusst, dass ihr Herz brechen würde, wenn er starb.

11

Nur ein einzelner Sonnenstrahl des milden Vorfrühlingstages drang durch eines der kleinen Fenster in Rumpoldts feine Wohnstube vor und machte den tanzenden Staub und einen im sanften Luftzug wehenden Spinnfaden sichtbar. Es war kurz vor dem zweiten Fastensonntag, und Ann Durt weilte inzwischen seit zwei Wochen in Celle. Sie hatte begonnen, sich einzuleben, als ein Gast auf der Burg eintraf, der sie vor eine neue gewaltige Herausforderung stellte. Die Begegnung ließ ihr nichts anderes übrig, als erneut Rumpoldts Rat zu suchen, daher saß sie in seiner Stube und wartete auf seine Heimkehr.

Er hatte ihr geholfen, wie er es versprochen hatte. Die Gewandschneider kamen nun auch mit ihrem zuvorkommenden Lächeln zu ihr und unterbreiteten ihr Vorschläge für Gewänder, ohne je nach der Bezahlung zu fragen. Sie nahmen mit ihren Leisten und Schnüren ihre Maße, führten Muster ihrer prächtigen Tuche vor und der Kostbarkeiten, mit denen man den Reiz eines Kleides noch steigern konnte. Gemeinsam mit Gräfin Margarete und ihrer treuen Edwina berieten sie über Farben und Schnitte, die ihr besonders gut zu Gesicht stehen würden, und sparten nicht mit Lob für ihre Schönheit und Anmut.

Bei all ihrer natürlichen Bescheidenheit fühlte Ann Durt zunehmend Freude an dieser eitlen Beschäftigung. Und als sie zum ersten Mal in ein Gewand gekleidet wurde, welches mit so viel Aufwand für sie allein gefertigt worden war, und die bewundernden und neidischen Blicke der Hofgesellschaft spürte, fiel ein großer Teil ihrer Schüchternheit von ihr ab. Endlich fühlte sie sich ein wenig zugehöriger zum erlauchten Kreis der edlen Frauen.

Rumpoldt hatte ihr nicht nur Kredit bei den Schneidern, Tuchhändlern und Goldschmieden vermittelt, sondern er war ihr auch zum Ratgeber in vielen anderen Fragen geworden. Ihn aufzusuchen und erneut um seinen Beistand zu bitten, erschien ihr als die einzige Hoffnung auf Rettung, denn Herzogin Katharinas neuer Gast war Mechthild von Alten, Kunzmanns Gemahlin, und sie kam nicht zufällig nach Celle. Schon in der ersten Stunde ihres Aufenthalts machte sie Ann Durt ausfindig, begrüßte sie jedoch vorerst nicht, sondern betrachtete sie aus der Entfernung, wie jemand einen unbekannten Waldpilz begutachtete, von dem er nicht wusste, ob er essbar sein könnte oder lieber zertreten werden sollte. Mechthilds Miene war schwer zu deuten, denn sie hatte es mit der weiblichen Vorliebe für das Ausreißen von Schläfen- und Stirnhaar so weit getrieben, auch ihre Augenbrauen auszureißen. Eigentümlich kahl wirkte ihr Gesicht. Dennoch vermutete Ann Durt, dass sie sich gerade für ein vernichtendes Urteil entschieden hatte, als Gräfin Margarete ihr Wort zu ihren Gunsten in die Waagschale warf.

»Ihr seid ja sicher der reizenden jungen Freundin Eures Neffen noch gar nicht begegnet, nicht wahr? Das dort ist sie«, sagte sie und deutete auf Ann Durt.

Ann Durt hatte in einer Fensternische mit einigen der jüngsten Edelfräulein hübsche Körbchen aus Schilf geflochten. Von Mechthilds Ankunft hatte sie zuvor erfahren, hätte sich jedoch nie herausgenommen, sich ihr unaufgefordert zu nähern. Da nun die Rede von ihr war, erhob sie sich und knickste in Margaretes und Mechthilds Richtung, froh, dass ihr in Blassgrün und Blau gehaltenes Kleid hinter Mechthilds Gewand aus gemustertem italienischem Brokat an Kostbarkeit weit zurückblieb.

»Soso. Das kleine Ding muss ja ganz wirr im Kopf sein, weil ihr die Ehre zuteilwird, von Euch so weit über ihren Stand erhoben zu werden. Ihr seid außerordentlich großmütig«, sagte Mechthild.

Woraufhin Gräfin Margarete hoheitsvoll den Kopf neigte, ohne sich weiter zu Ann Durt zu bekennen.

Mechthild war noch eine ganze Weile in der Kemenate geblieben und hatte sie später mit Edwina und einer weiteren Edelfrau verlassen, um die Burg zu besichtigen. Mit keinem Blick und keinem Wort hatte sie Ann Durt noch einmal zur Kenntnis genommen.

Obwohl Ann Durt die Gespinste aus Lug, Trug und Macht noch längst nicht durchschaute, ahnte sie, dass Mechthild ihr schaden würde, wenn sie nichts unternahm. Ebendiese beunruhigenden Umstände wollte sie Rumpoldt schildern, damit er ihr sagte, wie sie sich schützen konnte.

Sein Hausknecht hatte sie und die Magd Johanna, die sie in Rumpoldts Auftrag begleitet hatte, hereingelassen. Nun saßen sie in der kleinen, aber mit Kissen, Decken und Geschirr kostbar ausgestatteten Wohnstube auf Sesseln und warteten auf den Hausherrn. Auf dem Flur vor der Stubentür waren sie einem vierschrötigen, schmuddeligen Mann begegnet, der das Haus anschließend durch die Hintertür verlassen hatte. Der Kerl hatte nach Pech gestunken, und es kam Ann Durt vor, als hinge der unangenehme Geruch auch in der Stube in der Luft. In einem seltsamen Widerspruch stand das für sie zu der vornehmen Umgebung.

Die Magd verhielt sich ihr gegenüber einsilbig. Obwohl sie vom gleichen Stand waren, wies sie Ann Durts vorsichtige Versuche, mit ihr Bekanntschaft zu schließen, ab. Besonders in solchen Momenten vermisste Ann Durt ihre Mutter, ihren Oheim und ihre Geschwister heftig, und ihre Sehnsucht nach Ulrich schmerzte. Seinen Worten zum Trotz fühlte sie sich so einsam wie nie zuvor.

Rumpoldt ließ lange auf sich warten. Ann Durt hatte sich angewöhnt, bei erzwungener Untätigkeit ihre Finger zu reiben, immer und immer wieder die Schwielen abzutasten, die ihr schon längst nicht mehr so dick und rau erschienen wie bei ihrem Aufbruch aus der Mühle. Wenn sie noch einige Wochen unter den vornehmen Frauen verbrachte, würde Ulrich seine Freude an ihren weichen Händen haben. Er liebte so sehr das Weiche und Sanfte an ihr.

Sehnsüchtig stellte sie sich vor, wie er ihre Hände in die seinen nehmen und ihre Handflächen streicheln würde. Wie er weiter mit seinen Fingern an der Innenseite ihrer Arme emporfahren würde bis unter ihre Achseln. Dann würde er sich zu ihr neigen und ihre Brustknospe mit seinen Lippen umschließen. Ihr wurde heiß bei dem Gedanken, und ihr Sehnen wurde noch quälender.

Das zornige Aufstöhnen der Magd holte sie in die Wirklichkeit zurück. Das stämmige junge Weib zeigte mit verächtlicher Miene auf ihre Hände. »Davon vergeht die Zeit auch nicht schneller. Echte Edelfrauen sitzen einfach still und warten.«

Erschrocken ließ Ann Durt ihre Hände von da an in ihrem Schoß ruhen. Sie musste noch besser Obacht geben, was sie tat und wohin sie ihre Gedanken schweifen ließ.

Kurz darauf hörte sie Rumpoldt durch die Diele kommen. Sein Gang war leicht zu erkennen, denn sein schiefer Wuchs machte seine Schritte auf eine besondere Weise ungleichmäßig.

Er musste soeben etwas Heiteres erlebt haben, denn auch sein halblautes, keuchendes Lachen war unverwechselbar. Als er die Tür einen Spalt weit geöffnet hatte, steckte er zuerst den Kopf herein. Nicht höher als auf halber Höhe der ohnehin schon niedrigen Tür erschien sein Gesicht, und obwohl Ann Durt ihn nun schon häufig gesehen hatte, musste sie sich Mühe geben, darüber nicht zu schmunzeln. Er ließ es sich gewöhnlich nicht anmerken, doch sie spürte, dass es ihn gehörig ärgerte, wenn man ihn belächelte. Und sie war längst zu dem Schluss gekommen, dass es unangenehme Folgen haben konnte, ihn zu verärgern. Gerade zwei Tage zuvor hatte eine neue Küchenmagd, die über ihn gespottet hatte, sich bei der schweren Stallarbeit wiedergefunden, weil sie angeblich zu ungeschickt für die Küche war.

»Die hohe Frau von Mühlenteich beehrt mich mit ihrem Besuch. Welchen glücklichen Umständen verdanke ich das?«

Um ihr Ansehen zu erhöhen, hatte er ihr verboten, sich gegen ihn zu verbeugen, wenn andere zugegen waren. Nur darum blieb sie sitzen und wartete, bis er zu ihr kam, um ihre Hand zu ergreifen und sich seinerseits vor ihr zu verbeugen.

»Lieber Rumpoldt, ich fürchte, die Umstände sind nicht glücklich. Ich brauche schon wieder Eure Hilfe«, sagte sie.

Rumpoldt nickte lächelnd wie ein beflissener Händler und wedelte mit beiden Händen in Richtung der Magd. »Geh und hilf in meinem Gärtchen Unkraut zupfen, oder mach dich sonst wie nützlich.«

Erst als sie unter vier Augen waren, ließ er Ann Durt ihre Geschichte erzählen. Unablässig wanderte er dabei durch die kleine Stube, die Hände hinter dem Rücken verschränkt.

»Will dich auf deinen Platz verweisen, was? Kann ihr nicht viel an ihrem Neffen liegen, nicht wahr? Sollte sich darüber freuen, wie man dich über deinen Stand erhebt. Oder will sie, dass sein edles Blut sich nicht mit deinem mischt, Gänschen? Oder beides? Jedenfalls werden wir nicht klein beigeben. Du brauchst ein neues Kleid und ein prächtiges Geschenk für die garstige Mechthild. Wie versöhnlich, wie freundlich von dir, werden die Frauen denken – auch wenn die Mechthild es nicht haben will. Und kostspielig muss es sein, damit sie sieht, dass du dir das erlauben kannst. Lass sie nachdenken, ob sie sich in deinem Vermögen vielleicht getäuscht hat, ob du kein armes Gänschen bist, ob dein Ulrich nicht ein viel reicherer Mann ist und dir viel mehr zugetan, als sie glaubte.«

Ann Durt errötete. »Aber woher soll ich das Geld nehmen? Ulrichs Onkel zahlt alles, was Ulrich benötigt. Mechthild wird doch rasch herausfinden, dass mein Prunk aus ihrem eigenen Beutel bezahlt ist.«

Abrupt stand Rumpoldt still und starrte sie an. »Du meinst, Ulrich kann all die Schneider, Goldschmiede und Haubenmacher gar nicht selbst bezahlen? Und du hieltest es nicht für nötig, mir das früher zu sagen? Nun, so geht mein Plan nicht auf, ganz und gar nicht auf. Warum ist dein kleiner Ritter denn so eine arme Kirchenmaus? Hat er denn nicht einen vermögenden Vater beerbt?«

Ann Durt wandte hilflos ihre Handflächen nach oben. »Er glaubt, sein Onkel hätte ihn um sein Vermögen betrogen. Aber davon verstehe ich nichts.«

»Nein, davon verstehst du nichts, Gänschen. Zerbrich dir nicht das hübsche Köpfchen, nicht wahr? Lass Rumpoldt nur machen. Bestell dein neues Gewand aus blassgelber Seide mit Aufschlägen und Passen, so blau wie deine Äuglein, und Besätzen aus honigfarbenen Kristallen. Lass dein Haar von Johanna aufstecken. Sie mag dich nicht und du sie auch nicht, aber sie ist mir gehorsam. Ein Geschenk für Base Mechthild fehlt uns noch, warte … Ich weiß einen

Confectionarius, der sich auf Mandelteig versteht. Kleine Figuren macht er daraus. Ich lasse ihn einen Schwan formen, der eine kleine Krone aus Juwelen trägt.«

»Und wenn sie das Geschenk nicht annimmt?«, fragte Ann Durt. Mit Schrecken dachte sie daran, wie sie sich schämen würde, wenn Mechthild vor aller Augen ihre Gabe zurückweisen würde.

»Dann wirst du mit traurigem Gesicht das kleine Wunderwerk einer Magd geben und sie heißen, es in die Küche zu tragen, damit das Gesinde das süße Zeug verspeisen möge. In der Küche lasse wiederum ich es der Magd abnehmen, damit wir beide es später genießen können. Du magst doch Süßigkeiten, nicht wahr, Gänschen?«

Ann Durt nickte, obwohl ihr bei der ganzen Sache unwohl war. Doch Rumpoldt wusste gewiss, was er tat. »Ich werde es so machen, wie Ihr sagt.«

Er rieb sich die Hände und grinste. »Brav so, brav so. Du kannst dem guten Rumpoldt vertrauen, Jungfer vom Mühlteich. Ich werde alles zum Besten wenden.«

»Wie kann ich Euch je dafür danken? Ihr seid sehr großmütig.«

Sein Grinsen bekam einen spöttischen Zug. »Ich wüsste einen Dank, mein Kind. Gib mir einen Kuss. Damit will ich mich für jetzt bescheiden. Was hältst du davon? Ein hoher Preis, nicht wahr?« Er lachte keuchend und schlug sich mit seinen beiden Händen, die zu groß für den restlichen Mann erschienen, auf den Bauch.

Für all das, was er für sie tat, war ein Kuss kein hoher Preis, fand sie. Sie hatte auch ihren Onkel, ihre Mutter und ihre Geschwister gelegentlich zum Dank geküsst. Daher überlegte sie nicht lange. »Wenn Ihr meinen Kuss als Dank annehmen wollt, so fühle ich mich geehrt.«

Auf einmal stand er wieder ganz still und betrachtete sie.

»Oh. Wir haben schon etwas gelernt, Jüngferchen. Dann komm nur her und danke mir.«

Sie erhob sich, legte ihm die Hände sanft auf die Schultern, beugte sich zu ihm herab und gab ihm einen Dankeskuss auf jede Wange.

Er schnaubte belustigt. »Doch noch nicht so viel gelernt. So eine Art Kuss meinte ich nicht. Nun mach es noch einmal richtig. Knie nieder.«

Verwundert, doch folgsam kniete sie vor ihm nieder, sodass sie ein wenig zu ihm emporblicken musste.

»Halt schön still! Ich lehre dich nun, was ein Mann von hohem Stand erwartet, wenn er einen Kuss von dir will. Es ist zu deinem Besten.«

So rasch, dass sie nicht mehr ausweichen konnte, umfasste er ihren Kopf, küsste sie auf die Lippen, steckte ihr dabei seine Zunge in den Mund und fuhr mit ihr darin herum. Sie ekelte sich und strebte von ihm fort, doch er war für seine geringe Größe überraschend stark und ließ sie erst los, nachdem er ihr noch einen nassen Kuss in die Halsbeuge gegeben hatte. Entrüstet und keuchend sprang sie auf und wischte sich über die Lippen. Tränen schossen ihr in die Augen.

Er lachte laut und schlug sich den Bauch. »Wie reizend unschuldig du noch immer wirkst, als wärest du eine untadlige Jungfrau. Aber du solltest wissen, dass so ein Kuss ein sehr geringer Preis für große Gefälligkeiten ist. Sei nicht zu stolz, ihn zu bezahlen. Das könnte dir arg schaden. Und nun husch, lauf flugs in die Frauengemächer und lass dir deinen liebsten Schneider kommen. Ich sorge für den Rest.«

Valentin, der keinen eigenen Heller mehr besaß, seit er die Kiepe mit den Krämerwaren verloren hatte, war zu seinen alten Leisten zurückgekehrt. Mit von Brose geliehenem

Geld hatte er Nadel und Faden gekauft, flickte und änderte nun den Leuten ihr Zeug. Kunstwerke schuf er mit seiner Nadel nicht, soweit Brida es beurteilen konnte, aber schnell war er. Und gerade die Schnelligkeit verschaffte ihm seine paar Kunden. Es waren zumeist die, die nur besaßen, was sie auf dem Leib trugen. Und da es zu kalt war, um für längere Zeit die Gewänder abzulegen, kam es oft vor, dass Valentin jemandem das Hemd oder die Hose mehr oder weniger auf dem Leibe ausbesserte. Was die Weiterreise anging, war er so ziellos wie zuvor. Das hieß, er wollte bei Brose bleiben, bis sich herausgestellt hatte, ob der aus der Sache mit Gräfin Margaretes Briefen eine Belohnung herausschlagen konnte. Über die Zeit danach wusste er nur, was er nicht tun wollte.

»Jedenfalls gehe ich nicht nach Celle zurück. Keine zehn Maultiere bringen mich dahin.«

Brida hatte längst begriffen, dass er nicht über das sprechen wollte, was ihn aus seiner Heimatstadt vertrieben hatte. Aber dass er dort große Angst durchlitten hatte, lag auf der Hand.

Für den Augenblick spielte das keine Rolle, denn ihr Weg führte sie nicht nach Celle, sondern in die Gegenrichtung, über Uelzen gen Lüneburg. Von Uelzen an folgten sie dem Verlauf der Ilmenau und hielten Ausschau nach Spuren der Männer, die den Auftrag hatten, die Lüneburger Wasserwege unschiffbar zu machen.

Der Monat Hornung ging seinem Ende zu, und obgleich der Winter noch nicht vorüber war, gönnte er ihnen doch schon trockene Tage, an denen sich das kommende Frühlingsglück ahnen ließ. Schneeglöckchen wagten sich mit ersten Blütenknospen hervor, das Gras wirkte grüner, die Vogelstimmen vorlauter als noch Tage zuvor.

Brida ging auf dem Treidelpfad hinter Brose und lauschte

seinem Summen, das mehr Ähnlichkeit mit dem Rhythmus einer Trommel hatte als mit einer Melodie, ihre Schritte in Gleichklang brachte und das Glucksen des kleinen Flusses übertönte. Sie hatte vergessen gehabt, wie es war, nicht zu frieren, sich nicht ständig unter den kalten Wind ducken zu müssen. Sogar Valentin ging beschwingter, was bedeutete, dass er zur Abwechslung die Füße vom Boden hob und nicht schlurfte.

Als Brose stehen blieb, dachte Brida im ersten Augenblick, dass ihn der umgestürzte Baum aufhielt, der ein Stück vor ihnen quer auf dem Treidelpfad lag.

»Über den können wir hinübersteigen«, sagte sie.

Brose nickte. »Der liegende Baum macht mir keine Sorgen. Aber der stehende dort.« Er zeigte auf eine dicke Weide links des Weges, und da sah Brida es auch. Am Fuß des Baumes sah ein Stück blankes Eisen hervor, das der Schuhspitze einer Ritterrüstung verdächtig ähnelte. Erschrocken griff sie nach ihrem Beil und ging einen Schritt rückwärts, wobei sie Valentin auf die Zehen trat, der hinter ihr stand. Valentin hatte Broses Fingerzeig nicht verstanden und stieß einen Schmerzenslaut aus.

»Pass doch auf, Brida! Was habt ihr denn? Warum bleibt ihr stehen?«

»Da hinter dem Baum lauert jemand. Ich weiß nicht, ob er uns etwas Böses anhaben will«, sagte Brose laut.

Die Schuhspitze wurde zurückgezogen, dann kam ein schlanker Ritter in einer Rüstung hervor, die so makellos und neu aussah, als hätte er sie erst am Vortag aus der Schmiede bekommen. Er hielt Schwert und Schild in Händen und hatte das Visier seines Helms heruntergeklappt.

»Wer seid ihr? Wohin wollt ihr?«, fragte er.

Seiner Stimme nach konnte er nicht viel länger mit dem Waffenhandwerk zu tun haben als seine jungfräuliche Rüstung. Brida hörte ein leises Wanken heraus. Dennoch konnte der Mann gewiss mit seinem Schwert umgehen und gefährlich werden. Brida hütete sich davor, ihn zu unterschätzen. Sie wusste, wie viel Übung in der Kampfkunst von einem jungen Mann verlangt wurde, bevor er Schwert und Rüstung tragen durfte.

»Wir sind harmlose, arme Wanderer auf dem Weg nach Lüneburg. Ambrosius ist mein Name.«

»Im Namen von Herzog Magnus nehme ich euch gefangen«, sagte der Ritter.

Unwillkürlich stemmte Brida die Hände in die Hüften. »Aus welchem Grund?«, fragte sie.

Brose legte ihr beruhigend seine Hand auf den Arm. »Lass nur. Der edle, junge Herr tut seine Pflicht, und wir folgen ihm. Vielleicht haben wir schon gefunden, wonach wir suchten.«

Broses Vermutung erwies sich als zutreffend. Der junge Ritter führte sie in ein kleines Lager aus wenigen Zelten. Brida schmunzelte, weil er sich zuerst nicht entscheiden konnte, ob er vor oder hinter ihnen gehen wollte. Anfangs marschierte er hinter ihnen, um sie zu bewachen, doch da sich herausstellte, dass sie alle eine unterschiedliche Auffassung davon hatten, was »rechts« und »links« bedeutete, ging er ihnen schließlich voran.

Im Lager waren ein Dutzend gerüstete Männer aus Magnus' Gefolgschaft dabei, etwa ebenso vielen Leuten von einfachem Stande Anweisungen zu geben. Sie bauten aus Baumstämmen und Seilen Gerüste, von denen Brida nur annehmen konnte, dass sie als Sperren im Fluss dienen sollten.

Ihr junger Bewacher ließ sie stehen und ging zu einem seiner Genossen. »Ich habe noch ein paar mitgebracht.« Er schien äußerst erleichtert, sie loszuwerden.

»Sie sollen den anderen helfen«, sagte der Angesprochene, ein älterer Ritter, der zwischen den anderen hin und her lief wie der gefangene Wolf, den Brida einmal in der Stadt in einem Käfig gesehen hatte. Verärgert klang er, weil alle alles falsch machten, aber nicht so, als könne er sie dazu bringen, es besser zu machen.

»Wie wollen sie das Gebilde zum Fluss bringen?«, fragte sie Brose leise.

Brose stieß das besondere »Hm« aus, das bedeutete, dass er sich das Lachen verkniff. »Sie werden sich schon etwas überlegt haben. Ich bin nur froh, dass das nicht unsere Sache ist.«

Brida ließ ihren Blick über die Anwesenden schweifen. Ulrich und Ann Durt waren nicht unter ihnen. Ihre Tochter oder Ulrichs blonde Locken hätte sie schon von Weitem erkannt. »Wie viele solche Trupps hat man entsandt?«, fragte sie.

Doch Brose wusste es nicht, und nun befahl man ihnen von mehreren Seiten barsch, sich an der Arbeit zu beteiligen. Es blieb ihnen nichts anderes übrig, als ihre Bündel abzulegen und dort mit anzufassen, wo es ihnen sinnvoll erschien. Brida zog ihr Beil aus dem Gürtel, das mit neidischen Blicken bedacht wurde, und war in ihrem Element. Baumstämme behauen, sodass sie sich leichter zusammenfügen ließen, das beherrschte sie. Von einigen Männern, die anfänglich noch aussahen, als würden sie jeden Moment versuchen, ihr das Beil abzunehmen, um selbst damit zu arbeiten, erntete sie bald Anerkennung. Falls es jemand absonderlich fand, dass sie Männerarbeit leistete, zeigte er es nicht.

Brose widmete sich derweil mit vorsichtiger Diplomatie der Aufgabe, den Bauplan der Gerüste zu verbessern. »Ich kann nicht anders. Denn wie ich es nun sehe, könnte es wohl doch zu unserer Sache werden, diese Ungeheuer in den Fluss zu schaffen«, flüsterte er ihr ins Ohr, als sie ihm deshalb spöttisch zulächelte.

Sie waren schon recht erschöpft, da trat der unzufriedene Hauptmann an ihr Bauwerk.

»Warum denn nicht gleich so? Endlich macht es einer, wie ich es gesagt habe. Hier, seht euch das an. So müsst ihr es machen!«, brüllte er und gestikulierte um die behauenen Stämme herum.

Brose nahm höflich seinen Hut ab und wischte sich mit dem Handrücken über die Stirn. »Dürfen wir kurz rasten, hoher Herr? Wir haben seit dem frühen Morgen nichts gegessen.«

Der Hauptmann sah ihn mit zusammengezogenen Brauen an. »Heilige Barbara! So lange sind wir schon wieder mit diesem unsäglichen Werk beschäftigt?« Er wandte sich ab und winkte zweien seiner Männer. »Ihr da, geht die Wachen ablösen!«

Obgleich er Broses Frage nicht beantwortete, nahmen sie es als Erlaubnis zu rasten und setzten sich mit ihren kargen Vorräten in eine Reihe auf einen der Baumstämme in die fahle Frühlingssonne. Was sie hatten, teilten sie mit den Arbeitern und bekamen dafür einiges im Tausch, sodass sie ein Mahl aus Brot, kaltem, in Scheiben geschnittenem Brei und verschiedenen Käse- und Wurstsorten verspeisen konnten.

Brose plauderte wie stets über alles und jedes, vom Hahnenkampf über die Hochzeit des Herzogs bis zur Rübenernte, und die bis dahin angespannte Stimmung unter den Leuten lockerte sich. Brida begann sich wohlzufühlen und schöpfte Zuversicht, dass sie sich bald wieder würden auf den Weg machen können.

Gerade als sie sich das Wurstfett vom Mund wischte, kehrte die zweite abgelöste Wache ins Lager zurück und nahm ihren Helm ab. Lange blonde Haare fielen dem jungen Mann über die Schultern. Die Überraschung riss Brida von ihrem Sitzplatz auf die Füße, ohne dass sie es merkte.

»Ulrich!«, rief sie aus.

Er drehte sich zu ihr um, sodass kein Zweifel mehr bestand. Seine verblüffte Miene verriet, dass er auch sie erkannte. Hastig streifte sein Blick Brose und Valentin, dann wandte er sich wieder ab, ging zu seinen Gefährten, die es sich ebenfalls in der Sonne bequem gemacht hatten, und kehrte ihr den Rücken zu.

»Wer ist das? Eine Verehrerin?«, zog ihn einer der jungen Recken auf und reichte ihm von dem Fleisch. Ulrich antwortete bloß mit einem Schulterzucken auf das folgende Gelächter und begann zu essen.

Brida blieb fassungslos stehen. Konnte dieser halbe Knabe, den sie dem Tod entrissen hatte, so kaltblütig sein, sie zu verleugnen? So herzlos, dass er es nicht für nötig befand, mit ihr über ihre Tochter zu sprechen? Wo war Ann Durt?

Brida fühlte den Drang hinüberzugehen, Ulrich bei seiner Brünne zu packen und ihn zu schütteln. Einzig die Achtung vor seinem Stand hielt sie zurück und die kleine Hoffnung, dass er einen guten Grund für sein Verhalten hatte, den sie nur noch nicht verstand.

Sie spürte Broses Hand auf ihrer Schulter. »Wir müssen später eine Gelegenheit suchen, mit ihm zu sprechen. Du darfst ihn auf keinen Fall vor seinen Standesgenossen in Verlegenheit bringen.«

Sie nickte, doch ihr Herz hielt nicht Schritt mit der Vernunft. Ihre Knie fühlten sich weich an und ihre Kehle eng. Allein die Hoffnung, Ulrich später zu sprechen, bewahrte sie vor Tränen. Dankbar ließ sie sich von Brose in die Arme nehmen und stützen.

Doch nicht nur an diesem Tag sollte sich ihre Hoffnung nicht erfüllen. Ulrich ließ sich zu keiner Zeit anmerken, dass er Valentin, Brose und ihr schon einmal begegnet war, und es erwies sich als unmöglich, ihn abseits seiner Standesgenossen anzutreffen.

Die von Magnus' Männern zusammengetriebenen Arbeiter und Arbeiterinnen wussten Besseres, als sich aufzulehnen. Wenn ein Herr etwas von ihnen einforderte, war er meistens im Recht. Auch im Zweifelsfall ging man angesichts der scharfen Waffen besser kein Risiko ein.

Dennoch wäre es Brose gewiss gelungen, ihre freie Weiterreise zu erwirken, wenn sie nicht Ulrichs Nähe gesucht hätten. So jedoch halfen sie bis zum letzten Handgriff dabei, die Sperre für den Fluss zu bauen und schließlich im Wasser zu verankern. Hätte man sie nach ihrer Meinung gefragt, hätte Brida es nicht gutgeheißen, den Fluss zu sperren. Denn auf diese Weise der Stadt Lüneburg zu schaden, bedeutete, auch vielen kleinen Leuten zu schaden, die ihr bescheidenes Handelsgut nicht zum Markt bringen konnten. Sie tröstete sich nur damit, dass die Ritter sich immerhin nicht dazu entschlossen hatten, das Flussbett mit Feldsteinen aufzufüllen, die später schwieriger zu beseitigen gewesen wären.

Nach der Vollendung des Bauwerks trieben die Ritter ihren Arbeitertrupp weiter flussabwärts, um auf der Höhe des Klosters Medingen eine weitere Sperre anzulegen. Sie lagerten in der Nähe eines kleinen Hudewalds, den eine Feldsteinmauer vom angrenzenden Acker abteilte. Die Arbeiter hatten schon mit dem Fällen der benötigten Bäume begonnen, als gerade Ulrich auf die Idee kam, die Brida befürchtet hatte.

»Warum machen wir es uns nicht leichter und schaffen die Mauersteine in den Fluss?«, rief er seinen Genossen zu.

Und da deren Geduld von der langen Dauer des vorherigen Bauvorhabens bereits zermürbt war, ließen sie sich nur zu gern auf den Vorschlag ein. Statt also mit Holz und Seilen zu hantieren, schleppten, rollten und schoben die Arbeiter Steine über die sumpfigen Auwiesen zum Wasser – die kleinsten so groß wie ihre Köpfe, die größten so groß wie ein Pferdehintern und nur unter Einsatz aller Kräfte und Hilfsmittel vom Fleck zu bewegen.

Da keiner der Ritter sich an der Arbeit beteiligte, ging sie langsam voran. Erst am Mittag des zweiten Tages ließ sich der Schwund der Mauer nicht mehr übersehen, wenn die Wirkung der Steine im Flussbett auch ungewiss blieb. Über die Wasseroberfläche hinaus ragte sie noch nicht, und das Wasser war zu trüb, um vom Ufer aus zu sehen, was sie bisher erreicht hatten. Brose und Brida konnten, wie auch viele andere der Arbeiter, ohnehin nur den Kopf schütteln über die Art, wie sie die Steine willkürlich einmal hier und einmal dort ins Wasser rollen oder werfen sollten, aber in diesem Falle hielt sich sogar Brose mit jedem Ratschlag zurück. Nach außen hin zeigte er Gleichmut, doch Brida merkte ihm an, wie sehr er das Steineschleppen verabscheute. Es rührte sie, dass er sich ihr zuliebe damit abgab.

Am selben Nachmittag, gerade nachdem Valentin zum wiederholten Male geklagt hatte, dass er keinen Schritt mehr gehen könne, fand die Arbeit ein jähes Ende. Zwei Dutzend bewaffnete Reiter erschienen, schnitten Magnus' Männern und den Arbeitern jeden Fluchtweg ab und griffen ohne weitere Warnung an.

Geistesgegenwärtig rief Brose Brida, Valentin und die Arbeiter, die sich in der nahen Umgebung aufhielten, zusammen und befahl ihnen, sich hinzukauern und die Hände über die Köpfe zu halten, um ihre Wehrlosigkeit zu zeigen.

Sie taten gut daran, denn andere, die unwillkürlich ihr Beil oder die Fäuste hoben, und wenn auch nur, um ein heranpreschendes Pferd abzuwehren, wurden gnadenlos niedergemacht, gleichgültig, welches Alter oder Geschlecht sie hatten. Magnus' Ritter hingegen kämpften um ihr Leben.

Brida ließ Ulrich nicht aus den Augen. Sein Anblick hatte sie in den vorangegangenen Tagen zunehmend verärgert, und sie hatte ihm manches Ungemach gewünscht, sich manchen Fluch für ihn ausgedacht. Doch nun, da ihn der Tod treffen konnte, wünschte sie dringend, dass er verschont bleiben möge. Wer würde ihr sonst etwas über Ann Durts Verbleib sagen können?

Es war das erste Mal, dass sie Ritter wahrhaft kämpfen sah, und sie zuckte oft zusammen, wenn Schwert- und Keulenhiebe krachend auf Rüstungen trafen oder ein entsetzlicher Schmerzensschrei verkündete, dass die Rüstung nicht standgehalten, die Schwertklinge eine Lücke gefunden hatte, sie zu durchdringen.

Die angreifenden Reiter gehörten zur Stadt Lüneburg. Brose zeigte Brida die Stadtwappen, die hier und da auf Waffenröcken und Satteldecken prangten. Er hockte neben ihr, einen Arm um sie gelegt, doch dieses Mal spürte sie es kaum. Zu sehr war ihre Aufmerksamkeit von dem ungleichen Kampf gefesselt und von der Angst um Ulrich. Der Junker kämpfte mit einer Kraft und Gewandtheit, die von nur wenigen übertroffen wurden. Es gelang ihm, sich bis zu seinem Pferd durchzuschlagen. Einen Augenblick lang schwankte Brida in ihrer Hoffnung. Was, wenn ihm die Flucht gelang? Würde sie ihn je wiederfinden?

Er hatte den Fuß schon im Steigbügel, doch sein aufgeregtes Ross tänzelte und ließ ihn nicht aufsteigen. Diese Verzögerung kostete ihn den kleinen Freiraum, den er sich errungen hatte. Gleich zwei Angreifer rissen ihn von seinem Pferd weg, stießen ihn zu Boden und setzten ihm ein Schwert an die Kehle.

Das Gefecht war beendet. Außer Brose, Valentin und Brida hatten nur vier von Magnus' Männern und fünf der Arbeiter überlebt.

Brose neigte sich nah zu Bridas Ohr. »Wir beide müssen jetzt weg. Wir rennen zum Ufer und springen in den Fluss.«

»Aber …«

Er drückte ihren Arm schmerzhaft fest. »Frag nicht!«

Ohne weitere Vorwarnung sprang er auf und rannte los. Die Liebe zu ihm ließ Brida ihm folgen, obgleich ihre Vernunft sie davon abbringen wollte.

Der Lüneburger, der die kauernden Arbeiter bewachte, war zu sehr mit dem Triumph über Magnus' Männer beschäftigt, um gleich zu reagieren, als sie ausbrachen. Erst als sie das Ufer schon beinah erreicht hatten, sprengte er ihnen nach.

Unterhalb der geplanten Steinsperre platschten sie ins Wasser. Brida konnte einen Schreckensschrei nicht unterdrücken, als Brose sie in die Strömung stieß, sodass sie den Boden unter den Füßen verlor. Die Kälte ließ jedes körperliche Leiden, das sie bis dahin gekannt hatte, lächerlich erscheinen.

Brose schwamm mit kräftigen Beinschlägen und zog sie mit sich. »Beweg die Beine«, schnauzte er sie an, und sie tat ihr Bestes, wenn auch weit hilfloser als er, da sie nicht viel vom Schwimmen verstand und ihre Röcke sie behinderten. Schwer wie Eisen zogen die nassen Gewänder sie nach unten.

Drei Reiter folgten ihnen am Ufer und bedachten sie mit einer Flut von Schimpfnamen. Als sie ein Hindernis auf dem Treidelpfad umritten, blieben sie etwas zurück, und Brose steuerte das Gegenufer an. Brida mühte sich redlich, doch sie konnte sich in den nassen Sachen kaum auf den halb erfrorenen Beinen halten, geschweige denn, allein die Böschung hinaufklettern und losrennen. Brose musste sie aus dem Wasser zerren und sie aufrecht halten.

Auf der moorigen, ungemähten Wiese angekommen, die sich auf dieser Seite des Flusses am Ufer entlang erstreckte, hob er sie tatsächlich auf seine Arme und versuchte zu laufen, doch nach einigen Schritten stolperte er, und sie stürzten gemeinsam.

Selbst wenn Brose sie weiter hätte tragen können, wäre ihre Flucht zu Ende gewesen. Vier weitere Reiter kamen den diesseitigen Treidelpfad heraufgaloppiert und umringten sie, bevor sie wieder aufstehen konnten. Nie zuvor hatte Brida Brose verzweifelt erlebt, doch nun stöhnte er auf und drückte sie an sich, ihr Gesicht an seine Brust und seine Lippen an ihr Haupt. »Ich habe es versucht, ich habe es versucht!«, murmelte er halb schluchzend.

Sie begriff nicht, warum er nach allem, was sie schon überstanden hatten, ausgerechnet jetzt solche Angst hatte. Sie dachte noch darüber nach, als man sie dazu antrieb, den Fluss auf einem weiteren Holzgerüst zu überqueren, das die Fahrtrinne versperrte, und als zwei ihrer Verfolger Brose banden und ihn zwangen, zwischen ihren Pferden zu laufen.

Der dritte Mann war nicht allein geblieben. Ebenso wie am Gegenufer gab es auch hier noch mehr Bewaffnete, die sich darüber unterhielten, wie die Sperren im Fluss am schnellsten zu entfernen waren. Einer von ihnen nahm Brida ihr Beil ab, ein anderer legte ihr eine Schlinge um den Hals, zog sie eng zu, stieg wieder in den Sattel und ließ sie so schnell neben seinem Pferd herlaufen, dass sie in Todesangst geriet. Mit beiden Händen hielt sie sich am Seil fest und versuchte die Schlinge davon abzuhalten, sich zuzuziehen und sie zu ersticken. Der raue Hanf riss ihr die Haut am Hals auf, doch Schmerz, Kälte und Atemnot wurden bedeutungslos neben der Mühe, auf den Füßen zu bleiben und schnell genug zu laufen, um am Leben zu bleiben.

Als sie endlich anhalten durfte, fiel sie auf die Knie und löste mit ihren zerschundenen Händen die Schlinge von ihrem Hals. Blut war in ihr nasses Halstuch und ihr Kleid gedrungen und breitete sich blassrot im Gewebe aus.

»Schmuckes Weib. Zieht sie aus. Mag sie ja keiner anfassen, nass wie sie ist«, hörte sie einen Mann sagen. Bevor sie aufblicken konnte, um sein Gesicht zu sehen, waren sie zu dritt über ihr und rissen ihr die Kleider vom Leib.

Schlimm wurde es, schlimmer als das meiste, was sie bisher erlebt hatte, doch vorerst nicht so schlimm, wie es im kalten Fluss gewesen war. Nur froh war sie, als man sie endlich in Ruhe ließ, dass sie nach den vielen Jahren der Witwenkeuschheit zuerst Brose begegnet war und nicht diesen widerwärtigen, rohen Kerlen, die sie dazu brachten, sich vor Ekel zu erbrechen.

Und froh war sie, dass sie Brose fortgebracht hatten und er nicht hatte zusehen müssen. Und froh war sie, dass ihr einer der weniger Erbärmlichen der Bande eine Decke gab, in die sie sich einwickeln konnte, während sie mit schmerzendem Leib herumkroch, um ihre Kleider wieder an sich zu bringen. Froh war sie, dass sie sich dann in der Nähe eines Feuers zu einem Haken gekrümmt niederlegen, einfach die Augen schließen und einschlafen konnte, ohne noch über etwas nachdenken zu müssen, ja, ohne noch Angst um sich selbst haben zu müssen. Denn was ihr noch Ärgeres hätte zustoßen können, konnte sie sich nicht vorstellen.

Die Männer waren keine Lüneburger Bürger, doch sie standen in Diensten der Stadt. Ihr Auftrag war es, die Ilmenau als Schifffahrtsweg gegen Magnus' Angriffe zu schützen. Auf einen Fang wie Ulrichs kleinen Trupp hatten sie gewartet. Sie nahmen den überwältigten Rittern ihre Rüstungen und trieben sie mit Stockschlägen und Tritten dazu an, die Sperren wieder aus dem Fluss zu entfernen, so wie sie es auch mit den restlichen Gefangenen taten. Ob diese freiwillig für Magnus gearbeitet hatten, kümmerte sie nicht. Brida hatte eines der beiden anderen überlebenden Weiber flehen hören, doch das ersparte ihr nicht, Bridas Schicksal zu teilen und von einigen der Waffenknechte missbraucht zu werden.

Am nächsten Tag mussten die Gefangenen gemeinsam in den Fluss steigen und die Steine herausklauben, die sie zuvor hineingeworfen hatten. Alle gemeinsam hieß: alle außer Brose. Denn Brose blieb verschwunden. Brida hatte sich nur halbherzig nach ihm umgeblickt, als man sie am frühen Morgen zum Schauplatz des Kampfes zurückgebracht hatte. Sie wollte nicht mit ihm sprechen, wollte am liebsten ganz für sich allein sein. Doch da sie Hand in Hand arbeiteten, ließen sich Begegnungen nicht vermeiden.

Als Valentin ihr beisprang, um einen Stein ans Ufer zu wuchten, den sie auch allein bewältigt hätte, befürchtete sie, dass er von ihr hören wollte, was ihr zugestoßen war. Doch er schien ihren Zustand überhaupt nicht zu bemerken.

»Wo ist Brose? Sie haben ihn gestern Abend zurückgebracht, aber als ich aufwachte, war er verschwunden. Warum musstet ihr versuchen zu fliehen? Wer weiß, was sie nun mit ihm gemacht haben«, sagte er im Flüsterton. Seine Augen waren weit aufgerissen vor Angst.

In Brida stritten widersprüchliche Gefühle miteinander. Obwohl sie Valentins Sorge um Brose teilte, spürte sie auch eine gewisse Wut auf ihn. Hatte der Fluchtversuch nicht alles schlimmer gemacht? Gleichzeitig warf sie ihm vor, dass er die Flucht mit ihr versucht hatte und dass er nun ohne sie verschwunden war.

In den folgenden Tagen hatte sie nicht viel Zeit nachzudenken, denn die Lüneburger ließen sie nicht nur die Steine aus dem Fluss bergen, sondern auch die erste Sperre, bei deren Bau sie geholfen hatte. Das Holzgerüst zu entfernen, war schwerere Arbeit, als der langwierige Bau gewesen war. Auf diese Art erwies sich zwar, dass die Konstruktion ihren Zweck hätte erfüllen können, doch weder Brida noch einer der anderen überlebenden Beteiligten konnten sich darüber freuen.

So grauenhaft die harte Arbeit in den ständig nassen, schlammigen Kleidern war, fand Brida wenigstens ein Gutes daran: Alle Weiber waren bald so schmutzig, von der Nässe und Kälte aufgequollen und zerschunden, dass sie kaum noch als Menschen zu erkennen waren. Solchen Wracks konnten die Kerle offenbar nichts abgewinnen und ließen sie in Ruhe.

Noch furchtbarer als sie sah allerdings Brose aus, als ihn zwei der Lüneburger Reiter am dritten Abend nach seinem Verschwinden ins Lager zerrten.

Mantel und Hut fehlten ihm wie auch seine Stiefel. Was er noch am Leib trug, war zerrissen und starrte vor Schlamm, seine nackten Füße waren angeschwollen und rotblau verfärbt, sein Gesicht unter einer Kruste von Schmutz und Blut kaum zu erkennen.

Vor Mitgefühl bekam Brida zittrige Knie. Ähnlich wie sie selbst es getan hatte, ließ sich Brose abseits von allen anderen auf den Boden sinken, kauerte sich gegen Kälte und Schande zusammen und verbarg den Kopf zwischen den Armen.

Der Anblick brachte Brida dazu, sich für ihre Wut auf ihn zu schämen. War es nicht zuerst ihre eigene Schuld, dass Brose in diese Lage geraten war? Hätte sie nicht bei Ulrich bleiben wollen, wäre Brose vor dem Überfall durch die Lüneburger weitergezogen. Ihre Schuld war es, vor allem aber Ulrichs.

Der gedemütigte junge Ritter hatte sich auch ohne Rüstung, mit Schlamm im Gesicht, nicht mehr als Lappen an den Füßen und ewig knurrendem Magen nicht dazu herabgelassen, ihre frühere Bekanntschaft einzugestehen. Er hielt sich an die drei vornehmeren Gefangenen, die den einfachen Arbeitern gegenüber ebenfalls nicht ihren Stand vergaßen.

Brida hatte sich zu schwach gefühlt, Ulrich herauszufordern. Doch nun, da Brose ihr klarer vor Augen führte, was Ulrichs Überheblichkeit angerichtet hatte, stieg ein Zorn in ihr auf, der neue Kräfte weckte.

Sie rappelte sich auf, ging zu Ulrich und seinen heruntergekommenen Standesgenossen und stellte sich mit verschränkten Armen vor ihn hin, sodass sie auf ihn herabsah. »Ulrich von Alten, seht mich an. Ich habe genug von diesem Versteckspiel. Ich will von Euch wissen, wo meine Tochter ist.«

Er hob den Blick erst nach langem Zögern zu ihr, doch sie blieb unerschütterlich vor ihm stehen, bereit, ihre Frage so oft zu wiederholen, bis er nachgab. Seine drei Gefährten sahen neugierig von ihm zu ihr, und auch bei den Lüneburgern erregte das kleine Schauspiel Aufmerksamkeit.

Als Ulrich Brida endlich in die Augen sah, war sein Blick kalt. »Du kennst mich, Weib, aber ich kenne dich nicht. Das kommt bei meinem Stand häufig vor. Sollte deine Tochter die sein, von der ich es glaube, so ist für sie gesorgt. Damit begnüge dich und sei froh, dass ich dir aus Freundlichkeit diese Antwort gab, anstatt einen Prügel zu nehmen und dich für deine Dreistigkeit zu züchtigen.«

So wütend, wie sie auch auf ihn gewesen war, wünschte sie doch erst in diesem Moment zum ersten Mal, dass sie ihn an jenem Tag in den Büschen am Wegesrand hätte sterben lassen. *Für ihre Dreistigkeit züchtigen* wollte er sie. Dabei hätte er kein leichtes Spiel mit ihr gehabt, wenn sie sich gewehrt hätte. Doch da sein Stand ihn ins Recht setzte, hätte er wohl Helfer gefunden, und jede Gegenwehr hätte ihre Schande nur vergrößert. Dass die Lüneburger ihn vorübergehend gleich schlecht behandelten wie die geringeren Gefangenen, bedeutete nicht, dass sie nicht grundsätzlich die Standesunterschiede bewahren wollten. Gewiss war es für sie so selbstverständlich wie für jedermann, dass ein einfaches Weib sich kein offenes Wort gegen einen Edelmann erlauben durfte.

Obwohl sie das wusste, ließ Bridas Zorn nicht zu, Ulrich das letzte Wort zu überlassen. Sie ballte eine Hand zur Faust und hielt sie auf ihr Herz. »Wenn es so ist, dann wisset, dass ich Euch verfluche, falls Ihr die Unwahrheit sprecht und meine Tochter in Not ist. Und ich wünsche Euch, dass Euch so kalt sein möge, wie Euer Herz ist, bis ich sie gefunden und mit eigenen Augen gesehen habe, dass es ihr wohl ergangen ist.«

Für eine Antwort gab sie ihm keine Zeit, sondern hockte sich wieder auf ihren Platz. Die Lüneburger, die sie beobachteten, lachten und wandten sich wieder ihren Beschäftigungen zu. Ulrichs Gefährten schwiegen betreten, und Ulrich selbst war bei all seiner vorgeblichen Gleichgültigkeit nun doch errötet.

Es war eine kleine Genugtuung, aber sie tat Brida gut. So lange, bis sie Broses Blick traf, der sich offenbar kurz aus seiner inneren Verschanzung aufgerichtet hatte, um das Geschehen zu verfolgen. Flüchtig und mit einem nicht zu deutenden Blick sah er Brida an, bevor er sein Gesicht erneut zwischen den Armen verbarg.

12

Stina hatte bald begriffen, worauf es bei der Wahrsagerei ankam. Sie liebte Elßbeths Wurfhölzchen mit ihren geheimnisvollen Zeichen und die Erklärungen, die Elßbeth ihr gab. Es fiel ihr nicht schwer, sich die verschiedenen Bedeutungen einzuprägen. Einundzwanzig Zeichen waren es. *Das Rad* stand für Werden und Vergehen, für Dinge, die immer von Neuem begannen, für das Auf und Ab des Lebens. *Die Ähre* für Fruchtbarkeit, Wohlstand und Glück im Spiel, aber auch für das reife Alter. *Der gehörnte Tierschädel* stand für das Böse, den Teufel, aber auch für eine gewaltige Kraft und für Mut. *Das Netz* stand für Gefangenschaft, aber auch für das Fischen nach etwas.

Vor allem wenn Elßbeth erzählte, warum die Zeichen ihre Bedeutungen besaßen, sog Stina jedes Wort auf. Die Kunst der Wahrsagerin sei es nun, sagte Elßbeth, die richtigen Bedeutungen auszuwählen und zusammenzusetzen.

»Aber wie machst du das?«, wollte Stina wissen.

Elßbeth warf ihr einen der Blicke zu, deren Bedeutung ganz leicht zu erkennen war. Offenbar hatte sie wieder etwas Dummes gefragt.

»Wenn du nicht selbst darauf kommst, werde ich es dir nicht verraten«, sagte Elßbeth.

Ärgerlich schnippte Stina *den Eber* über das polierte Brett, auf dem die Wurfhölzchen lagen. »Du hast versprochen, es mir beizubringen. Richtig beizubringen.«

Mit gekrauster Stirn fegte Elßbeth die Hölzchen zusammen und verstaute sie in ihrem Beutel aus dünnem, rotem Leder. »Ich habe dir vorher gesagt, dass es mit Zauberei zu tun haben könnte.«

Stina musterte Elßbeths finsteres Mienenspiel bis in jedes Fältchen ihres wettergegerbten Gesichts, dann schnaubte sie: »Das glaube ich aber nicht.«

Elßbeth hielt beim Verschnüren des Beutels inne und sah ihr in die Augen. »So? Und warum nicht?«

»Du sagst keinen Zauberspruch auf, verbrennst keine Katzenhaare oder wirfst dreimal Dreck über die Schulter, bevor du für jemanden die Hölzchen liest.«

»Die Hölzchen haben ihre eigene Zauberkraft. Eines Tages wirst du das merken.«

Leise Verzweiflung über Elßbeths Verbohrtheit stieg in Stina auf. »Aber ... Was mache ich bis dahin? Kann ich es vorher nicht lernen?«

Elßbeth schnürte den Knoten zu Ende. »Ich sehe, dass dir das Wichtigste für mein Gewerbe fehlt: die Geduld. Gleich danach kommt die Klugheit. Für beides bist du wohl noch zu jung.«

»Das ist nicht wahr! Du musst mir nur ein wenig helfen, dann kann ich sehr geduldig sein und sehr klug. Bitte, Elß!« Stina legte ihr ganzes Herz in ihren flehenden Blick, und tatsächlich entdeckte sie einen weichen Schimmer in Elßbeths grauen Augen.

Die Wahrsagerin seufzte. »Na gut. Dann gebe ich dir einen Hinweis. Du musst so viel wie möglich über den Menschen wissen, der dir seine Fragen stellt. Am besten, du weißt es schon vorher, bevor er zu dir kommt.«

Darüber musste Stina einen Augenblick nachdenken. »Woher weißt du denn etwas über die Leute? Du sprichst doch kaum mit jemandem.«

»Mit jedem, der zu mir kommt.«

»Aber du hast gesagt, ich soll schon vorher …«

»Was mir Grete heute über Käte erzählt, das weiß ich, bevor Käte morgen zu mir kommt. Nein, ich weiß schon die Antwort auf Kätes Frage, bevor sie in einem Monat zu mir kommt.«

Wild schüttelte Stina den Kopf und lachte. »Nein, das glaube ich wieder nicht. Tausend Fragen könnte sie stellen. Weißt du alle tausend Antworten?«

Elßbeth stand auf und stopfte Beutel und Brett in den Sack, der an ihrem Karren hing. »Du glaubst erstaunlich vieles nicht, Täubchen. Ich hoffe, man hat dich wenigstens gottesfürchtig erzogen. Nur weil du so freundlich warst, mir heute Brennholz zu bringen, verrate ich dir ein großes Geheimnis: Die Leute fragen immer das Gleiche, auch wenn sie verschiedene Worte wählen. Sie fragen, ob sie bleiben oder gehen sollen, fragen nach ihrem Tod, ihrer Seele oder ihren Verstorbenen, nach der Hoffnung für ihre Liebe oder nach der Zahl ihrer Kinder, nach den Plänen ihrer Feinde oder nach dem Wetter und der kommenden Ernte. Oder sie wollen einen Dieb erkennen.«

Silbe für Silbe prägte Stina sich Elßbeths Weisheit ein. *Tod? Liebe?* »Elß, was fragt Pelz-Liese dich dauernd?«

Ein rares Lächeln spielte um Elßbeths Lippen. »Wie der Priester über die Beichte seiner Schafe schweigt, so schweigt auch die Wahrsagerin.«

»Aber … Was kann sie dauernd wissen wollen? Sie ist doch nicht verliebt. Und über ihre Kinder fragt sie auch nichts, darauf würde ich wetten. Will sie erfahren, wann sie sterben muss? Sie hat Angst im Dunkeln, wusstest du das?«

»Oh ja, das wusste ich. Und mir scheint, du hast eine Spürnase wie ein Bluthund. Benutz nur weiter so eifrig deinen Verstand, dann wirst du schon alles herausfinden. Und nun scher dich davon!« Elßbeth blies den Kienspan aus.

Ihre letzten Worte waren schroff, doch Stina war nicht entgangen, wie zufrieden die Wahrsagerin mit ihr war. Obwohl sie ihr Pelz-Lieses Geheimnisse nicht verraten wollte, schien sie nichts dagegen zu haben, wenn sie sie selbst entdeckte. Und offenbar war sie auf dem richtigen Weg.

Vor Übermut machte sie einen kleinen Hopser. Dabei war auch dieser Tag lang und anstrengend gewesen. Zu Hause in der Mühle hatte sie nie so schwer arbeiten müssen und trotzdem oft gemault. Wenn sie wieder dort war, wollte sie sich nie mehr beschweren, nahm sie sich vor.

Nickel waren an Pelz-Lieses Feuer schon die Augen zugefallen, bevor Stina zu Elßbeth gegangen war. Deshalb nahm Stina an, dass er längst fest schlief.

Doch sie irrte sich. Pelz-Liese hatte einen ihrer Männer bei sich. Das rhythmische Klatschen und Grunzen, das aus dem Karren drang, war nicht zu verwechseln.

Nickel saß über eine Arbeit gebeugt und blickte erst auf, als Stina unmittelbar neben ihm stand. »Zwei sind schon fertig. Sieh sie dir an. Ist es so richtig?«, fragte er.

Stina hob die zwei Wurfhölzchen auf, die er für sie geschnitzt hatte. *Die Ähre* und *die Krone* waren es.

»Die sind wunderbar. Warum hast du diese beiden zuerst gemacht?«

Nickel hatte den Kopf schon wieder über das nächste Werkstückchen gesenkt. Er zuckte mit den Schultern. »Weiß nicht. Sie fielen mir als Erste ein.«

»Welches machst du nun?«

»Das Netz. Es ist fast …«

Das Grunzen und Klatschen hatte aufgehört. Der Mann kam zuerst rückwärts das Wagenleiterchen herab. Seine Knie schienen ihm ein bisschen weich zu sein, als er über den Lagerplatz des Weibertrosses zu dem der Männer zurückschritt. Nickel und Stina kicherten leise.

Dem Mann auf den Fersen, stieg jedoch Pelz-Liese aus dem Karren, schwerfällig wie ein Bär, und da verging ihnen das Kichern gleich wieder. Sie stellte sich ans Feuer, richtete ihre Röcke und stieß lautstark auf. »Verfluchter Knauser. Braucht immer länger, schläft gar bald ein beim Rammeln und will weniger zahlen. Als hätte ich was zu verschenken. Nichts als Lumpen und Gesindel gibt's auf der Welt. Und ihr da? Was treibt ihr wieder für Narreteien? Was ist das?«

Sie zeigte auf das Häuflein Holzstückchen, das Nickel zusammengesammelt hatte. Stina sah die Augen ihres Freundes vor Sorge groß werden. Es war Pelz-Liese zuzutrauen, dass sie aus schierer Gemeinheit die Hölzchen ins Feuer stieß. Hilfesuchend warf Nickel Stina einen Blick zu.

Sie musste nicht überlegen. Ihrer Vermutung nach konnte sie in diesem Fall mit der Wahrheit gewinnen. »Die Elßbeth bringt mir das Wahrsagen bei. Nickel schnitzt mir Wurfhölzchen, damit ich es lernen kann«, plapperte sie eilig, bevor Pelz-Liese auf dumme Gedanken kommen konnte.

Die hatte den Mund schon aufgemacht, um über den Blödsinn zu schimpfen, gleich, was es war. Bevor sie aber loslegen konnte, schien die Bedeutung von Stinas Worten doch noch zu ihr durchzusickern. Sie klappte den Mund zu, legte die Stirn in Falten und musterte Stina listig. »Bringt es dir bei, ja? Kostet das was?«

Stina schüttelte nachdrücklich den Kopf. »Nein. Aber sie lehrt mich mehr, wenn ich hin und wieder etwas für sie arbeite. Oder wenn Nickel es tut.«

Pelz-Liese kratzte sich die Wange, dann durch die Röcke hindurch im Schritt. Sofort erinnerte sich Stina daran, wo es auch sie überall juckte. Nie hätte sie früher geglaubt, dass sie sich einmal nach einem Bad und dem Läusekamm ihrer

Mutter sehnen würde. Aber an ihre Mutter wollte sie nicht schon wieder denken, jedenfalls nicht in dieser Lage, sonst würden ihr die Tränen in die Augen schießen, und das durfte sie sich der grässlichen Vettel gegenüber nicht erlauben. »Sieh zu, dass die Hagazussa es dich richtig lehrt! Dann wärst du mir endlich zu etwas nutze, anstatt immer nur zu fressen«, sagte Pelz-Liese.

Sorgfältig verbarg Stina ihr Frohlocken. »Es dauert nicht mehr lange, dann kann ich dir die Wurfhölzchen so gut lesen wie sie. Und du musst es nicht bezahlen.«

Das Feuer zischte, als Pelz-Liese hineinspuckte. »Das wäre ja auch noch schöner. Nun ab ins Bett, mir ist kalt. Mach das Feuer aus, Bengel!«

Rasch sprang Stina zu Nickel und half ihm, die Hölzchen in einen Lappen zu sammeln, den sie zum Beutel knoteten. Heimlich tauschte sie dabei einen Händedruck mit ihm. Bis hierher war es vortrefflich gegangen mit ihrem Plan.

Am nächsten Abend wurde es zu ihrem Bedauern jedoch weder mit dem Lernen noch mit dem Schnitzen etwas. Die vorausgerittenen Späher des Trupps kehrten zurück und meldeten, dass der Lagerplatz an der Ilmenau, den sie hatten benutzen wollen, von einer Reiterschar und einigen zerlumpten Arbeitern besetzt war, die Sperrwerke aus dem Fluss entfernten. An diese streitbaren Lüneburger wollten die fahrenden Waffenbrüder nicht so nah heran, daher zogen sie noch ein gutes Stück weiter und schlugen ihr Lager erst auf, als es schon so dunkel und so spät war, dass alle nur noch essen und schlafen wollten.

Das abstoßende Erlebnis mit Rumpoldt hatte Ann Durt für vieles die Augen geöffnet, was ihr zuvor auf der Celler Burg entgangen war. Auf einmal sah und hörte sie sie überall: die unzüchtigen Blicke, Berührungen, Anspielungen. Noch aufmerksamer beobachtete sie von nun an, um auch diese Sprache zu lernen und um sich nicht noch einmal überrumpeln zu lassen. So entdeckte sie auf ihre stille Art Zeichen heimlicher Liebschaften und fleischlicher Vergnügungen, die sie aus dem Staunen nicht herauskommen ließen.

Von Stunde zu Stunde fühlte sie sich unwohler, sogar körperlich machte sich ihre Verwirrung bemerkbar. Leichte Übelkeit wurde ihr ständiger Begleiter.

Noch durchschaute sie nicht, ob hinter allen Andeutungen wirklich unzüchtige Taten verborgen waren. Doch was sie erfuhr, reichte aus, ihre Achtung vor den hohen Ständen schwinden zu lassen. Wenn Sitte und Anstand in Wahrheit so wenig zählten, wofür hatte Gott dann die Edelleute über alle anderen gestellt? Erschienen sie ihr doch lediglich dadurch besser, dass sie ihre Stellung durch größeren Wohlstand untermauerten. Abscheu keimte in ihr auf dafür, dass sich am Ende alles darum drehte, wie aus Gold Macht, aus Macht mehr Gold und daraus mehr Macht erzeugt wurde. Gleichzeitig mit der Abscheu jedoch kam sie zu der Erkenntnis, dass sie nichts für Ulrich und sich erreichen würde, wenn sie an diesem Spiel nicht teilnahm. Wenn sie dafür Opfer bringen musste, dann würde sie es tun. Deshalb würde sie Rumpoldt nicht merken lassen, wie tief er sie verstört hatte. Sie würde seine Hilfe weiterhin annehmen und den Kampf mit Mechthild von Alten nach seinem Plan führen.

So ließ sie sich das Gewand aus blassgelbem Damast schneidern, mit Aufschlägen und Passen, so blau wie ihre Augen, und besetzt mit winzigen honigfarbenen Kristallen. Vier Tage arbeitete ihr Lieblingsschneider daran und der Schuster an den passenden Schnabelschuhen. Vier Tage, an denen Mechthild es nicht für nötig hielt, ihr mehr zu widmen als kühle Blicke.

Am fünften Tag ließ Ann Durt sich in ihr neues Gewand kleiden. Die Magd Johanna steckte ihr Haar auf und krönte es mit einem zum Gewand gehörigen kristallbesetzten Schapel, dem Kopfputz der Jungfern.

Kaum hatte Johanna den letzten Handgriff getan, brachte ihr ein hellblau gekleideter zwölfjähriger Page ein Silbertablett mit dem blassgelb verhüllten Geschenk für Mechthild darauf.

Nun, da alles bereit war, zitterten Ann Durt ein wenig die Hände. Doch Rumpoldt schien auch das vorausgeahnt zu haben.

»Ich soll das Geschenk für Euch tragen, wenn Ihr es überreichen wollt«, sagte der Page.

Sie lächelte ihm zu. »Das ist gut. Ich würde es womöglich fallen lassen.«

Der Knabe rieb unbehaglich mit einem Daumen an seinem engen Hosenbein, als hätte er einen Fleck darauf, während er mit der anderen das Tablett balancierte. »Das würdet Ihr bestimmt nicht. Aber es schickt sich nicht, dass Ihr ein Geschenk dieser Art selbst tragt. So etwas würde keine edle Frau tun.«

Flüchtig dachte Ann Durt an all die schweren Dinge, die sie in ihrem Leben schon getragen hatte. Sie sah ihre Mutter eilig den großen Backtrog von draußen ins Haus schleppen, um den Brotteig vor einem unerwarteten Regenguss zu retten, sah ihr frohes Lachen darüber, dass es ihr rechtzeitig gelungen war und sie die schwere Last allein gemeistert hatte.

Sie nickte huldvoll, so wie sie es bei den edlen Frauen beobachtet hatte. »Gewiss. Es käme mir nicht in den Sinn, es selbst zu tragen. Bitte nimm du es und begleite mich zu

Herzogin Katharinas Kemenate, damit wir Gräfin Mechthild unsere Aufwartung machen können.«

Der Page hielt den Blick gesenkt und bückte sich, um dieses Mal mit der anderen Hand den himmelblauen Hosenstoff über seinen Knien glattzustreichen, dann seufzte er und richtete sich auf. Als würde er es dem Geschenk in seinen Händen erzählen, murmelte er noch etwas. »*Bitte nimm du es,* das würde eine edle Frau auch nicht zu einem Pagen sagen. Herr Rumpoldt hatte recht, Ihr seid ganz anders.«

Freundlich klang diese Feststellung nicht, aber darüber konnte Ann Durt jetzt nicht nachdenken. Sie brauchte ihre Kraft für das, was bevorstand.

Da Kunzmann von Alten sich zum engen Vertrauten der Herzogssöhne entwickelt hatte, stand seine Gemahlin Mechthild gleichermaßen in der Gunst der Herzogin und hielt sich die meiste Zeit in deren Kemenate auf. Ein Vorrecht, das dem von Katharina immer wieder neu ausgewählten engeren Kreis vorbehalten war, in dem jeder Platz umkämpft war.

Auch an diesem Tag traf Ann Durt Mechthild dort an, ebenso wie den größten Teil des »engeren Kreises«. Herzogin Katharina selbst allerdings war nicht anwesend.

Obwohl Ann Durt sich nicht laut ankündigen ließ, wurde sie zum Mittelpunkt der Aufmerksamkeit, sobald sie eintrat. Es lag an ihrem Gewand, das entnahm sie den Blicken und Tuscheleien. Nun galt es, auf keinen Fall hochmütig zu erscheinen, das hatte Rumpoldt ihr eingeschärft. Bescheiden solle sie wirken, demütig den edlen Frauen gegenüber, doch dabei nicht ihre Anmut verlieren. Über ihre Anmut wusste sie nichts, sie hätte nicht sagen können, worin sie sich zeigte. Doch wie Hochmut aussah, das zu beobachten hatte sie in den vorangegangenen Wochen reichlich Gelegenheit gehabt. Diesen Eindruck vermeiden zu können, glaubte sie sicher.

Auch der vornehmen Art zu reden hatte sie genug gelauscht und sie sich eingeprägt. Mit vor sich gefalteten Händen, gesenktem Blick und gefasster Miene näherte sie sich Mechthild – den Pagen an ihrer Seite. Sie knickste und richtete das Wort an ihre Widersacherin, ohne den Blick zu heben.

»Edle Herrin, ich bitte Euch, mir meine Zudringlichkeit zu verzeihen. Jedoch wünsche ich von Herzen, Euch meine Verehrung auszudrücken. Gewährt mir die Gunst, zum Zeichen dessen dieses Geschenk von mir anzunehmen.« Mit einer Geste bedeutete sie dem Pagen, der Gräfin das Tablett darzubieten.

Sie hatte die Worte wohlklingend und ohne zu stammeln herausgebracht, obwohl ihre Hände zitterten und ihre Wangen sich heiß anfühlten. Bis hierhin durfte sie stolz auf sich sein.

Mechthilds fehlenden Augenbrauen war es zuzuschreiben, dass ihre Miene für einen Moment keinerlei Ausdruck verriet. Zwei quälende Atemzüge lang schlug Ann Durt das Herz bis zum Hals. Dann verzog Mechthild die Lippen zu einem schwachen, seelenlosen Lächeln und beugte das Haupt zu einem Nicken, das andere für huldvoll halten mochten, das Ann Durt aber als herablassend erkannte.

Auf ihr Nicken hin enthüllte der Page recht geschickt mit einer Hand den juwelengekrönten Mandelteigschwan, der auf einem kleinen See aus blauer Seide angerichtet war, das gestickte Seerosen und Blätter zierten. Wispern und Entzückensrufe gingen durch die Kemenate.

Mechthild ließ ihren Blick auf dem kunstvollen, im wahren Wortsinne süßen Schwan ruhen. »Ich hoffe, du hast dieses Geschenk nicht von meinem Geld bezahlt.«

Genau wie Rumpoldt es vorausgesagt hatte, erinnerte sich Ann Durt. Wie gut, dass sie sich eine Antwort darauf zurechtgelegt hatte.

»Niemals würde es mir einfallen, Euren Großmut in solcher Weise zu missbrauchen, edle Frau.«

»Das bleibt zu hoffen«, gab Mechthild zurück, winkte jedoch endlich ihrer Zofe, damit sie dem Pagen das Tablett mit dem Schwanenteich abnehmen möge.

Kurz wirkte es, als wäre die Sache damit für Mechthild erledigt, denn sie wandte sich bereits von Ann Durt ab, während sie sagte: »Ich spreche dir meinen Dank aus.«

Doch gerade als Ann Durts Spannung ein wenig nachließ und die Aufmerksamkeit der anderen Frauen sich zu zerstreuen begann, drehte Mechthild sich noch einmal um und sah Ann Durt in die Augen. »Obgleich ich mir beim besten Willen nicht vorstellen kann, wovon du ein Geschenk sonst bezahlen solltest, wenn nicht vom Geld meines Gatten.«

Ihr Tonfall ließ es klingen, als würfe sie Ann Durt Betrug, Diebstahl und Hurerei vor.

Ann Durt straffte die Schultern und gab eine weitere vorbedachte Antwort. Diese hatte sie gehofft, nicht geben zu müssen. »Von meinem eigenen Vermögen«, sagte sie mit so viel gespielter Selbstsicherheit, wie sie aufbringen konnte, obgleich sie log. Rumpoldt besorgte, was sie brauchte, Rumpoldt sagte ihr, sie solle sich keine Sorgen machen. Ihr blieb nichts anderes übrig, als sich darauf zu verlassen, dass er ihre Lüge stützen würde. Es würde ihr schon einfallen, wie sie ihm alles zurückzahlen konnte, wenn Ulrich siegreich und in Ehren zurückgekehrt und mit ihr vereint war. Das Wichtigste war, dass sie ihren Teil dazu beitrug, ihn in der herzoglichen Gunst zu heben.

Mechthild musterte sie, wie eine Natter die Maus betrachtete, die sie gleich verschlingen würde. Doch bevor sie zubeißen konnte, öffnete sich die Tür, und Gräfin Margarete, Edwina und zwei weitere ihrer getreuen Freundinnen erschienen in der Kemenate der Herzogin. Alle vier brachen in begeisterte Ausrufe und kleine Schreie aus, als sie Ann Durts gewahr wurden.

Margarete nahm sie bei beiden Händen und betrachtete sie voller Bewunderung von Kopf bis Fuß. »Mein Kind, dieses Gewand übertrifft an Schönheit alle bisherigen. Dein Geschmack, dein Gespür für die rechte Auswahl sind beneidenswert. Mich deucht, du wirst bald zur begehrten Beraterin in diesen Fragen werden. Ich hätte gute Lust, mir ein Gewand ganz nach deinen Vorschlägen anfertigen zu lassen, um zu sehen, ob es mir so gut zu Gesicht stehen wird wie dir das deine. Ganz bezaubernd, wirklich ganz bezaubernd!«

Und wieder musste Ann Durt still Rumpoldts Gewitztheit Achtung zollen, während sie in aller Bescheidenheit laut der Gräfin für ihr Lob dankte.

Kaum waren die Wogen des Entzückens über ihr Gewand geglättet, da erhob sich ein neuer Begeisterungssturm, als Margaretes Edelfrauen das kleine Meisterwerk des Confectionarius entdeckten.

Mitten in diesem Sturm betrat Herzogin Katharina ihr Gemach.

Im Handumdrehen hatte man sie von verschiedener Seite darüber aufgeklärt, was es mit dem Schwanenteich für eine Bewandtnis hatte. Und die Herzogin, die sonst etwas nüchterner in die Welt blickte als ihr edles weibliches Gefolge, war hingerissen.

»Liebe Anna Dorothea, ich sollte dich dafür tadeln, dass du deiner Freundin Mechthild eine so entzückende Geste der Zuneigung gewährst, aber nicht deiner Herzogin und Gastgeberin. Doch gewiss würden alle in solch schnöden Worten den Neid erkennen, dem sie in der Tat auch entsprängen, meine Lieben, in der Tat! Wer von euch wäre nicht hocherfreut, würde er so bedacht? Ein hübscher Einfall, Mädchen!«

Sie maß Ann Durt ein Lächeln zu, während die meisten der Frauen über ihren Scherz lachten.

Ann Durt knickste tief und hoffte schon, sich aus der Kemenate entfernen zu dürfen, da war sie auf einmal umringt von Frauen, die ihr Gewand aus der Nähe bewundern und mit ihr über Fragen der Schneiderei sprechen wollten. Zu ihrem Glück brauchte sie auf diesem Gebiet keine im Voraus bedachten Antworten. Selbst ihre kleine Schwester hätte den edlen Frauen, ohne zu überlegen, sagen können, welche Farben ihnen gut zu Gesicht standen und welche Kleiderschnitte an einem unglücklich geformten Leib besonders dessen Nachteile zur Geltung brachten, so dachte Ann Durt. Stina hätte allerdings ihre Meinung dazu viel unverblümter kundgetan als sie. Sie wählte ihre Worte äußerst vorsichtig.

Stunden verbrachte sie in der Kemenate der Herzogin mit diesen Gesprächen, so kam es ihr vor. Schließlich musste sie gehen, wenigstens um einen der Schächte in der Burgmauer aufzusuchen.

Eine der jungen Frauen, mit denen sie seit ihrer ersten Nacht auf der Celler Burg das Bett teilte, kam ihr nach. Brigitta war es, das Mündel eines alten Ritters, der in Magnus' Diensten stand. So garstig wie bei ihrer ersten Begegnung behandelten die adligen Jungfern Ann Durt nicht mehr, doch nähergekommen waren sie sich nicht.

Drei lange Gänge entlang und eine Treppe hinab folgte Brigitta ihr schweigend. Erst als Ann Durt schon nach dem Vorhang griff, hinter dem sich der Abtritt verbarg, sprach die Jungfer.

»Du hast dich fein herausgemacht. Ich würde dich gern um Verzeihung dafür bitten, dass ich anfangs unfreundlich zu dir war. Wenn du mir vergeben magst, dann würde ich mich geehrt fühlen, von dir als Freundin betrachtet zu werden.«

Staunend versucht Ann Durt in Brigittas Gesicht zu lesen, ob es ihr ernst mit der Bitte war oder ob es sich um einen versteckten Hohn handelte.

»Freundschaft ist besser als Feindschaft, doch Eure Freundschaft ehrt mich mehr als meine Euch«, sagte sie und wünschte nur, dass Brigitta sie endlich auf den Abtritt ließe.

Die Jungfer seufzte. »Ja, nun. Aber deine Freundschaft könnte mir womöglich gerade mehr nützen als meine dir. Ich bin in Verlegenheit und dachte, du könntest mir helfen.«

»Wie das?«

»Nun, wenn du nicht allein auf das Vermögen derer von Alten angewiesen bist, dann musst du über eine eigene Geldquelle verfügen. Denn dass Ulrich von Alten nichts Eigenes besitzt, weiß jeder, dafür hat Mechthild gesorgt. Könntest du mir etwas borgen, von dem niemand sonst erfährt?«

Ann Durt war so verblüfft, dass sie kurz ihr dringendes Bedürfnis vergaß. »Ich soll Euch Geld leihen? Aber …«

»Bevor du ablehnst, solltest du gut überlegen, ob du nicht einmal, vielleicht schon bald, in meine Lage geraten könntest. Wenn ich mir betrachte, wie deine Taille sich verändert hat, seit du hier angekommen bist, dann kannst du nur hoffen, dass Ulrich zu dir steht und zu dem, was du da ausbrütest. Heiraten wird er dich gewiss nicht. Aber auch Herzöge hatten schon Bastarde, für die sie immerhin aufkamen.«

Beinah hätte Ann Durt die Herrschaft über ihre Blase verloren. Was sie ausbrütete? *Sie hat ein Quellkorn verschluckt,* so pflegte ihre Mutter zu sagen, wenn einem Weib der Bauch mit einem Kind anschwoll. Konnte das sein?

Brigitta lachte. »Wie erschrocken du aussiehst. Du bist eben doch ein Gänschen. Ich kann deine Angst verstehen. Mechthild hasst dich genug, um dich samt dem Kind ersäufen zu lassen, falls Ulrich wider Erwarten doch auf den Gedanken kommt, dich heiraten zu wollen. So etwas geschähe nicht zum ersten Mal. Ich würde sagen, du tust gut daran, dir viele Freunde zu machen. Also, was ist? Borgst du mir?«

Ann Durt begann schon, verschwommen zu sehen, als ihr wieder einfiel zu atmen. »Wie viel braucht Ihr?«

Brigitta stieß einen Seufzer aus, der gerade so viel zu laut war, dass er nicht nur nach ehrlicher Erleichterung klang. »Ich bin froh, dass wir uns verstehen.«

Sie nannte eine Summe, von der Ann Durt nur wusste, dass es mehr war, als sie selbst je auf einem Fleck gesehen hatte. Allerdings bedeutete das nicht viel, denn obwohl sie seit ihrer Flucht aus Thomasburg mehr ausgegeben hatte, als sie jemals geglaubt hätte, war das Geld nie durch ihre Hände gegangen. Ihre Kehle schnürte sich zu, als sie sich bewusst machte, dass Rumpoldt ihr nie gesagt hatte, wie viel die Dinge kosteten, die sie auf seinen Rat und durch seine Vermittlung erstand. Mit einer Hand am Vorhang des Abtritts und Brigitta vor Augen, deren Hinterlist sie auf einmal in ihrem vollen Ausmaß erkannte, begriff sie, dass es in dem Spiel, auf das sie sich eingelassen hatte, nicht nur darum ging, Gunst zu gewinnen oder zu verlieren, wie Spieler Münzen verloren. Wenn sie nicht lernte, klüger zu handeln als Frauen wie Brigitta, klüger als Rumpoldt, Mechthild und sogar als Gräfin Margarete, dann konnte es schnell um ihr Leben gehen.

Um ihr Leben und vielleicht um das ihres Kindes, wenn Brigitta ihren Zustand tatsächlich schneller erkannt hatte als sie selbst. Sie hielt sich gewaltsam davon zurück, eine Hand auf ihren Bauch zu legen, um der Wahrheit nachzuspüren. Stattdessen lächelte sie so huldvoll, wie sie es zustande brachte.

»Ich werde es bedenken und Euch morgen Antwort geben.«

Eilig schlüpfte sie hinter den Vorhang und raffte ihr Gewand. Und sollte Brigitta ihr auch nachkommen, so war es hier so dunkel, dass die Schlange ihre Miene nicht würde lesen können. Und den Gestank zu teilen, war sie herzlich willkommen. Doch Brigitta zögerte nur noch kurz vor dem Vorhang, dann entfernten sich ihre Schritte. Ann Durts Erleichterung war eine doppelte, und doch folgte ihr gleich neue Anspannung. So schnell wie möglich musste sie mit Rumpoldt sprechen, sosehr sie es auch verabscheute. Und was war mit dem Kind? Nun legte sie doch die Hand auf ihren Unterleib. Ein Weib höre auf zu bluten, wenn es schwanger ging, hatte ihre Mutter gesagt. Aber wann? Und wie lange war es her, dass sie zuletzt geblutet hatte? Wie viel Zeit war überhaupt vergangen, seit ihre Mutter Ulrich in die Mühle gebracht hatte? Ihr kamen wieder die Tränen, als sie an ihre Mutter dachte, und dieses Mal ließen sie sich nicht aufhalten. Hätte sie vor diesem Moment jemand gefragt, ob sie schon einmal ernsthaft daran gedacht hatte, zu ihrer Familie zurückzukehren, hätte sie verneint. Nun wurde ihr deutlich, wie viel Sicherheit ihr dennoch der Gedanke gegeben hatte, es jederzeit tun zu können. Bekam sie jedoch ein Kind und blieb ledig, würde sie sich zu sehr schämen, um jemals wieder einen Fuß nach Thomasburg zu setzen, geschweige denn, wieder dort zu leben. Zum ersten Mal suchte die Furcht sie heim, dass sie ihre Mutter möglicherweise niemals wiedersehen würde.

Erst als sie auf dem Gang entfernte Schritte hörte, konnte sie ihren Tränenfluss zum Versiegen bringen und den Abtritt in gefasster Haltung verlassen. Wenig später schritt sie in ihrem bisher schönsten Gewand und mit kaum noch sichtbaren Tränenspuren im Gesicht durch die Türflügel des Palas nach draußen auf den Burghof, was sie noch nicht oft allein getan hatte.

In einer Hinsicht hatte Brigitta recht: Sie brauchte Verbündete. Doch woher sollte sie sie nehmen? Im engen Geflecht der vornehmen Hofgesellschaft und ihrer Dienerschaft durfte sie nicht nach ihnen suchen. Sehnsüchtig blickte sie durch das Burgtor auf den Vorplatz hinaus, wo eben ein paar Stück Vieh den Besitzer wechseln sollten. Eine lachende Magd führte eine Kuh vor, die einige Männer und eine Bäuerin scherzend begutachteten.

Wie leicht wäre es gewesen, mit diesen Leuten ein freundliches Gespräch zu führen, hätte sie nicht ein Gewand getragen wie ein Prinzessin. Doch so gehörte sie nicht zu ihnen, war ihnen fremd, unheimlich und lästig. Ihre Hoffnung, bei den einfachen Leuten Anschluss und Unterstützung finden zu können, erstickte im Keim. Langsam wandte sie sich um, ging zurück in den Palas und schickte den ersten Pagen, dem sie begegnete, ihr die Magd Johanna zu holen.

»Wir müssen wieder zu Herrn Rumpoldt. Wenn du ihn in der Burg siehst, dann vereinbare ein Treffen mit ihm. Ich will ihn nicht selbst ansprechen.«

Johanna zuckte mit den Schultern, verächtlich wie stets. »Er wird sich freuen.«

Ann Durt nickte. »Daran zweifle ich nicht.«

Mit einem leisen Schnauben wollte die Magd sich abwenden und gehen. Allmählich konnte Ann Durt sich vorstellen, woher Johannas Verbitterung und Verachtung stammten, spürte sie doch selbst die Anfänge dieser Gefühle. Einer plötzlichen Eingebung folgend, hob sie die Hand. »Warte! Johanna, warum arbeitest du für Herrn Rumpoldt? Sag mir das.«

Johanna starrte sie kalt an. »Mein Vater ist Gehilfe beim Mundschenk gewesen, und Herr Rumpoldt hat ihm einmal aus der Not geholfen.«

»Hat er ihm Geld geborgt?«

»Nein. Herr Rumpoldt hat den Burgvogt dazu gebracht,

meinen Vater vom Vorwurf des Diebstahls freizusprechen, obgleich der Vogt meinen Vater hasste.«

Johannas Blick blieb eisig. Hätte sie nicht Wärme und Dankbarkeit für Rumpoldts Tat empfinden sollen? Ann Durt ahnte, dass die Geschichte länger war, als Johanna bisher verraten hatte. »Warum hat Rumpoldt das getan?«, fragte sie.

Ein bitteres Lächeln erschien auf Johannas Lippen. »Er hat meine Mutter gezwungen, sich als Hure zu verdingen, um ihm das Geld zurückzuzahlen.«

Ann Durt musste schlucken, bewahrte jedoch standhaft ihre Haltung. »Ist es ihr gelungen, das Geld zurückzuzahlen?«

»Ja.«

»Und warum bist du Rumpoldt dann noch verpflichtet?«

»Mein Vater fand heraus, was meine Mutter getan hatte, und verstieß sie. Darauf verließ mich mein Verlobter. Ich trug sein Kind im Leib. Rumpoldt half mir, meine Mutterschaft zu verbergen.«

»Und dein Kind?«

Johanna verzog angewidert das Gesicht. »Wozu willst du das wissen? Du verstehst dich doch prachtvoll mit Herrn Rumpoldt und all seinen edlen Freundinnen. Willst ja selbst eine von ihnen werden.«

Ann Durt fühlte sich wie geohrfeigt und fuhr ein wenig von Johanna zurück. »Was bleibt mir denn anderes übrig? Wer hier bestehen will, muss doch nach ihren Regeln spielen.«

Schnaubend winkte Johanna ab. »Warum aber musst du unbedingt einen Ritter haben, na? War dir kein einfacher Mann gut genug? Hättest doch jeden haben können mit der hübschen Larve.«

Da war er also heraus, der Grund für Johannas Feindseligkeit. Ann Durts Kopf begann von all den umständlichen Gedanken, den Listen, Bosheiten und Missverständnissen zu schmerzen. Müde rieb sie sich die Schläfen unter dem Schapel, das sie in Wahrheit nicht mehr zu tragen verdiente, weil sie ihre Jungfernschaft längst verschenkt hatte. »So ist es doch gar nicht. Ich liebe Ulrich. Ohne ihn kann ich nicht leben. Das habe ich mir nicht ausgesucht, aber ich will es auch nicht anders haben. Wir gehören zusammen.«

Johanna stieß ein hässliches Lachen aus. »Liebe? Zwischen einem Mann und einem Weib? Das ist ein närrischer Spuk, von dem die Männer den edlen Frauen vorsingen, um ihnen die Zeit zu vertreiben und sie nachgiebig zu stimmen. Und nun verzeih, wenn ich gehe, aber mich schlägt man, wenn ich nichts Nützliches tue.«

Sie lief mit eiligen Schritten davon, doch Ann Durt glaubte nicht, dass die Angst vor Schlägen sie antrieb. Johanna hatte guten Grund zur Sorge, dass sie zu viel erzählt hatte. Bei Gelegenheit wollte sie der Magd versichern, dass sie von ihr nichts zu befürchten hatte, doch für den Augenblick wollte sie nichts, als sich niederzulegen und zu hoffen, dass der stechende Kopfschmerz verging.

13

In schmutzigem Wams und zerrissenen Beinlingen und in eine Wolldecke gewickelt, ruhte Ulrich zwischen seinen unglücklichen Standesgenossen. Sie lagen im Windschutz eines Busches in der Mitte des Lagerplatzes, und obwohl er sich in der abendlichen Dunkelheit bemüht hatte, den Boden unter sich zu ebnen, hatte Ulrich die ganze Nacht hindurch dornige Schlehenzweige und überwinterte Disteln im Rücken gespürt und Schweinekot gerochen. An erholsamen Schlaf war nicht zu denken gewesen, sodass er die dunklen Stunden grübelnd verbracht hatte.

Er war nach der schlimmen Unbill, die ihn getroffen hatte, zu dem Schluss gekommen, dass es sich bei allem, was sich ihm in den Weg stellte, nicht um einfache Schicksalsschläge handelte. Gott prüfte ihn besonders hart, weil er ihn für etwas Außergewöhnliches auserwählt hatte. Wie wäre es sonst zu erklären gewesen, dass kurz vor seiner Demütigung durch die erneute Niederlage im Kampf und seiner erniedrigenden Gefangenschaft das Müllersweib erschienen war? Wie ein mahnender Geist kam sie, der gesandt war, um ihm seine Verfehlung ins Gedächtnis zu rufen.

Seit er Ann Durt mit Gräfin Margarete nach Celle geschickt hatte, bereitete es ihm zunehmend Unbehagen, an sie zu denken. Die Leidenschaft, die er in den ersten Wochen für sie gefühlt und die ihn zu dem Glauben verleitet hatte, dass er nicht ohne sie leben wollte, war zur Erinnerung verblasst, nachdem er sie einige Tage nicht um sich gehabt hatte. Übrig blieb das Gefühl, dass seine Verbindung mit ihr mehr Schwierigkeiten mit sich brachte, als angenehm war. Weit weg von ihr zu sein, hatte den Vorteil, dass er sich mit diesen Ärgernissen nicht befassen musste. Die leisen Gewissensbisse, die er spürte, weil er mit ihr in Sünde gelebt hatte und sie nun nicht durch eine Heirat wieder in den ehrenhaften Stand versetzte, hatte er recht gut verdrängen können.

Bis ihre Mutter auftauchte. Er hatte sie als braves Weib in Erinnerung gehabt, doch inzwischen war er anderer Ansicht. Wie sie ihn verfolgt und gestellt hatte, durch alle Hindernisse hindurchpflügend und Widrigkeiten überstehend, die ein anständiges Weib gemieden hätte, das sprach für Habgier und Vermessenheit. Gewiss hatte sie sich Vorteile errechnet, wenn er ihre Tochter heiratete, und wollte ihn in die Ehe drängen oder wohl wenigstens ein Vermögen als Entschädigung aus ihm herauspressen. Seine Entscheidung, sie nicht zu beachten, war gefallen, sobald er sie entdeckt hatte. Allein, wie sie dasaß – mit ihrem kräftigen Körperbau, in den zerlumpten, groben Leinenröcken, verschwitzt und schmutzig von der Arbeit, ohne jede Anmut –, stieß ihn ab. Er wollte nicht, dass dieses abscheuliche Ding von einem Weib etwas mit ihm zu tun hatte, und er hatte gehofft, dass ihr das deutlich geworden war.

Doch sie besaß die Frechheit, ihn erneut anzusprechen. Dabei war sie ihm mit jedem Tag ihrer gemeinsamen Gefangenschaft mehr zuwider geworden. Sie arbeitete wie ein Mann, stemmte Steine, schwang das Beil, schürzte den Rock trotz der Kälte, sodass man ihre nackten, strammen Waden sah.

Wie auch immer er mit Ann Durt weiter verfuhr: Wenn er ein Verhältnis zu ihr aufrechterhielt, musste er ihr klarmachen, dass ihre Mutter in keiner Weise an ihrem Leben teilnehmen würde.

Seine Überlegungen machten die Aussicht, weitere Tage in ihrer unmittelbaren Nähe bei der entwürdigenden Arbeit für die Lüneburger zu verbringen, unerträglich. Die ganze Lage hätte ihn verzweifeln lassen, wenn er nicht überzeugt gewesen wäre, dass er Gott seine Standhaftigkeit und sein Vertrauen beweisen musste. Die Rettung würde kommen, und er würde nicht klagen und nicht mit seinem Schicksal hadern, sondern alles ertragen.

Der Vorsatz erfüllte ihn trotz allen Leids geradezu mit Seligkeit. Fast hätte er sich die Nächte noch kälter, den Hunger größer und die Risse in seinen Händen zahlreicher und tiefer gewünscht, um sich Gottes Auszeichnung noch würdiger erweisen zu können.

Er setzte eben zum Gebet an, auch um zu versichern, dass er zur Beichte gehen würde, sobald sich ihm die Möglichkeit bot, da brach Unruhe unter den Lüneburgern aus. Er hob den Kopf und wandte sich an seine Gefährten. »Was ist geschehen?«

Reginald der Krause hob spöttisch einen Mundwinkel. »Der Bauer, den sie gestern eingefangen haben, ist wieder entkommen. Sie glaubten wohl, sie hätten ihn so weich geprügelt, dass er keine Kraft mehr hätte. Aber der Scheißkerl scheint zäh zu sein.«

Leise Bewunderung lag in seinem Lachen. Die beiden anderen in ihrem Bunde lachten mit, und Ulrich lächelte pflichtschuldig, obwohl er den Flüchtling, der Bridas Begleiter gewesen war, so wenig leiden konnte wie sie. Ob ihm die Flucht gelang oder nicht, war ihm gleichgültig. Seinetwegen konnten ihn die Bluthunde fressen.

Ein Schatten fiel auf ihn und raubte ihm die kargen Strahlen der abendlichen Frühlingssonne.

»Freut Ihr Euch, meine Herren Ritter, ja? Jubelt Ihr ihm zu, dem dreckigen Lumpen? Ich glaube gar, Ihr habt ihm zur Flucht verholfen, was? Das soll Euch vergehen«, sagte der Hauptmann der Waffenknechte.

Bevor Ulrich und seine Gefährten begriffen, was er meinte, hatte er schon ein paar Männer zusammengerufen, die helfende Hände dabei anlegen sollten, ihnen Prügelstreiche auf die Fußsohlen zu verabreichen.

Einem adligen Ritter eine so ehrenrührige Strafe zuzumuten, überschritt allerdings die Grenzen von Sitte und Anstand so weit, dass sich sogar unter den Lüneburgern selbst Widerstand dagegen regte. Durch seine gerechte Empörung hindurch nahm Ulrich wahr, wie sich ihre Feinde in zwei Lager aufspalteten. Gegen die Strafe sprachen sich zum größten Teil die Lüneburger Bürger aus, als Befürworter traten die angeworbenen Waffenknechte auf.

Sein Herz raste, so sehr fürchtete Ulrich diese neue Erniedrigung und den Schmerz. Hatte er den Allmächtigen herausgefordert mit seinem Wunsch, noch härter geprüft zu werden? Er beugte das Haupt und faltete die Hände zum Gebet, während ihn schon einer der Waffenknechte am Arm packte, um ihm gleich einen Strick um die Fußgelenke binden zu können. Schweißperlen bildeten sich auf seiner Stirn, und es wollte ihm weder ein Gebet einfallen noch, wofür er beten sollte. Schließlich bat er um nichts anderes als um Standhaftigkeit.

Als sich endlich die Lüneburger Bürger durchsetzten und die Waffenknechte sich murrend mit ihren Stricken entfernten, fühlte Ulrich sich in seiner unendlichen Erleichterung erneut darin bestätigt, dass er geprüft wurde und eine weitere Prüfung bestanden hatte.

Eine Weile nach Einbruch der Dunkelheit brachten die Jäger den Flüchtling zurück, und auch das betrachtete Ulrich als ein Zeichen. Nur um ihn, Ulrich, auf die Probe zu stellen, hatte der Allmächtige den Lumpen fliehen lassen – nicht, weil es ihm tatsächlich gelingen sollte.

Der Knecht, der den reglosen Gefangenen quer hinter sich auf dem Pferd mitgebracht hatte, warf ihn wie einen nassen Sack zu Boden. Da er beim Aufprall nicht einmal zuckte, musste er entweder tot sein oder sich in tiefer Ohnmacht befinden. Die Lüneburger ließen ihn liegen, ohne ihn weiter zu beachten.

Brida allerdings hielt es nicht an ihrem Platz. Sie warf sich neben dem nassen Sack auf die Knie, betastete ihn und sprach töricht mit ihm, als könne er sie hören. Ulrich war zu erschöpft, um das Geschehen weiterzuverfolgen. Er drehte sich auf die andere Seite, krümmte sich unter seiner Decke gegen die Kälte zusammen und schlief trotz aller Dornen unter ihm ein.

Kunzmann von Alten konnte weder lesen noch schreiben, aber seine Gemahlin Mechthild konnte es. Er bediente sich eines Schreibers, von denen es im Heerlager genügend gab, die ausreichend vertrauenswürdig für die Aufgabe waren. Einen dieser gebildeten Diener hatte er zu sich gerufen und ihn in seinem Zelt an einem Tischchen Platz nehmen lassen, um ihm die Antwort auf einen Brief Mechthilds zu diktieren.

Er empfahl ihr, Ulrichs nicht standesgemäße Gespielin im Auge zu behalten und vorerst abzuwarten, ob ihre Stellung bei der Herzogin zum Vorteil für das Haus von Alten genutzt werden konnte. Gleichzeitig jedoch sandte er ihr Hinweise, wie es einzurichten sei, das junge Ding verschwinden zu lassen, wenn es die Aufmerksamkeit und Gunst der hochwohlgeborenen Edelfrauen verlor und lästig wurde. Er kannte für solche Fälle Männer, die sauber und zuverlässig arbeiteten, ohne Aufsehen zu erregen. Mit ein wenig Geschick seitens Mechthilds, auf das er voll vertrauen durfte, würde Anna Dorothea bei Hof in Vergessenheit geraten, ohne dass jemand misstrauisch wurde und sich nach ihrem Schicksal erkundigte.

Kunzmann gab dem Schreiber eine großzügige Belohnung dafür, dass er den Brief nicht nur in sauberer Schrift aufs Pergament gebracht hatte, sondern es auch übernahm, ihn abzusenden. Eben war er dabei, seine Börse wieder einzustecken, da bat ein Bote seine Wache darum, vorgelassen zu werden. Der Knappe gehörte einer der Mannschaften an, die mit dem gleichen Auftrag über das Land ritten wie die, der Ulrich sich angeschlossen hatte. Sein Gesicht wies Zeichen von Erschöpfung auf, und seine Augen tränten vom kalten Wind, doch sie glänzten auch vor Aufregung.

»Die Lüneburger waren gewarnt. Es schien, als hätten sie auf uns gewartet. Unsere Späher bemerkten sie rechtzeitig, sodass wir uns sammeln und sie besiegen konnten. Der Trupp Eures Neffen hatte weniger Glück und wurde überrumpelt. Einer der Arbeiter entkam und trug ein paar Hirtenjungen auf, uns zu finden und um Hilfe zu bitten. Meine Gefährten sind dem Ruf sogleich gefolgt, nur ich wurde hierhergeschickt, um Verstärkung zu holen.

Wir halten es für ratsam, die Lüneburger so zu schlagen, dass sie in die Stadt zurückgedrängt werden.«

Kunzmann schlug dem jungen Mann auf die Schulter. »Ich bin sicher, dass Magnus es auch so sehen und sich glücklich schätzen wird, so wackere Männer wie dich zu den seinen zählen zu dürfen. Aber sag: Lebt mein Neffe?«

»Der Hirtenjunge, der uns fand, sagte, da wären des Herzogs Männer gefangen, unter ihnen ein Ulrich von Alten. Deshalb bin ich geradewegs zu Euch gekommen. Wenn der

Junge es so sagt, darf man vielleicht annehmen, dass Euer Neffe lebt.«

Kunzmann nickte. »Sein Leben steht unter einem guten Stern. Ich will hoffen, dass du recht hast. Selbstverständlich werde ich mich in eigener Person der Verstärkung anschließen.«

Stina verbrachte nun jeden Tag mit dem einen Ziel: Sie musste den Geheimnissen der Menschen auf die Spur kommen. Allen voran denen der Pelz-Liese. Das bedeutete, scharf zu beobachten und genau zuzuhören, wo immer es möglich war, und dabei nicht bemerkt zu werden. Nickel ließ sich willig einspannen und brachte an vielen Tagen eine reichere Ernte ein als sie.

Wenn Pelz-Liese sie auszankte, weil sie mit der Arbeit langsamer vorankamen als zuvor, sagten sie, dass sie etwas für Elßbeth zu erledigen gehabt hätten. Sie murrte dann, ließ sie aber gewähren.

Während sie auf diese Weise eifrig Geheimnisse sammelten und Stina Elßbeths Weisheiten aufsog, schnitzte Nickel ein Wurfhölzchen nach dem anderen. *Die Hand* für Ergreifen und Beschützen, *den Baum* für Erkenntnis und Sündenfall, *den Hasen* für Fruchtbarkeit und Feigheit und *den Raben* für Unglück, Krankheit und Tod, aber auch für Klugheit.

Die Stimmung unter den Kriegsknechten war angespannt. Entlang der Ilmenau fanden Scharmützel zwischen Lüneburgern und Männern der welfischen Seite statt, und die vagabundierenden Recken wollten nicht in die Zwangslage geraten, sich schon jetzt für eine Seite entscheiden zu müssen. Nickel glaubte, dass die Hälfte von ihnen es insgeheim vorgezogen hätte, überhaupt nicht ernsthaft kämpfen zu müssen, wenn sie auch mit dem Mundwerk unaufhörlich ihre Äxte und Spieße schwangen.

Er konnte diesen Widerwillen ausgezeichnet verstehen. Allein den Gedanken, eine scharfe Waffe zu führen und mit anderen auf Leben und Tod zu kämpfen, fand er schon so furchteinflößend, dass es in seinen Därmen grollte. Wo immer von der Kriegs- und Kampfeskunst, von blutigen Heldentaten geschwärmt wurde, zog er sich schnell zurück, damit die Kerle ihn nicht noch einmal mit diesen Dingen in Verbindung brachten.

Möglicherweise war jedoch gerade dies falsch gewesen und ließ sie erst darauf kommen, dass es eine lohnende Kurzweil sein konnte, ihn das Waffenhandwerk zu lehren. Sie fragten nicht, sondern packten ihn gleich am Kragen und schleiften ihn zu einem plattgetretenen Kreis auf der Lagerwiese, wo bereits einer von ihnen auf ihn wartete. Sie drückten ihm einen stumpfen Holzspieß in die Hände, schubsten und kniffen ihn von allen Seiten, johlten und machten Geräusche, als wollten sie einen Hund zum Kämpfen anstacheln. »Ks, ks«, »Fass«, »Zeig uns deine Zähne«.

Nickel stolperte in den Kreis und hob die Arme eigentlich nur, um das Gleichgewicht zu halten, da schlug der andere schon gegen seinen Spieß, dass ihm die Waffe aus den Händen sprang und der Schmerz durch die Arme bis in die Schultern fuhr. Gnade gewährte ihm sein Gegner nicht. Der nächste Hieb traf ihn gegen die Stirn. Sofort schossen ihm Tränen in die Augen, er fiel auf die Knie und hielt sich den Kopf.

»Den Spieß hoch, Kleiner! Nun pack ihn doch endlich. Hoch mit dir! Hoch!«

Wieder traf ihn ein Hieb, dieses Mal über den Rücken, sodass er glaubte, keine Luft mehr zu bekommen. Schiere Todesangst ließ ihn nach seinem verlorenen Spieß greifen und trieb ihn auf die Füße. Er umklammerte mit beiden Händen das Holz so fest, dass die Fingerknöchel weiß wurden, und wehrte den nächsten Schlag wenigstens von seinem Kopf ab, wenn auch nicht von seinen Fingern. Vor Schmerz schrie er laut auf.

»Beweg dich!«, brüllte die Meute um ihn herum. »Wehr dich! Mach schon, Hosenscheißer!«

Sich wehren? Gegen diesen ausgewachsenen Klotz von einem Kerl? Nickel begann, wild herumzuhopsen, in der Hoffnung, der andere könne ihn dann weniger leicht treffen. An ein Entkommen aus dem Kreis war nicht zu denken.

Mit weit aufgerissenen Augen musterte er seinen Gegner. Es war Karl, der Elßbeths Hund aus dem Weiher gezogen hatte und der sich gelegentlich von ihr wahrsagen ließ. Eins der Weiber hatte mit einer anderen über ihn getratscht. Sie hatte ihn auf sein Verlangen hin mit seinem Ochsenziemer schlagen müssen. Dazu fiel einer anderen etwas ein. Die sagte, er hätte einmal sternhagelvoll bei ihr gelegen und vor sich hin gebrabbelt. Zehn Schwestern hätte er, und die würden ihn alle hassen. Er hätte Angst vor ihnen, weil sie ihn für das hassten, was er ihnen angetan hatte.

»Das können wir uns ja denken, was das Schwein getan hat. Der soll mir nochmal kommen, da werde ich mit der Peitsche dann nicht mehr vorsichtig sein«, hatte die erste gesagt.

Stina und Nickel konnten sich nicht sogleich denken, was er getan hatte, obwohl ihr Vorstellungsvermögen mittlerweile um einiges abgebrühter war als zu Beginn ihrer Reise. Dumpf vermuteten sie etwas und konnten es doch nicht glauben, geschweige denn aussprechen, weil es ihnen so abwegig vorkam. Bruder und Schwester? Nein, es musste eine andere Erklärung geben. Doch sie war ihnen nicht eingefallen, und nun war es zu spät, das Rätsel zu lösen.

Lange würde er dem Kerl nicht mehr ausweichen können. Karl ließ seinen Spieß wirbeln wie Windmühlenflügel. Jeder Strohhalm war Nickel recht, um danach zu greifen. »Der Herrgott wird dir deine große Sünde nur unter einer Bedingung vergeben, Peitschen-Karl«, schrie er.

Karl hielt einen Atemzug lang inne und sah ihn verblüfft an. Nickel nutzte sein Zögern und stach mit dem Spieß nach seinem Bauch. Auch wenn er auswich, konnte Karl dem Stoß nicht ganz entgehen und ließ ein schmerzvolles »Uff« hören.

Für ein Gefühl von Genugtuung blieb Nickel keine Zeit. Ehe er wusste, wie ihm geschah, hatte Karl ihm einen Arm auf den Rücken gedreht und drückte ihm mit seiner großen Hand den Hals zu. »Wovon quatschst du da?«, fragte er ihm feucht ins Ohr.

»Von deinen Schwestern«, presste Nickel heiser flüsternd hervor.

Karl drückte mit seiner Hand fester zu. »Wer hat dir davon erzählt?«

»Stina. Stina lernt wahrsagen von Elß. Sie hat es in den Hölzchen gelesen.«

Der Griff um seinen Hals lockerte sich. »Darüber will ich mehr wissen. Aber jetzt lernst du erst mal das Kämpfen, du Duckmäuser! Nimm deinen Spieß wieder in die Hand und hör auf, dir ins Hemd zu pissen. Ich bring dich nicht um, aber der Erste, dem du in der Schlacht begegnest, der tut es gewiss, wenn du dich weiter so blöd anstellst.«

Nickel war sicher, dass Karl ihn einfach weiter zusammengeschlagen hätte, wenn er ihm nicht mit Stinas Wahrsagerei gekommen wäre. Nun jedoch hieb er nicht mehr im Ernst zu, wartete Nickels kümmerliche Verteidigungsversuche ab und zeigte ihm, wie er es besser machen konnte. Die Zuschauer spotteten, doch Karl ließ sich nicht beirren, sondern fing beinah noch an, sich mit ihnen zu streiten.

Enttäuscht zerstreute sich die Menge. Als Nickel keuchte und glaubte, er würde vor Schmerzen und Entkräftung nie wieder die Arme heben können, ließ Karl es endlich gut sein.

»Ein jämmerlicher Kämpfer bist du, aber auch ein jämmerlicher Kämpfer wird mehr einbringen als ein zerlumpter Knabe. Was ist mit deiner Stina und dem Wahrsagen? Was hat sie über mich erfahren, die kleine Kratzbürste?«

Nickel zuckte mit den Schultern. »Das fragst du sie lieber selbst. Ich kann dir nur sagen, dass sie nichts über dich erfahren wollte. Sie übt noch, und deshalb sieht sie manchmal etwas über irgendwelche Leute. Sie war erschrocken wegen dir. Nur eine Sache könne dich retten, hat sie gesagt.«

Hätte sein Herz nicht von seinen mühseligen Bemühungen im Kampf schon gerast, wäre es nun bei seiner Lüge in Galopp gefallen. Er konnte nur hoffen, dass Stina sich etwas einfallen ließ, um aus seiner Lüge das Beste zu machen.

»Ich gehe sie suchen und bringe sie zu dir«, schlug er vor, ehe Karl ihm die Möglichkeit nehmen konnte, Stina zu warnen.

Ernst, wie Karls Gesicht aussah, war er in Gedanken bei seinem Geheimnis und der Verdammnis, die ihm drohte. Er entließ Nickel mit einem geistesabwesenden Winken.

»Du bist verrückt. Ich weiß nicht, was er mit seinen Schwestern gemacht hat, und ich will es gar nicht wissen. Wie soll ich ihm da sagen, was ihn retten kann?«

Nickel umschloss ihre Hand mit seinen beiden. »Bitte, Stina, es tut mir leid, aber ich habe keinen anderen Ausweg gefunden. Denk dir schnell was aus, ja?«

Bei aller Vorbereitung auf die Wahrsagerei und der lebhaften Jagd nach Geheimnissen war Stina noch längst nicht bei der Überlegung angekommen, was sie den Leuten für

Ratschläge geben würde. Sie hatte das bei Elßbeth noch eine Weile genauer beobachten wollen. Allerdings spielten die guten Ratschläge und helfenden Zaubermittel für ihren Racheplan an Pelz-Liese keine große Rolle, daher hatte sie diesen Teil ihrer Nachforschungen vernachlässigt.

Viel Zeit, um darüber nachzudenken, blieb ihr nicht, denn da kam schon Karl über den Lagerplatz geschlendert, als mache er zufällig einen kleinen Spaziergang in ihre Richtung. Wie er seinen vorstehenden Bauch mit leicht watschelnden Schritten gemächlich vor sich hertrug, beide Daumen in seinen Gürtel gehakt, sah er eigentlich recht harmlos aus, machte Stina sich Mut.

»Also gut. Aber bleib in der Nähe«, sagte sie zu Nickel und knüpfte den Lumpenbeutel mit den Wurfhölzchen von der Schnur los, mit der sie ihren Umhang gürtete.

Nickel war so bleich, wie sie sich fühlte. »Wenn er versucht, dich anzufassen, dann schrei laut!«

Das hätte er lieber nicht sagen sollen, denn erst diese Worte machten Stina bewusst, was es alles für sie zu befürchten gab. Obwohl sie sonst nicht auf den Mund gefallen war, brachte sie nun keinen Piep heraus, als Karl vor ihr stand.

»Na, Stina? Was ist nun mit deinem Hellsehen? Dein Freund sagt, du wüsstest was über mich?«

Stina sah ihn mit weit aufgerissenen Augen an. Sie öffnete den Mund, um etwas zu erwidern, doch es war, als würde alles in ihrer Kehle stecken bleiben.

Karls ernste Miene bekam einen erschrockenen Ausdruck. »Steht es so schlimm um mich? Was hast du gesehen?«

Stina schüttelte den Kopf und gewann endlich die Macht über ihre Zunge zurück. »Ich weiß es nicht. Ich habe etwas gesehen, aber … Aber das muss nichts heißen. Ich übe ja noch. Spiele nur herum, weißt du? Vielleicht ist es besser, wenn wir nicht darüber sprechen. Vielleicht …«

Finster zog Karl die Brauen zusammen. »Nichts da. Du weißt etwas, und das geht mich an. Das sehe ich doch. Heraus damit!«

»Es war nicht deutlich.«

»Dann mach es deutlich. Wirf deine Klapperhölzchen noch einmal für mich. Sie stecken doch in dem dreckigen Beutel da, oder nicht?«

Stina nickte und rieb mit zitternden Fingern die Schnur des Beutels. Mit einem Gefühl von Hilflosigkeit hockte sie sich nieder und wollte die Hölzchen auspacken, da ergriff Karl sie am Arm und zog sie hoch.

»Doch nicht hier, wo alle zusehen können. Komm mit!«, sagte er.

Er führte sie aus dem Lager zwischen die Bäume eines kleinen Wäldchens. Obwohl einige Blicke ihnen folgten, hielt niemand sie zurück. Mit heftig schlagendem Herzen schätzte Stina den besten Fluchtweg ab. Wohin würde sie rennen? Als sie sich zum Lager umblickte, entdeckte sie Nickel, der sein Bestes tat, ihnen unbemerkt nachzuschleichen. Immerhin ein kleiner Trost.

Karl ließ sie los, setzte sich auf den Waldboden und fegte dort mit der Hand eine Stelle von Reisig, Laub, Bucheckernhülsen und schwarzen Käfern frei. »Na los. Hier geht es«, sagte er und blickte zu ihr auf.

Auf einmal ließ ihre Angst vor ihm nach. Er sah sie an wie ihr großer Bruder Willem, wenn er sie bat, ihm einen Splitter aus dem Finger zu ziehen, worin sie besonders geschickt war. Und genau wie Willem überließ Karl ihr für kurze Zeit die Macht über sich, und sie musste entscheiden, was sie damit anfing. Er hatte ihr bisher nichts getan, hatte sogar Knieptang aus dem Fluss gerettet. Wollte sie wirklich das Schlimmste von ihm annehmen? Sie wusste, was ihre Mutter getan hätte. *Die wenigsten Men-*

schen sind so schlecht wie das, was man über sie redet, sagte sie immer.

Feine Regentropfen trafen Stinas Gesicht und vermischten sich mit der kleinen Träne auf ihrer Wange. Sie löste ihren Gürtel, kniete sich ins weiche, alte Laub und breitete den Umhang um sich aus wie ein kleines Zelt. »Na gut. Aber du darfst nicht ungeduldig sein.«

Zehn Schwestern, dachte sie, während sie mit geschlossenen Augen eine Hand voll Wurfhölzchen aufnahm. *Was hat er ihnen getan?*

Baum, Rabe, Hase und Sichel.

Stina begann so, wie sie es von Elßbeth gelernt hatte. Denn eines war nie falsch und sorgte für Ehrfurcht. »Der Tod. Da liegt er«, sagte sie.

Er seufzte und ließ nickend den Kopf hängen.

Sie holte tief Luft. »Deine Schwestern …« Er neigte sich ihr zu, um ja jedes Wort zu hören. Was durfte sie sagen, das nicht falsch sein konnte? »Sie waren noch sehr jung«, riet sie, ohne ihre Stimme unsicher klingen zu lassen.

Karl schlug die Hand vor die Augen und zog die Luft ein, als würde er schluchzen. »Du siehst es tatsächlich«, sagte er.

Stina seufzte stumm. Das half ihr nicht viel weiter. »Sehr jung«, wiederholte sie in leidvollem Ton und beobachtete ihn unter gesenkten Lidern hervor.

»Aber ich doch auch«, sagte er leise und nahm die Hand von seinem Gesicht. »Ich doch auch.«

Stina erschrak über die Qual in seinen Augen. Sie senkte den Blick wieder auf die Hölzchen und tippte nachdenklich mit dem Finger auf einige davon. Der Baum der Erkenntnis, der Rabe: Wann lernte ein Kind zwischen Gut und Böse zu unterscheiden? »Das entschuldigt nicht alles«, sagte sie.

»Also hassen sie mich wirklich? Siehst du das da? Warten sie am Jüngsten Tag auf mich, um mich in die Verdammnis zu stoßen? Kann ich nichts dagegen tun? Sie hatten doch noch keine Vernunft und konnten es nicht verstehen. Kann man es ihnen nicht erklären, damit sie gnädig mit mir sind? Damit sie Ruhe finden? Dein Freund sagte doch, du wüsstest etwas, was ich tun kann. Was ist das?«

Er flehte mit gefalteten Händen und machte Stina nun doch wieder Angst. War er irrsinnig? Waren seine zehn Schwestern alle tot? Hatte er sie umgebracht, als sie noch Kinder waren? Unwillkürlich rückte sie ein Stück von ihm ab und suchte fieberhaft nach Worten, die nicht verrieten, wie wenig sie wusste. »Was glaubst du, wo dein Vater und deine Mutter jetzt sind?«, fragte sie schließlich.

Er wandte beide Handflächen nach oben. »Wenn ich in die Hölle komme, sind sie schon lange dort. Und doch ... Zehn Kinder haben sie umgebracht. Aber mich ... Mir haben sie es an nichts fehlen lassen. Hätte ich sie nur nicht gehört, meine Schwestern, wie sie gejammert haben. Doch ich habe sie gehört, habe Vater und Mutter ihrem Tagwerk nachgehen sehen, als hörten sie es nicht, das Wimmern. Manchmal bin ich hingeschlichen, in die Ecke, wo der Korb stand, in dem sie lagen – eine nach der anderen, wohl in jedem Jahr eine. Habe sie mir angesehen, die kleinen Würmer, aber nie angefasst. Angst hatte ich vor ihnen damals schon. Als hätte ich vorausgeahnt, dass sie mich mein ganzes Leben lang verfolgen würden.«

Er vergrub den Kopf in seinen Händen und wiegte sich vor und zurück, während Stina versuchte, ihr Entsetzen zu verbergen. »Zehn Jahre? Dann warst du kein kleines Kind mehr, als es zum letzten Mal geschah.«

Er schüttelte den Kopf. »Dreizehn war ich, als ich endlich begriff, was die Alten verbrachen. Ich wünschte, ich könnte noch einmal zurück und wenigstens die Letzte mit mir nehmen. Ziegenmilch hätte ich ihr geben können oder eine barmherzige Amme finden. Aber ich bin einfach weggerannt. Am Tag, nachdem meine Mutter sie auf die Welt gebracht hatte, da konnte ich es nicht mehr aushalten. Sie würden ihr vielleicht mein Essen geben, wenn ich fort wäre, so dachte ich. Halbwüchsig und doch dumm. Sie wollten kein Mädchen großziehen, das war es. Es wird meine Schwester nicht gerettet haben, dass ich fortgelaufen bin.«

Stina klemmte sich ihre kalten Hände unter die Achseln. Grauenhaft deutlich sah sie einen Korb mit einem sterbenden Säugling darin vor dem inneren Auge. *Eine nach der anderen.* Sie konnte Karls Qual verstehen und sein schlechtes Gewissen. Was hätte sie getan? Was, als sie noch zwei Jahre jünger gewesen war? Sie kam nicht weit damit, bevor sie wieder an ihre Eltern dachte. Sie hatten trotz aller Not nicht nur ihre eigenen Kinder aufgezogen, sondern auch noch ein fremdes. Großes Glück hatte sie gehabt, dass sie als Kind ihrer Eltern geboren worden war.

Karls Schicksal erfüllte sie mit Mitleid, doch das sollte er nicht merken. »Würdest du heute noch einmal so handeln?«

Entschieden schüttelte er den Kopf.

»Nun verstehe ich besser, was ich gesehen habe. Lass mich die Hölzchen noch einmal werfen, um deine Schwestern zu befragen, was sie von dir als Vergeltung wünschen«, sagte sie so bestimmt, wie sie es fertigbrachte.

Er schwieg, beobachtete aber hoffnungsvoll ihre Hände.

Leise summend nannte sie die Namen der geworfenen Hölzchen. »Die Hand, das Rad, das Netz«, murmelte sie vor sich hin, tippte mit dem Finger und rieb sich die Schläfen, als müsste sie auf die Bedeutung lauschen und nachdenken.

»Deine Schwestern hassen dich nicht. Sie wollen dich nicht verdammt sehen«, sagte sie schließlich.

Mit ungläubig hochgezogenen Brauen sah Karl sie an. Sie hatte sich schon gedacht, dass die Lösung nicht zu einfach sein durfte. »Aber damit sie im Jenseits deine Fürsprecherinnen sein können, musst du ihnen beweisen, dass du es heute besser machen würdest.«

»Aber wie?«

Stina mischte gedankenverloren die Hölzchen und warf sie noch einmal. Und dann griff sie auf einen von Elßbeths Ratschlägen zurück, die deren Meinung nach immer wirkten. »Unser Herrgott hat eine besondere Aufgabe für dich vorgesehen. Du wirst sie zur rechten Zeit erkennen und an anderen Menschen gutmachen, worin du bei deinen Schwestern versagt hast. Gewiss ist es das, worauf sie warten.«

»Ist es der Grund, warum ich leben durfte und sie nicht?«, fragte er.

Bei allem, was sie erfunden hatte, kam es darauf nun auch nicht mehr an, dachte Stina. Sie nickte und packte ihre Hölzchen ein.

Er atmete tief durch und stand auf. »Was bin ich dir schuldig?«, fragte er.

Das war leicht. Sie blickte zu ihm auf. »Behandle meinen Bruder gut.«

»Deinen Bruder?«

»Nickel. Mein Ziehbruder.«

Er zuckte mit den Schultern. »Hm.« Zufrieden schien er damit nicht zu sein, denn er zögerte noch. Schließlich öffnete er seine Gürteltasche und holte eine hohe, schmale Dose aus Birkenrinde hervor, die einen verzierten Deckel mit einem Riemenverschluss besaß. Die Würfel, die er darin aufbewahrte, schüttete er in seine Hand, dann gab er die Dose Stina. »Für deine Wurfhölzchen. Haben was Besseres verdient als den Lappen da. Aber dass du ja den Mund hältst von dem, was ich dir erzählt habe!«

Ihren Dank wollte er nicht hören, sondern ging eilig davon.

Stina blieb erschöpft zurück. Vor Erleichterung, aber auch vor Verwirrung fühlte sie sich schwach. Eins nach dem anderen ließ sie die Hölzchen in Karls hübsche Dose fallen und verstand nun, warum Elßbeth oft so müde und mürrisch wirkte. Für ein Spiel hielt sie die Wahrsagerei nicht mehr, damit war es vorbei. Mit wackligen Knien ging sie zurück zum Lager.

Auf halber Strecke stieß Nickel zu ihr. »Was hast du ihm erzählt? War es schlimm?«

Bevor sie anfangen konnte, ihm zu berichten, stellte Pelz-Liese sich ihnen in den Weg. Sie trocknete eine Holzschale mit ihrer dreckigen Schürze ab und musterte Stina lauernd.

»Was hat er gewollt? Bist du nicht noch zu mager für einen Mann?«

Stina wurde rot. »Ich sollte ihm die Hölzchen werfen.«

»Weil du es billiger machst als Elßbeth? Was hat er dir gegeben? Zeig es freiwillig her. Wenn ich dich durchsuchen muss, kriegst du eine Tracht Prügel.«

Ihr Hass auf Pelz-Liese überstieg Stinas Angst vor ihr. Alles, was in ihren Kräften lag, würde sie tun, um es der Vettel heimzuzahlen. Aber die Zeit war noch nicht reif. »Ich habe nichts von ihm verlangt. Aber er hat mir diese Dose für meine Hölzchen gegeben.«

Pelz-Liese nahm sie ihr aus der Hand, wendete sie und schüttete die Hölzchen auf den Boden aus. »Besser als nichts. Beim nächsten Mal bist du gefälligst nicht so blöd. Oder glaubst du, ich lasse dir so viel freie Zeit für nichts?«

Stina sah zu Boden und gab sich Mühe, besonders kummervoll zu wirken. »Ich will das gar nicht weitermachen. Grausige Dinge sehe ich da manchmal. Ich will es gar nicht, es geschieht einfach.«

Pelz-Liese bekam wieder ihren berechnenden Blick. »Hast du schon über viele Leute etwas gesehen?«

Stina zuckte mit den Achseln. »Ich kann nicht immer erkennen, um wen es geht.«

»Was ist mit mir, hast du etwas über mich gesehen?«

Gierig klang sie, aber Stina glaubte, auch eine Spur von Angst in ihrer Stimme zu hören. Sie zog die Schultern hoch, starrte auf den Boden und schwieg.

»Nun sag schon«, drängte Pelz-Liese.

Obwohl sie Pelz-Lieses Wut fürchtete, legte Stina sich schützend die Hände über die Ohren. Pelz-Liese packte sie bei den Schultern und schüttelte sie.

»Warum willst du es nicht sagen? Heraus damit! Was hast du über mich gesehen?«

Mit einem Ruck riss Stina sich los und sprang zurück. »Ja, ich habe etwas über dich gesehen, und es war nichts Gutes. Aber ich habe nicht genug gelernt, um es zu deuten, und deshalb will ich es dir nicht sagen. Es könnte unwahr sein. Wozu willst du das hören? Lass mich weiterlernen, dann kann ich es vielleicht bald verstehen.«

Pelz-Liese stand auf einmal ganz still, ihre Augen waren geweitet. »Nichts Gutes, hm? Was kann das sein? Elßbeth hat doch gesagt … Ich werde sie gleich fragen gehen.«

Sie wandte sich ab, drehte sich aber im letzten Moment noch einmal um und warf Stina Karls Dose vor die Füße. »Behalt das Ding eben. Ist ohnehin nicht viel wert.«

Zufrieden blickte Stina ihr nach, bevor sie sich mit Nickel zusammen hinhockte, um die Wurfhölzchen wieder in die Dose zu sammeln.

Nickel sah sie von der Seite an. »Du machst mir Angst. Hast du wirklich etwas über sie gesehen?«

Sie grinste spöttisch. »Ach was, du Spökenkieker. Aber es ist gut, wenn sie das glaubt.«

»Und was wird Elßbeth dazu sagen?«

Stina fingerte an dem Riemchen, mit dem die Dose verschlossen wurde. Sie konnte nur hoffen, dass Elßbeth ihr den Rücken deckte. »Sie ist nicht dumm.«

Nickel warf das letzte Hölzchen in die Dose und schnaubte unwillig. »Das ist keine Antwort.«

Schnippisch zog sie eine Schnute. »Sei du froh, dass du den Karl jetzt auf deiner Seite hast. Und vergiss nicht, wem du das verdankst.«

Er sah sie ernst an. »Habe ich das denn?«

»Darauf wette ich, Brüderchen.« Aufmunternd schlug sie ihm gegen den Oberarm, was er mit der gleichen Geste erwiderte, wenn auch weniger übermütig als früher. Auch ihr gemeinsames Lachen klang nicht so unbeschwert wie einst.

Am selben Abend kehrten zwei Späher zu ihrer Horde zurück, die Neuigkeiten von den Sachsen brachten. Deren Zahl sei den Welfen bisher weit überlegen. Im Gegensatz zu den kriegsmüden Welfenanhängern zögerten die Sachsenfreunde nicht, sich dem Heer ihres Anführers Albrecht anzuschließen. Vor dem Hintergrund, dass auch die Zahl von Magnus' Gegnern im eigenen Lande wuchs, trafen die Kriegsknechte endlich ihre Entscheidung. Sie wollten den Welfen weiter aus dem Weg gehen und sich auf die sächsische Seite schlagen.

Als der Beschluss verkündet wurde, schlug Karl Nickel auf die Schulter, dass der beinah in die Knie ging. »Da werde ich dich von heute an also lehren, dich nicht gleich beim ersten Ansturm von einem Welfen totschlagen zu lassen. Wenn ich auch wenig Hoffnung für dich habe.«

14

In dem Moment, in dem Broses lebloser Körper auf den Boden aufprallte und Brida befürchtete, dass er tot war, begriff sie, wie viel er ihr gegeben hatte. Von Lütkes Tod an bis zu Broses Erscheinen hatte sie zufrieden, aber doch nur halb gelebt. Während sie bei ihm verzweifelt nach Lebenszeichen suchte, stiegen die Erinnerungen in ihr auf wie Blasen in einem See. Broses Frohsinn, seine Gabe, sie zum Lachen zu bringen, sein Mut, seine Kraft, die ihr Sicherheit gegeben hatte, seine Zärtlichkeit, die sie so anrührte – das durfte nicht vorbei sein.

Er atmete, und diesen kleinen Funken Hoffnung beschützte sie eine ganze Nacht lang. Sie betete, wie sie an Lütkes Krankenbett gebetet hatte, bat den Allmächtigen, dass er ihr nicht auch diesen Mann nehmen möge.

In den frühen Morgenstunden erwachte Brose. Er stöhnte und hielt sich mit der Linken den Kopf, nicht anders, als hätte er sich am Vorabend einen schweren Rausch angetrunken.

»Potz Deuker. Was für eine Schweinebande«, murmelte er durch Lippen, die halbseitig auf Pflaumengröße angeschwollen waren.

Brida drehte sich zu ihm um, umarmte ihn und küsste ihn auf die Wange. »Ich dachte, du stirbst«, flüsterte sie.

»Unsinn. Mich haben schon ganz andere Kerle nicht ums Leben bringen können«, sagte er und drückte mit der Linken ihren Kopf an seine Brust.

Ganz harmlos waren seine Verletzungen allerdings nicht. Seinen rechten Arm hielt er für gebrochen, und sein Leib war so grün und blau, dass er sich vor Schmerzen nicht bewegen konnte.

Die zweite Sperre war inzwischen aus dem Fluss entfernt, und die Lüneburger berieten offensichtlich über ihr weiteres Vorgehen. Die Arbeiter ließen sie derweil in Ruhe, sodass Brida und Valentin bei Brose bleiben konnten, um ihn zu pflegen, soweit ihre dürftigen Mittel das zuließen.

Gegen Abend preschte ein Späher ins Lager und brachte Kunde von einer rasch heranziehenden welfischen Schar. Noch weit schneller zog sie heran, als der Späher geglaubt hatte, denn während die Lüneburger Waffenknechte noch zu ihren Rüstungen sprangen und ihre Pferde sattelten, wurden sie angegriffen.

Brida hatte die Aufregung und Abgelenktheit ihrer Bewacher genutzt, um heimlich ihr Beil von dem Haufen Werkzeug, das die Arbeiter genutzt hatten, an sich zu nehmen. Dann hatte sie gemeinsam mit Valentin Brose auf die Beine geholfen, um mit den beiden in den Schutz eines niedrigen Bootsschuppens zu flüchten. Dort kauerten sie zwischen den Resten eines zerschlagenen Kahns, zumindest in Sicherheit vor den Pferdehufen und den kämpfenden Reitern, aber doch auf alles gefasst.

Lange mussten sie nicht bangen, denn die Welfen zeigten rasch ihre Überlegenheit.

Aus dem Schutz des Schuppens heraus beobachtete Brida, wie Ulrich und die drei anderen überlebenden Ritter Waffen der gefallenen Lüneburger ergriffen und sich noch am Kampf zu beteiligen versuchten. Doch der Ausgang des Gefechts war schon entschieden. Die letzten zehn Lüneburger ergaben sich in mehr oder weniger angeschlagenem Zustand.

Die Dämmerung brach herein, sodass Menschen, Pferde und Hunde bald nur noch als dunkle Schemen zu sehen waren. Männer standen in Gruppen zusammen oder liefen auf der Wiese herum, bückten sich, sammelten ein, was ihnen noch brauchbar erschien. Hunde tobten miteinander, schnupperten an Toten und Verletzten, kläfften. Müde, gesattelte Pferde rupften das dürre, überwinterte Gras.

Brida konnte sich noch nicht dazu durchringen aufzustehen und die Aufmerksamkeit der Sieger auf sich zu lenken. Brose und Valentin schien es ebenso zu gehen. Sie alle beobachteten schweigend.

Ein Horn ertönte, und auf einmal stiegen die Angreifer auf ihre Pferde und zogen so eilig ab, dass Brida ihnen hätte nachlaufen müssen, um sich bemerkbar zu machen.

Die Einzigen, die außer ihnen zurückblieben, waren zwei der Arbeiter, die zu erschöpft gewesen waren, um die Gelegenheit zur Flucht zu nutzen. Ida und Hans waren älter als Brida, ein Bauernpaar, das auf dem Rückweg von einem Hochzeitsfest von Ulrichs welfischem Trupp abgefangen und zur Arbeit gezwungen worden war.

Gemeinsam verbrachten sie die Nacht aneinandergeschmiegt in dem Bootsschuppen. Bei Sonnenaufgang machten sie sich, hinkend und sich gegenseitig stützend, zu fünft auf den mühseligen Weg ins nahegelegene Heimatdorf der beiden Alten.

Deren erwachsene, verwitwete Tochter brach vor Erleichterung in Tränen aus, als sie einen Tag später dort ankamen. Trotz der Ärmlichkeit der Hütte, die sie mit ihren Eltern teilte, hieß sie Brida, Valentin und Brose ebenso herzlich willkommen, wie Ida und Hans es taten.

Umso kostbarer erwies diese Gastfreundschaft sich, da sie viel länger bleiben mussten, als sie erwartet hatten. Nicht nur Broses Genesung verlief langsam, auch Valentin und

Brida spürten das Ausmaß ihrer Entkräftung erst ganz, als sie die Gelegenheit bekamen, sich zu erholen. Zudem kehrte der Winter zurück und fesselte sie zuerst mit Schnee, Hagel und eisigem Wind, dann mit Frühjahrsunwettern an die kleine, aber wetterfeste Behausung. Und da es Brose durch alle Widrigkeiten hindurch gelungen war, sein Geld nicht zu verlieren, konnten sie ihren Teil beisteuern und dafür sorgen, dass ihre Gastgeber nicht mit Hunger und Not für ihre Freundlichkeit büßen mussten.

Es wurde Mai, bevor sie aufbrachen. Brose war so viel schmaler geworden, dass er in seinen ledernen Gürtel ein neues Loch hatte stanzen müssen. Seine grauen Haare hatten sich vermehrt, und sein Hut war verloren gegangen. Valentins schlaksiger Rahmen hingegen war besser ausgefüllt als zuvor. Auch Idas Tochter hatte mütterliche Gefühle für ihn entwickelt und ihn herausgefüttert.

Brida, Brose und Valentin hatten wochenlang darüber beratschlagt, wohin sie gehen würden, nachdem sich nun herausgestellt hatte, dass Ann Durt nicht bei Ulrich war. Brida hatte inzwischen solche Sehnsucht nach ihren anderen Kindern, dass sie schweren Herzens beschlossen hatte, die Suche nach Ann Durt aufzugeben und nach Thomasburg zurückzukehren. Brose wollte sie begleiten und auf dem Weg seinen herzoglichen Auftrag erfüllen, doch zuvor Herzogin Katharina und Gräfin Margarete aufsuchen, um möglichst viel Gewinn aus den gefundenen Briefen zu schlagen. Ihr erstes Ziel war demnach Bodendike, wo sie den Aufenthaltsort der edlen Frauen erfragen wollten.

Das Wandern war nun, Ende Mai, ein Vergnügen im Vergleich zum Winter. Das lang anhaltende Tageslicht, Wärme und Trockenheit ließen sie an einem Tag doppelt so weit vorankommen wie zuvor.

In Bodendike wurden sie enttäuscht, weil Magnus' Heer nicht mehr dort lagerte. Doch ein Hufschmied wusste, dass Herzogin Katharina mit ihrem Gefolge in Celle weilte. Daher ließen sie den wüsten Lagerplatz hinter sich und schritten auf der Straße in Richtung Celle voran, als sie auf eine Truppe fahrenden Volks stießen. Die Leute lenkten ihre fünf Karren gerade vom Weg, um sich für die Nacht einzurichten.

Froh über die Gesellschaft, schlossen Brida, Brose und Valentin sich ihnen dort an.

Die Leute des bunt zusammengewürfelten Haufens kamen weder vom selben Ort, noch hatten sie ein gemeinsames Ziel. Sie hatten sich zufällig auf der Straße zusammengefunden und waren sich bloß darin einig, in den Süden ziehen zu wollen, wo es wärmer war und der Krieg der Welfen, Sachsen und Lüneburger nicht hinreichte. Ein Flickschuster, zwei geistliche Vaganten in Mönchskutten, ein Bürstenbinder, ein Vogelfänger, Spielleute mit Eselskarren und ein Weib, das einen struppigen, schwarzen Hund vor seinen Karren gespannt hatte. Von ihr war nicht zu erkennen, welches Gewerbe sie ausübte, doch sie wurde von den anderen respektvoll behandelt. Was auch an ihrem Hund liegen mochte, der bissig wirkte. Seinetwegen suchte Brida sich und den Männern am Feuer einen Sitzplatz gegenüber dem Weib aus, als sich alle zu einer abendlichen Runde niederließen.

Der Abend wurde kurzweilig. Sie lauschten einem Sänger, unterhaltsamen Geschichten und Neuigkeiten, spendeten einem Jokulator Beifall und wetteten mit gemischtem Glück bei einem kleinen Würfelspiel.

Als sie schlafen gehen wollten, näherte sich ihnen das Weib mit dem Hund. Brida fühlte sich durchdringend von der Fremden gemustert.

»Ich kenne dein Gesicht. Hast du eine Tochter?«, fragte sie.

Die aufflackernde Hoffnung vertrieb Bridas Müdigkeit. »Ja. Hast du sie gesehen? Wo ist sie?«

Es war, als fiele ein Schatten auf das ohnehin schon düstere Gesicht. »Ich hatte nicht geglaubt, dass sie tatsächlich noch eine Mutter hat. Dachte, sie hätte sich die Mutter ausgedacht, um nicht als Magd verkauft zu werden oder um sich zu trösten. Sie hat mir erzählt, sie wäre auf der Suche nach ihr.«

»Sie sucht nach mir? Ich bin doch seit Monaten auf der Suche nach ihr. Wo hast du sie getroffen?«

Das Weib blickte kopfschüttelnd zu Boden und tätschelte seinen Hund. »Tagaus, tagein kommen Leute zu mir und wollen meine Hilfe. Was ich ihnen geben kann, lasse ich mir bezahlen. Auch deine Tochter habe ich bezahlen lassen, doch ihr würde ich alles zurückgeben, wenn es so einfach wäre, den Handel ungeschehen zu machen. Sie ist zu jung und zu wild, um verständig mit dem umzugehen, was ich sie lehrte. Vielleicht muss ich dich um Verzeihung bitten, weil ich sie in ihr Unglück laufen ließ. Klug ist sie zwar, aber auch rachsüchtig und leicht in Wut zu bringen.«

Bridas Hoffnung sank, die Schwere in ihren Gliedmaßen kehrte zurück. »Ich glaube, du sprichst doch nicht von meiner Tochter. So kenne ich sie nicht. Meine Ann Durt ist ein sanftes, braves Mädchen. Sie war der Augapfel ihres Vaters, als er noch lebte.«

»Ann Durt?«, fragte das Weib.

An dem nur noch mit kleiner Flamme brennenden Feuer wartete einer der jungen Vaganten und sah zu ihnen herüber. »Elßbeth, was ist? Liest du mir noch deine Hölzchen? Ich will wissen, wohin ich morgen gehen soll!«

Elßbeth winkte ab. »Geduld! Also, Ann Durt heißt deine Tochter? Nicht Stina?«

Brida zuckte zusammen, als hätte sie eine Maulschelle bekommen. »Du kannst nicht meiner kleinen Tochter begegnet sein. Sie ist zu Hause in der Mühle.«

»Nein, das ist sie nicht. Sie zieht mit einem Haufen krätziger Haderlumpen umher, die ins Lager der Sachsen unterwegs sind, um sich dort als Waffenknechte anwerben zu lassen. Ein Knabe ist bei ihr. Nickel. Mal nennt sie ihn Bruder, mal Freund. Ihn werden sie zwingen mitzukämpfen, wenn es so weit ist.«

»Auch Nickel? Aber … Warum sind sie von zu Hause fortgegangen? Was ist denn geschehen?«

»Davon weiß ich nichts. Die Geschichten von Waisenkindern brauche ich nicht. Mein Kopf ist voll von dem Warum und Woher der Leute, die mich bezahlen können. Zu viel. Zu viel Torheiten und böses Blut. Auch deshalb bin ich gegangen. Deshalb muss ich immer wieder gehen. Wenn auch deine Tochter dieses Mal geholfen hat, mich zu vertreiben.«

Das unverständliche Geschwätz der Fremden ärgerte Brida maßlos. Sie hätte sie schütteln mögen und musste sich beherrschen, um sie nicht anzuschreien. »Wo sind sie? Wo muss ich nach ihnen suchen? Nickel wird nicht in eine Schlacht ziehen, wenn ich es verhindern kann. Und Stina … Mein Gott, sie ist noch so jung! Wie konntest du zusehen, wenn du weißt, dass solchen Kindern ein Unheil droht?«

Elßbeth kniff die Lippen zusammen und wandte sich schon ab, um zu gehen. »Stina droht kein Unheil – sie ist das Unheil. Was nicht heißt, dass das kein Unglück für sie ist. Und nun spreche ich nicht mehr mit dir. Ich bin dir nichts schuldig, und du bringst mir nichts ein.«

»Nein!« Unwillkürlich geriet Brida der Ausruf nun doch so laut, dass etliche Köpfe sich nach ihnen umdrehten. Brose und Valentin erhoben sich noch einmal von ihrem Lager und kamen näher. Doch noch bevor sie bei ihr waren, konnte Brida sich nicht mehr beherrschen. »Seit bald einem halben Jahr laufe ich mir bei Kälte, Dunkelheit, Hunger und Durst die Füße wund, um meine ältere Tochter zu finden, und es gelingt mir nicht. Du wirst dich jetzt nicht von mir abwenden, ohne mir zu sagen, wo und wann du meine jüngeren Kinder zuletzt gesehen hast und wohin sie gegangen sind.«

»Warum sollte ich das nicht?«

»Weil ich dich nicht schlafen ließe, dein Essen verderben, Feuer an deinen Karren legen und deinen Hund vergiften würde.« In ihrer Wut glaubte Brida für einen Moment, dass sie tatsächlich fähig wäre, auch die schlimmste Drohung wahr zu machen.

Elßbeth schnalzte spöttisch mit der Zunge. »Daher hat deine Tochter also ihr Gemüt. Da wundert mich nichts mehr. Vor zwei Tagen habe ich mich von denen getrennt. Bei Bergen an der Dumme war's. Und sie wollten nach Gartow. Lässt du nun mich und meinen Hund in Frieden? Oder muss ich dir erst zeigen, dass ich dir viel Schlimmeres antun könnte, als nur dein Essen zu verderben?«

»Ich habe keine Angst vor dir«, sagte Brida und ließ ihre Fäuste geballt. »Wenn du gelogen hast, so werde ich dich finden, und dann wird es dir schlecht ergehen.«

Elßbeth zuckte mit den Achseln. »Soll ich mir darüber wirklich Sorgen machen? Mir scheint, du bist recht jämmerlich im Finden. Ich stürbe wohl am Alter, ehe du kämst.«

Während sie zankten, war Brose herangekommen und stand jetzt hinter Elßbeth. »Du bist ein garstiges, kaltherziges Weib. Weißt du denn nicht, wie eine Mutter für ihre Kinder leidet? Hättest du gleich die geziemende Freundlichkeit bewiesen, wären keine bösen Worte gefallen, sondern aus Dankbarkeit ein paar Münzen in deine Hände.«

Elßbeth drehte sich zu ihm um und hob ihren Zeigefinger.

»Und wer bist du wohl, dass du dich einmischst? Bist du der Mann, der das wackere Mütterchen heimbegleiten wird, um ihr dabei zu helfen, für ihre Lämmchen zu sorgen, wenn sie sie endlich wiedergefunden hat? Das ist aber brav von dir, mein Freund. Da will ich denn auch nun gewiss keine bösen Worte mehr sprechen. Nur eines noch, Weib: Manche Mutter hat schon Kraft damit vergeudet, Kinder an ihrem Rockzipfel festzubinden, wenn die loslassen wollten. Geht es ihr dabei ums Wohl ihrer Kinder oder um ihr eigenes? Und nun lebt wohl. Auf ein Wiedersehen verzichte ich gern.«

Obgleich Brida Elßbeth nicht leiden konnte und wusste, dass sie sich aus ihren gemeinen Worten nichts machen sollte, war sie tief getroffen.

Brose war eigenartig still.

»Spricht sie die Wahrheit?«, fragte Brida ihn.

Er wich ihrem Blick aus. »Worüber?«

Nun machte auch er sie noch wütend. Als würde sie in diesem Augenblick über etwas anderes als ihre Kinder reden wollen. »Darüber, wo Stina und Nickel sind, was glaubst denn du? Allmächtiger Herr im Himmel, warum sind sie nicht zu Hause, wo sie hingehören? Was soll ich nun tun?«

Eigentlich fragte sie es nicht Brose, nicht einmal sich selbst. Hätte sie aus den Anstrengungen der vorangegangenen Monate nicht gelernt, dass auch Eile und die damit verbundenen Entbehrungen nicht unbedingt zum Erfolg, sondern nur zu Erschöpfung führten, wäre sie auf der Stelle aufgebrochen.

Brose seufzte. »Du solltest nach Thomasburg zurückgehen. Ich werde die Kinder für dich suchen, wenn ich die Sache mit den Briefen erledigt habe.«

»Unsinn. Ich hielte es keinen Tag in der Mühle aus. Ich kehre mit meinen Kindern zurück oder gar nicht.«

Müde schüttelte er den Kopf. »Auch noch nach allem, was dir zugestoßen ist?«

»Gerade weil es mir zugestoßen ist. Wie könnte ich meine Kinder in einer solchen Welt allein lassen?«

Brose versuchte noch eine Weile, sie umzustimmen. Doch da sie sich nicht erweichen ließ, änderte er abermals seine eigenen Pläne, um mit ihr auf die Suche nach den Waffenknechten zu gehen.

Valentin hingegen hatte genug von den anstrengenden Irrwegen. Er hatte sich von Brose und Brida trennen wollen, sobald die Angelegenheit mit den Briefen geklärt war. Nun sagte er, er wolle lieber auf seinen Anteil verzichten, als sie weiter zu begleiten, zumal er ihnen ohnehin nur eine Last sei. Schließlich bot Brose ihm einen Teil des Geldes an, das er noch bei sich trug, als Ersatz für seinen Anteil an dem, was das Geschäft mit den Briefen einbringen mochte.

Wohl hundertmal entschuldigte Valentin sich bei Brida dafür, dass er auf den Handel einging und ihr nicht weiter bei der Suche half. Er war ihr so ans Herz gewachsen, dass sie traurig Abschied nahm, doch insgeheim gab sie ihm recht. Sie hatte immer das Gefühl gehabt, auf Valentin achtgeben zu müssen wie auf ein weiteres Kind.

Zu zweit kamen Brose und sie schneller voran. Sie fanden die Stelle, wo Elßbeth sich von den Waffenknechten getrennt hatte, sahen die Lagerspuren und stießen auf die Kreuzung, wo der Trupp sich in Richtung Osten gewandt haben musste. Der vielbefahrene Weg verriet ihnen nicht, wie viele Wagen oder Reiter kürzlich vorübergezogen waren. Sie folgten ihm auf die größte Wahrscheinlichkeit hin, fanden aber keinen Beweis dafür, dass sie richtig geraten hatten. Tagelang wanderten und fragten sie kreuz und quer, ohne eine Spur von den Gesuchten zu entdecken. Brida zweifelte, ob Elßbeth die Wahrheit gesagt hatte, doch Brose ließ sich ganz und gar auf dieses neue Abenteuer ein und zog sie voran.

Oft nahm er sie bei der Hand, summte seine unmelodiösen Lieder und ging mit ihr Seite an Seite, als gäbe es nichts Schöneres, als ins Ungewisse zu wandern. Anfangs ärgerte es sie, dass er so unbekümmert schien, während sie sich sorgte.

»Es ist nicht so, dass ich mich nicht sorge. Aber es hilft den Kindern nicht, wenn du dich die ganze Zeit grämst, als sei das Schlimmste schon passiert«, sagte er.

Im ersten Moment verstimmten seine Worte sie noch mehr, doch langfristig verfehlten sie ihre Wirkung nicht. Sie taten, was sie konnten – ob sie sich dabei nun vor Sorge die Haare rauften oder ein Lied sangen und die warmen Maitage genossen, änderte nichts daran. Unbeschwert machte diese Erkenntnis sie nicht, doch immerhin führte sie nach einigen Tagen dazu, dass Brida nach langer Zeit wieder Broses behutsamem abendlichem Werben nachgab.

Nach einem warmen und staubigen Tag waren sie abseits aller menschlichen Behausungen an einen kleinen, flachen Flusslauf gekommen. Brose hatte seine Kleidung abgeworfen und war hineingesprungen, um sich zu waschen. Brida zögerte, bis er nackt und nass wieder herausstieg.

»Kein Nöck und keine Nymphe zu sehen, und das Wasser ist flach. Worauf wartest du? Komm, ich helfe dir mit deinem Gewand.«

Es war nicht das erste Mal in ihrem Leben, dass sie nackt in einem Fluss badete, doch früher hatte sie sich nie so scheu und unwohl gefühlt. »Ich weiß nicht so recht. Mir ist vielleicht das Wasser zu kalt. Und wenn jemand kommt …«

Doch er küsste sie auf die Lippen und begann, ihr Gewand aufzuschnüren. »Es ist warm, und niemand kommt. Du wirst es genießen.«

Sie begann es schon zu genießen, während er ihr das Hemd auszog. Sein wonnevolles Seufzen, als er sein bärtiges Gesicht zwischen ihren Brüsten vergrub, weckte eine Wollust in ihr, die sie nach der Begegnung mit den Lüneburger Waffenknechten verloren geglaubt hatte.

»Mir scheint, du bist hier der Nöck«, sagte sie.

Woraufhin er sie übermütig auf die Arme nahm, um sie in den Fluss zu tragen. An der Böschung stolperte er, sodass sie beide mehr ins Wasser fielen als stiegen, doch das änderte an ihrem Vergnügen nichts.

Unter wilden Apfelbäumen, deren Blüte gerade endete, ließ Brida sich nach dem Bad von Brose ins hohe Gras legen. Daran, wie sanft er sie behandelte, merkte sie, dass auch er an die Gewalt dachte, die andere Männer ihr angetan hatten. Erst als sie ihn an sich zog und ihm zuflüsterte, dass es gut sei, ließ er seiner Lust freien Lauf.

Später schlummerte er in ihren Armen ein, während sie durch das Laub der Bäume hindurch in den abendlichen Himmel blickte.

Aus den Tagen ihrer Suche wurden mehr als zwei Wochen, und in dieser Zeit wich das Frühjahr dem Sommer. Sie sammelten Honig, wildes Obst, Birkenrinde und Zunderschwämme. Tausend Arten kannte Brose, sich auf der Wanderschaft weiterzuhelfen.

»Als Knaben haben wir tagelang wie Wilde im Wald gehaust, meine Freunde, meine Brüder und ich. Der Wildhüter hat uns viel beigebracht. Auch wie man Hasenschlingen oder Vogelfallen aufstellt. Aber davon lassen wir die Finger. Nicht, dass am Ende ein unschuldiger Bauer wegen unserer Fallen eine Hand verliert.«

Brida schüttelte ungläubig den Kopf. »Was war das für ein Wildhüter, dass er euch Knaben das Wildern gelehrt hat?

Und warum haben eure Eltern euch frei im Wald laufen lassen? Musstet ihr nicht arbeiten?«

»Unsere Väter waren Burgmänner, keine Bauern oder Schuster. Die anderen sollten das Waffenhandwerk lernen und ich ein Geistlicher werden, doch man hielt uns noch für zu jung und unnütz. Außerdem genossen wir gewisse Vorrechte, weil ... Nun, sagen wir, der Vater meiner Freunde war ein hochgestellter Mann.«

»Warum bist du nicht Geistlicher geworden?«

»Beinah wäre ich es, doch meine Brüder starben an der Pest, und mein alter Vater überlegte es sich auf Anraten seines Dienstherrn anders. Zumal man im Kloster ohnehin nicht mit mir zufrieden war. Bei aller Liebe zur Gelehrsamkeit konnte ich nämlich das Stillsitzen nicht gut leiden. Und das viele Beten – unser Herrgott möge mir verzeihen – scheint mir nicht die Bestimmung eines Mannes mit gesunden Gliedmaßen zu sein.« Bei diesen Worten packte er Brida um die Taille, schwenkte sie herum und küsste sie so herzhaft, dass sie ihm nur recht geben konnte.

Neben ihrer Suche nach Stina und Nickel erfüllte Brose, so gut es ging, den Auftrag des Herzogs, Abtrünnige auszukundschaften. Darüber hinaus sog er alle Hinweise auf, die für die bevorstehenden Schlachten von Bedeutung sein konnten.

Wenn er Brida erklärte, was er Nützliches gehört hatte und was er daraus folgerte, hörte sie aus seinem Eifer heraus, dass er sich auf die brutalen Auseinandersetzungen regelrecht freute. Als er schließlich auf Gerüchte stieß, die besagten, dass die nächste Schlacht schon so gut wie begonnen hätte, überraschte es ihn dennoch.

Magnus rief seine Verbündeten zur Burg Neuhaus, deren Bau erst kürzlich vollendet worden war. Der Herzog hatte die Festung als Gegenburg zur Wolfsburg und der Festung

Vorsfelde errichtet, der Heimstätte des von ihm abtrünnigen Geschlechts derer von Bartensleben. Auch den Bau der Burg Neuhaus hatte Gräfin Margarete in einem der Briefe an ihren sächsischen Geistlichen erwähnt – eine Unvorsichtigkeit, über die Brose nicht genug den Kopf schütteln konnte, die nun aber keinen Schaden mehr anrichten würde.

»Wir müssen sogleich dorthin, mein Herzblatt«, sagte Brose und nahm Bridas Hand, um sie zu einem schnelleren Schritt anzuhalten.

Brida sträubte sich. »Damit du dich endlich schlagen kannst?«

Er blieb stehen und wandte sich ihr zu. »Wenn die Welfen sich durchsetzen, werden die Lüneburger endlich in ihre Schranken gewiesen. Ich kann diese eingebildeten Säcke immer weniger leiden. Nach dem, was wir von ihnen zu leiden hatten, glaube ich gar, dass alle schlimmen Geschichten, die ich je über sie erzählt habe, wahr sind.«

»Glaubst du wirklich, dass welfische Söldner anders gehandelt hätten? Sind es nicht dieselben Männer, denen mal die eine Seite mehr zahlt und dann die andere? So wie die, hinter denen wir her sind?«

»Und die vielleicht ebenfalls gerade zur Wolfsburg ziehen. Verstehst du nicht? Das ist die beste Spur, die wir bisher haben.«

»Ich glaube, das sagst du nur, weil du es nicht erwarten kannst, in den Kampf zu ziehen.«

»In der Tat geht nichts über die Aufregung einer Schlacht. Nichts ist besser als das Gefühl eines Sieges. Dennoch meine ich es ernst. Unsere besten Aussichten, diese Söldnerbande und deine Kinder zu finden, haben wir, wenn wir zur Wolfsburg gehen. Dort werden sie sein.«

»Auf dem Schlachtfeld?«

»Und wenn es so wäre?«

»Dann zöge ich mit in die Schlacht.«
»Auf welcher Seite?«
»Nur auf meiner eigenen und der meiner Kinder.«
»Ich werde dich beizeiten mit dicken Seilen fesseln.«

Valentin hatte sich den Fahrenden angeschlossen und trottete inmitten ihres Zugs durch die Staubwolke, die ihre Füße und Räder aufwirbelten. Die Sonne schien warm genug, um ihm den Schweiß auf die Stirn zu treiben, wo er sich mit Staub zu dunklen Schlieren verband und ihm gelegentlich in die Augen lief. Er kam sich vor, als hätten Brida und Brose ihn monatelang auf einem wilden Eselsritt hinter sich hergeschleift. Nun hatte er es geschafft, sich von dem Strick loszumachen, an dem er sich die ganze Zeit über krampfhaft festgehalten hatte. Er hätte erleichtert sein sollen, war es jedoch nicht.

Er mochte die warmherzige Brida und hätte viel dafür gegeben, ihr und ihrer engelsgleichen Tochter zu helfen. Die Erinnerung an Ann Durts Antlitz, ihre zarte Gestalt, ihre sanfte Stimme begleitete ihn seit den Tagen in der Thomasburger Mühle. Ein bezauberndes Bild von einem Mädchen war sie, und es schmerzte ihn, dass er sie nicht wiedersehen würde. Wenn sie auch umgekehrt gewiss keinen Grund gehabt hätte, ihn überhaupt wahrzunehmen.

Das fremde fahrende Volk umgab ihn, doch die Leute standen ihm nicht nahe, und er fühlte sich einsam. Selbst Broses ruppiges Schulterklopfen hätte ihm nun gutgetan.

Die Schönheit der Maitage mit ihrer aufbrechenden Blütenzier, mit Tieren und Menschen, die sich liebestoll zu Paaren zusammenfanden und sich dabei von wärmenden Sonnenstrahlen, mildem Windhauch und dem Duft der jungen Pflanzen beglücken ließen, verstärkten seinen Kummer. Zu allem Übel näherten sie sich seiner Heimatstadt Celle, die er vor einem Jahr verlassen hatte und nie wieder hatte betreten wollen. In seiner derzeitigen Stimmung kamen ihm jedoch die Tränen, wenn er an die Schneiderin dachte. In aller Hast verabschiedet hatte er sich zwar von ihr, doch es nicht übers Herz gebracht, ihr zu gestehen, dass es für immer sein sollte. Ein ganzes Jahr – konnte er es nach so langer Zeit nicht wagen, wenigstens kurz seine Ziehmutter zu besuchen, seine engsten Bekannten zu begrüßen? Zwischen Furcht und Sehnsucht hin- und hergerissen, hielt er mit der Schar der Fahrenden aufs Celler Stadttor zu, bis ein Teil der Wagen und Reisenden eine Abzweigung nahm, um die Stadt zu umgehen.

An der Weggabelung blieb er mit klopfendem Herzen stehen und ließ die anderen an sich vorüberziehen. Als eine der Letzten lenkte die Wahrsagerin Elßbeth ihren Karren auf den Weg, der um Celle herumführte. Ihre struppige Hündin durfte an diesem Tag frei laufen. Elßbeth warf Valentin einen gelangweilten Blick zu und wehrte mit der Hand ab, als er sie rasch noch um Rat bitten wollte.

»Wirf eine Münze«, sagte sie, dann zog sie ihren Karren weiter, dem immer warmen Süden zu, von dem viele der Fahrenden schwärmten. Die süßesten Früchte sollten dort auf den Bäumen wachsen, wohlriechende Gewürze erntete jedermann in seinem Garten. Eis und Schnee kannten die Menschen im Süden gar nicht, und jeden Mittag schliefen alle im Schatten und ließen es sich wohl sein. Wenn Valentin sich nicht mehr daran erinnert hätte, wie er den Winter über gefroren hatte, hätte er nur die purpurnen Spuren der Frostbeulen an seinen Händen betrachten müssen. Unwillkürlich setzten seine Füße sich in Bewegung und folgten Elßbeths Karren. Dabei achtete er nicht auf den nachfolgenden Wagen, musste hastig ausweichen und trat Knieptang auf die

Pfote. Die Hündin jaulte auf, und Elßbeth drehte sich wütend zu ihm um. »Scher dich fort, du Tölpel!«

Das genügte ihm. Mit solcher Unfreundlichkeit mochte er sich nicht herumschlagen. Und überhaupt konnte er auch später noch in den wunderbaren Süden wandern, nachdem er seine Ziehmutter besucht hatte. Entschlossen wechselte er die Richtung und schritt kurz darauf durchs Celler Stadttor.

An der Tischlerei schwang ein neues Aushängeschild in seinen Angeln, das aussah wie ein großer Hobel, doch der Tischler selbst hatte sich nicht verändert. Valentin zog sich seine Kapuze tief ins Gesicht, als er an dem vor seiner Tür mit einem Kunden plaudernden Handwerker vorbeiging und hinter dem Haus in die Gasse abbog, die zum Viertel der Schneider, Knopf- und Schuhmacher führte.

Drei Schweine trotteten vor ihm, wühlten hier und da im Abfall und grunzten zufrieden, wenn sie etwas fanden. Ihr Geruch mischte sich mit dem Gestank des faulenden Gossendrecks, dem Hopfen- und Malzgeruch einer häuslichen Brauerei und unbestimmbaren Aromen, die sich zu dem besonderen Duft zusammensetzten, der für Valentin seine Heimatstadt ausmachte.

Ihm traten die Tränen in die Augen, als er die ausgetretene steinerne Türschwelle der Schneiderei betrachtete, in der er und vor ihm sein Vater gearbeitet hatten. Er kannte jede Unebenheit im Stein, jeden Riss. Nach einem kurzen Klopfen trat er ein. Zu lange vor der Tür herumzustehen, würde ihn nur auffällig machen.

Die enge Stube, die er von der Straße aus betrat, war Küche, Arbeitsraum und Schlafkammer in einem, doch an trockenen und warmen Tagen wurde sie zu keinem dieser Zwecke genutzt. Valentin durchquerte sie und ging durch die offen stehende Hintertür auf den sauber gefegten, mit Ziegeln gepflasterten Hof.

Nur zu zweit saßen sie dort auf umgedrehten Holzbütten über die Arbeit gebeugt: der alte Schneidermeister und sein Weib. Sie hielten Kleidungsstücke in Händen, deren Nähte sie nicht schlossen, sondern auftrennten. Neben der Schneiderin saß auf dem Rand eines Wasserfasses das Rotkehlchen. Es flog auf, als Valentin näher trat.

Obgleich seine Ziehmutter Valentin wichtiger war, blieb sein Blick zuerst am Schneider hängen. Schmächtig war der immer gewesen, doch so schlecht wie nun hatte er vor Valentins Flucht nicht ausgesehen. Abgemagert, bleich und hohläugig hockte er da und blickte zu ihm auf. Auch die Schneiderin hob den Blick, doch keiner von beiden sagte ein Wort.

Valentin schwang sein Bündel von der Schulter, ging zu seiner Ziehmutter und küsste sie auf die Wange.

Sie sah ihn mit großen Augen an. »So bald haben wir dich nicht zurückerwartet.«

Er rieb sich verlegen den Nacken. »Es traf sich so.«

Der Schneider hustete und spuckte aus. »Der Glatzkopf, dem du das Geld schuldest, ist tot. Man hat ihn erstochen.«

Valentins Herz machte vor Erleichterung einen Satz. Er wollte gerade zu einer Antwort ansetzen, da richtete die Schneiderin sich auf, so gut sie es mit ihren gebeugten Schultern vermochte, und musterte ihn. »Was für Geld?«

Hilflos drehte Valentin beide Handflächen nach oben und wollte ihr erklären, was gemeint war, da kam ihm der Schneider zuvor.

»Was dachtest du denn, warum er sich damals so wieselflink fortgemacht hat, du dummes Huhn? Verschuldet bis über beide Ohren ist der lumpige Spieler.«

Betroffen wandte sie den Blick von ihm ab und sagte nichts mehr.

»Aber wenn Borgward nicht mehr lebt …?«, richtete Valentin zaghaft das Wort an den Schneider.

»Woher willst du wissen, ob nicht ein anderer die Schuldscheine gekauft hat? Deine Hoffnung ist, dass der dein Gesicht nicht kennt. Besser, du gehst wieder.« Er hustete, spuckte und hustete weiter, bekam einen solchen Anfall, dass er blau anlief und sein Weib ihre Arbeit fallen ließ, um ihm beizustehen. So schwach war er nach dem Anfall, dass sie ihn hineinbringen mussten, damit er sich in seinem Alkoven niederlegen konnte.

Als Valentin und die Schneiderin wieder auf dem Hof standen, legte sie ihre Hand auf Valentins Arm. »Valentin, ich glaube, der Himmel hat dich zur rechten Zeit hergeschickt. Der Meister ist todkrank, das hat der Bader gesagt. Wenn er stirbt und kein Mann im Haus ist, werden sie mir keine Arbeit mehr geben. Wär besser für mich, wenn du bliebest. Vielleicht ist deine Schuld verfallen, oder deine Gläubiger kommen nicht darauf, dass du in der Stadt bist. Es ist ja viel Zeit vergangen. Du spielst doch nicht mehr?«

Valentin schlug ein Kreuz und hob seine Hand zum Schwur. »Ich habe es nicht wieder getan und werde es auch nicht.«

Die Schneiderin nickte und hob das Gewand wieder auf, an dem sie arbeitete. »Ein Segen, dass dein Vater das nicht mehr erlebt hat. Schulden! Gespielt! Hoffentlich ist er mir im Grab nicht böse, dass ich dich nicht besser gelenkt habe. Auch der Herrgott möge uns vergeben«, murmelte sie.

Valentin seufzte, schwieg, nahm das Werkstück des Schneiders an sich und setzte sich mit gekreuzten Beinen auf dessen Platz. Den Teufel würde er tun, ihr zu erzählen, dass sein Vater ihn schon zum Spielen mitgenommen hatte, als er noch ein kleines Kind gewesen war. Toten sollte man nicht schlecht nachreden, und glauben würde sie es ohnehin nicht. Nur eines würde helfen, sie zu trösten – fleißig arbeiten.

Als er den abgewetzten Samtmantel in seine Einzelteile zerlegt, das noch brauchbare Material heraussortiert und damit die Arbeit des Schneiders zu Ende gebracht hatte, holte die Schneiderin ein sorgsam eingeschlagenes Bündel aus dem Haus und legte es ihm in den Schoß. Er schlug das helle Leinentuch auseinander und enthüllte das kostbare Gewand einer Edelfrau. Weite Schleppärmel hatte es und einen üppigen Rock – ein Reichtum an Tuch, ganz abgesehen von den kleinen, honigfarbenen Steinen, mit denen es besetzt war.

Viel geredet wurde in der Schneiderei nie, doch was es mit diesem Handel auf sich hatte, erklärte die Schneiderin ihm mit leuchtenden Augen. »Ist es nicht eine Pracht? Es gehört einer Edelfrau aus Herzogin Katharinas Gefolge. Seit einer Weile bekommen wir ihre abgelegten Gewänder zum Auftrennen. Der Schneider verkauft die Reste für sie und darf vom Erlös einen Teil behalten. Natürlich müssen wir darüber schweigen, schon weil man uns den Handel verbieten könnte.«

Sie strich über den kostbaren Rock und seufzte kummervoll. Valentin wusste, dass sie um das Gewand trauerte. Es war so makellos, als hätte das edle Fräulein es nie getragen.

Doch da die Herzogin häufig in Celle geweilt hatte, wusste er, dass die meisten der prunkvollen Ausstattungen nur wenige Male getragen wurden. Für die edlen Frauen war es unumgänglich, sich oft in neuen Gewändern sehen zu lassen. Und wenn er dem Gemunkel der Schneider und Putzmacher Glauben schenkte, wurde dieses Spiel in Herzogin Katharinas Gefolge besonders toll getrieben.

Die Schneider und alle zugehörigen Gewerbe sahen es mit Dankbarkeit. Selbst die unbegabten und ärmsten Mitglieder

der Celler Schneiderzunft fanden ein leichteres Auskommen, wenn die Herzogin anwesend war – konnten sie sich doch mit dem Aufarbeiten und Anfertigen der einfachen Gewänder für die geringeren Stände über Wasser halten oder die abgelegten Stücke der Reichen unter dem Siegel der Verschwiegenheit für sie verkaufen.

Während Valentin die von früher gewohnte eintönige Arbeit wieder aufnahm, kehrte seine Erinnerung an die Todesangst zurück, die er an diesem Ort ausgestanden hatte, bevor er geflohen war. Er hätte gern gewusst, ob ihm noch Gefahr durch die Besitzer seiner Schuldscheine drohte. Doch aus Angst, schlafende Hunde zu wecken, getraute er sich nicht nachzuforschen.

Sogar in der Stadt spazieren zu gehen, empfand er als Wagnis – nicht, dass er viel Muße dazu gehabt hätte. Beim Kirchgang, auf dem die Schneiderin bestand, ging er nie mit dem Schneiderpaar gemeinsam. Er schlüpfte stets als einer der Letzten in die Sankt-Marien-Kirche und blieb in einer der hinteren Reihen stehen. Wochenlang versteckte er sich in der Schneiderwerkstatt und mied jede Begegnung. Kamen Kunden ins Haus, wich er in den Hinterhof oder auf den Speicher aus.

Von Tag zu Tag ging es dem alten Schneidermeister derweil schlechter, bis er schließlich bettlägerig wurde und zu schwach, um noch Kunden zu bedienen oder gar mit ihnen zu verhandeln. Es dauerte nicht lange, bis die Schneiderin Valentin am Hemd festhielt, als er sich wieder in den Hinterhof flüchten wollte, und ihn nach vorne ins Haus schob, wo eben ein älteres Paar eingetreten war.

»Du musst mit ihnen sprechen, ich kann das nicht. Der alte Zausel mag keine Frauen, das weiß ich. Er hat kein Zutrauen zu mir«, flüsterte sie.

So übernahm Valentin es immer häufiger, die Kundschaft

zu betreuen, so wie er es auch früher schon getan hatte. Die Aufgabe war nicht zu schwer für ihn, und doch brach er so manches Mal in Angstschweiß aus, wenn die Haustür sich öffnete. Umso freundlicher stimmte ihn die Erleichterung, wenn keine Gefahr von den Besuchern drohte.

Mitte Juni, zwei Wochen nach Trinitatis, betraten zwei Weiber das Schneiderhaus, bei denen sich seine Erleichterung nicht sogleich einstellen wollte. Eine von ihnen war derart in einen einfachen Umhang gehüllt, dass ihre Gestalt und ihr Gesicht verborgen blieben. Die Magd in ihrer Begleitung kannte Valentin von einem früheren Besuch. Sie hatte damals das sorgsam in seine Einzelteile zerlegte Frauengewand abgeholt, das der Schneider nicht mehr hatte verkaufen können.

Dieses Mal trug sie unter jedem Arm ein Bündel. Beide ließ sie mit unwirscher Miene auf die Bank beim Herd fallen. Die Verhüllte sah sich gründlich im Haus um, bevor sie zögerlich ihr Gesicht frei machte. »Gott zum Gruß. Geht es dem Schneider noch nicht besser?«, fragte sie.

Obwohl im Haus Halbdunkel herrschte und sie nur wenig von sich zeigte, erkannte Valentin sie nun. »Bist du …?«, platzte er heraus, bevor er sich besann. Was, wenn sie nicht von ihm erkannt werden wollte?

Erschrocken und scheu musterte sie ihn. »Kenne ich dich nicht?«

Er nickte eifrig. »Ich war einmal mit meinem Freund zu Gast in Eurem Haus. Ich durfte mich am Herdfeuer aufwärmen. Du hast … Ihr habt … Verzeiht, ich …« Vor Verwirrung schlug er sich die Hand vor die Stirn.

Sie öffnete ihren Mantel, und darunter kam eines der kostbaren Gewänder zum Vorschein, das sein Dasein vermutlich in Bälde unter den emsigen Scheren der Schneiderwerkstatt beenden würde. Das Kleid einer Edelfrau! Wie sollte er Bridas Tochter nun ansprechen? Er musste ihr von ihrer Mutter erzählen, doch bei ihrem Anblick blieben ihm alle Worte im Hals stecken.

»Du bist der Krämer Valentin. Meine kleinen Geschwister haben in der Gaststube deine Kiepe ausgeleert.«

Wieder nickte Valentin nur. Gehetzt blickte er sich im Haus nach etwas um, das ihm einen Anlass bieten würde, sie in ein längeres, unverfängliches und einfaches Gespräch zu verwickeln.

»Bist du jetzt Schneider geworden?«, fragte sie.

Ihre staunenden Augen verwirrten ihn noch mehr. Sie war wohl das reinste und schönste junge Weib, welches er jemals zu Gesicht bekommen hatte. »Was?«

»Ob du ein Schneider geworden bist«, wiederholte sie geduldig.

»Oh. Ich war ein Schneider, bevor ich Krämer wurde. Oder besser gesagt, war ich gar kein rechter Krämer, wie mir Eure ... deine ... Eure Mutter oft vorhielt. Ich verstehe eigentlich nicht viel vom Verkaufen.«

»Aber vom Schneidern?«, fragte sie.

Er wurde rot und zuckte mit den Schultern. »Es gibt wohl auch da Bessere als mich.«

»Nun, schneidern sollst du auch nicht für mich. Ich hatte einen Handel mit dem Schneidermeister und wollte sehen, wie es darum steht. Wie geht es ihm?«

Valentin schüttelte traurig den Kopf. »Wir können Euch weiterhin auftrennen, was Ihr möchtet. Aber der Meister kann nicht mehr aus dem Haus gehen, um es zu verkaufen. Wir wissen nicht, ob er je wieder aufstehen wird.«

Ann Durt hatte die Verzweiflung dazu getrieben, den Schneider mit Johanna zusammen aufzusuchen. Das Geld, das sie von ihm für ihre Gewänder bekam, war ihre größte Hoffnung, ihre Schulden bei Rumpoldt nicht ins Unermessliche anwachsen zu lassen.

Als Johanna ihr erzählt hatte, dass es damit vorbei war, hatte sie es nicht glauben wollen. Da die Schneider eigentlich nicht mit Gewändern oder Stoffen handeln durften, war es nicht einfach gewesen, einen zu finden, der sich auf das Geschäft einließ und dennoch vertrauenswürdig war.

Es erschien ihr wie ein Zeichen des Himmels, dass sie nun in der Schneiderei Valentin gegenüberstand, der so freundlich und sanft wirkte. »Kannst du das Verkaufen nicht übernehmen?«, fragte sie mit klopfendem Herzen.

Auch im Halbdunkel glaubte sie zu erkennen, wie rot seine Wangen vor Verlegenheit wurden. »Das fragt Ihr, obwohl Ihr wisst, dass ich ein schlechter Händler bin?«

Sie senkte den Blick auf den gefegten alten Steinboden, der von Armut, aber auch von Sauberkeit zeugte. »Es wäre mir wohler, wenn du mich nicht so höflich behandeln würdest. Kannst du nicht zu mir sein wie damals in der Mühle, wenn wir hier unter uns sind? Dann fiele es mir leichter, dir zu erklären, warum ich dich darum bitte.«

Nun hatte sie ihn ganz und gar durcheinandergebracht. Vor Verwirrung begann er, mit seinem Ärmel das Wandbord abzuwischen, auf dem zwei Essbrettchen nebst einem Brotkanten und eine Schere lagen.

»Gewiss. Es ist nur … Die feinen Gewänder und … Deine Mutter ist auf der Suche nach dir, seit du … Wir waren zusammen unterwegs. Du musst wissen, dass ich weiß, warum du und mit wem du …«

Nur eines hörte sie aus seinem Gestammel heraus, und das traf sie bis ins Mark. »Mutter ist auf der Suche nach mir?«

Er stellte die Brettchen mit dem Brotkanten zurück, nachdem er den Staub darunter weggewischt hatte. »Ja. Das heißt nein, nun nicht mehr. Es sieht so aus, als wären auch deine kleinen Geschwister von zu Hause fortgelaufen, und nun sucht sie zuerst die. Ich habe mich vor einigen Wochen von ihr und ihrem … unserem Freund getrennt, der sie noch begleitet. Sie ist also nicht allein, das musst du nicht befürchten. Brose gibt auf sie acht.«

»Aber warum sind meine Geschwister fortgelaufen? Warum sucht Mutter mich?«

»Das Erste weiß ich nicht. Aber dich sucht sie, weil sie dich zurückholen will, bevor dir ein Unglück zustößt. Wenn ich dich so betrachte, sieht es allerdings nicht aus, als wärst du in Not.« Er machte ein Gesicht, als wolle er sich für seine Worte gleich wieder entschuldigen.

Mit einem tiefen Seufzer setzte sie sich auf eine der beiden Truhen, in denen der Schneider seine Habe aufbewahrte. »Da irrst du dich. Aber in meiner Not kann meine Mutter mir nicht helfen. Ich bin froh, dass sie mich hier nicht gefunden hat. Sie hätte sich gewiss für mich geschämt.«

Johanna saß längst mit verschränkten Armen und mürrischem Gesicht auf der Bank neben den beiden Bündeln, die sie mitgebracht hatte. Es hatte Ann Durt all ihre spärliche Überredungskunst gekostet, die verbitterte Magd auf ihre Seite zu bringen. Nur Johannas Hass auf Rumpoldt war es zu verdanken, dass es gelungen war.

Valentin nahm auf der Kante der Truhe Platz, die an der gegenüberliegenden Wand stand. »Du kannst es mir gern erzählen. Wenn ich dir helfen kann, will ich es versuchen.«

Zuerst wollte Ann Durt ihm nur das Nötigste erklären, nur so viel, dass er sich vielleicht entschied, ihr zu helfen. Doch er erwies sich als mitfühlender Zuhörer, und ihre Sehnsucht, sich endlich einmal auszusprechen, war groß, deshalb erzählte sie ihm nach und nach mehr, als sonst jemand über ihre Zeit in Celle wusste.

Sie schilderte ihm Rumpoldt und seine zunehmende Macht über sie, von der sie glaubte, dass er sie eines Tages ausnutzen würde. Von Ulrichs Besuch in Celle erzählte sie und wie sie es nicht fertiggebracht hatte, ihm zu gestehen, dass ihre reiche Ausstattung und ihr Ansehen nicht auf der geheimnisvollen Gunst der hohen Edelfrauen beruhten, sondern auf einer wachsenden Verschuldung bei dem »abstoßenden Zwerg«, wie Ulrich Rumpoldt nannte. Wie ihr Liebster die Stadt gemeinsam mit Herzog Magnus wieder verlassen hatte, um zur Burg Neuhaus zu ziehen, und keine Rede davon gewesen war, dass sie ihn begleiten oder er sie anderweitig unterbringen würde.

Was sie auch Valentin nicht gestand, war, dass die Angst vor Rumpoldt ihr mittlerweile oft die Luft abschnürte. Und dass Scham und Wut über ihre eigene Dummheit ihr den Schlaf raubten. Kurz nachdem Brigitta mit dem Geld, das sie ihr geliehen hatte, für einige Zeit vom Hof verschwunden war, um angeblich eine Verwandte zu besuchen, hatte Ann Durt erleichtert feststellen dürfen, dass sie doch nicht schwanger war. Diese Erleichterung war einige Tage zuvor erneut dem beunruhigenden Verdacht gewichen, dass sie bei Ulrichs Besuch in Celle sein Kind empfangen haben könnte. Sie hatte es gewagt, ihn zu fragen, was er von einem Kind hielte. Woraufhin er nur gesagt hatte, dass er sich mit einer solchen Vorstellung nicht belasten könne, wenn er einer Schlacht entgegenblicke.

Nun wartete sie von Tag zu Tag, ob ihr Verdacht vielleicht wieder so gnädig entkräftet werden würde wie zuvor. Ihr Gefühl allerdings besagte immer stärker das Gegenteil.

Valentin hatte weit vorgeneigt auf der Kante seiner Truhe gesessen und jedem ihrer Worte gelauscht. Als sie ihre Geschichte beendete, sprang er auf und begann, aufgeregt hin und her zu gehen. »Du darfst dich auf keinen Fall weiter verschulden. Ich weiß, wie das ist. Es gibt für unsereins keine Hoffnung, daraus zu entkommen. Warum bist du nur so lange hiergeblieben? Du hättest längst wieder heim nach Thomasburg laufen sollen und diesen Herrn Rumpoldt hinter dir lassen. Nun hat er dich in der Hand. Ist es das wirklich wert? Glaubst du, Herr Ulrich wird zu dir stehen und glauben, dass du es gut gemeint hast? Oh weh.«

»Ulrich sagt, er wird sich um mich kümmern, wenn die Schlacht bei Burg Neuhaus geschlagen ist. Und dass er versuchen wird, seinen Großvater für sich zu gewinnen, damit er sein Vermögen von Kunzmann zurückerlangt. Wenn ihm das gelingt, werden meine Schulden nicht mehr ins Gewicht fallen. Ich will Ulrich nicht verlieren, Valentin. Wenn es mir nur gelänge, noch eine Weile durchzuhalten! Kannst du mir nicht helfen und anstelle deines Meisters die aufgetrennten Gewänder für mich verkaufen?« Vor Spannung verschränkte sie ihre Finger ineinander, die schon wundgerieben waren und sie schmerzhaft an die Ängste erinnerten, die sie jeden Tag und jede Nacht durchlitt.

Valentin blieb stehen, hielt sich mit beiden Händen den Kopf und schwieg einen Augenblick. Als er weitersprach, klang er gequält. »Wenn du mich darum bittest, werde ich mein Bestes tun. Versprich mir nur, dass du nicht leichtfertig noch mehr leihen und ausgeben wirst.«

Zu Ann Durts Überraschung meldete sich hier Johanna zu Wort. »Sie gibt nichts nach Belieben aus. Es ist immer Rumpoldt, der ihr zu diesem oder jenem rät. Würde sie ablehnen, wäre er beleidigt. Und ihn zu beleidigen, ist kaum weniger gefährlich, als bei ihm Schulden zu haben. Ich weiß nicht, warum ich gehofft hatte, dass Jungfer Müllerin es geschickter anstellen würde als andere. Am Ende gewinnt er doch immer. Und womit er sich dann von ihr bezahlen lässt, das kann ich leicht raten.«

Ann Durt wollte nicht wissen, wovon sie sprach. Es würde nicht dazu kommen, sagte sie sich fest.

Valentin hingegen schauderte bei Johannas Andeutung. »Ich verspreche, dass ich helfen werde, so gut ich kann. Lasst die Gewänder hier. Gleich morgen werde ich einen Käufer für die Tuche suchen.«

15

Die beiden sandfarbenen Türme von Burg Neuhaus, deren Mächtigkeit auch hinter einem dichten Regenschleier schon aus der Ferne zu erkennen war, warteten trutzig auf den Angriff von Herzog Magnus' Feinden.

Die Feinde allerdings hatten sich noch nicht eingefunden. Stattdessen tummelten sich im nahen Vorland der Burg zwischen den lagernden Anhängern der welfischen Seite eine Herde braunscheckiger Rinder und eine große Schweinerotte, die eben auf den Hudewald zugetrieben wurden. Der nasse, sandige Boden war so zertreten, dass Brida und Brose bis zur Brücke über den Burggraben keinen festen Weg mehr ausmachen konnten.

Sie waren weit flussaufwärts von der Furt durch die Aller und um die gegnerische Burg Vorsfelde herum zum welfischen Sammelplatz gewandert und hatten die Augen offen gehalten, um Zeichen der gegnerischen Streitkräfte zu entdecken. Doch falls die von Bartensleben ebenfalls Männer zusammenzogen, taten sie es nicht in der unmittelbaren Umgebung von Vorsfelde. Bridas Hoffnung, in der Nähe die Waffenknechte zu entdecken, in deren Gewalt sich ihre Kinder befanden, hatte sich zerschlagen.

Während sie durch das Gedränge nasser, schlecht gelaunter Menschen stapften, die den Burgvorplatz bevölkerten und notgedrungen unter ihren Dächern hervorgekommen waren, um ihre Tiere zu versorgen oder anderen zwingenden Arbeiten nachzugehen, spürte sie ihre Ungeduld wie ein zu enges Gewand. »Und wenn es hier gar nicht zur Schlacht kommen wird? Wo soll ich dann weitersuchen?«

Brose suchte unter ihrem Mantel mit seiner Hand die ihre. »Vertrau mir, mein Herz. Magnus wird wissen, wo sein Gegner seine Kräfte sammelt. Wir erkundigen uns, und dann entscheiden wir, was wir tun.«

Burg Neuhaus hatte noch keine Bequemlichkeiten zu bieten, so viel war schon beim Durchschreiten des Tores zu sehen. Es gab einen Rundturm links auf der vorderen Ecke der Mauer und einen eckigen Burgfried rechts, nennenswerte feste Wohngebäude im Inneren der zu einem schlichten Viereck verbundenen und von einem tiefen Graben umgebenen Burgmauern fehlten. Was einem Haus am nächsten kam, war ein innen an der Mauer angelehntes, lang gezogenes Holzbauwerk. Darüber hinaus gab es ein paar überdachte Unterstände für Pferde sowie etliche Zelte, die vermutlich als Schlafplätze für die Besatzung dienten. Nichts davon war für längere Dauer errichtet.

Magnus Torquatus, seines Erachtens Herzog von Braunschweig und Lüneburg und leicht an der dicken Silberkette um seinen Hals zu erkennen, stand auf dem Burghof inmitten seiner Männer im Regen. In den Händen hielt er einen riesigen Humpen, aus dem er offensichtlich soeben Bier getrunken hatte, denn in seinem Bart hing noch Schaum, während ihm Regenwasser übers Gesicht lief. Er beobachtete einen Mann, der ihn um Haupteslänge überragte und sich gerade anschickte, ebenfalls einen Humpen zum Munde zu führen. Die Umstehenden johlten anfeuernd und hoben ihre eigenen Trinkgefäße über die Köpfe.

Brose schob sich mit Brida an der Hand zwischen den Männern hindurch näher an den Herzog heran. »Was machen sie?«, fragte sie leise.

»Wie ich ihn kenne, ist es eine Wette. Wer ohne abzusetzen mehr trinken kann als Magnus, gewinnt etwas. Er geizt dabei nicht, also ist der Reiz, ihn zu besiegen, groß«, sagte Brose.

Einer der Beistehenden wandte sich daraufhin zu ihm um. Er begann zu lachen und schlug Brose eine gewaltige Hand auf die Schulter. »Wusste ich doch, dass ich die Stimme kenne. Ambrosius, alter Lumpenhund! Du kommst doch immer aus der Hölle zurück ins Leben gekrochen, wenn eine hübsche Schlacht bevorsteht. Was hast du uns dieses Mal mitgebracht, außer dem Scheißwetter und deinem starken Arm?«

Auf einmal stand Brida allein da, während Brose von einem Dutzend Männern so lautstark begrüßt wurde, dass auch Magnus aufmerksam wurde und der Riesenkerl neben ihm seinen vollen Humpen sinken ließ, ohne getrunken zu haben.

»Wer ist da? Komm heran, wenn du schon mein Vergnügen störst!«, rief Magnus.

Brose drängte sich weiter vor, bis niemand mehr zwischen ihm und dem Herzog stand, ließ sich auf ein Knie nieder und beugte das Haupt. »Mein Herr.«

Herzog Magnus warf seinen leeren Humpen in die Menge, ohne hinzusehen. Da einer der Männer ihn auffing, ohne Überraschung zu zeigen, nahm Brida an, dass er es nicht zum ersten Mal tat.

»Ha, mein treuer Trommler! Da bist du endlich. Ich fragte mich schon, ob ich dich je wieder zu Gesicht bekommen würde oder ob ich mich nur noch an deinen Nachrichten erfreuen darf. Sprich, woher kommst du? Hast du deinen Auftrag erfüllt? Und steh auf, mein Nacken ist zu steif, um immer zu dir hinunterzublicken. Außerdem läuft mir das Wasser in den verdammten Kragen.«

Brida fragte sich, wie sie hatte annehmen können, dass es

mit den Geheimnissen zwischen Brose und ihr vorbei wäre. Magnus legte ihrem Liebsten die Hand auf die Schulter und strebte mit ihm dem Eingang der hölzernen Halle zu, als wären sie alte Freunde. Nie hatte Brose ein Wort darüber verloren, dass er dem Herzog so nahestand.

Wo war ihr Platz in dieser Gesellschaft? Die Männer schienen sie überhaupt nicht zu bemerken, und sie hätte gute Lust gehabt, einfach wieder zu gehen. Doch da sie auf die Auskunft des Herzogs über seine Gegner hoffte, folgte sie ihm und Brose zögernd in den armseligen, hölzernen Palas.

Wie festgenagelt blieb sie auf der türlosen Schwelle stehen. Drinnen an einer Tafel saßen Ulrich und Kunzmann von Alten Schulter an Schulter. Sie schienen sich prächtig mit einigen sehr jungen Edelmännern von hohem Stande zu unterhalten.

Brida wäre stehen geblieben, wenn nicht eine ältere, klein gewachsene Magd auf sie zugekommen wäre und sie am Arm zum Ende der Halle gezogen hätte, das der Tafel des Herzogs gegenüberlag. »Komm, komm, du siehst ja aus wie eine ersoffene Katze. Hier hinten am Feuer kannst du deine Sachen trocknen. Ist gerade eng hier drinnen, weil alle vorm Regen unterkriechen. Sonst ist es Magnus in Häusern immer zu warm. Was willst du denn? Suchst du Arbeit?«

Brida schüttelte den Kopf. »Dazu bin ich nicht hier. Aber für einen Platz am Feuer und etwas Gutes zu essen gehe ich dir gern zur Hand. Mein Name ist Brida, ich komme von weit her, aus Thomasburg, und ich bin nur hier, weil ich jemanden suche.«

Die freundliche Magd tätschelte ihr aufmunternd den Rücken. »Du setzt dich erst mal und ruhst dich aus. Deine Hilfe nehme ich später gern an. Leider ist das Essen aber nicht so gut, wie ich es gern hätte. Sind schon eine Menge Mäuler zu stopfen. Mich nennt man Traudel, obwohl meine Eltern mich Gertraud tauften. Es gab eine Zeit, da hat es mich geärgert, aber das ist lange vorüber, also mach es nur ruhig wie die anderen. Wen suchst du denn, meine Liebe? Vielleicht kenn ich ihn und kann dir helfen.«

Brida setzte sich auf ein Bankbrett, das auf unbehauenen Holzklötzen ruhte. Traudel wartete nicht auf ihre Antwort, sondern bewegte sich mit Ehrfurcht gebietender Autorität zwischen den Herumstehenden hindurch zum Suppenkessel, um eine Schale voll Eintopf herauszuschöpfen. Trotz ihrer geringen Körpergröße wurde sie nicht übersehen, sondern schien allen wohlbekannt und von allen wohlgelitten zu sein. Rasch war sie zurückgekehrt und drückte Brida die volle Schale in die Hand. »So.« Mit eingestemmten Fäusten blieb sie nun vor ihr stehen und sah sie erwartungsvoll an.

So viel Freundlichkeit war Brida lange nicht begegnet, daher beschloss sie, es mit der Wahrheit zu versuchen. »Um meine Tochter zu suchen, bin ich aufgebrochen. Wir sind einfache Leute, doch sie hatte das Unglück, einem jungen Ritter zu gefallen, der bei uns im Haus zu Gast war. Er nahm sie heimlich mit. Fünf Monate sind es nun, dass ich nach ihr suche. Aber vor Kurzem erfuhr ich, dass meine jüngeren Kinder mir aus Dummheit gefolgt und auch in die Irre gegangen sind. Die beiden sollen gegen ihren Willen mit einer Rotte dingbarer Waffenknechte ziehen. Die hoffe ich hier zu finden, wo die Herren ihre Streitkräfte zusammenziehen.«

Der Inhalt der Schale in ihren Händen duftete und ließ ihren Magen knurren. Eilig löste sie ihren Löffel vom Gürtel und dankte Traudel mit einer wortlosen Geste für ihre Gabe, bevor sie ihn in den Eintopf tauchte.

Traudel schlug die Hände zusammen. »Nein, was für ein

Pech! Da tust du alles, um sie lebendig durchs Kindesalter zu bringen, und dann machen sie solche Dummheiten. Waren sie immer so unbändig?«

Brida schluckte den ersten Löffel gut gewürzten Gemüsebrei herunter. »Nein, gar nicht. Brave Kinder waren sie allesamt. Ich bin schuld, dass es so gekommen ist. Hätte ich besser achtgegeben, wäre meine Ann Durt nicht in Versuchung gekommen, und alle wären noch sicher daheim.«

»Hast du von ihr denn keine Spur gefunden? Wer war der junge Ritter? Der wird sich doch finden lassen.«

Bei dem Gedanken an den jungen Ritter verging Brida die Freude an dem guten Eintopf, und sie ließ den Löffel sinken. »Den zu finden, war in der Tat keine große Schwierigkeit. Gerade heute habe ich ihn schon wiedergefunden, obwohl ich gar keinen Wert mehr darauf legte. Er will mir nicht sagen, wo meine Tochter ist.«

Traudel sah sie ungläubig an. »Was soll das heißen? Wie kann er einer Mutter diese Hilfe versagen?«

»Welches Recht bindet ihn daran, sie mir zu gewähren? Es wäre nur christliche Nächstenliebe, wenn er es täte«, sagte Brida schulterzuckend.

Entrüstet schnaubend stampfte Traudel mit dem Fuß auf, dass ihr kleiner Holzschuh auf den felsigen Untergrund knallte. »Und sollten sie uns darin nicht ein Vorbild sein, die edlen Herren Ritter? Ich kann dir sagen, wenn Magnus' Vater damals meine Schwiegermutter so behandelt hätte, dann hätte sie ihn mit einem harten Besen barbiert, unfrei, wie sie auch sein mochte. Aber bei allem Hochmut wusste Seine Durchlaucht, wie ein ehrenhafter Edelmann sich zu verhalten hat. Vier Söhne hatte er mit Mutter Gesa, und gut leben ließ er sie. Mein Gemahl ist einer davon und seines Halbbruders Magnus' treuer Freund. Ich würde meinen, dass es unserem Herzog nicht passen würde, wenn ein

Ritter seines Gefolges sich so verhält, wie du sagst. Wer ist es denn?«

Brida tauchte ihren Löffel in den Eintopf und rührte zögerlich darin herum. Dass Edelmänner manchmal illegitime Kinder mit Weibern geringeren Standes hatten, war kein Geheimnis. Doch vom alten Herzog hatte sie es nicht gewusst. Würde sein Sohn Magnus tatsächlich Verständnis haben und ihr helfen, wenn sie sich an ihn wandte? Doch selbst wenn es so war: Durfte sie es wagen, Ulrich auf diese Art zu beschämen? »Ich fürchte, der edle junge Herr würde sehr ungehalten, wenn ich seinen Namen und die Geschichte öffentlich machte.«

»Wenn du es mir erzählst, heißt es nicht, dass es jeder erfährt. Ich bin keine Schwätzerin. Aber ich kann dir vielleicht helfen.«

Langsam kaute Brida das faserige Rindfleisch aus dem Eintopf, um Zeit zu gewinnen. Sie war lange genug auf der Welt, um zu wissen, dass auch die schlimmsten Schwätzerinnen sich verschwiegen nannten. Andererseits strahlte Traudel eine solche Gutherzigkeit aus, dass sie das Wagnis eingehen wollte. »Es ist Ulrich von Alten. Er sitzt dort mit seinem Onkel Kunzmann an der Tafel. Ich pflegte ihn in meinem Haus gesund, nachdem er in der Sankt-Ursula-Nacht verwundet worden war.«

»Nein!« Wieder schlug Traudel die Hände zusammen. »Dann warst du ein Teil des großen Wunders, von dem man sich erzählt? Ulrich von Alten zurückgekehrt von den Toten! Und das dankte er dir, indem er deine Tochter verführte? Na warte, Freund, das soll dir leidtun!«

Bevor Brida sie zurückhalten konnte, war sie schon außer Reichweite. Mit wütenden kleinen Schritten stampfte sie auf den Sitzplatz des Herzogs zu.

Mit vor Schreck geweiteten Augen stellte Brida ihre Suppenschale ab und folgte ihr durch die Menge, bereit, jeden Moment davonzulaufen. Was für eine Dummheit hatte sie nun begangen?

Magnus saß auf einem ähnlich über rohen Holzklötzen quergelegten Brett wie Brida zuvor, nur etwas erhöht durch einen Sockel aus aufgeschüttetem Erdreich. Eindrucksvoll wirkte er allein durch seine mächtige Statur, den kostbaren Mantel und die dicke Silberkette um seinen Hals, sonst unterschied ihn in diesem Moment wenig von seinen Untergebenen. Vor ihm auf einem Fass hockte Brose. Noch drei weitere Männer umgaben die beiden, und alle neigten sich gespannt dem gemeinsamen Gespräch zu.

Traudel störte es offenbar nicht, dass die Herren beschäftigt waren. Sie stieg auf den Sockel, drängte sich zwischen zwei von ihnen, stemmte die Hände in die Seiten und tippte mit dem Fuß auf den Boden. Zu Bridas maßloser Überraschung blickte der hochwohlgeborene Herzog sogleich zu ihr auf.

»Brennt etwas?«, fragte er, ohne im Geringsten ungehalten zu wirken.

Auch Brose nahm Traudel nun wahr. Seine Miene erhellte sich, er erhob sich und schlang seine Arme um sie. »Gertraud, du wackeres Schlachtross! Du bist ja keinen Tag älter geworden. Lass dich küssen. Oder ist dein Gatte in der Nähe?«

»Nein, er ist nicht hier, du Lump. Er betrachtet das Schlachtfeld, auf dem ihr euch in sieben Tagen austoben werdet. Du bist ja gerade zur rechten Zeit gekommen. Aber zum Plaudern ist später Zeit. Ich möchte unserem wohlgeborenen Herrn Herzog eine Bitte unterbreiten. Hier ist ein Weib in Nöten, sie ist weit gereist und verdient Hilfe.«

Sie wandte sich zu Brida um, die noch immer fassungslos über Broses Vertrautheit mit dem engsten Kreis des Herzogs staunte.

Brose wurde ihrer erst jetzt wieder gewahr, lächelte jedoch, sobald er sie erblickte. »Meine Aufgabe wäre es gewesen, den Sorgen dieses Weibes schnellstens abzuhelfen. Ich kann sie nur um Verzeihung dafür bitten, dass ich mich zuerst anderen wichtigen Dingen widmete. Brida aus Thomasburg. Sie gehört zu mir«, sagte er und reichte ihr die Hand, damit sie zu ihm emporstieg.

Traudel wich kopfschüttelnd zurück. »Das hättest du mir auch gleich sagen können, dass du zu ihm gehörst. Dann wird sich wohl alles klären. Ich gehe an meine Töpfe zurück.«

Der Herzog saß mit breit auseinandergestellten Beinen da, beide Hände auf die Knie gestützt. »Na, nun bleib und sag, was dich so aufgeregt hat. Das sieht dir ja nicht ähnlich.«

Das kleine, dralle Weib nickte, neigte sich dem Ohr des Herzogs zu und flüsterte hinein, sodass Brida es nicht verstehen konnte. Der Herzog ließ am Ende ein unwirsches »Hm« verlauten und drückte ihr kurz die Hand, woraufhin sie sich mit freundlichen Blicken von Brose und Brida verabschiedete und ging.

Bridas Wangen brannten vor Scham, und sie war wütend auf Brose, weil er sie nicht darauf vorbereitet hatte, dass sie es mit dem Herzog persönlich zu tun bekommen würde.

Magnus musterte sie kurz, dann räusperte er sich. »Wenn deine Tochter die ist, von der ich es denke, dann ist sie in Celle beim Pfauenschwarm der Herzogin. Meine Schwägerin Margarete hat Gefallen an ihr gefunden und sie mitgenommen. Ob es der Maid dabei wohlergeht, weiß ich nicht, aber ich glaube nicht, dass du um ihr Leben fürchten musst. Ulrich dagegen wird mit mir in die Schlacht ziehen, und allein unser allmächtiger Herrgott weiß, ob er zu deiner Tochter zurückkehren wird. Ich schlage vor, du verweilst bei uns, bis die Schlacht geschlagen ist, und dann sprechen wir mit ihm. Bis dahin wird Gertraud dankbar sein, wenn du ihr zur Hand gehst. Ehrbare Weiber, die einen klugen Verstand haben und fleißig schaffen können, fehlen uns allerwegen.«

Brida schüttelte sanft den Kopf. »Wenn ich meine jüngeren Kinder in den nächsten sieben Tagen nicht finde, werde ich mit in die Schlacht ziehen, um sie dort zu suchen.«

Magnus lachte und schlug sich auf die Knie. »Ein Kriegerweib hast du dir ausgesucht, Brose? Wer hätte das gedacht! Aber meinetwegen. Bei den Fußtruppen können wir jeden gebrauchen, der genug Mut zum Kämpfen hat.«

Brida war dankbar, dass Brose nicht auf den Spott und ihre Kampfkraft einging. Er drückte ihren Arm und bedeutete ihr mit einem Nicken, dass sie zurück zu Traudel gehen sollte. Erleichtert, aus der unmittelbaren Nähe des Herzogs zu entkommen, verabschiedete sie sich ehrfurchtsvoll.

Erst viele Stunden später gesellte sich Brose zu ihr auf die Strohschüttung in einem Winkel, den sie sich zum Nachtlager auserkoren hatte. Ihr Geliebter schwankte so, dass er sich an der Wand entlang zu ihr tasten und sich abstützen musste. Wenn es auch in der neuen Burg an vielem mangelte, so nicht an Bier für den Herzog und seinen engsten Kreis. Seines Rausches wegen verzichtete Brida darauf, Brose noch in der Nacht zur Rede zu stellen. Am nächsten Morgen jedoch war es das Erste, was sie tat.

Hartnäckig stieß sie ihren Finger in seine Seite, bis er benommen die Augen aufschlug. »Warum hast du mir nicht gesagt, dass du mit Magnus befreundet bist?«

Er stöhnte und wollte sich von ihr abwenden, doch sie piekste ihn weiter, bis er seufzend näher zu ihr kroch, ihre Hände mit seinen festhielt und sein Gesicht müde zwischen ihren Brüsten vergrub. »Für die Arbeit, die ich tun sollte, war es besser, wenn niemand erfährt, dass ich dem Herzog nahestehe. Gesa von Vechelde war die Geliebte von Magnus' Vater und meine Tante. Traudels Gatte Henner ist Gesas Sohn und somit Magnus' Halbbruder und mein Vetter. Wir sind in Vechelde zusammen aufgewachsen, aber davon weiß kaum jemand. Verzeih mir, dass ich es auch vor dir geheim hielt.«

»Sind das die Freunde, mit denen du als Knabe im Wald gespielt hast?«

»Ja. Der Wildhüter war Gesas jüngerer Bruder, Henners und mein Onkel. Er hat uns alles erlaubt. Das meiste davon hätte Magnus' Vater nicht wissen dürfen.«

In den folgenden sechs Tagen halfen sie nach Kräften dabei, die Schlacht vorzubereiten. So willkürlich und grausam die Sitten der Kriegsführung zwischen den Herren oft waren, hielt man sich dieses Mal an vornehmere Gepflogenheiten. Datum, Tageszeit und Ort des Schlachtbeginns wurden mit dem Gegner genau abgemacht. Man einigte sich darauf, nur bei Tage, gutem Wetter und in einem für die Berittenen günstigen Gelände zu kämpfen. Die höchsten Herren selbst würden die Schlacht eröffnen und sie vorerst allein führen, bevor ihr Gefolge sich anschloss.

Brida ließ sich erklären, wie die kriegserfahrenen Männer sich die Schlacht vorstellten, und nickte dazu. Insgeheim überlegte sie allerdings nur, wo sich die Waffenknechte mit ihren Kindern aufhalten würden, falls sie tatsächlich im Heer der Gegner zu finden waren.

Albrecht, seines Erachtens Herzog von Sachsen und Lüneburg, hatte erst spät Nachricht vom Bau der Burg Neuhaus erhalten und noch später begriffen, was sein Gegner damit bezweckte. Als Herzog Magnus jedoch begann, seine

Kräfte bei Burg Neuhaus zusammenzuziehen, zögerte Albrecht nicht, seinen Verbündeten auf der Wolfsburg zu Hilfe zu eilen. Mit ihm kamen zum einen seine sächsische Gefolgschaft und zum anderen die Lüneburger, die Magnus durch seine Übergriffe endgültig gegen sich aufgebracht hatte.

Im Zustrom dieser Verbündeten ließ sich die Schar Waffenknechte, in der Stina und Nickel mitreisten, auf die Wolfsburg zutreiben. Als Fußsoldaten ohne herausragende Qualitäten genossen sie wenig Ansehen und wurden der bunt gemischten Gruppe zugeschlagen, die aus waffenpflichtigen Gefolgsleuten aller Art bestand.

»Erst schlagen sich die Herzöge selbst, mit ihren Schildknappen zur Seite. Dann ist die berittene und vornehmere Gefolgschaft an der Reihe, dann wir. Später kommen dann die besseren Söldner, denen man ansieht, wie viel sie schon eingesackt haben. Schwerter und Rösser haben sie und Rüstungen«, erklärte Karl Nickel, der seit Tagen kaum noch essen und schlafen konnte.

Die Angst vor der Schlacht trug die größte Schuld daran, doch nicht die alleinige. Ein weiterer Grund für seine Unruhe war die Lage, in die Stina sich gebracht hatte, seit Elßbeth sie nicht mehr begleitete.

Wie Nickel es vorausgeahnt hatte, waren Elßbeths ehemalige Kunden nach und nach mit ihren Fragen und Sorgen zu Stina gekommen. Pelz-Liese rieb sich die Hände, als die Leute anfingen, für Stinas Auskünfte zu zahlen. Lange blieb ihr die Genugtuung nicht erhalten, denn sie machte endlich den Fehler, auf den Stina lange gehofft hatte, und fragte sie selbst um Rat.

Nickel hatte immer gewusst, dass seine Ziehschwester ihm an Gewitztheit über war, doch die Kaltblütigkeit, mit der sie Pelz-Liese in den Bann ihrer erfundenen Weissagungen zog, überraschte und entsetzte ihn.

Aus den von ihnen fleißig gesammelten Hinweisen hatten sie sich schließlich zusammenreimen können, dass Pelz-Liese mitschuldig am unnatürlichen Tod ihres Ehemannes war und sich so sehr darum sorgte, ob sie dem Ermordeten nach ihrem Tode im Fegefeuer wiederbegegnen würde, dass sie oft unter Alpträumen litt. Behutsam und gerissen hatte Stina die ganze Geschichte aus ihr herausgekitzelt und sie anschließend davon überzeugt, dass der Tote nicht bis zu ihrem Tod warten würde, um sie heimzusuchen. Er würde als Untoter im Jenseits auf den nahen Tag warten, an dem er in die Welt der Lebenden zurückkehren könne, um sich an ihr zu rächen.

Täglich wollte Pelz-Liese daraufhin wissen, ob es schon so weit war, ob ihr untoter Gatte die Hindernisse überwunden hatte, die ihn abhielten, und ihre Angst wuchs von Stunde zu Stunde. Sie schlief immer weniger, wälzte sich in unruhigen Träumen, schrie in der Nacht auf, wurde auch tagsüber schreckhaft. Stina und ihm gegenüber verhielt sie sich bald sogar kleinlaut, weil Stina ihr ihren Beistand zugesagt hatte für den Tag, an dem der Wiedergänger ihres Ehegatten sie heimsuchen würde.

Die Unterwürfigkeit, die Pelz-Liese Stina und ihm erwies, brachte wiederum die anderen Leute dazu, Stinas Fähigkeiten noch höher zu schätzen und besser zu zahlen. Und nun wanderten die Gaben nicht mehr in Pelz-Lieses Hände, sondern in Stinas eigene Taschen.

Nickel hätte es früher nicht für möglich gehalten, aber bald entwickelte Stina eine rauschartige Freude daran, auf diese Art Besitz anzuhäufen. Sie scheffelte mit wachsender Gier und wurde immer geschickter darin, die Leute zum Zahlen zu bewegen. Hin und wieder verkaufte sie sogar selbst gemachte Amulette, obwohl sie darüber nur wenig wusste und selbst nicht daran glaubte, dass sie etwas bewirkten.

An Flucht dachte Stina nicht mehr. Vorerst nicht, sagte sie, denn schließlich würde ihnen das, was sie von den Leuten bekam, bei der Weiterreise helfen.

Nickel hingegen sah inzwischen tausend Möglichkeiten zur Flucht und wäre nur zu gern geflohen, wenn es für ihn nicht ausgeschlossen gewesen wäre, Stina allein zurückzulassen. Nun allerdings stand ihnen am nächsten Tag die lang gefürchtete Schlacht bevor, und er hätte ohnehin keinen Fluchtversuch mehr gewagt. Die Strafe für gedungene Waffenknechte, die vor einer Schlacht das Weite suchten, wäre oft schlimmer als der Tod im Kampf, hatte man ihn gewarnt.

Wenn er die Kriegswaffen betrachtete, die allerorten geschärft und verstärkt wurden, und die Männer, die sie führten, vermutete er, dass ihm auch in der Schlacht Schlimmeres zustoßen konnte als ein schneller Tod. Das Geräusch von Schleifsteinen, die über Klingen gezogen wurden, der dumpfe, satte Laut der aus schweren Bögen und Armbrüsten abgeschossenen, in Übungsziele einschlagenden Pfeile und Bolzen brachten ihn zum Zittern. Er war kein Krieger, hatte nie einer sein wollen, nicht einmal im Spiel. Während er zu Stina ging, musterte er mit einem beklemmenden Gefühl in der Kehle die mit Eisennägeln beschlagene Keule und den kleinen Holzschild, welche man ihm für den Kampf zugesprochen hatte.

Stina saß hinter Pelz-Lieses Karren zwischen den beiden Kiepen, die sie einige Tage zuvor erworben hatte, und warf die Hölzchen für sich allein. Oft genug zog das den nächsten Kunden an. Doch an diesem frühen Abend schienen alle zu sehr mit letzten Vorbereitungen für die Schlacht beschäftigt zu sein.

Voll Abscheu nahm Nickel den alten, rostigen Eisenhut ab, den Karl ihm übergestülpt hatte, warf ihn mit seinen Waffen auf den Boden und hockte sich zu seiner Ziehschwester. Sie trug das grau-blaue Kopftuch, das ihre Mutter für sie zurückgelassen hatte, bevor sie damals aufgebrochen war. Haarsträhnen kamen darunter hervor, hingen ihr ins Gesicht und ließen sie so wild und frech aussehen wie früher, wenn sie auf dem Mühlenhof zusammen getobt hatten. Er hätte ihr dafür böse sein sollen, dass er in dieser ausweglosen Lage steckte, aber er konnte es nicht. Mehr denn je fühlte er, dass Stina ihm das Liebste auf der Welt war. »Wie ist es heute gegangen?«, fragte er.

Erst jetzt blickte sie auf, und er bemerkte, dass sie gerötete Augen hatte. »Sie kamen noch einmal alle, um zu fragen, wie die Schlacht ausgehen wird.«

»Was hast du gesagt?«

»Was ich die ganze Zeit schon gesagt habe. Es läge in Gottes Hand, und er würde nach den Mühen der Kämpfenden entscheiden.«

»Waren sie damit nicht zufrieden?«

»Doch.«

»Warum hast du geweint?«

Es brach ihm fast das Herz, wie sie ihn mit großen, kummervollen Augen ansah. »Ach Nickel, wären wir doch nie von zu Hause fortgegangen.«

Er blickte gedankenverloren auf die im schmutzigen Gras liegenden Wurfhölzchen, ohne sie wirklich wahrzunehmen. »Aber vielleicht wird es ja gar nicht so schlimm. Vielleicht wird der Kampf zwischen den Herren Herzögen allein entschieden, und wir haben mit der Schlacht nichts zu tun.«

Stina griff nach seinem Handgelenk und drückte es schmerzhaft fest. »Wir müssen heute Nacht fliehen. Lass uns weglaufen.«

Nun ärgerte sie ihn doch, und er schnaubte unwirsch. »Warum kommst du jetzt damit? Vor ein paar Tagen hätte ich noch mitgemacht, heute nicht mehr. Sie prügeln mich tot, wenn sie mich erwischen.«

Sie ließ ihn los, schlug sich die Hände vors Gesicht und brach in Tränen aus. »Aber wir dürfen nicht hierbleiben. Ich habe es gesehen. Die ganze Zeit, als sie alle fragten, habe ich es gesehen und nichts gesagt. Wir müssen weg, Nickel, bitte!« Sie schluchzte jämmerlich, wiegte sich dabei vor und zurück.

Erschrocken streichelte er ihren Arm. »Was denn? Was hast du gesehen?«

Sie zeigte auf die Hölzchen am Boden. »Sieh doch!«

Sichel, Rabe, geknickte Ähre und *Rad*.

Er begriff noch immer nicht. »Was meinst du?«

Mit beiden Händen packte sie das Tuch seiner Kittelärmel und zog ihn heran. »Der Tod. Immer wieder der Tod, schon den ganzen Tag lang. Da, sieh doch!«

Wie sie die Zeichen auf den Hölzchen deutete, war ihm immer ein Rätsel gewesen. Mal sollten sie dies bedeuten, mal das. Auch jetzt sah er nichts Deutliches, aber da sie viel mehr darüber gelernt hatte als er, würde sie wohl wissen, wovon sie sprach. »Es stirbt immer jemand in der Schlacht. Sicher bedeutet es das«, sagte er.

Sie vergrub den Kopf zwischen ihren Armen. »Ich will nicht hierbleiben. Ich will nach Hause.«

»Das möchte ich auch. Wir werden Mutter ohnehin nicht finden. Vielleicht ist sie längst wieder zurück. Wir laufen weg, wenn die Schlacht vorüber ist, ja? Dann werden sie es nicht so schnell bemerken.«

Wütend richtete sie sich auf und gab ihm einen Stoß, dass er aus der Hocke umkippte und auf dem Hintern landete. »Du verstehst es nicht. ›Nach der Schlacht‹ wird es für uns nicht geben. Denn dann sind wir tot!«

Am Morgen der Schlacht begrüßte Herzog Magnus die aufgehende Sonne von der Burgmauer aus. Ihre ersten Strahlen spiegelten sich in den polierten Gliedern seiner dicken Silberkette, Brida sah es von der Treppe aus.

Sie stieg hinauf, um nachzusehen, ob der Himmel nicht doch ein winziges Zeichen dafür zu bieten hatte, dass das Wetter an diesem Tag zu schlecht für eine Schlacht werden würde. Viel Hoffnung hatte sie nicht. Magnus zu begegnen, hatte sie nicht vorgehabt, doch sie mied ihn nicht, so wenig, wie der größte Teil seines Gefolges es tat. Er konnte überheblich und unbeherrscht sein, doch oft genug erwies er sich als umgänglich. Wenn ihm danach zumute war, verstand er es, sich mit jedem zu unterhalten, sei es mit einem menschenscheuen Schweinehirten, einem halb tauben, hochmütigen alten Edelmann oder einer Hausmagd.

Brida knickste in seine Richtung, als sie auf der Mauer ankam. »Einen gesegneten Morgen, Euer Durchlaucht.«

Sie erwartete keine Antwort und wollte sich abwenden, um sich für ihren Moment der Besinnung eine eigene Stelle an der Mauerbrüstung zu suchen, da streckte er die Hand nach ihr aus.

»Warte, Brida aus Thomasburg. Ich möchte, dass du mir sagst, was du glaubst. Wird Gott mit mir sein? Über dieses Land zu herrschen ist mein Geburtsrecht, das wird er doch auch so sehen, oder nicht? Er kann nicht Albrecht bevorzugen, diesen Abschaum von einem Askanier, und ihm mein Land geben, oder was meinst du?«

Die rötlich aufgehende Sonne bildete einen Strahlenkranz um sein Haupt und blendete Brida, sodass sie den Ausdruck seiner Augen nicht deuten konnte, doch seine Stimme klang, als wünsche er eine ehrliche Antwort von ihr.

»Gewiss gebührt Euch die Herrschaft. Doch auch Eurem Vorfahren Heinrich dem Löwen gebührte sie, und sie wurde ihm genommen. Unser Herrgott entscheidet nicht immer nach dem, was uns Menschen gerecht erscheint. Doch Ihr seid ein starker Mann und habt die Kraft, ihn heute davon zu überzeugen, dass Ihr seine Gunst verdient.«

»Glaubst du also, dass ich ein guter Herrscher bin?«

Brida holte tief Luft. »Ich stehe weit unter Eurem Stand und darf mir kein Urteil anmaßen.«

»Und doch urteilst du im Stillen. Alle urteilen sie, gleichgültig, welchen Standes sie sind. Also sag mir, was du denkst.«

»Ich denke nichts, was Ihr nicht selber wüsstet. Das einfache Volk braucht den Frieden, damit es ihm wohlergeht. Sollte ich mir etwas von Euch wünschen, dann wünschte ich, dass Ihr dem Lüneburger Land eine Zeit ohne Kriegszüge bringt, wenn Ihr Eure Herrschaft errungen habt.«

»Euren Wunsch würde ich gern erfüllen, doch gelungen ist es mir bisher noch nie. Stets stellt sich jemand quer und reizt mich bis aufs Blut. Was soll ich da tun? Ich lasse mich doch nicht zum Narren machen, nur damit das einfache Volk in Ruhe seine Kühe hüten kann.« Er trat verärgert mit der Fußspitze gegen die Mauer, und Brida wusste es besser, als ihm zu widersprechen. Sie machte abermals Anstalten, sich respektvoll zurückzuziehen.

»Warte doch. Mein Ambrosius hält viel von dir. Aber mach dir keine Hoffnungen, dass er sich mit dir zur Ruhe setzen wird. Ich kann ihn nicht entbehren, er ist einer meiner Getreuesten. Du wirst deine Kinder finden und in deine Mühle zurückkehren, aber er bleibt bei mir. Das verstehst du doch?«

Ob sie es verstand, war eine Sache – ob sie es guthieß, eine andere. Doch das ging den hohen Herrn nichts an. Daher knickste sie tief und beugte ihr Haupt. »Ich wünsche Euch den Segen des Himmels.«

Er nickte ihr hoheitsvoll zu und winkte sie ohne ein weiteres Wort mit der Hand davon.

* *

Das Spektakel der bei Heßlingen aufziehenden Heere überwältigte Nickel. Stampfende Hufe, Pferdewiehern, Trommeln, gellende Trompeten, scheppernde Rüstungen, Geschrei und Gesang vereinten sich zu einem ohrenbetäubenden Gedröhn. Der Anblick der bunten Waffenröcke und Banner, die er nicht auseinanderhalten konnte, obwohl er es sollte, verwirrte ihn. Er war dankbar, dass er zumindest einen unempfindlichen Magen besaß und die Aufregung ihm in der Hinsicht nicht so zusetzte wie vielen anderen, die an diesem Tag noch mehr stanken als sonst.

Obgleich es noch früh am Morgen war, ließ sich die kommende Hitze schon ahnen. Auch der aufgewirbelte Staub, der die Strahlen der Sonne dämpfte, würde den Tag nicht kühler machen, trug aber zu Nickels Verwirrung bei.

Sein Herz hämmerte so, dass ihm schwindlig war, und der Griff der elenden Keule in seinen Händen war rutschig von seinem Schweiß. Obgleich Karl ihm erklärt hatte, dass sie noch geraume Zeit mit Warten verbringen würden, rechnete er damit, dass er jeden Augenblick losstürmen musste, und er versuchte, seine Gedanken zu sammeln.

Nie war ihm das schwerer gefallen als in dieser Morgenstunde, und wieder lag es nicht allein an dem, was ihm in der Schlacht möglicherweise bevorstand. Denn kurz vor Sonnenaufgang war er davon erwacht, dass jemand im Lager des Trosses geschrien hatte.

Stina und er schliefen nach wie vor dort in der Nähe von Pelz-Lieses Karren, wenn auch nicht mehr mit ihr gemeinsam darauf, weil die Nächte zu warm dazu waren. Auch Stina hatte der klagende Schrei geweckt, obwohl sie beide nur kurz geschlafen hatten. Sie hatte noch einige Male versucht, ihn zur Flucht zu bewegen, doch er hatte gesehen, wie Wachen aufgestellt wurden, und widerstand ihrer Überredungskunst.

Inzwischen wünschte er, er hätte ihr doch nachgegeben. Als sie sich in der Morgendämmerung erhoben, blieb es auf Pelz-Lieses Karren unüblich ruhig. Sie waren erleichtert, dass die alte Vettel sich noch nicht rührte, weil sie gerade an diesem Morgen gern auf ihre unangenehme Gesellschaft verzichteten. Doch wenig später kam eine von Pelz-Lieses Töchtern angewankt, das Gesicht verquollen vom Zechen in der Nacht, aber ihre Miene todernst. Sie pochte gegen die Seitenwände des Karrens. »Mutter, steh auf. Meiner Freundin ist in der Nacht das Kind gestorben. Wir wollen es begraben, bevor der Mann in die Schlacht muss. Du sollst uns ein Leichentuch geben.«

Doch trotz allen Klopfens erschien Pelz-Liese nicht, sodass die Tochter auf den Karren stieg, um ihre Mutter wachzurütteln.

Gleich darauf schrie sie ähnlich laut, wie wohl ihre Freundin geschrien hatte, als sie den Tod ihres Kindes bemerkte. Nickel und Stina zuckten zusammen und sahen sich fassungslos an.

»Tot! Sie ist tot!«, schrie Pelz-Lieses Tochter und fiel mehr vom Karren, als dass sie herabstieg. »Es hat sie jemand umgebracht! Alles ist voll Blut!«

Im Nu hatte sich eine Menschenmenge gebildet, in deren Mitte Nickel und Stina nebeneinanderstanden und vor Entsetzen nichts anderes tun konnten, als sich krampfhaft an den Händen zu halten und den Karren anzustarren.

Nacheinander stieg eine Reihe von Leuten zu Pelz-Liese hinein und wieder heraus, das Stimmengewirr schwoll mit jeder neuen Meinung über das Erblickte weiter an.

»Das Weib hat sich selbst das Leben genommen, sie hat sich die Adern geöffnet«, meinten schließlich die meisten, doch einige beharrten hartnäckig darauf, dass ein Mörder unter ihnen sein musste.

Karl erschien, um Nickel abzuholen und zu seiner Stellung in der Schlachtordnung mitzunehmen, blieb jedoch eine Weile und mischte sich ebenfalls in den Aufruhr ein. Gerade als er genug davon hatte und Nickel aufforderte, ihm zu folgen, trat die Mutter des toten Kindes in den Kreis.

Sie schritt langsam wie ein Priester, der eine Prozession anführt, und trug den leblosen Körper ihrer Zweijährigen in den Armen. Hinter ihr ging Pelz-Lieses Tochter, tröstend die Hand auf ihren Rücken gelegt. Beim Karren machten sie Halt, die trauernde Mutter sah sich um und zeigte dann auf Stina. »Sie war es! Sie hat mein Kind umgebracht und auch Pelz-Liese. Das kleine Biest mit ihrer Zauberei!«

»Wie kommst du darauf?«, entfuhr es Karl.

»Stina hat mir ein Amulett gegen meinen Husten gemacht. Ich habe es gestern Abend der Kleinen umgehängt, weil sie schlimmer hustete als ich. Und heute Morgen war sie tot.«

»Und dass sie auch meine Mutter verzaubert hat, müsst ihr doch alle gesehen haben! Die Alte war ja nicht mehr sie selbst, seit Elßbeth sich von uns getrennt hat«, fiel Pelz-Lieses Tochter ein.

Hätte Stina widersprochen, wäre es ihr mit Hilfe der ihr Wohlgesonnenen vermutlich gelungen, den Verdacht zu zerstreuen. Doch sobald die Vorwürfe gegen sie ausgesprochen waren, schlug Stina die Hände vors Gesicht und begann zu schluchzen.

»Nein«, sagte Nickel laut und wollte sie verteidigen, doch im ausbrechenden Tumult wurde er übertönt. Gleichzeitig riefen die Trommeln und Trompeten die Waffenträger auf ihre Plätze, und Karl zog Nickel am Ärmel hinter sich her.

Er sah noch, wie Pelz-Lieses zweite Tochter Stina am Arm packte, und hörte, wie sie nach einem Seil rief, um sie zu fesseln.

»Nein!«, rief er noch einmal, doch da schloss sich schon der Kreis wieder, den er mit Karl verlassen hatte, und die Leute verstellten ihm die Sicht auf das, was mit Stina geschah.

»Was machen sie mit ihr?«, fragte er Karl.

»Vergiss deine Schwester bis nach der Schlacht. Sie werden sie schon nicht gleich ersäufen«, sagte der und zerrte ihn hastig weiter vorwärts, bis die Reihen der Waffenträger sie umgaben und an ein Umkehren nicht mehr zu denken war.

Nickel gab sich alle Mühe, Karls Rat zu folgen, da er ohnehin nicht sah, wie er Stina hätte helfen können. Doch vor allem blieb ihm von dessen Rede das Wort »ersäufen« im Gedächtnis, und während er mit zitternden Knien weit hinter den ersten Reihen zwischen den anderen Fußsoldaten stand und versuchte, etwas vom Kampf der edlen Herren Ritter zu erspähen, konnte er sich das Bild einer ertrunkenen Stina nicht aus dem Kopf schlagen.

Lange allerdings warteten sie nicht mehr, bevor Trompeten und berittene Hauptleute ihnen den Befehl gaben, die Waffen zu erheben und voranzuschreiten. Von da an hatte in Nickels Verstand nichts anderes mehr Raum als ein endloses, flehendes Gebet, bis es auf einmal nicht mehr voranging und der wilde Teil der Schlacht begann.

Nun gellten in Nickels Ohren die Schmerzensschreie der Verwundeten und übertönten die Trompeten, nun war sein Blick vom Rot des Blutes gefangen, das zuerst noch in einiger Entfernung, bald aber auch unmittelbar um ihn herum vergossen wurde. In der Nähe auftreffende Geschosse ließen sein Herz rasen.

Jemanden anzugreifen, brachte er nicht über sich, doch

wie man es ihm eingedroschen hatte, hob er seine Keule und seinen Schild und wäre bereit gewesen, sich zu verteidigen, wenn ein Gegner ihn angegriffen hätte. Auf wundersame Weise schienen die Feinde ihn allerdings zu übersehen. Er beobachtete, wie Karl sich in seiner Nähe schon mit dem zweiten Mann schlug, nachdem er den ersten mit seiner Lanze durchbohrt hatte, und konnte sich weiterhin nicht rühren.

Kurz darauf trat ihm einer der anderen Waffenknechte aus seinem Trupp so kräftig in den Hintern, dass er beinah vornübergestürzt wäre. »Beweg dich, du feiger Fußlappen! Ran an den Feind!«

Als hätten die Gegner nur den Hinweis auf einen feigen Mann gebraucht, sah Nickel auf einmal zwei von ihnen auf sich zukommen, Dolch und Knüppel zum Angriff erhoben.

16

Bridas Schlachtplan war nicht aufgegangen. Sie hatte einiges an List und Überzeugungskunst angewandt, um Brose glauben zu lassen, dass sie der Schlacht entgegen ihrer früheren Worte fernbleiben würde, und dennoch unbemerkt einen Platz hinten im Fußvolk einzunehmen. Brose marschierte in den vorderen Reihen zum Schlachtfeld, nicht weit entfernt vom Herzog.

Noch bevor die Herzöge zu fechten begannen, hatte Brida sich im Bogen auf die gegnerische Seite schlagen wollen, um ihre Kinder zu suchen. Sie hatte nicht damit gerechnet, dass die Hauptleute sie in jeder Hinsicht zu Magnus' Streitmacht zählen und mit ihr verfahren würden wie mit jedem anderen, der versuchte, seinen Platz in der Marschordnung zu verlassen. Schon als sie hinter den anderen zurückblieb, wurde sie derb angeherrscht. Als sie kurz darauf mit ansehen musste, wie ein verängstiger junger Knecht mit der Peitsche in die Reihen zurückgeprügelt wurde, den sein Hauptmann dabei entdeckt hatte, wie er sich in die Büsche schlug, ließ sie ihr Vorhaben fallen. Entschlossen setzte sie den drückenden Lederhelm auf, den sie sich neben einem kleinen Schild aus Magnus' Rüstungsbeständen besorgt und bis dahin unter dem Arm getragen hatte. Dann schürzte sie ihren Rock und passte ihren Schritt dem der anderen an. Wenn es sein musste, dann würde sie kämpfen. Und wenn das Glück mit ihr war, dann würde sie im Durcheinander

der Schlacht dennoch einen Weg finden, nach ihren Kindern Ausschau zu halten.

Dass ihr nur ein Wunder helfen würde, begriff sie, als die Heere Aufstellung genommen hatten und sie sich umblickte. So viele Menschen hatte sie noch nie an einem Ort gesehen. In der gewaltigen Menge eine bestimmte Person zu finden, erschien aussichtslos, zumal die meisten Helme und andere Rüstungsteile trugen, die ihre Gesichter verbargen. Sie schalt sich eine Närrin dafür, dass sie sich in diesen Krieg hatte hineinziehen lassen.

Während sie darauf wartete, dass ihre Hauptleute das Zeichen zum Angriff gaben, spähte Brida angestrengt in alle Richtungen, entdeckte jedoch nur Bekannte aus der Burg Neuhaus. Nicht einmal Brose konnte sie sehen, obwohl sie wusste, wo er stehen musste.

Kurz darauf hatten all ihre Überlegungen ein Ende, denn das Trompetensignal zum Angriff erscholl, und der Wahnsinn der Schlacht zog sie in einen Strudel von Menschenleibern, aus dem kein Entkommen war. Nur der Gedanke, dass ihre Kinder vielleicht demselben Wahnsinn zum Opfer fallen würden, ließ sie ihre Angst überwinden.

Mit erhobenem Beil und Schild schritt sie voran und verschloss ihr Herz vor dem Grauen, das sie erblickte. Sie wurde nicht aufgehalten, bis sie in Sichtweite von Herzog Magnus gelangt war, der noch im Sattel saß und nicht mehr kämpfte, sondern sich mit seinem Ross im Kreis drehte und Befehle in alle Richtungen ausrief. Brose gehörte zu denen, die in seiner Nähe kämpften, um ihn von Gegnern frei zu halten, die direkte Angriffe auf ihn hätten wagen können. Brida hielt inne, als sie ihren Liebsten entdeckte. Er streckte einen Gegner mit dem Schwert nieder, zog das blutige Eisen aus dessen Leib und wandte sich sogleich dem nächsten Feind zu. Mit der gleichen Geschmeidigkeit und Selbstverständlichkeit bewegte er sich wie ein Müller, der seine Kornsäcke schulterte, oder ein Zimmermann, der sein Beil in einen Baumstamm schlug.

Rasch änderte Brida ihre Richtung, damit Brose sie nicht sah, und lief weiter, ohne achtzugeben.

Ein kräftiger Stoß traf sie in die Seite, und sie stürzte auf einen Toten, der mit ausgestreckten Armen dalag, als wolle er sie willkommen heißen. Ein Mann sprang über sie hinweg, blieb jedoch mit dem Fuß an ihrem Bein hängen und trat sie achtlos mit seinem Holzschuh. Sie verkniff sich den Aufschrei, zumal dem einen Mann noch mehr folgten, die alle in dieselbe Richtung strömten.

Erst als sie vorüber waren, rappelte sie sich auf, nur um mitten in ein Gedränge und Handgemenge zu geraten, von dem sie auf den Herzog zugeschoben wurde. Die Kante eines Schildes prallte gegen ihre Wange, dass ihr Tränen in die Augen schossen. Gerade zur rechten Zeit rüttelte der Schmerz sie wach. Eine Faust mit einem Messer darin flog auf sie zu. Ohne nachzudenken, wehrte sie den Angriff mit ihrem Schild ab, und ebenso unwillkürlich schlug sie mit ihrem Beil zu. Der Schrei des Getroffenen drang nicht zu ihrem Herzen durch. Wieder erhielt sie einen Stoß, und sie taumelte weiter in Magnus' Richtung. Gedrängt vom Strom der Kämpfenden, geriet sie zwischen die Knappen des Herzogs, die in der Nähe ihres Herrn verweilten, um ihm mit neuen Waffen oder einem Ersatzpferd beizuspringen.

Gemeinsam mit ihr traf eine Schar der gegnerischen Kräfte ein und überrannte die Knappen. Zwei von denen, die selbst noch im Sattel saßen, wurden zu Boden gerissen und getötet, ihre Pferde rannten davon. Ein weiterer, der zu Fuß war, hielt verbissen die Zügel von Magnus' zweitem Ross fest und kämpfte mit der freien Hand gegen drei Angreifer. Brida lief los, um ihm zu Hilfe zu eilen, doch selbst wenn sie die Fähigkeit gehabt hätte, ihm beizustehen, wäre sie zu spät gekommen. Die Angreifer schlugen dem mutigen Mann halb den Kopf vom Rumpf, und das Blut schoss hervor wie ein Sturzbach. Ein frischer Schwall des kupfrigen Geruchs stieg Brida in die Nase.

Im Fallen löste sich der Griff des Toten von den Zügeln, das Pferd riss sich los, machte ein paar Sprünge und kam, für die Umstände erstaunlich gelassen, auf Brida zugetrabt. Ohne nachzudenken, stellte sie sich ihm in den Weg und streckte die Hand aus. Sie war überrascht, als sie tatsächlich die Zügel zu fassen bekam und das Pferd ohne Widerstreben bei ihr anhielt. Einen Moment lang war ihre Aufmerksamkeit völlig gefesselt von dem Tier und der Frage, was sie nun mit ihm anstellen sollte. Sein Vertrauen zu ihr rührte sie, und sie wusste, dass sie es nicht einfach davonlaufen lassen durfte, doch lieber wäre sie es schnell wieder losgeworden. Sie blickte sich nach Herzog Magnus um und wurde Zeugin, wie er samt seinem Ross zu Boden gerissen wurde. Das Ross regte sich nicht mehr, sobald es aufschlug, doch der Herzog hatte sich auf die Füße gerettet und hieb gewaltig um sich. Er verstand es, sich die Überzahl an Gegnern vorerst vom Hals zu halten. Lange jedoch konnte ihm das nicht gelingen. Hastig suchte Brida nach bekannten Gesichtern unter denen, die gerade nicht mit einem Gegner angebunden hatten. Sie stürzte mit dem Pferd an der Hand auf den Erstbesten zu. »Rette deinen Herzog!«, rief sie und sah dankbar, dass nicht nur der eine sich angesprochen fühlte. Etliche Männer stürmten gemeinsam mit ihr dorthin, wo Herzog Magnus zunehmend in Bedrängnis geriet – unter anderem auch Brose, der aus der anderen Richtung nahte.

Nicht mühelos, aber doch überlegen befreiten sie Magnus aus dem Griff seiner Feinde, und Brida war es, die das Ross zu ihm führte und ihm im Eifer des Gefechts den Steigbügel hielt, bevor sie beide darauf kommen konnten, dass sich das zwischen einem Weib und einem Herzog nicht geziemte.

Kaum war Magnus aufgesessen, trieb er sein Ross von ihr fort und den gegnerischen Scharen der Fußsoldaten entgegen. Wie ein Berserker schwang er sein Schwert vom Pferderücken aus und hauste übel unter seinen Feinden.

Als seine Klinge einem Bauernjungen den Arm abtrennte und der ohnmächtig zu Boden stürzte, bevor der Schmerz ihn auch nur zum Schreien bringen konnte, begann Brida zu zittern.

»Mach, dass du vom Schlachtfeld kommst!«, herrschte Brose sie an, der auf einmal neben ihr stand.

Hätte er sie eine Weile früher so angefahren, bevor sie den Blutschwall aus dem Armstumpf des Jungen hatte quellen sehen, hätte sie sich ihm widersetzt. Doch nun fühlte sie, wie ihr Herz sich dem öffnete, was um sie herum geschah, und ihre Knie wurden weich. Eilig drehte sie sich zu Brose um, drückte einen Kuss auf seine Lippen und wandte sich zur Flucht.

»Wir sehen uns heute Abend«, rief er ihr nach. Es klang wie eine Beschwörungsformel, als wolle er dem Himmel zu verstehen geben, dass er unversehrt bleiben musste.

Brida wollte nicht darüber nachdenken, wie viel der Himmel auf Broses Worte geben würde. Sie ging in die Richtung, aus der sie anmarschiert waren, so schnell sie es zwischen Toten, Verletzten und Kämpfenden hindurch konnte, und sah sich dabei immer wieder nach allen Seiten um. Ein Mann mit einer Lanze stürmte auf sie zu, doch statt sich dem Angriff zu stellen, sprang sie über zwei Leichen und lief ihm einfach davon. Ihr ganzes Streben war darauf gerichtet, das Schlachtfeld hinter sich zu bringen und zurück zur Burg Neuhaus zu laufen.

Erneut hatte sie vergessen, dass für Soldaten das Verderben ebenso im Fortlaufen wie im Voranstürmen lag. Sie hatte das Gebiet des Blutvergießens noch nicht verlassen, als sich ihr ein Schwertträger ihrer eigenen Seite entgegenstellte. Er hatte sein Schwert in der Linken und trug in der Rechten eine lange Ochsenpeitsche, deren Riemen brennend gegen ihre Waden schnalzte, bevor sie begriffen hatte, dass er es auf sie abgesehen hatte.

»Bist wie ein Gockel hermarschiert, lässt dir auch wie ein Gockel den Hals umdrehen! Wärst du ein rechtes Weib, wärst du zu Haus geblieben. Da! Zurück zu den anderen!« Der Peitschenriemen biss in ihren Rücken, als wäre das Tuch ihrer Schecke nicht vorhanden.

Sie schrie auf und entschied sich für eine Notlüge. »Magnus selbst hat mich vom Schlachtfeld geschickt!«

Hohnlachend schlug er erneut zu, wenn dieses Mal der Riemen auch von ihrem Rock gedämpft wurde. »Was alle feigen Hunde winseln! Mir hat er gesagt: Du lässt keine verräterische Memme entkommen! Und so werde ich es halten, du abartige Vettel.«

Brida wartete nicht länger, sondern lief auch ihm davon, zurück in die Schlacht, ihr Beil in der Hand.

Nickel hatte mit dem Leben abgeschlossen, als er die beiden bewaffneten Männer auf sich zukommen sah. Einer von ihnen wirkte jung und kaum kräftiger als er selbst, doch der andere schien stark und kampferfahren zu sein.

Stumm bat Nickel Stina um Verzeihung dafür, dass er ihr nicht mehr würde helfen können. Als er seinen Mut zusammennahm und versuchte, seinen Speer gegen die nahenden Angreifer zu richten, fiel er ihm aus der Hand. Tölpelhaft vor Angst ging er in die Hocke, um ihn aufzuheben. Er hatte ihn kaum in der Hand, da war der Ältere über ihm, und ihm blieb nichts mehr übrig, als seinen kleinen Holzschild hochzureißen, über seinen Nacken zu halten und auf den vernichtenden Schlag der nagelbesetzten gegnerischen Keule zu warten.

Zu seiner Verblüffung traf sie nicht auf seinen Schild, sondern auf einen anderen, den ein hinzugesprungener Kämpfer über ihn hielt.

Karl war es, der ihm im selben Augenblick einen auffordernden Stoß mit dem Knie versetzte. »Auf die Beine. Nimm den Kleinen da, mit dem wirst du fertig!«

In den Übungsstunden, die Nickel mit Karl verbracht hatte, war dessen Wort so sehr Gesetz geworden, dass er auch nun sofort gehorchte, ohne weiter an seine Angst zu denken. Er tauchte unter Karls Schild hinweg und stieß seinen Speer im Schwung seines Aufstehens nach dem jüngeren Angreifer, der nun auch herangekommen war. Mit mehr Entsetzen als Triumphgefühl sah er das Ergebnis. Von der Attacke überrumpelt, wehrte sein schmächtiger Gegner Nickels Speer nicht ab, sondern wurde von ihm durchbohrt.

Voll Ekel ließ Nickel den Schaft seiner Waffe los und taumelte rückwärts von dem Verletzten fort, der in die Knie brach und aus dem Mund blutete. Verzweifelt begann Nickel zu laufen, zurück dahin, woher sie am Morgen gekommen waren, zurück zu Stina, zurück nach Hause, jedenfalls fort von den Gräueln des Schlachtfelds.

Karl brüllte ihm seinen Namen nach, sein lautes »Nickel!« scholl über die Entfernung, die Nickel bereits zwischen ihn und sich gebracht hatte. Vermutlich hatte er schon mehr als einmal gerufen, als sein Befehlston erneut Nickels Furcht durchdrang und ihn zumindest dazu brachte, sich nach seinem Retter umzublicken.

Sein Blick traf den Karls, der seinen Gegner besiegt hatte und ihm wild zuwinkte. »Nicht weglaufen! Sie bringen dich dafür um!«

Atemlos presste Nickel die Hand auf sein Herz. Karl hatte recht, er hatte vergessen, dass es keine Flucht gab, solange der Rückzug nicht befohlen wurde. Wild sah er sich nach einem Platz auf dem sich ausdünnenden Schlachtfeld um, an dem er sich vielleicht verbergen konnte. Als er wieder zu Karl sah, hatte der mit einem neuen Gegner angebunden. Es dauerte nur kurz, dann erhielt sein Beschützer einen Schwerthieb in den durch Kettengewebe geschützten Nacken und fiel um wie ein gefällter Baum. Der Sieger versetzte ihm einen Tritt und lief dann weiter, auf sein nächstes Opfer zu.

Fassungslos stürzte Nickel den Weg zu Karl zurück, ging neben ihm auf die Knie und packte ihn an der Schulter. »Karl, wach auf!« Nah hielt er seine Wange an Karls Mund, konnte dessen Atem jedoch nicht spüren. Erst da sah Nickel ihm ins Gesicht und stellte fest, dass seine Augen offen standen und blicklos in den Himmel starrten wie bei einem Schlachttier, dem man das Genick gebrochen hatte.

Nickel begann zu weinen, als wäre der grobe Waffenknecht tatsächlich sein Freund gewesen.

Viel Zeit zu trauern blieb ihm nicht. Wieder kam ein mit einem Schwert bewaffneter Mann auf ihn zugerannt. Hastig suchte Nickel nach Karls Lanze, konnte sie aber nicht entdecken. Im letzten Moment zog er dem Gefallenen den Dolch aus der Scheide am Gürtel und hielt ihn samt Schild kniend dem Angreifer entgegen. Er wusste, dass er gegen das Schwert nicht ankommen konnte, doch dieses Mal wollte er nicht feige sein, sondern sein Bestes geben.

Trotz allen guten Willens hielt er schließlich nur krampfhaft den Schild hoch und kniff die Augen zu, als der Schwertkämpfer nah genug für den ersten Schlag war. Erneut erwartete er den Tod.

»Nickel! Bist du das wirklich?«, riss ihn eine bekannte Stimme aus seiner Starre.

Mit rasendem Herzen blickte er auf und begriff für zwei Atemzüge nicht, was er sah. Dann sprang er auf und fiel schluchzend seinem zweitältesten Bruder Konni um den Hals.

»Wir müssen hier weg!«, stieß Konni hervor, doch auf einmal veränderte sich das Geschehen auf dem Schlachtfeld. Der Gegner zog sich zurück, und ihre eigene Seite rückte mit Triumphgeheul nach.

Bevor sie Erleichterung spüren konnten, wurden sie von einer fliehenden Gruppe ihrer Gegner entdeckt.

»Der hat ein Schwert. Vielleicht ist er etwas wert, wir nehmen ihn mit«, rief einer von ihnen.

Im Nu waren Nickel und Konni umringt und wurden in wilder Flucht mit fortgerissen, ohne dass an eine Gegenwehr zu denken gewesen wäre.

Brida gelang die Flucht vom Schlachtfeld nicht. So gut es ging, wich sie den Kämpfenden aus, doch wohin sie sich auch wandte, stets trieb jemand sie zurück und zwang sie, sich ihrer Haut zu wehren. Schließlich beschloss sie atemlos und verzweifelt, zu Brose zurückzukehren, und entdeckte ihn tatsächlich in einiger Entfernung. Doch bevor sie sich zu ihm durchschlagen konnte, gab Herzog Magnus den Befehl zum Rückzug, und die Massen setzten sich in die Gegenrichtung in Bewegung. Einen Moment verharrte sie noch, um auf Brose zu warten, doch das Gedränge war groß, und die Gegner folgten den Fliehenden auf dem Fuß. Sie drehte sich um und wollte sich dem Rückzug anschließen, da traf sie ein Schlag gegen das rechte Schulterblatt. Das Geräusch des Aufpralls, sowohl dumpf als auch grauenhaft knirschend, erschütterte sie zusammen mit dem entsetzlichen Schmerz. Beinah wäre sie auf die Knie gefallen, doch dieses Mal sprang ihr eine hilfsbereite Seele aus ihren eigenen Reihen bei. Ein blutbespritzter Spießträger griff ihr unter den Arm. »Komm, komm. Es ist nur ein Bolzen. Das wird schon wieder. Ausruhen kannst du auf der Burg«, sagte er.

Vor Schmerzen wusste sie nicht mehr, wohin sie liefen. Es kostete sie ihre ganze Kraft, auf den Beinen zu bleiben, ohne ihrem Retter eine zu große Last zu werden.

Um sie herum marschierte oder lief das Fußvolk eilig, aber erstaunlich geordnet. Immer wieder wurden sie von einzelnen Reitern überholt. Schließlich nahte von hinten eine größere Anzahl Pferde. Brida wollte sich umsehen, konnte aber ihren Kopf nicht drehen.

»Der Herzog«, sagte ihr gutmütiger Helfer, doch da sprengte Magnus auch schon an ihnen vorüber, auf dem Ross, das Brida ihm zugeführt hatte. Etliche Ritter folgten ihm, die Hufe ihrer Pferde warfen Sand auf und ließen ihn in Bridas Gesicht spritzen, wo er sich mit ihren Tränen vermengte. Weit hinter ihnen war nun das Triumphgeheul ihrer Gegner zu hören, die den Tag für sich entschieden hatten.

Neben ihr wurde ruckartig ein ungesatteltes Pferd zum Stehen gebracht, welches zwei Männer trug. Der hintere sprang ab.

»Brida. Oh mein Gott.«

Brida war noch immer zu beschäftigt damit, den Schmerz zu beherrschen und einen Fuß vor den anderen zu setzen, um etwas anderes empfinden zu können, doch sie erkannte Brose. Er sprach mit dem anderen Mann auf dem Pferd und mit ihrem Retter, bedankte sich. Dann hielt er sie plötzlich an der linken Schulter fest, griff nach dem Bolzen in ihrer rechten und zog ihn mit einem Ruck heraus. Brida wurde schwarz vor Augen, doch Brose gönnte ihr die gnädige

Ohnmacht nicht. Er umfasste ihre Taille und schlug ihr auf beide Wangen. »Aufsteigen, hörst du? Mach schon! Und bleib wach!«

Er schob, hob und drängte mit Unterstützung der anderen beiden Männer, bis sie auf dem Pferderücken vor dem zweiten Reiter saß. Der hielt sie fest, trieb das Tier an, und sie flogen im Galopp in Richtung Burg Neuhaus.

Brida verlor nicht das Bewusstsein: nicht, als das Ross über die Zugbrücke in die Burg trabte, und nicht, als Traudel statt des Bartscherers und des Hufschmieds sich in einer Ecke der hölzernen Burghalle ihrer Verwundung annahm, sie reinigte und verband. Traudel überredete sie, Branntwein zu trinken, um den Schmerz zu dämpfen, und Brida genoss das Brennen im Hals und den Nebel, den das scharfe Getränk über ihren Verstand legte. Als Brose mit langen Schritten herbeieilte, hatte sie bereits einen ordentlichen Rausch und schwankte auf dem Fass, auf dem sie saß.

»Irrsinniges Weib!«

Sie wappnete sich für seine Strafpredigt, doch er schloss sie nur behutsam in die Arme und küsste ihr Gesicht ab.

Sie ließ ihn gewähren, konnte jedoch selbst keinen Finger rühren, um seine Zärtlichkeit zu erwidern. »Ich hatte es mir anders vorgestellt. So ein Schlachtfeld ist ja wie ein Gänsestall. Aber alle Gänse sind auch Füchse. Oder Marder. Oder, oder … Wölfe. Aber auch Gänse«, sagte sie. Was sie damit meinte, schien ihr auf der Hand zu liegen, doch Broses fragendes »Hm?« und sein verwunderter Blick verrieten ihr, dass sie noch betrunkener sein musste, als sie glaubte. Sie versuchte, tief Luft zu holen und die Sache noch einmal zu erklären, doch das war ein Fehler. Ein Brenneisen auf der Haut hätte sich nicht schlimmer anfühlen können. Sie wimmerte, bis der Schmerz wieder auf das vorherige Maß abgeebbt war, und Brose hielt sie so lange schweigend im Arm.

»Wie ein Käfig«, sagte sie schließlich. »Das meine ich. So ein Schlachtfeld ist wie ein Käfig. Und wir sind das Vieh und der Metzger gleichzeitig. Ich will das nicht noch einmal erleben.«

Broses sanften Kuss spürte sie nur noch halb, dann glitt sie in den Schlaf und erwachte erst am nächsten Tag wieder.

Herzog Magnus verlor kein Wort darüber, dass Brida ihm in der Schlacht geholfen hatte, doch Brose erklärte ihr, dass die herzogliche Dankbarkeit und Gunst an der Art zu erkennen war, wie für sie gesorgt wurde.

In der Tat erging es vielen Verwundeten schlechter als ihr, und Magnus' Priester hatten reichlich damit zu tun, denen beizustehen, die sich dem Tode nahe wähnten.

Brida konnte von Glück sagen, dass sie in Traudels Obhut gekommen war, die reiche Erfahrung mit der Pflege von Verletzten hatte. Dafür nahm Brida gern in Kauf, dass ihre Pflegerin es nicht müde wurde, jede ihr bekannte Krankheit und die Umstände, die zu ihr geführt hatten, in allen farbigen Einzelheiten zu schildern.

Die Wunde in ihrer Schulter war groß und schmerzhaft, aber bei Weitem nicht so gefährlich, wie sie hätte sein können. Der Armbrustbolzen, der sie erwischt hatte, war vermutlich aus weiter Entfernung abgeschossen worden und deshalb schräg von oben aufgetroffen. Er hatte das Fleisch aufgerissen, war jedoch an allen Knochen abgeglitten und hatte nichts gebrochen.

Besonders unangenehm war es Brida, dass sie sich wenig bewegen durfte, wenn die Wunde nicht immer wieder zu bluten anfangen sollte. Der Schmerz, die Erinnerung an die verstörenden Erlebnisse in der Schlacht und der Gedanke an ihre Kinder ließen ihr keine Ruhe. Wenn sie schon nicht gleich wieder aufbrechen konnte, so hätte sie doch gern eine Arbeit gefunden, um sich abzulenken. Brose hingegen, der selbst etliche Schrammen vorzuweisen hatte, erhob sich bis zum Nachmittag nur zum Austreten von ihrem Strohlager. Sogar das Essen ließ er sich dorthin bringen und war damit keine Ausnahme. Viele der gestandenen Kämpfer nutzten die Zeit ausschließlich zum Ausruhen und Schlafen, wohl wissend, dass die verlorene Schlacht nicht das Ende des Krieges bedeutete und ihre Kraft bald wieder gebraucht werden würde.

Auch Ulrich und Kunzmann von Alten hatten die Schlacht überlebt. Brida hatte sie beide um die Mittagszeit mit den Söhnen des Herzogs in der Halle gesehen, dann waren sie wieder auf den Burghof hinausgegangen, wo Herzog Magnus den Zustand seines verbliebenen Heers begutachtete. In ihrer Unruhe war Brida schon aufgestanden, um ihnen zu folgen und das Geschehen zu beobachten, doch Traudel schritt ein.

»Du gehst nirgends hin. Da ist die Brunzkachel, wenn du etwas verrichten musst. Wir wollen gleich deinen Verband neu schnüren und das Unheil mit Honig einschmieren. Da wirst du deine Kraft brauchen.«

Brose räkelte sich und gähnte. »Besser, wenn du hierbleibst, mein Herz. Magnus ist kein netter Kerl, wenn er schlechte Laune hat.«

Brida seufzte und setzte sich wieder. »Weißt du denn, was die Niederlage bedeutet?«

»Nun, wir sind nicht vernichtend geschlagen, und die Sachsen haben keine wichtigen Gefangenen gemacht. Deshalb bedeutet die Niederlage nicht viel, außer dass wir eben die Schwächeren waren und dass Magnus nicht bekommt, was er wollte. Die von Bartensleben behalten ihre Festungen und damit den Zugriff auf die Allerfurt. Verflucht seien die Lüneburger Renner! Wären sie nicht so spät noch mit ihren Gäulen ins Spiel gekommen, hätten wir es vielleicht geschafft.«

Gehört hatte Brida bereits davon, dass am Ende eine berittene Reservetruppe aus Lüneburg für die sächsischen Herzöge das Feld behauptet hatte, doch wahrgenommen hatte sie nur den Menschenstrom des Rückzugs. »Ich habe nicht gesehen, was geschehen ist. Wie kann jemand so ein Durcheinander überblicken?«

»Vom Rücken eines Rosses aus ist es ein wenig einfacher. Daher kann Magnus dir auch doppelt dankbar sein. Du hast ihm nicht nur die Gefangenschaft erspart, sondern auch seinen Überblick zurückgebracht. Hätte er von oben nicht rechtzeitig gesehen, dass die Sachsen die Renner gegen uns schickten, wäre unsere Niederlage wohl verheerend geworden.«

»Ich habe nicht darüber nachgedacht. Das Ross ist mir in die Arme gelaufen.«

»Nun, dann hast du genau auf die richtige Weise nicht nachgedacht, du närrisches Weib. Und nun lass dich dick mit Honig beschmieren, damit du mir noch besser schmeckst, und leg dich dann zu mir. Wer weiß, wann wir wieder so viel Ruhe bekommen.«

Nickel hielt sich am Ärmel seines älteren Bruders fest wie ein kleiner Knabe am Rock der Mutter. Es war ein Wunder, dass Konni auf dem Schlachtfeld erschienen war, und er wollte ihn auf keinen Fall wieder verlieren.

Miteinander zu sprechen, hatten sie vorläufig keine Zeit. Man trieb sie voran, bis sie die Burg Neuhaus erreichten, von der Nickel schon hatte reden hören. Dort wies man ihnen und einer Hand voll weiterer Gefangener einen Platz in einer Ecke des Burghofes zu und befestigte sie mit Fußeisen an einer in der Mauer verankerten langen Kette.

Es war die erste Burg, die Nickel von innen sah, doch er fand sie, bis auf die gewaltigen Türme, nicht sonderlich eindrucksvoll. Die meisten Dörfer boten bequemere, wenn auch unsicherere Unterkünfte, nahm er an. Auf dem Burghof herrschte Gedränge, die noch eintreffenden müden, zum Teil verletzten, zum Teil aber auch vom Kampf noch erregten Krieger waren schlecht gelaunt und verschafften sich mit Ellbogen und bösen Worten Raum. Nickel zog den Kopf ein und lehnte sich gegen Konni, der ihm tröstend übers Haar strich. Seinen eisernen Hut hatte man ihm samt der Haube darunter als Beute abgenommen.

»Wo ist Stina?«, fragte Konni.

Nickel kamen die Tränen. »Auf der anderen Seite beim Tross. Ich habe Angst um sie. Heute Morgen haben ein paar Weiber sie eine böse Zauberin genannt und gesagt, sie hätte ein Kind und ein altes Weib umgebracht. Sie haben sie gefesselt, und ich weiß nicht, was dann mit ihr geschehen ist. Was sollen wir bloß tun?«

»Was ist in euch gefahren, dass ihr alle weggelaufen seid? Erst Durtchen, dann Mutter, dann Stina und du! Wir sind halb toll geworden vor Sorge! Willem und ich haben gelost, wer euch suchen soll. Ohm Thomas durfte nichts davon wissen, er hat es uns verboten. Unterwegs dachte ich, er hatte vielleicht recht, und was ich tue, ist sinnlos. Aber nun glaube ich, dass es wohl doch gut war, dass ich dich gefunden habe.«

»Wie bist du denn darauf gekommen, dass ich da auf dem Schlachtfeld war?«

»Ich wusste es nicht. Das war ein Wunder, Nickel. Alles, was ich wusste, war, dass Ulrich von Alten für die Welfen kämpfen würde und dass Ann Durt und Mutter deshalb vielleicht in der Nähe sind. Dann bin ich den Sachsen in die Hände geraten, die meinten, ich würde zum Soldaten taugen, und mir eine Keule in die Hand drückten. Wacker genug geschlagen habe ich mich auch wohl, sogar ein Schwert erbeutet. Es blieb mir ja nichts anderes übrig, als meine Haut zu verteidigen. Dabei hatte ich nie vor, gegen Herzog Magnus zu kämpfen. Aber das wird uns beiden jetzt wohl niemand mehr glauben.«

Er seufzte tief, lehnte sich an die Burgmauer, legte den Arm um Nickel und schlief kurz darauf ein. Nickel lauschte seinem leisen Schnarchen und genoss die Freude über ihr Beisammensein. Und mochten sie auch in wenigen Stunden sterben, für den Augenblick fühlte er sich geborgen.

Als sie am nächsten Morgen früh erwachten, begannen sie, sich gegenseitig ihre Abenteuer zu erzählen. So vergaßen sie ihre Angst und vertrieben sich die Zeit, bis Herzog Magnus mit einigen anderen hohen Edelmännern auf dem Hof Aufstellung nahm. Zwei Trompeter bliesen ein Signal, woraufhin sich alle von ihren Lagern und Sitzplätzen erhoben, sich demütig vor ihrem Herrn verneigten und schwiegen.

Der Herzog fing an, Fragen zu stellen, auf die er von seinen Männern Antworten bekam. *Wie viele Tote bei uns? Wie viele Tote bei den Sachsen? Wie viele sind schwer verletzt? Wer? Wie viele Pferde haben wir noch? Wer ist gefangen genommen?* Nickel hörte ebenso gespannt zu wie die anderen Gefangenen, bis endlich die Frage kam, auf die sie gewartet hatten.

»Wie viele Gefangene haben wir?«

»Acht, Euer Hochwohlgeboren.«

»Jemand von Rang und Namen?«

»Wohl nicht, Euer Hochwohlgeboren.«

»Wohl nicht?«

»Einer hatte ein Schwert. Ein anderer trägt einen Waffenrock mit dem Wappen derer von Bartensleben. Die Befragung wollten wir uns nicht anmaßen, sondern Euch überlassen, Euer Hochwohlgeboren.«

Herzog Magnus zögerte einen Augenblick mit seiner Antwort, als wäre er sich nicht darüber schlüssig, ob ihm das gefiel.

»Nun denn. Bringt mir die beiden. Die anderen hängt auf. Wir haben genug Mäuler zu stopfen.«

Wie aus einem Munde entfuhr Nickel und Konni ein entsetztes »Nein!«. Auch die anderen fünf Verurteilten stöhnten, schlugen sich die Hände vor die Gesichter, schluchzten.

Konni sprang auf. Die Kette, an die sie gefesselt waren, klirrte und versetzte Nickel einen Ruck, sodass er auch mit aufstand. »Mein Bruder ist doch noch ein Kind. Er wollte nicht kämpfen. Ihr dürft ihn nicht hängen, ich bitte Euch, mein Herr!«

Der Wachtposten in ihrer Nähe trat heran und stieß Konni hart mit dem Ende seines Knüppels vor die Brust, sodass er gegen die Wand zurückprallte. »Du sprichst zu unserem Herrn Herzog nur, wenn du gefragt wirst.«

»Mein Bruder wollte auch nicht gegen den edlen Herrn kämpfen. Man hat ihn gezwungen!«, rief Nickel.

»Schscht«, machte Konni, um ihn zum Schweigen zu bringen, legte den Arm um ihn und zog ihn schützend zu sich heran.

»Das ist der mit dem Schwert«, sagte ein Mann zu Herzog Magnus.

Magnus schüttelte abfällig den Kopf. »Schaut sie euch an. Für die zahlt niemand, darauf wette ich. Hängt sie beide auf. Zeigt mir den anderen.«

Bevor jemand seiner Aufforderung Folge leisten konnte, stand ein anderer der Gefangenen auf. »Damit meint

Ihr wohl mich. Ich bin ein Ritter von Stand. Mein Vermögen ist bescheiden, aber mein Weib wird eine gewisse Summe zusammenbringen können, um mich auszulösen, Euer Durchlaucht.«

Herzog Magnus nickte wohlgefällig. »Dann soll Euch meine Gastfreundschaft gewiss sein. Wir sprechen später über die Höhe Eurer Auslösung.«

Der Ritter beugte respektvoll das Haupt, richtete sich dann jedoch wieder auf. »Darf ich noch um eine Gunst bitten, edler Herr?«

»Was?« Magnus sah ihn mit hochgezogenen Brauen an, bereit, seine Gnade zu widerrufen, wenn ihm das Ansinnen seiner Geisel nicht gefiel.

»Die zwei hier sind in der Tat noch Knaben, die niemals im Sinn hatten, sich gegen Euch zu stellen. Ich habe ihnen heute lange gelauscht, und es hat mich angerührt. Sie kommen von weit her. Der Kleine wurde gestohlen, der Ältere hat ihn über Wochen und Monate gesucht und hier auf dem Schlachtfeld gefunden und vor dem Tode gerettet. Das gemahnt mich an ein Wunder unserer Heiligen Mutter Maria. Vielleicht wollt Ihr erwägen, diesem Umstande Rechnung zu tragen?«

Staunend betrachtete der Herzog Konni und Nickel. »Ist das wahr?«

Konni fiel mit bittend gefalteten Händen auf die Knie und zog Nickel mit sich. »Das ist wahr, Euer Durchlaucht.«

Magnus wandte sich an den Mann, mit dem er zuerst über die Gefangenen gesprochen hatte. »Immerhin ist das eine Geschichte, die mich unterhält an diesem verschissenen Dreckstag. Aber nicht genug, um die kleinen Sautreiber mitzufüttern. Immerhin haben sie gegen mich gekämpft, ob sie es nun wollten oder nicht.«

Er hatte sich schon abgewandt und wollte offenbar gerade mit seiner Heerschau fortfahren, da sah Nickel einen jungen Ritter mit blondem Haar aus der Halle kommen und stieß Konni aufgeregt den Ellbogen in die Seite. »Da ist Ulrich!«

Der Herzog hatte seinen Ausruf gehört und wandte sich ihnen wieder zu. »Meinst du Ulrich von Alten?«

Nickel fühlte sich rot werden und hatte Mühe, einen Ton hervorzubringen. »Ja, mein Herr.«

»Was habt ihr mit ihm zu schaffen?«

Konni umfasste warnend Nickels Arm. »Der edle Herr war einmal bei uns in der Thomasburger Mühle zu Gast.«

Herzog Magnus schwieg einen Augenblick, dann schnaubte er belustigt. »Nun beginnt die Geschichte wahrhaft kurzweilig zu klingen. Ulrich von Alten, komm einmal her!«

Er winkte dem jungen Ritter, und der eilte folgsam herbei. »Ja, Euer Hochwohlgeboren?«

»Hier sind zwei Müllersburschen, die behaupten, dich zu kennen. Erkennst du sie?«

Der Tonfall des Herzogs ließ es Nickel kalt den Rücken herunterlaufen. Seidig glatt klang er auf einmal, als würde er darauf warten, dass Ulrich von Alten sie gleich der Lüge überführen würde. Unwillkürlich lehnte Nickel sich fester an Konni und krampfte seine Hand erneut in dessen Hemdsärmel.

Ulrich sah sie an, seine Augen wurden groß, und seine Lippen öffneten sich leicht. Doch seine Überraschung blieb nur für ein, zwei Wimpernschläge sichtbar, dann verbarg er sie, und sein Blick wurde kalt. »Ich kenne die beiden, ja.«

»Das dachte ich mir«, sagte der Herzog in gleichbleibend seidigem Tonfall. »Und willst du ihr Fürsprecher sein, damit ihnen der Strick erspart bleibt?«

Ulrich öffnete wieder den Mund, sagte jedoch nichts. Sein

Schweigen dehnte sich so unerträglich aus, dass Nickel sein Gesicht mit einem leisen Wimmern an Konnis Schulter verbarg.

Konni hingegen richtete sich gerade auf. »Hätte Mutter Euch doch in den Büschen liegen lassen«, sagte er leise, aber laut genug, dass es auch der Herzog hören konnte.

Ulrich stöhnte und schlug sich eine Hand vor die Augen. »Ich will ihr Fürsprecher sein, Euer Hochwohlgeboren. So viel bin ich ihrer Mutter schuldig.«

»Das will ich wohl meinen. So viel sind wir diesem Weib schuldig. Macht sie los«, sagte Herzog Magnus, und er klang nun nicht mehr gefährlich, sondern zufrieden.

Nickel wurden vor Erleichterung die Knie weich. Er war froh, dass Konni ihn so fest umarmte, dass es niemandem auffallen konnte.

Brida hatte eben die Tortur des Verbandswechsels überstanden und sich mühevoll bäuchlings neben Brose gelegt, um davon auszuruhen, als eine Gruppe von Männern hereinkam und sich ihrem Lager näherte.

Brose setzte sich auf und rüttelte sanft an ihrem Arm. »Brida, mein Herz, sieh doch.«

Unwillig, ihre halbwegs erträgliche Stellung gleich wieder zu verlassen, hob sie nicht einmal den Kopf, sodass sie nur die Stiefel, Schnabelschuhe, ledernen Bundschuhe und Beinkleider der Besucher sehen konnte. Immerhin reichte das aus, um ihr zu verraten, dass es sich um eine nach Rängen sehr gemischte Gesellschaft handelte, zu der der Herzog selbst gehörte. Erschrocken begann sie, sich nun doch aufzurappeln, kam damit allerdings nicht weit.

»Mutter!«

Zwei Stimmen waren es, die das Wort ausriefen, und

beide trafen sie ins Herz. Gleich darauf saßen ihre Söhne neben ihr im Stroh, während Brose ihr half, sich aufzusetzen.

Eine Flut von Fragen, Ausrufen und Erklärungen brach über sie herein, doch Brida konnte vorerst nichts tun, als sich dem Glück hinzugeben, Konni und Nickel die Wangen zu streicheln und dem Himmel ein Dankgebet zu senden. Wie auch immer sie zu ihr gefunden hatten, zumindest diese beiden ihrer Kinder waren unversehrt. Über Nickels Schulter hinweg fiel ihr Blick auf das Antlitz des Herzogs, in dessen Augen doch tatsächlich Rührung glänzte.

»Danke«, sagte sie, woraufhin er nickte, sich abwandte und die Halle verließ.

Länger verharrte Ulrich von Alten, dessen Blick an ihren Söhnen hing und doch nicht sie sah, sondern in weite Ferne schweifte. Endlich trat er zwei Schritte näher und sprach zu ihr, ohne sie anzusehen. »Anna Dorothea ist am Celler Hof, bei der Herzogin.« Nach diesen Worten drehte auch er sich um und eilte hinaus.

Brose schüttelte den Kopf. »Was hat denn den bekehrt?«

Traudel, die unbemerkt hinter ihnen gestanden und das Geschehen beobachtet hatte, schnaubte verächtlich. »Für die Gunst unseres Herzogs springt manch einer auch mal über seinen eigenen Schatten.«

»Also verdanken wir seinen Sinneswandel Magnus?«, fragte Brida, die nicht aufhören konnte, ihre beiden Jungen zu tätscheln, als könne sie nachholen, was ihr ein halbes Jahr lang gefehlt hatte.

Nun lachte Traudel. »Fragst du mich, so ist das nichts, gemessen an dem, was Magnus dir schuldig ist. Wir werden diese beiden jungen Männer jetzt kräftig füttern, und auch damit wird die Schuld noch lange nicht ausgeglichen sein.«

Brose, Brida und Konni stimmten in ihr ausgelassenes Gelächter ein, doch Nickel machte sich von ihr los und wurde ernst.

»Aber was ist mit Stina? Wir müssen zu ihr und ihr helfen. Sie ist in Not. Ich kann nicht hier sitzen und essen, wenn ich immer denken muss, dass ihr vielleicht gerade etwas Böses angetan wird.«

Bridas Freude wurde von Angst ausgelöscht, die sich wie Eis über ihr Herz legte. »Wo ist sie?«

Brose griff nach ihrer Hand. »Ganz gleich, wo sie ist: Du wirst hierbleiben und dich ausruhen. Nickel wird mir erklären, wo seine Schwester ist, und ich werde sie holen, sei unbesorgt.«

17

Pelz-Lieses Töchter hatten Stina mit gefesselten Händen und Füßen auf den Karren neben die Tote geworfen, als hätten sie gewusst, dass schon allein dies eine schlimme Strafe für sie war. Stina war so überzeugt davon, schuld an Pelz-Lieses Tod zu sein, dass sie auch geneigt war zu glauben, dass sie versehentlich das Kind umgebracht hatte. Das heilende Amulett, das sie dessen Mutter gegeben hatte, war ihr harmlos erschienen, nichts weiter als ein paar Kräuter und Tierhaare, in ein Stückchen Leinen gewickelt, aber vielleicht hatte sie ja einen gefährlichen Zauber angefertigt, ohne es zu wissen. Auch in der Wahrsagerei waren ihr zunehmend die Grenzen verwischt zwischen dem Spiel mit ihrer Erfindungsgabe und seltsamen Wahrnehmungen, die sie nicht mehr bewusst lenken konnte. So wie an den Tagen vor der Schlacht, an denen die Wurfhölzchen ihr immer wieder den Tod zeigten, auch wenn sie etwas ganz anderes aus ihnen lesen wollte. Wer war es, der durch diese Zeichen zu ihr sprach – der Herrgott, der Heiland oder der Leibhaftige? Wessen Tod war gemeint?

Den ganzen Tag der Schlacht über hockte oder lag sie neben dem Leichnam des Weibes, dem sie monatelang Böses gewünscht hatte und die sie nun gern wieder lebendig gesehen hätte. Sie gruselte sich so vor der blutigen Leiche, dass sie vor Furcht schweißgebadet war. Wie hatte sie so dumm sein können, sich derart schuldig an Pelz-Liese zu machen, obgleich sie doch gerade in den Wochen ihrer Wahrsagerei an vielen Beispielen gelernt hatte, wie übel es Menschen bekam, sich schuldig zu fühlen? Nie wieder wollte sie jemandem auch nur Böses wünschen, versprach sie Herrgott und Heiland. Endgültig konnte sie nun die Sehnsucht vieler Menschen nach Beichte und Ablass verstehen.

Doch vielleicht würden ihre Vorsätze ohnehin nicht mehr lange eine Rolle spielen. Für den Augenblick hatten die Menschen vom Tross sie vergessen, weil sie aufgeregt die Geschehnisse der Schlacht verfolgten. Sie mussten auf alles gefasst sein, auch darauf, rasch zu fliehen, wenn die welfische Seite siegte und sich gegen alle Angehörigen ihrer Feinde wandte.

Stina hörte den Lärm der Schlacht aus weiter Entfernung, und sie spürte die wechselnde Stimmung im Lager, je nachdem, welche Nachrichten vom Schlachtfeld eintrafen. Nicht genau zu wissen, was vor sich ging, und um Nickels Leben zu fürchten, quälte sie ebenso wie die Angst um ihr eigenes Leben. Nicht weil sie darauf hoffte, fliehen zu können, sondern weil sie ihre erzwungene Untätigkeit und die Nähe von Pelz-Lieses Leichnam kaum ertrug, begann sie schließlich, an ihren Fesseln zu zerren und die Stricke zu dehnen.

Der Tag schritt voran, und die Schlacht schien noch immer zu keiner Entscheidung geführt zu haben. Ein einziges Mal hörte Stina, wie jemand etwas Genaueres mitteilte.

»Sie hatten den Welfenherzog schon am Boden, da brachte ihm jemand ein neues Pferd, und er fing wieder an zu wüten. Was für ein Ärger, es hätte vorbei sein können!«

Nach dieser Nachricht empfand Stina das Warten als noch unerträglicher. Ihr Zerren hatte wenig gebracht, die Stricke hielten nach wie vor ihre Hände hinter dem Rücken fest und banden sie an ein Karrenbrett. Nicht zum ersten Mal an diesem Tag begann sie zu schluchzen, fing sich jedoch schnell wieder. Sie stellte sich vor, was geschehen würde, wenn ihre Seite die Schlacht gewann und Nickel tatsächlich gesund zurückkehrte. Was, wenn die Aufmerksamkeit sich ihr wieder zuwandte und man sie verurteilte? Wie würde es Nickel dann ergehen? Wenn sie starb, würde ihre Familie niemals von Nickels Schicksal erfahren und ihm zu Hilfe kommen.

Allein deshalb schon musste sie die Flucht wagen.

Fieberhaft sah sie sich auf dem Karren um, vermied es aber, Pelz-Lieses Leiche zu betrachten, bis sie sich endlich daran erinnerte, was das Weib stets in seinem Wadenwickel getragen hatte.

Mit äußerstem Widerwillen schob sie der Toten mit den Füßen den Rock hoch, zog das rostige, schmale Messer zwischen den Wickeln hervor und balancierte und schubste es in die Nähe ihrer Hände. Mit Geduld und Beharrlichkeit gelang es ihr, mit der recht stumpfen Klinge den Strick zu zerschneiden, der ihre Hände an den Karren band. Voneinander konnte sie ihre Hände nicht befreien, aber mit einigen Verrenkungen schaffte sie es, ihre Fußfessel loszuwerden, wenn auch das Messer dabei zerbrach.

Auf Knien kroch sie zum Fußende der Karrenplane und spähte hinaus. Gerade war wieder eine Nachricht vom Schlachtfeld eingetroffen, und die Angehörigen des Trosses scharten sich um die Überbringerin.

Ohne zu überlegen, rollte Stina sich vom Karren, kam auf die Beine, rannte zwischen die Büsche am Rande des Lagers und warf sich dort zu Boden. Atemlos blickte sie sich um. Niemand hatte sie bemerkt.

Ein weiterer Bote traf ein, und seine Nachricht war eindeutig. Mit jubelnd emporgerissenen Armen verkündete er den Sieg der sächsischen Seite.

Stinas Entschlossenheit verließ sie. Wie würde sie erfahren, ob Nickel die Kämpfe überlebt hatte? Und durfte sie fliehen, ohne ihm ein Zeichen zu hinterlassen?

Sie konnte sich nicht entscheiden. Regungslos blieb sie liegen und starrte in die Richtung, in welche die Krieger am Morgen aufgebrochen waren. Als eines der Weiber nah an Pelz-Lieses Karren vorüberging, begann Stinas Herz so zu rasen, dass sie kaum noch Luft bekam. Mit behutsamen Bewegungen schlängelte sie sich danach tiefer ins dichte Gestrüpp, verbarg sich so, dass sie eben noch den Karren im Auge behalten konnte und mitbekam, was sich auf dem Lagerplatz tat.

Bald trafen die ersten Rückkehrer ein, die Feuer wurden zum Braten und Kochen höher geschürt und Bierfässer geöffnet. Essensduft und Rauch mischten sich mit dem würzigen Modergeruch des Waldbodens, auf dem Stina lag. Über Stunden hinweg gesellten sich immer mehr der müden, aber siegesfrohen Überlebenden zu den Ersten, dann riss der Strom ab.

Stinas Augen brannten vom Starren und Weinen, doch sie weigerte sich noch lange, die Hoffnung aufzugeben. Jeden Augenblick würde auch Nickel auf den Lagerplatz getrottet kommen, dachte sie. Doch als es dunkel wurde und er noch immer nicht zurück war, schwand ihre Hoffnung.

Was hatte sie auch geglaubt? Ihr Bruder war weder stark noch geübt darin, Waffen zu führen. Zudem war er friedlich und freundlich. Es hatte ihm ferngelegen, andere zu verletzen, ganz anders als ihr.

Als ihr Blick erneut vor Tränen verschwamm, fiel es einigen der Weiber ein, nun doch einmal nach ihr zu sehen. Sie alle wurden vom Triumph des Sieges getragen, das sah man ihren Bewegungen an, den stampfenden Schritten, mit denen sie auf Pelz-Lieses Karren zumarschierten. Die Mischung aus Angst und Erleichterung darüber, dass sie nicht mehr dort auf dem Karren war, ließen Stina aufkeuchen und gleich darauf wieder die Luft anhalten, um ja kein Geräusch zu verursachen.

Jeden Moment würden die Weiber Alarm schlagen, und dann würden alle mit Fackeln auf die Suche nach ihr gehen. Sie hätte sich vor Anspannung in die Hände gebissen, wenn diese nicht noch immer hinter dem Rücken gefesselt gewesen wären, was ihr zunehmend Schmerzen verursachte.

Zu ihrer Überraschung schlugen die Weiber zwar in der Tat Alarm, doch die Feiernden waren nicht geneigt, ihre Sorge ernst zu nehmen, und winkten ab. Stina sah, wie die Weiber zwischen ihrer Empörung und dem verlockenden Ruf von Bier, Wein, Braten und Frohsinn hin- und hergerissen waren. Endlich gaben sie dem Letzteren nach und schlossen sich den glücklichen Überlebenden an.

Eine Weile beobachtete Stina sie noch, dann übermannte die Erschöpfung sie, und sie schlief ein.

Die Feuer waren heruntergebrannt und Ruhe war eingekehrt, als sie wieder erwachte. Ihre Gliedmaßen waren steif und schmerzten von der unbequemen Lage auf dem feuchten Boden, doch sie zögerte nicht länger. Leise rappelte sie sich auf und lief durchs Gebüsch vom Lager und vom Schlachtfeld fort, in die Richtung, in der sie die Allerfurt vermutete, durch die sie auf dem Hinweg gezogen waren. Sie betete, dass ihr ein freundlicher Mensch begegnen möge, der ihr die Fesseln lösen und ihr den Weg nach Thomasburg weisen würde. Sie wollte endlich nach Hause, wo ihre Mutter gewiss schon lange auf sie wartete. Mit ausgebreiteten Armen würde sie sie empfangen und alles wiedergutmachen, so wie sie es immer getan hatte.

Die Sehnsucht, bald von ihrer Mutter umarmt zu werden, gab ihr die Kraft, schneller zu laufen. Doch lange währte ihr Schwung nicht, dann wurden ihre Schritte langsamer, ihre Beine schwerer. Der nasse Boden sog an ihren Füßen. Mühsam suchte sie trockenere Stellen, wandte sich hierhin und dorthin, bis es überall nur noch nass und sumpfig zu sein schien. Sie drehte sich um ihre eigene Achse und nahm zum ersten Mal wahr, wohin sie gelaufen war. Eben in einen Teil des Sumpfes, der in dieser Gegend den festen Weg durch die Allerfurt so wichtig machte, dass Herzöge Kriege darum führten, ihn zu beherrschen.

Der nächste, unbedachte Schritt ließ sie bis zum Knie einsinken. Und obwohl es sie hier nicht tiefer hinabzog, hätte sie beinah vor Angst laut geschrien, weil es mit den hinter dem Rücken gefesselten Händen so schwierig war, sich aus dem Morast zu befreien. Als es ihr gelungen war, setzte sie nur noch langsam und zitternd Fuß vor Fuß, bis sie einen festen, von hohen Binsen umstandenen Flecken erreichte. Todmüde legte sie sich dort ins feuchte, aber weiche Torfmoos und beschloss, das Tageslicht zu erwarten und alles, was mit ihm kommen würde.

Rumpoldt saß mit verschränkten Armen und übereinandergeschlagenen Beinen auf einem rotgepolsterten Lehnsessel und wippte mit dem Fuß. Er war so klein, dass seine Füße nicht auf den Boden reichten, doch Ann Durt fand schon lange nichts mehr an ihm belustigend, weder seine Größe noch seine Art zu sprechen. Sie stand ihm gegenüber, denn er hatte ihr noch keinen Sitzplatz angeboten.

»Jüngferchen, du weißt, wie gern ich dir helfe. Die Herzogin will ein Geschenk? Ein Geschenk soll sie haben. Und natürlich wird der Schal, den du ihr verehren wirst, den an Pracht übertreffen, den du unserer geliebten Margarete schenktest. Doch frage ich mich, ob du bereit bist, auch mir eine Gefälligkeit zu erweisen, die mir noch dringlicher wäre als dir der Wunsch unserer gnädigen Herzogin. Wärest du das? Gewiss würdest du dich doch nicht sträuben, wenn dein guter Geist Rumpoldt dich um etwas bäte, oder etwa doch?«

Von Woche zu Woche hatte Ann Durt es unausweichlich näher kommen sehen. Rumpoldts Miene, wenn sie wieder etwas von ihm borgen musste, die Blicke, mit denen er sie betrachtete, als wäre sie bereits sein Eigentum – alles hatte ihr deutlich gezeigt, dass er nicht mehr lange warten würde.

»Was kann ich für Euch tun?«, fragte sie mit einer Stimme, die weit ruhiger klang, als sie sich fühlte.

»Es sind ein paar reiche Kaufleute in der Stadt, die ich mir gewogen stimmen will. Ich gebe ihnen ein Festmahl im Gildehaus und möchte, dass du uns Gesellschaft leistest.«

»Nicht mehr als das?«

Rumpoldt lachte und schlug sich die Hände auf seine kurzen Oberschenkel. »Nicht mehr als das, solange deine Gesellschaft liebreizend, liebenswürdig, demütig und von gleicher anmutiger Unschuld ist wie stets.«

»Wann?«

»Morgen.«

»Wie soll ich mich kleiden?«

»Ich habe mir erlaubt, dir ein Gewand für den Anlass schneidern zu lassen. Es ist noch nicht fertig, du wirst es morgen Abend hier vorfinden und anlegen. Anschließend bringt uns eine Sänfte zum Gildehaus.«

»Welchen Vorwand soll ich den Edelfrauen nennen?«

»Dass eines reichen Kaufmanns Weib, das dich von früher kennt, dich eingeladen hat, den Abend mit ihr zu verbringen. Ich habe schon eines gefunden, das dies bezeugen wird.«

Johanna, die bei der Haustür auf Ann Durt gewartet hatte, brauchte nur eine Andeutung, um zu verstehen, was bevorstand. »Eine kleine Gefälligkeit. Das ist der Anfang«, sagte sie.

»Was soll ich tun?«, fragte Ann Durt.

»Was alle tun. Ihm gehorchen.« Johannas Blick war so mitleidlos wie ihre Worte, und Ann Durt wusste, dass sie die Verachtung für ihre Dummheit verdiente.

Andererseits erschien es ihr noch zu den harmlosen Gefälligkeiten zu gehören, Rumpoldt auf ein Fest zu begleiten. Sein Wunsch beunruhigte sie zwar, aber er ängstigte sie nicht.

Ihre Beunruhigung wuchs, als sie am nächsten Abend in Rumpoldts Wohnstube stand und sich von Johanna das neue Gewand anlegen ließ. Es war in dem Blau gehalten, welches Rumpoldt so besonders passend für sie fand, und mit weißen und glitzernden Besätzen versehen. Anders als bei ihren bisherigen Gewändern besaß das Unterkleid jedoch einen Halsausschnitt, der ihre Brüste bis zum Rand der Knospen frei ließ, und lag so eng an, dass man durch die großen seitlichen Ausschnitte des Obergewandes die Formen ihres Leibes so deutlich sah, als wäre sie nackt.

»Gibt es kein Tuch für das Halsloch?«, fragte sie Johanna.

»Du meinst, er lässt das Houbetloch so groß machen, damit du ein Tuch nimmst und die Ware dann doch wieder versteckst? Wohl kaum«, gab die Magd ihr zur Antwort.

Vor Scham brannten Ann Durt die Wangen, und sie rieb ihre ohnehin schon geröteten Finger, bis deren Farbe der ihrer Wangen glich. Kopfschüttelnd und mit verkniffenen Lippen fuhr Johanna fort, ihr das Haar aufzustecken und die im Gegensatz zum Kleid züchtig wirkende Haube daraufzusetzen.

Kurz darauf brachen sie auf, und Ann Durt war froh, dass

die Sänfte, in der sie getragen wurden, dichte Vorhänge besaß, die sie vor den Blicken der Stadtbewohner verbargen.

Beim Gildehaus der Kaufleute öffnete Rumpoldt, dessen Sänfte zuerst angekommen war, den Vorhang und half ihr beim Aussteigen. Es musste überaus höflich wirken, wie er sie dann an der Hand in das Gebäude geleitete, doch für Ann Durt fühlte es sich an, als hielte er sie fest, damit ihr nicht in den Sinn kam zu fliehen.

Die in der Gildehalle versammelten Männer waren sichtlich wohlhabend und die Ausrichtung des Festes nicht weniger fürstlich, als es die Feste der Adligen bei Hof waren. Die weiblichen Gäste jedoch passten nicht ganz in dieses Bild. Den Männern zur Seite saßen nicht Edelfrauen oder anständige Kaufmannsgemahlinnen, sondern herausgeputzte Weiber, über deren Stand Ann Durt nur Vermutungen anstellen konnte. Während sie selbst mit der Wahl ihrer Ausstattung stets auf dem schmalen Grat des gerade noch Erlaubten wandelte, waren die Gewänder der Anwesenden auf eine Art kostspielig, die die Grenzen der Celler Kleiderordnung eindeutig sprengten. Und sie übertrafen Ann Durts neues Gewand an Freizügigkeit.

Das hätte Ann Durt beruhigen können, wenn Rumpoldt sie nicht zielstrebig zu den freien Plätzen neben einem dicken Kaufmann geführt hätte, der ohne Begleitung an der Tafel saß und ihr so unverschämt entgegenstarrte, dass die bloße Haut ihrer Brüste kribbelte.

Rumpoldt verneigte sich vor dem Mann, ohne sie loszulassen, reichte ihre Hand dann aber dem Sitzenden weiter, als wäre sie ein lebloses Ding. »Kaufmann Frenkel, dies ist Anna Dorothea, von der ich Euch erzählte.«

Frenkels fleischige Hand umschloss ihre Finger warm und feucht. »Und Ihr habt nicht übertrieben, Rumpoldt, mein Freund. Wie ein reifer, duftender Pfirsich wirkt die holde

Jungfer auf meine Sinne. Setz dich her, Dorothea. Du sollst die besten Bissen von meinem Mahl bekommen. So machen es doch auch die edlen Herren mit ihren minneclichen Frauensleuten, nicht wahr?«

Es verlangte Ann Durt danach, ihre Hand seinem schwitzigen Griff zu entziehen, doch inzwischen presste Rumpoldt seine Faust hart gegen ihren Rücken, als wolle er sie davor warnen.

»Davon habe ich noch nicht viel gesehen. Die edlen Herren sind im Krieg, deshalb speisen ihre Gemahlinnen meist allein«, sagte sie und setzte sich schnell, um sowohl seine Hand als auch Rumpoldts Faust auf diese Weise loszuwerden.

Noch bevor sie richtig saß, hatte sie ein weißes Glas mit rotem Wein vor sich stehen. Sogar das Gefolge der Herzogin verwendete selten Geschirr aus Glas, das den vornehmsten Anlässen vorbehalten war. Froh, in ihrer Verlegenheit eine Beschäftigung für ihre Hände zu finden, griff Ann Durt nach dem Glas und führte es an die Lippen.

»So ist es recht«, sagte Frenkel, der eben noch aus ihr unerklärlichem Grund über ihre Bemerkung gelacht hatte, und hob ihr sein eigenes, grünes Glas entgegen. »Auf deine holden, unschuldigen Lippen!«

Der Wein war überraschend süß und wohlschmeckend, sodass Ann Durt einen tieferen Zug als gewöhnlich nahm. Lauten erklangen, zwei Sänger begannen ein Duett, und die Festgesellschaft, die beim Eintritt Ann Durts und Rumpoldts leise geworden war, widmete sich fröhlich dem aufgetischten Mahl. Die Tafel bog sich unter gebratenen Lerchen, gepfefferten, mit Fisch oder Lamm gefüllten Pasteten, Wildschweinschinken, Auflauf aus süßem Quark und feinem Gebäck. Ann Durt bedauerte, dass sie vor Aufregung kaum etwas hinunterbrachte.

Rumpoldt hatte nicht neben ihr Platz genommen, sondern ging um die Tafel herum und wechselte mit jedem Gast einige Worte. Obgleich Ann Durt wusste, dass er ihr kein Freund war, wünschte sie ihn doch an ihre Seite. Frenkels Nähe und die Art, wie er all seine Aufmerksamkeit auf sie richtete, verwirrten sie. Häufig hob sie ihr Glas an die Lippen, bald hatte sie es geleert, und Frenkel schenkte ihr aus einer gläsernen Karaffe nach. Viel Pracht hatte sie mittlerweile kennengelernt, doch etwas so Schönes wie die Karaffe hatte sie bisher nicht gesehen. Das Gefäß war aus blauem Glas und mit geschliffenen und verschiedenfarbig eingelassenen Ornamenten verziert.

»Diese Gläser sind wirklich sehr schön«, sagte sie, um nicht vor Verlegenheit völlig zu verstummen.

Frenkel neigte sich ihr noch etwas weiter zu und versuchte, ihr in die Augen zu sehen, doch dazu hob sie ihren Blick nicht genug. »Kostbarkeiten sind es, aus Murano bei Venedig im fernen Süden. Mit solchen Dingen handle ich, schönes Kind. Doch dieser Tand kann es an Schönheit nicht mit deinen Augen aufnehmen. Sei doch so liebenswürdig und schenke mir einen Blick. Schenk mir einen Blick, und ich schenke dir das Glas, welches du da in deinen zierlichen Händen hältst.«

Mehr aus Verblüffung denn aus Gehorsam blickte sie auf und sah ihm in die Augen.

Lächelnd lehnte er sich ein wenig zurück und strich sich mit den Fingerkuppen über die Lippen, die ebenso füllig waren wie seine Hände. »So gefällst du mir. Ein Glas hast du nun schon gewonnen. Sag mir nur, wenn du auch die Karaffe noch haben möchtest.«

Der weiche, schmeichelhafte Klang seiner Stimme, die Wärme des von Kerzen erhellten Sommerabends, die Musik und der Wein hüllten Ann Durt nun doch in ein Wolke von Wohlbefinden. Sie senkte ihren Blick rasch, führte nun jedoch lächelnd ihr Glas zum Mund.

Sie wusste bald nicht mehr, wie oft Frenkel ihr nachgeschenkt hatte, und auch, wovon er über die zwei Stunden des Festmahls hinweg gesprochen hatte, verschwamm in ihrem Gedächtnis. Um weite Reisen und kostbare Waren war es gegangen, um Pfeffer, Elfenbein, Ingwer und farbiges Glas, bunte Vögel und fremde Völker. Gleichgültig, wovon er erzählte, sprachen seine Blicke und Gesten stets noch von etwas anderem. Es gelüstete ihn nach ihr, und sie wartete nur darauf, dass er auch dies in Worte fasste. Unrecht, wie es war, konnte sie sich nicht dagegen wehren, sich von seiner Verehrung geschmeichelt und erhitzt zu fühlen.

Doch nie wurde er so deutlich wie die anderen Männer, die ihre Gefährtinnen immer ungenierter betatschten und küssten, je weiter der Abend voranschritt. Auch lauter wurden sie, und kaum jemand blieb noch auf seinem Platz sitzen. Ein Teil der Tafel wurde fortgetragen, damit Raum zum Tanzen entstand, und etliche Paare tobten ausgelassen herum. Es wurde heißer und stickiger in der Gildehalle, das Licht flackerte, ein Stuhl stürzte um. Frenkel lachte brüllend an Ann Durts Seite, und Rumpoldt schlich herbei wie ein Fuchs, so kam es ihr vor. Er flüsterte mit dem Kaufmann, und der schlug ihm auf die Schulter, während er Ann Durt mit seinen Blicken verschlang.

Ihr Kopf begann zu schmerzen, und sie erhob sich in der schwachen Hoffnung, dass Rumpoldt ihr die Sänfte rufen würde. Sie schwankte so, dass Frenkel lachend ebenfalls aufstand, um sie zu stützen und bei der Gelegenheit mit seinen weichen Lippen einen feuchten Kuss in ihre Halsbeuge zu drücken. »Ich liege dir zu Füßen«, flüsterte er, und sein Weinatem stieg ihr in die Nase.

»Ich möchte lieber gehen, mir ist nicht wohl«, sagte sie.

Frenkel ließ ein wohlgefälliges Brummen hören und küsste ihren Hals noch einmal auf die gleiche Weise. »Ich habe gleich gesehen, dass du nicht für diese Art Kurzweil geschaffen bist. Rumpoldt hatte recht, du bist etwas Außergewöhnliches, ein delikates Schmuckstück. Und so sollst du verehrt werden. Denk an unseren kleinen Handel, und vergiss dein Glas nicht. Die Karaffe sollst du auch mitnehmen, wenn du dein Herz erweichen lässt und mir einen Kuss schenkst. Nur einen Kuss, du Wunderschöne, damit ich davon träumen kann.«

Nachdem er sie bereits auf ihren Hals geküsst hatte, ohne zu fragen, wunderte es sie, dass er um einen Kuss von ihr noch bat und ihn sich nicht einfach nahm. In ihrer Benommenheit und unter dem Einfluss ihrer zunehmenden Kopfschmerzen hätte sie ihm vielleicht einen Kuss gegeben. Schließlich hatte sie von dem Abend viel Schlimmeres erwartet. Doch sie wollte nicht, dass er dachte, es ginge ihr um die Karaffe oder andere Geschenke. Obgleich sie den Wert in Münzen gut hätte gebrauchen können. Jeden Heller hätte sie nehmen müssen, um die Summe zusammenzubringen, die sie Rumpoldt wahrscheinlich schuldete. Sie warf ihm einen verstohlenen Blick zu. Er beobachtete mit zusammengekniffenen Augen, was sich zwischen ihr und Frenkel abspielte. Rechnete er gar damit, dass sie die Geschenke des Kaufmanns annahm? Gehörte es zu seinem Plan, dass sie ihre Schulden auf diese Weise zurückzahlte? Ihr Kopf schmerzte inzwischen unerträglich, ihr war schwindlig und übel. Gewiss war es nicht gut, wenn sie in diesem Zustand Entscheidungen traf. Doch vergraulen durfte sie Frenkel nicht. Sie holte tief Luft und nahm sich zusammen.

»Die edlen Frauen küssen ihre galanten Herren nicht nach einem einzigen Abend. Das geziemt sich nicht«, sagte sie.

Frenkels Miene verriet Erstaunen, aber auch Entzücken.

»Wie recht du hast«, sagte er und verneigte sich. Dann wandte er sich an Rumpoldt. »Rumpoldt, mein Bester, Ihr habt nicht zu viel versprochen. Ich kann doch davon ausgehen, dass meine minnecliche Dorothea bei Euch in sicherer Obhut ist? Sie wünscht das Fest zu verlassen.«

Rumpoldt verbeugte sich zuvorkommend, schickte einen Diener, die Sänfte zu holen, und nur kurze Zeit später fand sich Ann Durt in seinem Haus wieder, wo Johanna auf sie wartete.

Ann Durt war noch nie nachts in die Burg zurückgekehrt, und allein wäre es ihr wohl auch nicht ohne Weiteres gelungen. Doch Rumpoldt trug Sorge dafür, dass sie sowohl sicher zurückbegleitet wurde als auch, dass die Wachen sie ohne Fragen einließen.

Aufgewühlt und von hämmernden Kopfschmerzen gequält, ließ sie sich beim Licht eines Kienspans von Johanna aus den Gewändern helfen und entbot ihr dann leise eine gute Nacht.

Behutsam schlüpfte sie in der Dunkelheit neben ihren Bettgefährtinnen unter die Decken. Doch für Brigittas leichten Schlaf war sie nicht leise genug.

»Anna Dorothea? Woher kommst du?«

»Von meinem Besuch bei ...« Ann Durts schmerzender und vom Wein vernebelter Kopf spielte ihr einen Streich und gab ihr den Namen ihrer angeblichen Gastgeberin nicht preis. Rasch rettete sie sich in ein ausgiebiges Gähnen, als wäre sie zu müde, sich noch zu unterhalten.

»Bei Rumpoldt?«, fragte Brigitta in höhnischem Ton.

Der Schreck vertrieb Ann Durts Müdigkeit. »Rumpoldt? Wie kommst du darauf?«

»Du bist nicht der erste Mensch, der mit Rumpoldt Geschäfte macht. Frag Gräfin Margarete, deine Gönnerin. Sie ist es, die ihm Zugang zum Hof verschafft hat. Glaubst du, sie hat das getan, weil sie ihm so zugeneigt war? Wohl kaum. Gewiss war sie ihm verpflichtet wie viele andere. Es würde mich nicht wundern, wenn du es auch wärest. Denn dass du ein eigenes Vermögen hast, das war gelogen, oder nicht? Ich wüsste nur gern, was er nun von dir verlangt.«

Wäre Ann Durt nicht so erschöpft gewesen, wäre sie wieder aufgestanden und hätte sich einen Schlafplatz in einem dunklen Winkel der Burg gesucht, um dem Gespräch aus dem Weg zu gehen. Brigittas Neugier und Hinterlist war sie schon bei klarem Verstand kaum gewachsen.

»Ich werde Rumpoldt alles zurückzahlen, was ich ihm schulde, und bin ihm dann nicht mehr verpflichtet. Und nun muss ich schlafen, Brigitta. Ich kann die Augen nicht länger offen halten«, sagte sie.

Brigitta kicherte in sich hinein. »Wovon willst du ihn bezahlen? Magnus hat heute die Schlacht bei der Wolfsburg verloren, hast du das noch nicht gehört? Vorhin kam ein Bote an. Dein Ulrich kann noch so ruhmreich gekämpft haben – auszahlen wird es sich nicht. Falls er überhaupt noch lebt.«

Mit einem Ruck setzte Ann Durt sich auf. »Wo ist der Bote? Weiß er über die Gefallenen Bescheid?«

Wieder hörte sie Brigittas tonloses Kichern. »Du musst nur Mechthild fragen. Sie hat sich erkundigt, und sie sah danach zufrieden aus. Ob sie zufrieden wäre, wenn dein Ulrich tot wäre, weiß ich natürlich nicht.«

Das hätte auch Ann Durt nicht zu sagen gewusst. Ihr Herz hämmerte, und ihr Kopf schmerzte noch stärker. »Ulrich muss noch leben. Es kann nicht alles sinnlos gewesen sein.«

»Bedeutet er dir wirklich so viel? Du hast dich so gekonnt hier bei Hof eingenistet. Wenn du es weiterhin geschickt anstellst, brauchst du keinen Ulrich von Alten, um dein Glück zu machen. Es gibt reiche Männer genug, die dir aushelfen würden, wenn du ihnen deine Gunst schenkst. Das wäre auch ein Weg, Rumpoldt als Gläubiger loszuwerden.«

»Aber …«

Brigitta erstickte ihren Einwand, indem sie abwinkte. »Es geht mich nichts an, und nun will ich schlafen. Zu wenig zu schlafen, macht die Haut grau. Womit du ja keine Schwierigkeiten hast, denn du siehst mehr denn je aus wie das blühende Leben.«

Ein paar Atemzüge lang blieb Ann Durt noch sitzen und starrte in die Finsternis, dann legte sie sich an Brigittas Seite nieder. Im Halbschlaf legte die den Arm über ihre Brust, als stünden sie sich nah. Ann Durt ließ sie gewähren, obgleich sie die Jungfer zunehmend verabscheute. Was hatte sie da vorgeschlagen: dass sie sich verkaufen sollte wie eine Hure? Aufgewühlt erinnerte sie sich an Frenkel. Er würde bereit sein, für ihre Gunst zu zahlen, das hatte er deutlich gemacht. Sie konnte sich vorstellen, dass es mehr von seinesgleichen gab.

Eine Träne stahl sich aus ihrem Augenwinkel. Bedeutete Ulrich ihr wirklich so viel? Zweifel nagten an ihrer Seele, doch zur Umkehr war es zu spät. Nicht nur die Liebe zu Ulrich und die Schulden bei Rumpoldt hielten sie davon ab, Celle zu verlassen. Sie war sich von Tag zu Tag sicherer, dass sie Ulrichs Kind erwartete.

Bereits am nächsten Morgen brachte der Geselle eines Ann Durt unbekannten Tuchhändlers ihr ein Päckchen, in dem ein Schal aus sahnefarbenem und rotem Seidensatin lag, der an Schönheit alle übertraf, die sie je gesehen hatte. Ehrfürchtig ließ sie das fließende, schimmernde Gewebe durch die Finger gleiten. Weicher noch als ein Hühnerküken oder das Fell einer jungen Katze fühlte es sich an.

Kurz darauf stand sie vor Herzogin Katharina und überreichte ihr den Schal als Geschenk. Die Augen der kühlen Edelfrau leuchteten auf, als sie das schlichte Leinen auseinanderschlug, in das er gehüllt war.

»Was für eine reizende Geste, liebe Anna Dorothea. Wie aufmerksam du bemerkt hast, dass uns diese Art Seidengewebe besonders gefällt. Wir wünschen dir zu sagen, dass du durch dein feines Gespür für diese Dinge auf eine erfreuliche Weise zu einem Teil unseres Gefolges geworden bist. Wir hoffen, dich nicht so bald wieder entbehren zu müssen.«

Errötend knickste Ann Durt vor ihr und entfernte sich rückwärts. Doch die Herzogin war noch nicht fertig mit ihr. »Du wirst gehört haben, dass die Schlacht bei der Wolfsburg für die unsrigen nicht von Erfolg gekrönt war. Mein Gatte und seine Getreuen werden daher noch eine geraume Weile nicht zurückkehren. Doch es mag dich vielleicht trösten, dass Kunzmann und sein Neffe Ulrich von Alten sich wacker geschlagen haben.«

Ann Durt legte unwillkürlich eine Hand auf ihr Herz. »Sind sie unverletzt?«

»Es sollte mich wundern, wenn sie nicht in ihrem Stolz verletzt wären. Solche Wunden sind so wenig zu unterschätzen wie jene, aus denen Blut fließt. Sie werden hoffentlich erpicht darauf sein, die Schande wettzumachen und weiterzukämpfen.«

Die gerade Haltung und der bestimmte Tonfall der Herzogin ließen keinen Zweifel daran, dass sie die Ehre ihres Gemahls über das Leben der einzelnen Kämpen stellte. Wie der Herzog selbst erwartete sie von dessen Rittern, dass sie bereitwillig ihr Leben und ihre Gesundheit in seinen Diensten und für seine Ziele opferten.

Ann Durt beugte verlegen ihr Haupt. »Gewiss, Eure Durchlaucht. Ich bitte um Verzeihung.«

Herzogin Katharina winkte sie mit wohlwollender Miene davon und widmete sich sogleich der nächsten Edelfrau, die mit einem Anliegen an sie herantrat.

Ann Durt begab sich in den Winkel des Gemachs, in dem Gräfin Margarete mit Edwina stand. Sie hatte ihre morgendliche Aufwartung bereits gemacht und Ann Durts Besuch bei der Herzogin mit scharfem Blick beobachtet. Ebenso wachsam wie Mechthild von Alten aus der gegenüberliegenden Ecke.

Lächelnd legte ihr Margarete nun die Hand auf den Arm. »Das hast du gut gemacht, Kind. Lass uns ein wenig hinausgehen.«

Ann Durt folgte ihr aus den Mauern der Burg hinaus in den Garten, den Herzogin Katharina zu ihrer Erbauung hatte anlegen lassen. Margarete, die sich von Edwina ihre Schleppe tragen ließ, nahm auf einer steinernen Bank Platz. Die Bank war schmal, dennoch klopfte sie neben sich auf die Sitzfläche, um Ann Durt zu bedeuten, dass sie sich neben sie setzen möge.

Nach einer kleinen Verneigung kam Ann Durt der Aufforderung verlegen nach. So nah bei der viel ranghöheren Frau hatte sie noch nie gesessen.

Margarete umschloss ihre rechte Hand mit den ihren. »Ich muss dir sagen, dass ich es bewundere, wie geschickt du die Gunst der Herzogin gewonnen hast. Mach nur weiter so, mein Kind. Ulrich kann stolz auf dich sein.«

Ann Durt, deren Kopf schon wieder zu schmerzen begann, wenn sie daran dachte, auf wie viel Lug und Trug ihre Stellung beruhte, seufzte. Gräfin Margarete war stets nur freundlich zu ihr gewesen, dennoch wagte sie nicht, sich ihr anzuvertrauen. Doch das unverdiente Lob von ihr einfach anzunehmen, brachte sie auch nicht fertig.

»Ich fürchte, Ihr überschätzt mich, edle Frau. Ohne die

Unterstützung durch Herrn Rumpoldt hätte ich mir schon oft nicht zu helfen gewusst.«

»Aber das weiß ich doch, Kind. Es hätte mich gewundert, wenn er dich nicht unter seine Fittiche genommen hätte. Nicht wahr, er ist außerordentlich gewandt und listig? Du tust gut daran, dich seinem Rat und seinen Wünschen zu fügen. Dann wirst du es weit bringen.«

Ann Durt senkte den Blick, um ihre Überraschung zu verbergen. Konnte die Gräfin tatsächlich über Rumpoldts Machenschaften unterrichtet sein, oder glaubte sie es nur? »Ich hörte, dass Herr Rumpoldt einst auf Euren Vorschlag hin bei Hof aufgenommen worden ist. Kennt Ihr ihn schon lange?«

Gräfin Margarete ließ ihre Hand los, klopfte sacht darauf und erhob sich. »Lange genug, um zu wissen, wie nützlich er ist.«

Ann Durts Puls flatterte, und ihre Handflächen wurden feucht, als sie ihren Mut für eine Frage zusammennahm. »Ich hörte außerdem, dass Herr Rumpoldt nicht nur nützlich, sondern auch gefährlich sein kann. Wisst Ihr von diesen Gerüchten?«

Margarete wandte sich ihr zu, und zum ersten Mal, seit Ann Durt sie kannte, wurde ihre Miene verächtlich. Sie rümpfte ihre knubblige Nase. »Gefährlich? Ich will dir sagen, was gefährlich ist. Wenn ein junges Weib von niedrigem Stand sich einem edlen Junker hingibt und nicht an dem Platz bleibt, der ihr vom Allmächtigen bei ihrer Geburt zugewiesen war. Setzt ein Weib sich solcher Gefahr aus, dann sollte sie später für jede Möglichkeit überaus dankbar sein, die sich ihr bietet, ihr Glück zu machen. Und, mein Kind, ich kenne keinen einzigen Fall, in dem dieses Glück der edle Junker war, mit dem das Spiel begann. Verstehen wir uns recht? Nutze die Gelegenheiten, die Rumpoldt dir verschafft!«

Mit diesen Worten raffte sie ihre Schleppe, drückte sie der schweigenden Edwina in die Hand und ging mit schnellen, kleinen Schritten zurück in die Burg.

Ann Durts Wangen brannten vor Scham, dennoch war sie froh, ihre Frage gestellt zu haben. Zu hören, was die Gräfin in Wahrheit über sie und ihr Schicksal dachte, war lehrreich. Als Freundin durfte sie Margarete demnach also nicht betrachten.

Die Tage, an denen Ann Durt mit ihrer Magd in die Schneiderei kam, um ein weiteres Gewand zu bringen oder den Erlös eines alten abzuholen, waren Valentins höchste Freude und gleichzeitig sein tiefstes Leid. Sie zu sehen und mit ihr zu sprechen, ließ sein Herz vor Glück schneller schlagen, doch die Nachrichten, die er ihr meistens überbringen musste, bedrückten ihn. Nie konnte er ihr so viel Geld überreichen, wie sie zuvor erhofft hatten. Er war noch immer kein besonders geschickter Händler, und ihm fehlten die Verbindungen, die der alte Schneidermeister gehabt hatte. Dabei hatte er längst sogar die Vorsicht abgelegt, die ihn anfangs aus gewissen Gassen der Stadt ferngehalten hatte.

Traurig saß er auf der Bank und spielte mit den Münzen, die er für das letzte Gewand bekommen hatte, ließ dabei aber die Tür nicht aus den Augen, durch die sie jeden Moment kommen würde.

Als es endlich klopfte, sprang er auf und ließ dabei versehentlich die Münzen fallen. Aufgeregt sammelte er sie auf und war noch damit beschäftigt, als Ann Durt schon eingetreten war.

»Einen gesegneten Tag, Valentin. Was machst du da?«

Mit hochrotem Kopf richtete er sich auf. »Mein Ungeschick ausbaden wie so oft. Es ist wieder weniger Geld, als ich dir beschaffen wollte, und das lasse ich auch noch fallen.«

Sie seufzte tief, ihr an diesem Tag von einem Gebende gerahmtes Gesicht in ihrem Kummer so schön, dass es einem Künstler als Vorbild für die junge Gottesmutter dienen konnte. »Ich glaube, mein Vorhaben ist ohnehin sinnlos. Rumpoldts Netz zieht sich immer weiter zu.«

Valentins Kehle wurde eng vor Mitgefühl. »Hat er etwas Neues von dir verlangt?«

»Kaufmann Frenkel hat mich eingeladen, morgen Abend mit ihm zu speisen. Es ist keine große Gesellschaft. Ich fürchte …«

»Du solltest nicht hingehen.« Die Vorstellung, wie sein Engel von dem lüsternen Kaufmann begafft oder betatscht wurde, machte Valentin wütender, als er es jemals zuvor gewesen war.

»Was bleibt mir anderes übrig? Rumpoldt hat mir vorgerechnet, was ich ihm schulde. Er hat es nicht ausgesprochen, aber er weiß, dass ich versuche, ihm zu entkommen. Sogar Gräfin Margarete rät mir, ihm gehorsam zu sein. Wenn ich nur wüsste, was sie mit ihm verbindet. Sie wird mich doch nicht hierher mitgenommen haben, weil sie glaubte, es wäre zu meinem Besten, dass ich in Rumpoldts Hände gerate.«

Valentin kratzte sich mit beiden Händen unter seiner Wollmütze und ging ein paar Schritte in der engen Schneiderstube hin und her. »Ich wünschte, Brose und deine Mutter wären hier.«

»Die hätten auch nicht so viel Geld. Ich bin froh, dass Mutter nicht hier ist, sonst würde ich mich zu Tode schämen. Wie konnte ich ihr solche Schande machen?«

»Ich glaube, deine Mutter würde dich mit offenen Armen willkommen heißen, gleichgültig, ob du in Schande zu ihr zurückkehrst. Wenn es dir gelingt, aus Rumpoldts Fängen zu entkommen, solltest du nach Hause gehen.«

»Selbst dann … Ich müsste erst mit Ulrich sprechen.«

»Glaubst du denn nach allem immer noch, dass er sich um dich kümmern wird?«

»Ich weiß es nicht.«

Valentin erinnerte sich nur zu gut an die Abscheu in Ulrichs Miene, als Brida ihn während ihrer gemeinsamen Gefangenschaft zur Rede gestellt hatte. An seine Weigerung, der Mutter Auskunft über ihre Tochter zu geben. Von dem jungen Ritter zu erwarten, dass er Ann Durt aus ihrer Lage rettete und alles in Ordnung brachte, erschien ihm aussichtslos. Doch stand es ihm zu, ihr die Hoffnung zu nehmen?

Das Geld, das sie mit dem Verkauf ihrer abgelegten Gewänder zusammengebracht hatte, war weniger als die Hälfte dessen, was Ann Durt Rumpoldt schuldete. Seit Valentin von ihrer Bedrängnis wusste, grübelte er nächtelang über eine Möglichkeit nach, ihr zu helfen. Auch sein wohlgehütetes Geheimnis hatte er in Betracht gezogen: den Goldschatz des Müllers. Doch die Unwägbarkeiten waren groß. War der Schatz noch dort, wo er ihn versteckt hatte? Würde es ihm gelingen, ihn zu holen und sicher nach Celle zu bringen? Was war der Schatz wert, würde der Erlös Ann Durt retten können? Wie schwer wog das Unrecht, ihn zu nehmen? Brida war entschieden dagegen gewesen. Doch würde sie auch noch so denken, wenn der Schatz ihrer Tochter zugutekam?

Was ihn jedoch am stärksten zurückhielt, war der Umstand, dass er tagelang aus Celle fern sein würde und Ann Durt nicht beistehen könnte, wenn sie Hilfe brauchte.

Er wusste, dass sie ihm das Herz brechen würde, doch wenn Ann Durt ihm zum Abschied einen freundschaftlichen Kuss auf die Wange hauchte, erschien ihm allein das wie ein Augenblick im Himmelreich und jedes folgende Leid wert.

Seine Unentschlossenheit wurde hinweggefegt, als am nächsten Tag die Magd Johanna allein in der Schneiderei erschien und mit ihm zu sprechen verlangte.

Zu seiner Verwunderung brachte sie dieses Mal kein Gewand zum Auftrennen, und ihre Begrüßung fiel äußerst knapp aus. »Rumpoldt lässt dir ausrichten, dass du keine Geschäfte mehr mit Jungfer Anna Dorothea machen sollst. Ihr würdet die Summe ohnehin nicht zusammenbringen, die sie ihm schuldet. Je schneller sie sich seinem eigenen Plan fügt, desto besser wäre es für alle.«

Fassungslos sah Valentin sie an. »Woher weiß er von unseren Geschäften?«

Johanna zuckte mit den Schultern und blickte zur Decke. »Ihm entgeht so leicht nichts.«

»Hast du es ihm verraten?«

»Was spielt das für eine Rolle? Er hat doch recht. Sie entkommt ihrem Schicksal ohnehin nicht. Soll sie sich eben damit abfinden.«

»Was für ein Schicksal meinst du?«

»Herrje, bist du etwa ebenso blöd wie das Mühlengänschen? Der Kaufmann mit den dicken Lippen bezahlt auf viele Arten dafür, wenn er deine Ann Durt als Bettgefährtin bekommt. So hübsch, so unschuldige Augen, so höfische Sitten! Rumpoldt wusste genau, wozu er sie machen muss, damit er sie teuer verkaufen kann.«

»Warum hast du sie nicht davor gewarnt?« Valentins Entsetzen ließ ihm Schauder über den Rücken laufen.

»Ich habe ihr genug erzählt. Sie hätte gewarnt sein müssen. Abgesehen davon habe ich eigene Sorgen genug, ohne mir Rumpoldt zum Feind zu machen.«

»Haben denn alle Angst vor ihm? Was ist dieser Mann für ein Teufel?«

»Wenigstens mit dem Teufel im Bunde ist er.«

»Weißt du nichts über ihn? Er ist nicht von Adel. Wo kommt er her? Und warum steht Gräfin Margarete auf seiner Seite?«

»Die edle Frau ist Rumpoldts Verwandte.« Johanna schlug sich die Hand vor den Mund und riss vor Schreck über ihren Patzer die Augen weit auf. »Oh nein. Hör zu: Das weiß niemand. Erzähl es nicht herum. Wenn er herausfindet, dass ich es ausgeplaudert habe, dann …«

»Seine Verwandte? Wie das?«

»Versprichst du, dass du mich nicht verrätst?«

»Ich versprech's. Wenn du versprichst, dass du ihm nichts mehr von Ann Durts und meinen Geschäften berichtest.«

Sie vermied es, ihm in die Augen zu sehen, nickte aber. »Ich stand hinter der Tür und lauschte, als Rumpoldt die Gräfin seine liebe Tante nannte. Spöttisch hat er es gesagt und ausgeführt, wie froh sie beide sein könnten, dass ihre Schwester tot wäre und niemandem mehr erzählen könne, wer sein Erzeuger sei. So bliebe es unter ihnen, für immer ihr gemeinsames Geheimnis, dass die edle Jungfrau sich so vergessen hat und so in den Schmutz gestürzt ist. Und Herzogin Katharina erführe niemals, welch unanständige Verwandtschaft ihr Vater sich unwissentlich mit seiner Heirat erworben habe.«

Johanna ließ Valentin verwirrt zurück, doch nun war er fest entschlossen, den Goldschatz des Müllers für Ann Durt zu holen. Auf keinen Fall durfte Rumpoldts niederträchtiger Plan aufgehen. Ann Durt sollte ihre Würde nicht verkaufen müssen.

Die dunklen Andeutungen der Magd, was Gräfin Margarete anging, hatten ihn an die Briefe erinnert, die Brose vermutlich noch mit sich herumtrug. Wie er sich wünschte, dass Brose da wäre! Ihm würde gewiss etwas einfallen, um Ann Durt aus ihrer Not zu befreien.

»Was hast du denn für Kummer?«, fragte die Schneiderin ihn, die selbst immer gebeugter und hagerer wurde vor Sorgen.

»Ich muss für ein paar Tage die Stadt verlassen.«

»Für ein paar Tage?«

»Gewiss. Ich kehre so bald wie möglich zurück.«

»Mag sein, dass der Schneider dann nicht mehr am Leben ist. Zwei Tage ist er nun schon nicht mehr bei Sinnen.«

»Ich muss gehen. Aber ich verspreche, dass ich mich beeilen werde.«

18

Ann Durt stand still und verzog dieses Mal keine Miene, als Johanna sie in ein neues schamloses Gewand einnähte. So eng lag das Unterkleid an, dass es unmöglich war hineinzuschlüpfen, wenn alle Nähte geschlossen waren.

Ihre Entrüstung über das Kleid, über das, was Rumpoldt von ihr verlangte, war einem Gefühl der Betäubung gewichen. Wenn sie floh, würde er sie finden und als Diebin und Betrügerin vor Gericht stellen lassen, hatte er ihr gedroht. *Prügel, ein Brandmal, am Pranger stehen, in Schanden aus der Stadt gejagt werden.* Sie mochte das vielleicht überleben, doch gewiss nicht ihr ungeborenes Kind. Und falls man sie wegen des Ungeborenen verschonte, würde Rumpoldt sie weiterhin als seinen Besitz betrachten und das Kind mit ihr. So wie es bei Johanna gewesen war. Sie nach solcher Schande noch zu kennen, durfte sie von Ulrich nicht verlangen. Kaufmann Frenkel war das kleinere Übel.

Der Kreis der geladenen Gäste an diesem Abend war klein, bestand jedoch nicht nur aus ihr und Rumpoldt, wie sie es zuerst befürchtet hatte. Zwei von Frenkels Freunden waren anwesend und ein Weib, dessen Gewand als ehrbar durchgegangen wäre. Ihr Verhalten allerdings war anstößig, ihre Blicke aufdringlich. Sie hatte ihre Hand abwechselnd bei ihrem rechten, dann wieder beim linken Sitznachbarn im Schoß liegen und lobte während des Mahls laut Ann Durts Brüste.

In Erinnerung daran, wie der Wein beim vorherigen Mal wohltuend ihre Sinne betäubt hatte, ließ Ann Durt sich reichlich einschenken. Bald legte sich der ersehnte Nebel um ihren Verstand und ließ sie die Gesellschaft leichter ertragen.

Sie hatte erwartet, dass Frenkel dieses Mal seine Absichten ihr gegenüber deutlicher zeigen würde, doch wieder hielt er sich zurück. Erst als das feile Weib schamlos begann, vor ihren Augen mit seinen Freunden der Wollust zu frönen, legte er seine Hand auf Ann Durts Oberschenkel. Das Unbehagen erstickte sie beinah, und sie vermied es, auf das Treiben der anderen zu blicken, dennoch fühlte sie Wärme in ihrem Schoß. Sie erinnerte sich zu gut, wie sie das Beilager mit Ulrich genossen hatte.

Wie schlimm würde es sein, Frenkels Werben nachzugeben? In ihrer Berauschtheit fühlte sie nicht mehr die Kraft und den Willen, sich zu widersetzen.

Er beugte sich zu ihr und näherte sich mit seinem Mund ihrem Hals. Unter ihrem Ohr presste er seine Lippen auf ihre Haut und stöhnte dabei leise. Seine Hand strich ein Stück an ihrem Oberschenkel empor zu ihrer Scham. Steif blieb sie sitzen und hielt unwillkürlich den Atem an.

Frenkel stöhnte noch einmal und ließ von ihr ab. Mit einem Ruck lehnte er sich zurück und legte den Kopf in den Nacken, um einen tiefen Zug aus seinem Glas zu nehmen. Dann wandte er sich ihr wieder zu und zwang sie mit der Hand an ihrem Kinn, ihm in die Augen zu sehen.

»Meine Schöne, vergib mir. Das alles hier muss deinem vornehmen Wesen widerstreben. Ich möchte dir einen Vorschlag machen. Der kluge Rumpoldt sagte mir, du wärest in einiger Verlegenheit, was dein Vermögen betrifft. Von Schulden und Bedrängnis sprach er. Ich wäre bereit, dir auszuhelfen. Mehr als das: All deiner Sorgen entledigen würde ich dich, wenn du mich dir mehr sein ließest als nur dein Freund. Beim nächsten Mal, wenn ich dich zum Mahl bitte, möchte ich dich allein sehen. Willst du dir das überlegen?«

Ann Durt hörte nur den Aufschub heraus und nickte hastig. »Ihr seid sehr großzügig.«

Auch in dieser Nacht bemerkte Brigitta Ann Durts Rückkehr, beließ es aber bei einem spöttischen: »Eine süße Nachtruhe wünsche ich, Jungfer Müllerin.«

Broses Vorhaben, nach Stina zu suchen, wurde von Herzog Magnus zunichtegemacht. Er wolle Brose nicht entbehren, meinte er. Doch für die Aufgabe, das Kind zu retten, habe er schon den richtigen Mann ausgesucht.

Betont auffällig ließ er Ulrich von Alten rufen.

»Du hast gut gekämpft, Ulrich. Ich sehe mit Wohlgefallen, wie dir daran gelegen ist, dich als würdig zu erweisen. Deshalb biete ich dir einen Auftrag an, den du gewiss mit Freuden annehmen wirst. Erringe dir meine Gunst, indem du das Mädchen Stina findest und wohlbehalten zu ihrer Mutter zurückbringst. Du weißt, wie das Kind aussieht, und du genießt als Ritter den Schutz der Waffenruhe. Außerdem wirst du es wohl verstehen, das Pack, in dessen Händen sie sich befindet, zum Gehorsam zu bringen.«

Brida hörte Magnus, verstand seine Entscheidung und wünschte doch, er hätte Brose gehen lassen. Noch lieber wäre sie selbst gegangen, doch sie sah ein, dass ihre Wunde es nicht zuließ. Sie musste ihre Kräfte schonen, um ihre Kinder sicher nach Hause zu bringen. Gerade hatte sie sich daher damit abgefunden, auf Ulrich vertrauen zu müssen, da erhob Konni sich von seinem Platz und ging ohne Erklärung zu dem nur vier Jahre älteren Ritter hinüber. Er verneigte sich ein wenig gegen ihn, erwies ihm aber sonst keine besondere Ehrerbietung. »Ich werde Euch begleiten«, teilte er in bestimmtem Tonfall mit.

Einen Augenblick lang wollte Brida Einspruch erheben, dann streckte sie nur die Hand nach Nickel aus, der ebenfalls aufstehen wollte, und umfasste seinen Arm. »Nein, *du* bleibst hier. Dass ihr mir beide wieder fortlauft, halte ich nicht aus.«

»Aber ich kenne die Leute vom Tross am besten und weiß, wo sie lagern. Ulrich und Konni werden ohne mich viel länger brauchen. Und dann ist es vielleicht zu spät.«

Brida fühlte Broses beruhigende Hand auf ihrer Schulter. »Ich weiß, du hörst es nicht gern, aber der Junge hat recht.«

So fand Brida sich nach der kurzen Freude des Wiedersehens abermals allein und in Sorge um all ihre Kinder wieder.

Ulrich hätte Stinas Rettung frohgemut auf sich genommen, doch Ann Durts Brüder mitzunehmen, war ihm eine ungeheure Last. Beide hatten durch ihren Eifer deutlich gemacht, dass sie ihm die Sache allein nicht zutrauten, und ihm dadurch ihre mangelnde Achtung bewiesen.

Die zwei ritten vor ihm gemeinsam auf einem Pferd und führten ein Maultier mit, auf dem sie ihre Schwester heimbringen wollten. Ulrich überließ es widerwillig dem Knaben, sie in die richtige Richtung zu führen, während sie das ehemalige Schlachtfeld überquerten, von dem am Vortag die letzten Toten geborgen worden waren.

Er bezweifelte, dass die beiden ihm über Nickels Rolle als Wegführer hinaus eine Hilfe sein würden. Ihr Schweigen, ihre kühlen Blicke erschienen ihm wie ein einziger stummer Vorwurf. Doch mit oder ohne ihre Hilfe würde er diese neue Prüfung bestehen.

Das Lager des Trosses befand sich nicht mehr an derselben Stelle, wo Nickel es verlassen hatte. Dort hatte man stattdessen eine lange Grube als gemeinsames Grab für die Gefallenen ausgehoben. Geschlossen war die Grube noch nicht. Man wartete noch auf die Schwerverletzten, die ihren Wunden bald erliegen würden.

In der Nähe des Grabes verweilten nur einige betende Mönche, die ihnen den Weg zum neuen Lagerplatz wiesen.

Dort erregte ihr Kommen sofort Aufmerksamkeit. Das zerlumpte Fußvolk wies mit den Fingern, stieß sich gegenseitig an, griff unauffällig nach den Waffen und legte sie dann doch wieder fort. Einen gegnerischen Ritter in der Waffenruhe anzugreifen, wagten sie nicht.

Ulrich genoss seine Wirkung und richtete sich noch ein wenig mehr im Sattel auf. Nickel zeigte an den Rand des Lagerplatzes. »Da sind sie.«

Seine Gesten – oder war es ihre Zielstrebigkeit? – sorgten dafür, dass er im Handumdrehen erkannt wurde.

»Der Bruder der kleinen Zauberschen«, rief ein Weib dem anderen zu und deutete ihrerseits auf Nickel.

Als sie in dem Halbrund aus Wagen und Karren ankamen, das zu der Schar gehörte, mit der Nickel und seine Schwester unterwegs gewesen waren, wurden sie von mehreren Gruppen misstrauisch sie beäugender Leute erwartet.

Ulrich zügelte sein Ross und wollte zu seiner im Voraus bedachten Rede ausholen, da sprang Nickel schon vom Pferd. »Wo ist Stina? Was habt ihr mit ihr gemacht?«

Drei Weiber, die mit verschränkten Armen und giftigen Mienen beieinanderstanden, zuckten abfällig mit den Schultern.

»Fortgerannt ist sie und hoffentlich im Sumpf verreckt, das böse Biest.«

Konni trieb sein Pferd auf die Weiber zu. »Gib acht, was du sagst, Vettel. Meine Schwester ist kein Biest.«

Doch das Weib war nicht so leicht einzuschüchtern. Sie trat vor und drohte Konni mit der Faust. »Sie hat mit ihrer Zauberei mein Kind umgebracht. Und die Mutter meiner Freundin. Das nennst du kein Biest?«

»Das ist nicht wahr! Sie wollte niemanden umbringen«, rief Nickel mit verzweifelter Stimme dazwischen.

»Und doch hat sie's getan. Sie muss gerichtet werden«, schrie eines der anderen Weiber.

Ulrich hasste es, wie ihm die Angelegenheit entrissen worden war, bevor er Gelegenheit gehabt hatte, sie richtig in die Hand zu nehmen. »Ruhe! Ich will wissen, was geschehen ist«, schrie er.

»Wahrsagerei hat sie getrieben. Mit diesem Teufelszeug hier«, sagte das erste Weib und schleuderte einen kleinen Tuchbeutel vor die Hufe seines Rosses.

Nickel stürzte sich darauf und nahm ihn an sich. »Die habe ich ihr gemacht. Das ist kein Teufelszeug. Elßbeth hat die Gleichen, und bei der hattet ihr nichts dagegen!«

»Wenn sie deine Schwester dieses böse Werk gelehrt hat, hätten wir sie viel früher davonjagen sollen«, kam es zurück.

»Er steckt mit ihr unter einer Decke. Klagt ihn mit an!«, sagte eine Männerstimme. Das Gemurmel der Umstehenden nahm einen anderen Klang an, bedrohlicher, angespannter.

Ulrich räusperte sich, bedacht darauf, dass seine Stimme nur auf keinen Fall brach. »Wohin ist sie gelaufen?«

»Bis zum Sumpf haben wir ihre Spuren verfolgt, dann verloren wir sie. Ich werde Euch zeigen, wo. Aber Ihr werdet doch nicht einfach mit ihr fortreiten, falls Ihr sie findet, gnädiger Herr, oder? Ihr werdet sie doch vor Gericht stellen?«

Es schmeichelte Ulrich, wie der Mann seinen Hut in beiden Händen hielt und eindeutig nur ihn als denjenigen ansprach, der zu entscheiden hatte. »Ich werde mit ihr zurückkehren und Recht sprechen«, verkündete er, stolz darauf, wie überlegen er klang.

Der ältere Müllersbursche stöhnte auf, während dem jüngeren ein »Nein« entfuhr. Wie er es geahnt hatte, waren sie als Einzige nicht bereit, seine Macht und Stellung anzuerkennen. Er würde ihnen beweisen, dass er nicht umsonst im Rang über ihnen stand. Das einfache Pack konnte er später mühelos überzeugen, wenn es mit seiner Anklage im Unrecht war. Sie würden sich seinem Urteil ergeben beugen. Einfach mit dem Mädchen fortzureiten, wäre unter seiner Würde gewesen.

Zu ihrem Glück gaben die beiden Burschen keine weiteren Widerworte, sondern ritten mit ihm und ihrem Führer bis zum Rande des Sumpfes.

Obwohl es ihm nicht behagte, beschloss er, die Pferde bei dem Mann zurückzulassen. Sie würden auf feine Spuren achten müssen, was vom Pferderücken aus leicht misslang, und die schmalen Pfade waren für die Tiere ohnehin ungeeignet.

Einen Moment lang überlegte er, auch den Knaben nicht mit in den Sumpf zu nehmen, da er die Suche von nun an gewiss nur behindern würde. Doch die beiden Brüder standen mit aufsässigen Mienen beisammen und hätten sich womöglich widersetzt, was ihn vor dem Fremden beschämt hätte. Daher schritt er einfach nur an ihnen vorüber und setzte sich auf dem schmalen Pfad, der zwischen Erlenschösslingen und niedrigem Weidengebüsch hindurchführte, an die Spitze.

Sie waren bereits wortlos etwa eine Stunde auf dem federnden, glucksenden Untergrund vorangestapft, als die Sonne den bis dahin bedeckten Himmel eroberte und sich schwüle Hitze über das von Tümpeln durchbrochene Land legte. In der stickigen, feuchten Luft vervielfachten sich die Schwärme von Stechmücken und anderem Ungeziefer. Unaufhörlich schlugen die Wanderer um sich und wurden doch zerstochen. Ulrichs Rüstung schützte ihn nicht vor den hungrigen Insekten, sondern machte die Plage noch unerträglicher. Die Mücken und Stechfliegen krochen unter die Diechlinge und die Brünne, unter der er nur einen dünn gepolsterten Waffenrock trug, und er konnte die Stiche mit der Hand nicht erreichen, um sich zu kratzen. Halb wahnsinnig machte ihn seine ohnehin schon von Schweiß und dem Schmutz vieler Tage juckende Haut, doch er wollte sein Ungemach auf keinen Fall den beiden Müllersburschen zeigen.

Er wies mit der Hand auf ein in den Morast gedrücktes Grasbüschel. »Eine Spur. Wir sind auf dem richtigen Weg.«

Die beiden hielten hinter ihm an, er schaute sich nicht um, sondern ging weiter.

Konni schnaubte unverschämt spöttisch. »Auf dem richtigen Weg, um eine Wildsau zu fangen. Das war nicht der Fuß meiner Schwester. Wir laufen in die Irre.«

Mit aller Würde und Geduld, die er aufbringen konnte, drehte Ulrich sich auf dem Absatz um und warf ihm einen strafenden Blick zu. »Glaubst du, du könntest es besser? Wie sollten wir es deiner Meinung nach machen?« Er fragte, um ihn zurechtzuweisen, nicht, weil er eine Antwort erwartete.

Doch Konni schnaubte noch einmal und drängte sich an ihm vorbei. Weit schneller schritt er aus als Ulrich zuvor, und in regelmäßigen Abständen rief er laut nach seiner Schwester. Bald stimmte Nickel ein, und die beiden wechselten sich mit dem Rufen ab.

Ulrich schalt sich, weil er nicht selbst damit angefangen hatte. Nun hielt sein Stolz ihn davon ab, sich zu beteiligen.

Allerdings sah es lange so aus, als würden sich die beiden Müllersburschen sinnlos heiser schreien.

Ulrich fühlte, wie ihm der Fußmarsch durch Morast und Pfützen sauer wurde, und gab die Hoffnung beinah auf. Konni hingegen stapfte weiter, als spüre er die Anstrengung noch nicht, rief wieder und wieder mit rauer werdender Stimme.

Sie fanden eine verfallene Fischerhütte und durchsuchten sie erfolglos. Wäre es nicht Magnus selbst gewesen, der ihm den Auftrag gegeben hatte, hätte Ulrich die Suche hier abgebrochen. Wenn man das Kind in dem weitläufigen Sumpf finden wollte, brauchte man einen großen Suchtrupp, möglichst mit Hunden und Fackeln, damit die Suchenden für die Nacht gewappnet waren. Auch Wegzehrung musste man bei sich führen. Ein schwerer Fehler war es gewesen, es nicht zu tun, denn sein Magen knurrte längst grimmig. Doch Konni und Nickel schien selbst der Hunger nichts auszumachen. Verbissen strebten sie voran, ohne die kleinste Pause zuzulassen.

Der Abend rückte näher, und die elenden Binsen und Wollgrasbüschel, Weidengebüsche, Tümpel, Frösche, Schwimmvögel und Reiher begannen vor Ulrichs Augen zu tanzen. Alles sah gleich aus, und er gestand sich ein, dass er seit längerer Zeit nicht mehr wusste, welcher Weg sie zurückführen würde. »Wir müssen umkehren«, sagte er schließlich und blieb stehen.

Konnis Miene hätte verächtlicher nicht sein können. »Kehrt ruhig um, Herr Ritter. Wir werden weitersuchen, bis wir Stina gefunden haben.«

Trotz aller Erschöpfung stieg Wut in Ulrich auf. Eines Tages würde er diesen dreisten kleinen Nichtsnutz für seine Aufsässigkeit büßen lassen. »Du unterstehst meinem Befehl.«

»Wir befolgen alle Herzog Magnus' Befehl. Und er sagte, wir sollen unsere Schwester wohlbehalten zurückbringen«, mischte sich nun der Knabe ein.

»Ich habe beschlossen, Helfer zu holen und die Suche dann fortzusetzen«, sagte Ulrich und bewunderte sich selbst dafür, dass er so beherrscht klang.

»Bis dahin lebt Stina vielleicht nicht mehr. Holt Hilfe, wenn Ihr meint. Wir gehen weiter. Dieses Gerede verschwendet nur kostbare Zeit«, beharrte Konni. Er wies Nickel mit einem Kopfnicken an, ihm zu folgen, und beide marschierten wieder los, ohne noch auf Ulrich zu achten.

Er ballte die Fäuste und zwang sich, ruhig zu bleiben. Sollten sie doch sehen, wie weit sie ohne ihn kamen. Die Füße würden sie sich wundlaufen und vor Schwäche zusammenbrechen und ihre Schwester doch nicht finden. Mit zusammengebissenen Zähnen kehrte er um und ging den Weg zurück.

Das heißt, er glaubte, den Weg zurückzugehen. Doch eine Weile, nachdem er Konni und Nickel aus den Augen verloren hatte, war er sich nicht mehr sicher.

Er ging zurück, fand Spuren, die er für ihre hielt, folgte ihnen eine Weile, um dann festzustellen, dass der zertretene Pfad im Morast endete. Wäre er nicht ohnehin schon schweißgebadet gewesen, hätte ihm nun die Furcht vor einer einsamen Nacht im Sumpf den Schweiß auf die Stirn getrieben. Schneller lief er nun, suchte nach bekannten Wegmarken, Hinweisen, Spuren, beobachtete die Zeichen des nahen Sonnenuntergangs. Endlich überwand er seinen Stolz und begann laut nach Konni und Nickel zu rufen, ohne Antwort zu erhalten.

Der Himmel färbte sich purpur, schwarz hoben sich die Silhouetten von Wasservogelschwärmen vor ihm ab, die Ruheplätze für die Nacht aufsuchten. Der Schreck fuhr Ulrich durch die Glieder, als er einen Fischotter aufscheuchte, der vor ihm platschend durchs flache Wasser floh und im nächsten Tümpel untertauchte.

Schwer atmend stand Ulrich still und lauschte auf eine Vogelstimme, die ein wenig wie ein Mensch geklungen hatte.

Nachdem sein Atem etwas ruhiger geworden war, hörte er sie erneut. Leise und wimmernd.

»Hiier.«

Seine Einbildungskraft musste ihn zum Narren halten, mahnte er sich. Nur keine Kraft auf eine weitere sinnlose Jagd vergeuden. Man wusste ja, wie leicht Leute sich im Sumpf von zauberischen Stimmen und Lichtern in die Irre führen ließen.

»Hiier.« Beinahe nur ein Piepsen.

Unwillkürlich folgte er dem Laut doch einige Schritte.

Und dann sah er sie. Auf der gegenüberliegenden Seite eines Tümpels lag eine kleine Gestalt zusammengekauert auf der Seite, halb unter einem Weidengebüsch verborgen. Wäre es nur ein wenig dunkler gewesen, hätte er sie nicht bemerkt.

Erst als er das Mädchen dort auf dem Boden liegen sah und auf sie zuging, begriff er den Grund seiner Suche. Auf einmal fühlte er sowohl Scham als auch das Bedürfnis, das Kind um seiner selbst willen in Sicherheit zu bringen – nicht mehr nur, weil er des Allmächtigen Prüfung bestehen oder in Herzog Magnus' Gunst aufsteigen wollte.

Auf allen vieren kroch er durch das Gebüsch und kniete sich neben sie. Ihr Gesicht war schmutzig und verweint, die Augen fiebrig glänzend. Gerade ließ sich eine blauschillernde Libelle auf ihrer Schulter nieder, die Ulrich bei all ihrer Schönheit dennoch an eine Schmeißfliege erinnerte. Eilig verjagte er sie.

»Stina?«, fragte er.

»Tod«, murmelte sie. »Sichel und Knochen, Rabe und Rad. Aber ich habe das doch nicht gewollt. Meine Hände!«

Sie begann zu schluchzen, schwieg kurz darauf aber wieder. Mit ihren glänzenden Augen sah sie Ulrich an und blickte zugleich durch ihn hindurch, als weile sie in einer anderen Welt. Ihn schauderte. Was hatte sie mit ihren Händen gemeint? Unwillkürlich beugte er sich über sie, um hinter ihrem Rücken nach ihren Händen zu sehen. Der Anblick von Blut und Wunden erschreckte ihn gewöhnlich nicht, dennoch wurde ihm nun übel. Ihre Hände waren zusammengebunden, rotblau verfärbt und durch die enge Fessel unförmig angeschwollen. So viel verkrustetes Blut klebte an ihnen, dass der Übergang von ihrer Haut zu dem groben Hanfseil kaum zu erkennen war.

Eilig zückte er seinen Dolch und setzte ihn an die Fessel an, nur um zurückzuzucken, als sie vor Schmerz aufschrie.

Einen verletzten Gegner zu erstechen, hätte ihm daraufhin weniger ausgemacht, als einen weiteren Versuch zu unternehmen, ihre Hände zu befreien. Er musste die Zähne zusammenbeißen, um sich dazu zu überwinden und ihre Schreie nicht zu beachten.

Als er behutsam ihre Arme mit den zerschundenen Händen aus ihrer unnatürlichen Haltung hinter dem Rücken vor ihren Körper legte, verlor sie das Bewusstsein.

Es erschien ihm falsch, sie so im Schmutz liegen zu lassen, doch selbst wenn er sie für längere Zeit hätte tragen können, hätte er nicht gewusst, wohin. Er würde mit ihr warten müssen und hoffen, dass ihre Brüder oder sonst ein Mensch, der sich in dieser schrecklichen Wildnis auskannte, in der Nähe vorüberkamen. Um wenigstens etwas für Stina zu tun, legte er seine Rüstung ab und baute eine Rückenstütze daraus, an die er sich anlehnen konnte, während er die Kleine in seinen Armen hielt.

Sie kam erst wieder zu Bewusstsein, als es schon dunkel war. Ihm waren selbst eine Weile die Augen zugefallen, doch ohne dass er Stina losgelassen hätte.

»Wer bist du?«, fragte sie.

»Ulrich von Alten. Du kennst mich.«

»Bist du auch tot?«

»Nein, wir leben beide noch. Wir warten darauf, dass es Tag wird. Und dann finden wir den Weg aus diesem Sumpf heraus.«

»Nein. Es gibt keinen Weg. Ich habe schon lange gesucht. Wir sind in der Hölle. Sie brennt gar nicht, wie alle sagen. Sie ist nass und voller Mücken, Blutegel und Schlangen. Eine Schlange hat mich in den Fuß gebissen. Wer etwas Böses getan hat, der kommt hier nicht wieder heraus.«

Es lief Ulrich eiskalt den Rücken herunter. »Hast du denn etwas Böses getan?«

»Ja. Ich habe Pelz-Liese den Tod gewünscht. Und dann war sie tot.«

»Hast du sie umgebracht?«

»Ich habe ihr Angst vor dem Leben gemacht.«

»Wie konntest du das?«

Sie zuckte mit den Schultern und wimmerte. »Sie hat geholfen, ihren bösen Mann umzubringen. Deshalb hat sie sich vor seinem Geist gefürchtet. Ich habe ihr gesagt, dass er bald kommen und sie zu Tode quälen wird.«

Das raubte Ulrich die Worte und rief ihm seine vorschnelle Zusage ins Gedächtnis, das Mädchen vor Gericht zu stellen. Er glaubte nicht, dass sie mit ihren eigenen Händen jemanden ermordet hatte, doch was sie sagte, sprach gegen sie.

»Woher wusstest du, dass diese Pelz-Liese eine Mörderin war?«

»Aus dem, was ich von ihr gehört habe, habe ich es erraten. Und dann hat sie es zugegeben.«

»Und was war mit diesem Kind, das gestorben ist? Was hast du damit zu tun?«

»Das Kind war krank. Mutter hätte ihm Kräuter aufgegossen und nasse Wickel gemacht, aber sie haben ihm nur ein Amulett umgehängt. Es waren Klee und ein paar Tierhaare darin. Glaubst du, dass ihm das geschadet hat? Ulrich, meine Hände und mein Kopf tun so weh. Und ich habe Durst.«

Ulrich löste seinen fast leeren Lederschlauch vom Gürtel, zog den Stopfen heraus und gab ihr den Rest wässrigen Weins daraus zu trinken. Dankbar lehnte sie den Kopf an seine Schulter.

»Wo ist Ann Durt, Ulrich?«, fragte sie.

»Sie ist in Celle und hat ihren Platz im Gefolge von Herzog Magnus' Gemahlin.«

»Ist sie deshalb mit dir fortgegangen? Weil sie lieber den Edelfrauen dienen wollte, als in der Mühle zu arbeiten?«

Er hatte beim besten Willen keine Lust, ihr zu erklären, warum ihre Schwester mit ihm ausgerissen war. Was ihm damals so unausweichlich und erstrebenswert vorgekommen war, erschien ihm nun als dummer Leichtsinn von ihrer Seite. Mehr als einmal hatte er schon gewünscht, dass sie sich damals nicht so mühelos von ihm hätte überreden lassen. Auch ohne sie wäre er gewiss irgendwie auf der Reise zurechtgekommen, und viel Ärger hätte vermieden werden können. Wäre sie nur ein wenig standhafter und vernünftiger gewesen.

Stina nahm sein Schweigen hin und beharrte nicht auf einer Antwort. Die Augen fielen ihr zu, und er wappnete sich für eine lange, ungemütliche Nacht.

Eine Weile döste er, dann fing Stina an, sich unruhig zu bewegen. Ihre Stirn war heiß, sie seufzte und murmelte im Schlaf unverständliches Zeug.

Als die erwachenden Lerchen den Sumpfrohrsänger mit ihrem Jubel ablösten und damit den Tagesanbruch ankündigten, hatte Ulrich nur wenig geschlafen und fühlte sich zermürbt. Stina schien es besser zu gehen, doch es war nicht zu erwarten, dass sie zu Fuß gehen konnte.

Mit seinen lahm gewordenen Armen legte er sie schlafend dorthin, wo er gesessen hatte, und stand auf.

Er versuchte, seine feuchte Kleidung, die wunden Füße und den leeren Magen zu vergessen und darüber nachzudenken, was er tun wollte, wenn nicht bald Hilfe kam. Auch wenn es ihm widerstrebte, würde er das Mädchen zurücklassen müssen und allein nach dem richtigen Weg suchen. Später konnte er mit Unterstützung zurückkommen und sie abholen. Je eher er ging, desto besser.

Trotz seiner Achtsamkeit erwachte Stina, als er seine Rüstung an sich nahm. Sie wollte nicht, dass er ging, bat ihn zu bleiben oder sie mitzunehmen. Doch obgleich er nicht mehr wusste, woher er gekommen war, ging er noch in der Dämmerung entschlossen in die Himmelsrichtung los, die ihm am wahrscheinlichsten erschien. Um keine Unsicherheit zu zeigen, blickte er sich nicht noch einmal nach Stina um.

Die Sonne stand hoch am Himmel, als er fluchend feststellte, dass er wieder bei der verfallenen Fischerhütte angekommen war, von der ausgehend er sich verlaufen hatte. Die Tränen stiegen ihm in die Augen, und alle guten Vorsätze, auch diese Prüfung zu bestehen, konnten die Verzweiflung nicht vertreiben.

Er schleppte sich auf die Hütte zu und lehnte sich an deren mit Flechten bewachsene Wand.

»Was war das?«, hörte er eine Stimme von der anderen Seite der Hütte aus fragen.

Die aufspringende Hoffnung ließ ihm ein lautes »Wer ist da?« entfahren.

Gleich darauf kamen Konni und Nickel um die Ecke der Hütte und blieben wie erstarrt stehen, als sie ihn erblickten.

»Ihr wolltet doch Hilfe holen«, sagte Nickel entsetzt.

»Ich habe eure Schwester gefunden«, sagte er nicht ohne Stolz.

Konni kam zwei Schritte vor, sichtlich bereit, sofort loszumarschieren. »Wo ist sie?«

»Ich musste sie zurücklassen, weil … Sie ist krank und hätte mich aufgehalten. Ich befand es für angebracht, sie später abzuholen.«

Nickel starrte ihn fassungslos an. »Ihr habt sie wieder allein gelassen?«

»Warum seid Ihr zu dieser Hütte gelaufen, wenn Ihr Hilfe holen wolltet? Ihr hättet zu dem Mann mit unseren Pferden gehen sollen.« Konni klang in seiner Erbitterung unverschämt genug, um Ulrichs Schuldgefühle hinter seiner Wut verschwinden zu lassen.

»Seid froh, dass ich sie überhaupt gefunden habe. Und nun folgt mir, damit wir sie holen können.« Schwungvoll wandte er sich dem Weg zu, den er glaubte, gekommen zu sein.

»Wartet«, sagte Nickel.

Ulrich sah sich ungeduldig zu ihm um. »Was denn?«

»Da kommt sie«, gab der Knabe zurück und rannte auch schon los, seiner Schwester entgegen, die, auf einen Stecken gestützt, aus einer etwas anderen Richtung herangehinkt kam.

Zu seiner Überraschung packte Konni Ulrich an seiner Brünne, zog ihn heran, nur um ihn gleich wieder von sich zu stoßen. »Du hättest nicht einmal mehr gewusst, wo du sie zurückgelassen hast!« Er spuckte seine Worte mit abgrundtiefer Verachtung aus und widmete ihm dann keinen Blick mehr, bevor auch er Stina entgegenlief.

Sobald Konni seine Schwester erreicht hatte, nahm er sie

auf die Arme und trug sie. Trotz seiner nur fünfzehn Jahre schritt er offenbar mühelos mit ihr voran, was Ulrich abermals beschämte.

Als die drei herangekommen waren, sah Stina ihm in die Augen. »Ich wollte lieber nicht allein bleiben. Es geht mir nicht so schlecht. Der Fuß, in den die Schlange gebissen hat, tut weh. Aber wenn mich jemand stützt, kann ich humpeln. Du musst mich nicht den ganzen Weg tragen, Konni, wirklich nicht.«

Ulrich musterte ihren geschwollenen Fuß und sah deutlich die zwei roten Punkte, die die Schlangenzähne hinterlassen hatten. Er hatte es nicht ernst genommen, als sie den Biss erwähnt hatte. Rasch überlegte er, was er die Leute über Schlangenbisse hatte sagen hören.

»Muss man das Gift nicht aussaugen oder etwas dergleichen?«

Konni stieß die Luft aus, seine Schwester nach wie vor unerschütterlich in den Armen haltend. »Verehrter Herr Ritter, als Ihr sie gestern gefunden habt, hätte es vielleicht einen Sinn ergeben, das Gift auszusaugen oder dergleichen. Inzwischen hat es sich längst im ganzen Leib verteilt. Aber sorgt Euch nicht allzu sehr. Stina sagt, es war eine Kreuzotter, und wenn sie von deren Gift jetzt noch nicht gestorben ist, dann wird sie es auch nicht mehr. Und nun lasst uns endlich gehen.«

Der Mann, der ihre Pferde in Obhut genommen hatte, hatte nicht auf sie gewartet. Daher mussten sie auch das Stück zurück zum Lagerplatz des Trosses zu Fuß bewältigen.

Dem Anschein nach rechnete dort niemand mehr damit, dass sie wiederkehren würden. Ihre Pferde waren der Herde der Zugtiere einverleibt, bis auf Ulrichs Ross, um das einige Männer herumstanden und es begutachteten.

Ihr Erscheinen verblüffte die Leute, doch nicht für lange. Rasch versammelten sich diejenigen, die sehen wollten, wie das zaubersche Mädchen vor Gericht gestellt werden würde.

Stina klammerte sich ängstlich an Konni, der sie zwar auf die Füße gestellt hatte, sie aber fest umarmt hielt, während sie unter den Bäumen am Rande des Lagerplatzes hervortraten.

»Mörderin! Richtet sie!«, rief eines der Weiber.

Ulrich ließ seinen Blick über die Menge schweifen, die darauf lauerte, eine zwölfjährige Jungfer verurteilt zu sehen. Ein Lichtstrahl fiel durch das Geäst und blendete ihn, wie um ihm ein Zeichen zu geben. Deutlich sah er plötzlich, dass dies die Prüfung war, an die er die ganze Zeit über gedacht hatte. Der Allmächtige hatte ihn in jedem Sinne eine Wanderung durch den Morast machen lassen, ihn gedemütigt, um zu sehen, ob er nach alldem in diesem Moment in der Lage sein würde, das richtige Urteil zu fällen.

Mit einem tiefen Atemzug richtete er sich auf und zog sein Schwert. »In der Nacht habe ich Stina aus Thomasburg zu den Anschuldigungen gehört, die ihr gegen sie erhebt. Sie trägt am Tod des Kindes keine Schuld. Was aber das alte Weib angeht, so ist ihr Anteil an dessen Tod wie der eines Richters am Tod des gerecht Verurteilten. Er spricht ein Urteil, doch henkt er nicht. So unschuldig wie der Richter ist auch Stina aus Thomasburg. Und nun bringt uns unsere Pferde!«

Er legte all seine Inbrunst in seine Worte und bemühte sich, durch seine Haltung und seine Miene deutlich zu machen, dass jeder, der an seinem Urteil zweifeln würde, an seinem Schwert vorbeimusste.

Während er die Leute nicht aus dem Auge ließ, war ihm bewusst, dass es auf Messers Schneide stand, ob sie davonkommen würden. Gegen einen Ansturm dieses Gesindels hatte er keine Aussichten auf einen Sieg, und einige der Umstehenden sahen so aus, als würden sie jeden Moment gegen ihn anrennen.

Die Spannung wurde von einem Weib gebrochen, das er bis dahin noch nicht gehört hatte.

»Ich habe es euch doch gesagt, dass es nicht ihr Werk ist. Stina hat vielen geholfen. Und Pelz-Liese war eine üble Vettel mit reichlich Dreck am Stecken. Das wissen wir doch alle.«

»Untersteh dich, so über meine Mutter zu reden!«

Im Nu begannen sich zwei Lager zu bilden, die miteinander zankten.

»Hol die Pferde, Nickel, schnell«, flüsterte Konni.

Wie der Wind lief Nickel gebückt los und brachte Pferd und Maultier. Beide waren ungesattelt und ungezäumt, nur mit Halftern und Stricken versehen, doch es würde auch so gehen. Ulrich half Konni dabei, Stina auf das Maultier und Nickel auf das Pferd zu setzen. Mit Blicken verständigten sie sich darauf, dass Konni die beiden Tiere vom Lager fortführen und dort auf ihn warten würde.

Mit langen Schritten ging Ulrich zu seinem Pferd. Zu seiner Erleichterung flößte er einigen der Männer genug Respekt ein, und sie halfen ihm beim Satteln, während der Streit im Lager immer höhere Wellen schlug.

Kurz darauf galoppierte er neben Konni und dessen jüngeren Geschwistern über das nun öde daliegende Schlachtfeld mit seinen dunklen Flecken aus getrocknetem Blut auf die Burg Neuhaus zu.

19

Valentin war stramm gewandert und bereits einen Tag früher auf dem Rückweg nach Celle, als er angenommen hatte.

Es war lächerlich einfach gewesen, das Kistchen mit dem Gold aus dem alten Fuchsbau zu holen, in dem er es versteckt hatte, denn die Mühle lag noch immer als Ruine da.

Nicht um sich selbst zu bereichern, hatte er damals gegen Bridas Wunsch gehandelt, sondern weil er glaubte, auch sie würde es vielleicht eines Tages bereuen, den Schatz nicht an sich genommen zu haben. In seinen Augen gebührte er ihr mehr als ihm. Hätte ihr Gewissen sie nicht zu der verbrannten Mühle zurückgetrieben, wären sie nicht auf das Gold gestoßen.

Gewiss hatte er auch daran gedacht, was das Gold für ihn bedeuten würde. Seine Schulden bezahlen und darüber hinaus noch etwas Wohlstand übrig behalten können, wäre ein Segen gewesen. Doch wie hätte er erklären können, woher sein plötzlicher Reichtum stammte, ohne in bösen Verdacht zu geraten? Zudem hatte ihn die Vorstellung abgeschreckt, erneut etwas an sich zu nehmen, das nicht ihm, sondern einem Toten gehörte. Seine Gewissensqualen und sein Pech in der Zeit, als er die Kiepe des toten Krämers auf dem Rücken getragen hatte, waren ihm noch frisch in Erinnerung.

Vielleicht hatte es auch einfach so sein sollen. Denn war

es nicht ein Glück, dass er den Schatz nun benutzen konnte, um Ann Durt zu helfen, die in größerer Not war als er?

Frohgemut schritt er durch das Celler Stadttor zurück zur Schneiderei. In Sichtweite des Hauses verlangsamten sich seine Schritte. Auf der Gasse vor der Eingangstür stand eine Traube von Bekannten des Schneiderpaars, schwatzte und klagte.

Kurz überlegte er, ob er umkehren und sich später ins Haus schleichen sollte, doch dann trieb ihn die Sorge um die Schneiderin voran. Etliche Gesichter bekamen einen staunenden Ausdruck, als er grüßte und ins Haus ging. Bis zu jedem hatte es sich offenbar noch nicht herumgesprochen, dass er wieder in der Stadt war. Nach dieser Begegnung allerdings würden es bald alle wissen, die ihn jemals gekannt hatten. Für einen Augenblick fühlte er sich, als stünde er plötzlich nackt da, und er hätte sich am liebsten auf dem Speicher versteckt, obgleich er wusste, dass es dazu zu spät war.

Ohnehin war der Weg zur Speichertreppe versperrt, denn auch das Haus war voller Leute. Sie umlagerten den offenen Alkoven, in dem der tote Schneider aufgebahrt lag und an dessen Schiebetür sich die Witwe verkrampft festhielt. Ihre Miene war von tiefem Gram gezeichnet, doch sie weinte und klagte nicht.

Valentin wusste, dass die Sorge um die Zukunft an ihrem Kummer ebenso großen Anteil hatte wie der Abschied von ihrem Gatten. Er drängte sich zu ihr durch, um ihr tröstend den gekrümmten Rücken zu reiben.

Sie schüttelte den Kopf. »Es geht schon, Valentin. Er ist nun bei unserem gnädigen Gott. Und der wird auch für mich sorgen. Aber weißt du, unser Rotkehlchen ist verschwunden. Ist das nicht seltsam?«

Wieder ergriff ihn die Scham dafür, dass seine Verfehlungen ihn so lange davon abgehalten hatten, ihr beizustehen.

Der Schneider wurde schon am nächsten Tag beigesetzt. Gleich nachdem die kleine Trauergemeinde auseinandergegangen war, trug Valentin seinen Schatz nacheinander zu zwei Juden und einem Goldschmied, um ihn schätzen zu lassen, und verkaufte anschließend die Schmuckstücke für den besten Preis. Einer der Juden zahlte ihm zwei Gulden und zehn Silbergroschen dafür, die Valentin mit den restlichen Münzen des Schatzes vorerst im Schneiderhaus hinter einem Dachbalken verbarg. Schon wenig mehr als die Hälfte des Geldes hätte gereicht, um seine Schulden zu bezahlen, doch für die von Ann Durt mochte es gerade soeben ausreichen.

Er wollte ihr das Geld so bald wie möglich geben, doch in die Burg zu gehen, getraute er sich nicht. Deshalb schickte er einen Jungen von der Gasse, der häufig Botendienste erledigte, Johanna dort beim Gesinde zu suchen und über sie eine Verabredung auszumachen.

Als jemand die Haustür ohne vorheriges Anklopfen von außen öffnete, glaubte er, der Laufjunge sei zurück. Doch herein kam ein breitschultriger, narbiger Kerl, der einen Knüppel in der Hand trug und nach Pech stank. Der Mann war Valentin nicht unbekannt. Er trug den Namen Fiete, handelte mit Birkenpech, das er von Köhlern im Wald abholte, und ließ sich von erbosten Gläubigern als Geldeintreiber verdingen. Nur Valentins Flucht aus Celle hatte ihn ein Jahr zuvor davor bewahrt, Fietes Bekanntschaft zu machen. Ihm nun unversehens in der Werkstatt gegenüberzustehen, ließ ihn vor Schreck regungslos stehen bleiben.

Fiete fixierte ihn mit seinem kalten Blick, hielt den Knüppel mit der rechten und streichelte ihn mit der linken Hand. Valentin konnte seinen Blick nicht von dem polierten Prügel lösen. Mehrere Aststümpfe ragten wie große, spitze Dornen aus der sonst glattgeschliffenen Oberfläche, und an einem davon klebten ausgerissene Haare.

»Valentin, der Schneidergeselle?«

Valentin nickte wortlos, während die Schneiderin, die vom Hof hereingekommen war, beide Hände vor den Mund schlug und rückwärts wieder hinausging.

»Du bist meinem Herrn viel Geld schuldig. Er will es jetzt wiederhaben.«

So wie Valentin sich am Aufbahrungstag des Schneiders nackt gefühlt hatte, war ihm nun zumute, als hätte das Haus weder Wände noch Decken, und als müsse das versteckte Geld leuchten wie eine Fackel in der Nacht. Mühsam musste er sich daran erinnern, wie man atmete. Sogar sein Räuspern klang verängstigt. »Wer ist dein Herr? Borgward lebt nicht mehr, sagte man mir.«

»Wer mein Herr ist, musst du nicht wissen, nur dass er keinen Spaß versteht. Er hat deine Schulden kürzlich gekauft. Du hast bis morgen Mittag Zeit, ihm das Geld in den ›Grünen Hahn‹ in der Zöllnerstraße zu bringen. Du setzt dich hin, trinkst einen Humpen Bier und wartest, bis du angesprochen wirst.«

Zöllnerstraße? Valentin verbarg seine zitternden Hände hinter dem Rücken. »Ist Herr Rumpoldt mein Gläubiger?«

Fiete zuckte zur Antwort nur mit den Schultern.

»Und wenn ich das Geld nicht habe?«

»Mein Herr glaubt, dass du es hast. Besser, du tust, was ich dir gesagt habe. Dann gibt es keinen Grund, unfreundlich zu werden, wenn du verstehst, was ich meine.«

Er war näher gekommen, während er sprach – so nah, dass Valentin sich bedrängt fühlte und einen Schritt zurücktreten wollte. Doch Fiete packte ihn mit der freien Linken am Latz seines Hemdes und hielt ihm den Knüppel mit den spitzen Dornen so nah vor die Augen, dass er nichts anderes mehr sehen konnte. Schweiß brach ihm aus, und seine Knie wurden weich.

»Falls du gerade daran denkst, wieder davonzulaufen, Schneiderlein, dann spar dir die Mühe. Näherst du dich auf weniger als fünfzig Schritte einem Stadttor, dann wird eines meiner tausend Augen dich sehen, und ich werde dich einholen und dir die Knochen in den Beinen brechen. Danach wirst du nirgends mehr hinlaufen.«

Valentins Puls raste so, dass ihm schwindlig wurde. Er musste nachdenken, doch mit Fietes Knüppel vor Augen konnte er keinen klaren Gedanken fassen. Also schluckte er und hauchte hervor, dass er verstanden hätte.

Nachdem Fiete aus der Tür gegangen war, stand Valentin noch eine Weile mit geschlossenen Augen da und dachte über die Möglichkeiten nach, die er hatte. »Der Grüne Hahn« in der Zöllnerstraße lag Rumpoldts Haus gegenüber. Er zweifelte nicht daran, dass Rumpoldt Fiete geschickt hatte. Wie er es auch drehte und wendete, blieb es das Vernünftigste, seine Schulden zu zahlen.

Doch würde er Ann Durt dann keine Hilfe mehr sein, und den Gedanken konnte er nur schwer ertragen. Er würde sich etwas einfallen lassen müssen.

»Valentin?« Die Schneiderin war auf Zehenspitzen zu ihm hereingeschlichen.

»Hm?«, fragte er, in wilden Gedankenschleifen gefangen.

Sie rang die Hände. »Musst du wieder fliehen? Soll ich dein Zeug zusammenpacken?« So tief sorgenvoll klang sie, dass ihm beinah die Tränen gekommen wären.

»Ich weiß es noch nicht«, sagte er. Doch im Geiste wanderte er schon nach Süden, dahin, wo die süßesten Früchte auf den Bäumen wuchsen.

Johanna überbrachte Ann Durt Valentins Nachricht, als sie gerade ihr Haar löste, um es zu kämmen und für die Nacht neu einzuflechten. Sie summte eine Melodie und dachte an die glücklichen Zeiten mit ihrer kleinen Schwester zurück, der sie allabendlich die Haare geflochten hatte. Ob ihr eigenes Kind auch ein Mädchen werden würde? Sie wusste nicht, was sie sich wünschen sollte. Wenn sie daran dachte, wie schwierig Ulrich für sie zu verstehen war, dann wünschte sie sich ein Mädchen, mit dem sie es leichter haben würde. Doch Mädchen schienen es viel schwerer auf der Welt zu haben.

Sie erträumte sich gern eine Zukunft, in der sie ihr Kind glücklich aufzog, sei es nun ein Junge oder ein Mädchen. Dabei konnte sie für eine Weile vergessen, wie furchterregend ihre Gegenwart war.

Valentins Nachricht tröstete sie nicht. Er ließ ausrichten, er könne ihr nun helfen. Doch seine rührenden Bemühungen würden wie stets nicht ausreichen, fürchtete Ann Durt. Ihn gleich am Morgen zu treffen, wie er es vorschlug, war zudem ausgeschlossen, denn auch Rumpoldt wollte sie am Morgen sehen. Am Vormittag sollte sie Gräfin Margarete in die Kirche begleiten und anschließend beim Tanzunterricht zugegen sein. Seufzend überließ sie Johanna den Kamm und schloss die Augen. Die Magd zog die Zinken vorsichtiger durch ihre Haarsträhnen, als ihre Mutter es getan hätte, und doch wäre es Ann Durt tausendmal lieber gewesen, hätte Brida den Kamm geführt. Ebenso wie es ihr tausendmal lieber gewesen wäre, am nächsten Morgen Valentin statt Rumpoldt zu treffen. Doch für den liebenswerten Schneider würde nur der Nachmittag bleiben.

Später im Bett wandte Brigitta sich ihr zu. »Du wurdest mit deiner Magd schon einige Male allein in der Stadt gesehen. In der Schneidergasse. Was machst du da? Die Gewandschneider kommen doch hierher.«

Einen Atemzug lang dachte Ann Durt über eine Lüge

nach, dann entschied sie sich für eine Halbwahrheit. »Ich besuche dort eine Bekannte. Die Gattin eines Schneiders.«

Brigitta schwieg kurz. »Und was sagen dein Rumpoldt oder Gräfin Margarete dazu? Gewiss halten sie nichts davon, wenn du dich mit den niedrigen Ständen gemein machst, nachdem sie dich mit so viel Mühe von ihnen abgehoben haben. An deiner Stelle würde ich ihren Rat einholen, bevor du deine Bekannte noch einmal besuchst. Du landest sonst vielleicht schnell wieder in dem Gänsestall, aus dem du kommst.«

Brigittas achtlos dahingesagte Worte hätten Ann Durt früher getroffen und eingeschüchtert, doch an diesem Abend ließen sie eine schon länger gehegte Vermutung zur Erkenntnis reifen. Margaretes Einladung, ihre Einführung an Herzogin Katharinas Hof, Rumpoldts hinterlistige, falsche Unterstützung – all das war wahrscheinlich von beiden gemeinsam geplant worden. Gezielt hatten die zwei alles getan, um ein kostbares Handelsgut aus ihr zu machen. Niemals hatten sie ihr wirklich helfen wollen, niemals an ihre Zukunft mit Ulrich geglaubt. Wut und Scham ließen sie beinah wieder aus dem Bett schnellen. Als was betrachteten die anderen Edelfrauen sie? Wussten sie von dem heimtückischen Spiel? Waren sie so frei von Mitgefühl, dass keine es für angebracht gehalten hatte, sie zu warnen?

Hass stieg in ihr auf, als sie darauf kam, dass Mechthild mit Genugtuung beobachtet haben musste, wie sie sich in Rumpoldts Netz hatte fangen lassen. Innerlich hohnlachend musste Ulrichs Tante die Geschenke entgegengenommen haben, die sie ihr zu allem auf Rumpoldts Rat hin überreicht hatte.

Wie recht Brigitta und Johanna hatten: Was für eine dumme Gans sie war! Und was war mit Ulrich? Hätte er es nicht besser wissen können, als sie in solcher Umgebung allein zu lassen? Ihm war die Art der Edelleute geläufig. Hätte er sie nicht wenigstens davor warnen müssen, wenn er sie liebte?

Niemals in ihrem Leben war sie so wütend und enttäuscht gewesen. Viele Stunden lag sie wach und überlegte, was sie tun wollte, um das böse Spiel zu beenden. Für kurze Zeit glaubte sie, sich eher umbringen zu wollen, als die Rolle weiterzuspielen, die ihr zugedacht war, doch dann fiel ihr das unschuldige neue Leben ein, das sie in sich trug, und sie verzweifelte noch tiefer. Ihr blieb nichts anderes übrig, als an Rumpoldts Mitgefühl zu appellieren. Vielleicht hatte er doch einen weichen Fleck in seinem Herzen.

Ann Durt hatte sich die Rede sorgsam zurechtgelegt, die sie an Rumpoldt richten wollte. Sie faltete die Hände vor sich, als sie seine Wohnstube betrat, wo er bei einer Frühmahlzeit auf sie wartete. Johanna schloss die Tür von außen hinter ihr. Das Geräusch der schließenden Klinke war noch nicht verklungen, da sprang Rumpoldt auf, stürzte auf sie zu und versetzte ihr rechts und links schallende Ohrfeigen. Verstört legte sie die Hände auf ihre brennenden Wangen.

»Was hast du geglaubt? Dass ich es nicht erfahre, wenn du mich betrügst?«, schrie er sie an und ließ ihre Rede sich in Luft auflösen. Er wartete nicht auf eine Antwort, sondern marschierte zurück zu seiner Tafel, setzte sich wieder, griff nach einer gebratenen Taube und riss sie auseinander. »Dein nichtsnutziger Nadelpfuscher wird keine Geschäfte mehr mit dir machen. All die schönen Gewänder! Frenkel hatte sie noch nicht gesehen, du hättest sie für ihn tragen können. Nun muss ich dir neue schneidern lassen. Was fiel dir ein, mein Eigentum zu veräußern?« Zornig biss er in die Taubenbrust.

Ann Durts Gesicht brannte, und in ihren Augen standen Tränen. »Ich glaubte, die Gewänder würden mir gehören.«

»Dir gehören? Nichts gehört dir! Du besitzt kein Eigentum, du bist Eigentum, und zwar meins. Ich habe dir erklärt, welche Wahl du hast, aber du bist schwerer von Begriff, als ich dachte. Du kannst mir gehorchen, oder ich zerstöre dich auf überaus schmerzhafte Weise. Eine Müllersmagd, die sich anmaßt, unter Adligen als ihresgleichen zu verkehren, und sich dabei mit gestohlenem Reichtum ausstaffiert! Denn was ist Leihen ohne Aussicht auf Zurückgeben anderes als Stehlen? Wenn ich die Stimmung gegen dich wende, dann werden die Angehörigen deines eigenen Standes dich noch schneller in Stücke reißen als die Edelleute.«

Ann Durt hatte gedacht, Rumpoldt könne ihr nicht noch mehr Angst machen, aber sie irrte sich. Sein vor Boshaftigkeit verzerrtes Gesicht ließ den kleinen Mann wie ein Monstrum wirken.

Ihre Stimme versagte, sie brachte nur noch ein Flüstern heraus. »Kennt Ihr kein Erbarmen? Ich erwarte ein Kind.«

Er hörte auf zu kauen und hieb mit der Faust auf die Tischplatte. »Verfluchtes Weiberungeschick! Das heißt, du musst dich beeilen, Frenkel zu gefallen, bevor dein Bauch so sehr anschwillt, dass es ihn abstößt. Er will dich rein und unschuldig, macht sich vor, du wärest unberührt. Hüte dich davor, ihn etwas anderes glauben zu lassen. Du magst ihn für einen freundlichen Mann halten, aber er prügelt sein Gesinde weidlich, wenn es seine Wünsche enttäuscht.«

»Wenn ihm nur ein reines, unschuldiges Weib gefällt, wird er sich doch ohnehin bald von mir abwenden. Was geschieht dann?«

»Dann werde ich einen anderen finden, der in dieser Hinsicht weniger anspruchsvoll ist und deine hübsche Larve, deine Anmut und vornehme Haltung dennoch hoch genug zu schätzen weiß. Und so geht es weiter, bis einer dich für länger behalten will.«

»Und mein Kind?«

»Kind, Kind! Wenn es ein Kind wird, bringe ich es an einen Ort, an dem es nicht stört, bevor jemand es zu Gesicht bekommt. Und nun genug davon. Morgen Abend will Frenkel dich allein sehen. Dein Gewand ist schon fertig. Du wirst früh am Abend herkommen und dich baden. Ich werde selbst darauf achten, dass alles an dir so rein ist, wie Frenkel es erwartet. Heute wirst du der Herzogin noch ein Geschenk überreichen, es liegt dort bereit.«

Er zeigte auf ein verhülltes Päckchen, das auf einer Truhe lag.

Stumm stand Ann Durt da und betrachtete ihn. War ihm seine eigene Rohheit, seine Verdorbenheit nicht bewusst? Fürchtete er nicht um seine unsterbliche Seele? Sie würde sich ganz gewiss nicht von ihm baden lassen und zurichten wie ein Opferlamm. Noch weniger würde sie sich von ihm ihr Kind nehmen lassen. Zwei Tage blieben ihr noch Zeit, sich von ihm zu befreien.

»Was wartest du noch? Verbring deine Zeit damit, dich bei den edlen Frauen beliebt zu halten. Ihre Nachsicht ist stets nützlich.«

Sie knickste, nahm das Päckchen und ging. Draußen lehnte Johanna mit verschränkten Armen bei der Eingangstür an der Wand. Wortlos verließen sie gemeinsam das Haus.

Auf der Gasse im hellen Sonnenlicht allerdings fühlte Ann Durt sich vom Mut der Verzweiflung durchströmt. Enschlossen wandte sie sich der Magd zu. »Johanna, ich weiß, dass du Rumpoldt gehörst und ihm treu dienst. Aber im Namen deiner Mutter und deines Kindes, denen er Unrecht getan hat, bitte ich dich, mir zu helfen. Wie kann ich mich von ihm befreien?«

Johannas schlaffe Bewegungen zeugten von ihrer Teilnahmslosigkeit. »Du kannst ihn töten. Aber du wärest nicht die Erste, die das versucht, und den anderen ist es schlecht bekommen. Sie leben alle nicht mehr.«

»Soll das wirklich der einzige Weg sein? Gibt es nichts, das er fürchtet? Kann man nicht ein Mittel finden, seine garstigen Ränke gegen ihn zu wenden?«

Johanna schüttelte den Kopf. »Er hält viele in seinem Netz gefangen, die Angst vor ihm haben müssen und deshalb tun, was er befiehlt. Was sollte er fürchten? Herzog Magnus vielleicht. Wenn Magnus da ist, macht Rumpoldt sich beinah unsichtbar.«

»Hat er keine Schwächen, keine Geheimnisse? Denk nach, ich bitte dich! Du hast ihn doch mehr als ein Mal belauscht.«

Die Magd zog schuldbewusst die Schultern hoch. »Seine Herkunft. Er sagte zu Gräfin Margarete, es wäre gut, dass niemand außer ihr und ihm den Namen seines Vaters kennen würde, sonst könnten seine Tage bei Hof leicht gezählt sein.«

»Margarete kennt den Namen seines Vaters?«

»So hat er gesagt. Sie stehen sich nah. Anders als am Anfang, als Rumpoldt an den Hof kam. Gräfin Margarete hat ihn mitgebracht, doch man spürte, dass sie ihn nicht mag. Nun aber scheint er ihr ans Herz gewachsen zu sein.«

»Vielleicht hat er auch sie erpresst, damit sie ihn bei Hof einführt. Wer könnte etwas darüber wissen? Wen kann ich fragen?«

»Wenn dir dein Leben lieb ist, dann fragst du niemanden danach. Warum kannst du nicht tun, was er sagt? Du bringst uns nur alle in Gefahr.«

Etwas in Johannas Tonfall ließ Ann Durt aufhorchen. Die Magd hasste Rumpoldt, doch sie war nicht mutig genug, um gegen ihn aufzubegehren. Womöglich würde sie sie verraten, bevor sie auch nur einen Schritt weiterkam. Kurz entschlossen besann Ann Durt sich auf das, was sie in Celle bisher gelernt hatte. »Wenn du mich an Rumpoldt verrätst, Johanna, dann werde ich dich vor Herzogin Katharina als ledige Mutter und Hurentochter bezichtigen und darauf drängen, dass man dich bestraft. Ich wünsche dir nichts Böses, aber du darfst nicht länger ein doppeltes Spiel mit mir treiben.«

Johanna sah sie an, ihre Wangen waren bleich geworden. »Dieses Mal werde ich schweigen. Aber ich will nichts mit dem zu tun haben, was du vorhast.«

Ann Durt widmete ihr einen eisigen Blick. »Und ob du etwas damit zu tun haben wirst. Wenn du ein wenig Verstand und Mut hast, dann hilfst du mir. Stellen wir es richtig an, können wir vielleicht anderen das Leid ersparen, das Rumpoldt dir und den deinen zugefügt hat. Und wenn dein Herz zu hart ist, um es so zu empfinden, dann lass es eben die Rache sein, die dich bewegt.«

Mit großen Augen starrte Johanna sie an, eher wütend nun als ängstlich. »Ich lasse mich von dir Gans nicht dumm nennen, und feige bin ich auch nicht. Aber wenn du es nicht so richtig anstellst, wie du es dir vorstellst, und Rumpoldt erfährt, dass ich ihn hintergangen habe, dann bist du schuld am Tod meines Kindes, das er in seinen Klauen hat. Das wird dann auf deiner unsterblichen Seele lasten.«

Auch in Ann Durt brodelte der Zorn. »Wer diese Schuld am Jüngsten Tag zu verantworten hätte, das untersteht dem Urteil des Allmächtigen. Aber so weit wird es nicht kommen, wenn du deine Klugheit und deinen Mut jetzt nutzt. Gerade weil du klüger bist als ich, solltest du mir helfen. Ich verspreche, dich, so gut es geht, zu schützen, falls ich scheitere.«

Als Ann Durt eine Weile später hinter Gräfin Margarete und ihren Freundinnen in die Burgkapelle schritt, fühlte sie sich entschlossener als jemals zuvor in ihrem Leben. Nicht einmal der Umstand, dass auch Mechthild sich mit einer Gefährtin in der Kapelle aufhielt, ließ sie in ihrem Entschluss wanken.

Während sich die anderen Edelfrauen nach der Ehrenbezeugung gegen den Altar in den Wartebereich vor dem Beichtstuhl begaben und dort plauderten, hielt Ann Durt Gräfin Margarete durch eine Berührung ihres Ärmels zurück. »Einen Augenblick, Herrin. Ich habe ein Anliegen.«

Margarete blickte sie mit ihrer milden Wohltätermiene an, die Ann Durt früher angenehm gefunden hatte, deren Falschheit sie nun aber kannte und verachtete. »Ja, Kind?«

Ann Durt bat sie mit einer unterwürfigen Geste, ihr einige Schritte in einen abgeschiedeneren Winkel unterhalb der Kanzel zu folgen.

»Edle Frau Gräfin, vor einigen Tagen rietet Ihr mir, dem Herrn Rumpoldt zu gehorchen, um mein Glück zu machen. Ich frage mich nur, ob Ihr das auch getan hättet, wenn Ihr das scheußliche Geheimnis seiner Herkunft kennen würdet. Er verriet mir, wer sein Vater war, und verstörte mich damit zutiefst. Ihr seid stets gut zu mir gewesen, und ich bin Euch dafür ewig dankbar. Deshalb hielt ich es für meine Pflicht, Euch zu warnen. Wenn dieses Geheimnis öffentlich wird, könnte es Euch schaden. Und ich ahne, dass das geschehen wird.«

Margaretes milder Ausdruck gefror zu einer Maske unechter Ruhe. Sie sah Ann Durt so durchdringend in die Augen, als könne sie auf diese Weise in ihre Gedanken vordringen. Ann Durt legte all ihre Unschuld und Anmut in ihren Blick. Auch diese Heuchelei hatte sie unter den edlen Frauen gelernt.

Schließlich spitzte Margarete die Lippen, sah zur Kirchendecke und wandte sich schulterzuckend ab. »Ich bin sicher, dass du dich verhört hast, Kind. Aber ich danke dir für deine Fürsorge.«

Später bei ihrer eigenen Beichte fühlte Ann Durt zum ersten Mal keine Reue über die Sünde der Lüge. Und zum ersten Mal hatte sie keine Angst vor Mechthild von Alten, als sie sie kurz nach der Rückkehr in den Palas um ein kurzes Gespräch unter vier Augen bat.

Beim Tanzunterricht in der Halle fehlte Gräfin Margarete. Ann Durt bemühte sich, nach außen hin so viel Heiterkeit und Aufmerksamkeit für den lustigen Tanzmeister zu zeigen, wie die Edelfrauen, Jungfern und Pagen es taten. Innerlich jedoch betete sie dafür, dass Margarete soeben tat, was sie vermutete, und dass Johanna das Versprechen hielt, das sie ihr abgerungen hatte.

Als die Frauen sich nach dem Tanz zerstreuten, ergriff Ann Durt die erste Gelegenheit, sich aus der Burg und zu dem Treffpunkt zu schleichen, den sie mit Johanna vereinbart hatte. Den Brunnen im Auge behaltend, schlenderte sie so träge auf dem großen Marktplatz und vor dem Rathaus herum, als mache ihr Herz nicht vor Sorge wilde Sprünge. Wenn Johanna sich nicht am Brunnen einfand, würde sie zu Valentin gehen und von dort aus die Flucht aus der Stadt wagen müssen, gleichgültig, wie schlecht ihre Aussichten standen.

Sie wartete lange und konnte ihr Zittern schließlich nicht mehr beherrschen. Noch einen letzten Blick wollte sie auf den Brunnen werfen, dann war es entschieden.

Als sie sich dem von Gesinde mit Holzeimern und Fischhändlern umlagerten Brunnen näherte, sah sie Johanna dort auf einem umgedrehten Eimer sitzen, den Kopf in den Händen vergraben.

»Johanna. Ich dachte, du wärst nicht gekommen«, entfuhr es ihr.

Die Magd sprang von ihrem Sitz auf, ergriff den Eimer mit der einen und Ann Durts Arm mit der anderen Hand. »Kann dir nicht verdenken, dass du kein Vertrauen hast, aber ich sitze hier schon lange. Dachte selbst, du kämest nicht. Komm, wir müssen gehen.«

Sobald sie etwas Abstand vom Markttreiben hatten, begann Johanna zu erzählen, ohne jedoch im Vorwärtsschreiten innezuhalten. »Du hattest recht. Gräfin Margarete ist zu Rumpoldt gegangen und hat ihn zur Rede gestellt. Er war beleidigt, und sie haben gestritten. Dabei haben sie beide den Namen seines Vaters genannt. Aus dem, was sie redeten, habe ich mir zusammengereimt, dass er als Dieb am Halse aufgehängt wurde. Ich bin zum Henker gegangen und habe gefragt, ob er sich an den Mann erinnert. Wehe, du nennst mich noch einmal feige! Der Henker hat den Namen gekannt. Ein Schinderknecht wäre der Hilzgen gewesen, hat er gesagt. Wenn das nicht ein schmutziges Geheimnis ist. Da hat eine edle Jungfrau mit einem unehrlichen Schinder Unzucht getrieben und die böse Frucht auf die Welt losgelassen! Wenn das die Herzogin wüsste, würde sie Rumpoldt und Gräfin Margarete fortjagen oder Schlimmeres mit ihnen tun lassen.«

Erleichterung durchströmte Ann Durt. »Das hast du gut gemacht. Nun gilt es zu nutzen, was wir wissen.«

Während Johanna zurück in die Burg an ihre Arbeit ging, eilte Ann Durt zur Schneiderei, um Valentin zu erklären, warum sie am Morgen nicht hatte kommen können.

Die Schneiderin öffnete ihr die Tür, und Ann Durt sah sofort, dass etwas nicht in Ordnung war. Valentins Ziehmutter hatte rotgeweinte Augen und ging vor Kummer noch gebeugter als sonst. »Ihr kommt zu spät«, sagte sie.

Ann Durt spürte einen kalten Klumpen im Magen. »Was ist geschehen?«

»Valentin hat auf Euch gewartet. Er wurde immer unruhiger, bis er kurz vor Mittag sagte, er müsse die Stadt verlassen. Ich habe ihn ausgefragt, da erklärte er mir, dass Herr Rumpoldt von der Burg seine Schulden gekauft hätte und erwarte, sie zur Mittagsstunde bezahlt zu bekommen. Er hätte ihm drohen lassen. Vorhin brachten sie Valentin zurück. Er ist beim Hehlentor vor ein trabendes Pferdegespann gestolpert und gleich tot gewesen.«

Nun begriff Ann Durt, was da mit Tüchern bedeckt im Bett des verstorbenen Schneiders lag. Sie schlug sich die Hand vor den Mund, ihr wurde übel. Rumpoldt hatte sie beide gewarnt, und nun ... Tränen schossen ihr in die Augen. Valentin war ermordet worden, da war sie sicher. Der Mord war geschehen, weil Rumpoldt ihr zeigen wollte, dass er vor nichts zurückschreckte und dass es für sie keine Hoffnung gab.

Sie verstand und konnte es doch nicht fassen. Die Trauer um ihren Freund ließ sie aufschluchzen. »Wäre ich doch nur niemals in diese Stadt gekommen.«

Die Schneiderin legte ihre kalte Hand auf Ann Durts Arm. »Ihr seid nicht schuld an Herrn Rumpoldts Bösartigkeit. Valentin hat Euch verehrt. Bevor er ging, erinnerte er mich daran, dass ich Euch unbedingt Euer Gewand zurückgeben soll, das noch hier liegt. Wartet, er hat es in meine Truhe gelegt, unter den doppelten Boden, so besorgt war er darum. Könnt Ihr mir helfen?« Sie hob den doppelten Boden der Eichentruhe mit beiden Händen an, und Ann Durt nahm das letzte Gewand heraus, das sie Valentin zum Auftrennen gebracht hatte. Das Bündel war deutlich schwerer als zuvor.

Sie nahm es fest in ihre Arme. Er könne ihr nun helfen, hatte Valentin ihr bestellen lassen. Hatte er das gemeint?

»Was werdet Ihr nun tun?«, fragte sie die Schneiderin.

Die zuckte mit den Schultern. »Ich verkaufe das Haus und vertraue mich der Barmherzigkeit der Zunft an. Der Allmächtige wird durch sie für mich sorgen und dafür, dass ich einen neuen Ehemann finde. Wäre Valentin nicht zurückgekehrt, wäre es ebenso gekommen.«

Ann Durt fühlte sich so elend, dass sie beinah würgen musste. Sie konnte nicht auch noch ein schlechtes Gewissen gegenüber der Schneiderin ertragen. Kraftlos hielt sie Valentins Ziehmutter das zusammengerollte Gewand entgegen. »Valentin wollte mir aus der Not helfen. Ich weiß nicht, wie er es fertiggebracht hat, doch er ließ mir ausrichten, dass es ihm gelungen sei. Ich glaube, hiermit hat es eine besondere Bewandtnis. Aber ich kann es nicht annehmen. Ihr seid wie eine Mutter für ihn gewesen, und er hätte dies gewiss Euch gegeben, wenn ich mich nicht durch meine Dummheit in Not gebracht hätte.«

Die Schneiderin nahm ihr das Bündel ab, wog es in den Händen, tastete, zog eine Naht auseinander und machte große Augen. Verstohlen zeigte sie Ann Durt, dass dort etwas golden hervorschimmerte. »Ihr müsst fort, rasch! Wenn Herr Rumpoldt ahnte, dass Valentin Geld aufgebracht hat, wird er es hier suchen. Nein, wartet, streift das hier über und gebt mir dafür das Gewand, das Ihr tragt. Und lasst mich in Ruh damit. Woher auch immer es stammt, ich will nichts damit zu schaffen haben.«

Überrascht ließ Ann Durt sich von ihr in das mit versteckt eingenähten Münzen versehene Gewand helfen. »Aber Valentins Bestattung …«

»Auch dabei wird die Zunft helfen. Und nun geht und kommt nicht wieder. Möge unser lieber Herrgott über Euch wachen.«

Ann Durt spürte das Gewicht des Goldes auf ihren Schultern ruhen und bei jedem Schritt um ihren Leib schwingen, und sie wusste, dass Valentins Gabe zusammen mit dem Erlös aus dem Verkauf ihrer Gewänder vielleicht tatsächlich ausgereicht hätte, ihre Schulden bei Rumpoldt zu begleichen. Doch ebenso wusste sie, dass Rumpoldt sie nicht gehen lassen würde. So wenig, wie er Valentin in Frieden gelassen hätte, wenn der seine Schulden bei ihm bezahlt hätte. Rumpoldt ging es nicht um das Geld. Er war ein böser Dämon, der auf andere Weise bezwungen werden musste.

Auf dem Rückweg zur Burg suchte sie einen Schreiber auf, von dessen Beruf sie bisher nur gehört hatte, dessen Dienste sie nun jedoch in Anspruch nahm.

Zurück in ihrem Gemach, ordnete sie die Dinge, die ihr noch geblieben waren. Zärtlich strich sie über die einfachen Kleider, in denen sie vor ihr unendlich lang erscheinender Zeit ihre Reise angetreten hatte. Sie hatte sich nicht von ihnen trennen können.

Als hätte sie irgendwo auf ihre Rückkehr gelauert, kam Brigitta ins Gemach geschlendert. »Was machst du da, Müllerstochter? Einen doppelten Boden in den Mehlkasten?«

Mit einem tiefen Atemzug richtete Ann Durt sich auf und wandte sich ihr zu. »Ist Rumpoldt in der Burg?«

»Ja. Bei der Herzogin.«

»Gut. Und nun hör mir zu. Ich bin keine Müllerstochter. Mein Vater war ein ehrlicher Bauer, der zu früh gestorben ist. Meine Mutter ist eine Müllerstochter und hat uns Kinder in der Mühle bei ihrem Bruder aufgezogen. Sie sind beide fromm und aufrichtig. Niemand hat in unserer Mühle je betrogen. Nur ich habe mich der Unaufrichtigkeit und Heuchelei schuldig gemacht. Weil ich denen gleichen wollte, die höher stehen als ich. Ich schäme mich dafür und wünschte, ich wäre Gräfin Margarete nie hierher gefolgt.«

»Oh. Wie missgelaunt wir heute sind! Du wirst hässliche Falten auf der Stirn bekommen. Und dann kannst du dir noch so viel Mühe geben, denen zu gleichen, die über dir stehen. Sie werden dich trotzdem nicht länger dulden.«

Darauf antwortete Ann Durt ihr nicht mehr. Sie schritt durch die Gänge, die ihr zu gewohnten Wegen geworden waren, und betrat das Gemach der Herzogin mit hocherhobenem Haupt.

An der Art, wie Gräfin Margarete, Rumpoldt und Mechthild von Alten sich zu ihr umwandten, erkannte sie, dass die drei ihre Ankunft erwartet hatten. Herzogin Katharina hingegen betrachtete sie ein wenig überrascht, was schon daran liegen konnte, dass sie weniger sorgfältig gekleidet war als sonst und anders auftrat.

Sie näherte sich dem Platz der Herzogin und knickste. Die zu zarten Linien gezupften Augenbrauen weit hochgezogen, erteilte die hohe Edelfrau ihr die Erlaubnis zu sprechen.

»Hochwohlgeborene Herrin, ich bitte um die gnädige Erlaubnis, Euer Gefolge verlassen zu dürfen. Ich bekam die Nachricht, dass Ulrich von Alten mich dringend zu sich ruft. Wenn Ihr nichts einzuwenden habt, würde ich gern noch heute abreisen.« Sie beugte das Haupt und ließ sich auf die Knie nieder, wie es sich für eine Bittstellerin geziemte.

Die Herzogin holte schon hörbar Luft, um ihr zu antworten, da erhob Gräfin Margarete sich. »Ich bitte um Verzeihung, Euer Hochwohlgeboren, aber das ist unmöglich. Anna Dorothea, ich kann dich hier nicht entbehren! Zudem glaube ich, dass du nur gewissen Unannehmlichkeiten entkommen möchtest, die du hier verursacht hast.«

»Worum geht es dabei?«, erkundigte sich die Herzogin.

Rumpoldt trat vor und verbeugte sich tief. »Sie hat sich verschuldet, Euer Hochwohlgeboren.«

Die Herzogin stieß ein hohes, kurzes Lachen aus. »Diese Unannehmlichkeit kenne ich allzu gut. Davor würde manch eine gern fliehen. Ist das wahr, Anna Dorothea?«

Ehe Ann Durt antworten konnte, fiel eine weitere Stimme in das Gespräch ein. »Verzeiht, Euer Hochwohlgeboren, darf ich sprechen?«

»Gewiss, Mechthild.«

»Von Flucht kann keine Rede sein. Ann Durt ist meinem Neffen zu Gehorsam verpflichtet, das wird jeder einsehen. Was die kleinen Summen angeht, die sie hier und da schulden mag, so werde ich sie begleichen.«

»Das glaube ich nicht«, entfuhr es Rumpoldt.

»Und warum nicht?«, fragte Mechthild spitz und blickte von oben auf ihn herab, was wegen seiner geringen Körpergröße leichtfiel.

»Nun, es handelt sich um eine erhebliche Summe.«

»Wenn du darüber so genau im Bilde bist, wirst du mir eine genaue Aufstellung machen, die ich prüfen werde. Doch ich schlage vor, dass wir unsere gnädige Herzogin mit diesen weltlichen Kleinigkeiten nicht weiter langweilen und die Sache unter uns bereden. Erlaubt Ihr, Euer Hochwohlgeboren?«

Katharina winkte nachlässig. Die Angelegenheit war für sie erledigt. Mechthild ging voran aus dem Gemach, Margarete folgte, dann Rumpoldt und schließlich Ann Durt. Bis in ein Nebengelass führte Mechthild sie, das weit genug ab von möglichen Lauschern lag, doch nicht zu weit für einen lauten Hilferuf an die Burgwachen.

Rumpoldt hatte ein rotes Gesicht vor Ärger, Margarete verkniffene Lippen. Kaum standen sie, da stach Rumpoldt mit seinem ausgestreckten Zeigefinger nach Ann Durts Hals, knapp unter dem Kinn, sodass sie erschrocken zurückfuhr. »So leicht entkommst du mir nicht. Was du in deinem Geldbeutel hast, gehört mir, du gehörst mir, dein Kind gehört mir. Ich verlange mein Recht.«

Als er das Kind erwähnte, warf Mechthild Ann Durt einen abschätzenden Blick zu. Sie erwiderte ihn schulterzuckend und wandte sich dann an Rumpoldt. »Ich weiß, wer Euer Vater war. Ihr solltet mich gehen lassen, wenn Ihr nicht wollt, dass es jeder erfährt.«

»Gar nichts weißt du«, fuhr Gräfin Margarete sie an. »Du erzählst Lügen, um dich aus deinen Schulden herauszuwinden.«

»Selbst wenn du es hundertmal versuchtest, würdest du nicht erraten, wer meine Eltern waren. Und nun Schluss mit diesem albernen Spiel. Verehrte Gräfin von Alten, Euer Angebot war über alle Maßen großmütig. Aber ich versichere Euch, Euer Großmut wäre nicht angebracht«, sagte Rumpoldt.

»Halt«, sagte Ann Durt mit aller Entschiedenheit, die ihr zu Gebote stand. »Gräfin von Alten ist hier, um die Summe meiner Schulden zu hören und den Namen Eures Vaters. Und so soll es sein. Ihr sagt, ich könne ihn nicht erraten, lasst mich also überlegen, ob ich es kann. Er war von niederem Stande, doch er war kein Bäcker oder Brauer, denn das wäre zu ehrlich, nicht wahr?«

Mit Genugtuung beobachtete Ann Durt, wie sich in Rumpoldts Miene Hohn und Überheblichkeit mit Beunruhigung mischten. Es war ihr gelungen, ihn zu verunsichern, und ein Blick in Gräfin Margaretes Gesicht verriet ihr, dass es um sie nicht anders stand. Außerdem aber entdeckte sie in diesem Moment, wie ähnlich Rumpoldt und die Gräfin sich in ihrer gemeinsamen Besorgnis sahen.

»Nein, auch ein Müller war er ganz gewiss nicht. Ich denke, er war ein diebischer Schindergeselle, bevor er am Halse aufgehängt wurde, und sein Name war Hilzgen. Nannte man Euch nach Eurem Vater, hießet Ihr Rumpoldt Hilzgen.«

Rumpoldt starrte sie mit offenem Mund an, dann verengten sich seine Augen. »Das hat dir der Teufel gesagt, du widerliche Metze!«

Zornig ballte er die Fäuste und stampfte mit dem Fuß auf. »Das hat dir der Teufel gesagt!«

Lächerlich sah das schmächtige Männchen in seiner ohnmächtigen Wut aus, doch Ann Durt war nicht nach Lachen zumute. Sie dachte an Valentin und alle anderen, die unter Rumpoldt gelitten hatten, und bedauerte, dass sie nicht mehr miterleben würde, wie er seine gerechte Strafe erhielt.

»Du wirst mich mit Forderungen nach Geld oder Sonstigem nicht behelligen. Ann Durt schuldet dir von nun an nichts mehr«, sagte Mechthild. Ihre leuchtenden Augen verrieten, wie sehr sie ihre Rolle genoss.

»Du Schlange! Das wirst du noch bereuen«, zischte Gräfin Margarete.

»Nicht so bald«, erwiderte Mechthild eisig, und Ann Durt wusste, dass sie die Macht in Hände gelegt hatte, die sich bestens auf das Spiel damit verstanden.

Rumpoldts hasserfüllter Blick wandte sich von Mechthild ab und ihr zu. »Glaub nicht, dass du nun sicher bist. Eines Tages wird dir ein Unfall zustoßen wie deinem Freund, dem Schneider, und ich werde zusehen und lachen. Schau dich nur immer über die Schulter um! Du wirst es dennoch nicht kommen sehen. Glaubst du etwa, das Geschlecht derer von Alten wird dich beschützen? Sie werden dich zurück in den Stallmist werfen!«

Ann Durt atmete tief und straffte die Schultern. »Ich habe Kaufmann Frenkel eine Nachricht zukommen lassen und ihn gewarnt, dass Eure unsauberen Geschäfte seinem guten Namen schaden könnten, wenn er sich mit Euch gemein macht. Ich glaube, er legt keinen Wert mehr auf Übereinkünfte mit Euch.«

»Was für ein undankbares Biest du bist«, stieß Gräfin Margarete hervor.

Ann Durt sah ihr traurig in die Augen. »Könnte ich doch nur glauben, dass ein einziger Augenblick Eurer Freundlichkeit echt gewesen ist.«

Ann Durt hatte Mechthild als Gegenleistung für ihre Unterstützung neben der Offenbarung von Rumpoldts Geheimnis versprochen, umgehend und auf Nimmerwiedersehen aus der Stadt und den Kreisen derer von Alten zu verschwinden. Mechthild hatte ihr verboten, jemals wieder Verbindung zu Ulrich aufzunehmen. Kein Brief, kein Bote, kein Gruß durfte von ihr zu ihm dringen, sonst würde sie erneut um ihr Leben und das ihres Kindes fürchten müssen.

Sie hatte nicht die Absicht, das Gebot zu übertreten. Falls Ulrich sie wiedersehen wollte, wusste er, wo sie zu finden war. Denn sie plante, nach all ihren dummen Verirrungen nur noch geradewegs heim nach Thomasburg zu gehen.

Gleich nach der Unterredung mit Mechthild, Rumpoldt und Gräfin Margarete lief sie in ihr Schlafgemach, schlüpfte in ihre alte Kleidung, hängte sich ihre wenige, doch kostbare Habe in einem Leinensack um und verließ die Burg.

Die Nacht stand bevor, doch sie wollte lieber in der lauen Sommerluft auf dem freien Feld schlafen oder bei Mondlicht bis zum Morgen wandern, als auch nur noch eine einzige Stunde in der Stadt verweilen. Frohgemut schritt sie mit langen Schritten auf das Stadttor zu, wich einem Brotverkäufer aus, der einen großen, runden Brotkorb auf dem Kopf trug und sie anlächelte, ließ ein paar Schweine passieren, die aus dem nahen Hudewald zurück in ihre Ställe getrieben wurden, und nahm es freundlich hin, dass kurz vor dem Stadttor eine Bäuerin sie am Umhang festhielt, um sie vor einem Fuhrwerk zu warnen, das heranrollte.

Sie wollte sich bei dem Weib sogar bedanken, doch sie kam nur noch dazu, den Mund zu öffnen, bevor sie das Messer spürte, das die Bäuerin ihr nun gegen den Bauch drückte.

Auf einmal waren noch mehr Leute um sie herum, bedrohten sie, verdeckten sie vor der Sicht der anderen Stadtbewohner, hielten ihr den Mund zu und zwangen sie auf das Fuhrwerk. Säcke wurden über sie gedeckt, während sie immer weiter die Messerklinge spürte, erst am Bauch, dann am Hals, und sich nicht regen konnte vor Schreck.

Ohne die kleinste Möglichkeit zur Gegenwehr wurde sie von zwei Männern ins Obergeschoss eines großen Hauses gebracht. Die beiden sperrten sie in eine Kammer, deren Fenster der Straße abgewandt war und mit Brettern vernagelt. Im Dämmerlicht konnte sie ein Himmelbett ausmachen, zwei Truhen, ein Nachtgeschirr und Waschzeug. Mit bis zum Hals klopfendem Herzen näherte sie sich den Truhen. Auf der kleineren stand ein Gefäß. Vorsichtig betastete sie es und fühlte ihre Befürchtungen bestätigt: Es war das Glas, das sie Kaufmann Frenkel zurückgeschickt hatte.

Hastig streifte sie ihren Reisesack ab und verbarg ihn am Boden der größeren Truhe. Anschließend sah sie sich nach etwas um, das sie als Waffe gebrauchen konnte. Doch genug Zeit, um etwas zu finden, ließ Frenkel ihr nicht. Sie hörte seine Schritte und wandte sich der Tür zu, durch die er, ohne anzuklopfen, hereinkam.

In der linken Hand trug er einen Leuchter mit brennenden Kerzen, in der anderen Hand eine aus Leder geflochtene Reitpeitsche. »Du wolltest doch nicht gehen, ohne mich noch einmal zu besuchen?«, fragte er mit sanfter Stimme.

Ann Durt hoffte, dass er nicht sehen konnte, wie sie zitterte, und verschränkte die Finger ihrer Hände miteinander. »Ich muss die Stadt verlassen«, sagte sie.

»Unser Freund Rumpoldt vermutete, dass du das versuchen würdest. Wie weise von ihm, dass er Vorkehrungen traf, dich in diesem Fall hierherbringen zu lassen. Und wie waghalsig von dir, dich so allein auf die Reise begeben zu wollen. Das geziemt einem vornehmen, zarten Weib doch nicht. Auch könnte es dir übel ausgelegt werden, dass du vor deinen Schulden davonläufst. Du solltest dankbar sein, dass wir dich vor solcher Schande bewahren.«

Ann Durt schüttelte wild den Kopf, obwohl sie nicht annahm, dass er ihren Worten zugänglich sein würde. »Meine Schulden sind beglichen. Und ich versuchte, Euch davor zu warnen, enge Bekanntschaft mit Herrn Rumpoldt zu hegen. Es könnte leicht ans Licht kommen, dass seine Geschäfte zumeist anrüchig sind und sein Ruf in der Stadt schlecht ist. Ich habe mich von ihm losgesagt und bitte Euch, mich gehen zu lassen. So vornehm bin ich nicht, dass mich die Reise …«

Während sie sprach, hatte Frenkel den Leuchter neben das Glas auf die Truhe gestellt. Nun schlug er mit der Peitsche so heftig auf den Truhendeckel, dass die Kerzen wankten und der Knall Ann Durt zusammenzucken und verstummen ließ.

»Genug! Du wirst dich jetzt anständig kleiden. Zieh die lächerlichen Lumpen aus!«

Er öffnete die größere Truhe und zog ein Gewand heraus, das Ann Durt als das erkannte, welches sie bei der ersten Begegnung mit ihm getragen hatte. Ungeduldig warf er es ihr zu. »Nimm das hier.«

Sie zögerte einen Moment zu lange, bevor sie begriff, dass er nicht vorhatte, sie zum Umkleiden allein zu lassen. Ohne die Peitsche aus der Hand zu legen, kam er auf sie zu, zerrte an ihrem alten Kleid, als wolle er ihr helfen, es über den

Kopf zu streifen, ließ dann aber wieder los. Statt ihr weiterzuhelfen, versetzte er ihr mit der Peitsche einen Hieb auf den Hintern, sodass sie vor Schmerz aufschrie.

Um ihn nicht weiter zu verärgern und ihre Blöße so kurz wie möglich zu zeigen, beeilte sie sich, das Gewand überzustreifen, dessen großes Halsloch sie anfänglich so in Verlegenheit gebracht hatte. Sie hörte ihn schwer atmen, und als sie aufblickte, bemerkte sie, wie er sie mit seinen Blicken verschlang. Sein Gesicht war verzerrt.

»Braves Mädchen. Nun wirst du mir bei meinem Abendmahl Gesellschaft leisten.«

Außer ihr gab es keine weiteren Gäste. Zwei Bedienstete trugen Essen und Wein auf, und dieses Mal hatte Ann Durt keine Wahl, ob sie trinken wollte. Frenkel schenkte ihr nach und bestand darauf, dass sie ihr Glas immer wieder leerte, bis ihr schwindlig wurde.

Als er sich erhob, um sie in ihr Gemach zu führen, konnte sie kaum noch gehen, geschweige denn, einen klaren Gedanken fassen.

Frenkel setzte sie aufs Bett und entkleidete sie, ohne auf ihre schwachen, ungelenken Bemühungen, ihn abzuwehren, zu achten. Als sie nackt dalag, stand er neben dem Bett und begaffte sie beim Licht des Kerzenleuchters, den er über sie hielt. Er leckte sich die Lippen und keuchte, berührte sie jedoch nicht.

Ann Durt konnte die Augen nicht länger offen halten, alles drehte sich um sie, und sie fühlte sich so elend, dass ihr gleichgültig war, was er tat. Er hätte seinen Willen mit ihr haben können, und es wäre ihr nicht möglich gewesen, sich auch nur mit einem Finger zu wehren, doch alles, was er tat, war, sie schmerzhaft in eine ihrer Brüste zu kneifen, bevor er ging.

»Bald wirst du ganz mir gehören, meine edle Schöne.

Wenn ich genug um deine Minne geworben habe. Schlafe nun wohl«, sagte er und ging.

Ann Durt verlor das Bewusstsein, ehe sie Zeit für Tränen hatte.

20

Nachdem Ulrich, Konni und Nickel mit Stina in die Burg Neuhaus zurückgekehrt waren, hatte Herzog Magnus ihnen einen Esel und einen Karren geschenkt und ihnen befohlen, die Reise nach Thomasburg anzutreten.

Brida hatte über Celle reisen wollen, um mit Ann Durt zu sprechen, doch sie musste einsehen, dass sie froh sein konnte, wenn ihre Kräfte und die ihrer Kinder für den geraden Heimweg ausreichten.

Brose versprach ihr hoch und heilig, dass er Ann Durt bei der nächsten Gelegenheit aufsuchen, sich nach ihrem Wohl erkundigen und Bridas Grüße ausrichten würde. Ganz beruhigte sie das nicht, doch immerhin genügend, um den Aufbruch nicht länger aufzuschieben und Magnus' Befehl Folge zu leisten.

Lange stand Brose mit ihr neben dem Karren, als die Kinder schon ungeduldig mit den Füßen scharrten, und wollte sie nicht loslassen. Er vergrub sein Gesicht in ihrer Halsbeuge, sog ihren Geruch ein, umfasste ihr Gesicht zärtlich mit seinen Händen, fragte nach hundert Dingen, die vielleicht noch für die Reise nützlich sein konnten. Sie rieb ihre Wange an seinem Bart, fühlte seinen Herzschlag, als sie sich an ihn lehnte, und zwang sich, nicht zu weinen. Immer wieder umarmten sie sich neu, gaben sie sich den letzten Abschiedskuss, bis der Blick auf ihre wartenden Kinder Brida endlich dazu brachte, sich loszureißen.

Von den Hindernissen, die Brida und ihre Kinder auf ihrer bisherigen Reise zu überwinden gehabt hatten, blieben sie auf dem Heimweg verschont. Sogar das Wetter war ihnen hold. Warme und trockene Sommernächte erlaubten ihnen, ohne viel Aufhebens ihr Lager am Wegesrand aufzuschlagen und sich ein Kochfeuer zu entfachen, an dem sie Abend für Abend saßen und sich ihre Erlebnisse erzählten.

»Ich hoffe, ich werde niemals in den Krieg ziehen müssen«, sagte Nickel.

Konni, der seine Hände damit beschäftigte, Stückchen von Kleinholz und Reisig ins Feuer zu werfen, schüttelte nachdenklich den Kopf. »Das hoffe ich auch. Aber auf Wanderschaft würde ich gern gehen. All die Mühlen, die ich unterwegs gesehen habe! Viele sind ganz anders gebaut als unsere. Ich würde sie mir gern genauer betrachten.«

Einige Rindenstückchen knackten laut und entflammten so schnell, dass es wirkte, als würden sie explodieren.

Stina, die sich an Brida schmiegte und weit schweigsamer war als früher, richtete sich plötzlich auf und fuhr ihn an: »Hör auf damit! Wir sind noch nicht einmal alle sicher zu Hause, und du redest schon wieder vom Fortgehen. Und wirf nicht dieses Holz ins Feuer, ich will das nicht sehen!« Ihre Stimme war schrill geworden, und die Jungen sahen sie verblüfft an.

Behutsam legte Brida ihren Arm um Stina. »Konni wird gewiss nicht gleich wieder fortgehen. Was hast du denn mit dem Feuer? Du hattest doch früher keine Angst davor.«

»Ich habe keine Angst vor dem Feuer. Aber vor dem, was die Flammen mir erzählen«, sagte sie kummervoll und verbarg ihr Gesicht an Bridas Brust.

»Was sie dir erzählen? Ach, Stina!«, sagte Konni.

Nickel hingegen zog die Brauen zusammen und sah seine Ziehschwester besorgt an. »Was siehst du da, Stina?«

Sie blickte wieder in die Flammen. »Ein brennendes Haus«, sagte sie.

»Was für ein Haus?«, fragte Nickel.

Brida zog Stina fester an sich. »Schluss damit. Es ist nichts weiter als ein Kochfeuer. Man kann in den Flammen alles Mögliche sehen. Und Häuser brennen allenthalben auf der Welt. Das wissen wir und können es nicht ändern.«

Fünf Tage brauchten sie für den Weg von Burg Neuhaus nach Thomasburg. Am Abend des fünften Tages dachten sie alle an Stinas seltsame Worte zurück. Denn schon von Weitem hätten sie zwischen den Bäumen hindurch die Mühle sehen müssen. Doch alles, was sie sehen konnten, war das rußgeschwärzte Skelett der Hofkastanie.

Von der Thomasburger Mühle war nichts übrig als halb zu Kohle verbranntes Holz und schwarze Steine. Einzig vom gemauerten Herd stand noch ein Stück.

Das Bild glich dem der explodierten Mühle nahe Hermannsburg aufs Haar, und Brida schloss aus dem Zustand des Trümmerhaufens, dass der Brand gleichfalls eine Weile zurückliegen musste.

Das Lütte Hus stand noch, wies an der mühlenzugewandten Seite jedoch einige notdürftig geflickte Schäden auf. Nur die Gänse schienen von dem Unglück unberührt geblieben zu sein. Sie schwammen träge auf dem Weiher.

Während ihre Kinder fassungslos dastanden, lief Brida ins Lütte Hus und rief laut nach Willem und Thomas.

Keinen von beiden fand sie darin, doch jemand hatte den ehemaligen Stall wieder zum Wohnen hergerichtet. Eine Feuerstelle gab es nicht, doch ein kleines Sammelsurium von Dingen, die offensichtlich aus den Trümmern der Mühle geborgen worden waren. Außerdem gab es eine Schlafstelle aus Stroh und einer Wolldecke, die Brida ebenfalls erkannte.

Immerhin gab ihr das die Hoffnung, dass wenigstens einer von beiden den Brand überlebt hatte. Ob es ihr Sohn oder ihr Bruder war, mochte sie nicht überlegen. Allein der Gedanke schmerzte schon zu sehr.

Als sie wieder aus dem Lütten Hus trat, waren Konni, Stina und Nickel damit beschäftigt, kummervoll die Trümmer der Mühle näher zu betrachten. Deshalb war Brida die Erste, die Thomas entdeckte.

Er schleppte sich mit zwei Krücken vom Fluss aus heran, seine Beine schleifte er fast nutzlos mit.

Mit rasendem Herzen lief Brida ihm entgegen, fiel ihm wortlos um den Hals und half ihm, sich auf einen der Findlinge beim Gänsestall zu setzen. Er saß kaum, da hatten auch die Kinder ihn bemerkt und rannten herbei.

Thomas sah sie und tat etwas, was er in Bridas Gegenwart seit seiner Kindheit nicht mehr getan hatte. Er brach in Tränen aus. »Ihr lebt. Lieber Gott, habe ich euch vermisst.«

Brida drückte ihm die Hand und konnte doch nur an eines denken. »Wo ist Willem?«

Thomas schluchzte und presste ihre Hand an sein Gesicht. »Er ist bei Walther. Hütet die Schafe.«

Nun begann auch Brida, vor Erleichterung zu weinen. Sie küsste Thomas auf die Stirn, umarmte ihn noch einmal und richtete sich dann auf. »Ihr kümmert euch um euren Ohm. Ich hole Willem.«

Sie musste ihren Sohn nicht lange suchen, denn er verabschiedete sich soeben auf dem Nachbarhof von Walther. Unterwürfig wie ein Bettler stand Willem mit seiner Mütze in der Hand vor ihm. Der Anblick machte Brida so wütend, dass sie mit langen Schritten auf die beiden zustürmte. Die gleichzeitige Erleichterung, Willem am Leben zu sehen, ließ sie beinah fliegen.

Um Willems Füße drückte sich eine magere, gefleckte Schäferhündin, die vor Bridas Ansturm scheu zurückwich. Willem ließ seine Mütze fallen, und Walthers Mund blieb offen stehen.

»Was ist geschehen?«, fragte sie, wartete jedoch nicht auf Antwort, sondern fiel zuerst einmal Willem in die Arme und drückte ihn, als wäre er noch ein Knabe. Nur weil ihre Wunde schmerzte, ließ sie ihn wieder los.

»Wenn das keine Überraschung ist. Nun bin ich gespannt zu hören, wo du wirklich gewesen bist. Von dem, was dein Sohn und dein Bruder erzählten, habe ich ja nie ein Wort geglaubt. Also, wo warst du? Und wo sind deine Kinder?«, sagte Walther.

»Konni, Stina, Nickel und ich sind zurück. Der Rest geht dich einen feuchten Kehricht an, Walther. Mir scheint, es gibt Wichtigeres als deine Neugier.«

»Mutter!« Willem war von ihren Worten sichtlich peinlich berührt. Er sah krank und gebeugt aus, und erst jetzt bemerkte sie, dass er sich auf seinen Hirtenstab stützte. Mit der freien Hand ergriff er ihren Arm und wandte sich mit ihr zum Gehen. »Walther hat dem Ohm und mir seit dem Brand beigestanden und mir Arbeit gegeben. Verzeih, Walther! Ich werde Mutter alles erklären, dann wird sie einsehen, dass wir dir dankbar sein müssen.«

Walther verzog die Lippen zu etwas, das für Brida verdächtig nach einem höhnischen Grinsen aussah.

»Gewiss wird sie das. Unser Herr Christus gebietet uns zu helfen, und ich bin immer bereit, meine Christenpflicht an euch zu tun. Fragt mich nur, wenn ihr etwas braucht«, sagte er.

Der Blick, mit dem er sie betrachtete, war so voller Herablassung und Genugtuung, dass Brida sogleich wieder wusste, warum sie ihm nicht zu Dank verpflichtet sein wollte.

»Wir werden es dir vergelten«, sagte sie, und dann ließ sie sich von Willems drängender Hand fortführen.

Außer Hörweite des selbstgefällig dastehenden Walther stieß Willem ein verzweifeltes Lachen aus. »Wir werden es ihm vergelten? Mutter, hast du die Mühle nicht gesehen? Selbst wenn das Kloster Rastede sie wieder aufbaut – wer wird der Müller sein? Wie sollten wir jemals wieder jemandem etwas vergelten? Wir müssen dankbar für die Almosen sein, die man uns zuwirft. Ohm Thomas wird nie wieder gehen können. Walther hat die Schulzin für seine Pflege bezahlt, sonst wäre er wohl gestorben. Und er hat mir Essen dafür gegeben, dass ich helfe, seine Schafe zu hüten, obwohl ich selbst noch lange krank war.«

Unter gewöhnlichen Umständen hätte Thomas niemals zugelassen, dass sein Neffe sich ausgerechnet bei Walther verdingte, wusste Brida. Es musste seinen Stolz schwer kränken, dem verabscheuten Nachbarn ausgeliefert zu sein. Schmerzhaft wurde ihr bewusst, dass sie sich nicht einmal von ihrem Bruder verabschiedet hatte, bevor sie gegangen war, und ihm seine Liebe und Hilfsbereitschaft damit vergolten hatte, dass sie sich in unbekannter Ferne herumtrieb, während ihn sein größtes Unglück traf. »Was ist geschehen?«, fragte sie endlich.

Während sie so langsam, wie es Willems Schwäche angemessen war, und mit der Schäferhündin auf den Fersen zurück zu den Trümmern ihres Zuhauses gingen, erzählte Willem vom Brand der Mühle. Eine gute Woche vor Lichtmess hatte bei einem nächtlichen Unwetter ein Blitz eingeschlagen, das Mühlendach in Brand gesetzt und eine Staubexplosion ausgelöst. Willem hatte sich vom Gebell der Hündin, die ein durchziehender Handlanger bei ihnen zurückgelassen hatte, nach draußen locken lassen und war vom Stall aus Zeuge des Blitzschlags geworden. Als das

Dach anfing zu brennen, war er zum Haus zurückgelaufen, um den tief schlafenden Thomas zu wecken. Die Druckwelle der Explosion erfasste sie bei der Flucht, und Thomas wurde von brennenden Trümmern getroffen. Willem hatte ein taubes Ohr zurückbehalten, sein Kopf schmerzte häufig, und er bekam heftiges Herzklopfen, wenn er mit Feuer umgehen musste.

Der Tonfall, in dem Willem seinen Bericht ablegte, war nüchtern, doch gerade in dieser Nüchternheit schien Brida der stumme Vorwurf zu liegen.

»Und ich war nicht hier«, sagte sie und strich ihm über die Schulter, um ihn um Verzeihung zu bitten.

Willem blieb stehen und wandte sich ihr zu. »Mutter, wenn es klang, als würde ich dir vorwerfen, dass du nicht hier warst, dann bitte ich dich um Verzeihung. Seit dem Brand haben Ohm Thomas und ich jeden Tag dem Himmel dafür gedankt, dass du und die anderen fort waren. Wären Konni, Ann Durt und du hier gewesen, hätten wir nicht einmal den Hund gehabt, um uns zu warnen, weil Ohm Thomas diesen zwielichtigen Kerl, dem er gehörte, nicht zum Helfen angenommen hätte. Nein, wärt ihr hier gewesen, dann wären wir alle im Feuer umgekommen. Da bin ich sicher. Es war ein Geschenk des Himmels, dass er euch fortgerufen hat.«

Von dieser Auffassung wich Willem niemals ab, und wann immer jemand später danach fragte, wohin seine Mutter und seine Geschwister gegangen waren, sagte er nur, dass der gnädige Herrgott sie fortgesandt hatte, um ihnen das Leben zu retten.

Brida widersprach ihm nicht, und sie verriet ihm an jenem Tag auch nicht, dass ihre Sorge um Ann Durt, die sie zum Aufbruch gezwungen hatte, keineswegs beschwichtigt war.

Eine gute Woche nach der Schlacht bei der Wolfsburg – Brida war mit ihren Kindern bereits seit drei Tagen fort – erhielt Herzog Magnus einen Brief aus Celle, der ihn in Einzelheiten davon in Kenntnis setzte, dass am Hofe seiner Gemahlin ein Betrüger und Mörder sein Unwesen treibe.

Der Brief war in der schönen Handschrift eines geschickten Schreibers verfasst und für die Absenderin unterzeichnet mit dem Namen »Anna Dorothea aus Thomasburg«.

Der Herzog hatte inmitten seiner jüngsten Kriegsplanungen wenig Muße, sich mit solchen Kleinigkeiten zu befassen, und hätte es nicht getan, wenn ihm der Ortsname Thomasburg in den vorangegangenen Wochen nicht häufiger begegnet wäre. Da er in den laufenden Vorbereitungen keine besondere Verwendung für Brose hatte, betraute er ihn mit der Angelegenheit, wie er es mit solchen heiklen Aufgaben schon häufig getan hatte. »Aber wenn du dort fertig bist, kommst du gleich zu mir zurück«, fügte er hinzu.

Als wäre es nötig, ihm das zu sagen, dachte Brose. War er nicht immer zu seinem Freund und Herzog zurückgekehrt, sobald er erledigt hatte, was immer der ihm auftrug? Hatte er nicht stets Magnus' Ansinnen über sein eigenes Wohl gestellt? Allerdings war ihm das nie sonderlich schwergefallen. Nichts war ihm früher vergleichbar schmerzlich gewesen, wie Brida gehen zu lassen. Magnus konnte scharf beobachten und mochte glauben, deshalb um seine Treue fürchten zu müssen. Ein guter Grund, sie ihm erneut zu beweisen.

Voll grimmiger Entschlossenheit traf er in Celle ein. Ann Durt kannte ihn, sie würde ihm ihre Verdächtigungen erklären. Er würde damit aufräumen, Brida eine Nachricht über das Befinden ihrer Tochter nach Thomasburg schicken, und im Handumdrehen könnte er wieder bei Magnus sein.

Nur dass er auf seine Frage nach Anna Dorothea bei den Mägden, die ihm als Erste in der Burg begegneten, ebenso betretenes Schweigen erntete wie bei dem Holzknecht, dem er sie als Nächstes stellte. Auch auf sein Drängen hin wusste das Gesinde nichts anderes zu sagen, als dass sie spurlos verschwunden sei.

Herzogin Katharina, die ihn schon gekannt hatte, bevor die Heirat mit Magnus sie zur Herzogin gemacht hatte, begrüßte ihn herzlich und war begierig, Neuigkeiten von der Burg Neuhaus, ihrem Gemahl und ihren Söhnen zu hören. Brose erfüllte ihren Wunsch, lenkte jedoch das Gespräch rasch auf den eigentlichen Grund seines Besuchs.

»Magnus kam zu Ohren, dass sich hier am Hof ein Mann eine Stellung erschlichen hat, die ihm weder von Stand noch von innerer und äußerer Haltung gebührt. Er schickte mich, um diesem Verdacht nachzugehen. Ahnt Ihr, um wen es sich handelt?«

Katharina zögerte. Suchend wanderte ihr Blick über die im Raum Anwesenden, unter denen außer Brose, Pagen und Dienstmännern kein Mann zu finden war. »Ich erinnere mich an einen Vorfall am vorgestrigen Tage, der mich ein wenig stutzig machte. Sag, ist Ulrich von Alten auf Burg Neuhaus?«

»Gewiss.«

»Und hat er vor einigen Tagen dringlich seine Freundin Anna Dorothea zu sich gerufen?«

»Gewiss nicht.«

»So wollte die Maid tatsächlich nur unserer Gesellschaft oder ihren Schulden entkommen, als sie um Entlassung bat. Unser fleißiger Rumpoldt warf es ihr auf eine Weise vor, die mich überraschte. Mir schien, er hätte ihr Geld geliehen, obgleich er wissen musste, dass sie keine Sicherheiten besaß. Mechthild von Alten sprang ein und versprach, Anna Dorotheas Schulden zu zahlen, was mich noch mehr wunderte, da sie sich bis dahin keinesfalls als ihr zugeneigt erwiesen hatte. Hinter dieser Angelegenheit steckte mehr, als alle offen sagten. Hat dein Verdacht also mit Rumpoldt und Anna Dorothea zu tun?«

Er bejahte, und sie winkte mit träger Gelassenheit eine der Edelfrauen heran. »Mechthild! Erkläre meinem guten Ambrosius, was es mit der Sache zwischen Rumpoldt und Anna Dorothea auf sich hatte.«

Mechthild von Alten knickste und erwiderte Broses höfliche Begrüßung mit einem huldvollen Nicken. »Rumpoldt hatte Anna Dorothea Geld geliehen, damit sie hier dem höheren Stande und Ulrichs Ehre gemäß leben konnte. Er wollte sie nicht gehen lassen, bevor diese Schulden beglichen waren.«

»Und womit, hoffte er, würde sie sie begleichen?«

Katharinas Tonfall ließ Brose vermuten, dass die Herzogin die Angelegenheit besser durchschaute, als sie vorgab. Auch Mechthild schien das zu ahnen, denn sie lenkte nun ein, indem sie ihre Handflächen um Verzeihung heischend nach oben wandte und Katharina in die Augen sah. »Euer Durchlaucht, ich weiß, dass Euch an Eurem Hofe wenig verborgen bleibt. Ich gestehe, ich war wenig erfreut über Anna Dorotheas Anwesenheit und nicht geneigt, sie auf Kosten meines Gemahls so weit über ihren Stand zu erheben. Und da Ulrich keine Vorkehrungen für ihren Unterhalt getroffen hatte, nahm ich an, dass er sie ohnehin bald ... nun, dass er sie bald anderweitig unterbringen würde. Es verblüffte mich, dass sie trotz meiner Zurückhaltung über ausreichende Mittel verfügte. Doch natürlich war es Rumpoldt, der ihr vorstreckte, was immer sie für nötig hielt.«

»Und warum tat er das? Er schien mir immer berechnend genug, nichts ohne Gegenleistung zu verleihen«, sagte die Herzogin.

»Er plante, sie in seine Dienste zu zwingen und ihr hübsches Äußeres für seine Zwecke zu verwenden. Das Stallstroh sollte in seinen Händen zu Gold werden. Davor bewahrte ich sie, indem ich sie freikaufte. Dafür verlangte ich von ihr, dass sie dem Verhältnis zu meinem Neffen entsagt und Celle verlässt. Sie scheint Wort gehalten zu haben, denn seitdem habe ich sie nicht mehr gesehen.«

Brose räusperte sich. »Also ist sie dahin zurückgekehrt, woher sie stammt?«

»Das nehme ich an.«

»Gut. Obgleich ich hoffte, von ihr noch eine nähere Schilderung der Vorgänge zu hören, von denen sie Magnus in einem Brief berichtete. Sie erwähnte darin die niedrige Herkunft dieses Rumpoldt. Er wäre unehelich geboren, und sein Vater sei ein des Diebstahls überführter und gehenkter Schinder gewesen. Zudem wäre Rumpoldt ein Erpresser und Mörder. Er hätte einen jungen Schneider auf dem Gewissen, der ihr gegen ihn hatte beistehen wollen.«

Mechthild stieß einen angewiderten Laut aus, die Herzogin hingegen zog nur ihre feinen Augenbrauen in die Höhe und winkte eine weitere Edelfrau herbei.

»Margarete, ich höre abstoßende Beschuldigungen gegen unseren Rumpoldt. Er sei höchst unehrlichen Standes. Was meinst du dazu? Du verbürgtest dich für ihn, als du ihn mir vorstelltest.«

Gräfin Margarete stand mit bleichem Gesicht da und hatte Mühe, ihr zitterndes Kinn in ihre Gewalt zu bringen. »Mir deucht, ich habe mich in beiden getäuscht: Rumpoldt und Anna Dorothea.«

Brose nickte und tauschte einen Blick mit Katharina. Sie waren sich einig darüber, dass Margarete mehr wusste, als sie zugab. »Wo finde ich diesen Rumpoldt?«, fragte er.

Man beschrieb ihm ein Haus in der Zöllnerstraße, und er verabschiedete sich vorerst von der Herzogin, um den heimtückischen Höfling zu erwischen, bevor er Wind von den Anschuldigungen gegen ihn bekam.

Der Page, der ihm den Weg weisen sollte, ging langsam voran und sprach über die Schulter zu ihm. »Warum habt Ihr nach Anna Dorothea gefragt?«

»Ich kenne sie von früher und hatte gehofft, sie hier noch anzutreffen.«

»Man hat gesehen, wie sie in alte Lumpen gekleidet die Burg verlassen hat. Die Jungfer war sehr schön. Aber sie wusste zuerst überhaupt nicht, wie sie sich zu benehmen hat. Herr Rumpoldt musste ihr alles beibringen. Schade, dass sie fortgegangen ist. Gerade fing sie an, wie ein wahres Edelfräulein auszusehen. In ihr melancholisches Engelsantlitz hätten sich gewiss bald alle Herren verliebt.«

Brose ließ ihn plappern und stellte sich vor, wie schwierig das Leben für Bridas sanfte Tochter in dieser Umgebung gewesen sein musste. Eines Tages würde er Ulrich von Alten dafür zur Rede stellen.

Kurz bevor sie das Burgtor erreichten, kam ihnen eine Magd nachgelaufen. »Mein Herr? Sucht Ihr Anna Dorothea?«

Die junge, aber verhärmte Dunkelhaarige hatte Falten um den Mund, als würde sie sich unaufhörlich vor dem ganzen Leben ekeln.

»Sie hat die Stadt verlassen, hörte ich«, sagte er.

Die Magd warf einen flüchtigen Blick auf den Pagen, als müsse sie abschätzen, ob er zuhören durfte, und zuckte dann mit den Schultern. Dieser abschätzende Blick war es, der Brose ihr seine ganze Aufmerksamkeit schenken ließ.

»Ich befürchte, das hat sie nicht«, sagte sie.

»Wer bist du, und was weißt du?«, fragte er.

»Ich bin Johanna und habe Anna Dorothea als Magd gedient. Rumpoldt ist ein gefährlicher Mann, und wenn es

Euch heute nicht gelingt, ihm das Handwerk zu legen, muss ich um mein Leben und das meines Kindes fürchten. Er hat den Schneider Valentin umbringen lassen, weil er Anna Dorothea geholfen hat. Wenn er herausfindet, dass ich …«

Brose überlief es kalt. »Valentin?«

»Ja, Valentin. Er kannte Anna Dorothea von früher, als er einmal in der Mühle ihres Ohms zu Gast war.«

Schreck und Trauer um seinen jungen Freund ließen Broses Hass auf Rumpoldt anschwellen. »Er bleibt nicht ungerächt, und du musst dich nicht fürchten. Warum glaubst du, dass Anna Dorothea noch in der Stadt ist?«

»Ich habe gehört, wie Rumpoldt seine Handlanger nach ihr ausgeschickt hat.«

»Wohin hat er sie gebracht? In sein Haus?«

Johanna schüttelte den Kopf. »Er hatte sie einem reichen Kaufmann versprochen. Frenkel heißt er, doch er ist in Celle nur zu Gast. Ich weiß nicht, wo er wohnt.«

»Führt mich zu Rumpoldt.«

Brose ließ die beiden zurückbleiben, nachdem sie ihm Rumpoldts Haus von Weitem gezeigt hatten. Er klopfte an, stieß die Tür jedoch weit auf, als ein Diener sie öffnete, und drängte sich hinein. Dabei versetzte er dem Mann mit der Faust einen Schlag gegen den Hals, sodass er bewusstlos in sich zusammensackte.

Mit gezogenem Dolch stürmte er durch den schmalen Flur und riss die Türen zu den ersten beiden Stuben auf. Aus der dritten kam ihm ein bewaffneter Kerl entgegen, der nach Pech stank und ihn sofort angriff. Das Geräusch ihres Zusammenpralls alarmierte einen weiteren vierschrötigen Unhold, dessen breite Schultern nur knapp durch den Türrahmen passten.

Der enge Flur wurde Brose zum Vorteil, da der zweite Mann ihn nicht angreifen konnte, solange der erste noch im Weg war. Und einzeln genommen war er ihnen überlegen. Er tötete den ersten beinah mühelos, hielt ihn aufrecht und rammte den Leichnam dem zweiten gegen die Brust. Der stolperte, gefolgt von dem Toten und Brose, rückwärts in die Stube, aus der er gekommen war. Trotzdem gelang es ihm, Broses erstem Dolchstoß auszuweichen. Als Brose zum zweiten Stoß ausholte, sah er einen kleinen, kostbar gekleideten Mann, der sich aus dem Raum stahl. Gleichzeitig packte sein breitschultriger Gegner einen schweren Tonkrug und schlug damit nach Broses Kopf. Gewandt wich Brose aus und schmetterte dem anderen seinen Ellbogen gegen die Schläfe. Zur Seite taumelnd, zog der nun ebenfalls ein Messer, und sie verschränkten sich in einen Kampf auf Leben und Tod, aus dem Brose sich nur mit all seiner Erfahrung und seinem Geschick befreien konnte.

Wütend hetzte er auf die Gasse zurück und sah sich nach dem geflohenen kleinen Mann um, den er für Rumpoldt hielt. Wäre er einen Atemzug später gekommen, hätte er ihn nicht mehr entdecken können, doch er sah ihn gerade noch mit trippelnden Schritten um eine Hausecke laufen.

Ungeachtet der Leute, die ihn misstrauisch musterten, weil seine Kleidung mit Blut befleckt war, rannte er Rumpoldt nach. Lange musste er den unwürdigen Höfling nicht im Auge behalten, bevor der an die Tür eines großen Hauses klopfte und eingelassen wurde.

Erneut lief Brose, so schnell er konnte, und klopfte, kaum dass die Tür sich geschlossen hatte, ebenfalls an. Wie er befürchtet hatte, wurde ihm nicht geöffnet. Einen gotteslästerlichen Fluch ausstoßend, sprang er mit wenigen Sätzen zum Nachbarhaus und hämmerte dort gegen die Tür. Sobald sie geöffnet wurde, stieß er sie auf, warf eine Magd über den Haufen und stürmte durch das Erdgeschoss des unbekannten Hauses zur Hintertür. Dort hinaus, über den hölzernen Zaun zwischen den Gärten und zur offenen Hintertür des vorn verschlossenen Hauses hineinzugelangen, war ein Leichtes.

Drinnen allerdings kam ihm schon ein Mann entgegen, den er an seiner Schecke und der hutartig um den Kopf geschlungenen Gugel als Kaufmann erkannte. Er trug ein kurzes Schwert in der Hand und hatte offenbar vorgehabt, die Hintertür zu verriegeln.

Der Kaufmann stieß einen Schreckensschrei aus, war aber nicht zu ängstlich, um anzugreifen. Brose bekam seinen Schwertarm zu fassen, warf seinen Widersacher mit einigen gezielten, kräftigen Griffen auf den Rücken und bedrohte ihn mit dessen eigenem Schwert.

»Frenkel?«, erkundigte er sich.

Der Kaufmann bejahte mit gequälter Stimme.

»Wo sind Anna Dorothea und Rumpoldt?«

Frenkel hob eine Hand und wies nach oben, dem Anschein nach zu erschrocken, um sprechen zu können. Brose zerrte ihn auf die Beine und stieß ihn vor sich her in die Wohnstube, wo er fand, was er gesucht hatte. Er riss den Inhalt aus einer großen Truhe und zwang Frenkel hineinzusteigen, verschloss sie und steckte den Schlüssel ein, dann stürzte er die Stiege hinauf ins Obergeschoss. Mehrere Türen riss er auf, bevor er auf eine verschlossene stieß.

»Ann Durt?«, rief er, bekam jedoch keine Antwort. Er klopfte, rief erneut, und dieses Mal hörte er leise Geräusche – ein Rascheln, Scharren und Seufzen, dann ein halb erstickter Schrei.

Mit aller Kraft warf er sich gegen die Tür. Sie ächzte in den Angeln, das Holz knackte, hielt aber stand. Noch einmal versuchte er es und wieder. Und dann wurde die Tür von innen geöffnet. Mit leisem Knarren schwang sie auf.

Im schummrigen Licht der abgedunkelten Kammer stand

Ann Durt vor ihm. In ihrem weißen Hemd und mit ihren bloßen Füßen gemahnte sie ihn zuerst an einen Geist, dann an einen bleichen Todesengel, denn ihre Miene war so ausdruckslos, ihr Blick so leer, dass ihr Gesicht etwas Überirdisches bekam. In der erhobenen Hand hielt sie die große Scherbe eines zerbrochenen Glases, von der Blut tropfte und das weiße Leinen ihres Hemdes befleckte. Sie schien sich der blutigen Scherbe in ihrer Hand nicht bewusst zu sein, hielt sie aber krampfhaft fest.

Brose spähte an ihr vorbei in die Kammer und sah eine Gestalt in einer Blutlache am Boden liegen. Vorsichtig trat er einen Schritt zurück und blickte Bridas schöner Tochter in die Augen. »Ann Durt, deine Mutter schickt mich, um dich zu holen. Ich bin Ambrosius, vielleicht kennst du mich noch.«

Ihr Blick blieb leer, doch sie nickte, bevor sie sich umdrehte und in die Kammer zurückging. Sie legte das zerbrochene Glas auf eine der beiden Truhen, die darin standen, und öffnete die andere.

Brose folgte ihr und betrachtete den Toten, aus dessen Halswunde das Blut bereits zu fließen aufhörte. Neben ihm lag ein Messer. »Ist das Rumpoldt?«

Ann Durt hatte einen Leinensack aus der Truhe geholt und hängte ihn sich um. »Er wollte mich töten. Mich und mein Kind«, sagte sie, und dann ging sie ihm entschlossen voraus aus der Kammer, in ihrem blutigen weißen Hemd und mit nackten Füßen. Es gruselte ihn ein wenig vor ihr, und er befürchtete, dass sie zumindest einen Teil ihres Verstandes eingebüßt hatte.

»Ann Durt, ich habe Kaufmann Frenkel unten in einer Truhe gefangen. Was soll ich mit ihm tun?«, fragte er.

Sie hielt nicht inne, sondern ging die Stiege hinab. »Lass ihn darin!«

Eilig strebte sie dem Ausgang zu und riss die Tür auf. Erst auf der Türschwelle blieb sie stehen, atmete tief ein. Es klang halb wie ein Schluchzen, halb wie ein Seufzer der Erleichterung. Sie wies auf den Schmutz der Gasse. »Ambrosius, ich habe keine Schuhe. Aber das macht mir nichts. Ich wollte nie von edlem Stande sein«, sagte sie.

Sie schickte sich an weiterzugehen, doch nun hielt Brose sie auf. Im Vorübergehen hatte er einen Umhang von einem Haken im Flur genommen, den legte er ihr um und bedeckte ihr Haar mit der Kapuze. Ein Paar Holzpantinen standen hinter der Tür. Er ließ sich vor ihr auf ein Knie nieder und streifte ihr sanft die Pantinen über. »Es ist keine Schande, ohne Schuhe zu gehen, doch dein Heimweg ist lang, und deine Mutter wird mich schelten, wenn ich zulasse, dass du auf dem Weg zu ihr wunde Füße bekommst.«

Als er aufblickte, hatte sie Tränen in den Augen. »Bringst du mich wirklich nach Hause?«

Er lächelte ihr zu. »Potz Donner, darauf kannst du dich verlassen.«

Brose klärte die Vorfälle zügig mit der Herzogin und ihren männlichen Vertrauten, und er sorgte dafür, dass Gräfin Margarete für eine angemessene Ausstattung aufkam, die Ann Durt nicht nur eine würdevolle Heimkehr erlaubte, sondern auch einen stattlichen Grundstock für ihre Zukunft legte. Dass es sich dabei auch um die Zukunft ihres Kindes handelte, verschwieg er.

Der Gräfin selbst legte er nahe, Katharinas Gefolge zu verlassen. Nicht nur ihre nicht völlig öffentlich gewordene Verbindung zu Rumpoldt sprach dafür, dass sie sich auf ein bescheidenes, weit von der edlen Gesellschaft abgelegenes Altenteil zurückzog und auf Macht und Einfluss verzichtete. Auch die Briefe, die Brose noch immer besaß und die ihm maßgeblich dabei halfen, sie zu ihren großzügigen Zugeständnissen an Ann Durt zu bewegen, ließen es ihr angeraten erscheinen. Sogar zu einer üppigen Spende für die Sache des Herzogs konnte Brose sie überreden.

Fünf Tage nach ihrer Heimkehr bekam Brida Besuch von ihrem Freund Jobst. Konni war bei ihm gewesen und hatte ihm die Kunde von ihrer Rückkehr gebracht. Auch in Jobsts Haus war über den Sommer das Unglück eingekehrt. Sein Weib Sofia war bei einer Frühgeburt gestorben. Und als sei dieser Kummer nicht groß genug, hatten Unwetter Schäden an seinem Haus und seiner Ernte angerichtet.

Brida hatte an den vorangegangenen Tagen mit ihren Kindern alle Hände voll damit zu tun gehabt, sich auf dem Grund der zerstörten Mühle wieder einzurichten. Sie hatten den Gänsestall und die Scheune ausgebessert, das Lütte Hus für sie alle bewohnbar gemacht und den verwahrlosten, weitgehend unbepflanzten Gemüsegarten gepflegt. Willem war weiter Walthers Schafe hüten gegangen, obgleich sie versucht hatte, es ihm auszureden. Zuerst glaubte sie, er wäre verzagt und bräuchte nur Zeit, um wieder Mut zu fassen, doch dann verstand sie, dass er im Grunde hoffte, die Mühle würde nicht wieder aufgebaut. Der Brand, die Explosion und die schwere Verletzung seines Oheims hatten ihn so tief erschüttert, dass er mit der Müllerei am liebsten nichts mehr zu tun gehabt hätte.

Diese Erkenntnis brachte Brida aus dem Gleichgewicht. Denn wenn Willem nicht der zukünftige Müller sein wollte, der den Wiederaufbau der Mühle mit dem Kloster Rastede in Oldenburg besprechen und ihn vorantreiben würde, dann musste es Konni sein, sonst würde das Kloster einen neuen Pächter suchen. Die Leute aus dem Dorf murrten schon, dass sie mit ihrem Korn jetzt weite Wege auf sich nehmen mussten.

Konni aber war mit seinen fünfzehn Jahren noch weit zu jung, um diese Aufgabe zu übernehmen. Außerdem brannte er so darauf, seine Wanderschaft anzutreten, dass er von nichts anderem mehr sprechen konnte.

»Was soll ich tun, Jobst? Wir glaubten immer, dass Willem Thomas nachfolgen würde. Soll ich den Jungen zwingen?«

Jobst zuckte mit den Schultern. »Wenn es nur darum ginge, die Mühle zu bewirtschaften, dann könntest du ihm wohl ins Gewissen reden. Thomas ist ja noch da, um ein Auge darauf zu haben. Aber die Mühle wieder aufzubauen, wenn er mit dem Herzen nicht dabei ist, was sollte dabei Gutes herauskommen? Und was, wenn das Kloster will, dass er erst Meister wird? Konni ist auch noch nicht zum Gesellen freigesprochen. Das eine wie das andere wird Geld kosten, genau wie der Bau der Mühle, auch wenn das Kloster den größten Teil der Kosten dafür trägt. Woher willst du das nehmen, Brida? Für einen vielleicht, aber für beide ... Und was ist mit der Pacht? Das Kloster wird euch die Mühle nur lassen, wenn ihr bald wieder zahlen könnt. Wovon willst du leben, bis die Mühle wieder mahlt und genug abwirft?«

Brida seufzte. »Was schlägst du vor?«

Jobst umschloss unbeholfen ihre Hand mit den seinen. »Brida, wir kennen uns schon so lange. Glaubst du nicht, dass wir es schlechter treffen könnten, als uns zusammenzutun? Lass uns heiraten, damit helfen wir uns gegenseitig. Wir kratzen alle Heller zusammen und lassen Konni freisprechen und auf Wanderschaft gehen. Willem soll Schafe hüten, bis er sich besinnt. Stina, Nickel und du, ihr zieht zu mir. Wir nehmen auch Thomas auf, wenn er es möchte. Oder er bleibt mit Willem hier, baut weiter Reusen und fischt.«

Brida wusste, dass die meisten Weiber in ihrer Lage dankbar für dieses Angebot gewesen wären. Tatsächlich war der Vorschlag so vernünftig, dass auch sie eingewilligt hätte, wenn ihr Herz nicht von der Sehnsucht nach einem anderen Mann schwer gewesen wäre. Jobsts Antrag rundheraus abzulehnen, zögerte sie allerdings ebenfalls, denn es mochte sein, dass ihr gar keine andere Wahl bleiben würde. Jedenfalls würde sie tausendmal lieber ihn heiraten, in aller Freundschaft mit ihm leben, ackern und in der Hufschmiede helfen, als Schafs-Walther um Gefälligkeiten anbetteln zu müssen.

»Lass mich darüber nachdenken«, sagte sie.

»Wie lange? Ich muss heute noch zurück«, sagte er.

»Bis ich den Weidezaun für den Esel ausgebessert habe. Wenn du mir hilfst, dauert es nicht lange.«

Sie waren damit beschäftigt, die letzten Bündel Weidenzweige zwischen die neu gesetzten Zaunpfähle zu flechten, als Walther sich zu ihnen gesellte.

»Was machst du dir die Mühe, Brida? Die Mühlenpacht verliert ihr ohnehin. Lass doch den neuen Müller seine Weide einzäunen. Nimm dir ein Beispiel an deinem Sohn, der ist klüger als du. Dich würde ich auch aufnehmen. Musst nicht so stur sein, sondern mir die Hand reichen, dann werden wir uns schon einig.«

Brida bemerkte, wie Jobst neben ihr für einen Augenblick starr wurde. Sie hob eine neue Hand voll Weidenzweige auf und gönnte Walther keinen weiteren Blick. »Wir werden uns nicht einig, bis der Mond Welpen wirft. Ich danke dir für deine Hilfe und sage dir noch einmal, dass wir sie dir vergelten werden. Und nun geh nach Hause und iss deinen Hammeleintopf.«

»Wann wirst du nur endlich deinen Hochmut verlieren? Musst du erst endgültig zur Bettlerin werden? Du wirst es schon dahin bringen. Oder hast du schon wieder einen gefunden, der dich und deine Kinder durchfüttern wird? Was, Jobst, wird sie dich dafür unter ihre Röcke lassen, dass du ihr zur Hand gehst?«

Brida wollte ihm gerade über den Mund fahren, da ging Jobst zu ihrer Verblüffung ohne Vorwarnung auf Walther los. Sie rief ihn zurück, schalt, zeterte, doch mit Worten konnte sie die beiden nicht davon abbringen, sich in einen Ringkampf zu verwickeln.

Eilig holte sie einen Eimer Wasser aus dem Mühlenweiher und goss ihn über beide, doch auch das zeigte keine Wirkung. Mal hatte der eine die Oberhand, dann der andere, doch keiner von beiden ließ nach.

Mit verschränkten Armen stellte sie sich in einiger Entfernung auf und wartete auf den Ausgang der Sache. Sie fuhr erschrocken herum, als unerwartet hinter ihr ein Männerlachen erklang.

»Was machen sie da, mein Schatz? Streiten sie sich um das grünste Gras?«

Ohne ein Wort fiel sie Brose um den Hals, und sie drückten sich so fest, dass sie schließlich beide um Luft ringen mussten. Für einen Atemzug glaubte Brida, nicht glücklicher sein zu können, dann sah sie Ann Durt am Rande der Weide stehen. Sie war nicht vornehm gekleidet, aber auffallend gut, und sie hielt ein Reitpferd am Zügel.

Brida löste sich von Brose, raffte ihren Rock und lief durch das hohe Gras auf ihre Tochter zu.

Brose blieb nicht, doch er versprach Brida bei allem, woran er glaubte, zu ihr zurückzukommen. Mehr brauchte sie nicht, um zu wissen, dass sie Jobsts Antrag nicht annehmen würde. Und mehr als eine einzige Begegnung mit

Brose brauchte Walther nicht, um nach all den Jahren endlich damit aufzuhören, Brida zu belästigen, und eine andere zu heiraten.

Am Ende war es Brida selbst, die in Konnis Begleitung nach Oldenburg reiste, den Wiederaufbau der Mühle mit Abt Helmerich vom Kloster Rastede besprach und ihm die Pacht überbrachte.

Noch vor dem Ende des Winters stand die neue Thomasburger Mühle, und wenig später kam Ann Durt mit einem gesunden Sohn nieder. Der Kleine war blond und kräftig und vermochte mit seinem Geschrei gelegentlich das Klappern des Mahlwerks und den Gesang des neuen Müllergesellen Michel zu übertönen.

Michels volltönender Gesang kam von Herzen, denn er war vom Tage seiner Ankunft an so verliebt in Ann Durt und ihren kleinen Sohn, dass er auch dann um sie geworben hätte, wenn sie nur Stroh in ihrer Aussteuertruhe gehabt hätte.

Epilog

»Erzähl es mir noch mal«, bettelte Matthes. Seine Kinderaugen leuchteten, weil er genau wusste, dass er gewinnen würde.

»Was denn?«, fragte Brose in gespielter Unschuld. Er liebte Ann Durts Sechsjährigen, als wäre es sein eigenes Enkelkind.

»Mein Märchen!«

Brose lehnte sich bequem gegen den Türrahmen der Bettbutze zurück, auf deren Kante er saß. Matthes, der die Zeichen kannte, setzte sich freudestrahlend auf und zog seine Bettdecke bis zum Kinn hoch.

Gehänselt hatten ihn die Dorfkinder, hatten seine Mutter als ehrlos beschimpft und ihn als Bastard eines Dahergelaufenen verhöhnt, der seinen wahren Vater nicht kannte. Der Junge weinte nicht leicht, doch als ihm das zum dritten Mal passierte, kam er mit tränenüberströmtem Gesicht und zerrissenem Hemd heim zur Mühle.

»Krischan und Walthers Paul und die anderen sagen, mein Vater war ein Haderlump, und Mutter ist ehrlos. Sie schubsen mich und spucken. Wer ist mein Vater, Großmutter?«

Brose musste lächeln, als er sich ins Gedächtnis rief, wie Brida von der Bank vor dem Haus aufgesprungen war und die halb gerupfte Gans hingeworfen hatte. »Die können was erleben«, hatte sie gesagt und war mit fliegenden Fahnen ins Dorf losmarschiert, bevor jemand etwas einwenden konnte.

Der damals fünfjährige Matthes aber war geblieben und hatte Brose mit flehendem Blick angesehen. Seufzend hatte er daraufhin Bridas goldblonden Enkel hochgehoben und sich mit ihm auf die Bank gesetzt, wie sie es gemacht hatten, als Matthes noch ein herumstolpernder kleiner Wicht gewesen war.

»Dann hör mal zu«, hatte Brose gesagt und dem Jungen zum ersten Mal die Geschichte von dem Ritter und der Müllerstochter erzählt, die Stroh zu Gold spinnen sollte.

Am Ende hatte er aufgeblickt und Ann Durt in der Tür zur Wohnstube entdeckt, wie sie reglos dastand und lauschte. Mit Tränen in den Augen sah sie ihn an, nickte und ging wortlos wieder hinein. Ihr Leben mit den Dorfbewohnern war nicht immer einfach, doch sie ertrug alle Anfeindungen aufrecht und mit dem Stolz eines Menschen, der schon größere Bosheit und so manches Unheil überlebt hatte.

Brose war froh, dass Ann Durt in Michel einen guten Mann gefunden hatte, der zu ihr stand und dem sie aufrichtig zugetan war. Für ihre gegenseitige Zuneigung war neben vielen anderen Dingen auch Matthes' Brüderchen ein Beweis. Der Zweijährige lag neben Matthes in der Bettbutze, nuckelte am Daumen und schlief schon beinah.

»Es war einmal …«, sagte Matthes jetzt wieder ungeduldig und grinste.

Brose lachte. »Ja. Es war einmal …«

Brida leerte ihre Unkrautkiepe aus und beendete die Arbeit im Garten für den Tag. Sie wischte sich die erdigen Hände an der Schürze ab und lächelte, als sie sah, wie Ann Durt und Michel sich Hand in Hand zu ihrem Lieblingsplatz am Fluss stahlen. Da die Mühle noch klapperte, bedeutete das, dass Brose es übernommen hatte, die Kinder bis zur Schlafenszeit zu hüten.

Brose war im August 1373 zu ihr zurückgekehrt, nur ein gutes Jahr, nachdem er ihre Tochter nach Thomasburg gebracht hatte. An der rechten Hand trug er einen Verband – zwei Finger fehlten. Er überbrachte ihnen die Nachricht von der Schlacht bei Leveste am Deister, in der Herzog Magnus durch die Hand eines Schaumburgers aus dem Heer von Graf Otto den Tod gefunden hatte.

Auch Kunzmann von Alten war in der Schlacht gefallen, während Ulrich davongekommen war und sich nun mit Mechthild von Alten um seinen Anteil am Familienerbe zankte. Doch davon hatte sogar Brose nur Gerüchte gehört. Ulrich war aus ihrer aller Leben verschwunden.

Eine Weile hatte es nach Herzog Magnus' Tod so ausgesehen, als könne es im Lüneburger Land nun friedlich werden. Doch die hohen Herren fanden immer einen Grund zum Streiten. Längst munkelte man, dass Magnus' Söhne mit der zwischen Sachsen und Welfen ausgemachten Erbfolge unzufrieden wären und es nur eine Frage der Zeit sei, bis das Plündern und Brennen wieder beginnen würde.

Doch wie es auch käme, Brose würde bei Brida in Thomasburg bleiben. Er hatte lange gebraucht, bis er sich an den Verlust von Daumen und Zeigefinger gewöhnt hatte, doch in seiner Lebenslust hatte er sich davon nicht beeinträchtigen lassen. Kaum waren die Wunden verheilt, hatte er bei ihrem Bruder und ihren Kindern um Bridas Hand angehalten. Und weil sie ihn alle ins Herz geschlossen hatten und seinen Antrag befürworteten, wäre Brida nichts anderes übriggeblieben, als zuzustimmen, selbst wenn sie etwas anderes gewollt hätte. Doch wie hätte sie ihren Brose nicht wollen können? Sie fand ihn noch immer unwiderstehlich und hätte ihn auch dann noch geliebt, wenn er ihr nicht versichert hätte, dass er der Herumtreiberei müde sei.

Zuerst hatte sie geglaubt, er würde es bald überdrüssig

werden, gewöhnliche Arbeit zu verrichten. Zumal er dank seiner langen Zeit in Magnus' Diensten wohlhabend genug war, um es nicht zu müssen. Doch Brose fand immer eine Möglichkeit, sich Abwechslung zu verschaffen und für gute Laune zu sorgen. Seit er in der Mühle die Bewirtung übernommen hatte, kamen auch viele Gäste in die Schankstube, die gar kein Anliegen beim Müller hatten.

Thomas erledigte als Meister und Aufseher mit Michel und Nickel zur Seite trotz seiner Behinderung weiterhin die Arbeit in der Mühle. Konni war auf Wanderschaft gegangen, und Willem hatte sich als Knecht im Dorf verdingt.

Die Einzige, mit deren Schicksal Brida nicht glücklich war, war ihre Jüngste. Stina hatte nach der Rückkehr von ihrer Reise Nacht für Nacht unter schlimmen Alpträumen gelitten. Über Jahre hinweg lasteten auf ihrer Seele zwei Fragen schwer: Trug sie die Schuld an Pelz-Lieses Tod und dem Tod des Kindes im Lager der Waffenknechte? Und war sie durch ihr Spiel mit der Zauberei versehentlich einen Pakt mit dem Teufel eingegangen?

So schwer bedrückten diese Fragen Stina, dass sie schließlich beschloss, Zuflucht bei Gott und im Kloster Lüne zu suchen. Seit einem Jahr lebte sie nun als Magd dort. Ihr Gelübde hatte sie noch nicht abgelegt, doch zurück in die Welt schien es sie auch nicht zu ziehen.

Brida betrat die Wohnstube und hörte Broses Stimme. Sie erkannte die Geschichte sofort, denn er erzählte sie nun gewiss zum zwanzigsten Mal. Und wenn sie ihren Enkel richtig kannte, würde Brose sie auch noch weitere zwanzig Mal erzählen müssen.

»… ›Das hat dir der Teufel gesagt!‹, schrie das Männlein und stieß den rechten Fuß vor Zorn so tief in den Boden, dass es bis zum Knie hineinfuhr. Dann packte es in seiner Raserei den linken Fuß mit beiden Händen und riss sich mitten entzwei! Die schöne Müllerstochter aber nahm ihr Kind und kehrte heim zu denen, die sie mehr liebten, als der Ritter es getan hatte.«

»Es riss sich mitten entzwei?«, fragte Matthes und grinste bis über beide Ohren.

»Mitten entzwei! Ratsch!«, bestätigte Brose.

Matthes' kleiner Bruder nahm den Daumen aus dem Mund und kicherte. »Dummer Rumpelstilzchen«, sagte er.

Broses und Bridas Blicke trafen sich, und unwillkürlich lächelten sie beide.

»Ja«, sagte Brida. »Aber nun ist Schluss mit Rumpelstilzchen. Nun wird geschlafen.«

Dann umarmte und küsste sie alle drei.

Personen

Fiktiv

Brida (Brigida)
Witwe des Bauern Lütke aus Reinstorf, Mutter von vier leiblichen Kindern (Willem, Ann Durt, Konni und Stina) und einem angenommenen Sohn (Nickel). Brida ist ursprünglich eine Müllerstochter aus Thomasburg, wohin sie nach dem Tod ihres Mannes mit den Kindern zurückkehrt, um bei ihrem Bruder in der Mühle zu leben.

Ann Durt (Anna Dorothea)
Bridas ältere Tochter. Verliebt sich leidenschaftlich in Ulrich und begleitet ihn, als er die Mühle verlässt, in der Hoffnung, dass er aus Liebe eine unstandesgemäße Ehe mit ihr eingehen wird.

Willem (Wilhelm)
Bridas Ältester, Müllergeselle, soll später die Thomasburger Mühle von seinem Ohm Thomas übernehmen.

Stina (Cristina)
Bridas jüngste Tochter, folgt ihrer Mutter aus Sorge um sie, als die auf die Suche nach Ann Durt geht.

Konni (Konrad)
Bridas jüngerer Sohn, Müllerlehrling, verlässt die Mühle ebenfalls, um seine Mutter und seine Geschwister zu suchen.

Nickel (Nicklas)
Bridas Ziehsohn, ein Waisenjunge im gleichen Alter wie Stina, der vom Säuglingsalter an ihr ständiger Begleiter war.

Thomas
Bridas Bruder, Müller der vom Kloster Rastede gepachteten Thomasburger Mühle.

Walther
Bridas abgewiesener Verehrer, Schafsbauer und nächster Nachbar der Thomasburger Mühle.

Lütke (Ludwig)
Bridas verstorbener Ehemann.

Jobst
Kindheitsfreund von Lütke, Thomas und Brida, Hufschmied und Bauer in Barendorf.

Sofia
Jobsts Eheweib, die unter ihren Schwangerschaften leidet und schließlich bei einer Frühgeburt stirbt.

Brose (Ambrosius)
Vielseitiger Abenteurer, der in Diensten des Herzog Magnus im Lüneburger Land unterwegs ist, sich in Brida verliebt und zu ihrem Begleiter auf der Suche nach Ann Durt wird.

Valentin
Junger Schneidergeselle, der wegen seiner Spielschulden aus seiner Heimatstadt Celle fliehen musste, vorübergehend als Krämer durchs Land zieht und Bridas und Broses Weggefährte wird.

Pelz-Liese
Marketenderin, die mit einer Schar käuflicher Kriegsknechte auf der Suche nach einem neuen Herrn durchs Lüneburger Land zieht. Die Bande entführt Stina und Nickel, Pelz-Liese hält die beiden gefangen.

Elssbeth
Wahrsagerin, die mit den Kriegsknechten zieht und Stina ihr Handwerk lehrt.

Knieptang (Kneifzange)
Elßbeths bissige Hündin.

Karl
Ein abergläubischer, käuflicher Waffenknecht mit furchtbaren Kindheitserinnerungen, der sich als Erster von Stina wahrsagen lässt.

Ulrich von Alten
Neffe des Kunzmann von Alten. Junger Ritter, der nach der welfischen Niederlage in der Lüneburger Stankt-Ursula-Nacht verletzt am Wegesrand zurückbleibt und von Brida gesund gepflegt wird. Beginnt ein Verhältnis mit Ann Durt und nimmt sie heimlich mit sich, als er die Mühle verlässt.

Kunzmann von Alten

Ulrichs Onkel, welfischer Verbündeter und Günstling des Herzogs Magnus. Er versucht anfänglich, Ulrich loszuwerden, um Alleinerbe seines Vaters (Ulrichs Großvater) zu werden. Nach dem gescheiterten Mordversuch an Ulrich findet er jedoch Wege, ihn auf andere Weise zu unterwerfen und zu beeinflussen.

Mechthild von Alten

Kunzmanns Gemahlin, stößt zu Herzogin Katharinas Gefolge, um dort ein Auge auf Ann Durt zu haben.

Margarete von Schele

Gräfin Margarete ist Herzogin Katharinas Stiefschwester. Sie nimmt Ann Durt in ihr Gefolge auf.

Edwina von Ahlsen

Engste Vertraute von Gräfin Margarete.

Rumpoldt

Ein Kammerdiener an Herzogin Katharinas Hof. Durch skrupellose Intrigen hat er sich eine Machtposition verschafft, die er ständig ausbaut.

Johanna

Eine Magd in der Celler Burg. Sie steht in Rumpoldts Diensten und wird von ihm als Helferin bei seinen Plänen mit Ann Durt benutzt.

Brigitta

Ein gerissenes und gehässiges Edelfräulein am Celler Hof, das sich mit Ann Durt das Bett teilt.

Traudel (Gertraud)
Köchin in Herzog Magnus' Gefolge auf der Burg Neuhaus. Ihr Gatte ist Magnus' illegitimer Halbbruder.

Gotfred
Angehöriger einer Gruppe von Holzfällern und Dieben, die Valentins Krämerkiepe stehlen. Ann Durt begegnet ihm in einem Gasthaus bei Soltau; Brida, Brose und Valentin verfolgen seine Bande unabhängig davon etwas später bis zu deren Haus.

Rymer
Graf Rymer von Hermannsburg lässt eine Mühle in seinem Herrschaftsbereich niederbrennen, weil der Müller sich mit den Bauern verschworen hat, Abgaben zu hinterziehen.

Historisch

Magnus Torquatus (1328–1373)
Herzog von Braunschweig-Lüneburg, welfisches Oberhaupt, kämpfte gegen die von Kaiser Karl IV. unterstützten Sachsen/Askanier und deren Verbündete um sein Herzogtum. Gatte von Herzogin Katharina.

Katharina
Herzogin von Braunschweig-Lüneburg, Magnus' Gemahlin. Sie heiratete später den Askanier Albrecht, um eine gütliche Lösung des Erbfolgestreits zu unterstützen.

Friedrich, Heinrich und Bernhard
Magnus' Söhne. Heinrich und Bernhard werden in alten Urkunden auch als Heinz und Bernd bezeichnet.

Albrecht (1326–1385)
Herzog von Sachsen-Wittenberg, askanisches Oberhaupt, Anwärter auf die Herzogwürde in Braunschweig-Lüneburg. Heiratete nach Magnus' Tod dessen Witwe Katharina.

Kaiser Karl IV. (1316–1378)
Tritt nur indirekt auf. Er belehnt nach dem Tod von Wilhelm II. von Lüneburg gegen dessen Wunsch nicht den Welfen Magnus, sondern den Askanier Albrecht von Sachsen-Wittenberg mit dem Herzogtum Braunschweig-Lüneburg. Diese Entscheidung trägt mit Schuld an dem darauf folgenden Erbfolgekrieg zwischen Welfen und Askaniern.

Glossar

CHRISTMOND der Monat Dezember

CONFECTIONARIUS anderes Wort für den Apotheker, der damals nicht nur Medikamente, sondern auch Süßwaren zubereitete (die zum Teil als Heilmittel galten)

DIECHLINGE Rüstungsteile, die als Beinschutz dienen

HAGAZUSSA eine mögliche Wurzel für das jüngere Wort »Hexe«: ein übernatürliches, Unheil treibendes Wesen

HAUS/FAMILIE Mit »Haus« wurden die Angehörigen eines Haushalts bezeichnet. Dazu gehörte nicht nur die Familie nach heutigem Verständnis, sondern auch das Gesinde.

HEILIGE VERENA Schutzpatronin der Müller

HORNUNG der Monat Februar

HOUBETLOCH Halsausschnitt (das Loch fürs Haupt)

HUDEWALD Wald, der auch als Viehweide diente und dadurch weniger Unterholz hatte

KARKMESS Kirchweih, Kirchmesse

MINNECLICH liebreizend, schön, freundlich, innig, zärtlich, willig

OHM Der Gebrauch von einigen Verwandtschaftsbezeichnungen wich im Mittelalter vom heutigen ab. Das Wort »Onkel« war noch nicht gebräuchlich, der »Ohm« aber bezeichnete nur den Bruder der Mutter, wogegen der Bruder des Vaters »Vetter« hieß. Damit daraus keine Verwirrung entsteht, wählte ich in der Regel die heute üblichen

Formen und nannte in diesem Fall den Bruder des Vaters »Onkel«.

PECHDRAHT Verzwirnte und mit Pech bestrichene Leinenfäden mit einer Schweineborste oder einem Eisendraht am Ende. Pechdraht ist ein besonders haltbarer Faden und soll Nähte gleichzeitig abdichten.

RADSTUBE das hölzerne Gehäuse, das bei manchen Wassermühlen um das Rad gebaut wurde, um es z. B. vor Eis zu schützen

SCHINDER Abdecker. Gehörte zu den »unehrlichen« (nicht ehrbaren) Berufen, deren Angehörige von bestimmten Rechten ausgeschlossen waren und verachtet wurden.

SLAPPSTEERT Schlappschwanz

SWIENPANS Schweinewanst

TORQUATUS Lateinisch für »mit einer Halskette geschmückt«

TREIDELPFAD Pfade entlang von Wasserwegen, von denen aus Boote von Menschen oder Zugtieren gezogen werden konnten

VAGANTEN allgemein für fahrendes Volk (rechtlose Nichtsesshafte aller Art); spezieller für herumziehende niedrige Geistliche

Martha Sophie Marcus,

geboren 1972 im Landkreis Schaumburg, studierte Germanistik, Soziologie und Pädagogik und verbrachte anschließend zwei Jahre in Cambridge. Heute lebt sie mit ihrer Familie in Lüneburg. Mit »Herrin wider Willen«, ihrem ersten Roman, feierte sie ein grandioses Debüt, dem weitere erfolgreiche historische Romane folgten.

Mehr von Martha Sophie Marcus:

Herrin wider Willen. Roman
Salz und Asche. Roman
Der Rabe und die Göttin. Roman
Die Bogenschützin. Roman

(Alle Titel sind auch als E-Book erhältlich.)

GOLDMANN
Lesen erleben